2016年度国家社会科学基金一般项目（16BZW037）
2020年度国家出版基金资助项目（2020J-162）
"十四五"时期国家重点图书出版专项规划项目
2021—2035年国家古籍工作规划重点出版项目

国家出版基金项目
NATIONAL PUBLICATION FOUNDATION

浙东唐诗之路沿线戏曲丛刊　　俞志慧 主编｜审订

调 腔 传 统 珍稀剧目集成

吴宗辉 俞志慧 汇编｜校注

卷 一

杂剧　南戏

浙江工商大学出版社·杭州

图书在版编目(CIP)数据

调腔传统珍稀剧目集成 / 吴宗辉，俞志慧汇编、校注.
— 杭州：浙江工商大学出版社，2022.9
　　ISBN 978-7-5178-4809-7

　　Ⅰ．①调… Ⅱ．①吴… ②俞… Ⅲ．①新昌高腔－剧
本－研究 Ⅳ．①I207.365.54

中国版本图书馆 CIP 数据核字(2021)第 280625 号

调腔传统珍稀剧目集成

DIAOQIANG CHUANTONG ZHENXI JUMU JICHENG

吴宗辉　　俞志慧　汇编、校注

出 品 人	鲍观明
策划编辑	任晓燕　张晶晶
责任编辑	任晓燕　尹　洁
责任校对	夏湘娣
封面设计	观止堂_未氓
责任印制	包建辉
出版发行	浙江工商大学出版社
	（杭州市教工路 198 号　邮政编码 310012）
	（E-mail：zjgsupress@163.com）
	（网址：http://www.zjgsupress.com）
	电话：0571-88904980，88831806（传真）
排　　版	杭州朝曦图文设计有限公司
印　　刷	杭州高腾印务有限公司
开　　本	710 mm×1000 mm　1/16
印　　张	154
字　　数	2842 千
版 印 次	2022 年 9 月第 1 版　2022 年 9 月第 1 次印刷
书　　号	ISBN 978-7-5178-4809-7
定　　价	1288.00 元（全五卷）

韵續唐宗

辛己麥烋
郚森記

取自清光绪七年(1881)"郭学问记"《凤头钗》总纲本［新昌县档案馆案卷号 195-1-110(4)］内封，字的相对大小、位置有调整。外封行书题"□(光)绪柒年五月　日立"。"郭学问记""唐室遗□(踪)"等字样，题署与内封不同。

——— 顾问（以姓氏拼音为序）———

郭英德　黄仕忠
张涌泉　朱万曙

——— 鸣　谢 ———

中共新昌县委宣传部　新昌县文化广电旅游局
新昌县档案馆　新昌县调腔保护传承发展中心

本书编纂得到绍兴文理学院越文化传承与创新研究中心的支持

序

就中国戏曲声腔的种类而言,到清末堪称鼎盛。不过,在剧烈的社会变迁之下,不同声腔剧种的发展趋势不尽相同:一方面,由明代南戏声腔演进而来的曲牌体声腔昆曲和高腔剧种在近代逐渐式微;另一方面,梆子、皮黄等板腔体声腔枝繁叶茂,与乡土歌舞和说唱相关的小戏剧种此消彼长、日增月盛。相应地,清代地方戏“一方面继承了明代昆腔和诸腔的大量剧目,一方面又不断把文人剧本、说唱词话、历史演义和民间传说搬上舞台,因此逐渐积累了数量惊人的剧目”①,极大地丰富了传统戏剧的宝库。

尽管传统戏曲剧目不胜枚举,但纵观近代以来各声腔剧种的常演剧目,大致畛域是略可窥知的。例如从现存抄本来看,北京高腔(亦称京腔、北京弋腔,今已基本绝迹于舞台)常演剧目除了源出元明南戏,还有像《瓦桥关》《夺锦标》《青石山》这样带有武戏色彩的剧本或昆、高共本的昆弋戏,而以李玉为代表的苏州派作家的作品不仅昆曲常演,北京高腔也屡见搬演;南方各省高腔剧种的剧目以元明南戏为主;福建地区的古老剧种莆仙戏的早期剧目和梨园戏的常演剧目大多出自宋元明南戏。清中叶以后,属于曲牌体的传奇作品的创作和演出渐趋衰微,新兴的板腔体声腔剧种开始占据主导地位。南方皮黄、乱弹剧种早期剧目有往往互通的“江湖十八本”戏,梆子、皮黄等系统在封神、列国、秦汉三国、说唐、杨家将、水浒、岳传等历史传说或演义戏上大放异彩,其中除了自行编创的,也有本自高腔剧种的《封神传》《三国传》《岳飞传》等戏文和改编自南北两地的昆弋剧目。而像越剧、黄梅戏这

---

① 廖奔:《中国戏曲史》,上海人民出版社,2004,第129页。

样晚近才兴起的剧种,既据文人剧作、弹词宝卷、话本小说编创作品,又从其他剧种移植改编剧目,为戏曲舞台贡献了一批以家庭伦理戏、生旦风情戏见长的剧作。

作为高腔剧种,调腔的常演剧目自然包括像《琵琶记》《荆钗记》《白兔记》《黄金印》这样的元明南戏剧目,而调腔的独特之处在于,一是将北曲杂剧名作《西厢记》《汉宫秋》的若干折子传演下来,这对于元杂剧研究无疑是珍贵的信息和资料;二是相对独立地发展出一批具有一定规模而又颇具特色的"时戏"剧目,且"侧重民间家庭事"①,与绍兴乱弹(绍剧)一道,在剧目上给早期越剧带来了不小的影响。

就南戏、传奇的创作来说,自元末高明改编《琵琶记》以来,文化精英的创作与下层文人、艺人的作品方轨并行,然而前者向来为学者所重,后者则因资料匮乏而较少受人关注。本书是对调腔剧目系统的、集成式的整理,共分五类。前三类源出人们熟知的元杂剧、元明南戏和明清传奇剧目,第四类则是篇幅占全书三分之二的时戏。调腔时戏每部出数相对较多,作者虽无从考实,但大都出自调腔流行区域的艺人或下层文人之手,有的与弹词、小说作品相关,部分可与绍剧、越剧剧目相参证。调腔时戏既不同于格律和文辞精严的明清文人传奇,又异乎年代较早的元明南戏,多为不见著录或同名异实的民间传奇戏,文学性亦相对较强,可为下层文人、艺人传奇创作的研究提供新资料。第五类为例戏,一般是正戏之前搬演的仪式性短剧。

清嘉庆年间浙江上虞人王懋昭在其传奇作品《三星圆》的《自叙》中说道:"癸亥六月,余在姚江周镇,酒酣夜阑,与诸友谈及坊间各种传奇。虽摛淫丽之词,谱靡曼之曲,人人自以为王实甫、关汉卿辈复生,观其命意,大约讳婚也,抢亲也,劫囚也,卖拳也,谋财也,妄男子与盗结盟也,痴女子怜才私

---

① 蔡茰英:《翠麈小语》,上海《绍兴戏报》1941 年 4 月 16 日第 4 版。

订也,男女假扮、误嫁误娶也。"①其所叙彼时文人传奇的种种习套,调腔时戏也时常可见,但或新意或旧套,都曾在氍毹场上演过,能反映时人对于人情物理的种种理解,正所谓"曲是曲也曲尽人情愈曲愈妙,戏其戏乎戏推物理越戏越真",聊请诸君赏鉴耳。

俞志慧

2020 年 4 月 15 日

---

① ［清］王懋昭:《三星圆》传奇《自叙》,中国国家图书馆藏清嘉庆十五年(1810)刻本,初集上,第 1 页 a。

前　言

调腔是主要流行于浙东绍兴、宁波、台州一带的高腔剧种,在绍兴一带又被称为高调或高腔,"高调亦名调腔,也名高调,所谓'绍兴高调',就是这种的歌曲"①。目前调腔仅留存于浙江新昌一隅,故被称为"新昌调腔"。2006 年,新昌调腔被列入首批国家级非物质文化遗产名录,现有唯一的县级专业剧团新昌县调腔保护传承发展中心(新昌县调腔剧团)。

调腔在浙江戏曲史上占有十分重要的地位,对浙东的戏曲发展影响深远。其中,宁海平调是在新昌的调腔"三坑班"的哺育下产生的,台州高腔、温州高腔(瑞安高腔)都与调腔和宁海平调有一定的关联。绍兴目连戏唱调腔;绍兴上虞孟姜女戏原亦唱调腔,清末改唱乱弹,但其民国八年(1919)抄本仍保留部分调腔唱段②。绍剧(绍兴乱弹)在借鉴了调腔的锣鼓、吹打牌子的基础上发展出自身的器乐体系,并在剧目上互相影响,如嵊县(今嵊州)

① 惜花:《绍兴高调等于昆曲——同样处在日薄崦嵫的时候》,上海《时报》1936 年 6月 7 日第 5 版。按,也有人把绍兴文乱弹(乱弹文班)称作"绍兴高调",而称调腔作高腔的。如笔花《从绍兴戏说到的笃班(一)》:"绍兴戏的名称不一,有'文乱弹''高腔''的笃''鹦哥'之分。……文乱弹在绍兴最风行,乐器注重在一枝箫,其他檀板、胡琴、弦子、锣鼓等,色色俱备,唱句特别,尾声拖长,所谓绍兴高调是也。"详见上海《申报》1938 年 12 月 2 日第 15版。蒋星煜《绍兴的高腔》(华东文化部艺术事业管理处编:《华东地方戏曲介绍》,新文艺出版社,1952,第 29—30 页)以"论高腔即高调"为题,对此问题有过辨析。沈祖安《绍剧概述》(浙江省政协文史资料研究委员会编:《浙江文史资料选辑》第二十五辑,浙江人民出版社,1983,第 173 页)云:"绍剧原名'绍兴乱弹',又名'绍兴大班',亦名'绍兴高调',但是原来绍兴地区的调腔亦叫'绍兴高调'。远在 20 年代初调腔和绍兴乱弹先后到上海演出,上海观众未能很好区别,因此影响到 50 年代初华东戏曲会演期间,对这两个不同声腔体系的名称的沿用。"从现所见民国时期的报纸杂志来看,以把"调腔"称作"高调"者居多。

② 绍兴目连戏于 2014 年被列入第四批国家级非物质文化遗产名录扩展项目名录;绍兴孟姜女戏的情况参见徐宏图编校的《绍兴孟姜女·救母记》之《绍兴〈孟姜女〉概述》,上海大学出版社,2017,第 1—14 页。

"紫云班"乱弹吸收了"十一本半调腔戏"①。此外,宁波昆剧吸收了50多本调腔戏②,越剧在小歌班、绍兴文戏时期移植改编了《沉香扇》《双狮图》《仁义缘》《分玉镜》《一盆花》等调腔剧目。

调腔既有出自杂剧、南戏和明清传奇的剧目(被称为"古戏"),也有后来相对独立发展出来的本剧种剧目(被称为"时戏")。仅就新昌县档案馆藏调腔晚清民国抄本而言,有调腔古戏剧目约60个计150余出,时戏剧目约80个,然而仅少数调腔剧目被编入《浙江省戏曲传统剧目汇编》《浙江戏曲传统剧目选编》等内部资料之中③。

---

① 参见陈顺泰、陈元麟编著:《中国绍剧音乐》,上海教育出版社,2010,第524页;罗萍:《绍剧发展史》,中国戏剧出版社,1996,第225页。按,紫云班"十一本半调腔戏"为《沉香扇》《画容扇》《金门关》《天水关》《龙泉剑》《紫金环》《南唐》《梳妆楼》《闹瓦岗》《西游记》《天宝山》《磨房串戏》,其中《西游记》有《讨头》《出京》《收三妖》《无底洞》。"半本"指《磨房串戏》,与《双贵图·磨房》仅有蓝季子串戏的"单串"不同,该"半本"的串戏者为孔怀兄妹二人,艺人称之为"双串",内容大致如《缀白裘》十一集所录《磨房》《串戏》。对于紫云班的"十一本半调腔戏",绍兴的乱弹班只能演唱《南唐》《梳妆楼》和《磨房串戏》,其中《梳妆楼》剧本见1961年中国戏剧家协会浙江分会、绍兴县绍剧搜集小组所编《浙江戏曲传统剧目汇编》绍剧三。

② 参见苏州市戏曲研究室编:《宁波昆剧老艺人回忆录》,1963,第110—111页。按,《宁波昆剧老艺人回忆录》所录宁波昆剧兼唱的调腔戏为《万里侯》《龙凤剑》《小金钱》《中三元》《草桥关》《赐绣旗》《龙凤记》《平天台》《三星炉》《义忠烈》《碧玉簪》《前后天宝图》《双合缘》《黑峰(凤)山》《刘家庄》《黄金印》《凤头钗》《五桂芳》《儿孙福》《还金镯》《配金刀》《全忠孝》《前后岳传》《双显圣》《阴阳镜》《半日天》《前后汴京》《英烈传》《春富贵》《聚古城》《前后三国》《乌台》《双狮图》《白门楼》《前后征西》《兰(蓝)关》《〔汉〕宫秋》《淘沙记》《循还(环)报》《打樱桃》《陈琳救主》《追桃》《结彩楼》《鸳鸯带》《虎囊弹》《紫阳观》《赠剑点将》《采石矶》《祝家庄》《前后逼宫》《反衣带诏》《上寿》《宰戏》《汤药》《弥陀寺》。根据上海《大世界》以及《申报》1926—1927年间有关大世界"老庆丰"班(系宁波昆剧名班)宁波戏的演出广告,上述剧目以外,宁波昆剧兼演的调腔戏还有《分玉镜》《葵花配》《双玉燕》《铁楞关》《游龙传》等,其中《铁楞关》即《铁麟关》。

③ 1958年内部油印的《浙江省戏曲传统剧目汇编》仅收录《玉簪记》《拜月记》《三婿招》《游龙传》等少量调腔剧目,1988年《中国戏曲志·浙江卷》编辑部、浙江省艺术研究所内部编印的《浙江戏曲传统剧目选编》第一、二辑,收录了在浙江绍剧团资料室发现的《琵琶记》,汇编了包括《北西厢》《白兔记》在内的14个古戏剧目。《浙江戏曲传统剧目选编》第一、二辑收录的剧目不仅数量少,且有的剧目径据演出本整理而多有改动,极个别剧目部分角色的内容不可信。

鉴于此,本书以新昌县档案馆藏调腔晚清民国抄本、复旦大学图书馆藏调腔抄本和傅斯年图书馆藏抄本为主要依据,以新昌县档案馆藏 20 世纪五六十年代老艺人忆写本及演出本、60 年代以来的整理本为参考资料,按杂剧、南戏、传奇、时戏、例戏 5 个类别,共整理调腔剧目 72 个,含时戏剧目 36 个,调腔剧目的精华大体已网罗在内。

调腔剧团原作曲方荣璋先生编著了《调腔曲牌集》(1963—1964)、《调腔乐府》(1982),后来调腔剧团鼓板师傅吕月明先生又重新编为《调腔音乐集成》,为调腔保留了宝贵的资料。此外,在《中国戏曲志》《中国戏曲音乐集成》编纂期间的资料整理,使得有关调腔音乐、剧目、表演的特色得到了进一步梳理,而调腔老艺人石永彬主编的《新昌调腔》(浙江摄影出版社,2008)汇集并进一步补充了调腔演戏习俗、剧团发展等资料。但由于调腔剧目资料的不足,人们对调腔的曲牌及其套式、用韵、角色制等方面的认识仍存在不少问题。下面基于本书的整理和研究成果,就调腔的历史、曲牌、唱腔符号、用韵、角色制、班社组织、剧目等,以及调腔的基本资料展开简要的论述。

一、民国以来调腔述略

调腔在明末时已见演出记载,张岱(1597—1689)的《陶庵梦忆》卷四"不系园"条载明崇祯甲戌(七年,1634)彭天锡与朱楚生、陈素芝串调腔戏,卷五"朱楚生"条专述调腔女伶朱楚生事迹。冒襄(1611—1693)《朴巢文选》卷三《南岳省亲日记》:"(崇祯辛巳二月)十八日,寒甚,复饮湖中,看朱楚生演《窦娥冤》。"①崇祯辛巳为崇祯十四年(1641),去张岱所记崇祯甲戌已有七年,可见朱楚生活跃于杭州西湖,历时颇久。清中期以来,调腔以绍兴、新昌最为

---

① [清]冒襄:《朴巢文选》,《丛书集成三编》第 53 册影印台湾大学总图书馆藏《冒氏丛书》本,新文丰出版公司,1997,第 587 页上栏。

兴盛,流行于绍兴各县以及宁波、台州地区,并散播杭州、严州等地①,影响深远。清嘉庆年间浙江上虞人王懋昭云:"惟我越中鞠部,别有一种调腔。如文人诵赋诵诗,喉间成句,而止于句末数字,后场接唱,抑扬其音以纵送之。"②有关调腔流传浙东的考述,详见俞志慧、吴宗辉《调腔早期传播时地考略》(《社会科学战线》2014 年第 12 期)及《调腔钞本叙录(新昌县档案馆藏晚清民国部分)》(中华书局,2015),兹不赘述。

绍兴是戏曲之乡,在 20 世纪二三十年代,调腔与绍兴乱弹("乱弹"又写作"乱谈",原分文班和武班③,即后来的绍剧)及乱弹"闲散班"(又作"沿山

---

① 据袁斯洪《绍兴乱弹的简史》,民国初年,绍兴乱弹文、武班逐步合流后,曾有班子与昆曲班合班,在浙西一带演出,其中亦唱调腔。参见华东戏曲研究院编:《华东戏曲剧种介绍》第一集,新文艺出版社,1955,第 95 页。清光绪年间,建德谢西村曾组成太子班,从绍兴县聘请名师传艺,"唱调为绍兴高腔,有《下河东》《豹尾鞭》《一文钱》《龙虎斗》《牛头山》《朱仙镇》《白马坡》《五熊阵》《白门楼》《百寿图》《凤凰图》《一盆花》《暴雷亭》《张松献图》等 20 余个经典剧目"。参见《谢田村志》,浙江人民出版社,2010,第 153—154 页。

② 〔清〕王懋昭:《三星圆》传奇《例言》,中国国家图书馆藏清嘉庆十五年(1810)刻本,初集上,第 15 页 a。

③ 据顾笃璜《昆剧史补论》(江苏古籍出版社,1987,第 118—133 页)所引绍兴昆弋武班老艺人汪双全的回忆,至迟在清同治年间,出现了以绍兴籍艺人为主的昆弋武班,唱昆腔和弋腔(实即吹腔,艺人称之为咙咚调),主要活动于苏州、松江地区以及杭嘉湖一带的农村,有"锦绣班"(光绪二十二至二十三年间解散)、"鸿福班"(民国六年解散)、"鸿秀班"(光绪二十九年解散)等。黄芝冈《黄芝冈日记》1954 年 3 月 13 日条:"沈盘生言,苏州原有昆弋班,所演多武戏。盛时由苏人起班,绍兴人来搭班。后苏州班衰竭,绍兴人回家自起班,名武洪福,沈曾搭过此班。"同年 9 月 10 日条:"清道光时,苏州昆、弋分家,弋腔公所设阊门外。至同治时,弋腔移绍兴,而苏州弋班不振。绍兴弋班名武班,多在农村演出。沈盘生所谈如此。"参见范正明录校:《黄芝冈日记选录》十七、十八,《艺海》2015 年第 7、8 期。绍兴地区的武班,最初当包含这类昆弋武班。至于后来所说的绍兴乱弹武班,袁斯洪《绍兴乱弹的简史》(华东戏曲研究院编:《华东戏曲剧种介绍》第一集,第 92—94 页)提到 1910 年左右还有"老鸿秀吉庆""老玉成""锦绣吉庆""义兴吉庆""鸿福新吉庆""新新玉成""华景台"等 7 个。就剧目而言,绍兴乱弹武班与绍兴昆弋武班剧目大致相通,参见罗萍:《绍剧发展史》,第 217—222 页。再结合班社名称来看,绍兴乱弹武班也颇承昆弋武班遗绪,而袁文所举的"老鸿秀吉庆"班武教师改演员的武净阿龙,或即汪双全所说的"鸿秀班"武二面陈阿龙。另,绍兴乱弹武班曲牌见收于陈顺泰、陈元麟编著《中国绍剧音乐》的有 28 个(由罗萍根据老艺人筱金胜演唱记录),基本上都是昆腔曲牌,可见绍兴乱弹武班和昆弋武班关系之密切。此外,也有把调腔班称作"文班",而与绍兴乱弹班或绍兴地区的武班相对。清范寅《越谚》卷中《人类》"不齿人"之"班子"条:"有'文班''武班'之别。文专唱和,名'高调班';武演战斗,名'乱弹班'。"

班")、嵊县乱弹"紫云班"和鹦哥班(即绍兴摊簧,"摊簧"亦作"滩簧")、新兴的越剧争胜,洪以铸《绍兴戏》(1934)对此说道:

> 诸暨的闲散班,绍兴的高腔班——亦名高调班,以及文乱谈班——即今真真的绍兴戏。普通都称绍兴戏,其实只有第三种才是绍兴戏呢! 不过,他们各有各的长处:闲散班武功不错,文乱谈班有几个特出的人才,声音动听,可惜他们都在戏馆里,我们乡下人,很难看到。只有那高腔班,那才神秘呢! 你假使不听惯的话,包你不要听,但是,要慢慢去体味,它的滋味真无穷呀! 一字一句都含着音韵,因此,内行的看戏者,都欢迎高腔班。
>
> 前三种里面,闲散同文谈差不多,比较闲散差一些。他们的腔调,或急或缓,可以自由一些,不过,也有一定的限制,老生唱的调子,决不是小旦可以唱的。至于那高腔班就不同,一个个的字都不能差池,可惜,现在普通一般的演员,都不能做到了!①

在清末民初及其以前,调腔班社及其演出盛行不衰。周锦涛《三十年来越剧之变迁》(1928)记述道:

> 越剧(按,指绍兴戏曲)在清光绪二十余年时,盛行武班。……其后观者日久生厌,觉打武无甚意味,对于武班之倾向渐衰,而久不为社会注意之高调班,乃如春雷而起,矫枉过正,侧重唱做。其唱词多系采自传奇,当时春仙台之《西厢记》,号为一时绝唱。风头之健,较武班鼎盛时代又过之。武班之观者,多系男子;高调则以文雅故,文人闺女亦皆趋之若鹜。光绪三十年,时越地高调班多至

---

① 　洪以铸:《绍兴戏》,浙江湘湖乡村师范学校《锄声》月刊 1934 年第 1 卷第 1 期,第 30 页。

四十余班,来往于诸暨等七县间。……高调盛行既久,观者亦渐厌之,觉侧重唱做不甚热闹,缘是倾向之热度渐减。高调生涯日落,乱弹班应运而生,既文且武,一破武班重武、高调重唱之习。①

全面抗战爆发前十年(1927—1937),绍兴的调腔班尚有胜场,常有"老大舞台""丹桂月中台""春仙舞台""天蟾舞台""文秀舞台""牲生舞台""新大舞台""共和舞台"等班社同时演出②。调腔的另一活动重心在新昌,从晚清到民国时期,有"裘老凤台""老凤台""宋凤台""张老凤台""吕老凤台""五老凤台""锦凤台"等以"凤台"为名者,以及"日日新""日月明""越舞台""新舞台""连升群玉""大三元""大通元"等调腔班在新昌一带活动。

上海是近代兴起的商业中心,为中外百艺荟萃之地。绍兴乱弹、越剧先后在上海站稳脚跟,而调腔班也曾数次赴沪演戏,但始终未能立足。最先到上海演剧的调腔班为绍兴的"大统元",时在民国二、三年(1913、1914)之交,剧场为上海商办镜花戏园。其间商办镜花戏园广告标举"特请越郡著名调腔大统元",因兼唱部分昆腔戏,又称"特请越郡昆曲调腔名员"。"大统元"该次演出从1913年12月13日起,至次年1月18日止,除最后9天全演调腔外,其余演出与乱弹班交替进行。现将"大统元"所演剧目罗列如下③:

---

① 周锦涛:《三十年来越剧之变迁》,《戏剧月刊》第一卷第六期,上海大东书局,1928年11月初版,1931年4月第4版,影印收入《俗文学丛刊》第一辑第8册,"中央研究院"历史语言研究所、新文丰出版股份有限公司,2001,第171—172页。

② 参见华东戏曲研究院编审室资料研究组:《从"余姚腔"到"调腔"》,华东戏曲研究院编:《华东戏曲剧种介绍》第五集,新文艺出版社,1955,第59页,后收入蒋星煜:《中国戏曲史钩沉》,中州书画社,1982,第75页。

③ 根据上海《新闻报》《时报》相应日期的上海商办镜花戏园广告整理,其中12月20、21、24日"大统元"未登台,1月2日资料缺。

日　期	日　戏	夜　戏	备　注
1913 年 12 月 13 日		①《满床笏》（卸甲封王）；②《千金》（韩信登台拜帅）；③《连环报》（大闹花灯）	《连环报》即《循环报》
14 日		①《五熊阵》；②《赵寺》；③《连环计》；④《双珠凤》	《赵寺》当即《琵琶记·弥陀寺》
15 日		①《蓝关》；②《豹尾鞭》；③全本《一盆花》	《豹尾鞭》写赵匡胤收杨衮事，现存晚清民国抄本未见，但有老艺人忆写总纲本
16 日		①《五伦备》；②《斩莫成》；③后本《双珠凤》	《五伦备》即《五伦全备记》。《斩莫成》出自《一捧雪》
17 日		①《闹九江》；②《射白兔》；③《跌雪》《闹判》；④《分玉镜》	《射白兔》即《白兔记》。《跌雪》《闹判》出自《牡丹亭》
18 日		①《白门楼》；②《劈棺》；③全本《兰香阁》	《劈棺》出自《蝴蝶梦》
19 日		全本《四元庄》	
22 日	全本《碧玉簪》		
23 日	全本《文星现》		《文星现》疑即下文之《魁星现》，与清朱素臣同名传奇、沈起凤《文星榜》相异
25 日		《玉蜻蜓》	
26 日	①《赐马斩颜良》；②《双龙锁》	全本《双报恩》	《双龙锁》演鲁文翰、傅月兰、谢天荣等事，现存抄本未见
27 日	①《葫芦谷》；②《腊梅纺花》	全本《暴雷亭》	《葫芦谷》现存抄本未见。《腊梅纺花》出自《黄金印》。《暴雷亭》演范天绪、刘娇娥等事，现存抄本未见
28 日	①《还金镯》；②《渔家乐》	全本《贞节缘》	《贞节缘》之"缘"亦作"冤"，该剧即《一盆花》
29 日	《西厢记》	《四元庄》	
30 日	①《萧何追信》；②《卖羊》	①《雷峰塔》；②后《四元庄》	《萧何追信》出自《千金记》。《卖羊》又称《阿兔卖羊》，不详何剧

日　期	日　戏	夜　戏	备　注
31 日	①《牡丹亭》；②《都是命》	①《双凤钗》；②《油瓶记》	《油瓶记》演油瓶、李秀英、李诸富等事，现存抄本未见
1914 年 1 月 1 日	①《豹尾鞭》；②《凤仪亭》	①《过三关》；② 全本《打鸟记》	《凤仪亭》即《连环计》或《连环计》之一部分
3 日	①《姑嫂拜月》；②《辕门射戟》	全本《碧玉簪》	《姑嫂拜月》出自《拜月记》。《辕门射戟》出自《白门楼》
4 日	①《闹市湖》；②《嫖院》	《玉蜻蜓》	《闹市湖》之"市"亦作"慈"，现存抄本未见。《嫖院》出自目连戏，或系乱弹戏
5 日	①《荷叶岭》；②《还金镯》	《魁星现》	《荷叶岭》现存抄本未见。《魁星现》演韩雨谷、钱凤林等事，现存抄本未见
6 日	①《闹九江》；②《请生》《赴宴》	①《雷峰塔》；②《油瓶记》	《请生》《赴宴》出自《西厢记》
7 日	《分玉镜》	《双珠凤》	
8 日	①《鱼（渔）家乐》；②《投斋》；③《跌雪》	后本《双珠凤》	《投斋》出自《彩楼记》
9 日	①《南宋金钗记》；②《成亲》；③《刺虎》	①《一捧雪》；②《葵花记》	《南宋金钗记》即《荆钗记》，"金"当作"荆"。《成亲》当出自《渔家乐》。《刺虎》出自《铁冠图》。《葵花记》为明南戏，唱四平，现存抄本未见
10 日	全本《双报恩》	①《金光阵》；②《玉蜻蜓》	《金光阵》为杨家将戏，现存抄本未见
11 日	①《金牛岭》；②《双龙锁》	①《大回营》；②《青冢记》；③《西厢》（游寺、赴宴、佳期、拷红）；④《终有报》	《金牛岭》《终有报》现存抄本未见。《大回营》疑即昆腔《浣纱记·伯嚭回营》
12 日	全本《一盆花》	①《连环计》；② 全本《分玉镜》	
13 日	①《射白兔》；②《打鸟记》	全本《四元庄》	
14 日	①《儿孙福》；②《芦花荡》；③《暴雷亭》	①《前三国》；② 全本《连环报》	《芦花荡》现存抄本未见

续　表

日　期	日　戏	夜　戏	备　注
15 日	统本《双珠凤》	①《荷叶岭》；②《凤玉配》；③后本《双珠凤》	《凤玉配》即《双玉配》
16 日	①《过关斩将》；②全本《兰香阁》	①《闹九江》；②全本《文星现》；③《大考》	《过关斩将》即《过三关》或《三关》。《大考》出自《黄金印》
17 日	①《葫芦谷》；②《琵琶记》	①《铁冠图》；②《油瓶记》；③《凤仪亭》	
18 日	全本《玉蜻蜓》	①全本《碧玉簪》；②《偷诗》《秋江分别》	《偷诗》《秋江分别》出自《玉簪记》

　　到了 20 世纪 20 年代，宁波昆剧名班"老庆丰"在上海大世界剧场演出时兼演过众多的调腔戏，彼时有人说道："予颇怪宁波班本演昆弋者，华夏正声，钧天雅乐，一至海上，乃变秦声，已为慨叹不实，不图演至后本，忽唱'绍兴高调'。"[①]其后影响最大的莫过于绍兴的调腔名班"老大舞台"的两次赴沪演出活动：前一次为民国二十四年(1935)9 月 7 日至 10 月 10 日，"老大舞台"赴上海远东越剧场演出，除了 9 月 29、30 日及 10 月 1、2、5—10 日全天演调腔，其余多与绍兴乱弹班"苏桂舞台"轮番演出，其中 9 月 14 日和 23 日的调腔《碧玉簪》有"苏桂舞台"名角助演；后一次为翌年 5 月 28 日至 6 月 16 日，"老大舞台"驻场上海老闸大戏院，与绍兴乱弹班"同春舞台"轮番演出。时人记述道：

　　　　念四年间，远东越剧场邀高调名班老大舞台来沪，吉调独弹，卖
　　座颇盛，名角如二面周长胜、小生筱华仙、老生陈连禧、花旦应增福、
　　小丑钱春、大面钱大牛，均一时之选。老伶工张华仙亦同来，应观众
　　要求，数度客串。第二年老闸当局往聘，再度聚沪，登台老闸。这一

---

　　①　絮庐：《谈宁波戏》，上海《申报》1924 年 10 月 15 日《本埠增刊》第 2 版。

次是弹(原注:乱弹)高(原注:高调)联合演出,成绩亦颇不错。①

"老大舞台"在上海远东越剧场的演出时间逾月,剧目如下②:

日　期	日　戏	夜　戏	备　注
1935 年 9 月 7 日		《双禧缘》	《双禧缘》即《双喜缘》
8 日	①《西厢》(游寺);②《油瓶记》	《一盆花》	
9 日	①《阿兔卖羊》;②《凤仪亭》	《双凤钗》	
10 日	《打鸟记》	后集《双禧缘》	
12 日	统本《魁星现》	统本《循环报》	
13 日	全部《暴雷亭》	统本《爱富压(厌)贫》	《爱富压(厌)贫》演文元度、白少川等事,现存抄本未见
14 日	①《偷诗》《失约》;②《三国志》(刘备投袁绍起,关公斩颜良止)	全部《碧玉簪》	《偷诗》《失约》出自《玉簪记》。此《三国志》即《赐马》
16 日	①《游宫》《饯别》;②《渔家乐》	前集《四元庄》	《游宫》《饯别》出自《汉宫秋》
17 日	①《失凤姻缘》(落店、烧香、卖身、投靠、绣阁、做寿、送花、楼会);②《一捧雪》(严世蕃搜杯起,斩莫成止)	后集《四元庄》(刘世乔归家起,大叙团圆止)	《失凤姻缘》即《双珠凤》
18 日	①《还金镯》(盗银起,还镯止);②《楚汉交锋》(追韩信起,埋伏止)	《破镜重圆》(自许文通赴考起,仁义大叙圆)	《楚汉交锋》即《千金记》。《破镜重圆》即《分玉镜》

① 桂森:《越集》,上海《越剧画报》1941 年 5 月 18 日改革扩充号第 15 期。按,张华仙为唱做小生,参演上海远东越剧场 10 月 7 日夜戏《白罗衫》、8 日夜戏《还金镯》和 9 日夜戏《铁冠图》。

② 根据上海《新闻报》及《新闻报》(本埠附刊)相应日期的上海远东越剧场广告整理,其中 9 月 15 日未见远东越剧场广告,10 月 3、4 日"老大舞台"因堂会暂停演出。

日　期	日　戏	夜　戏	备　注
19 日	《双禧缘》（船会烧香起，大叙团圆止）	全部《双报恩》	
20 日	①《请生》《赴宴》；②前集《一盆花》	全部《兰香阁》（祁文定借银起，大团圆止）	
21 日	后集《一盆花》	《油瓶记》	
22 日	全部《双凤钗》	全部《爱富厌贫》	
23 日	全部《双龙锁》	全部《碧玉簪》	
24 日	《白门楼》	《玉蜻蜓》（三搜庵堂起，大叙团圆止）	
25 日	《凤玉配》（进香起，大堂成亲止）	统本《暴雷亭》	
26 日	《黄金印》（苏秦赴大考起，团圆止）	①《金光阵》（打焦赞起，穆桂英破阵止）；②全部《循环报》	
27 日	①《一捧雪》；②《西厢》（游寺、拷红）	全部《魁星现》	
28 日	①《投斋》；②《跌雪》；③《雷峰塔》（闹海起，合钵止）	《分玉镜》（许文通赴考起，大团圆止）	
29 日	①《豹尾鞭》；②全部《碧玉簪》	①《伯嚭回营》（昆）；②《打鸟记》；③前部《双禧缘》	《伯嚭回营》出自《浣纱记》，唱昆腔
30 日	①《闹九江》；②全部《双报恩》（戒赌起，团圆止）	①《连环计》（由献貂起，归郿坞止）；②全部《四元庄》	
10 月 1 日	①《大闹慈湖》；②《弥陀寺》；③全部《仁义缘》（据人物名录则为《双龙锁》）	①《三国志》（失街亭起，火烧魏延止）；②《阿兔卖羊》；③《玉簪记》；④全部《双凤钗》	《弥陀寺》出自《琵琶记》。此段《三国志》现存抄本未见
2 日	①《五熊阵》；②全部《贞节冤》	①《葵花记》（割股奉婆起，鬼门关婆媳会止）；②全部《兰香阁》	
5 日	①《白门楼》；②全部《都是命》	①《金牛岭》；②《断桥》《合钵》；③全部《碧玉簪》	《断桥》《合钵》出自《雷峰塔》

续　表

日　期	日　戏	夜　戏	备　注
6 日	①《豹尾鞭》;②全部《分玉镜》	①《闹九江》;②《牡丹亭》;③全部《冤缘报》	《冤缘报》演周文兰、杜德实等事,现存抄本未见
7 日	①《芦花荡》;②《百花点将》;③全部《双禧缘》	①《别母》《乱箭》;②《白罗衫》;③全部《循环报》	《别母》《乱箭》出自《铁冠图》
8 日	①《青龙关》;②《渔家乐》;③全部《一盆花》	①《金光阵》;②《还金镯》(自说亲起,还镯止);③全部《暴雷亭》	《青龙关》现存抄本未见
9 日	①《葫芦谷》;②《拷红》;③《油瓶记》	①《闹慈湖》;②《铁冠图》(崇祯皇帝别宫赴煤山起,守门杀权奸止);③全部《兰香阁》	
10 日	①《荷叶岭》;②《张生游寺》;③全部《双报恩》	①《拜帅》《别姬》;②全部《双珠凤》	《拜帅》《别姬》出自《千金记》

"老大舞台"在上海老闸大戏院的演出原定半月,合同期满后应观众要求又加演三天,剧目如下①:

日　期	日　戏	夜　戏	备　注
1936 年 5 月 28 日		①《游寺》;②全部《双禧缘》	
29 日	全部《仁义缘》(据人物名录则为《双龙锁》)	全部《循环报》	
30 日	统本《兄弟仇》	《碧玉簪》	《兄弟仇》现存抄本未见
31 日	统本《分玉镜》	《一盆花》(方相龄收帐起,大团圆止)	"相"当作"伯"

———————

①　根据上海《新闻报》及《新闻报》(本埠附刊)相应日期的老闸大戏院广告整理,其中 6 月 13 日盖因商谈加演事宜而未安排演出。

续　表

日　　期	日　　戏	夜　　戏	备　　注
6月1日	①《明末清初》；②全部《还金镯》	①《偷诗》《失约月转》《秋江》；②《油瓶记》	《明末清初》即《铁冠图》
2日	①《断桥》《合钵》；②《凤玉配》	《玉蜻蜓》（张氏搜庵起，荣归大团圆止）	
3日	头本、二本《双珠凤》	《义贼伸冤》	《义贼伸冤》现存抄本未见
4日	三本、四本《双珠凤》	全部《双凤钗》（看灯起，团圆止）	
5日	①《辕门射戟》；②全部《打鸟记》	全本《兰香阁》	
6日	《连环计》	《爱富厌贫》	
7日	统本《双报恩》（赵如川收帐起，团圆止）	全部《葵花记》	
8日	①《西厢记》；②全部《一捧雪》	全部《冤缘报》	
9日	全部《双禧缘》	全部《四元庄》	
10日	统本《碧玉簪》	《黄金印》（苏秦大考起，大团圆止）	
11日	统本《油瓶记》	统本《分玉镜》	
12日	《双凤钗》	《一盆花》	
14日	①《半山亭》；②后《文星现》	①《白兔记》；②《仁义缘》	《半山亭》现存抄本未见
15日	①《投斋》；②《跌雪》；③全部《都是命》	①《请生》《赴宴》《拷打红娘》；②统本《玉蜻蜓》	
16日	后本《四元庄》	①《偷诗》《失约月转》《秋江》；②统本《循环报》	

　　不过，20世纪二三十年代，绍兴的调腔班已出现角色不齐、后继乏人的现象，时人已深有察觉，棘公《越剧杂谈》（1929）指出高调班"现在越中是项角色甚少，继起学习者亦复不多，前途有失传之忧，良可惜也"[①]。惜花《绍兴高调等于昆曲——同样处在日薄崦嵫的时候》（1936）提及了彼时的调腔境况：

---

　　①　棘公：《越剧杂谈》，《戏剧月刊》第二卷第三期，上海大东书局，1929年11月，影印收入《俗文学丛刊》第一辑第12册，第371页。

　　在过去的近数十年间,我们绍兴地方各乡各村的敬神酬灵的会戏,都喜延聘文乱弹班,而不喜欢雇佣高调班。眼看昔年独享盛誉的老群玉班(原注:高调班的班戏名称)中几个年逾花甲的老辈高调伶人,凋谢之后,势必宣告绝种失传了。①

　　由于"老大舞台"在上海远东越剧场和老闸大戏院的演出较为成功,后来人们还屡传调腔班要再度来沪。在 20 世纪三四十年代,从绍兴走出的越剧盛行于上海歌场,"绍兴戏在上海,红得发紫,尤其是女子越剧,更加称雄一时,班数居然有二十三班之多。而乱弹班虽已落伍,尚有老闸及万商两家在日夜演唱"②。在越剧兴盛的背景下,就连红极一时的绍兴文乱弹(乱弹文班)也蜷缩一隅,而调腔已渐趋衰微。林伟芳《伟芳越话》(1941)云:"前一回盛传高腔班死灰复燃,又想来申搭班了。不料事到如今,还是不见成为事实。其实高腔班的不能来申,也有它不可能的苦衷在,譬如海口封锁,轻易不便进出。而且即便来申,是否能得到观众的拥护,与女子越剧分庭礼争,还成问题。"③全面抗战爆发后,社会动荡,民生凋敝,绍兴乃至新昌的调腔班社纷纷报散,时在上海的绍兴戏迷都发出"绍兴高腔到那里去了"的喟叹:

　　要讲到真正的绝迹,在上海找不到一角地方的,那绍兴的高腔班确是如此。说到高腔,真如昆曲一样的称得起一句:"词句极雅含意甚深。"可是遭遇也竟同昆曲一样的命运,就是得不到大量观众的拥护,不久就没有什么人去注意它了。所以高腔班非但在上

　　①　惜花:《绍兴高调等于昆曲——同样处在日薄崦嵫的时候》,上海《时报》1936 年6 月 7 日第 5 版。按,同篇文章以《绍兴高调与昆曲》为题,载于上海《现世报》周刊 1940年第 95 期,其中"都喜延聘文乱弹班"改作"都喜延聘的笃班"。

　　②　《高腔班有来沪讯》,上海《绍兴戏报》1941 年 1 月 15 日第 2 版。

　　③　林伟芳:《伟芳越话》,上海《绍兴戏报》1941 年 2 月 26 日第 2 版。

海绝迹,就是在它的血地——绍兴,也是难得见到的,这还不令人叫起:"绍兴高腔到那里去了?"①

有关绍兴本地的情况,詹水《越剧高腔没落之原因》(1935)说道:"初颇盛行全越,嗣乱谈班起,因剧词通俗、剧情紧凑,遂替有高腔地位。然以彼时之潜势力言之,与乱谈、沿山尚堪鼎足而三。当民国肇兴之时,高腔虽已没落,然尚不如现实之靖寂。彼时如老子云、老大舞台等,尚能受人欢迎,迄乎近季,台名虽尚存在,班底已屡易人,至于角色之平凡,自是意思中事。"②蔡荑英《翠廔小语》(1941)对比了调腔衰微前后的情形:

三四十年前,浙东盛行高调,凡祀神、祭祖,以及乡村社戏,什九雇高调班。其后学者渐少,终至绝响。近则鲁殿灵光,硕果仅存,有几人哉。③

调腔的衰微是由多种原因造成的。清代中期以来,戏曲花部剧种迭兴,皮黄(亦作"皮簧")方兴未艾,曲辞相对高雅的昆曲、高腔剧种已呈衰微之势。宁波昆剧老艺人王长寿回忆道:"大约在1902年前后,'宁昆'仍是繁荣期间,戏班有十二副以上。可是相隔二十余年,到1928年左右,已趋衰败,仅存七副班子。"④在绍兴戏曲的此消彼长的过程中,艺人避繁难而趋简易,调腔渐成衰微之势,惜花《绍兴高调等于昆曲——同样处在日薄崦嵫的时候》(1936)分析道:

① 戍人:《绍兴高腔到那里去了!》,《越讴》1939年第1卷第2期,第22页。
② 詹水:《越剧高腔没落之原因》,《东南日报》1935年1月23日第13版。按,"老子云"即"老紫云",为嵊县紫云班,清同治、光绪年间有"老老紫云""张老紫云""裘老紫云""史老阳紫云""马老紫云",称为紫云班的"五副头"。嵊县紫云班以唱绍兴乱弹为主,疑此当作"老群玉"。
③ 蔡荑英:《翠廔小语》,上海《绍兴戏报》1941年4月16日第4版。
④ 苏州市戏曲研究室编:《宁波昆剧老艺人回忆录》,1963,第5—6页。

不过自文乱弹兴起，高调就衰落，这个比例，同皮簧和昆曲一样，皮簧等于绍兴的文乱弹，昆曲等于绍兴的高调。昆曲为怎（什）么不发达，（一）习练时的困难，（二）歌辞不普遍，（三）表情忒细腻，（四）包银太低微，有这四种原因，后学无人，日就衰落。绍兴高调的不发达，病源结症，和昆曲一式一样，丝毫不二，一般听众，觉得高调，不若听文乱弹来得悦耳快意。最明显的文乱弹有横笛、琵琶、板胡等乐器和声，有浅显易懂的剧辞，哀丝毫竹，促音繁响，远非"洞泰洞泰"的音乐单调、剧辞深奥的高调所能及。[①]

蔡荑英《翠廖小语》(1941)亦强调了调腔的规矩和习学的困难：

高调唱词典雅，台步规板，每句末数字，由后场接唱，如唱者失漏一字，则尾音不合而致脱板。举止动作，有一定程序，一如平剧之京朝派然。以故学者，颇不易之，非不惟十载，决难驰誉。此高调从业员之所以极少青年子弟也。[②]

也有人指出绍兴的调腔班演唱没有固定场地，取值颇廉：

从前高腔戏，在绍兴演唱的代价，一日一夜只有几十千钱罢了，何况不是天天演唱，又没有固定的场子。因为绍兴人向来看戏不出钱的，目的是演戏酬神，靠菩萨看白戏而已，因此高腔戏终于

---

① 惜花：《绍兴高调等于昆曲——同样处在日薄崦嵫的时候》，上海《时报》1936 年 6 月 7 日第 5 版。按，惜花《绍兴高调与昆曲》（上海《现世报》周刊 1940 年第 95 期）一文"文乱弹"均改作"的笃班"。

② 蔡荑英：《翠廖小语》，上海《绍兴戏报》1941 年 4 月 16 日第 4 版。

不能立足。①

伴随着战乱频仍的社会现实和复杂剧烈的社会变迁,农村经济衰败,各类酬神许愿的年规戏、庙会戏难以为继,调腔生存的土壤受到严重破坏,调腔尤其是绍兴一带的调腔班,出现水准下降、艺人改行、后继无人的局面。抗战结束后,乱弹亦且难支,绍兴的调腔班几已绝迹,唯新昌及以东地区尚存火种,其中的新昌县三坑,地处新昌、宁海、奉化交界地带,历来调腔演出繁盛,清中期以来续有班社活动,直到 20 世纪 50 年代仍然有好几副班社在持续演出。

值得一提的是,根据新昌县档案馆、复旦大学图书馆藏调腔抄本有调腔、乱弹合抄的情况,说明清末民国时期的调腔班亦兼演部分乱弹剧目,如《双鱼坠》《雌雄鞭》《挂玉带》②等;亦有乱弹班兼唱调腔剧目,蒋星煜《绍兴的高腔》(1952)谓"现在在新昌一带乱弹班兼唱高调"③。

中华人民共和国成立之初,新昌县文化馆将俞培标、杨小标等老艺人集中在一起,组成半职业性质的新昌新艺高腔剧团。1957 年举办第一期高腔训练班,随后正式成立新昌高腔剧团,20 世纪 80 年代初剧团名称"高腔"更名为"调腔",2012 年成立新昌县调腔保护传承发展中心。其间共举办了多期高腔(调腔)训练班,培养出一批调腔后继人才,使得调腔这一宝贵的戏曲遗产传承至今。

---

① 笔花:《从绍兴戏说到的笃班(四)》,上海《申报》1938 年 12 月 5 日第 15 版。
② 此数剧皆为绍兴乱弹的尺调乱弹戏,剧作年代相对较早,其中《雌雄鞭》《挂玉带》为嵊县紫云班乱弹的"老十八本",《双鱼坠》为"老戏三十六"之一,详见罗萍:《绍剧发展史》,第 223 页。
③ 蒋星煜:《绍兴的高腔》,华东文化部艺术事业管理处编:《华东地方戏曲介绍》,新文艺出版社,1952,第 30 页。

二、调腔的曲牌

(一)调腔曲牌的特征

调腔属于高腔剧种。高腔剧种主要是指源出明代南戏声腔弋阳腔、青阳腔,通常具有一唱众和、锣鼓伴奏等特征的曲牌体剧种。有关调腔的声腔源流,参见俞志慧、吴宗辉《调腔声腔源流考述》[《绍兴文理学院学报》(哲学社会科学版)2014 年第 5 期]及《调腔钞本叙录(新昌县档案馆藏晚清民国部分)》,兹不赘述。

调腔曲牌在来源和用法上有北曲和南曲之分,每一曲牌在句数、字数、句式、平仄、韵位、对偶等格律方面①,以及如何使用上都有一定的规范。调腔曲牌在字数、句式、平仄上较为宽松,在句数和韵位上则相对严格。

调腔南曲曲牌按性质可分为引子、过曲和尾声。过曲分为冲场曲、孤牌和套牌三类,其中,孤牌又称为"单词""散曲"或"只曲";套牌,又称为"联套""套曲",即能与不同的曲牌联成套式的曲牌;冲场曲是不入套式、带有引子性质的曲牌,大多配板干念,其实也属于孤牌。至于北曲曲牌,大都可视为套牌。

高腔剧种同昆曲一样,在音乐结构上属于曲牌联套体。不过,昆曲曲律相对严格,南曲和北曲有相对明显的区别,其中最突出的特征是南曲用五声音阶,字少音多;北曲用七声音阶,字多音少。现存高腔剧种中,溯其源为北曲的曲牌与南曲曲牌一般没有很明显的区别,"北曲南唱"是高腔剧种的普遍现象。其实,早在明代后期与弋阳腔、青阳腔相关的戏曲全刊本和选本中,已出现不同于杂剧北曲的"俚歌北曲"或南曲化的北曲。而受明代后期"滚唱②"对曲牌文体、曲体的影响,再加上高腔剧种"向无曲谱",曲牌在高腔

---

① 句数,指曲牌本格的句子数目。字数,这里特指句长,即每句的字数,如三言、五言、七言。句数和字数明确,则可知曲牌本格正字的总字数。句式,指句段划分,如六言有"三三""二二二"等格式。平仄,指句子的平仄格式。韵位,指对于押韵位置的规定。

② "滚唱"或"滚调",指在原曲牌的固定句数之外,增入一些通俗性的韵文散句或便于朗诵的短句。若用滚调来念白,则称为"滚白"。

剧种身上经历了复杂多样的演变。就调腔而言,在文本格律上,调腔的南戏及部分传奇剧目的曲牌存在"增句加滚"的情况,而时戏曲牌一般不加滚,且在曲牌连缀上仍保持着明清传奇的一般特征,在与曲牌词式相关的具体字数、平仄等方面则表现得相对松散和自由。在音乐上,调腔本身伴奏只有锣鼓而无管弦,有人声帮腔。由于旧时调腔曲唱没有固定曲谱,全凭师传口授,经过数百年的流变,腔调材料通用的情况就变得较为普遍,且调腔曲牌用于帮腔的定腔乐汇是通用的。

此外,调腔兼唱昆腔和四平①,前者有以笛为主的管弦乐伴奏,不帮腔;后者在调腔的基础上增加了横笛、板胡等伴奏,保留人声帮腔②。调腔四平腔只存在于部分古戏剧目之中,而昆腔不仅涵盖了一些古戏剧目或折子,还在时戏剧目中普遍存在。

(二)联套、套式、单套和复套

曲家根据曲牌特性,按照一定的习惯,将曲牌连缀成套,叫作联套。套式是指某些曲牌联套的典型组合形式。

曲牌有北曲和南曲之分,相应地,曲牌套式大致可分为北曲套式、南曲

---

① 蒋星煜《从"余姚腔"到"调腔"》在罗列调腔常用曲牌后说道:"曲牌的唱法有的是清念,有的是唱调腔,也有唱吹腔的,但是很少。"参见华东戏曲研究院编:《华东戏曲剧种介绍》第五集,第 57 页,后收入蒋星煜:《中国戏曲史钩沉》,第 74 页。按,绍兴的调腔班少量的吹腔大概吸收自绍兴昆弋武班或绍兴乱弹的"扬路类"唱腔。棘公《越剧杂谈》(《戏剧月刊》第二卷第三期,上海大东书局,1929 年 11 月):"高调班之唱词,较乱弹为典雅,……《和番》《醉酒》等剧,则为昆曲之吹腔。"绍兴昆弋武班有《和番》,绍剧有《昭君和番》和《贵妃醉酒》。

② 蒋星煜《从"余姚腔"到"调腔"》称调腔四平腔帮腔是"帮唱句的最末一个字","横笛和昆腔用的笛子不同,吹的孔和贴芦衣的孔距离较近,因此发的音也特别高"。对于调腔四平腔的来源,该文继续说道:"从采用板胡这一点看来,又可能是受到乱弹剧种的影响而产生这一种'四平腔'的。极个别的艺人认为'四平腔'是调腔班在清代末年吸收了其他剧种而酝酿产生的,这种看法是缺乏根据的。这一种'四平腔'很可能即是或接近于当初的'青阳''乐平',在明末应该已经有了。"参见华东戏曲研究院编:《华东戏曲剧种介绍》第五集,第 57 页,后收入蒋星煜:《中国戏曲史钩沉》,第 72—73 页。

套式以及南北曲结合的套式三种。北曲联套规律整饬,如元杂剧通常一本四折,每折一套北曲,"每一套曲皆联合宫调相同或管色相同之曲牌若干,以成组织颇为严密的长篇乐曲"①。相比之下,早期的南曲戏文(即南戏)的联套相对松散,后来伴随着曲牌各种配搭形式的运用和常见搭配的增多,才逐渐形成各种熟套,其中"戏文联套而作为'套式'者,《永乐大典戏文》极为少数,但《琵琶记》与《荆钗记》均有全本百分之五十左右之套数成为明以后传承之'套式',足见戏文之曲牌性格至《琵琶》《荆钗》始趋固定"②。同时,南戏剧本还吸收北曲及其套式以为己用:一为部分曲牌或曲段的借用,二为借用整个北曲套式,三为南北曲混杂的南北合腔以及南北曲各一重复循环、南北套式各一轮流间用的南北合套③。嗣后明清传奇继南戏而兴起,继承了南戏的诸多特点,并在体制、曲牌连缀、角色分化上趋于细密。

曲牌联套看似纷繁,其实有其内在肌理。为了更好地分析调腔曲牌套式的特点,在此参照《昆曲曲牌及套数范例集(南套)》单套和复套的分法:"单套在故事发展一脉相承、没有转折和别生枝节的情况下使用","复套应用在剧情故事有转折或别生枝节的场合,这种套数在剧情转折或节外生枝之处曲调也应有所变换"。"复套是由两个甚至两个以上单套组成的,每个单套可以是完整的,也可以只截取整个套数的一部分"④。这种"单套"类似有的学者所说的"曲组"⑤。

---

① 曾永义:《元杂剧体制规律的渊源与形成》,《戏曲源流新论》(增订本),中华书局,2008,第246页。

② 曾永义:《宋元南戏体制规律的渊源与形成》,《戏曲源流新论》(增订本),第232—233页。

③ 参见曾永义:《戏文和传奇的分野及其质变过程》,《戏曲源流新论》(增订本),第310—314页。

④ 昆曲曲牌及套数范例集(南套)编写组编著:《昆曲曲牌及套数范例集(南套)》(上册),上海文艺出版社,1994,第45页。

⑤ 如俞为民《〈琵琶记〉曲调组合形式考述——兼论高明"不寻宫数调"说》(《宋元南戏文本考论》,中华书局,2014,第149页)说道:"南戏在安排每一出戏的曲调时,虽不采用像北曲依宫调联套的形式,但在组合曲调时,常将某些具有相同或相近声情的曲调组合在一起,由此形成了相对固定的曲调组合形式,即曲组。"

单套可以是由若干不同曲牌连缀而成的南曲单套或北曲单套,也可以是孤牌叠用而组成自套,乃至曲牌的数量只有一支。南北合套指南北曲交互循环或北套、南套合用(即一北一南或一南一北的曲牌交替使用),但调腔南北合套种类不多,且套式不甚严格。

(三)调腔的剧本分出

根据王守泰《昆曲格律》的分法,明清传奇是"以数十个独立折子组成,每个折子又是一个多方面综合的艺术单元",是为"集折体";京剧的"独立的场次有时只是一个过场性质,起衔接故事作用,大多不是独立的艺术片段",是为"连场体"①。戏曲的分出或分场实同音乐结构相关,南戏和传奇的结构骨架是曲牌及其套式的运用,大多数场次有曲唱且至少包含一个单套(包括南曲单套和北曲单套、孤牌自套、单支曲牌或曲牌杂缀)或南北合套,通常一个单套或南北合套不会分置两出。而板腔体剧种的曲唱同分场没有必然的联系,演出通常连贯而下,从角色登台到所有角色下场,便成一场。

调腔的古戏剧目属于集折体且通常题有出目名,而调腔时戏剧目的分出,大体上仍属于集折体,各类抄本"抄写时多以序号分出,即标以一号、二号、三号,一个'场号'相当于一出或一场,接连而下,尤其是对于通常没有标写出目的'时戏'剧目",且抄本"大体上兼顾用曲,即一出往往包含一个完整的套式,大体同于明清传奇分出的规律"②。但20世纪50年代以来的调腔老艺人忆写本、整理本、油印演出本,却基本采用连场体的书写方式。例如时戏《四元庄》,根据抄本可得四十六号即四十六出,而1962年整理本(案卷号195-3-92)分为七十六场,场次多出将近一倍。

调腔时戏剧目的分出又具有一定的灵活性,存在一个套式分割为数出

① 王守泰:《昆曲格律》,江苏人民出版社,1982,第271页。
② 吴宗辉:《新昌县档案馆馆藏调腔抄本的体制、形态和价值——以调腔晚清民国抄本为中心》,《浙江档案》2016年第4期,第47页。

的情况。如《凤头钗》第二十号和第二十一号将【点绛唇】套分作两截,当中的【点绛唇】至【混江龙】四曲写探监事,【哪吒令】至尾声四曲为堂审戏。这是由于剧情转折、地点变动而作分割,类似的还有《双凤钗》第十八、十九号,《双狮图》第十四、十五号,《双报恩》第十七、十八号,等等。再如《后岳传》第十三至十六号更是作连场体处理,将一个【醉花阴】南北合套分为四截。又如《双狮图》第二十号的【新水令】南北合套,唱尾声时场景已经转换,故把尾声移至第二十一号开头。此外,还存在极个别数个套式同在一出该分而未分的情况,如《凤凰图》第三十三号篇幅极长,含有【风入松】【急三枪】套、【点绛唇】套和【醉花阴】南北合套。

(四)调腔曲牌常用套式

就曲牌的联套形式而言,可分为使用不同的曲牌联套的"异调联用"和同一曲牌叠用的"单曲叠用"两大类。这里把调腔曲牌常用套式的归纳范围限定为异调联用的南北曲基本套式(即南曲单套和北曲单套)和南北合套。

方荣璋编《调腔乐府·套曲之部》[①]归纳了二十七套四十八式调腔"套曲",但未能反映调腔戏曲牌使用的真实情况。一是部分"套曲"其实是由不同单套所组成的复套,如"蛮牌令套""皂罗袍套""倾杯芙蓉套""傍妆台套""梁州序套""绵搭絮套"等,这些所谓"套曲"往往只有一两个用例,不具备通用性。相应地,一些实用的通行套式却没有被梳理出来。二是少量"套曲"的曲牌名题写不可靠,除出自《妆盒记》的"新水令套"系误合之外,出自《天门阵》的"梁州序套"的曲牌名也不尽可信。因此有必要通过对调腔曲牌用例的梳理,重新归纳调腔曲牌的套式。

现从调腔剧目的实用套式出发,以提炼套式的基本形式、展现联套的原型为指归,将调腔常用曲牌套式(限定于异调联用的南北曲单套和南北合

---

① 1963—1964 年间方荣璋所编《调腔曲牌集》包含《套曲之部》二册,1982 年重编的《调腔乐府》同样收有《套曲之部》,笔者所见为后者。

套;常用曲牌套式是指用例达 3 例及 3 例以上者)列表如次(其中用例统计范围一般限于本书整理的剧目①):

类 别	名 称	包含套牌	举 例
南曲单套	【啄木儿】套	【啄木儿】【三段子】【归朝欢】	《凤头钗》第八号、《双喜缘》第十七号等 16 例
	【降黄龙】【黄龙滚】短套	【降黄龙】【黄龙滚】	《凤头钗》第十二号、《六凤缘》第二十三号等 3 例
	【绣带儿】【宜春令】套	【绣带儿】【宜春令】【三学士】【东瓯令】【秋夜月】等	《四元庄》第一号、《八美图》第九号等 8 例
	【金络索】【三换头】短套	【金络索】【三换头】	《玉蜻蜓·游庵》、《仁义缘》第八号等 5 例
	【梁州新郎】【节节高】短套	【梁州新郎】【节节高】	《一盆花》第二十三号、《双凤钗》第十五号等 5 例
	【泣颜回】套	【泣颜回】【千秋岁】【越恁好】【红绣鞋】	《玉蜻蜓·头搜》《分玉镜》第七号等 19 例
	【粉孩儿】套	【粉孩儿】【福马郎】【红芍药】【耍孩儿】【会河阳】【缕缕金】【越恁好】【红绣鞋】	《双狮图》第二十九号、《四元庄》第三号等 7 例
	【锦缠道】套	【锦缠道】【普天乐】【古轮台】	《游龙传》第十号、《六凤缘》第十九号等 4 例
	【渔家傲】套	【渔家傲】【剔银灯】【地锦花】【麻婆子】	《葵花配》第七号、《四元庄》第三十三号等 3 例
	【二郎神】套	【二郎神】【集贤宾】【黄莺儿】【猫儿坠】	《凤头钗》第三号、《八美图》第十一号等 11 例
	【小桃红】套	【小桃红】【下山虎】【山麻秸】【五韵美】【五般宜】【蛮牌令】【忆多娇】【斗黑麻】【江头送别】【黑麻令】	《一盆花》第二十四号、《还金镯·还镯》等 18 例

---

① 沈珏、吴宗辉《调腔曲牌研究若干问题辨正》(《文化艺术研究》2020 年第 1 期)一文统计调腔曲牌常用套式的用例个数时未包括调腔时戏《三凤配》和《双合缘》后半部分,故而部分套式用例个数较下表为少。下表为最新的统计,当以之为准,特此说明。

续　表

类　别	名　　称	包含套牌	举　　例
北曲单套	【江头金桂】套	【江头金桂】【忆多娇】【斗黑麻】	《铁冠图·乱宫》、《双玉锁》第八号等 13 例
	【锦堂月】套	【锦堂月】【醉翁子】【侥侥令】	《游龙传》第八号、《仁义缘》第二十号等 7 例
	【园林好】套	【园林好】【江儿水】【玉交枝】【五供养】【川拨棹】	《双合缘》第五号、《天门阵》第三号等 24 例,另有插用其他曲牌者 7 例
	【风入松】【急三枪】套	【风入松】【急三枪】	《双报恩》第十六号、《凤凰图》第二十四号等 28 例
	【点绛唇】套	【点绛唇】【混江龙】【油葫芦】【天下乐】【哪吒令】【鹊踏枝】【寄生草】【煞尾】	《游龙传》第五号、《闹鹿台》第九号等 31 例
	【端正好】套	【端正好】【滚绣球】【叨叨令】【脱布衫】【小梁州】【快活三】【朝天子】等	《一盆花》第二十八号、《双喜缘》第十五号等 17 例
	【粉蝶儿】套	【粉蝶儿】【醉春风】【石榴花】【斗鹌鹑】【上小楼】【满庭芳】【快活三】【朝天子】【煞尾】等	《四元庄》第四十四号、《凤凰图》第二十五号等 5 例
	【一枝花】【梁州第七】套	【一枝花】【梁州第七】【牧羊关】【四块玉】【哭皇天】【乌夜啼】【煞尾】	《分玉镜》第二十九号、《双玉配》第十号等 17 例
	【新水令】【驻马听】套	【新水令】【驻马听】【折桂令】【雁儿落】【沽美酒】①【收江南】【尾】	《双报恩》第八号、《仁义缘》第十五号等 16 例
	【斗鹌鹑】【紫花儿序】套	【斗鹌鹑】【紫花儿序】【调笑令】【秃厮儿】【沙和尚】【小桃红】【尾】等	《永平关》第十四号、《四元庄》第四十一号等 6 例

---

①　一般而言,在调腔抄本里,【雁儿落】实即【雁儿落带过得胜令】,【沽美酒】实即【沽美酒带过太平令】。下文南北合套中的【新水令】【步步娇】套中的【雁儿落】和【沽美酒】同。

类　别	名　称	包含套牌	举　例
	【一枝花九转】套	【一枝花】【一转】【二转】【三转】【四转】【五转】【六转】【七转】【八转】【九转】	《双狮图》第四十三号、《凤凰图》第十二号等4例
	【醉月明】套	【醉月明】【醉春风】【醉太平】	《仁义缘》第十二号、《双狮图》第三十六号等3例
南北合套	【醉花阴】套	(北)【醉花阴】、(南)【画眉序】、(北)【喜迁莺】、(北)【出队子】、(南)【滴溜子】、(北)【刮地风】、(南)【鲍老催】、(北)【四门子】、(南)【双声子】、(北)【水仙子】等	《四元庄》第三十一号、《八美图》第四十六号等29例
	【粉蝶儿】【泣颜回】套	(北)【粉蝶儿】、(南)【泣颜回】、(北)【石榴花】、(北)【黄龙滚犯】、(北)【上小楼】、(南)【扑灯蛾犯】、(北)【叠字犯】等	《双玉锁》第二十二号、《四元庄》第二十九号等10例
	【新水令】【步步娇】套	(北)【新水令】、(南)【步步娇】、(北)【折桂令】、(南)【江儿水】、(北)【雁儿落】、(南)【侥侥令】、(北)【收江南】、(南)【园林好】、(北)【沽美酒】、(南)【尾】(或【清江引】)	《双凤钗》第二十六号、《闹九江》第十号等31例

由上表可知，调腔常用曲牌套式多数与明清传奇相通，而明清传奇的曲牌套式是在继承杂剧、南戏曲牌套式的基础上加以发展的。其中北曲单套虽源出元杂剧，但曲牌连缀经明清传奇改造，不少套式与元人剧套已有不小的距离。需要说明的是，既往研究受材料不足或不准确的影响，对调腔曲牌及其剧唱的认识不尽准确，举例如下：

第一，罗萍、华俊《新昌调腔的剧唱结构》和《中国戏曲音乐集成·浙江卷》等资料对于调腔曲牌有所谓"律曲"及"律曲俗化"和"俚歌"及"俚歌律化”的分法①。其实,所谓"俚歌"即无名、无格曲牌,很大程度上是由《调腔曲牌集》《调腔乐府》曲牌名题写失误、曲牌分析不当以及曲例分析不足造成的。有关《调腔曲牌集》《调腔乐府》的一些疑误之处的分析详见附录二《调腔曲牌分类详解》,本书剧目整理部分对此也屡有说明。

第二,《中国戏曲音乐集成·浙江卷》总结调腔南曲、北曲时认为"在新昌调腔演的戏中,往往南曲、北曲混用,尤其是'时戏'","南曲都以'只曲'使用于剧中,即使是'古戏'"②。这一说法存在着较大的问题,其中南曲套牌的大量存在自不待言,实际上,除了个别出目存在曲牌杂缀的现象,以及南北合套套式不是很严格(如有南曲或北曲各自相接的片段),调腔大部分曲牌的运用情况,是同明清传奇相仿或者有规律可循的。

(五)调腔曲牌的结构

调腔曲牌单套(异调联用的南北曲单套、孤牌自套等)或南北合套的首曲的起调常用"起板甩头"(散板起调,后接甩头③)。例如调腔《牡丹亭·寻梦》:

①【月儿高】-【前腔】-②【懒画眉】-【前腔】-③【忒忒令】-④【嘉庆子】-【尹令】-【品令】-【豆叶黄】-【玉交枝】-【月上海棠】(实际上是【三月海棠】)-⑤【江儿水】-【川拨棹】-【前腔】-【前腔】-【尾】

---

① 参见罗萍、华俊:《新昌调腔的剧唱结构》,中国戏剧家协会浙江分会、浙江省艺术研究所等编:《浙江戏曲音乐论文集》第五集,1992,第68—83页;《中国戏曲音乐集成》编辑委员会、《中国戏曲音乐集成·浙江卷》编辑部编:《中国戏曲音乐集成·浙江卷》,中国ISBN中心,2001,第70—72页。

② 《中国戏曲音乐集成》编辑委员会、《中国戏曲音乐集成·浙江卷》编辑部编:《中国戏曲音乐集成·浙江卷》,第70—72页。

③ 甩头,又称"丢句"。甩头部分(一句的前段或完整一句)由演员演唱,演唱方法有散板朗诵和有板朗诵、散板歌唱和有板歌唱四种,演唱时急速渐快,句尾二字节奏急促,突出"甩"的特点。甩头部分唱完后,由后场乐队接唱一句的剩余部分或次句,接唱部分演员可不唱。甩头句连用二次,则称为"双甩头"。

这十六支曲牌所组成的复套可拆分为五个单套,该复套中的单套首曲【月儿高】【懒画眉】【忒忒令】【江儿水】皆唱"起板甩头",【嘉庆子】的甩头则落在【忒忒令】末句上。又如调腔《铁冠图·观图》:

①【解三酲】—【前腔】—【滴溜子】—②【太师引】—【前腔】—③【啄木儿】—【前腔】—【三段子】—【归朝欢】

这九支曲牌所组成的复套可拆分为三个单套(【滴溜子】为随机插用的曲牌),其中单套首曲【解三酲】【太师引】【啄木儿】皆唱"起板甩头"。

北曲单套通常较长,且不像南曲孤牌或南曲单套那样使用相对灵活,故而北曲单套套中可视情况分割并设置"起板甩头"等。

《调腔乐府》卷一"前言"和《调腔初探》指出调腔曲牌"常由套板—(锣鼓)—起调—正曲(包括甩头、重句、叠板或称滚调)—合头或结尾等部分组成",其中,"正曲"是"一只曲牌的主体部分,一般由上、下两个基本乐句变化反复所构成,也有一段体、二段体、三段体以及多段体和起承转合的四句体等形式","合头或结尾"是"曲牌的结束部分(即结束乐段):在这结束部分前面,若插入道白,那这个结束部分称为'合头',反之称'结尾'"①。其实,调腔抄本中"合头"的含义指某些曲牌末尾常由独唱转入合唱的词段或词句,与是否插入道白无关,而后来"合头"又指吹打牌子分段使用时的后段。

---

① 方荣璋编:《调腔乐府》卷一"前言",新昌县调腔剧团内部资料,1982,第6—8页;新昌高腔剧团调腔研究小组,吕济琛执笔:《调腔初探》,《戏曲研究》第7辑,第147—148页。按,"包括甩头、重句、叠板或称滚调",《调腔初探》作"包括叠板成滚调",其余文字以《调腔乐府》为准。

三、调腔的唱腔符号

高腔剧种的唱腔一般鲜有工尺谱记录,而常常有一套艺人相沿的唱腔符号体系,用以标示板眼、规定和提示唱腔,如安徽岳西高腔的"箍点"、江西湖口高腔的古谱、浙江松阳高腔的"曲龙"等。

(一)蚓号

蒋星煜《绍兴的高腔》云:"绍兴高腔没有工尺谱,只有一种符号,便是在字的旁边画一条变化很多的线,以表示这个字应该拖得短或长,向上或向下,转折或一直进行。"①调腔的这套用以规定、提示唱腔的符号,因其形似蚯蚓,现被称为"蚓号"。

方荣璋编《调腔乐府》及罗萍、华俊《新昌调腔的剧唱结构》(中国戏剧家协会浙江分会、浙江省艺术研究所等编:《浙江戏曲音乐论文集》第五集,1992)等资料都曾对调腔的板式符号和蚓号做过归纳,但与调腔抄本的实际使用情况稍有出入。现将调腔抄本常见蚓号重新制表如下:

序号	符 号	标写位置	说 明	备 注
1			其腔由低而高,或相应高唱	
2		记在唱句末尾右旁	其腔由高而低,或相应低唱	
3			其腔曲折而低唱	
4		曲文句、逗的右旁	四字重句	有时与第5种无异
5			四字重句,并相应高唱	或与表示重文的"又"字符结合使用

①　蒋星煜:《绍兴的高腔》,华东文化部艺术事业管理处编:《华东地方戏曲介绍》,第23页。

续　表

序号	符　号	标写位置	说　明	备　注
6	(符号)	记在唱句末尾右旁	四字（间为五、六字）重句	常出现在曲牌结束处，往往与表示重文的"又"字符结合使用
7	(符号)		重全句，原句高唱，重句低唱	
8	(符号)	在曲文某字的右侧或右下	此字延长或有花腔，或为散唱	
9	(符号)	曲文句、逗的右旁	甩头	

　　调腔的蚓号体系大概经历了从三角形或小圆圈带柄符表示腔句（包含具有稳定旋律的定腔乐汇的乐句）句读，到用柄符的状态提示旋律走向或落音音高相对高低，最后发展出成熟的蚓号的过程。因此，并不是所有调腔抄本都应用了上述这套蚓号的。

（二）板式符号

　　调腔本声腔上板的曲子基本上都是一眼板（一板一眼，第一拍即强拍为板，第二拍即弱拍为眼，记谱用 2/4），主要以板"、"标于字的右侧，表示唱在板上或占据相应板数；过板"－"标于两字之间，表示前一字增加一板（两拍）或后一字唱在板后，不过抄本在标写上常加以省略。下面简要介绍调腔的昆腔板式符号。

　　流行于浙江民间的昆腔鲜用工尺谱，而有只标示三种板式符号的谱子，金华昆腔谓之"三指板"，永嘉昆剧唤作"三点指"，三种板式符号及其名称如下表①（附湖南的高腔低牌子"指谱"）：

---

　　①　制表参照郑孟津：《广东潮安出土〈刘希必金钗记〉、揭阳出土〈蔡伯皆〉二种南戏写本曲词旁注朱圈的解读》，《词曲通解》，上海古籍出版社，2014，第 235 页。

符　号	金华昆腔	永嘉昆剧	符　号	湖南高腔低牌子	文献上别称或现在通称
、	头板	板	×	板	迎头板、实板
∟或丨	腰板	中指小板	∟	小板	辙（彻）板、掣板
—	脚板	小板			绝板、截板、底板

　　郑孟津称永嘉昆剧"另外有以'×'作'、'用的。中指小板有时用'レ'，表示旋律向低音区活动；有时用'×'，表示旋律向高音区展开，实际上都是腰板"[①]。郑先生还根据明刊南戏、传奇的点板和魏良辅《南词引正》第二条"拍乃曲之余，最要得中，如迎头板随字而下，辙（彻）板随腔而下，绝板腔尽而下"的记载，指出浙江昆腔的三种板式与明代点板属同一系统[②]。

　　调腔的昆腔板式符号与金华昆腔"三指板"、永嘉昆剧"三点指"基本一致。现以调腔昆腔戏《水浒记·活捉》【梁州新郎】第二、三句"珠楼堕粉，玉镜鸾空月影"为例说明之，如图1所示。

(a)　　　(b)

图 1　调腔昆腔戏《水浒记·活捉》【梁州新郎】(片段)板式符号对照

---

　　①　郑孟津：《永嘉（温州）昆剧音乐》，《词曲通解》，第 214 页。
　　②　参见郑孟津：《广东潮安出土〈刘希必金钗记〉、揭阳出土〈蔡伯皆〉二种南戏写本曲词旁注朱圈的解读》，《词曲通解》，第 227—230 页。

如图 1(a)所示为晚清《水浒记》等吊头本①[案卷号 195-1-145(3-2)],如图 1 (b)所示为民国年间赵培生旦本(案卷号 195-2-19),曲文则以前者为确。两相对照,吊头本板用"、",而赵培生本板用"×";两者腰板都用"｜";吊头本底板与腰板同用"｜",而赵培生本底板用"－",但该吊头本他处亦偶用"－"表示底板②。

对于三种板式符号的含义,就调腔的昆腔三眼板(一板三眼,4/4 拍)而言,板(×或、)表示随字而下板;腰板(｜)表示腔过而下板;底板(－)表示腔尽而下板。此外,底板在散板中可用于句末断句,不表示节拍。另附方荣璋据赵培生演唱记录的调腔昆腔戏《水浒记·活捉》【梁州新郎】第二、三句的简谱(见图 2),并注出赵培生本的板式符号,以供参考③[1＝G(正宫调),4/4]:

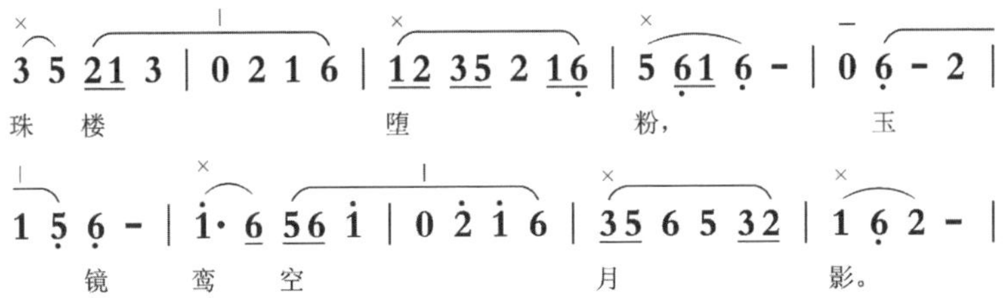

图 2　调腔昆腔戏《水浒记·活捉》【梁州新郎】(片段)简谱

四、调腔的用韵

调腔时戏的用韵,规范的情况是一个单套(包括一些临时相连、插用的曲牌)或南北合套只押同一韵部,而复套也可以一韵到底。一个含有曲唱的场次,一般至少包含一个单套或南北合套。就本书整理的调腔时戏剧作而言,《八美图》《白梅亭》《白门楼》《定江山》《分玉镜》《凤头钗》《还金镯》《金沙

---

① "吊头本"的含义详见后文《调腔抄本及其整理》。

② 调腔的三种昆腔板式名称"板""腰板"和"底板"为笔者自拟,老艺人的说法暂无资料可稽。

③ 简谱取自《中国戏曲音乐集成·浙江卷》绍兴市分卷编写组编:《中国戏曲音乐集成·浙江卷》绍兴市分卷调腔卷分卷之五,1988,第 65 页。

岭《连环计》《闹九江》《仁义缘》《三凤配》《三婿招》《双报恩》《双凤钗》《双合缘》《双喜缘》《双玉配》《四元庄》《天门阵》《循环报》《一盆花》《游龙传》等基本符合用韵的规范,而《后岳传》《六凤缘》《葵花配》《闹鹿台》《永平关》等部分出目用韵稍有混杂,《赐绣旗》《凤凰图》《双狮图》《双玉锁》等存在较多出目用韵混杂的现象,《曹仙传》《绿牡丹》二剧则同一套式或曲牌之内可以换用或杂入读音相差较大的韵脚字。

其实,用韵趋于自由的时戏的韵部混用仍有一定的规律可循:一是参与混用的韵部在语音上通常有一些联系,二是大多能找出一个押韵的主要韵部。例如以押江阳韵为主的出目,混入的他韵字一般出自皆来、家麻、寒山,而很少混入东钟、歌模韵字;以押东钟韵为主的出目,混入的则为歌模韵字。究其原因,大概是剧作者文化水平不高,往往凭借自己的语感来遣词造句,即在潜意识里受到吴方言复合元音单化和鼻音韵尾弱化的影响,出现一些主要元音相同或相近的阳声韵和阴声韵混用的现象。

传统戏曲以属于曲牌体剧种的昆曲、高腔剧种和福建、广东的莆仙戏、梨园戏、正字戏等剧种最为古老。其中,昆曲以及一些高腔剧种,素有讲求"中州韵"的传统,即吐字归韵虽受方言影响,但同方言保持一定的距离,而与官话或读书音相近。清中叶继起的乱弹声腔,用韵仍宗"中州韵"并有变化,直至晚清以来的摊簧类剧种,唱念才多用方言。通过对调腔用韵的分析,可以说明调腔曲音是恪守"中州韵"传统的。

1986 年,因《中国戏曲志》《中国戏曲音乐集成》的编纂需要,吕月明先生曾归纳出十三韵(手稿藏新昌县档案馆,案卷号 195-4-37),如下:

1.堂皇韵(以"昂"收音,鼻音较重);

2.翻兰韵(以"安"收音,发音清脆);

3.团圆韵(常和翻兰、天仙两韵通用);

4.天仙韵(以"烟"收音);

5.临清韵（以"音"收音，发音清彻）；

6.拉华韵（以"阿"收音，发音响亮，送得远）；

7.来彩韵（以"哎"收音，发音开朗）；

8.依欺韵（以"依"收音，今按，未收灰回韵字）；

9.腰晓韵（以"凹"收音，发音响亮有力）；

10.流求韵（以"幽"收音，发音小）；

11.鸣呼韵（以"乌"收音，发音不远，少用）；

12.铜钟韵（以"翁"收音，鼻音重，少用）；

13.陆托韵（少用）。

　　因其所考察的范围囿于《调腔曲牌集》《调腔乐府》例曲，没有把文人剧目与调腔时戏剧目区别开来，在取名和分韵上明显参照了越剧韵部，故而局限性较大。譬如，将收先天韵撮口字和桓欢韵字的团圆韵独立分出、鸣呼韵和陆托韵的分置，以及对韵部使用频率的描述，都与调腔传统剧目的实际用韵状况不甚切合①。

　　通过对数量众多的传统时戏剧目的用韵考察，调腔大致有东钟、歌模、居鱼、支思、机微、灰回、皆来、家麻、萧豪、江阳、寒山、先桓、尤侯、真庚、车遮共 15 个舒声韵部，分部与昆曲韵部相近。现以调腔用韵相对规范的时戏剧目或出目的统计为基础，将调腔 15 个舒声韵部介绍如下：

　　1.东钟韵，相当于《中原音韵》东钟韵，调腔时戏用例逾 25 例。

　　2.歌模韵，相当于《中原音韵》歌戈韵和鱼模韵的洪音（姑模

---

①　后来编成的《中国戏曲音乐集成·浙江卷》也只介绍了绍剧所归纳的 22 个韵部（含入声韵部），该书中的《新昌调腔概述》提及语音时注明看《绍剧概述》。然而，书中所归纳的绍剧用韵，如歌罗和姑吴分开，并注明独用；昆仑、鸳猿、先盐三韵注明可通用，都与调腔实际用韵不合。

韵），调腔时戏用例约 20 例。

3.居鱼韵，相当于《中原音韵》鱼模韵的细音。调腔时戏用例目前发现仅 1 例，与歌模韵互押 1 例。调腔该韵与机微、歌模两个韵部关系密切，但押入机微和押入歌模的韵字看不出有什么分化趋势。考虑到戏曲音韵的规律和绍兴、新昌方言读音，仍设居鱼韵为独立韵部。

居鱼韵绍兴、新昌方言读作 y，而在调腔抄本中，"如""似"相混，有抄本将"盟誓"写作"命如"，"取笑"和"耻笑"通作，说明该韵曲音念起来还可能接近于与 ɿ，ʅ 相对的圆唇元音。

4.支思韵，相当于《中原音韵》支思韵，调腔时戏用例目前发现仅 2 例。

5.机微韵，从《中原音韵》齐微韵分出，调腔时戏用例逾 10 例。

6.灰回韵，从《中原音韵》齐微韵分出，调腔本韵部与皆来韵关系密切，调腔时戏用例约 5 例。

7.皆来韵，相当于《中原音韵》皆来韵，调腔时戏用例逾 30 例。

8.家麻韵，相当于《中原音韵》家麻韵，调腔时戏用例逾 15 例。

9.萧豪韵，相当于《中原音韵》萧豪韵，调腔时戏用例逾 100 例。

10.江阳韵，相当于《中原音韵》江阳韵，调腔时戏用例逾 90 例。

11.寒山韵，相当于《中原音韵》寒山韵和监咸韵，调腔时戏用例约 10 例。

12.先桓韵，相当于《中原音韵》先天韵、桓欢韵和廉纤韵，调腔时戏用例逾 35 例。

13.尤侯韵，相当于《中原音韵》尤侯韵，调腔时戏用例逾 30 例。

14.真庚韵，相当于《中原音韵》真文韵、庚青韵和侵寻韵，调腔时戏用例逾 50 例。

15.车遮韵，相当于《中原音韵》车遮韵，调腔时戏用例目前发现仅 2 例。

由押韵统计可知,调腔时戏常用的韵部有东钟、皆来、萧豪、江阳、先桓、尤侯、真庚,其次是歌模、家麻等韵部。

五、调腔的角色制和班社组织

角色,本作"脚色"。角色制是中国传统戏曲的本质特征之一。若从角色源流来说,宋金杂剧的末(末泥)和副末,到南戏阶段分化出生、末、外。早期南戏有生、旦、净、末、丑、贴、外共七角,其后因角色不足又添一外,称为小外,后来称为小生;旦行发展出老旦或小旦,贴则定型为贴旦;净、丑新增副净或副丑。到了明代万历年间,各行角色普遍发展,明王骥德《曲律》卷三《论部色》云:"今之南戏,则有正生、贴生(原注:或小生)、正旦、贴旦、老旦、小旦、外、末、净、丑(原注:即中净)、小丑(原注:即小净),共十二人,或十一人,与古小异。"①这已与清乾隆年间李斗《扬州画舫录》所说的昆腔戏"江湖十二角色"相差无几。传统调腔行当不计杂色,亦为十二角色,可见调腔角色制渊源有自。

(一)调腔角色制的"十二先生"及其旦行名称问题

蒋星煜《从"余姚腔"到"调腔"》一文叙绍兴的调腔班角色制为"四花四白五旦堂",其中"五旦堂"为"老旦、正旦、闺门旦、花旦、五旦"②。新昌的调腔班通常只说"三花",《调腔初探》云:"调腔戏的行当,有着'三花、四白、五旦堂'之称。'三花'即大花脸、二花脸、小花脸;'四白'即老生、正生、小生、副末;'五旦堂'即老旦、正旦、当家旦、花旦、五旦(或称拜堂旦)。早期的调腔行当,就这十二个名份,称'十二先生'。后来又增加了四花脸、五白脸、六旦堂。"③"五旦堂"有些资料的名目和次序又作"老旦、正旦、贴旦、小旦、五旦

①　[明]王骥德著,陈多、叶长海注释:《曲律注释》,上海古籍出版社,2012,第226页。

②　参见华东戏曲研究院编审室资料研究组:《从"余姚腔"到"调腔"》,华东戏曲研究院编:《华东戏曲剧种介绍》第五集,第59页,后收入蒋星煜:《中国戏曲史钩沉》,第75—76页。

③　新昌高腔剧团调腔研究小组,吕济琛执笔:《调腔初探》,《戏曲研究》第7辑,第185页。

堂"或"正旦、贴旦、小旦、老旦、五旦",相关说法不尽一致,在此辨析如下:

第一,调腔抄本基本没有"五旦"的称呼,旦角分为老旦、正旦、小旦、贴旦、花旦五种。绍剧有"五旦"的叫法,其"五旦"当是因在"老旦、正旦、小旦、作旦"之后位列第五而得名。绍剧"五旦"又称"拜堂旦",系旦角杂色,而调腔的"花旦"实系正色。

第二,"贴旦""花旦"当次于相当于闺门旦的"小旦"之后,《从"余姚腔"到"调腔"》一文可证。《绿牡丹》总纲本①(案卷号 195-1-156)行文有"三占""三旦"各一,剧中实即小旦;同治二年(1863)"蔡逢秋记"贴旦本(案卷号 195-1-9)所收《牡丹亭·遇母》首端题"四旦占上白",可为小旦、贴旦次于老旦、正旦,分别位列第三、第四之证。

"贴旦"简写作"占",早期贴旦是指旦外又设一旦,故所涉人物范围较广,近代昆曲将贴旦视情况归入五旦(闺门旦)和六旦,而以归为六旦者居多。大概受戏曲刊本的影响,20 世纪 60 年代以来的调腔剧目整理本对调腔抄本中的旦行名称作了大量改动:将"小旦"改"占",如《游龙传》;将"小旦"和"占"分别改题为"占"和"旦",如《双狮图》;将"小旦"和"花旦"分别改题为"旦"和"占",如《双玉锁》;将"占"和"花旦"分别改题为"旦"和"五旦",如《金沙岭》;将"小旦""占"和"花旦"分别改题为"五旦""旦"和"占",如《四元庄》②。《调腔曲牌集》《调腔乐府》常常参照其他资料,将抄本中的"小旦"改题为"占",如《玉簪记》《牡丹亭》《出塞》;《调腔乐府》还出现"二占"的名目,如《双喜缘》小旦扮秀贞,花旦(抄本一作"占")扮皇姨,《调腔乐府》分别改题为"占"和"二占"。这些改动给认识调腔传统旦行造成了一定的障碍,由此还导致《调腔乐府》部分角色名目题写前后不一。实际上,明清戏曲刊本的

---

① "总纲本"的含义详见后文《调腔抄本及其整理》。

② 不过光绪二十六年十二月(公元已入 1901)杨德□《四元庄》吊头本(195-1-147)开头柳弱美(柳雪妹)的角色题为"小旦",其后又多题为"占",在赵素梅(赵素妹)、柳弱美、鲍凤妹三旦同时出现时,柳弱美亦为"占"。

角色名目的标写与后世实际演出的角色分派有别,更何况角色制经历了由简单到细致的发展过程,牵合刊本资料改写抄本的标记,无疑是自乱体系。

(二)调腔抄本中的调腔角色制

根据调腔晚清民国抄本,不计杂角,调腔角色制的基本构成为十二角色。除了"三花四白五旦堂"的三分法,依照角色的相关性和演员戏路的互通性,可将调腔十二角色细分为以下七类:①正生、末、外;②小生;③老旦;④正旦;⑤小旦、贴旦、花旦;⑥净;⑦付、丑。现逐一分析如下:

1.正生、末、外

调腔的正生、末和外三色,虽装扮表演各具特色,但唱念相近,系同一门类,演员戏路互通。如清光绪后期张廷华既有三色各自分立的本子,又有三色合抄的本子。演员虽可主工其中一色,但其余二色的戏路亦须掌握,并可随演员的年龄或资质加以调整。此外,受皮黄乱弹剧种影响,正生常被人们称作"老生",而调腔原本或称外为"老生",需注意区别。

(1)正生

调腔正生大致相当于昆曲的正生、大冠生及大部分小冠生、大部分穷生(鞋皮生)。昆曲冠生(亦作"官生")和穷生被视为小生的一种[①],调腔与之不同。王骥德《曲律》卷四《杂论下》云:"《琵琶》如正生,或峨冠博带,或敝巾败衫,具啧啧动人。"[②]将正生分为"峨冠博带"和"敝巾败衫"两类,颇合于调腔正生的人物形象。

正生所扮人物大致有以下几类:①帝王将相、贤臣清官,如《汉宫秋》的汉元帝,《铁冠图》的崇祯帝,《游龙传》的正德帝,《天官赐福》的赐福天官,《白兔记》的刘知远,《三闯》《白门楼》的刘备,《青袍记》的梁灏,《牡丹亭·吊

---

① 宁波昆剧小生包括冠生,昆曲传至"传"字辈时,冠生系小生的一种,但近代苏州昆班冠生与小生并举。昆曲大、小冠生虽同为冠生,但表演上分档严格,嗓音亦有一定的区别。

② [明]王骥德著,陈多、叶长海注释:《曲律注释》,第284页。

打》的苗舜宾,《双凤钗》的祥符县令沈可究,《连环计》的王允,《曹仙传》的包拯,《双玉配》的秀水县令杨益清,《葵花配》的上海县令蔡兆宁,《千金记》的韩信,《分宫楼》《五羊山》的岳飞,《后岳传》的岳雷和宋高宗,《闹鹿台》的黄飞虎,《永平关》的薛丁山,《天门阵》的杨延昭等。其中还包含较多身负苦情的冠带人物,如《琵琶记》的蔡伯喈、《荆钗记》的王十朋、《分玉镜》的许文通、《双玉燕》的李汉文,以及《兰香阁》的祁文廷之类的负心汉形象。②悲剧性人物形象,既有身负苦情、先卑后显的人物,如《双报恩》的韩启彪、《双玉锁》的全玉秀、《四元庄》的柳公望;又有敝巾败衫、先穷后达的穷生,如《黄金印》的苏秦、《彩楼记》的吕蒙正、《凤凰图》的赵廷标。

上述以外,正生所扮人物还有《凤头钗》《一盆花》中正直仁义的李继美和刘贺,《白梅亭》《六凤缘》《八美图》中闯荡江湖的侠士俞瞎、毕天标和柴冲等,以及《还金镯》的王仲友、《仁义缘》的韩义、《六凤缘》的张义等义亲义仆。

(2)末

末,即副末,调腔抄本间或书作"付末"。末通常与正生协调安排人物,如《凤头钗》中的李继美为正生所扮,则长沙县令周知道(单角本作"陈瑞华")由末扮;《永平关》《闹鹿台》《满床笏·卸甲》中正生扮薛丁山、黄飞虎和郭子仪,则末扮帝王。

调腔末角所扮人物涵盖较广,例如《琵琶记》的张太公、《黄金印》的三叔苏宥和苏秦岳父周员外、《赐马》的袁绍和张文远、《游龙传》的家人徐德和刘基后人刘正、《一盆花》的刑部尚书陆秉忠、《分玉镜》的饭铺店主朱老三和吏部天官李庭兰、《闹鹿台》的周文王和郑伦、《双狮图》的兵部尚书赵天禄和李天豹、《赐绣旗》的吴汉和杜茂,都由末来扮演。同时,末所扮人物地位常较正生略低,如《双凤钗》的王书吏、《天门阵》的木易(杨四郎)、《双玉配》的蒋尚达、《闹九江》的胡兰、《双合缘》的韩定国、《四元庄》的周全,地位低于同剧正生所扮的人物。此外,末还常扮演黄门官、考试官、院子家人、手下等。

（3）外

外，调腔抄本间或书作"老生""老外"。如《汉宫秋·饯别》中的相国，复旦大学图书馆藏抄本标作"外"，光绪十八年（1892）《雌雄鞭》等总纲本（案卷号195-1-42）标作"老生"。

调腔外角扮中老年男性人物，大致有以下几类：①显宦人物，如《荆钗记》的钱载和、《彩楼记》的刘茂、《三关》的曹操、《蓝关记》的韩文公（韩愈）、《游龙传》的定国公徐汇、《分玉镜》的言道民、《永平关》的程咬金、《闹九江》的徐达、《双狮图》的李廷杰、《双玉锁》的班景松、《双合缘》的杜显、《双喜缘》的陈政、《四元庄》的潘文达；②闲宦员外等老年人物，如《琵琶记》的蔡伯喈之父蔡崇简、《黄金印》的苏秦之父苏丕、《三元记》的公公、《牡丹亭·跌雪》的陈最良、《凤头钗》的胡魁、《双凤钗》的周方、《仁义缘》的周廷贵、《八美图》的华太师和沈员外、《赐绣旗》的苏批、《凤凰图》的李德孝；③院子家人，以善良忠诚的义仆居多，如《玉蜻蜓》的王廷、《一盆花》的刘安、《双报恩》的李义。

调腔传统行当没有专门的武生和武旦，十二角色除老旦武戏较少之外，各角色须文武兼备，其中正生、末、外又为武戏的重要角色。

2. 小生

调腔小生大致相当于昆曲的巾生、雉尾生，唱时以假嗓为主，兼用真嗓，所扮演的人物为年轻男子，且因多系文人才子，故其形象通常风流潇洒。如《西厢记》的张生、《拜月记》的蒋世隆、《玉簪记》的潘楷、《牡丹亭》的柳梦梅、《玉蜻蜓》的申贵生、《凤头钗》的王林、《一盆花》的孙秀斌、《双凤钗》的苏良璧、《双狮图》的赵云贵、《还金镯》的王裕、《仁义缘》的韩文瑞、《葵花配》的胡混玉、《双喜缘》的王夔、《六凤缘》的赵凤岐。还包括文武皆擅、风流倜傥的秀俊，如《八美图》的柳遇春、《四元庄》的潘仁表、《绿牡丹》的骆宏勋，以及身怀武艺的青年（装扮上或戴插有雉尾的紫金冠），如《白兔记》的咬脐郎，《连环计》《白门楼》的吕布，《闹九江》的华云龙。小生所扮人物还有调腔昆腔戏《白罗衫》的徐继祖（昆曲归入小冠生）。

调腔小生所扮人物也包括一些已婚的年轻男子,如《双报恩》的李秀斌,还包括年轻的官宦子弟、将门虎子,如《游龙传》的徐刚、《双玉锁》的九锡儿、《分玉镜》的言秀林。此外,小生还常兼扮把门官、旗牌、太监,如《妆盒记》的太监陈琳、《铁冠图》的太监王承恩(抄本一作"付")、《双凤钗》的河南经承。

3. 老旦

调腔老旦扮演老年妇女,如《西厢记》的郑氏,《荆钗记》的十朋母张氏,《黄金印》的苏秦婶母和岳母,《彩楼记》的刘夫人,《游龙传》的徐夫人,《八美图》的徐氏、胡氏、华夫人和老鸨赛多娇,此外大太监常由老旦应工。由于老旦戏份一般较少,故常跑龙套,兼扮宫女、丫环、手下等。

4. 正旦

调腔正旦一般扮演已婚女子,如《琵琶记》的赵五娘、《白兔记》的李三娘、《黄金印》的周氏、《彩楼记》的刘千金、《三元记》的秦雪梅、《玉蜻蜓》的张玉英、《凤头钗》的李氏、《双报恩》的田氏、《闹九江》的钱氏、《双玉锁》的秋氏。因所扮人物多为身负苦情的中年妇女,故多着黑色素褶子。正旦亦扮演正宫皇后或有一定身份的命妇、首领,如《铁冠图》的周皇后、《游龙传》的正宫娘娘、《天门阵》的萧银宗、《凤凰图》的沈皇后和金水花。调腔部分时戏群美争妍,当女性人物较多时,绣阁千金亦可由正旦应工,如《六凤缘》的张凤英、《八美图》的华素贞。此外,正旦还需兼扮宫女、门子、手下等。

5. 小旦、贴旦、花旦

(1) 小旦

调腔小旦大致相当于近代苏州昆曲的五旦(闺门旦)或宁波昆剧的"五旦"和"作旦(闺门旦)"。由宁海山上方村方永斌献出的约民国十二年(1923)《葵花配》吊头本(案卷号 195-1-92)少数几处把"小旦"书作"作旦"。

调腔小旦扮演有身份的年轻女子,大致有以下几类:①身边有丫环陪侍的闺阁千金,如《西厢记》的崔莺莺、《牡丹亭》的杜丽娘、《拜月记》的王瑞兰、

《百花记》的百花公主、《双凤钗》的周素娥、《还金镯》的高冰云、《葵花配》的方玉贞、《四元庄》的赵素梅、《八美图》的沈月姑;②年轻的道姑、尼姑和普通闺阁女子,如《玉簪记》的陈妙常、《玉蜻蜓》的王志贞、《三婿招》的郑美照、《双喜缘》的秀贞;③部分已婚的年轻妇女,如《白兔记》的岳秀英、《三元记》的爱玉、《一盆花》的韩氏、《曹仙传》的张氏、《双报恩》的钱氏、《双玉锁》的董兰花;④帝王宠妃,如《游龙传》的姜妃、《闹鹿台》的妲己。

　　小旦又包含带有武戏色彩的角色,如《出塞》的王昭君、《双狮图》的李秀娥、《天门阵》的李节美、《赐绣旗》的苏绣娥、《凤凰图》的李琼芝,除《天门阵》系推断外,皆有抄本题写依据。清乾隆年间李斗《扬州画舫录》卷五云彼时昆班"小旦谓之闺门旦,贴旦谓之风月旦,又名作旦,兼跳打谓之武小旦"[1],调腔小旦、贴旦、花旦须兼跳打,武戏题"小旦"或系泛称。例如光绪满年(疑即三十四年,1908)"杨德铨办"《后岳传》吊头本(案卷号 195-1-118)以小旦扮吉秀娥,民国八年(1919)潘眼末、外、正生本(案卷号 195-2-16)所收《后岳传》涉及时则题为"占(贴)"。此外,小旦还需兼扮宫女、稍水(艄婆)、手下等。

　　(2)贴旦和花旦

　　贴旦,抄本一般省作"占",间有书作"占旦"的。调腔贴旦和花旦性质相近,在扮演丫环侍女时,抄本有的前后混写,有的实无多大区别。

　　除了丫环侍女,贴旦所扮人物的类型主要有:①村姑贫女,如《分玉镜》的朱惠兰、《八美图》的马娇容;②普通闺阁女子,如《双玉配》的韩玉英(抄本一作"小旦")、《双狮图》的张月娥、《双合缘》的韩玉蓉、《八美图》的张定金、《四元庄》的柳弱美,人物身份通常较小旦略低。

　　花旦所扮人物更显稚气和活泼,如《西厢记》的红娘、《拜月记》的蒋瑞莲、《凤头钗》的秋梨、《双喜缘》的皇姨、《八美图》的小桃。花旦又常扮稚气

---

① ［清］李斗著,周光培点校:《扬州画舫录》,江苏广陵古籍刻印社,1984,第118页。

未脱的幼女,如《铁冠图》的公主、《分玉镜》的李绣娥,亦反串少男孩童,如《葵花配》的胡秀林。花旦有时犹旦中之丑,说白可杂入丑白,故能扮演泼辣放荡的青年女子,如《双报恩》的刘氏、《双玉锁》的刁汝美。此外,花旦还常扮演江湖女子、番邦或反派女将,如《金沙岭》的黄飞珠、《双狮图》的白飞娇、《六凤缘》的李凤珠、《八美图》的柴玉娥、《四元庄》的鲍凤妹、《绿牡丹》的花碧莲。

小旦、贴旦、花旦关系相对密切,演员视资质或兼擅小旦和贴旦,或兼擅贴旦和花旦,乃至小旦、贴旦、花旦三色兼演,有时还兼演正旦。其中,一些年轻帝王、弱冠男子亦由旦角应工,如《金沙岭》以贴旦扮英王赵德昭、小旦扮宋太宗,《绿牡丹》以小旦扮庐陵王。

需要补充的是,元明南戏和明清传奇文学本的男女主角大多题作"生"和"旦",然后再设置与之相对而言的"小生""小旦"或"贴旦"之类的名目,而实际舞台演出自然是根据具体的角色制予以分派。调腔抄本也有早期名目题写的遗存,如傅斯年图书馆藏抄本《西厢记》和光绪二十九年(1903)"张贤云记"外、净、末等本(案卷号 195-1-12)所收《西厢记》总纲,其崔莺莺和红娘的角色名目分别题作"旦"和"小旦",此时的"小旦"就是"旦"外又设一旦,与指闺门旦的小旦不同。

6. 净

调腔净角俗称大花脸,所扮演的人物涵盖较广:①刚烈勇猛的英雄、番王,如《单刀会》《赐马》《三关》《三闯》《白门楼》的关云长,《牡丹亭·冥判》的胡判官,《后岳传》的金兀术,《闹鹿台》的纣王和陈奇,《连环计》的董卓,《闹九江》的陈友谅,《天门阵》的孟良;②偏执、心狠的父亲、权臣、劣绅,如《琵琶记》的牛丞相、《黄金印》的商鞅、《牡丹亭》的杜宝、《渔家乐》的梁冀、《一盆花》的方奎、《双凤钗》的段百青、《双报恩》的赵如川、《双玉锁》的希明高、《双狮图》的张泰、《还金镯》的高怀势、《葵花配》的方士正、《仁义缘》的赵德贵、《双喜缘》的王璧、《六凤缘》的王忠和潘兆华、《四元庄》的赵明夫;③带有滑稽色彩的人物,大致相当于昆曲净角的"褶子白面""短衫白面""邋遢白面",其说白多用丑白,如《荆钗记》的孙汝权、《玉簪记·秋江》的稍水、《分玉镜》的乞丐徐阿二、《三婿招》的郑元金和王吉、《双玉配》的蒋尚德。此外,净还常兼扮店小二、旗牌、手下等。

7. 付、丑

付,即副丑,调腔抄本间或书作"付丑",俗称二花脸。丑,调腔抄本间或书作"小丑",俗称小花脸。付、丑说白多用方言。

付通常扮演瘟官、恶棍、帮闲,人物性格通常奸诈诡谲,如《一盆花》的恶棍刘小、《双凤钗》的河南巡抚赵琪、《双玉配》的帮闲包弄光、《双玉锁》的秀水县令胡得庆、《四元庄》的恶棍计如亮、《绿牡丹》的恶棍贺世赖,也扮演一些阴险狡诈的富家子弟,如《六凤缘》的任得义、《八美图》的花子卿。付亦偶尔扮演如《赐马》《白门楼》的曹操,《游龙传》的常国忠,《三婿招》的郑德仁等正面人物。此外,付重跌打翻扑,常兼扮尼姑、丫环以及探子、船夫、傧相、家人、手下等。

丑角以插科打诨见长,身段和语言诙谐风趣、飘逸洒脱,所扮人物主要有:①书童小厮等底层人物,如《西厢记》的琴童、《玉簪记》的进安、《还金镯》的寿三、《葵花配》的柳兴、《双喜缘》的王福,其中包括一些行径恶劣的帮凶,如《双凤钗》的段四、《双报恩》的新奎、《双玉锁》的全万贤、《六凤缘》的孙不端;②顽劣愚蠢的纨绔子弟,如《一盆花》的方百林、《双凤钗》的段耀先、《葵花配》的方仲林、《四元庄》的赵云庆、《绿牡丹》的王伦。丑角所扮富家子弟多为愚蠢颠顶之辈,常与付角所扮的油滑奸邪之徒狼狈为奸。此外,丑还常兼扮酒保、傧相、手下等。

付、丑二色须互相协调安排人物,且部分滑稽人物可互通,如《西厢记》的法聪,抄本有付、丑两种扮法。此外,付、丑二色还有以下共同特点:

第一,在武戏中常扮演性格刚烈的英雄人物,付角如《三闯》的张飞、《后岳传》的牛皋、《双狮图》的赵虎、《赐绣旗》的姚期,丑角如《后岳传》的牛通、

《永平关》的薛刚、《白门楼》的张飞。

第二,扮演一些忠肝义胆或善良朴实的人物,具有别样的感染力。付角如《双报恩》的魏得成、《闹九江》的张定边、《双喜缘》的滕小小,丑角如《双狮图》的张有义。

第三,带有滑稽色彩的丑女及中老年妇女例由付、丑应工。付角如《黄金印》的苏母、《凤头钗》的乳娘、《分玉镜》的哑婆、《还金镯》的七太太、《双合缘》的杜夫人、《双喜缘》的方氏,丑角如《琵琶记·大别》的蔡母、《荆钗记》的姚氏、《三元记》的婆婆、《双玉配》的沈月娇、《还金镯》的八姑娘。

调腔传统剧目均遵循一出戏不能有两个相同的行当出现的规范。例如对于《三闯》,因张飞、周仓都由付扮,该行当演员分身乏术,故诸葛亮点将时众人只好说"周仓出差去了"。同时,宫女、手下等龙套杂行例由各行演员按例兼任,即便生旦主角亦不例外。

(三)调腔的后场和班社组织

调腔后场即现在所说的乐队,也称"场面堂",由六人组成,故称"六师"。计有鼓板一人,掌夹板、柱支鼓(现用大堂鼓)、白鼓,任主帮;小锣一人,掌小锣、焦锣,任从帮;正吹一人,掌梅花(即唢呐)、笛子、战鼓,任帮腔;副吹一人,掌梅花、板胡、榨头(又写作"喳头",亦称"小梅花",即小唢呐、海笛),任帮腔;五后场一人,掌大钹、二胡,任帮腔;六后场一人,掌小钹、普钹,任帮腔。六师之外,还有一名打大锣兼杂务的"十三先生"①。

---

① 调腔乐队各员职掌,个别地方不同资料有出入,这里主要依据《调腔乐府》卷一"前言"的说法。按,蒋星煜《从"余姚腔"到"调腔"》对调腔文场和武场乐器的概述如下:"调腔以文戏所应用的乐器夹板、单皮鼓、大钹和手锣为文场,武戏所应用的堂鼓、单皮鼓、大锣、小锣、大钹、小钹和唢呐为武场,其中单皮鼓和大钹二类中皆予列入。最简陋的演出中文场也往往省却大钹,一人兼使夹板和单皮鼓,一人使手锣,这二人还要负责帮腔。"参见华东戏曲研究院编:《华东戏曲剧种介绍》第五集,第58页,后收入蒋星煜《中国戏曲史钩沉》,第74页。

　　调腔的帮腔习称"接后场"①,分后场"帮唱"和后场"接唱"(此时演员不
再启口,由后场接唱一句的剩余部分或次句)两种,且接后场时"群相跟和,
旦唱则和者声亦如旦,生唱则和者声亦如生"②。调腔传统帮腔为分层次帮
腔,即由鼓板师傅首先领起,小锣第一个加入帮腔,接着其他乐师齐帮,借以
取得气势叠加、声宏悠扬的细腻效果。清浙江会稽(今绍兴)人李慈铭
(1830—1894)《越缦堂日记》"咸丰五年五月二十四日乙酉"条云:"越俗高腔
最古。……今高腔乃场上一人唱起,而场后谐声续之,末一字必高而长。"③
惜花《绍兴高调等于昆曲——同样处在日薄崦嵫的时候》对调腔帮腔有着详
细的描述:

　　　　高调唱时,不和音乐,只有一檀板一皮鼓而已,这同四川班所
　　唱的高腔一样。演员在台上唱一句,其末尾三字,辄由场面上人和
　　唱,而拉声甚长。譬如唱一句"梧桐叶落正交秋",演员先唱"梧桐"
　　两字,暂作一顿,继唱"叶落"两字,而这个"正交秋"三字,已有场面
　　上人赓续而唱,所以尾末的歌辞,经帮腔多人,声宏而长。④

　　至于旧时调腔班社的组织,由吕月明先生编写的《中国戏曲音乐集成·
浙江卷》绍兴市分卷调腔卷分卷之一《调腔及调腔音乐介绍》说道:

---

　　①　笔花《从绍兴戏说到的笃班(四)》:"讲到高腔戏,在绍兴戏中要算最有骨子,唱
做台步,不能丝毫苟且,非按步(部)就班,循规道(蹈)矩不可。什么叫做高腔戏,就是唱
戏的唱完了最后一句的尾声,由司场面者接唱咿咿啊啊咿呀呀的声音,叫做'接后场'。
非要咬字准确,口齿清晰,抑扬顿挫,轻重分明。"详见上海《申报》1938 年 12 月 5 日
第 15 版。
　　②　于翁:《谈越剧》,《爱丝》1926 年 11 月 1 日第 3 版。
　　③　[清]李慈铭:《越缦堂日记》,广陵书社,2004,第 216 页。
　　④　惜花:《绍兴高调等于昆曲——同样处在日薄崦嵫的时候》,上海《时报》1936 年
6 月 7 日第 5 版。按,惜花《绍兴高调与昆曲》一文"其末尾三字"改作"其末尾"。

　　早期调腔班社编制,以二十四人为满员:前场十二人(十二先生),后场六人(六师),厢房四人(头箱一人,衣箱一人,盔箱一人,茶担兼大锣一人,叫"十三先生",他还兼演员"下手"),再加一个副鼓板和一个厨师。

　　绍兴乱弹除了前场演员和后场乐队,还有厢房师傅三人(衣箱、盔箱、三担),"又有大锣师傅,演戏时,除打大锣,还管理刀枪把子,兼管茶饮,例不归属后场乐队"①,与调腔班有共通之处。对于副鼓板的设置,蒋星煜《从"余姚腔"到"调腔"》云:"音乐工作人员以正鼓板为领导,较充实的班社并有副鼓板;此外小锣、大锣、梅花(原注:唢呐)、胡琴、横笛等乐器共由五人分别担任。……正副鼓板没有明确的分工,主要的剧目或整部戏中最精彩的一出照例由正鼓板负责。"②又,该文提到绍兴的调腔班"剧务工作人员有大衣、盔箱各一人,不属于大衣、盔箱的工作以及一切杂务均由三担负责。三担是一种职务的名称,这个人在演出中往往还担任老虎等不开口的动物角色"③,其中"三担"的称呼与绍兴乱弹相同。

(四)调腔班"大统元"和"老大舞台"演员名录

　　绍兴的调腔班"大统元"组建于清宣统元年(1909),班名系缩取"大清宣统元年"而成;"老大舞台"组建于清光绪末年。因"大统元"和"老大舞台"先后到过上海演戏,演出广告见诸报端,两者的演员名录可据以考见。

　　上海《新闻报》《申报》《时报》于1913年12月10日至12日分别刊登商办镜花戏园广告,现将"大统元"全班的角色名目和演员姓名一并胪陈,整理如下:

---

①　罗萍:《绍剧发展史》,第112页。

②　华东戏曲研究院编审室资料研究组:《从"余姚腔"到"调腔"》,华东戏曲研究院编:《华东戏曲剧种介绍》第五集,第59—60页,后收入蒋星煜:《中国戏曲史钩沉》,第76页。

③　华东戏曲研究院编审室资料研究组:《从"余姚腔"到"调腔"》,华东戏曲研究院编:《华东戏曲剧种介绍》第五集,第60页,后收入蒋星煜:《中国戏曲史钩沉》,第76页。

老生(按,当含正生、末):林锡金、蔡德宗、李月中

老外(按,即外):汪介庭

小生:胡玉泉、陈道明

老旦:周缉金

正旦:张婉香("婉"亦作"宛")

作旦:胡思术

花旦:陈玉梅、汪玉花、彭小贞、陈碧霞

大面(按,即净):胡桂林、彭国发

二面(按,即付):李瑞林、矮脚永耀

小丑(按,即丑):林达甫、钱明有

　　根据《新闻报》及《新闻报》(本埠附刊)1935年9、10月间和1936年5、6月间上海远东越剧场、老闸大戏院的广告,现将"老大舞台"部分演员名单整理如下:

老生:陈连禧

外:张百岁、周春芳

末:林锡金("金"亦作"锦")、汪德标

小生:筱华仙、陈传忠

老旦:裘新发

青衣(按,即正旦):应增福(按,兼演小旦)

花旦:筱彩凤、筱月红、筱毛倌(按,兼正旦)

悲旦:李德仙

大面:钱大牛、胡越奎

二面:周长胜

小丑:钱泉源

滑稽：蔡叶虎、蔡老虎①

其中筱毛倌、陈传忠、李德仙、周春芳、胡越奎五人系 1935 年 10 月 3、4 日堂会后上海远东越剧场从绍兴增聘的名角，次年老闸大戏院演出时周春芳、李德仙二人尚在其列。除了前揭名录，"老大舞台"演员见诸广告的还有汪德禄、周松棠、筱神童（小生、正生之类）、汪如有、李金富、筱康生（外、末之类）、胡铭庆（末、正生之类）等。《中国戏曲志·浙江卷》"老大舞台"条所列演员既不全，且名字不甚准确，可借由补正之。而《中国戏曲志·浙江卷》谓"老大舞台"于民国十三年（1924）散班的说法也不确切，"老大舞台"报散的时间当在全面抗战爆发以后。

翻检演出广告，早在 1913 年，筱毛倌就曾中途加入"大统元"上海商办镜花戏园演出之列（广告写作"小毛官"），而在"老大舞台"演出时被冠以"全绍闻名青衣花旦"的头衔，俨然已成资深名角。另由演员名录可知，林锡金后来由"大统元"加入了"老大舞台"。同时也不难发现，调腔班社编制虽以二十四人为满员，但有财力的班社自可视需要多培养、招募或临时聘请一些演员。

周锦涛《越剧厓略》曾提及绍兴的调腔班"角色甚简"，因经赵景深《戏曲笔谈》转述②，影响甚广，在此略作讨论。周文原文如下：

> 越剧中所谓高调班者，犹之今重兴之昆曲。剧本多系元剧所删改，亦间有新制者，以故辞句雅驯可诵，无土语俗音混杂。其间角色甚简，二生（一老生、一小生）、一大（大面）、一小（小花面）、一老（老旦）、二旦（正旦、花旦）、一宕（即介于小花面、大花面之间者）

---

① 从演出人物来看，"滑稽"指付、丑之类。上海远东越剧场演出唯见蔡叶虎，老闸大戏院演出唯见蔡老虎，二者或为一人。

② 参见赵景深：《谈绍剧》之《绍剧的高腔》，《戏曲笔谈》，中华书局，1962，第 216 页。

外,其他皆为杂角。较为整齐之班,合计不过二十余人。因高调无数国大战之剧,所演者多系传奇及社会情事,间有稍繁之剧,如《金光阵》《闹九江》等,角色虽少,亦能应付裕如。①

此叙调腔班角色仅八个,实际上老生名下包含正生、末、外三色,如上揭"大统元"广告便没有罗列末角,但实际演出时是有分别的;"花旦"则为老旦、正旦之外的旦角泛称,由于相关演员多需兼顾,有时界限亦不甚分明,故广告上也笼统言之。当然,前揭棘公《越剧杂谈》所谓"越中是项角色甚少",即调腔因趋于衰落,其班社出现戏路相通的正生、末、外和小旦、贴旦、花旦各仅配备一人或二人的情况。此时如果所演剧目人物相对较少,却也能应付周延。

六、调腔的剧目

(一)调腔剧目的风格是统一的

调腔古戏剧目蕴藏着元杂剧和元明南戏的遗存,时戏剧目则为民间戏曲文学的富矿,有着较高的研究价值。棘公《越剧杂谈》云:"高调班之唱词,较乱弹为典雅,如《游寺》《拷红》等剧,概用《西厢记》原文;《和番》《醉酒》等剧,则为昆曲之吹腔。其他各戏大半为长出,情节甚佳,一至看有头绪,每有离不得座之慨。"②除《琵琶记》《黄金印》等出数较多外,调腔古戏剧目多以小本戏、折子戏的形态存在,部分出目由调腔剧团传演至今;"大半为长出"的戏指的是调腔传统时戏剧目,其数量众多,篇幅较长,惜乎由于种种原因,基本上没有传演下来。

---

① 周锦涛:《越剧厓略》,《戏剧月刊》第二卷第六期,上海大东书局,1930 年 2 月,影印收入《俗文学丛刊》第一辑第 14 册,第 150—151 页。
② 棘公:《越剧杂谈》,《戏剧月刊》第二卷第三期,上海大东书局,1929 年 11 月,影印收入《俗文学丛刊》第一辑第 12 册,第 371 页。

　　相比于场面冷清的昆曲来讲,调腔戏自然要热闹得多,但较之乱弹剧种的激越昂扬,调腔除武戏之外,剧目风格总体上仍偏于典雅文静。对此《调腔初探》有"古戏和时戏迥然不同"的说法:"古戏典雅绚丽,细腻感人;时戏高吭激越,气势磅礴。"①其实,所谓"时戏高吭激越,气势磅礴",是新昌高(调)腔剧团对伴奏器乐进行了较为彻底的改革,并长期搬演革命现代戏的结果。且《调腔初探》所说的"时戏",是新昌调(高)腔剧团 20 世纪 60 年代至 80 年代所排演的现代戏和移植改编剧目,并非调腔传统时戏剧目②。

　　总之,无论古戏还是传统时戏,调腔传统剧目风格是统一的,其间既有《西厢记》《牡丹亭》似的典雅柔和,也有关公戏《三关》似的大气豪放。调腔古戏和传统时戏的乐汇和定腔乐汇是共用的、一致的,都采用锣鼓伴奏、一唱众和的方式,且传统时戏还通过插用配有管弦乐的昆腔场次的方式,对全剧仅有锣鼓伴奏的干唱的调腔加以调剂③。浙江定海人金性尧(笔名文载道)《故乡的戏文》提到"台州班"演调腔戏,"妇女和老人颇感兴趣,因其有本有末,且较文静,如演《碧玉簪》等,未有不泣下沾襟的"④,可为调腔传统时戏风格之一证。

_____

　　① 新昌高腔剧团调腔研究小组,吕济琛执笔:《调腔初探》,《戏曲研究》第 7 辑,第 149 页。

　　② 第一,20 世纪 50 年代末以来,出于排演宣传节目、革命现代戏的需要,以及受当时高腔剧种音乐改革风气的影响,调腔乐队人员开始增加,其中 1962 年以前用笛和碗胡主奏,之后改为碗胡、高胡、月琴主奏,从而改变了传统以鼓板和小锣为核心的伴奏体系。主奏乐器的改变,必然导致唱腔和剧目风格向高吭激越转变。相比之下,现代昆剧尽管乐器增加,但始终维持着鼓板、笛的核心地位,故而唱腔风格未发生明显变化。第二,演出样板戏等现代戏,节奏激昂自不待言,而新昌县调腔剧团从京剧、婺剧等剧种中移植和改编的剧目,风格自然亦较激昂。即便调腔原有的传统时戏《闹九江》,亦在 1979 年参照京剧《九江口》作了全新改编。

　　③ [清]王正祥《新定十二律京腔谱·凡例》云:"如【朝元令】【二犯江儿水】【赛观音】【月儿圆】之类,若用在宴会同场,原可京腔唱;若用在起兵、演阵之处,全以威武取胜者,必须昆腔唱,庶使乐器相助而便于排场。"诸多剧种常在发兵、班师、会操、布阵、饮宴、舞蹈、奏本、冠带人物行路、神仙妖怪出场等场景唱昆腔或使用相关吹打牌子,而调腔戏除此之外,普通场景亦可安排整出唱昆腔。

　　④ 文载道:《风土小记》,上海太平书局,1944,第 63 页。

（二）调腔时戏剧目的题材和剧情

调腔时戏在绍兴戏曲里口碑甚佳，蔡黄英《翠廖小语》云：

> 高调剧目，雅俗共赏，如《都是命》《文星现》等，既自然，又脱俗，非若乱弹文戏之非球即扇，非扇即图，陈陈相因者可比。而剧情方面，侧重民间家庭事，极少牵强附会国事等剧本。且一剧有一剧之精华，一剧有一剧之意义，亦不若乱弹文戏之千篇一律。第曲高和寡，知音其谁，而与昆曲同一命运，惜哉。①

其实，就戏剧题材来说，调腔时戏既有"球""扇""图"之类的剧作，如《双珠球》《八美图》《双狮图》，也有《后岳传》《永平关》《凤台关》《天门阵》《五羊山》之类的武戏，但调腔确以叙述民间家庭故事的剧目最为出色。宁波昆剧老艺人称调腔剧目"大都反映民间生活，内容丰富多采（彩），剧情贯串，常演整本戏"，相比于昆曲，调腔"场面热闹，情节贯串，词句通俗，又多武戏，为广大观众所喜爱"②。洪以铸《绍兴戏》就乱弹闲散班、绍兴武班、绍兴文乱弹和调腔的剧目特点概括说道：

> 乡下有句俗话，叫做"文班娶老婆，武班打天下"。这句说话的意思，就得明白绍兴戏的内容了，因为像闲散班、武班，演的是历朝的兴衰存亡，都为了打天下，如三国的《柴桑会》《长坂坡》《火烧赤壁》，秦末汉初的楚汉之争之类是也。文乱谈就只做家常细事、社会问题，材料采自戏卷来的，似《龙凤锁》《玉连环》《珍珠塔》之类是

---

① 蔡黄英：《翠廖小语》，上海《绍兴戏报》1941 年 4 月 16 日第 4 版。
② 苏州市戏曲研究室编：《宁波昆剧老艺人回忆录》，1963，第 92—93 页。

也。高腔是兼有之的，可以说近乎中庸之道。①

调腔剧目的丰富可从一件收集自新昌县澄潭镇胡依村的抄本——《凤凰图》等小生本［案卷号 195-1-140(3)］当中所抄的戏目表看出，如图 3 所示。该戏目表当写于清末，收录剧目多达 52 种（不计"大团圆"）：

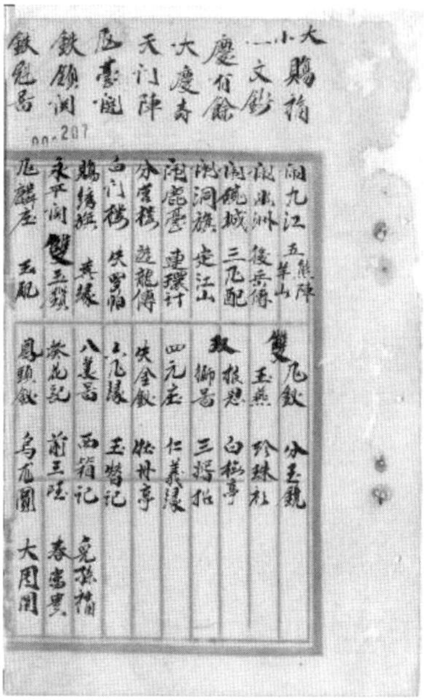

图 3 《凤凰图》等小生本［案卷号 195-1-140(3)］所抄戏目表

大赐福、小赐福、一文钱、庆有余、大庆寿、天门阵、凤台关、铁领（麟）关、铁冠图、闹九江、闹幽洲（州）、闹碗（宛）城、闹洞（铜）旗、闹鹿台、分宫楼、白门楼、赐绣旗、永平关、凤麟庄、五熊阵、五羊山、后岳传、三凤配、定江山、连环计、游龙传、失罗帕、双喜缘、双玉锁、双玉配、双凤钗、双玉燕、双报恩、双狮图、四元庄、失金钗、六凤缘、

---

① 洪以铸：《绍兴戏》，浙江湘湖乡村师范学校《锄声》月刊 1934 年第 1 卷第 1 期，第 31 页。

八美图、葵花配、凤头钗、分玉镜、珍珠衫、白梅亭、三婿招、仁义缘、牡丹亭、玉簪记、西箱（厢）记、前三国、乌龙圆（院）、儿孙福、春富贵、大团圆

戏目表首尾是"五场头"和彩头戏①，"时戏剧目从《天门阵》到《游龙传》，基本上可以归结为历史演义戏和侠义戏，从《失罗帕》到《仁义缘》主要是家庭伦理、书生小姐、忠奸故事一类的戏，其他如《西厢记》、《前三国》（《赐马斩颜》）等则属于调腔古戏"②。

例如戏目表所列的调腔时戏《凤头钗》，叙述王林、李继美甥舅事，叙事线索虽较单一，但结构起承转合，情节扣人心弦：

---

① 　调腔演戏分三大部分，即五场头、彩头戏和正本。"五场头"分头场、二场、三场、四场、五场五部分，故名。依次介绍如下：

头场以打击乐为主，有"文头场"和"武头场"之分，由【火炮】【直场】【蛇脱壳】【阴锣】等十多个调腔锣鼓牌子组成。

二场以吹打牌子为主，共有五套牌子，每次演出时只须选择其中一套演奏。第一套，【望妆台】【浪淘沙】【尾】；第二套，【都花】【万年青】【江流水】【尾】（全称"半通"，又名"花二场"）；第三套，【中和乐】；第四套，【水龙吟】；第五套，【春】【夏】【秋】【冬】（全称"四季"）。二场气氛十分热烈，闹二场还有给演员定调的作用。按，疑【望妆台】即【傍妆台】，【江流水】即【江儿水】。

三场上演《庆寿》或《大庆寿》。其中《庆寿》有两套，本书例戏类收有第一套。

四场一般演出以舞蹈为主的三种戏弄，可根据地区和季节特点选择一种演出：第一种《跳魁星》，包括踢魁、五魁两种形式，多演于读书人聚集的地方；第二种《风调雨顺》，又名《四吉祥》，用于年岁歉收或灾害较多之时演出；第三种《赵玄坛打虎》，用于山区演出。

五场表演内容为【加官锣】（又名"白脸"和"文财神"）和【武财神锣】（即"捧元宝"）。

本书例戏类所收《赐福》《弈棋》等，属于彩头戏。彩头戏常唱昆腔。

② 　吴宗辉：《新昌县档案馆馆藏调腔抄本的体制、形态和价值——以调腔晚清民国抄本为中心》，《浙江档案》2016 年第 4 期，第 49 页。

起:第二号至第七号交代王振因妻子亡故,幼子王林尚在襁褓之中,经大舅胡魁撮合,同里李氏携亦在襁褓之中的幼弟李继美过门,而胡魁复与王振缔结儿女亲家。

承:第八号至第十一号叙述丫环秋梨与娄不清私通,不意为王林所撞见,秋梨于是挑拨王林与李氏的关系。李氏听信谗言,决意毒死王林,其弟李继美伪允其事,赚出凤头钗,放王林到长沙母舅胡魁处避难,并于次日痛骂其姐。

转:第十二号至第十六号写秋梨怂恿李氏写书一封,由娄不清携往长沙,构陷王林。王林被胡魁怒谴出门,娄不清行凶,误杀家人,致王林身陷囹圄。第十七号至第十九号写胡府凶信闻至,李继美愤而奔赴长沙,而李氏备受娄不清、秋梨欺诈勒索之苦。李继美旋而转回家里,与心生悔意的李氏合计,骗取了娄不清的信任。

合:第二十号至第二十四号写李继美星夜携娄不清来至长沙,诱使娄不清钻入法网,王林于是得以脱罪。甥舅二人得中功名,合家团圆。

再如戏目表所列的调腔时戏《八美图》,或据同名弹词改编,写柳遇春事,篇幅长达五十八号,大抵以柳遇春一人,串联起马娇容、张定金、沈月姑、花子卿(及宋氏兄弟)、柴玉娥等人故事,剧情环环相扣,引人入胜。

至于"一剧有一剧之精华,一剧有一剧之意义",如戏目表所列的调腔时戏《游龙传》一剧,写以徐汇为首的世袭后裔与新贵姜斌的冲突,最终演变为世袭后裔同当朝皇帝交锋的故事。该剧通过世袭公爵挟祖制逼皇帝就范的演绎,流露出做皇帝也有不自由的深层意蕴。

调腔传统时戏是调腔本身相对独立发展出来的剧作,具体的创作年代和作者皆不可考,其题材丰富多样,且为场上之曲,是一笔相当可贵的民间文学遗产。

（三）从曲牌、排场和语言来看调腔时戏的性质

通过对调腔曲牌及其套式的归纳和分析，可知无论是孤牌的用法，还是套式的使用，调腔曲牌及其套式虽有自己的个性和创造，但总体上与文人创作的明清传奇是一致的。以调腔《游龙传》的用曲为例，表列如下：

场　次	主要曲牌
1	【临江怨】—【前腔】—【忆多娇】—【尾】
2	引（【点绛唇】）—（昆腔）上小楼】—吹【尾】
3	【六幺梧桐】—【前腔】—【前腔】—【尾】—【剔银灯】—【前腔】—【前腔】—【尾】
4	【一江风】—【前腔】—【不是路】—【皂角儿】—【尾】
5	【点绛唇】—【混江龙】—【油葫芦】—【天下乐】—【哪吒令】—【鹊踏枝】—【寄生草】—【尾】
6	【桂枝香】—【前腔】—【前腔】—【前腔】
7	【缕缕金】—【前腔】—【风入松】—【前腔】—【前腔】—【前腔】—【前腔】
8	【风入松】—【前腔】—【锦堂月】—【前腔换头】—【醉翁子】—【前腔】—【侥侥令】—【前腔】—【尾】
9	【一枝花】—【梁州第七】—【四块玉】—【乌夜啼】—【尾】
10	【锦缠道】—【普天乐】—【古轮台】—【尾】
11	【新水令】—【步步娇】—【折桂令】—【江儿水】—【雁儿落】—【侥侥令】—【收江南】—【园林好】—【沽美酒】—吹【尾】

表中【不是路】【皂角儿】的搭配以及【点绛唇】套、【锦堂月】套、【一枝花】【梁州第七】套、【锦缠道】套、【新水令】南北合套，都是明清传奇的常见套式。

尽管调腔曲牌及其套式的外部特征是明清传奇式的，句数和长短格式大致维持着曲牌的定格，但具体字数、平仄却又相对自由，而这种格律的自由又是民间南戏式的。不仅如此，在体制和语言上，调腔时戏也是相对自由和通俗的。具体来说，体制上，南戏、传奇在副末开场之后，第二、三两出例由生旦主要角色上场，但调腔时戏的排场通常不拘一格，从外在分出到内里结构，都是较为自然随性的。语言上，曲白生动朴素并富于民间趣味，是民

间剧作的一大特点。例如调腔时戏《双玉配》第三号：

> （净上）（唱）【孝顺歌】家富豪，门庭耀，不幸爹娘去世早。家业恁兴隆，却是一同胞。（白）学生蒋尚德，我有一介阿哥，名叫蒋尚达，家私对半均分。里来心高气傲，要想做官。难官勿做得①，家私败完哉。就是学生开爿当秀才，城里大字店都是有分头勾。年年买店，岁岁起屋，好勿有兴噱。（唱）财星命招，财星命招，福星降临，造化真不小。（白）学生未发妻亡故，汪不顺介毡养骗一骗，聘定沈文龙介个因。穷呢勿消说得，就是新人头癞，三分勿像人，七分像鬼噱。（唱）玷污我门庭，被人来嘲笑。恨吴刚，花言调；耽误我青春，空负襄王庙，空负襄王庙。

该支曲文不事修饰，通俗易懂，但也用了吴刚执柯、襄王神女的典故。又如《凤头钗》第九号：

> （走板）（正生、小生上）（唱）【八声甘州歌】节届赏中秋，悄不觉寒谷风凉，蓦然体透。落叶摧残，丹桂飘香结珠球。（小生白）母舅，天时当同地利，人和便知礼义。深秋时候，凉风几度，身上就有些寒冷了。（正生）便是。（合唱）檐前铁马响不休，北雁南飞过门楼。（花旦上）（唱）疾走，全凭花言巧语，做一个无中生有。

曲文即景抒情，却也清新可喜。不过，调腔戏部分时代可能偏晚的剧作，用韵混杂且通篇不脱萧豪、江阳二韵，文辞亦较随意平庸。

---

① 难，方言，意为现在，当下。鲁迅《朝花夕拾·无常》："难是弗放者个！……'难'者，'今'也。"勿，方言，否定副词，不，没有。

重曲唱是调腔戏的突出特点,例如《玉簪记·秋江》,自【小桃红】"秋江一望泪潸潸"到尾声,传奇本和昆曲舞台本皆有一定的说白,而调腔几乎全为曲文。同时,调腔时戏的曲辞相对文雅但不致晦涩,有的曲文带有口语化陈述的特点。

(四)调腔时戏剧目的独特面貌

除了调腔,浙江的高腔剧种还有流行于台州、温州一带的宁海平调、台州高腔、温州高腔(瑞安高腔),以及金华、衢州、丽水等地的侯阳高腔、西吴高腔、西安高腔、松阳高腔。宁海平调被认为是调腔的支派,其剧目多与调腔相同。如调腔《碧玉簪》《分玉镜》《凤头钗》《葵花配》《仁义缘》《双合缘》《循环报》等,亦见于宁海平调剧目的"前十八"本;调腔《三凤配》《三星炉》《双喜缘》《小金钱》《游龙传》《赠锦球》等,亦见于宁海平调剧目的"后十八"本,其中《双喜缘》宁海平调题作《合卺缘》。此外两者共有剧目还有《沉香扇》(宁海平调作《御笔楼》)以及一些古戏折子戏。由于调腔与宁海平调共有剧目内容基本相同,在整理调腔剧目时,可取宁海平调的相关剧本或曲谱作为校雠之资。

台州高腔与宁海平调渊源相近,亦有同调腔相通的剧目,如《游宫钱别》《凤头钗》《三星炉》《循环报》《白门楼》等。温州高腔或系调腔、宁海平调经台州高腔而传入,在剧目和音乐上都有相通之处[①]。前文已提到,嵊县"紫云班"乱弹剧目与调腔相互影响,此外绍兴乱弹(绍剧)、台州(黄岩)乱弹、温州乱弹(瓯剧)部分剧目的故事题材与调腔相通,如绍兴乱弹的《八美图》《凤凰图》,台州(黄岩)乱弹的《铁沙寺》,温州乱弹的《四国齐》《碧玉簪》《金手钏》等,调腔时戏中都有相应的剧目。

但调腔与浙江婺剧"三大高腔"即侯阳高腔、西吴高腔、西安高腔以及松阳高腔的剧目多不相通,周贻白《中国戏曲发展史纲要》论及浙江的高腔剧种时说:"浙东调腔演唱的剧目,和侯阳高腔或西安高腔的十八本大多不

---

① 参见李子敏:《瓯剧艺术概论》,中国戏剧出版社,2008,第76—96页。

同。……其中除《关云长》或具有《古城会》一段情节外，余皆各趋一途，两不相犯。"①究其原因，同南方各省高腔剧种的常演剧目一样，侯阳高腔、西安高腔等"十八本"戏多由元明南戏发展而来，如《琵琶记》《荆钗记》《白兔记》、《合珠记》（高文举事）、《葵花记》（高彦真、孟日红事）、《白蛇记》（刘汉卿事）、《芦花记》《卖水记》《八义记》《白鹦哥》（《鹦鹉记》）、《十义记》等②。调腔固有源出元明南戏的古戏剧目（但剧目同婺剧高腔出入甚多），而为数众多的传统时戏剧目一般与元明南戏无涉，使得调腔常演剧目的面貌通常与婺剧高腔、川剧高腔、湘剧高腔、赣剧高腔等高腔剧种"江湖十八本"的面貌大相径庭。

　　调腔传统时戏虽有与乱弹戏题材相近的剧目，如演刘秀事的《赐绣旗》，岳传的《分宫楼》《五羊山》《五熊阵》《后岳传》，隋唐故事的《闹幽州》《永平关》，但故事有同有异。如调腔《铁麟关》与婺剧徽戏《铁灵关》故事相同，《永平关》与徽剧、婺剧乱弹《九锡宫》部分情节相近。调腔《赐绣旗》与《曲海总目提要》卷三六所著录的《赐绣旗》本事相类，而不演浙江乱弹剧种常见的《斩经堂》；调腔《天门阵》不写穆桂英事，《后岳传》与温州乱弹同名剧目事亦不同③。而调腔数量相对较多且擅胜的家庭故事剧目，更与乱弹剧种"江湖十八本"的面貌相异。

　　总之，直至近代，南方各省不少高腔剧种的常演剧目仍以元明南戏为主，而调腔能在元明南戏、文人传奇之外相对独立地发展出具有一定规模而

---

　　①　周贻白：《中国戏曲发展史纲要》，上海古籍出版社，1979，第453页。

　　②　参见白海英：《"江湖十八本"研究》，广东高等教育出版社，2016，第110—116页。

　　③　《中国戏曲志》编委会、《中国戏曲志·浙江卷》编委会编：《中国戏曲志·浙江卷》（中国 ISBN 中心，2000，第84页）谓调腔时戏剧目"大多由乱弹剧目改唱调腔"，当与事实不符。这一错误认识，可能与调腔传统时戏基本上没有传演下来，以及新昌县调腔剧团多从京剧、婺剧等剧种移植和改编剧目的现象有关。周锦涛《越剧厓略》："乱弹系取高调剧本，加以改制而成，词句较为浅近。"参见《戏剧月刊》第二卷第六期，上海大东书局，1930年2月，影印收入《俗文学丛刊》第一辑第14册，第151页。

又颇具特色的时戏体系（新昌县档案馆藏抄本所见约 80 个），在全国高腔剧种中实为罕见，因而是一笔值得珍视的戏剧遗产。

七、调腔抄本及其整理

（一）调腔抄本的藏所、数量和内容

戏曲文献大致可分为刊本和写本两类，其中戏曲写本指"依赖手写得以保存、留传的戏曲脚本、乐曲、理论、图绘等文献"①。同刊本相比，戏曲写本特别是与舞台演出紧密相关的脚本，具有无可替代的研究价值。在经历社会的动荡、人事的浮沉和文化的兴灭之后，调腔尚能将数量相对可观的珍贵抄本留存至今，是十分幸运的。目前调腔抄本主要有新昌县档案馆藏调腔晚清民国抄本、复旦大学图书馆藏抄本和傅斯年图书馆藏抄本三批②，分别介绍如下：

1. 新昌县档案馆藏调腔晚清民国抄本

现藏于新昌县档案馆，数量约 10500 面（含调腔目连戏吕顺铨抄本），另有约 500 面的绍剧抄本以及 1 件徽戏抄本。大部分于 20 世纪五六十年代由在新昌的调腔老艺人捐献，少量由宁海山上方村老艺人方永斌捐献，有确切抄写时间的抄本最早抄于清咸丰六年（1856）。俞志慧、吴宗辉撰有《调腔钞本叙录（新昌县档案馆藏晚清民国部分）》（中华书局，2015）。

除了晚清民国抄本，新昌县档案馆还藏有一定数量的 20 世纪 50 年代老艺人忆写的总纲本、60 年代以来的整理本。

---

① 孙崇涛：《戏曲文献学》，山西教育出版社，2008，第 157 页。
② 需要指出的是，新昌县调腔剧团部分人员整编多辑《调腔专辑》，所整理的剧本大部分为外来材料，或系新昌县调腔剧团建团以来的移植改编剧目，因而不能作为调腔的研究材料使用。朱挈依《调腔演出研究（1634—2015）》（上海戏剧学院博士论文，2016）不察此端，误信《调腔专辑》，以致结论不尽可信。

2. 复旦大学图书馆藏抄本

现藏于复旦大学图书馆古籍部,原系赵景深先生旧藏,20世纪五六十年代收集自绍兴一带。复旦大学图书馆藏调腔抄本细目如下:

(1)《调腔五种》五卷,索书号5185,含两件抄本:前一件封面题"高夫人自叹""烟字号 下""逍遥主人藏",封面和首页钤"高敬南记"朱方印,收《万事足》的《高夫人自叹》,《荆钗记》的《祭江》,《彩楼记》的《祭灶》《投斋》《遇师》。后一件封面题"双鱼坠""扫字号""逍遥主人藏",为绍兴乱弹《双鱼坠》。

(2)《绍兴高腔选萃》不分卷,索书号5186,收《西厢记》的《拷红》,《汉宫秋》的《游宫》《饯别》,《三元记》的《教子》,《琵琶记》的《大别》《小别》,《荆钗记》的《逼嫁》《投江》《官亭》《祭江》,《妆盒记》的《妆盒》《搜盒》,以及绍兴平湖调《倭袍记》的《听琴》《思唐》《拾帕》《游园》《听箫》《倭袍劝夫》。

(3)《荆钗记》二卷,附《戒洋烟》一卷、《小进宫》一卷、《节诗》十一种一卷、《四季相思》一卷,清光绪十年(1884)敬义堂杨杏占抄本,索书号5188,封面题"光绪十年岁次甲申桃月抄录 立""荆钗记"等,所收调腔剧目为《荆钗记》的《逼嫁》《投江》。按,"敬义堂"另有清光绪九年(1883)六月杨杏方调腔目连戏《救母记》抄本二卷,亦系赵景深旧藏,徐宏图曾据以校订为《绍兴旧抄救母记》(财团法人施合郑民俗文化基金会,1997)。

(4)《昭君出塞》二出一卷,索书号5225,收《汉宫秋》的《游宫》《饯别》。

(5)《倭袍》不分卷附《绍兴高腔三种》,索书号5258,所收调腔剧目为《玉簪记》的《偷诗》《失约》,《白兔记》的《出猎》《回猎》,《汉宫秋》的《游宫》《逃番》《饯别》。

(6)《戏曲选》不分卷,索书号5146,含两件抄本:第一件封面题"纺花""偷诗""月转",收《黄金印》的《纺花》,《玉簪记》的《偷诗》《月转》;第二件为清光绪六年(1880)杨文元抄本,收《三元记》的《雪梅观画》《教子》,《三关》的《挂印》《送嫂》《饯行》《三关》。

需注意的是,"调腔五种""绍兴高腔选萃""戏曲选"等题名,皆系赵景深先生所题，非原书所有。另有《绍兴高腔六种》六卷附《绍兴大班》四出一卷，索书号5187，内题"掉腔（按，即调腔）曲谱六种　附绍兴大班（按，即绍剧）四出徽调"，署"一九五六年　赵景深藏"。该本收《单刀会》的《训子》《单刀》全文并附工尺谱，以及《访普》《议图》《闹庄》《点化》四出，据内容当为金华昆腔的本子，而其后文还有西皮、二黄工尺谱，亦非绍剧曲调（绍剧不唱徽戏）。

3. 傅斯年图书馆藏抄本

现藏于台湾"中央研究院"历史语言研究所傅斯年图书馆，编号为 K-717-1 至 K-717-21，涉及剧目 6 个，即《天官赐福》，《琵琶记》的《大别》《小别》《盘夫》《拒父》《佛殿》《题诗》《书馆相逢》，《彩楼记》的《祭灶》《赏雪》《挪斋》《遇师》《宫花》，《西厢记》的《请宴》《赴宴》《泥金捷报》，《还金镯》的《说亲》《失盗》《复盘》《还镯》，《金印记（黄金印）》的《负剑》，大致为绍兴的调腔抄本，分别影印收入《俗文学丛刊》第一辑第 93、62、76、74、92、60 册。《俗文学丛刊》将该系列抄本误置于昆曲名下，其为调腔抄本证据如下：

第一，《琵琶记》各出曲文带有"滚调"，非昆曲所宜有。而《琵琶记》各出与调腔本基本一致，其中《佛殿》即《弥陀寺》，有丑角五戒和尚所唱的"四季招魂曲"，暂未发现调腔以外的《琵琶记》有此段落。同时，《佛殿》出丑白有"阿达宁绍人"的话语，亦可证该抄本出自浙东。

第二，《还金镯·还镯》与《增辑六也曲谱》所收昆曲本《还金镯·分镯》截然不同，而《还金镯》各出与新昌县档案馆藏调腔《还金镯》单角本大体相合。《调腔乐府》卷四收有曲文与《天官赐福》一致的《大赐福》。《彩楼记》各出异于昆曲本，而与新昌县档案馆和复旦大学图书馆藏调腔抄本相合。《西厢记》四出为《北西厢》，调腔有该剧，而昆曲本多为《南西厢》。

（二）抄本体式与脚本制度

调腔抄本的体式，大致可分为总纲本、吊头本、单角本三种。其中，总纲本为曲白完整、角色齐全，唱腔符号及锣鼓、吹打牌子名称兼备的脚本。吊头本为后场场面上的脚本,除省去道白不录之外,其余大致同于总纲本。单角本即通常所说的"单片"或"单篇",分小生本、旦角本、净角本等多种形式,仅抄录某一角色的唱腔、道白。单角本抄写时用近似于"刂"的间隔符号,表示间隔之处有其他角色的唱白。此外,单角本也有特殊的情况:一是有一些单角本的剧(出)目仅抄录曲文,可称之为"单角吊头本";二是有的单角本也抄录部分剧(出)目的总纲。

调腔抄本的三种体式占比极不均衡。据笔者统计,在新昌县档案馆藏调腔 276 件晚清民国抄本中,不计单角本中的总纲部分,便于直接整理的总纲本仅 17 件(含调腔目连戏吕顺铨抄本 5 件),约占 6.2%;吊头本有 20 件,约占 7.2%;余下都是单角本,约占 86.6%。

旧时为防止剧本外流,仅鼓板师傅拥有完整的总纲本,其他角色则只有各自的单角本,因而在新昌县档案馆藏调腔晚清民国抄本当中,单角本占绝大多数。类似的脚本制度,不唯调腔所特有,宁波昆剧也是如此:

> "宁昆"上演的剧目,一般很少完整的脚本。各行角色,仅将自己应用部分抄录习练,对其他角色的唱词和道白就不熟悉了。甚至后场场面上的脚本,同样也是彼此割裂,打鼓的只有打鼓的部分,吹笛的只有吹笛的部分,其他乐师也是这样。又因为这种脚本只属于后场人员应用,一般只有唱词和曲牌,缺少道白。[①]

(三)调腔抄本的整理方法

孙崇涛《戏曲文献学》就戏曲文献的目录、版本、校勘、编纂作了系统论述,书中专辟《戏曲写本述要》一节,分汇抄、单抄和稿本三类,对现存重要的戏曲写本作了精要的介绍。书中指出戏曲写本具有保存重要戏曲作品的价

---

① 苏州市戏曲研究室编:《宁波昆剧老艺人回忆录》,1963,第 111—112 页。

值,并认为写本中的作者手稿本与艺人手写台本,其原创、诚信的属性,是任何刊印本所不具备的。但戏曲写本不易保存和传布不广,且粗糙、拙劣和难以辨识,又给研究带来困难,因而"戏曲写本的珍藏、复制与校勘、整理,都不能偏废"①。对于调腔抄本的整理和研究,大致有以下几点经验:

首先,相关知识的了解和掌握是前提。一方面,先展开文献调查和搜集,结合实地调查和观摩,了解声腔剧种的基本特点;另一方面,学习剧种所属范畴的基本知识。调腔是高腔剧种,而高腔剧种作为曲牌体剧种,大都直接或间接地源出明代的南戏声腔,且早期剧目大多为宋元或元明南戏的遗存。

其次,由简入难,稳扎稳打。一是选择相对完整的本子进行整理和研究,例如新昌县档案馆藏晚清《西厢记》四折总纲本(案卷号 195-1-1),抄写精美,首尾完整,同时既有刊本可供对照,又有 1986 年老艺人主教复排演出的视频可稽。进一步则可搜求相关抄本,了解抄本的体式及其功用,实现有效的识读文字、断句标点。二是在研究调腔曲牌之前,通过对不同剧目明确标示的曲牌进行归纳和分析,摸清调腔曲牌的基本情况,总结调腔曲牌词式和套式。正是在这一过程中,笔者发现《调腔曲牌集》《调腔乐府》存在着诸多的不足。在此基础上,据已知以求未知,对部分调腔抄本中的失题曲牌也能作出推断和分析。

就曲牌分析而言,本书对调腔古戏和时戏作了不同的处理:古戏剧目的曲牌大部分能从刊本或选本中找出相应内容,但不少曲文增句加滚突出,且存在个别抄本自题与刊本或选本的曲牌名相违的情况,如此须考虑是否有补题曲牌名的必要。《调腔曲牌集》《调腔乐府》参照其他资料和根据词式及音乐特征,对古戏剧目的曲牌名作了大量补题,但存在诸多误补误合的情况,可谓得失参半。有鉴于此,本书对于古戏剧目的失题曲牌名,除采择《调

---

① 孙崇涛:《戏曲文献学》,第 182—183 页。

腔曲牌集》《调腔乐府》的合理补题之外，一般阙略不补，只是在曲文分合上对刊本或选本略作参考。至于时戏剧目，只要失题曲牌符合词式、用法与已知调腔曲牌相合的条件（有记谱时还参考曲谱），一般予以补题，并作一定的说明。

最后，逐步摸排出调腔抄本的整理类型。第一，当调腔抄本中有相应剧目的总纲本时，以调腔抄本中的总纲本为底本进行校订，并用其他抄本作参校。第二，当调腔抄本中缺乏相应剧目的总纲本时，以调腔抄本中的吊头本或20世纪50年代以来的资料为基础，通过拼合单角本进行整理。经笔者统计，新昌县档案馆藏20世纪50年代老艺人忆写的总纲本约40个剧目，完缺和信实程度不一；60年代整理本约25个剧目，基本上是从老艺人忆写本中挑选并加以整理的。除缺乏单角本的角色外，通常以单角本的唱白替换20世纪50年代以来的资料中相应角色的唱白。对于同一种单角本，择优选择其中一个作为工作底本，其他本子则择善而从，对有参考价值的异文酌情出校。吊头本作为后场场面的本子，虽仅抄录曲文，却能起到剧目骨架的作用。骨架既明，自可利用单角本或其他材料，补出阙略的内容。第三，在剧本单角本较全的情况下，直接拼合单角本。调腔作为曲牌体剧种，曲牌及套式都有一定的格式，因而曲文的前后拼接反而显得相对容易。

值得注意的是，老艺人忆写的总纲本或相关整理本的可靠程度每每不及旧抄本，除了人为的删改，还存在曲文失真或部分失真的问题。究其原因，作为曲文为长短句的曲牌体剧种，调腔文辞通常较为文雅，其记忆难度，要远远大于唱词为齐言偶句的板腔体剧种。例如《葵花配》《仁义缘》等老艺人忆写的总纲本，曲文不可信者居多，由此可知旧抄本的无可替代性。正因如此，一些剧目如《分宫楼》《铁麟关》，因缺乏关键的单角本，再加上20世纪50年代以来的资料匮乏或准确性不高，故未能完成整理。

凡　例

一、本书整理以旧抄本，即新昌县档案馆藏调腔晚清民国抄本、复旦大学图书馆藏调腔抄本和傅斯年图书馆藏抄本（编号为 K-717-1 至 K-717-21，影印收入《俗文学丛刊》第一辑）为主要依据，以新昌县档案馆藏 20 世纪五六十年代老艺人忆写本及演出本、60 年代以来的整理本为参考资料。剧目整理分为以下几种类型：

（一）当旧抄本中有相应剧目的总纲本时，以旧抄本中的总纲本为底本进行校订。此类型出校从严，其后两种类型则从宽。

（二）当旧抄本中缺乏相应剧目的总纲本时，以旧抄本中的吊头本或 20 世纪 50 年代以来的资料为基础，通过拼合旧抄本中的单角本进行整理。除缺乏单角本的角色外，通常以单角本的唱白替换 20 世纪 50 年代以来的资料中相应角色的唱白。对于同一种单角本，择优选择其中一个作为工作底本，其他本子则择善而从，仅对有参考价值的异文酌情出校。

（三）当旧抄本中缺乏总纲本和吊头本，且 20 世纪 50 年代以来的资料存在缺陷或无相应资料时，拼合旧抄本中的单角本。

二、凡是明显的讹误，以及一般的俗字、异体字、省代符号，通常径改不出校。对于因方言或曲音相近或相同，以致抄本中别字与原字混用的，如"自""是"和"事"，"为"和"会"，"如"和"似"，"才""在"和"随"，"占"和"专"，"黄""皇"和"王"，"乃"和"那"，"寻""尽"和"情"，"怎"和"这"，"只"和"这"等，以及以"豆"代"頭（头）"，以"艮"代"银"，以"圭"代"鞋"，以"娄"代"屡""缕"等简省俗字，一般径据文义改正。

三、抄本曲牌名讹写(如"桂枝香"作"桂子香"、"千秋岁"作"千秋水"、"步步娇"作"步步高")径改不出校。凡是曲牌名系补题或经改订的,一般在剧目解题或校记中说明。抄本于曲牌叠用前调的"幺篇"(北曲)或"前腔"(南曲)往往省书,少数有"又"字标识,一般径予补全,前腔遇换头格视情况补出"换头"二字。

四、引用新昌县档案馆藏抄本时,按"(年代)—(责任者题署)—(剧名摘录)—抄本体式"的顺序著录题名,并附注新昌县档案馆案卷号。其中,对于抄本体式为单角本的抄本,以"角色名称＋本"称之。如"民国元年(1912)'求章云记'外、末、正生本(案卷号195-1-98)"(校记省去"案卷号"三字),表示案卷号为195-1-98,抄于民国元年、题作"求章云记"的单角本,而该单角本收录了外、末、正生三个相通的角色。对于复旦大学图书馆藏调腔抄本,或用赵景深先生的题名,或首次标注抄本原题,其后省称抄写者或所题堂号。

校记首次提及具体抄件时注明详情(已在剧目解题里注明者除外),其后省称案卷号。如首次标注时作"《定江山》等外、末、正生本(195-2-24)所抄《汉宫秋》正生本",其后但作"195-2-24本"。当校记笼统指称"抄本"时,指涵盖相关总纲本、吊头本、单角本。

五、对于方言词、典故等酌情加以注释。

六、由于抄本和相关资料来源不一,不同剧目的用字习惯或有不同。对于古今字和古分用字(原本用法不同,但现代汉语用法混同或甲字用法被乙字取代),以及其他用字歧异现象,校录时酌情处理。

(一)对于净付丑说白,抄本"归"作"居",句末语助"者"或作"这","介""格""噶"等混用,一般照录不改,但同一剧目稍作统一。20世纪50年代以来的资料有些词形与抄本相异,利用时略加改动,例如第二人称代词作"侬",校录时改作抄本常见的"吜";人称代词复数"我赖""伊赖"的"赖"作"拉"或"啦",校录时改作抄本常见的"赖"。

（二）常见抄本用字与现代通行用字歧异者，如必竟、俅俫、干休、刚刀、焦燥、利害（凶猛，猛烈）、卤莽（"卤"或作"滷"）、眉稍、迷天、闹抄（炒）、能勾、徬徨（"徬"或作"傍"）、傍人、蹊蹫、醉薰薰（醉熏熏），以及礼该、礼当等诸"礼"字和不伏、伏侍等诸"伏"字，径改作毕竟、瞅睬、甘休、钢刀、焦躁、厉害、鲁莽、眉梢、弥天、闹吵、能够、彷徨、旁人、崎岖、醉醺醺、理、服（"不伏老"除外），其余说明如下：

1. 抄本疑问代词"啥"作"舍"，副词"倒"作"到"，校录时录作"啥"和"倒"。第三人称代词表示女性的"她"字和疑问代词"哪"字，抄本一般写作"他"和"那"，校录时不予改动。

2. 《说文·女部》："姣，好也。"《说文新附·女部》："娇，姿也。"抄本多作"姣"，偶作"娇"，二字实通用无别，今统一作"娇"。

3. 抄本"辐辏"通常写作"福凑"，但"福凑"有的已经演变成福气臻至、福分大的意思。例如《双喜缘》第二十六号："这是皇姨福大，我儿的福凑。""福凑"与"福大"对文同义。当明确作福气臻至、福分大解时，照录不改；作集中、聚集解时，仍改作"辐辏"。

4. "拚"在不顾惜、舍弃的意义上又作"拼"，抄本通常写作"拚"或"拼"（《广韵·桓韵》："拌，弃也。俗作'拚'。"），或书作"潘""判"。而除《玉簪记·秋江》【五韵美】"拚个死"（一本作"拼个死"）之外，抄本"拼个（死活、高低）"之"拼"多作"并""併"，则知调腔"拚"（音判）和"拼"当有别，校录时视情况录作"拚"或"拼"。

七、抄本角色名称"贴旦"常省作"占"，角色名称首次出现用全称但下文有用简称的（如"正生""小旦"省作"生""旦"），校录时径予补全。抄本未注明该角色"唱"或"白"、"上"或"下"的，据剧情径予补全。

八、20 世纪 50 年代以来的资料的旦角名目屡有改作，今皆依从旧抄本的称谓体系。当无资料可稽时，部分角色名目根据推断题写，并视情况作适当说明。凡涉及角色名目的分析同《调腔钞本叙录（新昌县档案馆藏晚清民国部分）》有异的，皆以本次整理为准。

九、带有引子或曲子的角色上场，抄本常见在引子或曲子之后书"白"，再抄定场诗词，复又书"白"，接着自报家门。凡涉及第二、三种整理类型时，通常参照光绪七年（1881）"郭学问记"《凤头钗》总纲本［案卷号 195-1-110（4）］之例，改引子或曲子之后的"白"字为"诗"或"念"。

十、曲文根据调腔曲牌词式施加标点，其中对于唱腔符号"蚓号"标示的"破句"（"三字逗"）位置，通常施以顿号，其他情形则不加。如《牡丹亭·入梦》之"遍青山啼红杜鹃，荼蘼外、烟丝醉软"，"荼蘼外"与"烟丝醉软"所唱腔句不同，故中间加顿号，而"遍青山"与"啼红杜鹃"唱同一个腔句，故不加顿号。宾白的标点参考抄本的点断。

十一、对于抄本曲文中的"又""ヒ""："""↓"等重文符号，或与之相当的蚓号，参照调腔曲牌的词式或习惯，以及 20 世纪 50 年代以来的记谱资料，补出重文字句。

十二、调腔抄本常有昆腔曲文脱佚而仅保留吹打的情况，而部分吹打牌子来源于南北曲曲调，对此抄本多见"唱【驻马听】半段""吹【驻马听】合头""吹打【六幺令】"等标记。"吹"通常就是"吹打"之省。对于昆腔曲文佚去或调腔曲文无法补出的情况，整理时在正文写出缺省或佚去的曲文起讫，如"唱【泣颜回】前段""唱【步步娇】六至七句"等。

十三、凡是昆腔曲牌，在曲牌名前用圆括号加注"昆腔"二字，但于前腔不重复标注。若全剧唱昆腔，仅于剧目名下注明"昆腔"。调腔的四平腔剧目则在剧目解题中作说明。

十四、对于剧目的场号，抄本常用"某号"标示，今统一作"第某号"的格式，如有出目名则紧随其后。抄本省略第一号"开台"的，整理时从第二号起标记。拼合单角本时的分场情况，通常在剧目解题中作说明。

十五、《双喜缘》总纲本（案卷号 195-1-152）和《双合缘》总纲本（案卷号 195-1-149）在场号下标注角色名称及其扮演人物，各剧参照其例补出。

十六、本书所整理剧目排版时，曲牌名顶格书写，不同曲牌换行；凡是夹杂在同一曲牌之内的宾白，不换行也不单独成段；凡是位于两个曲牌之间的宾白，则单独成段。曲牌前后或曲牌与曲牌之间的宾白视情节略作分段。普通的唱腔曲牌名及曲文用大字、加粗表示，宾白、科介、锣鼓和吹打牌子名等用小字排列，引子、冲场曲和部分干念的曲子则随抄本或视情况而定。

十七、本书按杂剧、南戏、传奇、时戏、例戏共五类整理剧目，其中第四类时戏又细分为四部分：时戏一为正生、外、末的重头戏，时戏二为净、付、丑三花脸的重头戏，时戏三为小生、小旦风情戏，时戏四为含有文武旦角、文武小生的剧目。当然，各部分存在或多或少的交叉，划分时兼顾剧目数量的均匀。对于时戏类，一般将大致年代相对较早或者用韵相对规范的剧目排列在前，残本、单出或修补较多的剧目殿后。例戏为正本戏开演前搬演的仪式性剧目，包括"五场头"剧目和彩头戏（详见"前言"注释）。各剧本之前附有剧目解题，通常包括剧目介绍、剧目考证、演出钩沉（以晚清民国时期为主）、剧情梗概、整理说明等内容。

十八、整理时所用符号如下：

唱腔曲牌名、吹打牌子名及部分锣鼓牌子名用方头括号"【】"标示。

角色名目、科介、唱白引念诗上下及部分锣鼓牌子名用圆括号"（）"标示。

残缺或漫漶不可识的文字用"□"标示；当缺字字数不详时，用"□……"标示。

补字用六角括号"〔〕"标示，衍文用大括号"{ }"括住。

解题、注释、校记等涉及订正讹误、补充说明用圆括号"（）"标示，不确定时加"?"或"（?）"。

表示剧中人物唱或白同时进行用"／"标示。

单角本唱白字句之间的间隔用"／"标示（单角本原用间隔符号近似于"刂"）。

《调腔传统珍稀剧目集成》

（全五卷）总目录

卷一目录

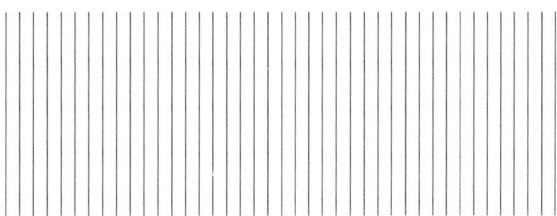

杂剧

一　西厢记

调腔《西厢记》，新昌县档案馆藏调腔抄本所见有《游寺》《请生》《赴宴》《佳期》《拷红》《捷报》六出，复旦大学图书馆藏抄本《绍兴高腔选萃》收有《拷红》一出，《俗文学丛刊》第一辑影印收入的傅斯年图书馆藏抄本有《请宴》（即《请生》）、《赴宴》、《泥金捷报》（即《捷报》）三出。其中，除《佳期》唱昆腔，属《南西厢》系统外，其余皆出自元王实甫杂剧《西厢记》。调腔又称高调，棘公《越剧杂谈》："高调班之唱词，较乱弹为典雅，如《游寺》《拷红》等剧，概用《西厢记》原文。"①

晚清时调腔群玉班尚有《寺警》一出，清李慈铭《越缦堂日记》"咸丰六年七月初七日壬戌"条："夜有月，复偕群从买舟诣朱翁子祠，……食顷抵岸，班仍群玉，演戏亦较前者胜。玉枕演《寺警》一出，尤佳。"②据 20 世纪 50 年代调查，绍兴的调腔班《西厢记》有《游寺》《请生》《佳期》《赴宴》《拷红》《泥金捷报》六出③，傅斯年图书馆藏抄本当出自绍兴的调腔班。

晚清民国时期，《西厢记》乃调腔班著名剧目，绍兴安昌《安昌做戏快板》有"有《东郭》，有《西厢》"④一语。清光绪末年，绍兴的高调（调腔）班"春仙台之《西厢记》，号为一时绝唱"⑤。全面抗战爆发前十年（1927—1937）绍兴的调腔班较为兴盛，其中"丹桂月中台"演员整齐，以《西厢记》为其代表剧目⑥。

　　①　棘公：《越剧杂谈》，《戏剧月刊》第二卷第三期，上海大东书局，1929 年 11 月，影印收入《俗文学丛刊》第一辑第 12 册，"中央研究院"历史语言研究所、新文丰出版股份有限公司，2001，第 371 页。

　　②　［清］李慈铭：《越缦堂日记》，广陵书社，2004，第 423—424 页。

　　③　参见华东戏曲研究院编审室资料研究组：《从"余姚腔"到调腔》，华东戏曲研究院编：《华东戏曲剧种介绍》第五集，新文艺出版社，1955，第 52 页，后收入蒋星煜：《中国戏曲史钩沉》，中州书画社，1982，第 67 页。

　　④　胡宅梵辑：《越郡风俗词》，绍兴文理学院图书馆藏抄本，1962，第五集。

　　⑤　周锦涛：《三十年来越剧之变迁》，《戏剧月刊》第一卷第六期，上海大东书局，1928 年 11 月初版，1931 年 4 月第 4 版，影印收入《俗文学丛刊》第一辑第 8 册，第 171 页。

　　⑥　参见华东戏曲研究院编审室资料研究组：《从"余姚腔"到调腔》，华东戏曲研究院编：《华东戏曲剧种介绍》第五集，第 59 页，后收入蒋星煜：《中国戏曲史钩沉》，第 75 页。

调腔又称高腔,民国时期"《西厢记》《凤仪亭》这两出戏是高腔戏中最负盛名的"①。民国二、三年(1913、1914)之际绍兴的调腔班"大统元"赴上海商办镜花戏园演出,以及民国二十四、二十五年(1935、1936)绍兴的调腔班"老大舞台"赴上海远东越剧场、老闸大戏院演出,都曾数次搬演《西厢记》。

调腔《西厢记》剧叙书生张珙随法聪和尚游寺,与相国小姐崔莺莺一见钟情。贼寇孙飞虎围寺索取莺莺,老夫人答应能救护者,以莺莺许之。张生写信搬救兵解危,于是红娘奉老夫人之命,请张生过府赴宴。老夫人宴请张生,不料当场悔婚,叫莺莺认张生做哥哥。莺莺愁苦万分,张生悻悻而回。后来红娘助张生、莺莺成其好事,被老夫人察觉。老夫人拷问红娘,查出实情,意欲责罚。在红娘据理力争之下,老夫人只好将莺莺许配给张生,并命张生上京应试。张生得中探花,派琴童回来报信。崔莺莺得信,回寄汗衫、绫袜、瑶琴和斑管,向张生传达不要相负之意。

本次整理,《游寺》《请生》《赴宴》《捷报》四出据新昌县档案馆藏晚清《西厢记》四折总纲本(案卷号 195-1-1)校订,《佳期》出系拼合单角本而成。鉴于复旦大学图书馆藏《绍兴高腔选萃》本《拷红》和新昌县档案馆藏《拷红》曲文上出入较多,故两存之,其中后者的老旦主要根据 1958 年油印演出本(案卷号 195-3-93),花旦根据民国年间赵培生旦本(案卷号 195-2-19)。另,光绪二十九年(1903)"张贤云记"外、净、末等本(案卷号 195-1-12)所收《西厢记》总纲抄有《游寺》和《请生》(抄至红娘回复张生萝卜小菜为小姐安排的说白"这是小姐亲"为止),其《游寺》出法聪角色为付,与晚清《西厢记》四折总纲本(案卷号 195-1-1)角色为丑不同,而"老大舞台"赴上海远东越剧场演出,亦以付角周长胜饰演法聪。

傅斯年图书馆藏抄本抄写时间可能较早,其《请宴》《泥金捷报》两出曲牌名题写较全。《绍兴高腔选萃》本不题曲牌名,新昌县档案馆藏抄本《游

---

① 笔花:《从绍兴戏说到的笃班(四)》,上海《申报》1938 年 12 月 5 日第 15 版。

寺《拷红》题有【尾】,《佳期》曲牌名题写完整。经比对,《调腔曲牌集》实际上是参照刊本补题曲牌名的。校订时曲牌名参照傅斯年图书馆藏抄本和《调腔曲牌集》补入。

游 寺

丑(法聪)、小生(张生)、花旦(红娘)、小旦(崔莺莺)

(丑上)(唱)

【佚名】①和尚出家,受尽波渣②。被师父打骂,只得逃往回家。一年二年,养起了头发;三年四年,做起一份人家;五年六年,娶了一个浑家;七年八年,生下一个娃娃;九年十年,娃娃有些③长大。七年八年,九年十年,生下娃娃,娃娃长大④,只乐得叫、叫一声和尚做爹爹,和尚叫我做爹爹。(笑)

(白)指作锦帐手作妻,此番快活有谁知。忙将左手换右手,好似停妻再娶妻。自家非别,普救寺中一个长老,名唤法聪。这寺乃唐朝武则天娘娘建造的功德院,如今崔相国之灵柩,寄在我寺中,连日追荐,十分辛苦。今日师父不在,就在这里打个瞌睡罢。徒弟吓⑤,有香客来者,吼叫我介一声,我就在这里。哑哑哑。(小生上)(白)未临科甲暂羁程,旅况凄凉动客情。不去蒲关访故友,特来萧寺探高僧⑥。普救禅寺。阿哟,妙吓!看此画栋

---

① 此曲《调腔曲牌集》从《缀白裘》七集《孽海记·下山》题作【皂罗袍】,但该曲与调腔【皂罗袍】差距较大,故不取。昆曲《纳书楹补遗曲谱》卷四时剧《僧尼会》同曲题作【赏宫花】。

② 波渣,亦作"波查"。本作"波吒",佛经有"阿吒吒地狱""阿波波地狱","吒""波"等原为受寒冷时的呻吟声,二地狱名节缩为"波吒",又用以表示困苦,受折磨,详参郭在贻:《唐代白话诗释词》,《中国语文》1983 年第 6 期;刘瑞明:《"波吒"及其异形、近形系列词语词义与理据辨析》,《刘瑞明文史述林》,甘肃人民出版社,2012,第 733—734 页。

③ "有些"二字底本原无,据 195-1-12 总纲本补。

④ "七年八年"至"娃娃长大",底本原无,据 195-1-12 总纲本和《调腔曲牌集》补。

⑤ 吓,亦作"哈",语气词。又作叹词,如下文"吓,长老"的"吓"。

⑥ 高僧,195-1-12 总纲本及单角本作"禅僧"。

雕梁，果然天下名山①，不免竟入②。吓，长老！阿哟，原来在此打睡，待我叫他醒来。吓，长老！吓，长老！（丑）阿哟，我个娘吓！（小生）吓，长老，什么意儿？（丑）原来是位相公，请坐。贫僧刚刚来哩③做梦，被相公一叫，就叫醒哉。（小生）青天白日，做什么梦？（丑）梦里来带④成亲。（小生）出家人那有成亲之事？（丑）岂不闻黄和尚有成亲之日⑤，贫僧岂无拜堂时？（小生）敢是"黄河之水，尚有澄清之日"？（丑）承教，承教。动问相公高姓？（小生）姓张⑥。（丑）介末弓张呢⑦，还是立早？（小生）弓张。（丑）弓张乃天上星宿，立早乃文章魁首。大号？（小生）君瑞。（丑）君乃君王之君，瑞乃祥瑞之瑞哉？（小生）是。名珙。（丑）敢是斜王边加一个共字？（小生）正是⑧。（丑）贵乡何处？（小生）西洛人也。（丑）妙极。有道"洛阳多才子，西方有美人⑨"。（小生）出圣人⑩。（丑）承教⑪。到此有何贵干？（小生）特来探望法本长老。

---

① "看此"至"名山"，195-1-12总纲本及单角本作"世间好语佛说尽，天下名山僧占多"。

② 竟入，义同"径入"。竟，副词，径直，直接。

③ 来哩，"哩"亦作"里"，方言，在，在这里。清范寅《越谚》卷下《发语语助》："哩，'离'。助语辞，有言'地方'意。"

④ 来带，方言，这里是正在的意思。按，带，方言助词，表示近指含义，在语法上的分布可分为两类：一类是附着在动词后，表示动作或状态的持续或完成，视情况可译为"在""着"或"了"；一类是附着在方位介词兼存在动词"来"之后，意为"在""在这儿"。其中"来带"在主要动词或动词性短语之前表示动作正在进行，在主要动词或动词性短语之后则表示动作或状态的持续或完成。类似的助词还有"亨"（亦作"哼"），表示远指含义；"东"（亦作"冬"），表示泛指含义，用法与"带"基本相同。参见王福堂：《绍兴方言中表处所的助词'东 * ''带 * ''亨 * '》，《语言学论丛》第二十一辑，商务印书馆，1998，第1—11页。

⑤ 和、亲，底本作"河""清"，据195-1-12总纲本改。

⑥ 答语"姓张"底本以小字出之，未标角色名目，今径予补出，后仿此。

⑦ 介末，亦作"个末""格末"，傅斯年图书馆藏抄本《琵琶记》《还金镯》又写作"合没""告末"，方言，那么。又，弓张，疑当作"弓长"。

⑧ "名珙"至"正是"，底本原无，据195-1-12总纲本补。

⑨ 有美人，底本作"有美女"，结合小生本改。

⑩ 出圣人，底本作"美人"，据单角本改。

⑪ 此下195-1-12总纲本尚有说白："（小生）岂敢。（付）相公姓又姓得好，名又取得好，勿消赴考，坐在屋里，头名状元稳稳有分。（小生）为何这等谬赞？（付）贫僧初进山门，个样赞法，有点肉麻，如今一赞两赞，赞惯哉倒也格得哉。（小生）原来。"

（丑）我哩先师勿来带①。（小生）几时亡故的？（丑）勿曾死吓！（小生）为何称他先师？（丑）是我出家人，先进山门为大，故而称他先师。（小生）该称家师才是。（丑）承教。（小生）到那里去了？（丑）下山望丈母去者。（小生）出家人那有丈母？（丑）清账目去者。动问相公，要问家师何事？（小生）闻知诗赋才高，特来请教。闻得他有一位令徒法聪可在？（丑）为啥问起我吓？相公，法聪敢欠你酒、酒？（小生）不少。（丑）敢欠你赌、赌？（小生）也不少。（丑）勿欠你酒、酒，勿欠你赌、赌，为啥问起法聪名字？（小生）久闻大名。（丑）若说法聪②，区区贫僧就是。（小生）什么，就是长老？失敬了。（丑）岂敢，岂敢。（小生）令师不在，就此告退。（丑）慢点慢点，有道"既来之，即安之"，贫僧有几首现成诗来哩，念与张相公听听。（小生）倒要请教。（丑）旧年元宵佳节，我哩徒弟做了一盏走马灯，说道师太吓！（小生）敢是师父？（丑）勿差。师父吓，替徒孙题一首诗，我师父举起笔来，就将走马灯为题，他说道："团团游去复来游，没个明人指路头。灭却心中三昧火，刀枪人马一齐休。"③（小生）好，妙极。（丑）贫僧还要和他一首。（小生）怎④样和法呢？（丑）我说道："日间不游夜间游，游来游去几时休？只为心中一点虚火旺，黄昏转到五更头。"（小生）好，一发妙极。告退。（丑）慢点慢点，待贫僧拿之钥匙，开之大殿门，随喜随喜⑤。（小生）倒要叨扰。（丑）徒弟吓，大殿钥匙在

---

　　①　我哩，"哩"亦作"里"，相当于"我赖"，方言，我们。表示领有时，有时复数人称代词实际上表示的是单数。勿，方言，否定副词，没有。下文"勿曾死"的"勿"，相当于"不"。

　　②　"闻得他"至"若说法聪"，底本脱，据195-1-12总纲本及单角本补。

　　③　此诗见于明释幻轮编《释鉴稽古略续集》卷三（日本《大正新修大藏经》第49册第944页中栏）无际禅师《走马灯偈》。又，明、休，底本作"名""丢"，据原诗改。

　　④　怎，底本作"什"，下文"怎样求法"的"怎"同。"怎""什"音近，抄本或致换用，前文"什么，就是长老"的"什么"，他本作"怎么"。

　　⑤　随喜，底本作"随嬉"，今改正，下同。"随喜"系佛教语，这里指游玩寺院。

那里？(内白)洞中悬。(小生)长老,何为洞中悬?(丑)悬,乃是挂也①。待我来开之大殿门。雪索,雪索。尸……弓……(小生)长老,一样门儿,为何两样声音?(丑)当初鲁班先师所造,名唤左金鸡,右凤凰。金鸡勿曾破声,所以"尸……"声,个个②凤凰破之声哉,好像我法聪喉咙介一般,"弓……"个声来哉。(小生)好。早听金鸡叫,(丑)晚闻凤凰鸣。(小生)千竿君子竹,(丑)勿吃大蒜葱。(小生)百尺大夫松。(丑)承教。张相公,噶个四大金刚③,可塑得威严?(小生)塑得好,妙极。(丑)还怕上面个尊波罗蜜。(小生)何为波罗蜜?(丑)有道"金刚勿惹波罗蜜"。(小生)敢是"金刚般若波罗蜜"?(丑)承教。张相公来此魁星阁。(小生)为何在上面?(丑)噶个要去问天个。(小生)为何?(丑)有道"魁星是有天知道"。(小生)敢是"亏心事,有天知道"?(丑)承教。张相公来此转轮床。(小生)何为转轮床?(丑)求男得男,求女得女。(小生)怎样求法?(丑)世间上没有儿子的,在佛殿上点了一对烛,插了一炷香,覆了一覆,把轮转床"尸",推了一转,走回家去,转到房中,挠开马子,脱下裤子,"突",一个儿子生出来哉。(小生)要两个呢?(丑)极容易个,在佛殿上点了两对烛,插两炷香,覆了两覆,把个轮转"尸尸",推了两转,走回家去,转到房中,挠开马子,脱下裤子,十介④嗡嗡突,嗡嗡突,两个儿子生出来哉。(小生)要无数个呢?(丑笑)有道"一法通,万法通",在佛殿前点了无数烛,插了无数香,覆个无数覆,把轮转"尸……"推了无数转,走回家去,转到房中,挠开马子,脱下裤子,亦十介唔唔突,唔唔突,突……哗,无数个儿子生出来哉。(小生)这是什么意儿?(丑)是个囡嚜。(小生)妙极。

---

① 此处195-1-12总纲本作"我里出家人个暗语,悬空挂来乩,这等讲",其下尚有说白:"(小生)原来。(付)相公,来此大雌宝殿。(小生)大雄宝殿。(付)雄呢原是个雄字,进之我里出家人,雄个要变得雌个哉。"

② 个个,亦作"格格",同"介个""噶个",系指示代词"个"(亦作"介",这,这样)和量词"个"的结合,意为这个。

③ 噶个,同"介个",这个,详见上文"个个凤凰破之声哉"注。"金"字底本脱,今补。

④ 十介,同"是介",方言,这样,那样。

（丑）张相公，来此上方了。（小生）呀！（唱）

【村里迓鼓】随喜了上方、上方佛殿，又来到下方、下方[①]**僧院**。（丑白）张相公还是从远呢，从近？（小生）从远怎讲？从近怎说？（丑）从远往大殿里去，从近由厨房里来。（小生）有道“从远不如从近”。（唱）**行过了厨房近西，法堂北钟楼前面**。（白）长老，钟楼上为何没有钟？（丑）被夫子盗去了。（小生）夫子岂可盗钟？（丑）那日夫子盗了钟，我哩师父告了一状，勿想县主老爷，与夫子交好，把呈纸抲[②]来批掉哉。（小生）怎样批法？（丑）他说道：“夫子之盗钟，恕而已矣。”（小生）敢是“夫子之道，忠恕而已矣”？（丑）承教。如今挂了一口木钟来哩。（小生）木钟如何撞得响？（丑）一头撞起来，寺里个和尚，一个呒得哉[③]。（小生）为何？（丑）有道“目中无人”。（小生）木钟无人。此乃眼目之目。（丑）张相公来此洞房了。（小生）出家人那有洞房？（丑）洞乃洞天之洞。请进里面用斋。（小生）不消。（丑）吃点心。（小生）也不消。（丑）虚邀哉，哈哈虚邀哉。（小生）这是甚么地方？（丑）这是料舍。（小生）何为料舍？（丑）相公俗家人，毛坑粪池；贫僧出家人，净头粪池。进去大解？（小生）没有。（丑）小解？（小生）也没有。（丑）寡屁撒几个？（小生）一发没有。（丑）来此虚邀哉。（小生）休得取笑。（唱）**游了洞房，转过宝塔，回廊绕遍**。（丑白）张相公来此罗汉堂，数数罗汉看？（小生）怎样数法？（丑）贵庚多少？（小生）二十有三。（丑）左脚进的呢，右脚进的？（小生）左脚进的。（丑）这边数去。一九，二九十八，十九、二十、二十一、二十二、二十三。（笑介）相公数着个尊罗汉笑嘻嘻，今年必定招贵妻。贫僧吃喜酒，送贺礼。（小生）长老你也来数一数。（丑）和尚有啥个数头。（小生）也来数一数。（丑）呕，贫僧今年廿五岁，肖鸭个。（小生）肖鸡的。（丑）勿差，肖鸡的。右脚进的，那边数起。一九，二九十八，十九、二十、二十一、二十二、二十三、二

---

① “下方”二字底本未叠，民国二年（1913）《赐绣旗》《四元庄》等单角本[195-2-28(2)]所抄《西厢记》小生本和《调腔曲牌集》则均重词，据改。

② 抲，方言，拿。

③ “木钟如何”至“呒得哉”，底本脱，据 195-1-12 总纲本补。

十四、二十五。阿咦，我说道勿要数勿要数，数着个尊罗汉黑铁鞑，和尚一世没结煞①。（小生）呀！（唱）**数毕罗汉，拜过菩萨②，参了圣贤，呀！**（走板）（花旦白）小姐这里来。（小旦同上）（小生唱）**正撞着五百年前风流孽冤③。**

【元和令】颠不剌④的见了万千，似这般可喜娘的庞儿罕曾见。引得我眼花撩乱⑤口难言，魂灵儿飞入在半天。（丑白）铢扯，铢扯，铢扯铢扯，铢铢扯。（小生）长老，什么意儿？（丑）张相公魂灵儿飞入在半天，我贫僧与你收魂。（小生）休得取笑。（唱）**他那里尽人调戏舚⑥着香肩，只将这花笑撚⑦。**

【上马娇】这的是兜率宫，休猜做离恨天，谁想寺里遇神仙。只见他宜嗔宜喜春风面，偏，宜贴翠花钿。

【胜葫芦】只见他宫样⑧眉儿新月偃，侵入在鬒⑨云边，未语人前先腼腆⑩。樱桃红绽⑪，玉粳白露，半晌恰方言。

---

① 没结煞，没有好结果。《越谚》卷上《格致之谚》："嫖赌吃着，无有结煞。"

② 毕、过，195-1-12 总纲本及单角本作"了"。

③ 孽冤，调腔《玉蜻蜓·二搜》【村里迓鼓】"这的是五百年前风流孽冤"同作，明刊本作"业冤"。"业"为佛教语，一般特指恶业，而"孽"原有灾害、妖孽义，且业、孽音近（绍兴方言音同），于是原来写作"业"的一些词语，又写作"孽"。

④ 颠不剌，底本作"癫不癫"，今从《调腔曲牌集》。"不剌"为语助词。

⑤ 撩乱，亦作"缭乱"。

⑥ 舚，音朵，垂下貌。

⑦ 此句底本作"又只见花笑妍"，195-1-12 总纲本作"只将这花消然（笑撚）"，据改。《说文·手部》："撚，执也。"唐释玄应《一切经音义》卷一四《四分律》卷五一音义"撚髭"条引《通俗文》："手捏曰撚。"《越谚》卷下《单辞只义》："做事、移物均曰撚。"

⑧ 宫样，底本作"弓样"，此从单角本。王骥德云："古本作'弓样'，殊新，但下既言'月偃'，又曰'弓样'，两譬喻似重，今从'宫'。"（《新校注古本西厢记》卷一）

⑨ 鬒，底本作"碧"，据单角本改。

⑩ 腼腆，底本作"面覥"，此从 195-1-12 总纲本。王骥德云："覥，他典切，音腆，注：'惭也。'面覥，言羞涩面惭也。俗本误认作缅字音，又益一'觍'字，不知字书并无此字。"（《新校注古本西厢记》卷一）王骥德校注本"腼腆"作"面觍"，底本"面"字有可能受到王骥德校注本这类版本的影响。

⑪ 红绽，底本作"破口"，据 195-1-12 总纲本及单角本改。

【幺篇】恰①便似呖呖声音花外啭，行一步可人怜，解舞腰肢娇又软。千般袅娜，万种②旖旎，似垂柳在晚风前。

（小旦）红娘，与我取一朵碧桃花来。（花旦）晓得。（丑）慢点慢点，红娘姐，噶个花拗勿得个，要供佛来个。（花旦）和尚有这般可恶。我去告诉老夫人，要你和尚了不得。（丑）和尚有啥勿好？（花旦）你同来人随来随去，看着我们。（丑）我也去告诉老夫人。（花旦）你待怎讲？（丑）我说红娘姐来看我和尚。（花旦）那个来看你？（丑）吓勿来看我，那个晓得看吓？（花旦）啐！小姐花在此。（小旦）将花插在水盂中，做一个落花有意随流水，（花旦）引得鱼儿入洞来。（下）（小生）阿弥陀佛。（丑）贫僧插烛。（小生）长老，你家观音阁可开么？（丑）勿曾开么。（小生）为何观音出现？（丑）吓！贫僧来此七八十年者，勿曾看见观音出现。（小生）十七八年。（丑）就是十七八年。（小生）前面去的，岂不是观音大士？后面跟随的，岂不是龙女么？（丑）吓！前面去的，崔相国之莺莺小姐；后面跟随的，是侍妾红娘。（小生）慢说③莺莺小姐，就是红娘姐这双小脚，足值千金。（丑）再加五百。（小生）加在那里？（丑）红娘姐脚背上突起一块。（小生）这是牛蹄。（丑）足骈④。红娘姐系的拖地罗裙，怎见得脚儿大小？（小生）大殿上尘埃未扫，有脚踪尚存，长老我同你评评脚踪来。（丑）贫僧奉陪。（小生）请。这是莺莺小姐的脚踪，这脚是去的，这脚是来的，这脚勾将转来，脚尖对着小生的脚尖，似有顾盼小生之意。（丑）待贫僧也来摩拟摩拟看。个是红娘姐个脚，这脚是去的，这脚是来的，这脚勾将转来，脚尖对着贫僧的脚尖，岂不有顾盼贫僧之意？（小生）小生。（丑）贫僧。（小生）小生。（丑）贫僧，贫僧。勿好哉，坐化⑤去哉。徒弟吓，把

---

① 恰，底本作"却"，恰、却方言音同，据改。下文"恰便似""恰才个"的"恰"同。
② 种，195-1-12总纲本及单角本作"般"。
③ 慢说，别说，不要说。表示让步或转折。"慢"字亦作"漫"或"谩"。
④ 骈，底本作"见"，195-1-12总纲本作"俭"，今改正。
⑤ 坐化，谓佛教徒端坐安然而命终。

锄头拿之出来,将这块泥土掘将起,放在枕头边,毛病发作哉时节,好放放汤。(小生)什么汤?(丑)雷贺倪汤①。(小生)阿哟,好吓!(唱)

【后庭花】若不是衬残红芳径软,怎见得步香尘底样儿浅②。休提眼角留情处,这脚踪儿将心事传③。慢俄延,投至到桄门、桄门前面④,刚挪了⑤一步远,刚刚的打个照面。(丑唱)风魔了张解元,似神仙归洞天,空余杨柳烟⑥,只闻得鸟雀声喧。

(小旦内白)红娘,掩上西厢。(丑)张相公,观音又来了。(小生)阿哟,妙吓!

(唱)

【柳叶儿】门掩了梨花、梨花深院,粉墙儿高似青天,恨天、怨天老天呵怎不与小生行些方便⑦? 好叫我难消遣,端的是怎留恋,小姐吓! 倒被你引了人意马心猿。

(走板)(花旦上)(唱)

【皂罗袍】行过了碧梧、碧梧庭院,步苍苔花露湿透弓鞋面⑧。纷纷红紫斗芳

---

① 雷贺倪汤,出自《百家姓》,"烂糊泥汤"的谐音。

② 底样儿浅,底本作"将底印儿浅",据单角本改。

③ 传,底本作"缠",据单角本改。

④ 投至到,底本作"投只得",据《调腔曲牌集》改。前面,底本作"面前",据195-1-12总纲本及单角本乙正。

⑤ 刚挪了,底本作"只有那","那"后来写作"挪",195-1-12总纲本及单角本作"刚动了",据校改。

⑥ "似"字底本原无,据195-1-12总纲本校补。明凌濛初刊《西厢记》、《六十种曲》本《北西厢》等"空余"后有"下"字,明万历三十九年(1611)刊徐文长评点《重刻订正元本批点画意北西厢》(简称批点画意本)、王骥德校注本、明崇祯刊《张深之正北西厢秘本》(简称张深之本)"神仙"前无"似"字、"空余"后无"下"字。

⑦ 恨天、怨天老天呵,底本作"怨天憾天老天",据195-1-12总纲本及单角本改。此句明刊本多作"恨天不与人行方便",批点画意本、王骥德校注本重"天"字,唯《雍熙乐府》卷五作"恨天、怨天天不与人行方便",调腔本与之相近。

⑧ 此句195-1-12总纲本及单角本作"步苍苔湿透金莲"。

开，双双瓦雀①行书案。燕语春去，芳心自怜；人随②花老，年又一年③。

（丑）红娘姐，为何去而复返？（花旦）方才小姐在此游玩，失了罗帕一幅，故此叫我转来寻个。（小生）大家去寻来。（丑）慢点慢点，寻有个寻法个。（小生）怎样寻法？（丑）红娘姐在之前，张相公落之后。（小生）长老呢？（丑）和尚隔在中间。（小生）红娘姐。（花旦）请。（小生）红娘姐可有么？（花旦）没有。张相公可有么？（小生）没有。（丑）我也没有。阿哟，在这里了。红娘姐可有么？（花旦）没有。（丑）张相公可有么？（小生）小生拾了一幅。（丑）唅，红娘姐，罗帕敢是有两幅么？（花旦）只得一幅。（丑）张相公拾得一幅，我和尚也拾得一幅，岂不是有两幅么？（花旦）只得一幅的。（丑）介末大家拿出来。（小生）大家拿出来。／（丑）勿好者，和尚漏头④者。（小生）红娘姐这幅罗帕，送与小生罢。（花旦）这幅罗帕是旧的，我对小姐说，改日绣一幅新的，送与张相公。（小生）拿去。（花旦）有道"男女授受不亲"。（小生）"礼也"。（丑）厌也。谨防三只手。（花旦）放在扇纸上。（小生）小生送。（丑）慢点慢点，有道"客勿送客"，待贫僧来送。唅，红娘姐，旧个罗帕，布施得贫僧者呢。（花旦）出家人要他何用？（丑）做做经袱，大有功德。（花旦）要下我一礼。（丑）就下你一礼。（花旦）要下全礼的。（丑）做不来的。（花旦）我去了。（丑）唅，红娘姐，就下一个全礼。（小生）吓，长老！（丑）张相公，生意各人各做，勿要来管我。请坐，请坐。唅，红娘姐，跪带哉。（花旦）蒙了眼。（丑）呕。（花旦）伸手来。（丑）呕呕呕。（花旦）呸！（下）（丑）个个狗花娘，把个涎吐，吐在我手中，待我去骗骗张相公来。（笑介）（小生）长老，什么意儿？

---

① 瓦雀，底本"瓦"作"鸟"，195-1-12总纲本作"花鹊"，后者系"瓦雀"之讹，今改正。瓦雀，麻雀之别名。

② 随，底本作"在"，下文"垂杨线"的"垂"亦作"在"，方言音同或音近借用，今改正。

③ "燕语"至此，《六十种曲》本《南西厢》作"燕衔春去，芳心自敛；人随花老，无人见怜。把轻罗小扇遮羞脸"，末句明凌濛初《南音三籁》戏曲下作"临风不觉增长叹"。调腔本该曲删减了末句。

④ 头漏，指法聪将所拾罗帕藏于帽子之下，被张生偷去。

（丑）红娘姐这幅罗帕，布施得贫僧带哉呢。（小生）拿出来。（丑）勿可抢个呢。（小生）不来抢你。（丑）喏，一个大热屁。（小生）阿哟，这是涎吐，腌臜气。（丑）红娘姐亲口吐出来个呢，喷喷香个。（小生）什么香？（丑）兰麝香。（小生）阿哟，妙吓！（丑插白）那光景①？（小生唱）

【寄生草】兰麝香仍②还在，玉佩环声渐远。东风摇曳垂杨线，游丝牵惹桃花片，珠帘掩映③芙蓉面。你道是河中开府相国家，我道是南海水月观音院④。

【赚煞】我眼望将穿，馋口儿涎空嚼⑤，好叫我透骨髓将相思病缠⑥。怎挡他临去秋波那一转，慢说是小生呵！就是那铁石人也意惹情牵。近亭轩⑦，花柳依然⑧，日午当天⑨塔影圆。春光在眼前，怎奈玉人儿不见。【尾】⑩将这座梵王宫，化作似武陵源。

（白）小生告退。（丑）张相公明日要来得早呢。（小生）为何？（丑）好看观音出现。（小生）休得取笑。（下）（丑）张相公去了，待我哄他转来。观音出现了，观

---

① 那光景，方言，怎么样。

② 仍，底本作"曾"，据单角本改。

③ 掩映，底本作"影卷"，单角本作"燕莺""掩月"，即"掩映"之讹，据校改。

④ 你道是、我道是，底本作"这边是""那边是"，据 195-1-12 总纲本及单角本改。按，此二句 195-1-12 总纲本作"你道是河中开府相国家，俺道是南海水月观音院"，单角本"俺"作"我"，"院"一作"现"，一作"显"。次句末字批点画意本、王骥德校注本、张深之本作"院"，蒋星煜《明刊本西厢记研究》（中国戏剧出版社，1982）之《从佛教文献论证"南海水月观音现"》认为作"现"者合于王实甫原作。

⑤ 嚼，同"咽"，吞食。

⑥ 病缠，同于批点画意本、王骥德校注本、《六十种曲》本《北西厢》等；195-1-12 总纲本及单角本作"病染"，同于明弘治十一年（1498）金台岳家重刊本《西厢记》（简称弘治本）、凌濛初刊本等。

⑦ 近，底本作"迎"，据 195-1-12 总纲本改。亭，明刊本作"庭"。

⑧ 依然，同于批点画意本、王骥德校注本、张深之本等；195-1-12 总纲本及单角本作"争连"或"争妍"，后者同于弘治本、凌濛初刊本、《六十种曲》本《北西厢》等。

⑨ 当天，同于张深之本；195-1-12 总纲本作"当定（庭）"，弘治本、批点画意本、王骥德校注本、凌濛初刊本等作"当庭"。

⑩ 此"尾"195-1-12 总纲本同题，而其下"将这座梵王宫，化作似武陵源"，明刊本相应曲系【赚煞】末句（曲文"将一座梵王宫疑是武陵源"）。

音出现了。(小生上)吓,长老,在那里?(丑)话要到明朝来。(小生)好一个知趣的和尚。(丑)好一个风流的相公。(小生)请了。(丑)慢去,慢去。(下)

请　生

花旦(红娘)、小生(张生)

(花旦上)(唱)

【粉蝶儿】半万贼兵,卷浮云片时扫净。一家儿感谢先生①,舒心的列山灵②,陈水陆,张君瑞合当要钦敬。当日个所望无成,谁承望一缄书倒为了媒证。

(走板)(小生上)(唱)

【醉春风】今日个东阁玳筵开,煞强似③西厢和月等。薄衾单枕有人温,早则是不④冷,冷,受用些宝鼎香浓。绣帘风细,绿窗人静。

【脱布衫】幽僻处可有人行,点苍苔白露泠泠。隔窗儿咳嗽了一声,启朱扉⑤连忙答应。

(白)红娘姐请进。(花旦唱)

【小梁州】只见他叉手躬身礼数迎,我道不及"万福先生"。乌纱小帽耀人明,白襕净⑥,角带儿闹黄鞓⑦。

【幺篇】只见他衣冠济楚庞儿整,可知⑧道引动了俺家姐姐莺莺。据相貌,凭

---

① 感谢先生,各抄本同。明刊本作"死里逃生",《调腔曲牌集》从改。

② 列山灵,底本作"例仙灵",195-1-12 总纲本作"历山令",据《调腔曲牌集》改。

③ 煞强似,底本作"最不要",据各本改。

④ 不,底本作"波",据傅斯年图书馆藏抄本及单角本改。

⑤ 朱扉,傅斯年图书馆藏抄本同,195-1-12 总纲本"扉"讹作"非",单角本作"朱唇"。按,凌濛初刊本《西厢记》第二本解证"启朱唇"条:"徐本改为'朱扉',言朱唇与'隔窗'句不叶。"批点画意本、王骥德校注本、《六十种曲》本《北西厢》等作"朱扉"。

⑥ 白襕净,底本作"白蓝青",据《调腔曲牌集》改。

⑦ 鞓,底本作"金",195-1-12 总纲本作"裎",据傅斯年图书馆藏抄本改。鞓(tīng),皮带。

⑧ 知,底本及傅斯年图书馆藏抄本作"则",据 195-1-12 总纲本改。

才性，小红娘从来有些心硬，一见了张珙不觉的也留情。

　　（小生）红娘姐，你说言语，被小生听见了。（花旦）听见什么来？（小生）你说一见了小生，也留情。（花旦）我骂你的野牛精。（小生）休得取笑。红娘姐请坐。（花旦）张相公在此，贱妾怎敢？（小生）那有不坐之理？（花旦）如此告坐了。（小生）动问红娘姐到此贵干？（花旦）贱妾奉夫人之命，特请张相公，过府小酌。（小生）琴童快整大衣。（花旦）且慢。（唱）

【上小楼】①请字儿不曾出声，去字儿连忙答应。（小生白）小生到小姐跟前，怎一个行礼？（花旦）你那秀才家礼数不晓，待红娘姐教导与你。（小生）承教。（花旦唱）可早到莺娘跟前，须索要"姐姐"呼之，还须要喏喏连声。秀才们，闻道请，恰便似得了②将军严命，俺和那五脏神愿随着鞭镫③。

　　（小生插白）第一来？（花旦唱）

【幺篇】第一来为压惊，（小生白）第二来？（花旦）第二来，（唱）第二来因谢承。（小生白）可请街坊？（花旦唱）不请街坊，（小生白）可会④亲邻？（花旦唱）不会亲邻，俺也不受人情。（小生白）那些和尚？（花旦唱）避众僧，请先生，和那莺娘匹聘，（小生白）喜煞我也！（花旦唱）只见他欢天喜地谨依⑤来命。

　　（小生）红娘姐可望得影儿？（花旦）金鱼池边，可以照得。（小生）如此红娘请。（花旦）请。（走板）（唱）

---

　　①　此曲牌名傅斯年图书馆藏抄本题作【小桃红】。

　　②　恰便似得了，195-1-12总纲本、傅斯年图书馆藏抄本作"却（恰）便是（似）听"，单角本作"却（恰）便是（似）听了些"。

　　③　"五脏神"前的衬字，底本作"俺和那"（"和"字系小字补入），195-1-12总纲本及单角本作"我那"，傅斯年图书馆藏抄本作"俺可比做"，弘治本、《风月锦囊》本作"和我那"，《雍熙乐府》卷七作"更和那"，批点画意本、王骥德校注本、《六十种曲》本《北西厢》等作"和那"，凌濛初刊本作"和他那"。按，明刊本"鞭镫"前无"着"字。"愿随鞭镫"指愿追随左右，这里是愿意的意思。

　　④　会，底本作"请"，据各本校改，下文"不会亲邻"的"会"同。

　　⑤　谨依，底本作"敬依"，此从傅斯年图书馆藏抄本。

【满庭芳】来回顾影，来回顾影，文魔秀士，风欠①酸丁。下工夫把额颅儿十分挣②，迟和疾滑倒苍蝇。光油油耀花人的眼睛，酸溜溜螯③得牙疼。茶饭早已安排定，淘下陈仓米数升，煠④下了七八碗的软蔓菁。

（小生）红娘姐，什么东西，叫做软蔓菁？（花旦）就是萝卜小菜。（小生）这萝卜小菜，岂可请得小生？（花旦）这是我家小姐亲手安排的。（小生）小生过府，单吃此味就够了。（花旦）啐！（唱）

【快活三】咱人一事精来百事精，一无成来百无成。世间草木本无情，犹有那相肩并⑤。

【朝天子】休道是这生，年纪儿后生，却害了相思病。天生聪俊，打扮得⑥素净，奈夜夜成孤另⑦。才子多情，佳人薄幸，兀的不耽搁了人性命。谁无信行，谁没个志诚，你两人今夜里亲折证。

【四边静】今宵欢庆，俺那里软弱⑧莺娘何曾惯经。必须要款款轻轻，灯儿下交鸳颈⑨。端详可憎⑩，好煞人也没⑪无干净。

————————

① 欠，底本及单角本作"吹"，据傅斯年图书馆藏抄本改。

② 额颅儿，底本作"头颅"，195-1-12总纲本作"额而（儿）"，傅斯年图书馆藏抄本作"额颅"，单角本作"额乎儿""额户儿"，据校改。挣，底本作"净"，明万历二十六年（1598）继志斋刊本《重校北西厢》同；195-1-12总纲本作"曾"，系"挣"之讹，据改。王骥德云："挣，擦拭也。"（《新校注古本西厢记》卷二）

③ 螯，底本作"折"，195-1-12总纲本作"执"，据傅斯年图书馆藏抄本改。

④ 煠，底本作"叠"，据通行本改。煠，把食物放在沸的油或水中使熟。

⑤ 犹有那，底本作"又没个"，据傅斯年图书馆藏抄本及单角本校改。肩并，同于明万历三十八年（1610）容与堂刊本、《六十种曲》本《北西厢》等；傅斯年图书馆藏抄本作"兼评（并）"，同于弘治本、凌濛初刊本等。"肩并"和"兼并"，同是并列之意。

⑥ 打扮得，底本作"到扮得个"，据傅斯年图书馆藏抄本及单角本改。

⑦ 此句底本作"每夜里成孤寝"，据傅斯年图书馆藏抄本及单角本校改。

⑧ 软弱，底本作"惹着"，单角本作"软着"，据傅斯年图书馆藏抄本改。单角本"软弱"前无"俺那里"三字。

⑨ "儿""鸳"二字底本原无，据傅斯年图书馆藏抄本及单角本补。

⑩ 憎，底本作"成"，单角本作"称"，傅斯年图书馆藏抄本作"增"，"憎"之别字。可憎，可爱的反语。

⑪ 没，傅斯年图书馆藏抄本作"么"，二字同。单角本一本无此字。

(小生)红娘姐,你家可有景致否?(花旦)俺那里有。(唱)

【耍孩儿】俺那里有落红满地胭脂冷,休辜负良宵美景。夫人遣妾莫留停,请先生切勿推称。准备着鸳鸯夜月销金帐,孔雀春风射玉屏。乐奏合欢庆,又有那凤箫象板,琴瑟鸾笙。

【四煞】聘财断不争①,婚姻事②有成,新婚燕尔安排定。你今日博得个跨凤乘鸾客,到晚来卧看牵牛织女星。(小生白)红娘姐,今晚三人同榻了。(花旦)啐!(唱)休侥幸,不要你半丝红线,成就了一世前程。

【三煞】凭着你灭寇功,举将能,两般功效如红定③。为甚的莺娘心下十分顺,都只为君瑞胸中百万兵。越显得文风盛,受用些珠围翠绕,结果了④黄卷青灯。

【二煞】夫人只一家,相公⑤无伴等,为厌繁冗寻⑥幽静。单请你个有恩有义闲⑦中客,回避了无是无非廊下僧。此乃是夫人命,道足下莫叫推托,和贱妾即便同行。

(小生)红娘姐先请,小生随后就来。(花旦)咳!(唱)

【煞尾】先生休作谦,夫人专意等。(白)吓,张相公请转,请转。(小生)红娘姐还有何言?(花旦)你晓得我家没有人的,来也是我红娘,去也是我红娘,有道"恭敬不如从命"了。(小生)小生从命。(花旦唱)免使我小红娘再来请。(下)

---

① 财、争,底本作"行""定",据傅斯年图书馆藏抄本改。
② 事,底本作"自",据傅斯年图书馆藏抄本改。
③ 功效,底本作"功劳",据傅斯年图书馆藏抄本及单角本改。红定,即聘礼。
④ 结果了,底本作"不出是",傅斯年图书馆藏抄本作"不出那",单角本作"结果""结下了",据校改。
⑤ 相公,单角本一作"老兄",与明刊本合。
⑥ 冗、寻,底本作"沉""情",寻、情方言音同,今改正。
⑦ 义、闲,底本作"谊""心",据傅斯年图书馆藏抄本及单角本改。

赴 宴

老旦(郑氏)、花旦(红娘)、小生(张生)、丑(琴童)、小旦(崔莺莺)

(老旦上)(白)兵退伽蓝多清净,画堂设宴谢张生。一杯美酒非为敬,满泛香醪为压惊。老身郑氏,昔日兵围普救,若非张生移兵解救,怎免一家之祸?今日特备筵宴,着红娘请他到来赴宴。人去已久,还不见到来。(花旦上)走吓!奉着先生命,来复老夫人。老夫人在上,红娘叩头。(老旦)罢了。张生可到?(花旦)即刻就到。(老旦)门首侍候。(花旦)晓得。(小生上)有意来看洛阳花,无心坐听笙歌沸①。(丑)相公到者。(小生)通报。(丑)门上有人么?(花旦)是那个?(丑)红娘姐是我,相公到者。(花旦)请少待。老夫人,张相公到。(老旦)我穿衣不及,命你代迎。(花旦)晓得。张相公,老夫人说,穿衣不及,命我代迎。(小生)有劳红娘姐。请。(花旦)请。(吹介)(老旦)阿哟,先生请进。(小生)老夫人请。(老旦)先生请上,待老身一拜。(小生)晚生也有一拜。(老旦)昔日兵围普救,若非先生移兵解救②,皆赖先生之恩也。(小生)一人有庆,兆民赖之③。此贼之败,一来杜将军的兵威,二来老夫人的福庇,与小生何功之有?(花旦)酒院。(老旦)看酒。(吹介)先生,待老身奉敬一杯。(小生)不敢。老夫人,待晚生奉敬一杯。(老旦)不敢。先生请上坐。(小生)老夫人请上坐。(老旦)先生是客,还是先生请上坐。(小生)夫人是长,还是老夫人请上坐。(花旦)张相公,你是个新女婿,好上坐的。(老旦)唔。(小生)晚生领命。(花旦)张相公在上,红娘叩头。(小生)不敢。(丑)老夫人在上,琴童叩头。(老旦)起来。西廊酒饭。(丑)多谢老夫

---

① 沸,底本初作"霏",改作"音",今参照《六十种曲》本《南西厢》第十八出《北堂负约》校作"沸"。

② 此下当有脱文,疑脱"焉有今日,一家之命"之类的话。傅斯年图书馆藏抄本此处作"前者兵围普救,多蒙先生救我一家活命之恩"。

③ 兆,底本作"万",据单角本改。按,此二句语出《尚书·吕刑》。

人。(老旦)红娘,请小姐出来陪客。(花旦)晓得。吓,小姐!(小旦)怎么?
(花旦)老夫人叫你出来陪客。(小旦内白)今日身子不爽,我不出来了。(花
旦)你道是那一个?(小旦)是那个?(花旦)就是那张解元。(小旦)既是张解
元,待奴拖病一走。(小旦上)免除崔氏全家祸,尽在张生半纸书。(唱)

【五供养】若不是张解元识人多,别一个怎退干戈? 摆着酒果,列着笙歌。篆
烟微,花香细,散满了东风帘幕。救了咱全家祸,殷勤呵正礼①,钦敬呵
当合②。

【新水令】恰才③向碧纱窗下画了双蛾,(花旦唱)拂拭了罗衫上粉香浮污,我把
这指尖儿轻轻的贴了钿窝。(小旦唱)若不是惊觉人呵,犹压着绣衾卧。

【幺篇】没喳没例谎喽啰④,他道我宜梳妆的脸儿吹弹得破。你那里休聒,不
当一个信口儿开合。知他命福如何,我做夫人也做得过。

【乔木查】我相思为他,他相思为我⑤。(花旦唱)从今后两下里相思都较可⑥。
(小旦唱)酬贺间礼当酬贺⑦,俺母亲也好心多。

---

① 此句底本作“殷勤我当合礼”,单角本作“殷勤以可正礼”,据校改。
② 此句底本“呵”作“我”,傅斯年图书馆藏抄本及单角本作“钦敬合当贺”,据《调腔
曲牌集》改。
③ 才,底本作“遂”,据傅斯年图书馆藏抄本改。
④ 没喳没例,明刊本作“没查没利”。“没查没利”即“没查利”,通作“卖查梨”,谓言
语不实,言无定准。谎,底本作“慌”,单角本作“慌了”“况了”,据校改。喽啰,联绵词,意
为机敏干练,这里含有圆滑狡黠之意。傅斯年图书馆藏抄本“谎喽啰”作“话啰呵”,系“谎
偻科”之讹,弘治本、凌濛初刊本等正作“谎偻科”。顾学颉、王学奇《元曲释词(二)》谓“谎
偻科”当连读,解作“撒谎说溜、假意奉承的小科子”。
⑤ 二“相思”,底本作“思想”,单角本作“想思”,据校改。另,此二句傅斯年图书馆
藏抄本作“他想思(相思)为我,我想思(相思)为他”,光绪二十二年(1896)《阴阳报》等旦
本(195-1-79)、《调腔曲牌集》同,而民国年间赵培生旦本(195-2-19)中间花旦插白作“他
想思(相思)”,知其曲文同于底本。
⑥ 较可,尚可,这里指相思减轻,相思病近乎痊愈。
⑦ 二“酬贺”,底本作“酬和”,据单角本改。

【搅筝琶】虽是赔钱货，两当一便成合。凭着他举将除贼，也消得家缘一过①。费了人一个我，便结丝萝②。休波休波，省人情奶奶忒虑多③，恐怕张罗，恐怕张罗。

（花旦）小姐出堂。（吹介）（丑）拜，兴，拜，作揖，平身。（老旦）住了。头一拜，拜上先生救我一家活命之恩；第二拜，拜先生为哥哥哉。（小生）这声息儿不好听也！／（小旦）娘亲变了卦也！（花旦）这个相思越发要害煞也！（丑）骨个④痨病要成者。（小生）咍，狗才！（唱）

【雁儿落】唬得我荆棘剌怎动挪⑤，（花旦白）张相公，你何不到夫人跟前说？你难道痴了，哑了？咳！（唱）你是个死木头，却也无回话⑥，措吱剌不对答，软兀剌难存坐⑦。

【得胜令】谁承望即即世世老婆婆⑧，叫莺莺做妹妹去拜哥哥。白茫茫溢起蓝

---

① 缘，底本作"园"。家缘一过，明刊本作"家缘过活""家缘过"，"家缘"或"家缘过活"意为家业、家产，据改"园"为"缘"。又，此句单角本作"免得个解元存无"，"存无"一作"成恬（活）"。

② "费了"至"丝萝"，明刊本作"费了甚一股那，便结丝萝""费了甚一股那，便待要结丝萝""费了甚一股，那便结丝萝"等。单角本"我"作"奴"，属下句；傅斯年图书馆藏抄本作"废了人一半，奴便结罗（萝）"。

③ "休波"至"虑多"，底本作"休婆婆，省钱的好心越多"，单角本作"休波休波，羡人情乃乃（奶奶）忒虑多"，据校改。按，明刊本"忒虑多"作"忒虑过"。

④ 骨个，同"介个""噶个"，详见上文"个个凤凰破之声哉"注。

⑤ 唬（xià），同"吓"，使害怕。荆棘剌，同"惊急里"，神情慌张之意。棘剌，语助词，无义。

⑥ "你是个"至"无回话"，底本作"你是个死朦胧，我也无方回"，傅斯年图书馆藏抄本作"你是个死不（木）头的无回话"，此从单角本。按，弘治本、凌濛初刊本作"死没腾无回豁"，王骥德校注本"豁"作"和"，余同；批点画意本、《六十种曲》本《北西厢》作"死木藤的无回和"。死没腾、死木藤，失神发愣、死气沉沉的样子。无回豁（和），没有反应。

⑦ "吱剌"和"兀剌"，语助词，无义。又，存坐，底本作"遵坐"，存、遵方言音近，据改。

⑧ 即即世世，底本作"唧死"，据单角本改。即即世世，义同"即世"，"即世"亦作"积世"，老于世故。

桥水①,扑通通点着祆庙火②。碧澄澄清波,豁剌剌将比目鱼分破。急攘攘因何,急攘攘因何,听得夫人说罢呵,扢搭的把双眉锁纳合,把双眉锁纳合。

【甜水令】(小旦唱)我这里粉颈低垂,蛾眉频蹙,芳心无那,俺可甚相见话偏多。星眼朦胧,檀口嗟咨,颠窨③不过,这席面儿畅好也乌合。

【折桂令】他其实嗛不下玉液金波,谁承望月底西厢,变做了梦里南柯。泪眼偷淹④,酩子里湿透了香罗⑤。他那里眼倦开软瘫做一垛,我这里手难抬称⑥不起肩窝。病染沉疴,断然难活⑦,倒被你引了人呵⑧,当什么喽啰。

【月上海棠】而⑨今烦恼犹闲可,久后相思怎奈何?有意诉衷肠,怎奈母亲侧坐,成抛躲,(花旦唱)咫尺间隔得如天大⑩。

【幺篇】(小旦唱)一杯闷酒樽前过,低首无言自摧挫。不堪醉颜酡,可早嫌⑪玻璃盏大,从因我⑫,酒上心来都较可。

---

① 蓝桥水,尾生同女相约于桥下,女子不来,水至不去,抱柱而死。事见《庄子·盗跖》《战国策·燕策一》等。尾生之桥本不得其名,而人们实之以唐传奇裴航遇仙女云英的"蓝桥"。

② 扑通通,明刊本作"不邓邓",这里形容火势猛。祆(xiān)庙火,蜀帝公主乳母陈氏之子因爱慕公主而病亟,公主入祆庙相会,见陈生熟睡,遂解玉环附之而去。陈生醒后,怒气成火而庙焚。事见明彭大翼《山堂肆考》卷三九帝属"幸祆庙"条。"祆庙火"常同"蓝桥水"对举,指男女恋情的障碍物,用为姻缘不遂之典。

③ 颠窨(yìn),明刊本作"攧窨"。王骥德云:"攧,顿足也。窨,怨闷而忍气也。"(《新校注古本西厢记》卷二)

④ 淹,底本作"瞧",据单角本改。

⑤ 湿透了,单角本作"泪湿了",傅斯年图书馆藏抄本作"温(揾)湿了",而明刊本作"揾湿"或"揾湿了"。酩子里,暗地里,默默地。

⑥ 称,底本作"提",单角本作"挣",据傅斯年图书馆藏抄本改。称,举。

⑦ 断然难活,底本作"断难活合",据单角本改。

⑧ 倒被你,单角本作"只怕你"。按,此句弘治本、凌濛初刊本等作"则被你送了人呵"。

⑨ 而,底本作"你",据单角本改。

⑩ 大,傅斯年图书馆藏抄本作"阔"。隔得如天大,明刊本作"如间阔"或"间阔"。

⑪ 嫌,底本及傅斯年图书馆藏抄本作"见",据《调腔曲牌集》改。

⑫ 从因,底本作"泛困",傅斯年图书馆藏抄本此句作"从金窝",据《调腔曲牌集》改。

【乔牌儿】老夫人①转关儿没定夺，哑谜儿难猜破。黑阁落甜口儿将人和②，请将来叫人不快活。

【江儿水】佳人自来③多命薄，秀才每④从来懦。闷煞没头鹅，撇下赔钱货，看你不成亲，下场头那个发付嫦娥⑤。

【殿前欢】恰才个笑呵呵，变做了江州司马泪痕多。若不是一封书将半万贼兵破，咱一家儿怎得个存活？他不想结姻缘想什么，到如今难琢磨⑥，老夫人说谎天来大。想当初成也是我母亲，到今朝败也是你萧何，是你萧何⑦。（下）

（小生）咳，琴童，我的酒呢？（丑）酒在相公手里，小人罗哩⑧得知？（小生）狗才，想是你偷吃了。（丑）相公，我若偷吃者，待我罚下咒来。天地神明，日月三光，我琴童若还偷相公个酒，我就……（小生）就什么？（丑）就吃者。（小生）狗才！（丑）酒也琴童吃，话也琴童说，相公你来坐一坐，待我过去说他几句。（小生）闲话少讲。（丑）勿反淘⑨个。老夫人，琴童叩头。（老旦）起来。（丑）小人有几句话来哩，容小人讲便讲，不容小人讲，是我屁也不放。（老

---

① "老夫人"三字底本原无，据傅斯年图书馆藏抄本及单角本补。

② "黑阁落"三字底本原无，据单角本校补。阁落，犹旮旯，角落之意。黑阁落意为暗地里。和，底本作"贺"，单角本作"话"，今改正。和，哄骗。

③ 自来，底本及单角本作"时来"，傅斯年图书馆藏抄本作"自然"，今校"时"作"自"。

④ 每，单角本作"门"，傅斯年图书馆藏抄本作"们"。人称代词复数标记"每"为元杂剧所常见，而调腔抄本以"门"或"们"为之，唯该本仍作"每"。

⑤ "看你"至"嫦娥"，单角本作"呵！下场头那些个发付嫦娥"，傅斯年图书馆藏抄本作"下场头怎生个发付嫦娥"。按，此二句弘治本作"不争你不成亲呵，下场头那里呵发付我"，王骥德校注本作"下场头那里发付我"，凌濛初刊本作"下场头那答儿发付我"，《六十种曲》本《北西厢》作"若你不成亲呵，下场头那些儿发付我"。下场头，结局，收场。

⑥ "他不想"至"琢磨"，底本作"他不想婚姻想这么，到如今难作摩"，今从单角本。琢磨，弘治本、凌濛初刊本作"着莫"，王骥德校注本作"着摸"，批点画意本、《六十种曲》本《北西厢》作"捉摸"。

⑦ "到今朝"至此，单角本作"到如今兴（胜）也萧何，败也萧何"。

⑧ 罗哩，方言，哪里。"罗"亦作"啰"，方言疑问代词，哪，谁。"哩"亦作"里"。

⑨ 勿反淘，方言，没有关系。反淘，亦作"翻淘""番淘""番道"。

旦)容你讲。(丑)昔日兵围普救,老夫人心慌拍掌,两廊高叫说道:"有人退得贼兵者,将莺莺小姐为妻。"我家相公,一闻此言,连夜修书一封,去到蒲关,请了白马将军到来,杀退贼兵。如今贼退身安,老夫人悔却前言,是何理也?当初许亲之时,只道有恩有义真君子;如今赖婚,倒做了无情无义烂小人。老夫人,小人来哩讲你,敢回我一言,应我一声?说得他默默无言。"《诗》三百,一言以蔽之。"(小生)多讲。(丑)"曰:思无邪。"(下)(小生)老夫人,晚生有一言奉告。(老旦)先生有话请讲。(小生)昔日兵围普救,老夫人心慌拍掌,两廊高叫说道:"有人退得贼兵者,将莺莺小姐为妻。"如今兵退身安,老夫人悔却前言,是何理也?(老旦)先生有所未知,因先相国在日,将小女许配侄儿郑恒为妻,倘若此子回来,叫老身何言答对?故此请先生到来,多将金帛酬谢,另选豪门,未知先生尊意若何?(小生)小生非为金帛而来,亲事不成,就此告退。(老旦)先生,今日敢是有酒的了?红娘,请张相公到书房安歇者,有话明日再讲。(下)(小生)岂有此理,反说我有酒。正所谓有分即熬萧寺①夜,无缘难遇洞房春。(下)

佳　期

小生(张生)、花旦(红娘)、小旦(崔莺莺)

(小生上)(唱)

【(昆腔)临镜序】**彩云开,月明如水浸楼台。**(白)什么响?(唱)**原来是风弄竹声,只道是金佩响;月移花影,疑是玉人来。意孜孜双业眼,急攘攘那情怀。倚定着门儿待,只索要呆打孩,青鸾黄犬信音乖。**(小生下)

(内)小姐随我来。(花旦、小旦上)(花旦唱)

【(昆腔)不是路】**徐步花街,抹过西厢傍小斋。**(白)小姐吓!(唱)**你且在门儿**

---

①　熬萧寺,底本作"赘宵时",今改正。

外，(白)待红娘去。(唱)**轻轻悄悄把门挨。**(科)(小生上)(唱)**甚人来？想是莺娘到此谐欢爱，忙整衣冠把户开。**(开门)(白)红娘姐见礼。(花旦)张相公见礼。(小生)小姐可有得来？(花旦)小姐不来。(小生)咳，要你身上还我小姐来。(小旦)红娘，回去了罢。(花旦)怎么，这个不是小姐，是那一个？小姐吓！(唱)**你且藏羞态，前番变卦今休再，**(科)(白)没中用的东西，随、随我来吓！(唱)**你且上前参拜。**

(小生)红娘姐，那边琴童回来了。(花旦)怎么，琴童哥哥来了？(科)琴童哥哥在那里？琴童哥哥在那里？(小生)双双移素手，(小旦)款款进书斋。(小生、小旦下)(花旦)小姐开门，小姐开门！咳，他二人进去，撇我红娘在外。咳，正是，窗前独立谁为伴，万事指尖恨咬牙。想他二人此刻呵！(唱)

【(昆腔)十二红】小姐小姐多丰采，君瑞君瑞济川才。一双才貌世无赛。堪爱，爱他们两意和谐。一个半推半就，一个又惊又爱；一个娇羞满面，一个春意满怀。好似襄王神女会阳台。花心摘，柳腰摆，露滴牡丹开，香恣游蜂采。一个斜欹①**云鬓，也不管堕折宝钗；一个掀翻锦被，也不管冻却瘦骸。今宵勾却相思债，竟不管红娘在门儿外待。教我无端春兴倩谁排，只得咬、咬定着罗衫耐。又恐夫人睡觉来，将好事翻成害。将门叩，叫秀才，**(白)秀才，秀才！**(唱)忙披衣裙把门开。低低叫，叫小姐，**(白)小姐，小姐！**(唱)莫贪余乐惹非灾。**(白)不好了！**(唱)看看月上粉墙来，莫怪我再三催。**

(小生、小旦上)(同唱)

【(昆腔)节节高】春香抱满怀，畅奇哉，浑身上下多通泰。(开门)(花旦)你二人是通泰过，撇我红娘在外么？(小生)红娘姐，屈害你了。(花旦)咳！(小生、花旦唱)**你好无聊赖，难摆划，凭谁解？梦魂飞出青霄外，昨夜梦中愁无奈**②**。今宵相会碧纱厨，何时再解香罗带？**

---

① 　欹(qī)，单角本作"倚"，晚清《水浒记》等吊头本［195-1-145(3-2)］作"意"，今改正。
② 　此句《六十种曲》本《南西厢》第二十七出《月下佳期》作"只疑都是梦中来愁无奈"，《缀白裘》二集《西厢记·佳期》"疑都"作"伊多"。

【(昆腔)尾】风流不用千金买,贱却人间玉与帛。必破工夫,明日早些来。(小旦下)

(花旦)张相公。(小生)何事?(花旦)你如今病体可好些么?(小生)十分好了九分。(花旦)还有一分?(小生)还有一分,出红娘姐姐身上。(花旦)呸!你前者原有我红娘同伴,如今有没有?(科)我不信,拿手来。呸!(内)红娘!(花旦)来了。(花旦下)(小生关门下)

拷红(一)

(复旦大学图书馆藏《绍兴高腔选萃》本)

老旦(郑氏)、花旦(红娘)、小旦(崔莺莺)、小生(张生)

(老旦上)(引)凄凉萧寺真迤逗①,想故国不堪回首。雕笼不解藏鹦鹉,绣幕何须②护海棠。(白)这几日见莺莺语言恍惚,神思困倦,终日茶饭不思,腰肢瘦损,想必红娘这贱人逗引之故。不免叫他出来,拷问一番。(唤)红娘那里?(花旦③应)来了。吓,听老夫人口气,比往日大不相同。昨夜之事,想必被他知道了,怎生是好?不免请出小姐。嗳,小姐快来!(小旦上)何事?(花旦)嗳,小姐不好了!老夫人呼唤红娘,口气比往日大不相同,昨夜之事,想必被他知道了。(小旦)如此却怎生是好?(花旦)嗳,小姐吓!(唱)

【斗鹌鹑】只若是夜去明来,倒有个天长地久。不争你握雨携云,常使我提心

---

① 迤逗,《绍兴高腔选萃》本原倒,今乙正。这里的"迤逗"是延搁、逗留的意思,与新昌县档案馆藏本【金蕉叶】"谁着你迤逗的胡行、胡行乱走"的"迤逗"不同。后者亦作"拖逗",意为牵引,勾引。

② 绣幕何须,《绍兴高腔选萃》本作"明媚何曾",据《六十种曲》本《南西厢》第二十八出《堂前巧辩》改。

③ 花旦,《绍兴高腔选萃》本作"贴旦",实同。为求前后一致,今统一作"花旦"。下文"小旦"原作"旦",今统一作"小旦"。

在口。你只合戴月披星，谁许你停眠整宿？老夫人心数儿多，情性儿佁①。还须要花言巧语、巧语花言将没作有。

【紫花儿序】猜他穷酸做了女婿，猜你小姐做了娇妻，猜我红娘做的牵头。春山低翠，秋水凝眸。都休，只把你裙带儿拴，纽门儿扣。比旧时肥瘦，出落得精神，别样的风流。

【金蕉叶】我着你但处处行监坐守，谁叫你引小姐胡行、胡行乱走？怎盘问叫红娘如何诉休，便与他个知情的犯由。

【调笑令】你那里并头效绸缪，倒凤颠鸾百事有。我红娘独在窗儿外儿曾敢轻咳嗽，立苍苔只把那绣鞋儿冰透。如今是嫩皮肤去受粗棍儿抽，这通殷勤着甚来由？

（白）小姐事已如此，你也不必性急，待红娘前去说来。说得过，你休欢喜；说不过，你休烦恼。在此等候消息。（小旦）须要小心。（花旦）晓得。（小旦下）（花旦咳嗽介）嗳，老夫人，叫红娘何事吓？（老旦）贱人，你可知罪么？还不跪下！（花旦）红娘并不犯法。（老旦）贱人，你不跪，我就打。（打介）（花旦）要跪就跪。（老旦）我且问你，夜来同小姐花园里去做什么？（花旦）我道什么大事情，原来问我往花园去。在花园中末无非烧香吓。（老旦）我且问你，头一炷香，保佑那个的？（花旦）头一炷香，保佑老相国早登仙界。（老旦）那第二呢？（花旦）第二炷香，保佑老夫人福寿安康。（老旦）那第三炷呢？（花旦）红娘那里记得许多？要问小姐去的。（老旦）贱人，你还敢放刁②么？明明你这贱人逗引，还不实说？我便打死你这贱人！（打介）（花旦）嗳唷！嗳唷！嗳唷！（老旦）逗引小姐花园去，暗约张生贪夜来。早上小姐绣鞋因何湿？晚间后门金锁为谁开？贱人，你还不实说！（花旦）嗳咦，夫人且请息怒，容红娘启告。（唱）

---

① 佁，王骥德云粗叟反。字亦作"怡"，《集韵·巧韵》楚绞切，张相《诗词曲语辞汇释》卷五："怡，固执之义，转而为刚愎或凶狠之义。"

② 放刁，耍无赖，讹诈。

【鬼三台】夜坐时停了针绣,和小姐闲穷究,他说道君瑞哥哥病久,咱两个背夫人向书房问候。他说夫人近来恩做雠,叫小生半途喜变忧。他说道红娘你且先行,他说小姐你权,(老旦白)权什么?(花旦)嗳吓,夫人吓!(唱)权时落后。

> (老旦)女儿家怎好落后?(花旦)落后末是介①落后哉。(老旦打介)贱人!贱人!(花旦哭介)(唱)

【秃厮儿】定然是神针法灸,难道是燕侣莺俦?他两个经月余只是一处宿,何须你一一搜缘由?

【圣药王】他们不识忧,不识愁,一双心意两相投。夫人吓得好休,便好休,其间何必苦追求?常言道女大不中留。

> (老旦)这事都是你这贱人之过。(花旦)非是红娘之过,乃夫人之过也。(老旦)贱人,如何是我之过?(花旦)老夫人,你不要气,不要恼,听红娘一言。(老旦)贱人,你且说来。(花旦)常言道信者人之根本,"人而无信,不知其可也②。大车无輗,小车无軏,其何以行之哉?"昔日兵围普救,老夫人慌了,两廊高叫,有能退得贼兵者,以小姐妻之。张生一闻此言,连夜修书,到蒲关请了白马将军到来,杀退贼兵。如今夫人兵退身安,悔却前言,岂不谓之失信乎?既不能允其亲事,便当酬以金帛,令其另求匹配,不该留在寺院,相近咫尺,使怨女旷夫,各相窥伺,因而有此一端。若告到官司,夫人先有治家不正之罪,二来埋没相国家谱,三来张生施恩于人,反受其辱,还望老夫人三思。(唱)

【麻郎儿】又是一个文章魁首,一个仕女班头。一个通彻三教九流,一个晓尽描鸾刺绣。

【幺篇】世有、便休、罢手,大恩人怎做敌头?启得了白马将军故友,杀退了孙

---

① 末,亦作"么""没",助词。是介,这样,那样。清茹敦和《越言释》卷上"介"条:"越人以如此为'是介',如何为'那介'。""介"亦作"格"。

② 此句《绍兴高腔选萃》本作"大不可也",据新昌县档案馆藏花旦本改。按,此处语出《论语·为政》。

飞虎妖魔草寇。

【络丝娘】不争和张解元参辰卯酉①，便是与崔相国出乖露丑。到底是连着自己皮肉，呵吓夫人你体究。

　　（老旦）且住。这贱人倒也说得干净。俺不合养着不肖女儿，就与这禽兽罢。红娘，与我唤那贱婢出来。（花旦）那个贱婢？（老旦）就是莺莺。（花旦）我不去。（老旦）你为何不去？（花旦）道我做了引线。（老旦）你不去，我就打。（花旦）我去，我去。（唤介）小姐快来。（小旦上）红娘，此事如何了？（花旦）老夫人俱已知道，如今夫人叫你过去。（小旦）羞人答答，怎好去得？（花旦）昨夜那生跟前，并不害羞，自己娘的跟前，有甚羞来？（唱）

【小桃红】你个月明才上柳梢头，却教人约黄昏等候。羞得脑背后将牙儿衬着衫儿袖，怎凝眸，只见你鞋底尖儿瘦。一个恣情的不休，一个哑声来厮㖞②，那时不曾见你半点儿羞。

　　（白）老夫人，小姐拿到。（老旦）好一个千金小姐，亏你做下这等事来。我待经官呵，辱没你爹爹家谱。罢罢，俺家无犯法之男、再婚之女，就与这禽兽罢。红娘，扶小姐进去。（小旦下）（老旦）与我唤禽兽来。（花旦）那个禽兽？（老旦）就是张生。（花旦）我是不去。（老旦）你为何不去？（花旦）又道我做了牵头。（老旦）你不去，我又打。（花旦）我去，我去。嗳，禽兽，禽兽！（小生上）秃，秃，谁唤小生？（花旦）昨宵之事，被老夫人知道了，如今叫你过去。（小生）我不去。（花旦扯介）（唱）

【幺篇】既然漏泄怎甘休，是我先投首。他如今赔酒赔茶倒捆就③，你反担忧，

----

　　①　参辰，即参商，二星名，参星西时出现于西方，商星卯时出现于东方，此出彼没，互不相见，而卯酉相冲，因用以比喻互不相关或势不两立。

　　②　㖞，《绍兴高腔选萃》本作"说"，据通行本改。㖞（nòu），明闵遇五《六幻西厢五剧笺疑》："北人谓相昵曰'㖞'。"

　　③　捆就，迁就，依顺。

何须定约通媒媾？我担了部署不周①，你元来苗而不秀，一个银样镴枪头。

(白)老夫人，禽兽拿到。(老旦)好秀才，老身待你不薄，亏你做出这等事来。(小生)小生只此一遭。(花旦)再是一遭，外孙都有了。(老旦)贱人多讲。我如今把莺莺许配与你，只是我家三代不招白衣女婿，你明日上京赴考，得了官来，与你成亲；若流落呵，休来见我。红娘，吩咐十里长亭排宴，送张生上京。(花旦)夫人转来。(老旦)何事？(花旦)过了满月。(老旦)什么满月？(花旦)葛末三朝。(老旦)什么三朝？贱人多讲。(老旦下)(花旦)张生，你好幸也！(唱)

【东原乐】相思事，一笔勾，早则展放从前眉儿皱。密爱幽欢恰动头，谁能够，兀的可喜的庞儿也亏人消受。

【尾】直看到画堂前箫鼓鸣春昼，方是一对鸾交凤友。那时受你媒红，吃你谢亲酒。(下)

拷红(二)

(新昌县档案馆藏本)

老旦(郑氏)、花旦(红娘)、小旦(崔莺莺)、小生(张生)

(老旦上)(引)凄凉萧寺真迤逗，想故国不堪回首。雕笼不解藏鹦鹉，绣幕何须护海棠。(白)这几日窃见莺莺语言恍惚，神思加倍，腰肢体态，比旧大不相同，莫非做出些事来？不免唤红娘出来，问他便知端的。红娘那里？(花旦上)来了。阿吓，夫人坐在堂上怒轰轰，想昨晚后花园之事，难道被夫人知道？小姐快来！(小旦上)红娘何事？(花旦)小姐，夫人坐在堂上怒轰轰，莫非昨夜后花园之事，被夫人知道了。(小旦)怎么，母亲知道了？(科)(哭)

① 此句弘治本、凌濛初刊本作"我弃了部署不收"，后者眉批云："言不管束得也。"批点画意本、王骥德校注本作"我担着个部署不周"。部署，宋元时的拳棒教师。不收，谓不收徒。

呵，嘻吓！（花旦）不好了！（唱）

【斗鹌鹑】只道你夜去明来，倒有个天长地久。不争的握雨携云，长只是提心在口。只望你带月披星，谁着你停眠整宿？老夫人心教儿多①，情性儿佁②。他的眼前使不得巧言花语，花语巧言将没作有。

【紫花儿序】他那里穷酸做了新婿，小姐做了娇妻，他说道小红娘做了牵头。这的是春山低翠，秋水凝眸。别样都休③，只把你裙带儿锁，又将纽门扣。旧时肥瘦，出落得精神④，别样的风流。

【金蕉叶】但去处行监⑤坐守，谁着你迤逗的胡行、胡行乱走？若问此事一节呵，叫我如何诉休，与他知情犯由。

【调笑令】绣帏里效绸缪⑥，凤倒鸾颠百事有。我在窗儿外也曾轻咳嗽，立苍苔将鞋儿湿透⑦。今日个嫩皮肤又将粗棍抽，嫩皮肤又将粗棍抽，小姐受责，理所当然，与我红娘何干？这通殷勤作什么来由？

　　（小旦）这遭如何是好？（花旦）你且进去。（小旦）要小心。（科）（花旦）晓得。

　　（小旦下）（花旦）夫人，红娘叩头。（老旦）小贱人，为何不跪下！（花旦）我不犯法。（老旦）贱人，不犯法，难道跪不得了？跪下！（花旦）要跪就跪。（老旦）我且问你，昨晚同小姐，在后花园做些什么？（花旦）我道为着何事，莫非昨

---

　　①　教儿，单角本作"叫尔"。此句弘治本、凌濛初刊本、《六十种曲》本《北西厢》等作"老夫人心教多"，《群音类选》北腔类《西厢记·堂前巧辩》"教"作"较"；批点画意本、王骥德校注本作"老夫人心数多"。按，"儿"为衬字，"心教儿多"即"心教多"，心太多之意。"教多"之"教"，又可写作"校""挍""交"，今通行作"较"，表示程度，有甚、最、太、极等义，参见项楚《敦煌变文语词札记》"校、教、挍、交"条，《四川大学学报》1981年第2期。

　　②　儿佁，单角本作"而走"，据《绍兴高腔选萃》本改。

　　③　都休，单角本作"风流"，涉下而误，据《绍兴高腔选萃》本改。

　　④　出，单角本作"只"；"神"下单角本衍"香"字，"香"或当作"想"，且属下句。以上均据《绍兴高腔选萃》本改。

　　⑤　监，单角本作"夜"，据《绍兴高腔选萃》改。

　　⑥　帏，单角本作"会"，帏、会方言音近，据改。"帏"同"帷"，帷幕，帐子。《说文·巾部》："帏，囊也。帷，在旁曰帷。"后世"帏"常用同"帷"。又，"效"下单角本衍"干"字，今删。

　　⑦　"湿透"前，单角本有"免"字，今删。

晚在后花园烧香。(老旦)我好端端的人家,要烧什么香!(花旦)小姐说,若要萱堂增寿考,全凭早晚一炷香。(老旦)我且问你,头一炷香,保佑那个的?(花旦)头一炷,保佑崔相国早升仙界。(老旦)那二?(花旦)第二炷,保佑老夫人万健康宁。(老旦)那三?(花旦)怎么,第三? 第三……红娘那里晓得许多?(老旦)我打死你这贱人!(打介)(花旦)夫人,夫人!(老旦)逗引小姐花园去,暗约张生黄夜来。早上小姐绣鞋因何湿?晚间后门金锁为谁开?贱人,你且一一从头说来!(花旦)说什么? 说什么?(老旦打介)(花旦)夫人,夫人!(哭)吓!(唱)

【鬼三台】夜坐时停了线针绣,共小姐闲①穷究,他说道张生哥哥病久②,咱两个背夫人向书房问候。他说道夫人事好休,将恩变为仇,那张生半途中喜变做忧。他说道红娘呵你且先行,你且先行,待小姐权,(老旦白)权什么?(花旦)夫人吓!(唱)待小姐权时一个落后。

(老旦)落后什么?(花旦)落后是个落后者。(老旦打介)贱人!(花旦)夫人!(科)(唱)

【秃厮儿】我只道神针法灸,他说道燕侣莺俦。他两个经今月余一处宿③,老夫人何须问缘由?

【圣药王】他们不识忧,不识愁,一双心意两相投。老夫人得好休,便好休,这其间何必苦追求? 常言道女大、女大不中留。

(老旦)讲,又讲你不过,我与你走。(花旦)到那里去?(老旦)我与你告官去。(花旦)不要去。(老旦)气死我也!(花旦)夫人,不要气,不要恼,听我红娘一言禀告。(老旦)容你讲。(花旦)夫人,有道信乃是人心之本。"人而无信,不知其可也。大车无輗,小车无軏,其何以行之哉?"昔日兵围普救,夫人慌了,拍掌两廊高叫,有人杀退贼兵,愿将小姐许配那生为妻。那张生非慕

---

① 闲,单角本作"言",据《绍兴高腔选萃》改。
② 久,单角本作"休",据《绍兴高腔选萃》改。
③ "今"下单角本有"烟"字,"余"字原无,据1958年赵培生忆写总纲本(195-3-62)改。

小姐颜色，岂肯区区建退军之策，连夜写书一封，去到蒲关，聘请白马将军到来，杀退贼兵？如今兵退身安，夫人悔却前言，是何故也？既不允其亲事，理该金银酬谢，那张生舍此而去，不该留张生在后花园中，使他怨女旷夫相近起情，所以有此一端。夫人，若告当官，官府查出真情，夫人先有治家不严之罪。（老旦）有什么治家不严之罪？（花旦）夫人，一来玷辱相国名声；二来张生施恩于人，名扬天下，反受其辱；三来老夫人背义而忘恩，岂不干累乎？依红娘主见，成其美事，恕其小过，红娘不敢自专，望夫人大量呵！（唱）

【麻郎儿】张解元文章魁首，小姐是女中班头。一个是通识了三教、三教九流，一个是学尽了描鸾、描鸾针绣。

【幺篇】世有、便休、罢手，大恩人①怎做敌头？岂不闻白马将军是他故友，孙飞虎叛贼、叛贼草寇。

【络丝娘】不争的张解元参商、参商卯酉，免得俺崔相国出乖、出乖露丑。到底干连着己骨肉，老夫人免穷究②。

（老旦）贱人，依你便怎么？（花旦）依红娘主见，将小姐许配张生。（老旦）这小贱人，好推得干净。（花旦）红娘作事，向来干净的。（老旦）我养了不肖之女，玷辱家门。罢罢！我家无犯法之男，再婚之女，与了这厮罢。红娘，叫这小贱出来。（花旦）那一个小贱？（老旦）就是莺莺。（花旦）我不去。（老旦）你为何不去？（花旦）你道我做了牵头。不去。（老旦）去不去？（花旦）不去。（老旦）你不去，我就打。（花旦）我去。小姐快来。（小旦上）何事？（花旦）此事被夫人知道，将我打了一顿，如今叫你过去。（小旦）羞人答答，如何去得？（花旦）昨晚在那生跟前不怕羞，亲娘的跟前，还怕起羞来么？（唱）

---

① 大恩人，单角本作"老夫人"，据《绍兴高腔选萃》本改。

② 免穷究，单角本作"严重究"，据《调腔曲牌集》改。此句弘治本、凌濛初刊本、《六十种曲》本《北西厢》等均作"夫人索穷究"，195-3-62忆写本改从之；批点画意本、王骥德校注本作"夫人索体究"，《绍兴高腔选萃》本作"呵吓夫人你体究"。

【小桃红】当日个月明才上柳梢头，却教人约黄昏后。羞得人儿脑背后将牙儿衬着衫儿袖，猛凝眸，只见你鞋儿底尖儿瘦①。一个儿揾香腮②姿容不羞，一个是嫩腰肢挨身察瞅，那其间怎生了半星儿羞③？

（白）小贱拿到。（小旦）母亲，女儿万福。（老旦）好一个千金小姐，亏你做下这等事来。（花旦）小姐是初此一遭。（老旦）贱人！那里看得？小贱退下！（小旦）晓得。（小旦下）（老旦）红娘，书房叫那禽兽出来。（花旦）那一个禽兽？（老旦）就是张生。（花旦）不去。（老旦）你为何不去？（花旦）你道我寄书传简。不去。（老旦）去不去？（花旦）不去。（老旦）你不去，我又打。（花旦）我去。禽兽，禽兽！（小生上）唔。那禽兽？红娘姐何事？（花旦）张相公，昨晚后花园之事，被夫人知道，将我打了一顿，如今叫你过去。（小生）怎么，被老夫人知道了？我不去。（花旦）张相公吓！（唱）

【么篇】既然泄漏怎甘休，你是我前首。奴家陪茶陪酒倒捆就④，休愁，何须约定通媒媾？你是个部署不收⑤，苗而不秀，哄嚛⑥！你是个银样的镴枪头。

（白）禽兽拿到。（小生）老夫人请上，小生有礼。（老旦）好秀才，老身待你不薄，亏你做出这等事来。（小生）老夫人，念小生初此一遭。（花旦）再是一遭，外甥儿好抱了。（老旦）贱人胡说。张生。（小生）老夫人有何吩咐？（老旦）你可晓得我家三辈不招白衣女婿，我如今将莺莺许配你为妻，你明日上

---

①　"羞得人"至"尖儿瘦"，单角本作"羞得人儿那（脑）背后将圭（鞋）儿ミ存（底）尖儿曳（瘦）"，有脱误。按，195-3-62忆写本作"羞的我脑背后将牙儿衬着衫儿袖，猛凝眸"，《调腔曲牌集》改"我"作"人儿"，两者均无"鞋儿底尖儿瘦"句，但据单角本当有，兹参照《绍兴高腔选萃》本校补。

②　揾香腮，单角本作"悫香含"，今改正。

③　怎生、星，单角本作"曾说""次"，今改正。按，"一个"至"半星儿羞"，明万历二十年（1592）忠正堂熊龙峰刊本《西厢记》、《群音类选》本作"一个揾香腮恋情的不休，一个搂腰肢哑声儿厮楼，吓！那其间可怎生不害半星儿羞"，可知单角本曲文有所本。

④　捆就，单角本作"呈就"，据《绍兴高腔选萃》本改。

⑤　部署不收，单角本作"部儿不休"，据《调腔曲牌集》改。

⑥　嚛，同"嚛"，叹词，表示轻蔑或斥责。

朝应试,有官前来见我,无官休想见我。红娘整备银两,送到十里长亭去罢。(花旦)晓得。夫人请转。(老旦)还有何言?(花旦)张相公在此,满月而去。(老旦)有什么满月?(花旦)三朝。(老旦)有什么三朝?你且退下。(老旦下)(小生)红娘姐,得罪你了。(花旦)张相公,你好喜也!(唱)

【东原乐】你把那相思事儿,一笔勾,早则是放开从前眉儿皱。美爱交欢恰动头①,兀的不喜杀娘的庞儿人消受。

【尾】华堂前鼓乐鸣春秋,一对鸳鸯并连游②。吃你一杯谢媒酒。(下)

<h2 style="text-align:center">捷　报</h2>

小旦(崔莺莺)、花旦(红娘)、丑(琴童)

(小旦上)(唱)

【集贤宾】虽离了眼前,闷却在心上有;不甫能离了心上,又早在眉头③。忘了时依然还又④,细思量了无休⑤。旧愁似⑥太行山隐隐,新愁似天堑⑦水悠悠。

【逍遥乐】曾经憔瘦⑧,每遍犹闲⑨,这番最⑩陡。红娘呵!你叫我何处可以忘忧,看时节独上妆楼。(走板)(花旦)(唱)手卷珠帘上玉钩,空目断山明水秀。

---

　　①　动头,单角本作"蓬头",据《绍兴高腔选萃》本改。
　　②　195-2-28(2)小生本抄有尾声前两句,并标明"同唱",其中第二句作"一对鸳鸯交游","鸳鸯交游"当系"鸾交凤友"之讹传,后又俗化为"鸳鸯并连游"。
　　③　"甫"字底本脱,据傅斯年图书馆藏抄本补。不甫能,即甫能,刚刚能够。不,语助词,无义。眉头,底本作"心头",据傅斯年图书馆藏抄本改。
　　④　又,底本作"忧",据傅斯年图书馆藏抄本改。
　　⑤　量,底本在"了"字下,据傅斯年图书馆藏抄本改。此下,傅斯年图书馆藏抄本尚有"大都来一寸眉峰,怎当他许多颦皱?新愁近来接着旧愁,厮混了难分新旧"四句,而底本作了删略。
　　⑥　似,底本作"时",据傅斯年图书馆藏抄本改。次同。
　　⑦　堑,底本作"仙",其后有一"上"字,据傅斯年图书馆藏抄本改。
　　⑧　憔瘦,傅斯年图书馆藏抄本作"消瘦",与明刊本合。
　　⑨　每遍犹闲,底本作"眉边间有",据傅斯年图书馆藏抄本改。
　　⑩　最,底本作"再",据傅斯年图书馆藏抄本改。

见苍烟迷树①,衰草连天,夜渡横舟②。

【挂金索】(小旦唱)裙染榴花,睡损③胭脂皴;纽结丁香,掩过了芙蓉扣;线脱珍珠,泪湿香罗袖;杨柳眉颦,人比做黄花瘦。

(丑)去时杨柳绿,归来菱子黄。离了京都地,来到欢喜堂。门上红娘姐可有么?(花旦)是那一个?(丑)是我回来了。(花旦)原来琴童哥回来了,待我报与小姐知道。小姐,琴童哥回来了。(小旦)叫他上楼来。(花旦)晓得。琴童哥,小姐叫你上楼来。(丑)晓得者。小姐在上,琴童叩头。(小旦)起来。相公到京可得中否?(丑)相公得中第三名探花,有万金家书呈上。(小旦)可曾见过老夫人?(丑)还未。(小旦)红娘,引他去见老夫人,西廊酒饭。(丑)多谢小姐。(花旦)琴童哥随我来。(丑)晓得。(下)(小旦)果然得中,谢天谢地。(唱)

【金菊香】早则是只因他去减了些风流④,不争⑤你寄得一封书来,又与我添些症候。说来话儿好不应口,无语低头,书在手不觉的泪凝眸。

【醋葫芦】他那里修时和泪修,我这里开时和泪开⑥,多管是笔尖儿未写早⑦泪先流,寄来书泪点儿兀突有。我这里新痕并旧痕湿透⑧,一重愁反做了两重愁。

---

① 苍烟迷树,底本作"窗檐迷如",据傅斯年图书馆藏抄本改。

② "手卷"至"横舟",傅斯年图书馆藏抄本仍归崔莺莺所唱,而将次曲【挂金索】改由红娘来唱。

③ "睡损"二字底本脱,据傅斯年图书馆藏抄本补。

④ 只因他去减了些风流,底本作"引他去见了些风流",据傅斯年图书馆藏抄本改。

⑤ 争,底本作"曾",据傅斯年图书馆藏抄本改。不争,不意,岂料。

⑥ 此二句傅斯年图书馆藏抄本互乙,与明刊本合。

⑦ 写早,底本作"必有",据傅斯年图书馆藏抄本改。

⑧ 二"痕"字底本作"恨",此句傅斯年图书馆藏抄本作"我这里新痕旧痕都说剖",据校改。按,此句弘治本、凌濛初刊本作"我将这新痕把旧痕湮透"。

【幺篇】当日个西厢月底潜①,今日在琼林宴上游②,谁承望跳东墙脚步儿占了鳌头,惜花心养成折桂手。脂粉丛中包着③锦绣,从今后晚妆楼今改做至公楼④。

　　(白)红娘。(花旦)怎么?(小旦)你与我取汗衫一件、绫袜一双、瑶琴一张、斑管一支,再取白花银十两,与琴童为路费。(花旦)小姐,这些东西,要他何用?(小旦)你那里晓得?(唱)

【梧叶儿】汗衫儿他若是和衣卧,便和我一处宿⑤,沾着他的皮肉,不信⑥不想我的温柔。常不离了前后,守着他的左右,紧紧的牢系心头,拘管他胡行乱走⑦。

【后庭花】当日五言⑧诗句趁逐,后来呵七弦琴成配偶。他怎肯冷落了诗中意,我则怕生疏了弦上手⑨。须索有个缘由,他如今功名、功名成就,只恐怕撇人在脑背后⑩。湘江两岸秋,当日个娥皇因虞舜愁,今日莺莺为君瑞忧。这的是九疑山下竹⑪,共香⑫罗衫袖口。

---

　　①　潜,底本作"秋",据傅斯年图书馆藏抄本改。
　　②　游,明刊本作"抌",王骥德云:"抌,手抌也,以手扶搀人也。言宴之醉而人扶搀之也。"(《新校注古本西厢记》卷五)
　　③　包着,底本作"饱着",傅斯年图书馆藏抄本作"包藏",据校改。
　　④　至,底本作"致",据傅斯年图书馆藏抄本改。至公楼,指官衙。
　　⑤　"汗衫儿"至"一处宿",底本作"他甚和衣卧,我便我和衣一处宿",据傅斯年图书馆藏抄本校改。
　　⑥　信,底本作"思",据傅斯年图书馆藏抄本改。
　　⑦　"胡行"下底本有"口"字,据傅斯年图书馆藏抄本删。又,傅斯年图书馆藏抄本句前有红娘说白"这裏肚要怎么",句下有红娘说白"这琴他那里自有,又将去怎么"。
　　⑧　言,底本作"弦",据傅斯年图书馆藏抄本改。
　　⑨　生疏了,底本作"声疏在",据傅斯年图书馆藏抄本改。又,句下傅斯年图书馆藏抄本有红娘说白"玉箫呵有甚意"。
　　⑩　句下傅斯年图书馆藏抄本有红娘说白"斑管要他怎的"。
　　⑪　竹,底本作"足",据傅斯年图书馆藏抄本改。
　　⑫　共香,底本作"供养",据傅斯年图书馆藏抄本改。

【青哥儿】都一般啼痕、啼痕湿透,似这等泪斑斑宛然依旧,万种情缘一样愁①。涕泪交流,怨慕难收,对学士叮咛说个缘由,叫他是必、是必休忘旧②。

【醋葫芦】你逐宵在夜店上宿,休将包袱做枕头,怕油脂腻点污了恐难酬③,倘或雨湿④休便扭。我只怕寒时节熨不开折皱,(白)琴童。(丑)唔。(小旦唱)你与我一桩桩一件件仔细收留。

(走板)(唱)

【金菊香】书封雁足此时修,情系人心早晚休⑤? 长安望来天际头,倚遍西楼,人不见水东⑥流。

【浪里来煞】他那里为我愁,我这里因他瘦,临行时嗳赚⑦人前巧舌头,这⑧归期约定在九月九。不觉的过了小春时候,到如今悔教夫婿觅封侯。(下)

---

① 种,傅斯年图书馆藏抄本作"古",与明刊本合。缘,底本作"愿",据傅斯年图书馆藏抄本改。

② 是,底本作"自",据傅斯年图书馆藏抄本改。是必,应须的意思,蒋礼鸿《敦煌变文字义通释·释虚字》认为本当作"事必",是由"于事,必须……"凝缩而成的形式。

③ 腻、恐难酬,底本作"泥""空难愁",据傅斯年图书馆藏抄本改。点污,污损,弄脏。明刊本及傅斯年图书馆藏抄本作"展污",义同。

④ "雨湿"前,傅斯年图书馆藏抄本有"水浸"二字,明刊本亦有。

⑤ "此"下底本衍一"几"字,据傅斯年图书馆藏抄本删。早晚,何时。

⑥ 东,傅斯年图书馆藏抄本作"空",与明刊本合。

⑦ 嗳,底本作"却",据傅斯年图书馆藏抄本改。嗳赚,哄骗。

⑧ 这,傅斯年图书馆藏抄本作"指",与明刊本合。

二

汉宫秋

　　调腔《汉宫秋》，新昌县档案馆藏调腔抄本所见有《游宫》《饯别》两出，分别出自元马致远杂剧《汉宫秋》第一折和第三折。复旦大学图书馆藏抄本《倭袍》不分卷附《绍兴高腔三种》收有《游宫》《逃番》《饯别》三出，《绍兴高腔选萃》收《游宫》《饯别》两出，另有《游宫饯别》抄本一种（赵景深先生原题《昭君出塞》）。据 20 世纪 50 年代调查，绍兴的调腔班该剧有《游宫》《荐（饯）别》《逃关》《出塞》四出①。其中，复旦大学图书馆藏抄本《逃番》，即《逃关》，系演毛延寿出关献图之事，与《汉宫秋》第二折无关；《出塞》为昭君出塞，系源出明南戏《和戎记》而屡经改编，并改题为《青冢记》的单折戏。

　　绍兴的调腔艺人陈连禧（1884—1953）、新昌的调腔艺人潘岩火（1883—1950）均擅演《汉宫秋》②。民国二十四年（1935）绍兴的调腔班"老大舞台"赴上海远东越剧场演出，9 月 16 日日戏有《游宫》《饯别》，以陈连禧饰汉元帝，以筱彩凤饰王昭君。台州高腔（黄岩乱弹中的高腔）亦有此剧，温州市瓯剧团原作曲李子敏根据蔡德钦（1886—1968）等老艺人演唱记谱，例以原著，得《游宫》残曲五支、《饯别》残曲二支，并推得至迟在清道光、咸丰年间，台州高腔就已上演此剧。另由记谱可知，流传于浙东一带的《汉宫秋》实属同源。收录于方荣璋编《调腔曲牌集》（1963—1964）中的《游宫》《饯别》系方荣璋根据老艺人竺财兴演唱记录的，而民国初年竺财兴曾在台州黄岩小高腔"玉龄高腔班"搭班演唱③。宁波昆剧兼唱的调腔戏有此剧目。

　　调腔《汉宫秋》剧叙汉元帝乘辇游宫，忽听有人弹奏琵琶，于是传弹琵琶

　　①　参见华东戏曲研究院编审室资料研究组：《从"余姚腔"到"调腔"》，华东戏曲研究院编：《华东戏曲剧种介绍》第五集，新文艺出版社，1955，第 52 页，后收入蒋星煜：《中国戏曲史钩沉》，中州书画社，1982，第 67 页。

　　②　参见《中国戏曲志》编委会、《中国戏曲志·浙江卷》编委会编：《中国戏曲志·浙江卷》，中国 ISBN 中心，2000，第 160、793 页。

　　③　参见李子敏：《〈汉宫秋〉与马致远》，中国戏剧家协会浙江分会、浙江省艺术研究所等编：《浙江戏曲音乐论文集》第五集，1992，第 112—151 页。按，蒋中崎、沈煜生、冯允千《宁海平调史》（宁波出版社，1995）"玉龄"作"玉林"。

的宫人王昭君接驾。王昭君前来面圣,元帝为昭君美貌所惊艳。当得知画工毛延寿索贿不成,故意在画像上点破一痣,以致昭君不得近幸的缘由,元帝传旨将毛延寿斩首,并敕封昭君为明妃。毛延寿逃往北番,将昭君画像献与单于,单于遂遣使向汉廷索要昭君。元帝忍痛割爱,遣昭君出塞和番,并亲往灞桥送别昭君。

现根据抄本校订《游宫》《饯别》两出,并附入《逃番》,《出塞》另见传奇类之末。其中,《游宫》《饯别》据光绪十八年(1892)《雌雄鞭》等总纲本(案卷号195-1-42)校订,《逃番》据《绍兴高腔三种》本校订。新昌县档案馆藏抄本所见曲牌名有《游宫》的【点绛唇】【混江龙】【尾】以及《饯别》的【亲(新)水令】,其余曲牌名根据《调腔曲牌集》补入。

游　宫

正生(汉元帝)、旦①(王昭君)、小生(内监)

(正生上)(白)圣宫夜静百花香,欲卷珠帘春恨长。斜抱云和深见月,朦胧日色影昭阳。② 寡人汉元帝,自选童女入宫,有多少未曾临幸,岂不怨望寡人? 今晚去游,且看那宫有幸的,来迎接寡人者。侍儿。(众)万岁。(正生)起驾。(众)摆驾哩③。(正生唱)

―――――――――

① 剧中王昭君的角色名目,《绍兴高腔选萃》本《游宫》、《绍兴高腔三种》本《饯别》以及光绪二十二年(1896)《阴阳报》等旦本(195-1-79)作"小旦"。

② 此上场诗出自唐王昌龄《西宫春怨》,复旦大学图书馆藏抄本无此上场诗。欲,底本作"悮(误)";斜抱云和深见月,抄本作"谢袍鱼龙星见月",均据王昌龄诗改。云和,本为山名,所产木材可作琴瑟,后遂用作琴瑟琵琶等弦乐器的代称。昭阳,抄本作"朝阳",今改正,下同。又,"圣宫"和"朦胧日色影昭阳",王昌龄诗分别作"西宫"和"朦胧树色隐昭阳"。

③ 摆驾哩,底本作"把驾里",今改正,《饯别》"摆驾哩"同。又,"万岁"和"摆驾哩"底本以小字出之,未标角色名目,今参照《绍兴高腔选萃》本补出"众"字,后仿此。

【点绛唇】车碾残花，玉人月下，吹箫罢。未遇宫娃，见①几度添白发。

【混江龙】②料必他③珠帘不挂，望昭阳一步一天涯。疑④了些无风竹影，恨了些有月窗纱。早知道宫内君王乘玉辇⑤，恰便似张骞天上泛浮槎⑥。猛听得仙音院里，又听得弦管声中，弹出有哀怨千般，尽诉在一曲琵琶。(白)小黄门。(众)万岁。(正生唱)你与朕轻推绣毂⑦，慢转回廊下。叫把⑧怨女，迎接銮舆，休得把佳人惊唬。朕只怕乍蒙恩，把不住心儿滑⑨。惊起了宫槐⑩宿鸟，庭树栖鸦⑪，宫槐宿鸟，庭树栖鸦。

(白)侍儿传旨。(众)万岁。(正生)叫那一宫弹琵琶者接驾。(众)领旨。啲，万岁有旨，宣那一宫弹琵琶者接驾。(旦上)领旨。从来不信叔孙礼，今日方知天子尊⑫。臣妾见驾，愿吾皇万岁。(正生唱)

【油葫芦】恕无罪我当亲问咱，这里属那位下，休怪我不曾来往乍行踏。我特

---

① 见，抄本各本同，《元曲选》本、脉望馆钞校古名家本及《调腔曲牌集》作"是"。

② 此曲牌名原抄在"不挂"之下，盖受"见几度"句唱甩头("甩头"详见"前言"注释)，"料必他"句由后场接唱的影响而误，今乙正。

③ "料必他"三字底本原无，单角本作"有必他""了知他"，《调腔曲牌集》作"谅必他"，今校作"料必他"，并予补入。

④ 疑，底本作"离"，据《绍兴高腔三种》本改。

⑤ 辇，底本作"莲"，据《绍兴高腔三种》本改。

⑥ 张骞天上泛浮槎，据晋张华《博物志》载，天河通海，有人携粮乘木筏游天河，见到牛郎织女，至南朝梁宗懔《荆楚岁时记》又云西汉张骞出使大夏，寻河源而乘槎见牛郎织女。又，此下底本有间隔符号"丨"，单角本一本有"三更"小字。

⑦ 毂，底本作"阁"，据《绍兴高腔三种》本改。毂，车轮中间穿轴承辐的地方，这里借指车。

⑧ 叫把，《绍兴高腔三种》本作"教抱(报)"，《游宫饯别》作"叫抱(报)"。按，脉望馆钞校古名家本作"报教"。

⑨ 住，底本作"如"，《绍兴高腔三种》《绍兴高腔选萃》本此句作"把不住心儿滑"，据改。《元曲选》本、脉望馆钞校古名家本等此句作"把不定心儿怕"，《调腔曲牌集》从改。

⑩ 宫槐，底本作"宫帏"，据复旦大学图书馆藏抄本改。

⑪ 庭树栖鸦，底本作"停住接鸦"，据复旦大学图书馆藏抄本改。

⑫ 叔孙礼，底本作"朔逊里"，据《游宫饯别》改。汉初，叔孙通奉命制定汉仪，汉高祖七年(前200)十月群臣朝会用叔孙通所制朝仪，高祖为之感叹道："吾迺今日知为皇帝之贵也。"见《史记·刘敬叔孙通传》。《旧唐书·魏徵传》："终借叔孙礼，方知皇帝尊。"

来填还你泪湿鲛绡帕①,温和你湿②透凌波袜。抬头者。天生下艳娇娃,合该是我宠幸他。今宵花烛银台下,剥管得③喜信爆灯花。

(白)平身。(唱)

【天下乐】我和你弄着精神射绛纱,觑着他瘦岩岩影④儿可喜煞。迎头儿⑤称妾身,满口儿呼陛下,必不是寻常百姓家⑥。

【醉中天】将两叶赛宫样的眉儿画,把一个宜梳妆的脸儿搽。额角香钿贴翠花,一笑有倾城价。便是那吴阖闾在姑苏台上见咱,那些个半筹儿也不纳,更改早十年前俺可也败国亡家⑦。

【金盏儿】我看你眉扫黛⑧鬓堆鸦,腰弄柳脸舒霞,昭阳到处难安插。(白)卿家何人之女?(旦)妾乃成都府秭归县人氏⑨,姓王名嫱,字昭君。父亲王长者,农业为生。不晓君臣礼数,望吾皇恕罪。(正生)咳!(唱)谁问你一犁两耙做

---

① "我"字下底本有"今"字,据各本删。填还,偿还,报偿。湿,《元曲选》本、脉望馆钞校古名家本作"搵"。鲛绡,抄本作"浇消",复旦大学图书馆藏抄本作"绞绡",今改正。鲛绡,亦作"鲛鮹",传说中南海鲛人所织的绡。

② 湿,《元曲选》本、脉望馆钞校古名家本作"冷"。

③ 剥管得,底本作"博管得",《绍兴高腔选萃》《游宫饯别》作"得管他",《绍兴高腔三种》本作"管教他"。按,《元曲选》本、脉望馆钞校古名家本作"剥地管","剥地"为灯花的爆声,今改底本的"博"作"剥"。

④ 影,底本作"仰",据复旦大学图书馆藏抄本改。

⑤ 迎头儿,底本作"仰豆(头)而",据《绍兴高腔三种》《绍兴高腔选萃》本及《定江山》等外、末、正生本(195-2-24)所抄《汉宫秋》正生本改。

⑥ 必不是,底本作"比不得",据《绍兴高腔三种》《绍兴高腔选萃》本改。又,"寻常"下底本有"们儿"二字,据各本删。

⑦ 更改,单角本一作"便敢"。又,"更改早"至"亡家",《绍兴高腔三种》本作"便敢早十年可也要败国亡家",《绍兴高腔选萃》本作"应敢要早十年,俺可有败国亡家"。按,"便是那"至"亡家",《元曲选》本、脉望馆钞校古名家本作"若是那越勾践姑苏台上见他,那西施半筹也不纳,更敢早十年败国亡家"。

⑧ 扫,底本作"稍",据《绍兴高腔选萃》本改。眉扫黛,用黛(一种青黑色的颜料)描眉。

⑨ "人氏"二字底本脱,据复旦大学图书馆藏抄本及单角本补。

生涯。不幸你君恩留簟枕①，天叫雨露润桑麻。既不少②江山千万里，直寻得茅舍两三家。

（白）卿家，有如此容貌，为何不近幸？（旦）只因毛延寿，索取黄金千两。家贫无措，不得与他，被他眉梢点③破一痣，名为败国亡家之痣，故而不能近幸。（正生）侍儿传旨。（众）万岁。（正生）取美人图入宫。（众）领旨。啲，万岁有旨，取美人图入宫。（小生上④）领旨。（正生唱）

【醉扶归】只问你待诏别无话⑤，为甚的颜色不加搽？点得你一寸秋波玉有瑕，多管是卿眇目他双瞎。便宜的八百娇娃比并他，也未必强似俺⑥娘娘带破在丹青画。

（白）侍儿传旨。（众）万岁。（正生）将毛延寿斩首示众。（众）领旨。啲，万岁有旨，将毛延寿斩首示众。（内⑦）领旨。（正生唱）

【金盏儿】你便晨挑菜夜看瓜，春种谷夏浇麻。情取棘针门⑧粉壁上除了你差罚，你向正阳门闾改嫁不村煞⑨。谢天地可怜我穷御亲，有谁敢欺侮俺丈人家。

------

①　不幸你，复旦大学图书馆藏抄本无"你"字，《元曲选》本作"也是你"，脉望馆钞校古名家本作"你不因"。枕，底本作"执"，据《绍兴高腔三种》《绍兴高腔选萃》本改。《元曲选》本、脉望馆钞校古名家本、《调腔曲牌集》"簟枕"作"枕簟"。

②　既不少，《元曲选》本、脉望馆钞校古名家本、《调腔曲牌集》作"既不沙"，下并有"俺"字。既不沙，犹云不然。沙，语助词。

③　点，底本作"拈"，据《游宫饯别》及单角本改。

④　"上"字底本未标，据《绍兴高腔三种》本补。此处《绍兴高腔选萃》本作"领旨。启万岁，美人图呈上"，知为小生上场呈献美人图，故补。

⑤　只，底本作"施"，民国八年（1919）潘眼末、外、正生本（195-2-16）所抄《汉宫秋》正生本作"试"，据《绍兴高腔三种》《游宫饯别》及 195-2-24 本改。待诏，底本作"在朝"，据《绍兴高腔三种》《游宫饯别》改。

⑥　"俺"字底本在"强似"前，据《绍兴高腔三种》本乙正，而《绍兴高腔选萃》《游宫饯别》及单角本无此"俺"字。

⑦　"内"字底本未标，据《绍兴高腔选萃》本补。

⑧　"情取棘针门"五字底本脱，据复旦大学图书馆藏抄本补。棘针门，指官府。

⑨　闾，《绍兴高腔选萃》本作"里"，抄本或无此字。不村煞，《绍兴高腔选萃》本同，而《绍兴高腔三种》本俗化作"不蠢煞"。按，脉望馆钞校古名家本作"不村沙"，"村煞"同"村沙"，宋元俗语，粗鄙、陋俗之谓。

（白）寡人就封卿家为明妃者。（旦）万岁。（正生唱）

【尾】且尽此宵情，休问明朝话，多管是醉卧①在昭阳御榻。逗卿未必当真假②，忍不得真个长门再不踏③。明日里在西宫阁下④，是必⑤悄声儿接驾，我怕、怕只怕六宫人摆列着⑥拨琵琶。（下）

逃　番

丑（毛延寿）

（丑上）（白）唬杀哉，唬杀哉。日间不做亏心事，半夜敲门不吃惊。俺毛延寿是也，只因万岁爷点绣选女，内中有一名王嫱字昭君，生得十分美貌。那时索取他黄金千两，奈他家贫无措，不得与俺。俺将他左眉梢点上一痣，名谓败国亡家之痣，将他贬入长门。不想万岁临幸，奏明此事，要将俺斩

---

① “醉卧”下底本有一“龙”字，据各本删。

② 逗卿、真假，底本作“豆钦”“真价”，据复旦大学图书馆藏抄本改。

③ 此句底本作“人不出长梅这不达”，《绍兴高腔选萃》本作“认不得真个长门再不踏”，《绍兴高腔三种》本作“真个长门再不踏”，今从《绍兴高腔选萃》本，但校“认”为“忍”。按，“逗卿”至“不踏”，脉望馆钞校古名家本作“休烦恼吾当且是耍，斗卿来便当真假。恰才莘路儿熟滑，怎下的真个长门再不踏”，其前有昭君宾白：“妾虽微贱，亦蒙恩宠，便下的分离也？”“斗”用同“逗”，惹引之义，见张相《诗词曲语词汇释》卷二。当真假，即当真，“真假”是偏义复词。下的，忍得，舍得。长门，汉代宫殿名，汉武帝时陈皇后因妒而别居长门宫，遂借指冷宫。调腔本“逗卿未必当真假”与脉望馆钞校古名家本“斗卿来便当真假”句意适相反，但从前文“且尽此宵情”到此，意思是说姑且尽了今宵恩情，不要问明天的事，明天大概是睡在昭阳殿里而不来了。不过，这是故意逗惹你的，不一定当真，我不忍得再不来。而脉望馆钞校古名家本中当昭君倾诉怎忍分离之意时，汉元帝于是安慰昭君不要烦恼，解释道“我只是戏耍，逗你的话你便当了真”，意即让昭君对前面的戏耍之言不要当真。准此，调腔本亦可通。

④ 明日里，底本作“明月”，据单角本改。按，此句复旦大学图书馆藏抄本作“明月西宫阁下”，《元曲选》本、脉望馆钞校古名家本作“明夜个西宫阁下”。

⑤ 是，底本作“自”，今改正。是必，应须的意思，详见《西厢记·捷报》【青哥儿】“叫他是必、是必休忘旧”注。

⑥ 摆列着，《绍兴高腔三种》本作“扳列着”（“扳”同“攀”），《绍兴高腔选萃》本作“班（搬）弄着”。按，《元曲选》本、脉望馆钞校古名家本作“攀例”，调腔本曲文出现了俗化。

首示众。因此弃了官职，逃往北番，拿了图画，献于单于，富贵非小，有何不可？正是，欲求生富贵，须下死工夫。不免配马前去也！（唱）

【佚名】想昔日在朝为官显耀，只因误点王嫱貌。将他点痣在眉梢上，料必他琵琶拨调。闻知心恨也，要将俺斩首市曹。急奔单于，多少是好。（跑马介）（下）

饯 别

净（哈喇）、老生（相国）、小生（内监）、正生（汉元帝）、旦（王昭君）

（净上）（白）奉着郎主命，前来捉①昭君。离了南朝地，都是北方人。呵，我乃唏喇国哈喇是也。奉郎主之命，前来捉取昭君娘娘。这皇帝老子不忍昭君远行，亲往灞桥饯别。把都儿②！（众）都！（净）昭君娘娘出来的时节，不要管他，拿住就跑哩③。（众）都！（下）

（老生、小生上）（老生）送别昭君出京城，（小生）无限离愁酒一樽。（老生）折得一枝河畔柳，（小生）合当送与远行人。（老生）老中贵④。（小生）老相国。（老生）万岁不忍昭君娘娘远行，亲往灞桥饯别。你看，御香霭霭，想是圣驾出宫来也。（正生上）寡人不忍昭君远行，亲往灞桥饯别。侍儿。（众）万岁。（正生）起驾。（小生）摆驾哩。（正生唱）

【新水令】锦貂裘生改尽汉宫妆，见昭君只有画图模样。旧恩金勒短，新恨玉鞭长。只可惜我一对的⑤金殿鸳鸯，分飞翼却有那谁承望。

【驻马听】宰相们可有些商量？（老生插白：臣无计。）内监们可有些主张？（小生

---

① 捉，《绍兴高腔三种》《游宫饯别》本作"索"，下文"捉取"的"捉"同。
② 把都儿，底本作"摆徒儿"，《绍兴高腔三种》本作"巴都儿"，今改作通行写法。把都儿，蒙古语音译，指勇士、健儿、英雄。
③ 跑哩，底本作"抛里"，据《绍兴高腔三种》《游宫饯别》改。
④ 中贵，底本作"尊馈"，今改正。中贵，专称权势显赫的侍从宦官。
⑤ 的，底本及《游宫饯别》为重文符号，《绍兴高腔三种》《绍兴高腔选萃》本无此字，据单角本改。

插白:奴婢无计。)退国使还邦我也都恩些赏①。可怜我夫妻屈枉②,小家儿出外也要摇装③。尚兀自渭城衰柳助荒凉,灞桥流水不觉添凄惨④。见你们都不悲伤,见你们都不断肠我那娘娘,可怜他一天愁在眉尖上,一天愁尽诉在琵琶上⑤。

（旦上⑥)阿吓,万岁吓!（正生)寡人不忍卿家远行,亲往灞桥饯别。侍儿看酒。（众)领旨。（正生唱)

【步步娇】一曲阳关休轻放,咫尺间隔得如天样⑦。你且要慢慢的饮着玉觞,朕本待要尊⑧前挨些时光。休问那律吕⑨宫商,只教他半句儿俄延慢唱。

（净内白)趱快哩⑩。（正生唱)

【落梅风】可怜我别离得重,他那里催去的忙,寡人呵一片心先到李陵台上。

———————————

　　① 此句《绍兴高腔三种》本作"退国使还朝朕亦都赐些赏"。按,《元曲选》本作"大国使还朝多赐赏",脉望馆钞校古名家本"大"作"人",余同《元曲选》本。

　　② 屈枉,复旦大学图书馆藏抄本同,脉望馆钞校古名家本作"屈快",《调腔曲牌集》从《元曲选》本改作"悒怏"。屈枉,委屈,冤枉。

　　③ 家,底本作"郊",系"娇"之误,此从《绍兴高腔三种》《绍兴高腔选萃》本。摇装,底本作"行妆",《绍兴高腔三种》本作"摇妆",据校改。按,《元曲选》本作"摇装"。"摇装"亦作"遥装",古代习俗,远行者择吉出门,饮饯江边,登舟移棹即返,改日启行。详见明姜准《岐海琐谈》卷八。句谓昭君不得逗留,反不如小户人家能借"摇装"仪式而暂归家。

　　④ 助,底本作"度",据复旦大学图书馆藏抄本及195-2-24本改。凄惨,复旦大学图书馆藏抄本作"凄怆",较胜。

　　⑤ 二"一天",底本作"一点",据《绍兴高腔三种》《游宫饯别》及195-2-24本改。尽诉,《绍兴高腔三种》本作"尽锁"。按,"可怜他"至"琵琶上",《元曲选》本、脉望馆钞校古名家本作"想娘娘那一天愁都撮在琵琶上"。撮,聚集。《西厢记》第一本第二折【哨遍】:"听说罢心怀悒怏,把一天愁都撮在眉尖上。"

　　⑥ "上"字底本未标,据复旦大学图书馆藏抄本及单角本补。

　　⑦ 样,底本作"涯",据《绍兴高腔三种》本及195-2-24本改。

　　⑧ 尊,同"樽",复旦大学图书馆藏抄本作"樽"。

　　⑨ 律吕,《绍兴高腔三种》《游宫饯别》及195-2-24本作"吕律"。按,《元曲选》本、脉望馆钞校古名家本作"劣了",调腔本"吕律"当为"劣了"之变。

　　⑩ 此处底本小字作"挨□里",次字有涂抹,195-2-16本字上止下二,则为"些"或"岁"字,今改从《绍兴高腔选萃》《游宫饯别》。

却才回头心内想①，说什么贵人肯多忘，贵人肯多忘。

（旦）臣妾此去，未知何日还朝。愿将汉朝舞衣留下，万岁见此舞衣，如见臣
　　妾一般。红颜难春色，留下舞衣裳。（正生）咳！（唱）

【殿前欢】说什么留下舞衣裳，尚兀自西风吹散②旧时香。莫把宫车转过了青
苔巷，猛然到椒房。想起一位菱花镜里妆，多情况③，风流斗起横心肠④。今
日里昭君出外方，几能够苏武转还乡？

（净上）趱快！（旦下）⑤（正生）寡人做不得汉皇帝了！（唱）

【雁儿落】倒做了别虞姬楚霸王，全不见守玉关征西将。那里有保亲李左车，
送女客萧丞相⑥？

【得胜令】你也做不得架海紫金梁，枉养着边上⑦铁衣郎。你们左右人扶侍，
偏寡人糟糠妻下堂。（老生白）动刀枪与之⑧厮杀。（正生唱）但说起动刀枪，扑

---

　　①　才，底本作"在"，据《绍兴高腔三种》《游宫钱别》改。按，此句《元曲选》本作"回
头儿却才魂梦里想"。

　　②　吹散，底本作"散着"，单角本作"拆散"，据复旦大学图书馆藏抄本改。

　　③　况，底本作"慌"，下文"推辞谎"作"推辞况"，况、慌、谎方言音近，今改正。

　　④　"想起"至"横心肠"，《绍兴高腔三种》本作"想这一会菱花镜里妆，多情况，风流
陡地横心伤"；《游宫钱别》第一句作"想起这面菱花镜里妆"，余同《绍兴高腔三种》本；《元
曲选》本、脉望馆钞校古名家本作"想菱花镜里妆，风流相，兜的又横心上"；明王骥德编
《古杂剧》、孟称舜编《酹江集》"相"作"况"。按，斗、陡、兜义同，意为陡然、顿时，复旦大学
图书馆藏抄本的"陡地"，同"兜的"。清刘淇《助字辨略》卷三："陡，与斗通，猝然也。张九
龄《敕日本书》：'丹墀真人广成等入朝东归。初出江口，云雾斗暗，所向迷方。'"

　　⑤　"净上"至"旦下"，底本原无，据《绍兴高腔三种》本补。《绍兴高腔选萃》本作
"（净番服上，迎昭君去）（旦唱介）嗳呀，万岁吓"。

　　⑥　"那里有"至"萧丞相"，底本作"那里有保亲礼送，做遇家萧丞相"，单角本一作
"那里有保亲佑车，送女客小（萧）丞相"，参照复旦大学图书馆藏抄本校改。又，此下《绍
兴高腔选萃》本有"（外、小生合唱）启万岁，娘娘去远了，请万岁回宫"的内容。

　　⑦　边上，底本作"便做"，《绍兴高腔选萃》本作"边关"，据《绍兴高腔三种》《游宫钱
别》及 195-2-24 本改。

　　⑧　"刀枪与之"四字底本残缺，据文义补。

扑的小鹿心头上。今日殃及煞①娘娘,怎做的男儿当自强!

(众)请万岁回宫。(正生唱)

【川拨棹】你怕、怕不便收缰②,又不是、鞭敲金镫响。你当燮理阴阳,掌握朝纲。治国安邦,辟土开疆。譬如我高皇,差你个梅香,还要他背井离乡,卧雪眠霜。他、他若肯离了春风画堂,寡人情愿官封一字王。

【七弟兄】大王、不当、恋王嫱,怎当他临去回头望?那堪散风雪旗门节影悠扬③,动关山听鼓角声悲怆④。

【梅花酒】呀!你看迥野荒凉,草却又添黄,衰草又迎霜,犬褪着毛苍,人搠起缨枪⑤,马负着行装,车运着糇粮,打猎起围场⑥。他、他伤心辞汉主,我携手上河梁。愁銮舆⑦返咸阳;返咸阳,过宫墙;过宫墙,绕回廊;绕回廊,月昏黄;月昏黄,夜生凉;夜生凉,泣寒螿;泣寒螿,绿纱窗;绿纱窗,不思量⑧。

【收江南】不思量则除非铁心肠⑨,泪滴有千行,美人图今夜里挂昭阳。将娘

---

① 殃及煞,底本作“殃及死”,《游宫饯别》作“劫散”,据《元曲选》本、脉望馆钞校古名家本改。

② 此句195-2-24本作“我怕不便收玉强(缰)”,《绍兴高腔选萃》本作“我怕、怕不便收玉缰”,《绍兴高腔三种》本作“我怕不便收疆(缰)”。按,《元曲选》本、脉望馆钞校古名家本作“怕不待放丝缰”。

③ 此句底本作“哪看山风雪旗门节云有阳”,《绍兴高腔三种》本作“你看散风雪旅门悠扬”,《绍兴高腔选萃》本作“你扇散风雪奇门旗节悠扬”,《游宫饯别》作“你看散风雪旅门节韵悠扬”,《调腔曲牌集》作“遇着散风雪其门墙影悠扬”,据校改。按,该句《元曲选》本作“那堪这散风雪旌节影悠扬”,脉望馆钞校古名家本作“那堪那散风雪旌节影悠扬”。

④ 悲怆,底本作“悲伤”,据复旦大学图书馆藏抄本及195-2-24本改。

⑤ 人搠起缨枪,底本作“神塑起形像”,《绍兴高腔三种》本作“神塑起银枪”,据《调腔曲牌集》改。

⑥ 打猎起围场,底本及《游宫饯别》作“打叠起回墙”,《绍兴高腔三种》《绍兴高腔选萃》本作“打叠起围墙”,据《调腔曲牌集》改。

⑦ “愁銮舆”三字底本原无,据《绍兴高腔三种》及195-2-24本补。愁,脉望馆钞校古名家本同,《游宫饯别》作“乘”。

⑧ “夜生凉”“泣寒螿”“绿纱窗”底本不重,据《绍兴高腔三种》《绍兴高腔选萃》本改。

⑨ 上曲曲末及此句句首的“不思量”,底本脱,据《绍兴高腔三种》《绍兴高腔选萃》本补。按,195-2-24本仅有一个“不思量”;《游宫饯别》上曲“绿纱窗”不重,亦仅有一个“不思量”。

娘供养,少不得高烧银烛照红妆。

【鸳鸯煞】可不羞杀大臣行,说一个推辞谎。怕那①笔尖儿,那伙编修讲②。全不见花朵般③精神,草地里风光。忙立多时,徘徊半晌。徘徊半晌,忽听得塞雁南翔,咿咿呀呀一声声嘹喨,这都是满目牛羊,试看这离恨毡车儿④,直去到半坡里响,半坡里响。(完)(下)

①　怕那,底本作"快拿",单角本作"那怕",据《绍兴高腔三种》本改。
②　那伙编修讲,底本作"那个便收缰",《绍兴高腔三种》本作"那伙便羞讲",195-2-24本作"那个便修讲",据校改。编修,官名,掌国史修撰。
③　般,底本作"畔",据《绍兴高腔三种》本改。
④　毡,底本作"辗",其前有"者"字,据复旦大学图书馆藏抄本删改。又,195-2-24本此句句前标为"白"。

三　单刀会

调腔《单刀会》,新昌县档案馆藏晚清《单刀会》等净本(案卷号 195-1-11)收有《训子》总纲残页及《单刀》净本①,分别出自元关汉卿杂剧《关大王独赴单刀会》第三、四折。明清戏曲选本选录关汉卿该剧折子时通常题作《三国志》或《三国记》,而蒋星煜《从"余姚腔"到"调腔"》一文在调腔《关云长》名下列有《单刀赴会》②,《浙江戏曲传统剧目选编》第二辑收入时题《单刀赴会》。复旦大学图书馆藏抄本《绍兴高腔六种(附绍兴大班四出徽调)》(内题"掉腔曲谱六种 附绍兴大班四出徽调")有《训子》《单刀》两出,并附昆腔工尺谱,其中《训子》末页赵景深先生眉批云:"此出工尺,比昆曲高得多。"但该本有可能是金华昆腔的本子,故不敢贸然补入。另,疑晚清《单刀会》等净本(案卷号 195-1-11)所收《训子》《单刀》及《扫秦》皆系昆腔戏。

调腔《单刀会》剧叙三国时东吴大夫鲁肃为收回借给刘备的荆州,意欲邀请荆州守将关云长赴宴,以便借机索回。关云长升帐,向其子关平述说三分鼎立、桃园结义之事由。忽闻鲁肃遣使下书,周仓以东吴兵强马壮和宴席有诈为劝,关云长英雄豪胆,不以为意,答应赴宴。次日关云长携周仓驾舟过江,宴席之上,关云长畅叙辞曹归汉、过关斩将、古城相会的经历。鲁肃借机提出借荆州不还这一失信之事,关云长既以理相争,又以剑相威胁,致鲁肃不敢轻出伏兵。关云长挟带鲁肃离席,上船离岸而还,鲁肃索荆州之计遂告落空。

本次整理,《训子》据晚清《单刀会》等净本(案卷号 195-1-11)校订,《单刀》拼合净、末两种单角本,付角部分则据《绍兴高腔六种》补入。

---

① 该本戏名缺题,《铁冠图》《单刀会》外、末本(案卷号 195-1-75)所抄该剧末本出目名题《单刀》。

② 华东戏曲研究院编审室资料研究组:《从"余姚腔"到"调腔"》,华东戏曲研究院编:《华东戏曲剧种介绍》第五集,新文艺出版社,1955,第 52 页,后收入蒋星煜:《中国戏曲史钩沉》,中州书画社,1982,第 67 页。按,《从"余姚腔"到"调腔"》谓"调腔剧目命名如《伯喈》《王十朋》《关云长》《吕蒙正》《张纲》等常用人名",但调腔抄本无如此者,这可能是口头采访老艺人和老艺人回忆所致,而非剧名常用人名。

训　子

净(关云长)、小生(关平)、付(周仓)

(前缺①)是待客的筵席,分明是杀人战场。再休想诚意诚心,全不怕后人来讲。(小生白)父王还是去也不去?(净唱)既然他紧紧相邀,周仓,咱和你亲身得这便往。

【上小楼】②怎道是兵多将广,人强马壮。大丈夫奋勇当先,一人拚命,万夫难挡。怎道是隔大江,起战场,紧紧相防,叫那厮鞠躬恭送俺到船儿上。

【幺篇】怎道是先下手为强,后下手为殃。一只手揪住青锋,逼住咽喉,剑似秋霜。他那里暗暗藏,俺这里紧紧防,都是些那怕他狐群狗党,俺关某千里独行五关斩将。

  (小生)父王,待臣儿带领一支人马,到江边接应便了。(净)去罢。(小生)得令。(下)(净)周仓。(付)有。(净)命你准备大号楼船,在江边侍候。(付)得令。(下)(净唱)

【煞尾】虽不比临潼会上秦穆公,煞强似宴鸿门楚霸王。满庭前摆列着千员将,俺也曾百万军中斩颜良那一场爽。(下)

单　刀

付(周仓)、净(关云长)、末(鲁肃)

(付上)(白)浩气凌云贯九霄,周仓今日显英豪。父王独赴单刀会,全仗青龙偃月刀。(白)俺,周天宝是也。今日父王过江,独赴单刀,命我驾舟而往。道言未了,父王出舱来也。(净上)(白)波浪滚滚渡江东,独赴单刀孰与同?

---

  ① 根据底本书叶内侧所标原始页码,前缺三叶半(七面)。

  ② 此曲牌名及下文【幺篇】,底本缺题,据《绍兴高腔六种》本补。

片帆瞬①息西风力,鲁肃今日认关公。周仓。(付)有。(净)船到那里了?(付)来此大江。(净)吩咐稍水②,把四面雕窗挂起,风帆不要扯满,船儿缓缓而行,某家要观江景。(付)是,是。唗,啁!稍手听者:我父王有令,把船儿缓缓而行,我父王好观江景也。(净)果然好江景也!(唱)

【新水令】大江东去浪千叠,趁西风驾着这小舟一叶。才离了九重龙凤阙,早来到千丈虎狼穴。大丈夫心烈,大丈夫心烈,觑着这单刀会一似赛村社。

(白)想当初曹操八十三万人马下江南,赤壁鏖兵,只见兵马咆哮,何见山水,到今日呵!(唱)

【驻马听】依旧的水涌山叠③,水涌山叠,可怜那年少周郎在何处去也。不觉的灰飞烟灭,可怜那黄盖痛伤嗟。破曹的樯橹恰④又早一时绝,只这鏖兵江水犹热蛇⑤。好叫俺心惨切,(付白)好大水!(净)这不是水。(付)是什么?(净唱)**这的是二十年前流不尽的英雄血。**

(下船)(末上)早知君侯驾到,鲁肃该得远迎,接待不周,望勿见罪⑥。(净)大夫,某家有何德何能,敢劳大夫置酒相邀。(末)君侯请。(净)贱脚踹贵地。(末)贵人踹贱地。(净)不敢。(末)君侯,江路寒冷,请君侯宽饮三杯。(净)蒙大夫置酒相待,某家立饮三杯。(末)君侯请。看酒。(净)主不饮,(末)客不欢。(净)酒不饮单。(末)色不寝二。(净)大夫,可晓某家的刀也会饮酒?(末)名将必有宝刀。(净)周仓。(付)有。(净)看刀。某家在百万军中,斩上将首级,犹如探囊取物。今日蒙大夫置酒,席上倘有不平之事,须要劳你一劳。(末)君侯请。(吹【过场】,摆酒介)(末)光阴去得疾。(净)果然去得疾也!(唱)

----

① 瞬,净本作"暂",据《绍兴高腔六种》本改。
② 稍水,船夫。稍,亦作"梢",后作"艄"。
③ 水涌山叠,净本作"小涌水叠",今改正。
④ "樯橹恰"三字净本脱,据《绍兴高腔六种》本校补。
⑤ 犹热蛇,《绍兴高腔六种》本作"犹然热",当从。
⑥ "早知"至"见罪",末本标有"上白"而未抄内容,据《绍兴高腔六种》本补。

【胡十八】想古今，立勋业，（末白）舜有五人，汉有三杰①。（净唱）那里有舜五人，汉三杰？只这两朝相隔又早数年别②。不能够会也，却又遭这般老也。（白）大夫请。（唱）**开怀来饮数杯，**（白）请请请。（末）君侯请。（唱）**开怀来饮数杯，**（净白）大夫！（唱）**某只得尽心儿，可便醉也。**

（末）君侯当初辞曹归汉，挂印封金，天下扬名。鲁肃只有耳闻，未曾目睹，请君侯自说一遍。（净）大夫，若说这些事，闻者寻常，见者倒有些惊人。大夫若不弃嫌，待某家出席，手舞足蹈，细说一番。想当初辞曹归汉，挂印封金，五关斩将，千里独行，日色刚刚乍午。周仓卸袍。（唱）

【沽美酒】③**只听得韵悠悠画角绝，韵悠悠画角绝，昏惨惨日西斜，曹丞相**④**满捧得这香醪。得自将来，某只在马上接。**（末白）曹操怎说？（净）那曹操带领许褚、张辽，手捧红锦战袍，赚某家下马。某家坐在马上，又手躬身道："丞相，恕关某不下马之罪。"（唱）**卒烈烈，刀挑起锦征袍，某只待去也。**（末白）君侯行至那里？（净）行至三里桥，某家回头一觑，只见曹兵势如潮涌而来。（末）君侯可曾下落？（净）某家无计可施，见桥边有棵柳树，有如许之大，某家提起青龙偃月刀，砍又一刀，分为两段，某家就出一令。呔，曹兵听者：如有一将过桥者，即将此树为号。某只此一句，我唬。（唱）**就唬、唬得他马怯**⑤**惊人似痴呆，没**⑥**早晚不分明夜。**（末白）又行至那里？（净）行至古城。（末）可会见令兄令弟？（净）俺大哥、三弟适在城楼之上。仁德之君，一言不发。（末）三将军呢？（净）俺三弟是一员虎将，性暴如雷，说："呔，红脸的，你既降曹，又来则

---

① 此处净本有间隔，但末本无相应宾白，参照《绍兴高腔六种》本补。另，《绍兴高腔六种》本"汉有三杰"插在下文"舜五人"和"汉三杰"之间。按，舜有五人，《论语·泰伯》"舜有臣五人而天下治"孔安国注："禹、稷、契、皋陶、伯益也。"汉有三杰，指张良、萧何、韩信。

② 此句《绍兴高腔六种》本作"两朝相隔只这数言（年）别"，《元刊杂剧三十种》本作"二朝阻隔六年别"，《脉望馆钞校本古今杂剧》本作"两朝相隔数年别"。

③ 此曲实为两支【沽美酒】带过一支【太平令】。

④ 此三字净本以小字出之。

⑤ 怯，净本作"出"，《绍兴高腔六种》本作"吃"，据《缀白裘》初集《三国志·刀会》改。

⑥ 没，净本作"某"，据《绍兴高腔六种》本改。

甚?"(末)君侯怎说?(净)某家百般样分说,他只是一个不听。大夫吓!(唱)**好叫俺浑身是口怎样的分说,脑背后将军猛烈,素白旗儿明明得这标写。**(末白)标写什么来?(净)上写蔡阳老将厮战。(末)君侯与蔡阳无仇?(净)并不,有仇。为过东陵关,斩了他外甥秦琪,因此提兵前来复仇。(末)三将军怎说?(净)三弟说:"呔,红脸的,你既不降曹,为何曹兵即到?"某说:"三弟,这不是曹兵,这是蔡阳的追兵,快快开了城门,请二位王嫂进城,助俺一支人马,待某立斩蔡阳。"粗中搁细之人,三弟说:"呔,红脸的,怎此话哄谁?助你一支人马,你做一个里应外合之计么!"(末)疑得是,疑得不差。(净)某家说:"三弟虑得是,虑得不差,城门也不要你开,人马也不要你助,须念桃园结义之情,助俺战鼓三通,某立斩蔡阳。"三弟呵呵大笑说:"使得。"把二位王嫂嫂车辆让开一旁,"啲,城楼上起鼓!"(唱)**只听得扑通通鼓声儿未绝,豁喇喇整鞍儿骤也,卒律律刀过处似雪,喝叱人头又早落也!**(末白)令兄怎讲?(净)俺大哥开了城门,挽手而进。(末)三将军?(净)俺三弟跪门而进。(唱)**才得个兄弟哥哥欢悦。**

(笑)(白)这是我以德报德,以直报怨。(末)可见君侯四海扬名,仁义礼智,且少个一个信字①。(净)大夫,某家未尝失信于人。(末)这叫以德报德,君侯岂肯失信于人?令兄玄德公,失信我主。(净)俺大哥仁德之君,怎肯失信于汝?(末)前者兵败当阳,取荆州已有数载,岂非失信我主?(净)大夫,今日还请某家饮酒而来,还是索取荆州?(末)酒也要饮,荆州也要还。(净)

---

①　此处《绍兴高腔六种》本末白作:"好一个以德报德,以直报怨。我想君侯兄弟三人,能为仁义礼智。五关斩将、千里独行、辞曹归汉、挂印封金,谓之仁也;视玄德如骨肉,看曹操如寇仇,谓之义也;秉烛待旦,不乱规矩,谓之礼也;斩颜良,诛文丑,谓之智也。哈哈哈,惜乎吓!惜乎只少一个信字。若得信字完全,五常之内,无出君侯之右也。"其后对白为:"(末)君侯虽无失信,当初玄德公,败兵于当阳,计穷于夏口,兄弟依依,无处安身之所。是下官与孔明先生,在吾主跟前,暂借荆州,缘取了四川,即还荆州。如今四川已取,而荆州不还。刘王叔与孔明先生,将南郡、零陵、桂阳三郡,先归还吾主,惟君侯不纳,岂不是失信于人?(净)即玄德公之过,于我何干?(末)君侯当初与刘王叔,桃园结义之时,生死之交。刘王叔即君侯,君侯即刘王叔,何所推辞?"

唔！（唱）

【庆东原】某只道真心儿待，却将筵宴来设，（白）甚你扳今览古，（唱）分什么枝叶？某的跟前使不得之乎者也，诗云子曰，（末白）但开，但开。（净）但开言。（唱）管叫你剜口嚼舌。（末白）义结孙刘两国和好。（净）可又来。（唱）**义结孙刘，目下反成吴越。**

（末）什么响？（净）这是剑响。（末）主何吉凶？（净）人头落地。（末）响过几次？（净）三次。（末）第一？（净）斩颜良。（末）第二？（净）诛文丑。（末）第三？（净）第三，莫非论着大夫不成？（末）取笑了。（净）某家出剑之，大夫休得惊慌。此剑神威不可当，庙堂之上岂寻常。若还索取荆州地，管叫一剑子敬亡。（唱）

【雁儿落】休卖弄三寸斑斓舌，恼得俺三尺无情铁。这剑饥餐了上将头，渴饮的仇人血。这的是龙在鞘中蛰，虎向坐间歇①。今日个故友们重相见，休教俺兄弟们心相别。鲁大夫听说，恁心下休教怯②。畅好日西斜③，（末白）君侯，你敢醉了么？（净）周仓。（付）有。（净唱）**吾当醉也。**

（末）过来，放箭。（内众"咳"）（净）呔！（唱）

【搅筝琶】为甚的闹吵吵军兵列，谁敢来挡俺者？管教你剑下身亡，目前见血。便着那张仪口，削④通舌，那里闪躲遮？来来来！送俺到船儿上，我和你慢慢的别。

（净上船）（末）阿吓，唬死我也！（净）请大夫过船谢宴。（付）俺父王请大夫过船谢宴。（末）咳，怕不来了。（付）料你也不敢。打开船。（净）周仓，看来大夫受惊了。（唱）

---

① "这的是"至"坐间歇"，净本作"若在鞘中山啸，龙在林泉歇"，据《绍兴高腔六种》本校改。

② "休"字净本脱，据《绍兴高腔六种》本补。教怯，同"乔怯"。

③ 此句净本作"分说"二字，据《绍兴高腔六种》本改。

④ "削"字净本脱，据《绍兴高腔六种》本补。

【尾】承款待，多承谢，多多承谢。天下曹①孙王都是两句，须牢牢记者②：百忙里称不得老兄心，急切里夺不得汉家基业。（净、付下）

（末）君侯请了。足见盛情也无了。（下）

---

① 曹，净本作"木"。"木"疑为"才"之误，而"才"当作"曹"，暂校改如此。

② "天下"至"记者"，《绍兴高腔六种》本作"只这两句话儿，恁可也牢牢记者"。

四

扫秦

　　《扫秦》出自孔文卿（孙楷第《元曲家考略》谓即孔学诗）《东窗事犯》第二折，剧叙秦桧来灵隐寺上香，惊见壁上有其谋害岳飞时在东窗下的题诗。住持告以云游和尚所写，秦桧急唤疯僧前来。疯僧乃地藏王化身，揭露秦桧谋杀忠良的罪恶，以藏头之诗，斥其"久占都堂，闭塞贤路"。秦桧听得心惊胆寒，悻悻而去。

　　整理时根据新昌县档案馆藏晚清《单刀会》等净本（案卷号 195-1-11）所收《扫秦》净、丑两角的唱白拼合，至于住持五戒的念白，则联系上下文并参照《缀白裘》五集《精忠记·扫秦》补入。调腔本虽与《缀白裘》本相近，但也显示出文本渊源较早或较为独特的特征，例如较《缀白裘》本多保留了原著【耍孩儿】一曲，"久闻丞相理乾坤"四句诗略见于《精忠记》第二十八出《诛心》，部分曲白同于明天启四年（1624）所刊《万壑清音》卷六《精忠记·疯魔化奸》，两者皆与《缀白裘》本有异。

　　《振飞曲谱》云："此剧旧题《精忠记》，或是《如是观》，皆非；实系元孔学诗所作杂剧《东窗事犯》之一折。"[1]按，明富春堂本《东窗记》第三十一折、《精忠记·诛心》为南曲，唯创作时多化用北曲原文。舞台本虽弃南曲而用北曲，但也袭用《精忠记》的净角上场曲和大量宾白（如调腔《北西厢·游寺》的说白同昆曲《南西厢·游殿》相似，还夹入《南西厢》曲牌），因此明清戏曲选本如《万壑清音》《缀白裘》皆题《精忠记》。与其说误题，毋宁说是舞台本《精忠记》吸收并改编了《东窗事犯》当中的这一折。又如舞台本《十面》（调腔本称《埋伏》），题《千金记》，实据《盛世新声》《雍熙乐府》等所载北曲套数改编而来，而与《千金记》原作不同，情形正与此相似。

---

　　①　俞振飞：《振飞曲谱》，上海文艺出版社，1982，第 51 页。

末（五戒）、净（秦桧）、丑（疯僧）

（末上）扫地恐伤蝼蚁命，爱惜飞蛾纱罩灯。小僧灵隐寺中住持五戒便是。今有秦丞相到来拈香，只得在此伺候。（众手下、净上）（唱）

【出队子】三公之位，自小登科占大魁。只因那日斩岳飞，使我心中如醉痴。灵隐寺中，修斋忏悔。（科）

（末）住持接迎太师爷，住持叩头。请太师爷拈香。（净）看香案。第一炷香，愿国家风调雨顺，国泰民安。第二炷香，愿秦桧夫妻百年偕老。第三炷香，愿岳……回避。（众手下下）（净）愿岳家父子早登仙界。（拜）（末）请太师爷随喜。（净）引道。（末）是。（净）这？（末）这是大雄殿。（净）阿弥陀佛。这？（末）是香积厨。（净）香积厨，倒来得幽雅。捧茶侍候。（末）是。（净）唔。壁上有诗，待我看来。伏虎容易纵虎难，无言终日倚栏杆。男儿两点洒汪泪，流入襟怀透胆寒。嘎唒，想这首诗，我与夫人东窗下所做，那个题在壁上？传五戒。（末）有。（净）这首诗那一个写的？（末）是一个远方和尚写的。（净）可在？（末）在。（净）叫他过来见我。（末）启相爷，此僧疯颠，恐言语冒犯，求相爷恕他。（净）不计较他。（末）是。吓，疯和尚那里？快来。（内白）谁唤我哩？（末）你今日涂，明日涂，涂出事来了！（内）涂出什么事来？（末）秦丞相唤你。（内）敢是奸臣秦桧么？（末）唔，少说。（内）我在这里忙哩。（末）什么忙？（内）烧火忙。（末）撇下烟头子，快些出来。（内）又忙哩。（末）又是什么忙？（内）念佛忙。（末）念的什么佛？（内）我念的佛，普天下都不省哩。（末）念的什么佛，世人多不省得？（内）南无阿弥陀佛。（末）三岁孩童都会念的。快来！（内）三岁孩童都会念，偏是奸臣秦桧不会念。（末）快来！（内）我来哩。（丑上）（念）波罗蜜，波罗蜜，一口沙糖一口蜜。河里洗澡庙里睡，黄牛儿可不硬死你？打金银，打首饰，死后四块板、一领席，这便是落得的。南无大慈大悲，救苦救难，广大灵感观世音菩萨。（末）看你垢面疯痴，何日是了？（丑）师父！（唱）

【粉蝶儿】休笑俺垢面疯痴，怎可也参不透我这本来主意。只为着世人痴不解我的禅机，休笑俺发蓬松，挂着这破织袋，他里面包、包着天藏地。手拿着吹火筒恰离这香积，（白）那知俺地藏王菩萨的化身？（唱）我今日泄天机污临来凡世①。

【醉春风】不理会看经忏在怎这法堂中，我只会打个勤劳在怎这山寺里。（末白）疯和尚到。（净）我道怎样一个疯僧，原来小小和尚。（丑）我道怎样一个秦桧，原来大大一个奸臣。（净）为何道相爷的名？（丑）你的名儿，我不道谁道？（净）你道俺是什么样人②？（丑）我怎的不晓。（唱）怎是个上瞒天子下欺着臣，我今单道着你③。休笑俺秽污腌臜，我这肚皮中干净似你的④。怎来问我的缘由，我便对伊家说破，看你怎生的将咱来支⑤对。

（净）壁上的诗，敢是你写的？（丑）是你做的，是我写的。（净）这"胆"字，为何能小？（丑）我胆小出了家，你的胆大，好弄权的。（净）可知相爷来意？（丑）我怎的不知。（唱）

【迎仙客】怎主意，我先知，只为那梦惊恶故来到、故来到俺这山寺里。怎在这里拜俺的当阳，便求的忏悔，怎只待要灭罪消殃，那里是念佛观慈悲力⑥。

【石榴花】⑦太师召人⑧说个因依，俺便与怎仔细讲个真实。怎当初即不该错

　　① 污临来凡世，《万壑清音》本作"污临凡世"，亦用"污"字，《元刊杂剧三十种》本作"故临凡世"，《缀白裘》本作"故临来这凡世"。

　　② 此句单角本原在下文"可知相爷来意"前，今移改。

　　③ 此下《元刊杂剧三十种》《万壑清音》本叠"你"字，单角本失叠。另，《缀白裘》本叠"单道你"三字。

　　④ "的"字单角本脱，据《万壑清音》《缀白裘》本补。

　　⑤ 支，单角本作"先"，据《缀白裘》本改。

　　⑥ 按，此二句《万壑清音》本作"你则待要灭罪消释，你则怕念彼观音力"，《缀白裘》本作"怎待要灭罪消释，那里是念彼观音力"。

　　⑦ 此曲牌名及下文【斗鹌鹑】，单角本缺题，今补。

　　⑧ 召人，单角本作"诏甚"，人、甚曲音相近，今改正。下文"金牌召来的"的"召"原亦作"诏"，今皆改正。

听恁那不贤妻①,他也曾屡屡的便撺掇你,你便依随。恁在那窗下不解我的西来意,只见他葫提无语将俺支对。谗言潜语恁便将心昧,那里有立起一通儿价正直碑?

【斗鹌鹑】恁将要构结得这金邦哩,那里有于家嗳为国②?恁如今事要前思,免劳、免劳恁那后悔。(白)秦桧,你看上面,什么西东?(净)上面是天。(丑)我只道是地。(唱)岂不闻湛湛青天不可欺,如今人多理会的。恁在这里唬鬼瞒神哩,做的事自做的有些藏头嗳露尾。

(净)手中拿的什么东西?(丑)吹火筒。(净)为何有这许多窍眼?(丑)要他私通外国③。(净)放下来。(丑)放不下的。(净)为何?(丑)放下来,要弄权。

(净)吹起来。(丑)吹不得。(净)为何吹不得?(丑)吹起来,浪言四起。(唱)

【红绣鞋】君子人切莫要当权倚势,吹着呵,送得他一家儿烟灭了灰飞。恁待要节外生枝,可也落恁便宜。为甚的不在那厨房中放,常则在我手中持?这其间引狼烟可不倾坏他社稷。

(净)你可有功课?(丑)有功,累在这袋内。(净)取。(末)吓。(净)为何这等绉?(丑)黄肝腊碗内取出来,怎的不绉?(净)咦!久闻丞相理乾坤,占断朝纲第一人。都下黎民皆嗟怨,堂中埋没老功勋。蔽邪陈善皆谋死,塞上欺君罔万民。贤相一心行正道,路上行人口……为何诗不全?(丑)若遇施全,就要死哩。(净)左右,将施全拿下!(内应)(丑)秦桧,有横头八字,恁可看来。(净)诗怎要横看?(丑)你的事,总要横做。(净)久占都堂,闭塞贤路。吓,你敢毁骂朝中宰职?可恼!(丑)呀!(唱)

---

① 即,单角本作"集",据文义改。"听"字单角本脱,据《缀白裘》本补。

② 于,单角本作"馀";嗳,单角本作"爱",下文"藏头嗳露尾"的"嗳"同,今改正。此句《万壑清音》本同,皆与《元刊杂剧三十种》本"可甚于家为国"相近,而《缀白裘》本已演变为"也只是肥家,那里肯为国"。

③ 此句单角本脱,据《缀白裘》本补,下文"再赏他一份斋""那里去""唤得下,还可以退得去""好大雨""在那出家",以及净角的两处"是什么",单角本原脱,联系上下文并参照《缀白裘》本补。

【十二月】①卖弄恁那朝②中得了宰职，卖弄恁那朝中得了宰职，恁可也懊恼得这阇黎。俺这里明明取出，他那里暗暗得这猜疑。休笑俺疯魔和尚为嘴，恁可也干请了这堂食③。呀！这的是坐儿不觉立儿得饥。(净白)赏他一份斋。(末)是。疯和尚，相爷赏你一份斋。(丑)我不要吃。(末)他不吃，倾掉了。(净)再赏他一份斋。(末)是。相爷又赏你一份斋。(丑)我不要吃。(末)又倾掉了。(净)吓，倾坏我两盆斋，令人可恼！(丑唱)**两头白面做来的**。(白)秦桧，我倾坏你两份斋，这等发恼，亏你杀他三个哩。(唱)**重坏了你两份有谁得知，屈杀了三人待推得谁？痴也不痴，其间造化的**。(净白)这是馒首？(丑)不是馒首。(净)敢是酸馅？(丑)也不是酸馅。(净)是什么？(丑)哪！(唱)**这的是岳家父子一肚皮里的腌臜气**。

(净)疯僧，这里不是讲话之所，且随我来。(丑)那里去？(净)冷泉亭去。(丑)冷泉亭不好，倒是风波亭好。(净)冷泉亭好讲话。(丑)风波亭好杀人。(净)看你能言舌辩，有甚本事？(丑)出家人看经念佛，呼风唤雨。(净)风雨在天上，如何唤得来？(丑)唤得下，还可以退得去。(净)既如此，我要一阵风。(丑)要一阵风？有。如来佛，赐奸臣秦桧大大一阵风。(风声)(净)好大风！够了，够了。(丑)收，收，收。(净)我要一阵雨。(丑)怎么，要一阵雨？有。四海龙王，赐奸臣秦桧大大一阵雨。(雨声)(净)够了，够了。(丑)收，收，收。(净)风雨在天上，为何这等能快？(丑)在朱仙镇上，一日连发十二道金牌召来的，怎的不快？(唱)

【快活三】**风来时雨便起，云过电光辉。拿住了风要着雨不淋漓**，(净白)这是风。(丑)不是风。(净)敢是雨？(丑)这是朱仙镇上黎民的怨。(净)好大雨。

---

　　①　月，单角本作"时"，今改正。此曲实为【十二月】带过【尧民歌】，自"呀"以下为【尧民歌】。

　　②　"朝"字单角本脱，据《万壑清音》《缀白裘》本补。

　　③　为、请、了、堂，单角本作"呛""争""老""唐"。检此二句《元刊杂剧三十种》本作"不是风和尚直恁为嘴，也强如干吃了堂食"，《万壑清音》本作"休笑我风魔和尚为嘴，强似你干请了他堂食"，据校改。

（丑）也不是雨。（净）是什么？（丑）哪！（唱）**这的是岳家父子天垂泪。**

【朝天子】太师爷俺便与你说知，说着恁那就里，不说呵！只索要忍辱波罗蜜。可也悔当初屈杀他三人，可也无招无对，到如今悔时迟。他在阴司里便等你，又向阎罗王殿前告你。（净白）告我什么？（丑）告你私造下十座大牢房。（净）那十座？（丑）雷霆施号令，星斗焕文章。（净）在那一号？（丑）见他在章字号，好不苦哩。（唱）**这的是自造下香牢得这傍州例。**

（净）疯僧，相爷怎生免得六道轮回之苦？（丑）你随了我出家，可免得六道轮回。（净）在那出家？（丑）就在灵隐寺出家。（净）灵隐寺藏俺不下。（丑）你道灵隐寺虽小，那佛力最大哩。（唱）

【耍孩儿】**灵隐寺嵯峨凛冽山岸翠，郊外鸡鸣水秀池。千层罗帐似屏围，入山林花铺砌地。俺这青山依旧磨今古①，流水何曾洗着那是②非，免得六道上轮回③。**

（净）这首诗？（丑）这首诗呵！（唱）

【尾】**做一个哑谜儿与你猜，**（净白）这八字？（丑）这八字呵！（唱）**做一张闷弓④儿在你那心上射。**（白）有一日东窗事犯，（唱）**才知我这西来意，**（白）那时捶着胸，跌着脑，咳咳咳，秦太师！（唱）**恁时节悔⑤。**（丑下）

（净）倒被这疯僧一番言语，说得俺毛骨悚然。疯僧一席话，胜读十年书。打道。（下）

---

①　"山"字单角本脱，"今古"原在次句"非"字下，据《万壑清音》本改。

②　"是"字单角本原在"那"字前，据《万壑清音》本改。

③　此句《万壑清音》本【耍孩儿】作"则为瞒天地，怎免得你十恶大罪，少不得六道路上轮回"，调腔本当有脱误。

④　"弓"字单角本脱，据《万壑清音》《缀白裘》本补。

⑤　单角本曲前白"秦"以下残缺，"太师"及曲文"恁时节悔"据《万壑清音》本补。

南戏

五

琵琶记

《琵琶记》由元末高明(字则诚)据旧本戏文改编,被称为南戏"曲祖"。新昌县档案馆藏调腔抄本所见有《大别》《小别》《考试》《辞朝》《抢粮》《盘夫》《拒父》《后盘》《上路》《弥陀寺》《题诗》《书馆》《扫松》,凡十三出,多系单角本,详情如下:

体 式	案卷号	年代、抄写者	详 情
吊头本	195-1-4	民国七年(1918)"方玄妙斋"抄本,宁海山上方村方永斌献出	收《赵伍娘上路》《弥陀寺》《题诗》《书馆》
正生	195-1-99	不详	收《后盘》
	195-1-55	来自回山	收《后盘》(题作《盘夫》)、《书馆》、《弥陀寺》(不全,但抄有《题诗》出小生的内容)
	195-1-130(6)	不详	收《后盘》(题作《盘夫》)
	195-1-144(3)	不详	收《后盘》,出目名缺题,抄录未完
正旦	195-1-91(2)	不详	收《大别》《小别》,出目名缺题
	195-1-140(1)	不详	收《抢粮》,出目名缺题,结尾不及 195-2-28(3)本详细
	195-2-28(3)	民国二十四年(1935)赵培生正旦本	收《弥陀寺》《抢粮》,出目名缺题
小旦	195-1-124(2)	不详	收《盘夫》,抄录未完
花旦	195-2-19	民国年间赵培生抄本	收《抢粮》;角色名目未标,此从推断
	195-2-9	不详	收《抢粮》,抄录未完
净	195-1-11	晚清抄本	收《考试》《辞朝》《拒父》,出目名缺题
末	195-1-12	光绪二十九年(1903)"张贤云记"外、净、末等本	收《扫松》
	195-1-143(2)	不详	收《扫松》,结尾散佚不全
	195-1-114(1)	光绪二十五年(1899)"张廷华办"末、外本	仅抄录《大别》【腊梅花】前两句
	195-1-54	光绪后期张廷华《三元记》等外、末、正生本	收《大别》

复旦大学图书馆藏抄本《绍兴高腔选萃》收有《大别》《小别》两出,《俗文学丛刊》第一辑影印收入的傅斯年图书馆藏抄本有《大别》《小别》《盘夫》《拒父》《佛殿》《题诗》《书馆》七出,其中《佛殿》即《弥陀寺》,又称《落寺》。另有《浙江戏曲传统剧目选编》第一辑本《琵琶记》,共四十四出,前四十三出整理的底本系晚清民国抄本,原藏于浙江绍剧团资料室,今未能获见[第四十四出《扫松》则根据光绪二十九年(1903)"张贤云记"外、净、末等本(案卷号 195-1-12)所收末本补入]。其中,新昌县档案馆藏抄本《抢粮》和新昌县档案馆、傅斯年图书馆藏抄本《弥陀寺》(《佛殿》)前半段,与《浙江戏曲传统剧目选编》第一辑本《抢粮》和《落寺》差异较大,其余则基本吻合。《弥陀寺》《题诗》《书馆》三出有 1959 年油印演出本(案卷号 195-3-103)。另,复旦大学图书馆藏抄本《绍兴高腔选萃》系赵景深先生旧藏,除此之外,赵先生还曾收藏过一件包含《吵闹》《辞朝》《思亲》《落寺》《题诗》《书馆相逢》凡六出的调腔《琵琶记》抄本,并在《戏曲笔谈·谈〈琵琶记〉》所附《绍兴高腔〈琵琶记〉》中就该调腔《琵琶记》抄本和湘剧高腔《琵琶记》作了对比和评析。

现存《琵琶记》版本可分为以清康熙间陆贻典抄本《新刊元本蔡伯喈琵琶记》为代表的元本系统和以汲古阁《六十种曲》本为代表的时本系统。据考证,调腔《琵琶记》出自时本系统,其滚唱与晚明的余姚腔和青阳腔选本的滚唱相同或相似。同时,调腔本对时本的故事情节加以改动,"既结合调腔的艺术特征与地域特色,又着眼于舞台演出,即通过对原作的故事情节、音乐结构的改编,增加科诨等,以增强演出效果"①。

调腔《琵琶记》剧叙蔡邕字伯喈,同妻赵五娘新婚两月,迫于其父蔡崇简之命,进京赴考。伯喈得中状元,辞官不从,被当朝牛丞相强招为婿。伯喈家乡陈留遭遇饥荒,五娘勤侍姑嫜,但公婆仍相继亡故。伯喈入赘相府后,终日思家念亲,郁郁寡欢。牛小姐盘问伯喈,察知伯喈心事,遂劝父亲放己

---

① 俞为民:《调腔本〈琵琶记〉考论》,《浙江艺术职业学院学报》2015 年第 4 期。

与伯喈回乡省亲，但牛丞相不允。牛小姐告知父亲不允，伯喈顿感焦虑不安。公婆死后，五娘罗裙包土筑坟，并图画公婆真容，身背琵琶，上京寻夫。五娘来到京城，在弥陀寺追荐公婆，展挂公婆真容。时牛丞相差人前往陈留迎接伯喈父母，伯喈来弥陀寺求福，将五娘所挂真容带回相府。五娘追至相府，与牛小姐在廊下相会。在牛小姐安排下，五娘与伯喈书馆悲逢。

据 20 世纪 50 年代调查，绍兴的调腔班《琵琶记》常演出目有二十一出，即《大别》《小别》《临妆》《吵闹》《闺怨》《辞朝》《抢粮》《吃粥》《挨糠》《思亲》《剪发》《描容》《盘夫》《拒父》《后盘》《上路》《落寺》《题诗》《书馆》《扫松》《挂画》①。民国二、三年（1913、1914）之际绍兴的调腔班"大统元"赴上海商办镜花戏园演出和民国二十四年（1935）绍兴的调腔班"老大舞台"赴上海远东越剧场演出，曾搬演《琵琶记》及其折子戏《弥陀寺》。此外，宁波昆剧《琵琶记》的《汤药》《弥陀寺》两出唱的是调腔。

本次整理，《大别》《小别》据复旦大学图书馆藏抄本校订；《抢粮》出系拼合单角本而成，《上路》出据民国七年（1918）"方玄妙斋"《玉簪记》等吊头本（案卷号 195-1-4）所收《琵琶记·赵伍娘上路》校订；《盘夫》《拒父》《弥陀寺》《题诗》《书馆》据傅斯年图书馆藏抄本校订。复旦大学图书馆藏抄本不题曲牌名，傅斯年图书馆藏抄《小别》题有【尾犯引】，《书馆》题有【解三酲】【太师引】【铧锹儿】，新昌县档案馆藏《琵琶记》等旦本［案卷号 195-1-91(2)］所收《琵琶记》正旦本题有曲牌名【尾犯序】和【尾】，晚清《荆钗记》等正生、外、末本（案卷号 195-1-55）所收《琵琶记》正生本题有【太师引】和【小桃红】（实为集曲【山桃红】）。《浙江戏曲传统剧目选编》第一辑本将缺题曲牌名一一补足，今亦参照补题，要之，勿尽以为抄本固有可也。

① 蒋星煜：《绍兴的高腔》，华东文化部艺术事业管理处编：《华东地方戏曲介绍》，新文艺出版社，1952，第 26 页。

大　别

正旦(赵五娘)、外(蔡崇简)、正生(蔡伯喈)、丑(郑氏)、末(张太公)

(正旦上)(唱)

【谒金门】春梦断，临镜彩云①撩乱。(外内叫)蔡福。(内应)有。(外)收拾行李，长亭伺候。(正旦唱)呀！**闻道才郎游上苑，又添我离别叹**。(哭)(正生上)(唱)**苦被爹行逼遣，脉脉此情何限**。(哭)(合唱)**我和你骨肉一朝轻拆散，可怜我难舍难抛②**。

　　(正旦)解元，你云情雨意，虽可抛两月夫妻；雪鬓霜鬓，竟撇下八旬父母。功名之念一起，甘旨③之心顿忘，是何道理？(正生)五娘，卑人膝下远离，岂无眷恋之心？奈堂上不听分剖，叫卑人如之奈何？(正旦)解元行色匆匆，被妻子猜着你了。(正生)猜着卑人什么来？(正旦)解元，解元！(唱)

【忒忒令】你读书思量中状元，只怕你才疏学浅。就是那《孝经》《曲礼》，早忘了一段。(正生白)卑人不知忘了那一段？(正旦唱)**却难道夏清与冬温，昏须定，晨须省，有道是父母在不远游，你的亲在高堂，亲在高堂儿游怎远？**

【前腔】(正生唱)**我也曾哭哀哀推辞有万千，他那里闹吵吵抵死来相劝。将我深罪，不由人分辩。他道我恋新婚，逆亲言，贪妻爱，道卑人不肯去赴选**。

【沉醉东风】(正旦唱)**你爹行见得好偏，非是你爹见偏，这是你为子不能善言。理该双膝跪在公婆的跟前，你说道老爹娘念伯喈上无兄下无弟，只一子怎不留在身边？**(白)解元，公婆在那里？(正生)在堂上。(正旦)我和你到公婆的跟前去哀求，或则留你在家养亲，未可见得。(正生)如此五娘请。(正旦)解元请。(正生)五娘为何欲行又止？(正旦)你在公婆跟前，可曾应允而来？(正生)

---

① 彩云，单角本作"绿鬓"；傅斯年图书馆藏抄本作"绿云"，与原著合。
② 抛，傅斯年图书馆藏抄本同，原著作"抔"。
③ 甘旨，指对双亲的奉养。

卑人应允,今日起程。(正旦)**冤家你既应允而来,反叫妻子前去哀求,不知紧要,公婆若还见得到底,留你在家养亲就好;倘若见不到底,不道是他见偏,反道是奴不贤,要将你来迷恋,这其间叫人怎不悲怨?**(正生哭介)阿吓,爹娘吓!(正旦唱)**看他为爹泪涟,为娘泪涟,何曾为着夫妻常挂牵?**

【前腔】(正生唱)**做孩儿节孝怎全,那爹行不从儿谏。非是我将爹来埋怨,愁只愁你形只影单,我出去后谁来看管? 为爹泪涟,为娘泪涟,为着夫妻常挂牵。**

(外、丑上)(合唱)

【腊梅花】**孩儿一去今日**①**中,爹爹妈妈来相送。但愿我儿鱼化龙,青云得路通,桂枝高攀,早步蟾宫。**

(外)我儿日高三丈,为何还不起程?(正生)孩儿等太公到来,爹娘拜托与他,孩儿好放心前去。(外)太公昨日所言,想必就到,你在门首伺候。(正生)孩儿晓得。(末上)仗剑持樽酒,耻为游子颜。(正生哭介)阿吓,太公吓!(末)解元,所志在功名,离别何足叹?令尊在那里?(正生)在堂上。(末)说我到。(正生)晓得。爹妈,太公到此。(外)怎么,贤弟到了?(丑)催命鬼到哉。(末)大哥、大嫂共礼了。(外)贤弟请了,贤弟请坐。(末)告坐了。闻令郎赴京应试,小弟特备一程路费,解元请收。(正生)爹妈年老在家,还望太公看顾,怎好受此厚礼?(末)敢是嫌轻了?(正生)好说。(末)大哥,你金言一声。(外)太公既已执意,有道"长者赐,不可辞",拜而受之。(正生)多谢太公。(丑)儿吓,今日暂收。(正生)孩儿晓得。吓,五娘进去收拾行李,卑人即刻就要起程。(正旦)什么,就要起程?(正生)是。如此爹妈、太公请上,孩儿就此拜别。(众)不消拜得。(正生唱)

【园林好】**儿今去,爹妈休得要意悬。**(丑白)呀吓,儿吓!今日起程,你几时回来?(外)他未曾起程,就问归期。(丑)问问何妨?(正生唱)**孩儿未曾起程,老娘先问归期。念孩儿上有白发之双亲,下无比肩之兄弟,二亲年迈在堂,孩**

───────────

① 今日,底本作"听捷",据傅斯年图书馆藏抄本及单角本改。

儿怎敢久恋他乡？成名便回，成名便回，但愿得双亲康健，须有日拜堂前，须有日拜堂前。

【前腔】(外唱)我孩儿不须挂牵，爹只望图你贵显。若得你名登高选①，须速把音信传②，须速把音信传。

【江儿水】(丑唱)膝下娇儿去，堂前老母单。(哭)(白)阿吓，儿吓！你跪下来，把里衬衣服撑上来，为娘与你缝上几针。你到京都，见了此针线，如见老娘一般。媳妇儿，你取针线过来。(正旦)晓得。婆婆，针线在此。(丑)慈母手中线，游子身上衣。(正旦)临行密密缝，有恐迟迟归。(丑)吓，妇人家话也不会讲的，为婆与你改过：但愿你夫早早回。(正旦)多谢婆婆。(丑唱)娘缝针线为何因，只为娇儿求利名。老娘虽无千丈线，也只为万里系儿心。临行时我只得密缝针线，(白)儿吓，你今日起程，为娘就在今日望起。一日不归，望你一日；两日不归，望你两日。(唱)我眼巴巴望着那关山远，(白)儿吓，撇却为娘犹可，苦只苦你妻子了。(唱)撇得他冷清清、倚定在门前盼望③。叫老娘如何消遣？若要解你娘的愁烦，频须早寄音信转，早寄音信转。

【前腔】(正旦唱)妾的衷肠事，临行有万千。说来话儿有恐添牵绊④，(正生唱)你口不言来我惜嗻心已晓，敢则疑虑着六十日夫妻，我和你恩情断？(正旦唱)回首望高堂，两鬓白如霜。临行不把二亲为念，反将这些言语，疑虑妻子做怎的？说什么六十日夫妻和你恩情断，就是那八十岁的父母却叫谁来看管？叫妻子如何不怨？要解妾的愁烦，频须早寄音信转，早寄音信转。

【五供养】(末唱)贫穷老汉，托在邻家，事体相关。此行虽勉强，不必恁留连。你爹娘早晚间，吾当相陪伴。丈夫非无泪，不洒别离间。似这等骨肉分离，

---

① 选，底本作"显"，据单角本改。
② 传，底本作"转"，傅斯年图书馆藏抄本及单角本作"回转"。
③ 傅斯年图书馆藏抄本无"望"字。
④ 牵绊，傅斯年图书馆藏抄本作"凝畔"，单角本作"萦伴"，俱系"萦绊"之讹，原著正作"萦绊"。

肝肠割断。

【前腔】(正生唱)公公可怜,太公可怜,俺爹娘望你周旋。**此去若得身荣显,自当效衔环。**(正旦唱)**有孩儿也是枉然,做媳妇也是枉然。**(正生白)有你在家,也不枉然了。(正旦)我做媳妇也是枉然。解元,方才你拜那一个?(正生)拜太公。(正旦)太公姓什么?(正生)太公姓张。(正旦)我家姓什么?(正生)我家姓蔡。(正旦)却有来。(唱)**你妻子岂不晓得太公姓张,我家姓蔡,太公乃是邻壁之居,焉能代子之劳么? 冤家! 你爹娘妄的姑嫜,你爹娘妄的姑嫜,临行时好没有主张,反叫别人来看管**①。(正生、正旦合唱)**此际情何限,偷把泪珠弹。似这等骨肉分离,肝肠割断。**

(外)吓,啐,求取功名,也是一桩美事。有客到堂,你夫妻二人,啼啼哭哭,成什么雅相! 我也明白了,想是去不成了。蔡福,把行李挑转来。蔡邕,有道:"千里非为远,十年归未迟。总在乾坤内,何须叹别离?"(唱)

【玉交枝】别离休叹,(丑白)老贼吓老贼,他夫妻才得两月,一旦成抛撒,今日两分离,怎么话也不容他讲? 你好铁打心肠吓!(外)妈妈,你有爱子之心,我岂无惜儿之意?(唱)**我心中岂不痛酸?**(白)蔡邕过来。(唱)**非是我苦把你轻拆散,也只为图儿贵显。你把蟾宫桂枝须早攀,北堂萱草时光短。又未知何日再团圆**②?

(正生)五娘在上,受卑人一拜。(唱)

【前腔】双亲衰倦,双亲衰倦,望你扶持看管。**他年老饥时劝他加餐饭,寒时节便与衣穿。**(正旦唱)**做媳妇事舅姑不待你言,做孩儿离父母须当早还。又未知何日再团圆?**

【川拨棹】(外唱)归休晚,莫教人频望眼。(正生)**但有日回到家园,**(白)我怕。(外)怕什么?(正生唱)**怕回来双亲老年。怎教人心放宽,不由人不珠泪涟。**

---

① 管,底本作"顾",据单角本改。
② 傅斯年图书馆藏抄本无"团"字,且重句,次曲同,与原著合。

【前腔】(正旦唱)妾的埋怨怎尽言,我的一身难上难。(正生唱)吓,妻吓! 你宁可将我来埋怨,莫把堂上双亲冷眼看①。

(众、正旦合唱)

【尾】生离远别何足叹,愿你名登高选。衣锦归来,叫人作话传。

(正生)此行勉强赴春闱,(正旦)专望明年衣锦归。

(末)小弟告辞了。(外)恕不送了。(末)不敢。(外)我儿送了太公出去。(正生)孩儿候送。(末)解元,但愿你衣锦早归乡便了。(正生)多谢太公。慢去,慢去。

(合唱)世上万般哀苦事,无非远别与生离。(末下)

(丑)儿吓,双亲年老,家道艰难,偶得成名之后,即便回来。(正生)孩儿晓得。(外)安人,你且进去罢。(丑)员外,你先进去,我还要与孩儿说介几句来。(外)闲话少讲。(丑)儿吓,你走到半路途中,说道试官没有工夫,转来得罢者。(外)哫,多讲。你还不进去?(丑)咳,我进去。(外)为何一双眼睛,单看着孩儿?(丑)呵吓,员外吓! 我今朝看得,勿知有得末得看哉。我个蔡邕个肉吓,我个蔡邕个肉吓! (外)儿吓,你放心前去,为父却也不老。(正生)孩儿却也不信。(外)你不信,为父手放倚杖,行走几步。哄哄哄。咳,儿吓! 为父说是这等说,必须要早去早回。(下)

小 别

正旦(赵五娘)、正生(蔡伯喈)

(正旦上)解元请用茶。行囊打叠好了,钥匙交付与你。妻子不忍分离,已曾禀过公婆而来,还要短送一程。(正生)如此五娘请。(正旦)解元请。(唱)

【尾犯引】懊恨②别离情,(正生白)五娘未行三两步,为何连叹两三声?莫非断弦分镜之怨乎?(正旦唱)解元,你看绿鬓仙郎,朱颜少妇,眼前虽有离别之苦,

---

① 此下傅斯年图书馆藏抄本尚有"怎教人心放宽,不由人不珠泪涟"二句。

② 恨,底本作"悔",据傅斯年图书馆藏抄本及单角本改。

日后总有相会之期。解元夫！我悲非断弦，愁非分镜。（正生白）五娘你愁什么来？（正旦唱）**我愁堂上公婆，年满八旬，有如风前之烛，草上之霜，朝不能够保暮了，虑高堂风烛不定。**（正生唱）**正是日暮西山景，游子不远行。愁肠寸寸断，血泪涌难禁。肠已断欲离未忍，泪难收、无言自淋**①。（正旦唱）**解元行色匆匆，可比做甚的而来？好一似弓动不留弦上箭，丝牢难系顺风舟。解元夫！你那里去之终须去，我这里留则实难留。空恋着天涯海角，只在须臾顷。**（合唱）**正是满腹离愁诉不尽，功名得意早回程。**

（正生）五娘，你欲行又止，所为何来？（正旦）解元，为妻子不忍分离，还要短送一程。（正生）既如此，五娘请。（正旦）解元请。你看前面什么所在？（正生）前面乃是十里长亭、南浦之地。（正旦唱）

【尾犯序】呀！送君送到十里长亭，南北东西为利名。来路不知归路远，胸中无限别离情。（正生白）五娘你看诸友纷纷，载道上京，未知他们可有妻室否？（正旦唱）**解元，奴家岂不晓得人人有父母，个个有妻房。别人家夫妇，多则是三年五载，少则是周年半载，我和你两月夫妻，一旦孤冷分离。**（白）解元，前面三条大路，上京求取功名，从那条去的？（正生）卑人读书之人，自往中道而行。路乃小事，何劳五娘动问？（正旦唱）**解元今日上京，妻往中道而相送，明春衣锦荣归，妻往亚**②**道而相迎。**（正生白）多谢五娘。（正旦）解元夫！（唱）**你那此去经年**③**，望着迢迢玉京。我思省，**（正生白）五娘，思者虑也。敢虑着卑人去后，山遥路远么？（正旦唱）**自古男儿志四方，何劳妻子碎肝肠？不虑你山遥并水远，惟愿衣锦早还乡。**（正生白）你不虑山遥路远，五娘敢虑着卑人去后枕冷衾寒？（正旦）解元住口，你妻子岂是那等之人？（唱）**愿君此去姓名扬，结发夫妻岁月长。今年此日离别去，明年此日转还乡，奴不虑衾寒枕冷。**（正生

①　淋，底本作"吟"，据傅斯年图书馆藏抄本改。

②　亚，傅斯年图书馆藏抄本同，《浙江戏曲传统剧目选编》第一辑本（简称选编本）亦录作"亚"，检明后期戏曲选本皆作"中"。

③　经年，底本作"京涯"，据傅斯年图书馆藏抄本改。

白)既不虑此,又不虑彼,所虑何来?(正旦唱)**我虑只虑,公婆没主,呵吓,老公婆!别人家有三男四女好去求名,那公婆单生伯嗒一子,今日要他去求名,明日逼他去赴选,倘得天天怜念,得中高魁星命,王命把他留住在京,不得能够归家养亲,那时节要见你孩儿一面,有如水底捞月一般了么!老公婆只怕你遣儿容易见儿难,望断关河烟水寒,想儿想得肝肠断,望儿望得眼儿穿。撇得你两个老人家,一旦冷清清。**

【前腔】(正生唱)**今朝离别好伤心,撇却双亲两泪淋。一心只要供甘旨,何曾想着那功名。**(正旦白)既不想功名,你去怎甚?(正生唱)**此乃是幼而学壮而行,堂上双亲命,张公相劝我去求名。欲尽妻情,好叫我难违亲命。**(白)五娘请转,受卑人一礼。(正旦唱)**男儿膝下有黄金,岂可低头拜妇人?**(正生白)礼下于人,必有所托。(正旦)所托何事?(正生唱)**蒙妻送我到长亭,嘱咐言辞紧记心。上托蘋蘩并菽水**①**,尽在深深此拜中。**呵吓,妻吓!我有年老爹娘,望贤妻须索与我好好看承。(正旦唱)**做媳妇,事舅姑,理之当然,何劳毕竟?**(正生白)"毕竟"二字,卑人岂不晓得?(唱)**毕竟是朝云暮雨,**(正旦唱)**才与你冬温夏清。**

【前腔】**儒衣才换青**②。(鹅叫介)(白)恭喜解元,贺喜解元。(正生)何喜可贺?(正旦)解元!(唱)**你妻子昨晚在家,打叠行囊,见灯花频频结蕊,今日送你到十里长亭,又只见鹊噪檐前。解元夫!你此去功名中之有准,中之有准,但愿你儒衣才换青,快把归鞭整,早办回程。**(白)解元请转,受妻子一礼。(正生)此礼为何?(正旦)解元!(唱)**十里红楼恋新婚,嫦娥偏爱少年人。只恐怕你十里红楼,休得要重婚娉婷。**(正生白)卑人岂是那等之人!(正旦唱)**料解元不是那等人,为妻子无非只是叮咛,不念我芙蓉帐冷,也须念桑榆暮景。**(二

---

① 蘋蘩,大萍和白蒿。《诗经·召南》有《采蘋》《采蘩》两篇,毛序:"《采蘋》,大夫妻能循法度也。""《采蘩》,夫人不失职也。"因以"蘋蘩"借指妇职。菽,大豆。《礼记·檀弓下》:"子路曰:'伤哉,贫也!生无以为养,死无以为礼也。'孔子曰:'啜菽饮水,尽其欢,斯之谓孝。'"后以"菽水"借指对长辈的供养。

② 青,底本作"新",据傅斯年图书馆藏抄本及单角本改,下同。

丑白①）蔡兄请了。（正生）请了。（正旦唱）**你看男子汉心肠忒歹，我妻子不忍分离，送他到十里长亭，他竟与朋友讲话去了。**（白）在家尚且如此，何况去到京都。（唱）**慢说奴的言语，就公婆亲嘱咐，公婆亲嘱咐，知他记否？我这里言之谆谆，他那里听之藐藐②，空自语惺惺。**

（正生）请了。（唱）

【前腔】**妻吓！你宽心须待等，我与诸友话别在长亭，娘行何事苦沉吟？虽然别后相思苦，暂时揾泪且宽心。妻吓！你宽心须待等，说什么红楼有意，那知我翠馆无情？我岂肯恋花柳，甘为萍梗？怕只怕万里关山，音信难凭。**（合唱）**须听，须听，没奈何分情剖爱，剖爱分情，谁学得亏心短幸。从今后愁肠两处③，心事难言④，相思两地，一样泪盈盈⑤。**

【尾】⑥**万里关山万里愁，一般心事两般忧。桑榆暮景亲难保，客馆风光怎久留。**（正生白）蔡福，带马来。（正旦唱）**你且慢停留⑦，**（正生白）五娘还有何言，公婆在家悬望，你请转。（正旦）解元，公婆年老，此去无官有官，须要早去早回，免得公婆悬望。（正生）卑人晓得。马来。（正旦唱）**你看马行十步人倒有九回头，归家只恐伤⑧亲意，阁泪⑨汪汪奴也怎敢流。**（下）

---

① 二五白，傅斯年图书馆藏抄本作"内白介"。

② 言之谆谆，听之藐藐，语本《诗经·大雅·抑》："诲尔谆谆，听我藐藐。"指说的人耐心恳切，听的人轻视而不以为意。调腔抄本或俗化作"言之谆谆，听之默默"。

③ 两处，傅斯年图书馆藏抄本作"尽诉（诉）"。

④ 心，底本作"分"，且属上句；言，底本作"冷"，据傅斯年图书馆藏抄本改。

⑤ "从今后"至"泪盈盈"，单角本作"从今后，愁肠两处，一样泪盈盈"。

⑥ 此曲当为【鹧鸪天】，因用如尾声，单角本遂题作【尾】。

⑦ 慢停留，单角本作"慢凝眸"，傅斯年图书馆藏抄本此句作"他那里慢凝眸"。

⑧ 伤，底本作"双"，伤、双方言音同，据改。

⑨ 阁，底本作"各"，下《题诗》出"阁泪汪汪，把长情短诉"同。阁泪，含着眼泪。阁，后来写作"搁"。

抢　粮

花旦(张氏)、正旦(赵五娘)

(内唱)

【锁南枝】谁家妇,他不良。(花旦上,科)(唱)**谁家妇,他不良,仓中粮尽,仓中粮尽,咳!顾不得闯将来。**(白)闭门家里坐,祸从天上来。我乃里正之妻张氏。毛家叔叔,我在房中戏耍,前来报道,我丈夫被瘟官打了四十,押在监中。一闻此言,抽身就走。我那女儿在旁一把扯住,他说:"娘吓,你乃有容忍,不要前去。"我说道,儿吓!(唱)**我与你爹爹此乃是结发夫妻,有道恩不可断,义不可绝了么儿!你娘亲虽则是怀孕将近,我也是出于无奈,出于无奈,顾不得抛头露脸往长街,可怜我男儿也有爱,身怀十月胎。急忙赶上那裙钗,要把粮米夺转来,顾不得两脚如梭快,顾不得两脚如梭快。**(科)(白)我一脚葛,(科)一走二走,走出大水鈌来者。前番没有个老实,不但是大水鈌,就是钱塘江,一脚要跳以过去来。难番①有个老实者,勿啥是个自修自作?改者。(科)勿用话者,上等气做一口,下头是格去,去那妈格十②毡。(科)(花旦下)(正旦上)一斟一酌,无非前定,遥望前途是荒丘。奴家赵五娘,前去请粮,不想粮米已尽,若无恩官作主,那有粮米归家?公婆在家悬望,不免回去了。(花旦上,科)(唱)**急忙赶上那裙钗,要把粮米夺转来,顾不得两脚如梭快,顾不得两脚如梭快。**

(白)来带者。(科)(正旦)大娘子,你慌慌张张,敢是请粮去的么?(花旦)我不来请粮,我抢粮的。(正旦)住了。这粮米乃是恩官所赐,谁人敢抢?(花旦)唔。你道粮米恩官所赐,谁人敢抢,谁人敢抢,吓拨我走来。(正旦)大娘子容禀。(唱)

---

①　难番,方言,今番,这次。
②　十,即"人",亦作"兪",明清文献中又写作"直"或"日",系秽词,交媾之意。

【前腔】儿夫去,久不还,公婆两人皆老迈。自从昨日到今朝,不能够一餐饱。奴请粮,家中悬悬望;我有年老公婆,望大娘行方便,望大娘行方便。

(花旦)你自己前来请粮,你丈夫到那里去了?讲!(科)(正旦唱)

【前腔】大娘子,真可怜①,这粮米是我公婆命所关。你那里一心心要夺去,宁可脱下衣衫与大娘子换。宁使奴家,身上寒;与公婆,救残喘,与公婆,救残喘。

(花旦)婆娘吓!(科)(唱)

【前腔】你这贼泼贱,带狗猖②,口口声声请什么粮!可恨那瘟赃,把我儿夫打竹杖。你若还与粮,与你好商量;不还我的粮,我一拳一脚还有一个大巴掌。

(白)闲话少说③,好好还我粮米,早些好居④去。(正旦)我苦苦对他讲,全然不省,你教化愚人。(花旦)愚人,(科)愚人,县前府后都走过;愚人,男做贼,女个癫。(科)走来!(正旦)是你愚人。(花旦)那个愚人?(正旦)是你愚人。(花旦)你是愚人,你是愚人!(科)(同下)(又上)(花旦科)还哉,还哉。(正旦)你妇人家,裤子不穿。(花旦)今朝天热人⑤懊恼,勿穿得,屋里红裤、绿裤有,有十柜来。(正旦)不知廉耻。(花旦)吓早些拿来还,还我。(正旦)还你裙子,抢我粮米。(花旦)吓还得我哉,再来抢,真当猪狗勿是人生者。吓不信,我赌下咒来。天地神明,日月四光。(正旦)日月三光。(花旦)抢妈妈粮米,披以多的光。(正旦)我想妇人家出乖露丑,都是一样。还了他,再不来抢。(花旦)天地神明,日月三光,再抢妈妈粮米,只以石板倒大路,换衣老虎叼,酒壶跌杀汤锅里,大雷公天打杀,吓道那光景?(正旦)我还了你。(花旦)妈

---

① 此下《三闹》等旦本[195-1-140(1)]尚有"监(见)小娘子,真〔可〕怜",《浙江戏曲传统剧目选编》第一辑本于此插唱两句,作"小娘子,真可怜",系里正之妻所唱,但民国年间赵培生本(195-2-19)无此二句。

② 狗猖,亦作"狗娟",詈词。

③ "闲话少说"下,单角本尚有"主自丢开"四字,费解。

④ 居,"归"的方言白读音。

⑤ "热人"二字单角本残缺,据文义补。

妈,你收好,收好。妈妈,你府上那里?(正旦)我是蔡家庄来的。(花旦)当家人叫什么名字?(正旦)叫做蔡伯喈。(花旦)叫做黄荀假?(正旦)蔡伯喈。(花旦)蔡伯喈,蔡伯喈。(正旦)正是。(花旦)格样话带来,我则伊①老相好。(正旦)什么老相好?(花旦)勿是,勿是,当家人则伊老相好。妈妈叫什么名字?(正旦)奴家赵氏五娘。(花旦)老虎肚肠?(正旦)赵氏五娘。(花旦)吓,赵氏五娘。(正旦)正是。(花旦)你路有二十带,吃之点心去,吃之饭去。(正旦)不。日影落西山,即速就归乡。(正旦下)(花旦)贱人②!(科,下)

盘　夫

正生(蔡伯喈)、小旦(牛小姐)

(正生上)(唱)

【菊花新】封书远寄到亲帏,忽见关河朔雁飞。梧叶满庭除③,正似我闷怀堆积。

(小旦上)(唱)

【意难忘】绿鬓仙郎④,懒拈花弄柳。劝酒持觞,眉颦应有恨,相公你何事苦相防?(正生唱)真个是恼人肠,(小旦唱)试说有何妨?(正生)谁要你寻消问息,添我凄惶。

(小旦)请问相公,自到我家,不明不暗,如醉如痴,终日愁闷,却是为何?还是少你穿的,少你吃的?我道你吃的呵!(唱)

【红衲袄】吃的是煮猩唇烧豹胎,穿的是紫罗襕腰系⑤着白玉带。五花头踏在

---

①　则伊,单角本作"只以",下文作"则以",今校作"则伊"。则,亦作"做",方言,和,跟。

②　"贱人"二字单角本原以小字抄于"吃之饭去"下,无间隔。依单角本来看,赵五娘似顺利请粮回家,这与选编本赵五娘粮米被抢不同。

③　此句及下曲"劝酒"至"有恨",底本原用小字排,当表示其演唱方式为干念。

④　仙郎,底本作"洗乱",据单角本改。

⑤　"系"字底本脱,据下曲补。

你马前排，三檐伞儿是你头上盖。你本是草庐中一秀才，今做了汉朝中梁栋材。天子得之为臣，诸侯得之为婿，头名状元被你中，千金之体被你娶，你还有什么不足处？只管锁着眉头也，唧唧哝哝不放怀，唧唧哝哝不放怀。

【前腔】(正生唱) 你道我穿的是紫罗襕腰系着白玉带，倒拘束得不自在。自从穿了皂朝靴步金阶，怎敢去胡乱踹？到如今口儿里吃几口慌慌张张忙茶饭，手儿里拿着个战兢兢就怕犯法的愁酒杯。身在帝王边，如羊伴虎眠。只愁龙颜怒，何处可遮拦？倒不如严子陵登钓台，只做得扬子云阁上灾①。骢马五更寒，披衣上绣鞍。去时东华天未晓，回来明月满栏杆。似这等待漏随朝，可不道误了春花秋月也，枉干碌碌头又白，枉干碌碌头又白。

【前腔】(小旦唱) 莫不是丈人行性气乖，妾身跟前缺款待？华堂中少了三千客，绣屏前缺少十二钗？这意儿叫人怎猜，那意儿叫人怎解②？知君心意闷沉沉，不为君不为民，口里无言心自晓，暗想花前月下人。敢则是楚馆秦楼有一个得意人儿也，因此上闷恹恹常挂怀，闷恹恹常挂怀。

【前腔】(正生唱) 我有个得意人儿在天涯，只落得脸销红眉锁③黛。我本是伤秋宋玉无聊赖，有甚心情去恋着闲楚台。三分话儿任你猜，一片性情随你去解。(小旦白) 妾身猜你不来，同到爹爹跟前，说个明白。(正生) 令尊莫非狼虎不成？(小旦) 虽不是狼虎，也要说明白。(正生) 夫人放手的好。(小旦) 不放手，待怎么？(正生) 咳，休缠得我哑口无言来抵对，若还提起那筹④儿也。(唱) 不由人扑簌簌泪满腮。

(小旦) 由你，且是由你。夫妻何事苦相防，莫把闲愁积寸肠。各人自扫门前雪，休管他家瓦上霜。(正生) 走。(小旦) 一个人去得好好，怎么说一"走"

---

① 灾，底本作"占"，据选编本改。此二句在说做官危险，出仕不如归隐。其中严子陵即严光，与汉光帝刘秀同学，刘秀即位后不愿出仕，隐居垂钓于富春山。扬子云即扬雄，王莽即位后为躲避收捕，从藏书的天禄阁跳下，几乎跌死。

② 怎猜、怎解，底本作"请解""请猜"，据单角本校改乙正。

③ "锁"字底本脱，今补。

④ 那筹，底本作"愁"，据原著改。

字？"走"字不明，待我转去问个明白。（正生）夫人为何去而复返？（小旦）相公说一"走"字不明，特来请教。（正生）夫人不走，难道乘轿不成？（小旦）我乃丞相之女，要乘轿也可乘得。（正生）夫人出外拈香，自然乘轿，在厅堂之上，莫非也要乘轿？你好是天不怕地不怕的了。（小旦）妾身委实天地不怕。（正生）令尊大人可怕？（小旦）我乃出嫁之女，无事犯着，也不怕他。（正生）眼前一人可怕？（小旦）眼前只有相公。（正生）就是下官。（小旦）哟哟啐！（下）（正生）夫人还是怕下官的，正是难将吾语同他语，未必他心似我心。咳，伯喈①，伯喈！你撇下八旬父母、两月妻房，朝夕思归，反成愁闷。我想夫人虽则贤惠，欲将此事说与他知，奈岳父年满六旬，怎肯放我回去？不如且自隐忍，改日求之，那时放我回去，见我爹娘便了。夫人，夫人，非是提防你太深，只因你父苦相禁。夫妻且说三分话，未可全抛一片心。（小旦上）相公倒有两片心。（正生）唔，将上堂，声必扬，背地窃听夫言，成甚妇道？（小旦）妾身才到。（正生）夫人请回。（小旦）妾身喜坐。（正生）下官奉陪。（小旦）相公，你自言自语，说些什么？（正生）下官在此议论朝事。（小旦）相公的朝事，与俺爹爹大不相同。（正生）怎见得？（小旦）我家爹爹朝罢而回，那官该升那官该调，相公的朝事，说什么八旬父母、两月妻房。（正生）什么，夫人那时就到了？（小旦）还早些。（正生）阿吓，夫人吓！下官一桩心事，瞒得好好，今被夫人瞧破机关。也罢，不免就在夫人跟前，讨一个归期便了。（小旦）妾身不怪你别的而来。（唱）

【江头金桂】怪得你终朝嗔喑②，只道缘何愁闷深。叫咱猜着哑谜，为你沉吟，况那筹儿没处寻。我和你共枕同衾，瞒我则甚。相公瞒我太不良，家中撇下老爹娘。久闻陈留遭岁旱，如何挨得这饥荒？你自撇下爹娘妻房，屡换光阴，你在此朝朝饮宴，夜夜笙歌，他那里倚门悬望，不见儿归，倚门悬望，不见

---

① 伯喈，傅斯年图书馆藏抄本各出作"伯皆"，今统一作"伯喈"。
② 嗔，底本作"默"，单角本作"点"，"嗔"之别字。嗔喑，调腔《西厢记·赴宴》【甜水令】作"颠窨"，同"撷窨""跌窨""迭窨"，顿足忍气，表示愤懑、惆怅。

儿归,须埋怨、须埋怨没音信。笑伊家短幸,你好无情忒甚。亏你瞒得到如今,有道夫妻且说三分话,未可全抛一片心,未可全抛一片心。

【前腔】(正生唱)非是我声吞气忍,为你父行势逼凌。他怕我归去,将人厮禁,几番要说又将口噤。欲待要解下朝簪,再图乡任,再图乡任。令尊呵!他不来提防着我,须遣你我到家庭,我和你双昼锦。叹双亲老景,双亲老景,当初起程之际,曾与爹娘庆贺八旬而来,今在府中又是三载,他那里萧萧鹤发,槁槁枯荣,老爹娘你那存亡未审,存亡未审。下官自从到府,并无一事瞒过夫人,前者有一乡亲到来,名叫马扁三官,下官修书一封,黄金百两,他临别之际,有两句言语道得不好了么夫人!(小旦插白)怎讲?(正生唱)他说道豺狼纷扰路途艰,鱼雁鸿书不到家乡伴,只恐那封书倒做了雁杳鱼沉。(正生、小旦合唱)若得此书到家庭,爹娘见书如见子,五娘见书如见夫,爹娘见书如见子,五娘见书如见夫,可不道烽火连三月,真个家书抵万金,方信那家书抵万金。(下)

拒 父

净(牛丞相)、小旦(牛小姐)

(净上)(引)

【西地锦】好怪我家门婿,终朝不展愁眉。叫人心下常萦系,也只为着门楣。

 (白)入门休问枯荣事,观着容颜便得知。老夫牛太师,自招伯喈为婿,可谓得人。只是他自到吾府,终日眉头不展,脸带忧容,不知是何缘故。我想女儿必知端的,不免叫他出来,问个明白。惜、爱二春,服侍小姐上堂。(内应)(小旦上)(引)

【前腔】只道儿夫何意,如今就里方知。万里关山要同归去,未知爹意何如①。

 (白)爹爹万福。(净)罢了,坐下来。(小旦)晓得。叫女孩儿出来,有何吩咐?

---

 ① 何如,底本作"如何",今乙正。

(净)我老景桑榆,自叹吾之皓首①。赘琴瑟每为汝怀,夫婿何故忧愁,吾儿必知端的。(小旦)女孩儿启告爹爹。(净)起来讲。(小旦)念伯喈娶妻两月,即赴科场。别亲数载,杳无音信。定省②之礼既废,伉俪之情何堪?儿欲同归故里,拜辞至尊而同行。共侍高堂,执子妇道以全孝礼。望爹爹容恕,特赐矜怜。(净)他既有媳妇在家,你去则甚?(小旦)爹爹。(唱)

【狮子序】他媳妇虽有之,念孩儿终是他儿的次妻。(净白)唔,妻便是妻,"次妻"二字,令人可恼。(小旦)爹爹若怪"次妻"二字,女孩儿从今以后,再不敢讲了。(净)改过才是。(小旦)是。(唱)**那里有做媳妇的不拜亲帏?**(净白)你那里晓得做媳妇的道理!(小旦)**若论那做媳妇的道理,须当要奉饮食,问寒暑,他出入儿跟随,相扶持只便是蘋蘩中馈。**(净白)你不去何妨?(小旦)**有道是养儿待老,须当要积谷防饥。**

(净)既晓养儿待老,谁叫他来赴选?(小旦唱)

【太平歌】念伯喈读尽万卷诗书,受尽十载寒窗之苦,难道教他在家,呆坐不成?他也来求科举,实指望光宗祖耀门闾,千不思万不想爹爹留他为门婿。(净白)只是有缘千里能相会。(小旦唱)**那里是有缘千里来相会?他埋怨,**(净白)埋怨为父不成?(小旦唱)**怎敢埋怨爹爹,他埋怨洞房欢娱。**(净白)难道为父逼他不成?(小旦唱)**当初爹爹曾差堂候官儿前去说亲,从其亲事便罢,如若不从,要一本削除他的官职。他也是不得已而为之了,他事急且相随。**

(净)他终朝如何?(小旦唱)

【赏宫花】终朝惨凄,(净白)与你何干?(小旦唱)**有道夫心不乐妻何安,叫女孩儿如何忍见之③?若论为夫妇,须当要共欢娱。**(净白)既要欢娱,这也不难。待为父奏过宫里,封他大大的官儿。(小旦唱)**念伯喈身中状元,名誉非轻;官**

---

① 此句底本作"自叹皓身",据单角本改。

② 定省,即"昏定晨省",子女朝夕服侍慰问双亲。《礼记·曲礼上》:"凡为人子之礼,冬温而夏清,昏定而晨省。"郑玄注:"定,安其床衽也。省,问其安否何如。"

③ "之"字底本脱,今补。

为议郎,爵禄非小,还要什么大大的官儿? 还要什么大大的官儿? 就封到九锡三槐,也是枉然。他数年不通一封鱼雁信,枉了他十年身到凤凰池。

(净)凤凰池。你这女子好痴迷。(小旦唱)

【降黄龙】须知,非儿执性痴迷。(净白)既不痴迷,为父教你的《烈女传》,到那里去了? (小旦)《烈女传》篇数甚多,不知那一篇? (净)三从四德篇。(小旦)"四德"女孩儿还记得,"三从"却忘了。(净)在家从父。(小旦)爹,出嫁呢? (净)那出嫁……唔,谁问你下句来? (小旦唱)有道在家从父出嫁从夫,爹爹吓! 怎违公议? (净白)住了。满朝文武,一个个钳口结舌,你是我亲生女儿,反说"公议"二字。可恼,可恼! (小旦哭介)阿吓,母亲吓! (净)呀,老天,老天,你一点孤星,偏偏照着俺牛府。女儿幼小是我娇养惯的了,不曾说得他几句,他就哭起母亲来了。非是为父不肯放你回去,你看为父须发皓然,为此舍你不得。女儿。(小旦)慢说爹爹舍不得女孩儿,就是女孩儿也舍不得爹爹。(净)说来说去,就是这句话中听。孝顺女儿也舍不得父。(小旦)阿吓,且住。我要同伯喈回去,怎说此话? 必须改口才是。爹爹,你好生得命苦吓! (净)为父一人之下,万人之上,怎生得命苦? (小旦)苦生得女孩儿,是个男子,也好奉侍爹爹。(净)你同伯喈在此,胜比一个男子。(小旦)有道"女生外向"。(净)咳,要去的话又来了。(小旦)爹爹吓! (唱)爹爹既念女,怎叫伯喈爹娘不念孩儿? (净白)恐耽搁了你。(小旦唱)休提,总把儿耽搁,比耽他爹娘待何如? (净白)叫伯喈自己回去。(小旦唱)那些个夫唱妇随,嫁鸡怎比逐鸡飞。

(净)他贫贱之家,怎去服侍他? (小旦)

【大圣乐】婚姻事何须论高低,爹爹既要论高低,何不当初休嫁伊? 伯喈是他亲生子,儿是他的亲媳妇,早难道他是何人儿是谁? (净白)既如此,待伯喈回去。(小旦)他一年不来? (净)等他一年。(小旦)三年不来? (净)我就再…… (小旦)嗳,爹爹吓! (唱)你身居相位,坐理朝纲,怎说这伤风败俗非礼的言语?

(净)唔,丈夫的言语是言语,为父的言语是非礼。也罢,譬如不生你这不

肖,去罢。(小旦)多谢爹爹。女孩儿明日起程得早,不来拜辞爹爹了,恕女
孩儿不肖之罪。惜、爱二春,收拾行李,明日绝早起程。(净)哽,为父叫你
归绣房,谁许你同伯喈回去?辞我一辞何妨?你就说不来辞别了。我不
开口,谁敢走?走一走,敲断你的股拐。堪笑孩儿见识低,夫言中听父言
非。我本将心托明月,呀呀呸!谁知明月照沟渠。惜、爱二春,服侍小姐
归绣阁。呀,罢了,罢了!(下)(小旦)阿吓,爹爹吓!(唱)

【驻云飞】[1]堪笑爹行,不顾三纲并五伦。爹爹枉做当朝相,律法皆心忘。喋!
陈留三载遇饥荒,遇饥荒泪汪汪。本待要顺爹行,又恐怕公婆姊姊在家中悬
望。仔细思量痛断肠,忍气吞声归绣房。我回转书房等蔡郎。

(白)阿吓,爹爹吓!(下)

上 路

正旦(赵五娘)

(正旦上)(唱)

【月云高】路途多劳苦,行行甚时近?未到洛阳城,盘费多用尽。回头望孤
坟,又只见青山隐隐,绿水沉沉,只见青山那见坟?回头只有影随身,空叫奴
家受苦辛。今日在家千日好,出路半朝难,须知道家贫不是贫,路贫愁杀人,
西出阳关无故人,西出阳关无故人。

(白)行了半日,脚儿疼痛起来。此间有所凉亭,不免稍坐片时。(念)怯登
山,愁水途。两下萧条,一样情难诉。奴家为寻丈夫,受了途路风霜之苦。
(白)说话之间,不觉红日西堕,不免趱行便了[2]。(走板)(唱)

【前腔】暗中思忖,此去无定准。他那里不瞅不睬,我这里无可投奔,空叫奴
家受艰辛。我想伯喈曾读那孔圣之书,必达周公之礼,须记得贫贱之家不可

---

① 此曲牌名底本缺题,今从推断。

② 吊头本无念白,"行了"至"便了"据选编本补。

忘,糟糠之妻不下堂。他那里未必、未必忘恩义,我自有一个评论。我与伯喈只是两月夫妻,如同百年恩爱,须知道一夜夫妻百夜恩,百夜夫妻海样深,怎做区区、区区陌路人。

【前腔】他在府堂深深隐,他是个做官之人,日只坐于令堂之上,晚来退于兰房绣阁之中,怎奈我满身孝服,又没个人来指引,愁只愁叫奴家怎生得进。他有两旁执事如狼虎,后面随从似天神,他在骊马高车上,好叫我也难厮认。我今为寻丈夫而来,受尽了风霜之苦,不能够相见一面,难道罢了不成? 我自有一个道理,我就扮做告状的妇人,叫住他的马头,我双膝跪在他的跟前,他双亲二字展开,我说道他老爷,这边是你爹,那边是你母,我是你结发妻子赵五娘。你不认爹娘,此乃是不孝之子;不认妻子,此乃是无义之徒。须知非亲不是亲,早必须防人不仁。

【驻云飞】连丧公婆,肩背琵琶往京都。六旬共欢娱,奔走长安路。喏! 只恐相见不如初,不如初意儿疏。夫阿! 我和你剪发卖贯,麻裙兜土,殡葬、殡葬你亲父母。二月夫妻一旦疏,六旬夫妇在路途。(下)

弥陀寺

丑(五戒)、正旦(赵五娘)、正生(蔡伯喈)、小生(蔡福)

(丑上)(唱)

歺和尚,是贫僧。昨日那一份人家去念经,忽见几个俏妇人,生得来齐整,打扮得素净。头挽着双套结①,梳得来光登登。面搽着雪白铄剃、须光铄滑②一脸好水粉,淡淡胭脂点朵嘴唇。身穿着月白袄青背心,腰系一根蓝汗巾。

----

① 双套结,民国三十六年(1947)吕顺铨调腔目连戏总纲礼集(195-2-3)《落山》【摘桂花】作"时式瓢羹记(髻)儿摇铃铃"。
② 雪白铄剃、须光铄滑,新昌胡卜《目连救母记》斋卷《落山》作"雪白喷香烁体"。"铄"亦作"烁",方言,雪白铄剃指白净细腻,须光铄滑指有光泽。

八幅罗裙垛棱棱,一双小脚刚刚三寸。他把眼儿看着贫僧,我把眼去看着那妇人。那时节回转山门,坐在床厅想起那妇人。那妇人怎能够与我和尚对面笑一脸,是我死也甘心,死也甘心①。

(白)我做和尚歇塌哄②,看见大娘心大动。咳,弗吓!若是大娘待我好一好,我情愿替伊倒马桶。自家非别,弥陀寺中一个五戒便是。今有蔡老爷到来拈香,徒弟吓!(内应介)(丑)打扫佛殿,捧茶侍候。(内应介)(丑)嗳嗳嗳,身子困倦,不免在大殿上打个盹儿罢者。(正旦上)(引)途路多年辛苦,盘缠俱用尽,好是狼狈。来到弥陀寺,特来赴佛会。(白)且住,来此弥陀寺,不免径入。吓,里面师父那里?(丑呲介)(正旦)吓,里面可有师父么?(丑)嗳嗳嗳,五戒有何德何能,何劳观音娘娘下凡?(正旦)我是凡间女子。(丑)既是凡间女子,为奢凡得个样白法③?到来何事?(正旦)搭斋。(丑)吾这里搭斋,乃有上中下三等。(正旦)何为上中下三等?(丑)那上等的百两百担。(正旦)中等?(丑)十两十担。(正旦)那下等?(丑)下等嗳,阿弥陀佛随缘乐助。(正旦)既如此,我有数两银子、数升米在此,师父搭斋就是。(丑)呕,别个勿要里④搭,果是你道姑娘搭搭没是哉⑤。(正旦)吓,什么说话?(丑)嗳,道姑娘,勿是"勾搭"之"搭",合⑥是"搭斋"之"搭"。(正旦)这便才是。(丑)嗳,道姑娘,你手中拿的什么东西?(正旦)公婆真容。(丑)真容处处不同,勿见媳妇他阿公。(正旦)吓,师父,你横拿了。(丑)是我横者。咳,合没⑦是哉。道姑娘,你祖上杀过猪呢奢?(正旦)为何?(丑)乃有通猪

---

① 此曲内容基本同于调腔目连戏《落山》【摘桂花】前半段。

② 歇塌,方言,义同罢了。哄,句末助词。

③ 奢,亦作"舍",即"啥"。凡,"矾"的谐音,用矾(如明矾)涂抹洗刷。个样,亦作"骨样""介样",方言,这样。

④ 里,方言,第三人称代词。

⑤ 没是哉,亦作"末是哉""么是哉",表示肯定的语气,相当于"就是了""就行了"。

⑥ 合,同"个""格",指示代词,这,那。

⑦ 合没,亦作"个末""格末""告末",方言,那么。

杖来朵①。(正旦)这是倚杖。(丑)倚杖么？嗳，道姑娘请坐落来，通乡贯。
(正旦)家住陈留一乡。(丑)徒弟吓，走来抬陈油。(正旦)陈留，地方名字。
(丑)合是地方名字么？(正旦)地方名字。五都三里蔡家庄。(丑)五都三里
蔡家庄。(正旦)追荐公公蔡崇简。(丑)咳，道姑娘，你那公公做过巡检，为
奢勿戴纱帽？(正旦)名字叫得崇简。(丑)名字叫得崇简。追荐公公蔡崇简
一位灵魂。(正旦)婆婆秦氏老萱堂。(丑)合没是哉。合个老太婆，壁嘴壁
榻，最会寻事。(正旦)姓秦之秦。(丑)姓秦之秦。合没婆婆秦氏老萱堂一
位灵魂。(正旦)孝男蔡伯喈。(丑)呕，孝男蔡伯喈一位灵魂。(正旦)师父，
他在日的。(丑)合个人还不曾死么？合没待我涂掉了"一位灵魂"。(正旦)
孝媳妇赵氏五娘。(丑)孝媳妇赵氏五娘一位灵魂。(正旦)吓，师父，这就是
奴家。(丑)就是你么？合是动也动得个。(正旦)真真是个歹和尚。(丑)真
真是个歹和尚。我歹和尚一位灵魂。(内答介)师父，就是你。(丑)亏得徒弟
话得快，勿然也死东②里头。(丑叫介)徒弟吓，拷几记起来。(内敲介)(丑唱)

暑往寒来春复秋，夕阳西下水东流。将军战马今何在，野草闲花满地愁。南
无春景好时光，百花开③得满园旺，龙舟鼓儿闹扬扬。奉劝亡灵初奠酒、初上
香，百草花香，香呀里莫④香香供养。壶中有酒，炉内有香，南无禅灯供养，阿
罗蜜多香供养，请亡灵赴道场，请、请上南无法坛安稳王菩萨。

为人可比一张弓，早早夜夜称英雄。有朝一日弓弦断，扳起弓来两头空。南
无夏景好时光，荷花开得满池荡，龙舟鼓儿闹端阳。奉劝亡灵二奠酒、二上
香，藕丝花香，香呀里莫香香供养。壶中有酒，炉内有香，南无禅灯供养，阿

---

① 来朵，同"来乱"，相当于"来冬"，在，在某处。
② 东，亦作"冬"，方言，附着在动词或动词性短语后，表示动作或状态的持续或完成，这里可译为"在"，下文"画没画东"的"东"相当于"了"。《越谚》卷上《警世之谚》："吃东肚里，死东路哩。"注云："'东''哩'，语助。"又卷下《发语语助》："东，助语辞，有'指明'意。""东（冬）"的用法详见《西厢记·游寺》"梦里来带成亲"注。
③ "开"字底本脱，据195-1-4吊头本补。
④ 莫，亦作"末""没""么"，助词。

罗蜜多香供养，请亡灵赴道场，请、请上南无法坛安稳王菩萨。

（正旦）阿吓，我那公婆吓！（丑）咳，吾家辛辛苦苦招了一老公公，他箝了块豆腐；招了一婆婆，他箝了一块面筋，被你哭将起来，他竟飞奔而去了。（正旦）吓，师父，可还招得转来么？（丑）咳，我个娘吓！招宜①有奢招勿转？这是和尚狗肏费之力哉。（正旦）既如此，我还有数升米，烦劳师父招转来才是。（丑）呕，合没放东我脚篮里。吓，道姑娘，我难②要嘱你话过：吾呕③你哭，哭；勿呕你哭，勿要哭。徒弟吓，敲两记起来。（唱）

早也把来迟也把，巴巴急急做人家④。方才做得人家起，谁想一命赴黄沙。南无秋景好时光，菊花开得满园黄，龙舟鼓儿闹重阳。奉劝亡灵三奠酒、三上香，黄菊花香，香吓里莫香香供养。壶中有酒，炉内有香，南无禅灯供养，阿罗蜜多香供养，请亡灵赴道场，请、请上南无法坛安稳王菩萨。

朝也忙来暮也忙，那见工人得安康？昨日打从山下来经过，只见两个工人汲汲泊泊共商量。一个说道不曾儿餐好茶饭，一个说道不曾穿得几件好衣裳。南无冬景好时光，雪花飘得满山岗，佳人房内巧梳妆。奉劝亡灵四奠酒、四上香，腊梅花香，香吓里莫香香供养。壶中有酒，炉内有香，糖以介⑤甜，蜜以介甜，糖蜜蜜糖。南无禅灯供养，阿罗蜜多香供养，请亡灵赴道场，请、请上南无干菜头菩萨。

五奠酒五上香，五盘菜子满满装。眼前果品般般有，那见亡灵亲口尝？孝媳妇赵氏五娘悲伤，哭哭哭断了肝肠。

---

①　宜，同"呢"。

②　难，方言，意为现在，当下。鲁迅《朝花夕拾·无常》："难是弗放个！……'难'者，'今'也。"

③　呕，方言，让，叫。《越谚》卷下《单辞只义》："呕，越谓呼唤。""呕"与"呕"同。

④　巴，底本作"把"，今改作通行写法。《黄金印·夺绢》【剔银灯】第一支："朝一巴来暮一巴，巴巴急急做人家。"巴巴急急，意为辛勤劳碌。

⑤　以介，方言，又，又这样。"以"相当于"又"。

（白）哭介，哭介，刚刚勿呕伊哭，吡吡叭叭哭者，难介①呕伊哭，勿哭者。看来吾和尚狗肏今朝色哭色念色道场者，我要把伊哭两声起来。（哭介）（正旦）吾家公婆，谁要你哭？（丑）看来刚刚勿呕哭没，吡吡叭叭哭者，难介呕伊哭，勿哭者。你何曾追荐公婆，直头把我和尚来出气。（众）蔡老爷到。（正旦、丑下）②（众）畏。（正生上）（唱）

【古江儿水】如来圣灵，蔡邕拜启。双亲在途路，不知如何的③。仰望菩萨大慈悲，免使我登山涉水④。

（众）畏，启老爷，拾得一幅小画。（正生）传五戒。（众）老爷传五戒。（丑上）老爷买芋艿。（众）老爷传你。（丑）老爷传我么？（众）传你。（丑）老爷在上，五戒叩头。（正生）五戒。（丑）有。（正生）这幅小画，那里来的？（丑）老爷，贫僧不会讲笑话个。（正生）丹青小画，自去看来。（丑）合是田公、田婆。（众）末有香案的。（丑）没有香案的。鹦能公、鹦能婆⑤。（众）勿上画的。（丑）合是我里⑥师父。（众）没有方巾的。（丑）我师父在生有言，又道生不得儒巾戴，死后画顶八角巾。（众）没有髭须⑦的。（丑）我师父在生有言，又道落发除烦恼，留发表⑧丈夫。阿达宁绍人，说话尖尖的，阿妈戏杀来的⑨。（众）这老太婆那里来的？（丑）完落者，死来老太婆身里哉。嗳，老爷，合是我师父

---

① 难介，亦作"难间"，方言，现在，当下。

② 此处正旦、丑下场底本未标，据剧情补。

③ 的，底本作"日"，据单角本改。

④ 此句单角本作"立天尊神，龙入护持，护持他登山涉水"。按《古本戏曲丛刊》初集影印清康熙间陆贻典抄本《新刊元本蔡伯喈琵琶记》（简称陆抄本）、《六十种曲》本《琵琶记》作"龙天鉴知，龙天护持，护持他登山渡水"。

⑤ 鹦能公、鹦能婆，《双贵图·磨房》有"㩇冷公、㩇冷婆"，抄本又作"挨那公、挨那婆"。

⑥ 我里，"里"亦作"哩"，相当于"我赖"，方言，我们。表示领有时，有时复数人称代词实际上表示的是单数。另，"我里"有时又相当于"我罗"，为第一人称代词单数。

⑦ 髭须，底本作"倚杖"，据选编本改。

⑧ 表，底本作"依"，据选编本改。

⑨ "阿达"至"杀来的"，选编本作"阿答慈溪人，嘴巴尖尖丁。来丁勿来丁，阿娘来丁看戏文"。"阿达"或"阿答"，吴方言，我。宁绍，宁波和绍兴。

娘。(众)和尚有老婆的么？(丑)吾师父在生有言，又道生前不得鸾凤配，死后画个毕老婆。画没画东，爬果你①。(众)老爷，和尚种葱。(丑)合是水仙花。(众)有葱爪的。(丑)昨日呕你掇掇进，明日蔡老爷要来拈香个。老爷，有道"肉内无葱不香"。(众)和尚吃肉的么？(丑)老爷，有道"肉儿无酒不咪"。(众)和尚吃酒的么？(丑)酒不是和尚自做个，合是丈人丈母送的。(众)和尚有老婆的么？(丑)老爷，合个老婆勿是讨来个，是和尚一掷骰子掷来个。(正生)下去打。(众合)一五，一十。打完。(正生)这小幅到底那里来的？(丑)老爷，合是道姑娘。(正生)传道姑。(众)传道姑。(丑)这遭不好了，将口出一个道姑。有道"出家人方便第一"。呕，是者。呕其去没响点，叫其转来轻点。咳，道姑娘，是你走东。道姑娘，转来介。(众)老爷，五戒有弊。(正生)传五戒。(众)传五戒。(丑)老爷已②传我么？(众)传你。(丑)把我和尚结亲眷者。老爷在上，五戒叩头。(正生)五戒，你为何有弊，来轻去重？(丑)老爷，和尚只有件作食衣，日当衣夜当被③。(正生)情弊之弊。来轻去重。(丑)情弊之弊，来轻去重。合一年大冬，我要生之落来，我竟一看，阿吓，鹦哥介，好大雪。我心里一想，合点乳花合种，介个大雪不要冻死个么？得我掇索进者④。后来一到，到至第二年端阳节，送粽子个进来，一听听见香气，一个无主意，攒攒出来者，所以上气不接下屁。(正生)一派胡言，下去打。(众)一五，一十。打完。(丑)打是打者，化是要化者。大殿歪斜，山门倒塌，判官无头，小鬼无脚，求大老爷银子舍介廿万。(正生)什么响？(众)梆声响。(正生)信官蔡邕，助银三百两，祈求父母康宁。下去。(丑)吓。(正生)五戒，若要画，明日牛府廊下来取。吩咐催道。(众)畏。

---

① "又道"至"爬果你"，选编本作"生前不得鸾凤配，死后画个霜鬓雪鬓人。画末画上冬，动是勿动哉"。

② 已，与下文"以来者"的"以"同，方言，相当于"又"。清于鬯《香草续校书·墨子》："今宁波人言'有'，犹作'以'音。"可参。

③ 作食衣，选编本作"骨殖皮"。"被"方言读如"弊"，故而五戒将"有弊"理解作"有被"。

④ 得，意为待，让。掇，底本作"拙"，今改正。"掇索"义同"掇"，端，抬。

（下）（正旦上）吓，师父！（丑）猪箭猪箭，以来者。（正旦）公婆真容。（丑）真容真容，屁股打得种葱。（正旦）小画。（丑）小画反成大画，那话儿休提起。我被蔡老爷打了二十大毛板，前十板为自己，后十板为了你。娘吓，我也不来寻着你，苦苦寻我和尚做什么？你若还不信，看我和尚打得红老老，打得红老老。（正旦）方才老爷，叫什么名字？（丑）叫得蔡伯喈。（正旦）这遭好了。我有一把雨盖，赠与师父。（丑）谢布施。（正旦）若无捕鱼人，怎得见波涛？（唱）

【缕缕金】好也好也真好也，却原来是蔡伯喈。马前喝道状元郎，双亲像他们留在。管叫夫妇两和谐，多因这幅的画。（下）

（内介）咳，和尚来东①看女客。（丑）我和尚来里②送亲眷。（内介）和尚有奢个亲眷？（丑）我和尚没有亲眷，难道桑树洞爬出来个？（内介）打打打。（丑）把和尚打到底者。那妇人不但那人品，就是他的言，也要学他一学。（唱）

【前腔】好也好也真好也，却原来是蔡伯喈。马前喝道状元郎，双亲像他们留在。管叫夫妇两和谐，多因这幅的画。

（白）徒弟吓，我被蔡老爷打坏者。（内介）打得多少？（丑）打得十竹杠。（内照上介）（丑）劈开廿大板。狗肉好吃者勿？（内照上介）（丑）你那先吃起来，我散花得吃。（内介）师父就要来呢。（丑唱）

我收了忏完了经，把那世间之事评一评。今朝唱戏为何因，只为菩萨爷有灵圣，因此唱戏酬神明。读书人文星高照，经营者一本万利转家庭。种田之家田有谷，养猪之家猪有肉。但愿合样③时年好，年年做戏文谢神明。

男人看戏犹且可，女人看戏忒上心。三日之前来打听，打听啥地方有戏文。预先吩咐搭台人，台要搭得近，搭得远是看勿清。东边请声大妈妈，西边请

---

① 来东，"东"亦作"冬"，方言，在（某处），正在。"东（冬）"的用法详见《西厢记·游寺》"梦里来带成亲"注。

② 来里，"里"亦作"哩"，方言，在，在这里。

③ 合样，同"个样"，亦作"骨样""介样"，方言，这样。

声小姊姊。约得客来满堂坐,泡茶掇凳①甚殷勤。东边摘朵石榴花,西边摘朵月月红,摘得花来满头插,还有金银首饰色色新。

阿毛赖个爹毕行行,拿之尿瓶前去腾。替我火缸头里要一燥抱裙,替阿毛系介系,好去看戏文。大妖精为啥勿去搽水粉?小妖精为啥勿去系布裙?打大骂小淫天震,合场戏文啥要紧。今朝看戏文,阿毛赖个爹,须要几朝好点心。一走走出墙门外,一撞撞见福官人。是你把我布裙带,是介紧介紧。

长子看戏文,看得两眼碧波清。矮子看戏文,踮断之个脚后跟。癞子看戏文,头皮挨得亮精精。胖子挨得青膀胀,瘦子挨得骨头痛。瞎子看戏文,抱住台柱仔细听。一班小官何曾看戏文,趱来趱去好像元宵走马灯。

戏文锣鼓敲得闹盈盈,待我前去送点心。一只手乌大菱,一只手小烧饼。罗里②晓得台下人挤紧,夹落乌大菱,跌落小烧饼。呕③又呕勿到,篆④又篆勿成。戏文做到半夜后,肠杀带落乌等等⑤。嘴里骂个拖牢虫⑥,骨息时光⑦为啥勿来送点心,罗里晓得台下人挤紧。

(白)有点心,送勿成,勿求人。勿求人,腰边拿出小伙铜钱⑧卅文,二分银子泡藕粉,三分银子泡馄饨。前前后后分一分,也是大妈妈一点大人情。戏文看得半夜后,乌梅水粉流带落,真真有点勿像人。头发披到下尾跟,好像吊杀人。口里水流带落,好像小人吃线粉。男人听说呵呵笑,女人听见把我和尚骂断筋。若还有心骂我和尚罪过人,但愿嘴里生个反唇丁。

---

　　①　凳,底本作"橙"。《集韵·隥韵》:"凳,《字林》:'床属。'或从木(作橙)。"今改用通行字形。

　　②　罗里,"罗"亦作"啰","里"亦作"哩",方言,哪里。

　　③　呕,同"伛",俯下。清胡文英《吴下方言考》卷一〇:"伛,音欧去声。吴中谓低头曲背曰伛。"绍兴方言读作[iɤ],阴去调。

　　④　篆,方言,意为捡拾。

　　⑤　肠,底本作"场"。此句意谓肚中饥饿。

　　⑥　虫,底本作"洞",虫、洞方言音近,据改。

　　⑦　骨息,亦作"个歇"。骨息时光,方言,这个时候,这会儿。

　　⑧　小伙铜钱,方言,私房钱。

新米饭有些吃勿着，我们亦非闲游客，也是戏行快活人。我问先生多少价，八千八百好钱文。八千元是先生得，八百付与管箱人。主人家自你走进去，陈线鸡①家家杀两只，陈老酒②栋栋开两坛，还有圆眼枣子共柿饼，吃得我们有精神，还有多多好戏文。若无点心来送进，正生下网巾，小旦解布裙。弥陀寺净杀打落乌等等，大家有些看勿成。主人家自我台房里面等点心，到底还是有点心无点心，有点心无点心？（下）

题　诗

小生（蔡福）、正旦（赵五娘）

（小生上）忆昔当年素服儒，于今腰下佩金鱼。分明有个朝天路，何事男儿不读书。吾乃蔡福，昨日大老爷弥陀寺拈香，拾得丹青小画一幅，命我挂在中堂。你看四面挂尽，不免在上面。（科）画虽小，画得精巧，我有诗句赞破与他：微微细雨洒松梢，见时容易画时难。早知不入时人眼，多买胭脂画牡丹。（小生下）③（正旦上）（唱）

【天下乐】一片花飞过园林④，随风飘泊到帘栊。玉人怪问惊春梦，只怕东风怨落红。

（白）阶下落红三四点，叫人错恨五更风。当初只道蔡郎贪名逐利，不肯归家，谁知招赘牛府。虽则如此，夫人倒也贤惠。我那日抄化进来，夫人见我衣蓝缕，又恐伯喈不肯相认。他叫我衣衫改换，去到书馆题诗，打动儿夫。不免前去一走。正是，款款金莲小，轻轻叠步忙。略题三五句，打动薄情郎。来此已是书馆，不免径入。妙吓！花红罗衣，锦绣重重，正是"天

---

① 　线鸡，阉鸡。

② 　老酒，指绍兴黄酒。《越谚》卷中《饮食》"老酒"条："在家名此，出外曰'绍兴酒'。"

③ 　"小生上"至此，傅斯年图书馆藏抄本原无，晚清《荆钗记》等正生、外、末本（195-1-55）所抄《琵琶记》正生本《弥陀寺》后淡笔抄有小生挂画一段，据以补入。

④ 　过园林，195-1-4 吊头本作"过园（故苑）空"，与原著"故苑空"者合。

上神仙府,地上宰相家",有此洞天福地,他怎肯回家? 你看前面是"孝廉"牌匾。嗳,夫吓! 你的"廉"字,为官清正,可以名其实;你的"孝"字,撇下八旬父母,双双饿死,不归奉养,你孝从何来? 从何来? 你看那边已是公婆真容,待我向前看来。呀,公婆,阿吓,公婆吓!(滚唱)

【醉扶归】不孝媳妇昨日在弥陀寺中将你遗下,只道没有相见日子,谁知今日又得重逢。你媳妇受尽了千山万水,要见你孩儿一面尚且不得能够,你乃是纸上画的真容,先见你的孩儿。这等看将起来,真个是有缘千里能相会。(白)奴家昨日在弥陀寺中追荐公婆,忽有官长到来拈香,那时唬得我慌忙无措,后来人人说道,就是蔡伯喈。嗳,夫吓! 早知是你,那时将你一把扯住,怕你不认,是怕你不认!(唱)你往中道而进,你妻子打从西廊而出,想将起来①不得能够相认了,这还是无缘对面不相逢,幸喜得凤枕鸾衾曾相共。嗳,我在此题诗好比做甚的而来,好比做兔毫茧纸②将他来打动。(白)曾记当初起程之际,公公说道:"儿吓,须念高堂春晖短。"婆婆言道:"须念高堂母倚门。"伯喈回言道:"求取功名,多则周年,少则半载。"(唱)不想你到京得中状元,入赘侯门,贪恋荣华,不思归家,你把这些言语都到那里去了? 都到那里去了? 罢罢休休,罢罢休休,毕竟是一齐分付与东风。莫说是公婆的言语,就是你妻子送你到十里长亭南浦之地,怎生嘱咐你来? 我说道儒衣才换青,快把归鞭整,休恋上林春富贵,须念高堂白发亲。我临行嘱咐你千言语,嘱咐你千言语,谁想你全然总不听。嗳,夫,枉了你读书人,你好不志诚忒狠心,把往事如春梦,把往事如春梦。

(白)呀,且住。奴家应承题诗,还要在此闲讲怎的? 若要丈夫相认,全仗公婆保佑。不免题在真容背后便了。乘兴写来,不觉笔尖太重了些。(唱)

---

①　想将起来,195-1-4 吊头本作"相逢只隔着咫尺之间"。

②　兔毫茧纸,底本作"衷情见㡃",195-1-4 吊头本作"土毫占㡃","㡃"同"纸",据校改。

【前腔】彩毫笔砚鸾封重①,(白)妇道之家,不出闺门,才是个道理。(唱)赵氏五娘,抛头露面,寻到京中,所为何来? 只为玉箫声断凤楼空②。词源倒流三峡水③,只恐怕胸中别是一帆风。(白)昨日牛氏夫人,见我衣衫蓝缕,又恐伯喈不肯相认,他叫我改换衣衫。嗳,夫,奴家生成,总然改换,比不得旧日风姿了。(唱)这便是教妻若为容④?(白)说便这等说。(唱)我与伯喈乃是两月夫妻,日远日疏,你与牛氏夫人伴玩三载⑤日亲日近,夫人呵! 恩情为你难移宠。昆山原是无瑕玷,须念⑥你是忠孝人。宋弘⑦不弃糟糠妇,王允⑧重婚辱其名。劝君莫学西河守⑨,当效皋鱼⑩自裂身。我今题写丹青上,须要留心仔细寻。嗳,夫,总然认不出丹青,可怜遇饥荒貌不同。我想公婆容颜虽则顿改,赵氏五娘翰墨依然如旧,见了翰墨叫他来先痛。

【佚名】⑪未必我儿夫心肠太毒,岂料相逢在京都。榜登龙虎,入赘在牛门相

---

① 彩毫笔砚,195-1-4 吊头本作"彩毫墨润"。按,陆抄本作"彩笔墨润",后者与之相近。鸾封,底本作"鸾凤",今改正。鸾封,朝廷封诰。

② "断"字底本脱,据陆抄本补。相传萧史善吹箫,秦穆公以弄玉妻之,并为之作凤台,后二人偕凤凰飞升而去。事见汉刘向《列仙传》。这里是说夫妇久别未逢。

③ 词源,底本作"自愿",据 195-1-4 吊头本改。唐杜甫《醉歌行》:"词源倒流三峡水,笔阵独扫千人军。"词源,喻指滔滔不绝的文辞。

④ 教、若,底本作"娇""苦",据选编本改。另,选编本"妻"作"妾"。唐杜荀鹤《春宫怨》:"承恩不在貌,教妾若为容?"若为,怎样。容,打扮。

⑤ "伴玩三载"四字据 195-1-4 吊头本补。

⑥ 须念,底本作"许",据 195-1-4 吊头本改。

⑦ 宋弘,东汉京兆长安人。光武帝姊湖阳公主新寡,垂意于宋弘,帝乃召弘问曰:"谚言贵易交,富易妻,人情乎?"弘以"贫贱之知不可忘,糟糠之妻不下堂"答之。事见《后汉书》卷二六。

⑧ 王允,当作"黄允",东汉济阴人。司徒袁隗为侄女求姻,见允而叹赏之,允闻而出妻。事见《后汉书》卷六八。

⑨ 西河守,指战国时卫人吴起,因吴起曾任魏国西河守,故名。吴起求学于曾子,母死而不奔丧。事见《史记·孙子吴起列传》。

⑩ 皋鱼,春秋时人。《韩诗外传》卷九载皋鱼因"子欲养而亲不待",立槁而死,后遂用作人子不及养亲的典故。

⑪ 此曲略同于《词林一枝》卷三下层《琵琶记·赵五娘书馆题诗》【忒忒令】。

府,怎不思乡故? 亏奴抱琵琶寻到京都,感得夫人相留住,叫我①书馆题诗打动儿夫。嗳,老公婆保佑你孩儿须认奴,把你灵魂超度。若不认奴,把你遗容当做废纸相看顾。睁眼四壁间画图,这壁厢王祥卧冰、孟宗哭竹,那壁厢黄香扇枕、丁兰刻木。你看二十四孝画像图,二十四孝画像图,一个个行孝父母,惟有我的儿夫,贪恋荣华,不思乡故,阁泪汪汪,把长情短诉,长情短诉。(下)

书　馆

正生(蔡伯喈)、小生(蔡福)、小旦(牛小姐)、正旦(赵五娘)

(正生上)(唱)

【鹊桥仙】披香侍宴,上林游赏②,醉后人扶马上。金莲花炬照围廊,正院宇③梅梢月上。

　　(白)日晏下彤闱,平明登紫阁。何如④在书馆,快哉天下乐。下官且喜朝
　　无繁政,官有余闲,不免把古书观看一番便了。(唱)

【解三酲】叹双亲把儿指望,教儿读古圣文章。正是我会读书的,倒把那双⑤亲撇下;少什么不识字的,倒得个能终养。只为书中自有黄金屋,反叫我撇却椿庭萱草堂。还思想,毕竟是文章误我,我误爹娘,误了爹娘。

【前腔】譬如我做一个负义亏心台馆客,倒不如守义终身田舍郎。白头吟记得不曾忘,绿鬓妇何故在他方。只为书中有女颜如玉,反叫我撇下糟糠妻下堂。还思想,毕竟是文章误我,我误妻房,误了妻房。

---

　　① 我,底本作"你",据 195-1-4 吊头本改。
　　② 游赏,底本作"游春",据 195-1-4 吊头本及单角本改。
　　③ 院宇,底本作"月",据单角本改。
　　④ 何如,底本作"如何",单角本同,今乙正。
　　⑤ 那双,底本作"个",据 195-1-4 吊头本改。

（白）看此古书，愈加烦闷。不免把四壁古①画，观看一番便了。这是山，数

株松，远看淡，近看浓，琴鹤相随一老翁。山径路回溪水洽②，杖藜扶过小

桥东。好一个"扶过小桥东"。烟淡淡，雾浓浓，远看瑶琴紫谷③中。偶过

浮鸥浑自得，菱花叠就藕花红。这是鲤鱼图，院子不知其情，反挂在此。

挂立中堂，做一个"独立朝天"。下官昨日弥陀寺中拈香，拾得丹青画一

张。必是饥寒遭冻饿，叫人心下细端详。（唱）

【太师引】细端详，这是谁笔仗，觑着他心儿里感伤④。（白）且住。画上这两个

老人家，我那里曾会过？吓，想是行船过渡，茶坊酒肆？吓，是陈留郡，有这

两个老人家。呀！（唱）**好似我双亲模样，好似我双亲模样，嗳，伯喈的爹蔡邕**

的娘。（白）呀呀呸！幸喜夫人不在，若在，又是一场取笑了。（唱）**既是我爹**

娘，五娘在家善能针指⑤，怎穿着破损衣裳？（白）前者马扁乡亲，有书报道。

（唱）**幸喜爹娘和媳妇，各保安康无祸危，说道别后容颜无恙，怎的是这般样凄**

凉形状。（白）且住。我这里要寄一封家书，尚且不得能够。（唱）**他那里有谁**

来往，将他带到洛阳，须知道仲尼与阳货两下一般庞。

【前腔】这是街坊上谁劣相⑥，砌庄家形衰貌黄⑦。比如我那爹娘，若没有媳

妇来相傍，少不得似此凄凉。呀！敢只是神图佛像？猛可的小鹿儿心头撞。

（白）我想天下巧，巧不过是画工了。（唱）**手拿一管笔，描出万般容，丹青像由**

---

① "古"字底本脱，据单角本补。

② 洽，单角本作"峡"，选编本作"狭"。

③ 瑶琴，底本作"尤近"，据单角本改。紫谷，选编本作"幽谷"。

④ 感伤，底本作"伤感"，今乙正。195-1-4 吊头本及单角本作"好悲伤"。

⑤ 针指，刺绣，缝纫，泛指女红。"指"本字作"䘼"，清翟灏《通俗编》卷二五："《尔

雅·释言》：'䘼，紩也。'注云：'今人呼缝紩衣为䘼。'陟几切。按，䘼音近指，俗云'针指'

实当为'针䘼'。"

⑥ 相，底本作"像"，今改正。劣相，促狭，有意开玩笑之意，见王瑛《诗词曲语辞例

释》"薄相　劣相"条。

⑦ 砌，底本作"觑"，今改正。清沈自晋《南词新谱》卷一二："砌庄家形衰貌黄，犹言

装砌成此田庄人家衰黄之状也。"

他们自主张，须知道毛延寿误写王嫱，误写王嫱。

（小生茶上）老爷请茶。（正生）太师爷可曾回朝？（小生）还未。（正生）陈留郡可有人到来？（小生）没有人到来。（正生）这幅小画是谁挂的？（小生）是小人挂的。（正生）除下来。（小生）嗄。后面有表题。（正生）什么，后面有表题？放下来。（小生）嗄。（正生）太师爷回朝，急忙通报，回避了。（小生）是。（下）（正生念介）"昆山有良璧，郁郁璠玙姿。嗟彼一点瑕，掩此连城瑜。人生非孔颜，名节鲜不污。拙哉西河守，何不如皋鱼？宋弘既有义，王允何其愚？风木有余恨，连理无傍枝。寄与青云客，甚勿乖天彝。"看此诗句，句句打动为官之人，甚为可恼，可恼。阿吓，你看墨迹未干，谅题诗人去也不远。我想内室书馆，谁敢来往，我想夫人必知端的。惜、爱二春，请夫人书馆叙话。（小旦上）（引）

【夜游湖】犹恐他心未到，叫他题诗句，暗里相嘲。翰墨关心，丹青入眼，强似把语言相告。

（白）相公万福。（正生）夫人少礼。（小旦）呼唤妾身出来，有何见谕？（正生）下官昨日在弥陀寺拈香，拾得一幅小画，后面有表题，请夫人观之。（小旦）借妾身一看。（正生）夫人请看。（小旦）昆山有良璧郁郁……（正生）是五言的。（小旦）郁郁璠玙姿。嗟彼一点瑕，掩此连城瑜。（正生）夫人好佳作。（小旦）妾身依字而念。请问相公，上面有弃妻的，有不弃妻的，那个正道？那个乱道？（正生）自然不弃妻的正道，弃妻的乱道。（小旦）上面有奔丧和不奔丧的，那个正道？那个乱道？（正生）自然不奔丧的乱道，奔丧的正道。（小旦）还有两个在，一个宋弘，一个王允，相公愿学那个？（正生）下官总学宋弘之有义，不学王允之无情。（小旦）相公，只怕宋弘之口，王允之心。（正生）夫人，你渐渐的来了。（唱）

【铧锹儿】你说得好笑，说得好笑，可见你心窄小。俺伯喈决不学王允的没来

由,漾却①苦李,再寻甜桃。不嫉不淫与不盗,终无去条②,弃妻的人所诮,不弃的众所褒③。蓝缕爹娘,乃是天伦父母;丑貌妻房,乃是枕边骨肉。有道恩不可断,义不可绝了么夫人!总然丑貌,我怎肯甘休弃了,怎肯甘休弃了?

【前腔】(小旦唱)伊家富豪,伊家富豪④,那更有青春年少。我看你紫袍挂体,金带垂腰。做你妻子必须有荫封号⑤,金花紫诰,必俊俏,须美娇。总然他丑貌⑥,何不将休弃了,何不将休弃了?

【前腔】(正生唱)你好言颠语倒,言颠语倒,恼得我心下转焦⑦。你把五言诗句假作七字而念,王允比做下官,岂不将咱来奚落?你在俺的跟前特兀妆乔,特兀妆乔。下官见此诗句不知紧要,引得泪痕⑧交,扑簌簌这遭。(小旦插白)题诗的?(正生唱)题诗的把我嘲,见了他难恕饶⑨。(小旦白)相公,内室书馆,无非妾身来往,怎说"恕饶"二字?太言重了。(正生)是吓!内室书馆,只有夫人来往,怎说"恕饶"二字?下官失言了,下官赔礼。(唱)**望夫人说与我知道,**(小旦白)妾身不知。(正生)下官再赔一礼。(唱)**我这里望夫人,快快说与我知道。**(小旦白)妾身委实不知。(正生)住了。(唱)**有道蛇行草动,雁过落毫,下官苦苦盘问夫人,夫人只是不说,日后查出此人,怎肯甘休罢了,怎肯甘休罢了?**

【前腔】(小旦唱)我心中忖料,心中忖料,料他们不是薄情分晓⑩。(正生白)我

---

① 漾却,底本作"尚知",单角本作"滚却","滚"为"漾"之形讹,据校改。

② 去条,底本作"去却",195-1-4吊头本作"去了",单角本作"弃了",据选编本改。

③ "弃妻"至"所褒",底本原无,据195-1-4吊头本补。

④ "伊家富豪"及下文"心中忖料""遗容相貌""设着圈套"句,底本未叠,据195-1-4吊头本改。

⑤ 号,底本作"诰",195-1-4吊头本作"浩",据校改。

⑥ 丑貌,底本作"貌丑",参照上曲乙正。

⑦ 此句底本原无,据195-1-4吊头本补。

⑧ "痕"字底本脱,据195-1-4吊头本及单角本补。

⑨ "题诗"至"恕饶",底本作"题诗的见了他也难恕饶",据单角本改。

⑩ 此句195-1-4吊头本作"你心儿焦躁,你泊成分小(薄情分晓),合家珠泪抛",无下"伊家"二句;选编本作"料他不是薄情分晓,管叫你夫妻会合定在今朝",正生本有"定在几时"一语,则调腔本原有"管叫你夫妻会合定在今朝"一句。

好焦。(小旦唱)**伊家枉然焦,兀自泪抛**。(正生白)题诗的?(小旦唱)**题诗的伊家大嫂,**(正生白)他姓甚名谁?(小旦唱)**身姓赵,名五娘**。(正生白)住了。他不来罢,他若来,有三人。(小旦)有三人。(正生)一个老公公?(小旦)一个老公公。(正生)一个老婆婆?(小旦)一个老婆婆。(正生)一个少妇人?(小旦)一个少妇人。(正生)下官在此问夫人。(小旦)妾身在此问相公。(正生)嗳,酒醒来讲话。(小旦唱)**我要说与你知道,又恐怕哭声渐高**。

(正生)住了。今日夫妻相会、父子团圆,怎说哭声渐高?(小旦)相公听错了,我说笑声满道。(正生)蔡福,快取大红圆领端正。(小旦)只怕穿不得了。(正生)怎说穿不得了?(小旦)我说穿不及了。(正生)望夫人请来相见。

(小旦)妾身晓得,姊姊有请。(正旦上)(唱)

【入赚】忽听书馆闹吵,想是儿夫看诗①啰唛。(小旦白)姊姊快来。(正旦唱)**夫人招,向前去必有分晓**。(白)相公可回朝么?(小旦)相公回朝了。(正旦)待奴进去见他。(小旦)且慢,叫他来迎接与你。(正旦)多谢夫人。(小旦唱)**相公他题诗的,你可认得否?**(正生白)他从那里来?(小旦唱)**他从陈留郡而来,为伊家寻讨**。(正生白)待我出去迎接。(正旦)还不见出来,待我闯将进去。(正生)呀,妻,你,你来了②!(唱)**为甚的身穿破袄,上下衣衫白纷纷尽是素孝**。(白)莫不是我爹?敢则是我娘?阿吓,妻吓!(唱)**你口不言来我伯嗒心自晓,敢则是双亲不保,双亲不保?**

(白)吓,妻吓!把丈夫别后事情,快快说与我知道。(正旦唱)

【前腔换头】从别后,遇饥荒,遭水旱,不想两三人同做沟渠中饿殍。(正生白)张太公可来周济与你否?(正旦唱)**张太公乡邻好,叹双亲别无倚靠。两口颠连相继死,**(正生白)棺椁?(正旦唱)**是奴家剪头发卖钱钞,送伊家的亲妣考③**。

---

① 诗,底本作"书",据195-1-4 吊头本改。

② 此处单角本作"吓,伯嗒爹娘在那里?阿吓,妻吓!请进。吓,伯嗒爹娘在那里?伯嗒爹娘在那里?阿吓,妻吓"。

③ "棺椁"至"亲妣考",底本原无,据195-1-4 吊头本及单角本补。

（正生白）尸骨可不抛露了？（正旦唱）**孤坟独造，泥土尽是我麻裙裹抱。**（正生唱）**忽听妻言道，忽听妻言道，不由人痛伤噎倒。**（正旦白）公婆真容在此。（正生）阿吓，爹娘吓！（唱）**当初孩儿不肯前来赴选，是你两个老人家苦苦逼我前来赴选。到如今生不能养，死不能葬，葬不能祭，倒做了衣冠中禽兽，名教重罪人。我看爹娘眉峰蹙蹙面带忧容，怨也**①**怨着伯喈，恨也恨着伯喈，莫说是陈留一郡，就是那普天下。**

【小桃红】**都道我蔡邕不孝，蔡邕不孝，把父母相抛。早知道形衰耄，怎**②**留在汉朝？**（白）妻吓，请上，受我一礼。（唱）**你为我耽烦恼，你为我**③**受劬劳。**（白）妻吓，丈夫拜你几拜，你一礼也不受。（唱）**我那爹娘生是你养，死是你葬，葬是你祭，你倒做了蔡伯喈，蔡伯喈学不得你**④**了么妻！谢得你葬我的爹，葬我的娘，葬我的爹，葬我的娘，你的恩情难报也，你的恩情难报也**⑤**。**（正旦唱）**有道养儿待老，积谷防饥，这等看将起来，养子何曾待老了么冤家！我为你受**⑥**苦知多少？**（正生唱）**牛太师此恨怎消，是了么夫人！怎的是天降灾殃人怎逃，天降灾殃人怎逃**⑦**？**

（正生）这遗容相貌，是谁画的？（正旦唱）

【前腔】**遗容相貌，遗容相貌，是奴亲手描。一路上求乞……**（正生白）一个人客到了半日，难道茶也奉不得一杯？（正旦）他预先知道了。（正生）什么，预先知道了？吓，冤家！（小旦）吓，快快听姊姊来诉苦。（正旦唱）**一路乞丐把琵琶抱，**

---

① "怨也"二字底本脱，据 195-1-4 吊头本及单角本补。

② "怎"字底本脱，据 195-1-4 吊头本及单角本补。

③ "你为我"三字底本原无，据 195-1-4 吊头本及单角本补，下文"受劬劳"前的"说什么""你为我"同。

④ "你"字底本脱，据单角本补。

⑤ 此句 195-1-4 吊头本及单角本不重。

⑥ 受，底本作"辛"，次曲作"这"，今参照 195-1-4 吊头本及单角本统一作"受"。

⑦ 此曲及次曲合头部分"我为你受苦知多少"至"天降灾殃人怎逃"，195-1-4 吊头本及单角本作同唱"受苦知多少，此恨怎消，天降灾殃人怎逃，天降灾殃人怎逃"，处理方式较古。

怎禁路遥。（正生白）嗳吓，妻吓！苦杀你了！（正旦）嗳，你假慈悲怎的？当初送你到十里长亭、南浦之地，我说道："夫吓，你有官无官，早早回来。"人不回来，倒也罢了，难道书信寄不得一封的么？冤家！（唱）**你为臣臣不忠于君，为子子不孝于亲，三纲不正五伦不全，做什么官治什么民，你假意儿说什么耽烦恼，说什么受勤劳，你不信看你爹来看你娘，看你爹来看你娘，别后容颜差多少，叫奴一身难打熬。冤家我为你受苦知多少？**（正生唱）**我因甚的不回来，是了么夫人！这的是天降灾殃人怎逃，天降灾殃人怎逃？**

【前腔】（小旦唱）**设着圈套，设着圈套，被我爹相招。相公你也说不早，况隔着音信杳。**（白）姊姊请上，受奴一礼。（唱）**你为我耽烦恼，你为我受勤劳。**（正生白）你拜那一个？（小旦）我拜姊姊。（正生）你哭那一个？（小旦）我哭公婆。（正生唱）**我想爹娘不死你也不哭，五娘不到你也不拜，到如今哭拜也迟了么冤家！都是你误我爹来误我娘，误我爹来误我娘，误得我伯喈名儿不孝也，我也做不得妻贤夫祸少。**

【前腔】**我除下纱帽，解下罗袍。**（小旦白）你到那里去？（正生唱）**急急去辞官表**①。（小旦白）待等早朝。（正生）等不得早朝。（小旦）须要表章。（正生）我还要什么表章！（唱）**我把双亲真容当做表，跪在万岁台前哀哀告，臣也不愿为官了，不愿为官了。**（小旦唱）**你去辞官表，我去辞父老，共行孝道，共行孝道。**（正生白）你怎生去得？（小旦）姊姊怎生来得？（正生）山遥路遥②。（小旦唱）**岂敢惮山遥，岂敢惮路遥。**（同唱）**三人同去拜我／你爹，拜我／你娘，拜我／你爹，拜我／你娘，亲把坟茔扫也**③，**也与亡灵添荣耀。这苦知多少，此恨怎消，天降灾殃人怎逃，天降灾殃人怎逃？**

（白）阿吓！阿吓，爹娘／公婆吓！（下）

---

① 表，底本作"诰"，据单角本改。下文"辞官表"的"表"同。

② "路遥"及下文"岂敢惮路遥"的"遥"，底本作"远"，据195-1-4吊头本及单角本改。

③ 四个"我"字及"亲把坟茔扫也"，底本原无，据单角本补。

六

荆钗记

本剧系四大南戏剧目之一。新昌县档案馆藏调腔抄本所见有《空想》《逼嫁》《差舟》《投江》《官亭》《祭江》,凡六出。另,复旦大学图书馆藏清光绪十年(1884)敬义堂杨杏占抄本调腔《荆钗记》收有《逼嫁》《投江》二出;《绍兴高腔选萃》收《逼嫁》《投江》《官亭》《祭江》四出。绍兴安昌《安昌做戏快板》有"《荆钗记》,做《投江》;《琵琶记》,做《吃糠》"①之语,说明近代绍兴一带调腔班擅演《投江》。据20世纪50年代调查,绍兴的调腔班该剧有《卖花》《空想》《议亲》《遣嫁》《逼嫁》《差舟》《投江》《官亭》《祭江》九出②。

调腔《荆钗记》剧叙孙汝权讨债归家,从贡元钱流行家花园路过,听见园内钱玉莲及其婢女梅香采花声。孙汝权瞥见玉莲关窗,遂将玉莲比拟一番,并空想、模拟成亲景象,最后携仆备花红去请玉莲的姑娘作伐。钱流行见清贫书生王十朋人品端正,遂拒绝孙汝权行聘,而将玉莲嫁与以荆钗为聘的十朋。十朋上京赴试,得中高魁,因拒相府招婿,改调潮州。孙汝权套写篡改十朋家书,诡称十朋入赘相府。继母姚氏见休妻家书,逼迫玉莲改嫁孙汝权。玉莲誓死不嫁,连夜用剪刀挑开窗闩,跳窗出走,意欲投江殉节。幸逢钱载和乘船前往福建赴任,救起玉莲,认作义女。玉莲投江后,十朋母张氏携十朋妻舅李成往会十朋,出城后路遇大雪,至江边凭吊玉莲而去。清明时节,十朋携母张氏及妻舅李成,来到任所江边祭祀玉莲。十朋母子泣下沾襟,不胜伤感。

新昌县档案馆藏光绪二十九年(1903)"张贤云记"外、净、末等本(案卷号195-1-12)所收《荆钗记》总纲存《逼嫁》至《祭江》五出,据以校订。《空想》仅存净本,附存于后。

---

① 胡宅梵辑:《越郡风俗词》(有1962年自序),绍兴文理学院图书馆藏抄本,第五集。

② 参见华东戏曲研究院编审室资料研究组:《从"余姚腔"到"调腔"》,华东戏曲研究院编:《华东戏曲剧种介绍》第五集,新文艺出版社,1955,第52页,后收入蒋星煜:《中国戏曲史钩沉》,中州书画社,1982,第67页。

逼 嫁

丑（姚氏）、正旦（钱玉莲）

（丑上）（念）

【字字双】试官没眼他及第，得志。贪恋相府多荣贵，入赘。不思贫贱弃前妻，负义。叵耐穷酸太无知①**，呕气，呕气。**

（白）黄柏肚皮甘草口，人才相貌畜生心。可恨王十朋到京中了状元，寄封家书回来，上写着："入赘万俟丞相府，可使前妻别嫁夫。"他那里另娶，我这里欲改嫁。昨日孙员外又差姑娘前来说亲，不免叫玉莲出来，梳妆打扮，改嫁孙家，有何不可？玉莲那里？（正旦上）（唱）

【佚名】听说罢心怀怏怏，蓦地里心中暗想。（白）当初孙、王二姓前来说亲，王家贫穷，孙家发迹。母亲爱富嫌贫，许配孙家。爹爹不贪富贵之财，将奴许配王生。（唱）**所为着何来？因羡他经纶满腹，志气轩昂**②**，才高班马，前赴于科场**③**。幸喜得虎榜上姓名扬，鳌头独占人钦昂。不枉了孟母三迁，训诲有方。细思量，我想丈夫曾读孔圣之书，必达周公之礼，常怀宋弘之德，岂肯停妻再娶，入赘在相府东床**④**？人伦何在，孝义儿何存了？我这里细思量，虽不念糟糠妻室，也须念晚景萱堂。乌鸦高叫，**（丑白）玉莲！（正旦唱）**又听得娘亲声声高叫，一句句相催，一声声高叫，一句句相催，想起书中此事毕竟是有什**

---

① 叵耐，不可忍受，可恨。无知，底本及光绪十年（1884）敬义堂杨杏占抄本作"无痴"，据《绍兴高腔选萃》本改。调腔抄本"无知"多作"无痴"，后文径改不出校。

② 轩昂，底本及杨杏占抄本作"显昂"。调腔抄本"显昂"多见，当即"轩昂"之变（"显"和"轩"曲音、方音相近），此处《绍兴高腔选萃》本正作"轩昂"，据改，调腔其他各处"显昂"亦从改。

③ 前赴于科场，底本作"天付千科场"，据《绍兴高腔选萃》本校改。

④ 《世说新语·雅量》载郗鉴派遣门生带信向丞相王导求婿，门生回来禀报说："王家诸郎，亦皆可嘉。闻来觅婿，或自矜持。唯有一郎在东床上坦腹卧，如不闻。"东床坦腹者乃王羲之，郗鉴于是嫁女与之。后因以东床、坦腹为女婿之典。

么缘故①，天也！不觉顿惊慌。吉凶祸福从天降，莫不是继母顿起歹心肠？妾在深闺泪两行，愁默默泪汪汪②。忘白发弃糟糠，赘相府恋娇娘。骂你儿句赛王魁薄幸郎，赛王魁薄幸郎③，总被旁人讲，阿呀，夫吓！你总被旁人讲。

（白）母亲万福。（丑）罢了。（正旦）是。叫女儿出来，有何吩咐？（丑）叫你出来，非为别事，可恨王十朋到京得中状元，寄封家书回来，上写着："入赘万俟丞相府，可使前妻别嫁夫。"他那里另娶，我这里必须改嫁。孙员外不弃败柳残花，昨日又差姑娘前来说亲，为此叫你出来，梳妆打扮，改嫁孙家，有何不可？（正旦）母亲，他那里另娶，女儿情愿守节。（丑）儿吓，守节只好口说。要知山下路，须问过来人。为娘若守得过，也不来嫁你家爹爹了。且听为娘道来。（唱）

【佚名】孙员外，家富足，他那有的是金共玉。你一心要嫁那寒儒，他又缘何顷撇了汝？（正旦唱）容儿禀诉，未必我的儿夫，将奴来辜负。又道爱者欲其生，恶者欲其死，堂堂七尺躯，休听三寸舌，舌上有龙泉，杀人不见血了么？老娘！不知是那一个横死贼徒，忒兀的、忒兀的生嫉妒？（丑唱）这纸书重看觑，他明明写着入赘在万俟府。

【前腔】（正旦唱）书中句，都是虚。（白）母亲，这封书还是真的，假的？（丑）是真的。（正旦）还是眼见的，耳闻的？（丑）为娘在家，自然耳闻的④。（正旦）却有来。（唱）又道眼见是真，耳听是虚，王十朋休便休了奴家，要老娘焦躁⑤怎的？烦恼做怎的？又道是烦恼不寻人，人去寻烦恼，娘吓你好没来由，没来由、认

---

　　①　此句《绍兴高腔选萃》本作"想此事必竟是书中有什么缘故了么"，杨杏占抄本作"想此事必竟书中的缘故了"。

　　②　"汪"字底本失叠，据复旦大学图书馆藏抄本改。

　　③　次"赛王魁"，底本作"王金"，据杨杏占抄本改。《绍兴高腔选萃》本次"薄幸郎"前有"重婚"二字。

　　④　此下底本把"容儿禀诉"至"忒兀的生嫉妒"重抄一遍，今删。

　　⑤　焦躁，底本作"焦噪"，字形今从《绍兴高腔选萃》本，下文"气恼性焦躁""继母心焦躁"的"焦躁"同。

真气盅①。我儿夫曾读圣贤书,他如何损名誉②?(丑唱)你这腌臜蠢妇,他那里弃旧恋新,情如③朝露。你缘何不改前非④,又敢来误阻?(正旦唱)富与贵人所欲,贫与贱人所恶,论人伦焉敢把名儿污⑤?

【前腔】他登高第,身挂罗,侯门赘居谐凤侣。(正旦唱)他为官理民庶,必然守法度,岂肯停妻再娶?(丑唱)他是个辜恩负义,一筹不数⑥。你执性痴迷,不听娘言语,不听我的娘言语。(白)气恼性焦躁,两奶蹦蹦跳。我活八八⑦气杀哉!(正旦)且住。嫁不嫁由我,何苦与他伤气?不若安慰母亲。老娘。(丑)叫命。(正旦)为何在此出恼?(丑)反来问我?为何不肯改嫁?故而出恼。(正旦)母亲,只要依女儿一件。(丑)儿吓,你若顺从⑧为娘,慢说一件,就是十件百件,为娘依你。(正旦)待等王十朋回来,说个明白,嫁也未迟。(丑)须是介一句么?他若还一年不回?(正旦)等他一年。(丑)十年不来?(正旦)等他十年了。(丑)贱人,你倒试试看⑨,你可不老了?(正旦)阿吓,娘吓!(唱)你空自说改嫁夫⑩,嫁是嫁不成了么娘!你宁可将刀剪下奴的头发,我情愿去做尼姑。

---

① 气盅,底本作"岂故",据复旦大学图书馆藏抄本改。此句影钞明嘉靖姑苏叶氏刻本《新刊原本王状元荆钗记》(简称影钞本)作"没来由讥真闲气盅"。气盅,气愤。

② 如、名,底本作"为""盟",下文《投江》【尾】"不如抱石去投江"的"如"原亦作"为",据复旦大学图书馆藏抄本改。

③ 如,底本作"力",据复旦大学图书馆藏抄本改。

④ "不"字底本脱,据复旦大学图书馆藏抄本补。又,"你这"至"前非",底本误抄在"执性痴迷"下,据复旦大学图书馆藏抄本移改。

⑤ 污,底本作"悮(误)",据复旦大学图书馆藏抄本改,下文《投江》【驻云飞】第二支"岂肯把名儿污"的"污"同。

⑥ 一筹不数,底本作"岂旧泊疏",据《绍兴高腔选萃》本改。

⑦ 活八八,亦作"活唎唎"。《越谚》卷上《孩歌孺歌之谚》之《乡下女客》:"第三支签,弗可生妭婠。若生妭婠,阿大儞个爹,活唎唎骂煞。"妭婠,女儿的戏称。儞,音赖,这里可视为方言中意为他们的"伊儞(赖)"之省。

⑧ 顺从,底本作"认从",顺、认方言音同,据改。下同。

⑨ 此句底本作"我问成了看",据复旦大学图书馆藏抄本改。

⑩ 夫,《绍兴高腔选萃》本作"奴",与原著合。

（丑）做尼姑么？狗猖！老娘！（唱）

【前腔】贼泼贼，敢抵触①，（白）我如今不打你了。（唱）**我去告打官司，拷打、拷打你不孝女。**（正旦白）母亲告女儿什么来？（丑）告你忤逆不孝，抵触晚娘。（正旦）何用女儿出官？（丑）正要你出乖露丑。（正旦）如此老娘输了。（丑）怎见得我老娘输了②？（正旦）有道"当官让继母③"。（丑）贱人，开口继母，勿是娘么？（正旦）娘跑东来儿跑西，娘一言来儿一语。我说道："爷，王十朋是小妇人丈夫，到京得中状元，寄封家书回来，半途中不知被那个恶贼套写去了。母亲见了此书，逼奴改嫁，奴改嫁不从，因此冒犯老爷台下。"（丑插白）倒是打官司头脑。（正旦唱）**那老爷总不然叫儿去改嫁夫，你说来话儿伤风化败坏人伦，非儿抵触，非儿抵触。**（丑白）唅！（唱）**恼得我腾腾发怒，我便打死你④这贼丫头，罪不及、罪不及重婚妇⑤。**（白）你一日不嫁，打你一日；两日不嫁，打你两日。打你皮见肉，肉见骨⑥，狗猖！（正旦）且住。前者在家，女儿由他打骂；如今出嫁，女儿就是打死，要说个明白也！（唱）**阿吓，娘吓！你、你打死奴，**（丑白）地方吓，玉莲打娘。（正旦唱）**打死奴家不知紧要，倘被旁人千言万语，万语千言，他道钱氏玉莲，不从母命，被娘打死，他道儿贞节妇。阿吓，娘吓！若要女儿再嫁夫，到除非石烂与江枯。**

（丑科）耍贱哉！

---

① "贼泼贼，敢抵触"，底本作"贼来抵触"，据复旦大学图书馆藏抄本改。此前底本误将下文"恼得我腾腾发怒"至"罪不及重婚妇"重抄一遍，今删。

② "见""娘"二字底本脱，参照复旦大学图书馆藏抄本补。

③ 当官，面官，上堂见官。当官让继母，杨杏占抄本作"当堂不让于继母"，《绍兴高腔选萃》本作"当官不让于继母"。按，岳西高腔《荆钗记·逼嫁》："有道当仁不让于师，当官岂让于母？"可参。

④ "死你"二字底本脱，而"贼泼贼"前底本重抄此数句时有此二字，据补。

⑤ "罪不及"底本未叠，而"贼泼贼"前底本重抄此数句时叠词，据改。又，妇，复旦大学图书馆藏抄本作"母"，与原音合。

⑥ 肉见，底本作重文符号。《绍兴高腔选萃》本此处作"打得你皮见肉，肉见筋，筋见骨"，据校改。

（正旦）**母亲息怒且从容，**（丑）**我女儿缘何不顺从？**

（正旦）**休想门阑多喜气，**（丑）**管叫女婿近乘龙。**

（正旦哭）阿吓，夫！（下）（丑）这小贱人闭门进去了，我明日去到孙家，说多带人家，抢也要抢这小贱人去。咳，近乘龙，近乘龙，我老娘屁股跌得热烘烘。（科，下）

差　舟

外（钱载和），末（院子），净、小旦（稍水）

（外上）（引）一片襟期①，清似②五湖四海秋水。（白）下官钱载和，来任东瓯，贯居北地，官历五马③。昨日路过码头，风狂浪大，船泊江边。有神圣托梦与俺，说有一节妇前来投江，命吾捞救，说我有义女之分。有道神圣之言，宁可信其有，不可信其无。为此命稍水各驾小舟，沿江巡哨。过来，唤稍水进舱来。（净、小旦上④）（唱）

稍公有稍公，起桩开船先发篷，还是风送篷篷送风，咿咿昂昂扯起两三篷。老爷要到福州去，愿天一日抖头风，一日好顺风⑤。

（同白）老爷在上，稍水叩头。（外）起来。（净、小旦）叫小人进船，有何吩咐？

（外）我老爷昨晚得其一梦。（净）船哩有问？（末）昨夜得其一梦。（净、小旦）有何贵梦？（外）有一节妇人前来投水，命你捞救，说我老爷有义女之分，为

---

①　襟期，底本作"旌旂"，据影钞本、《六十种曲》本改。襟期，襟怀，志趣。

②　清似，底本作"尽是"，据影钞本、《六十种曲》本改。

③　官历，底本作"官力"，据文义改。五马，太守的代称。按，此自报家门，影钞本、《六十种曲》本作"下官远离北地，来任东欧（瓯）。紫绶金章，官闲五马，擢居太守之尊；朱旛皂盖，守镇三山，升为安抚之职"。

④　按，底本除开头"外上"和下文"净念"之外，各句之间用"リ"隔开，没有标出各角色名目，今联系上下文补全。另据下文可知稍水有二人，《绍兴高腔选萃》本《投江》稍水的角色为净和小旦，据以补写。

⑤　"顺风"的"风"字底本脱，据影钞本补。

此命你们各驾小舟,沿江边巡哨。(净、小旦)晓得。(外)转来。(净、小旦)老
爷还有何言?(外)听吾吩咐。(念)

【铧锹儿】乘槎浮海非吾愿,算来人被利名牵。登舟过福建,须要防岬险。来
朝动船,开洋过浅①,愿天一阵好风,吉去缰转②。

【前腔】(净念)撑船道路虽微贱③,水晶宫里快活似神仙。铺盖虽周全,不脱蓑
衣卧月眠。来朝动船,开洋过浅,愿天一日好风,吉去④船转。

　　　　(外)今晚船上且闲消,(末)明日江头看落潮。

　　　　(净)各驾小舟归大海。(小旦)撑船那怕浪头高。

(外)好,各要小心。(净、小旦)晓得。(下)

投　江

正旦(钱玉莲),净、小旦(稍水)

(正旦上)阿呀,夫吓!(唱)

【驻云飞】⑤血泪啼嚎,(白)夫吓,你不寄书来倒也罢了。(唱)寄此书来把我
抛。继母心焦躁,慢说是继母了,就是严父见此家书,他也来添烦恼。喋!
继母逼奴嫁孙豪,苦难熬。恨只恨狠毒的姑娘,终日在娘的跟前花言巧语,
巧语花言,只为钱和钞。生的含冤,死的恨怎消?

【前腔】继母心毒,逼勒奴家改嫁夫。玉莲本是贞节妇,岂肯把名儿污?喋!
继母你好败风俗,忒狠毒。你那里贪爱钱财,不顾人伦,贪爱钱财,不顾人

---

①　开洋过浅,底本作"海洋过千",据影钞本、《六十种曲》本改,下同。开洋,开航。

②　去,底本作"起","起"为"去"的方言白读音,据改。按,吉去缰转,影钞本作"吉
去羡转",《六十种曲》本作"吉去善转"。

③　撑、微贱,底本作"抢""非浅",据影钞本、《六十种曲》本改。

④　吉去,底本作"揭起",照上曲校改。

⑤　此曲牌名抄本缺题,据词式易知为【驻云飞】,今补题。

伦①,逼勒奴家,死向在黄泉路。顺母言情②,又恐怕玷辱了夫。

【前腔】除下珠玩,脱却新衣换旧衣。(白)奴家一连做了两双绣鞋,一双与婆婆上寿,一双等丈夫做官回来,佩戴凤冠霞帔。不想今日穿了你去寻死了么? 鞋!(唱)**我把这绣鞋儿、绣鞋儿忙穿起,我把这绣鞋儿、绣鞋儿忙穿起,穿便穿起来,止不住双垂泪。嗏! 继母你好太心亏,太心亏苦凌逼。逼得奴负屈含冤,死做幽冥鬼。一度思量一度悲。**

　(白)奴既要寻死,闲讲怎的? 不免出门去罢。(科)前门反锁,后门去罢。

　呀!(唱)

【前腔】**门户牢拴,无计脱身恨怎言。**(白)不免挑下来。(唱)**嗳吓! 我把剪刀儿、剪刀儿挑窗闩,咳嗳! 我把剪刀儿、剪刀儿挑窗闩,挑便挑下来③,唬得奴心惊战。嗏! 天边月儿好团圆,好团圆恨绵绵。咳! 月,你、你天边倒有个团圆之日,我钱氏玉莲一别儿夫,两地相看,再不能够与夫重相见。只恨时乖没怨天,顾不得损躯跌碎脸。**

　(白)跳下窗来,鸡犬不能惊动,想是我钱玉莲该死的了。(唱)

【佚名】**出兰房,**(白)吓,继母卧房门首④。高声大叫,不知紧要,倘然听见,走将出来,一把扯住,那时不得其死,反受其辱了⑤。(唱)**我只得轻移莲步。**(白)吓! 阿呀,爹娘吓!(唱)**别亲爹爹去寻一条死路⑥,玉莲今日丧长江,提起叫人两泪汪。为全名节投江死,我死不知紧要,撇下爹爹没下场⑦,撇下婆**

---

　①　此处底本重文起讫难明,参照复旦大学图书馆藏抄本重句,下面两支【驻云飞】同。

　②　顺、言,底本作"忍""闲",据《绍兴高腔选萃》本改。

　③　"嗳吓"至"挑下来",底本原无,据《绍兴高腔选萃》本补。另,"我把剪刀儿"句杨杏占抄本不重。

　④　"吓"至"门首",底本在下文"轻移莲步"之下;"继母"及下文"爹娘",底本作"娘ヒ"("ヒ"为重文符号),均据《绍兴高腔选萃》本改。

　⑤　"高声"至"其辱了",底本原无,据《绍兴高腔选萃》本补。

　⑥　寻,底本作"的",据杨杏占抄本、《绍兴高腔选萃》本改,下文"撇下婆婆"句的"寻"字同;"一"字底本原无,参照下文"撇下婆婆"句补。

　⑦　下场,底本作"下出堂",据杨杏占抄本改。

婆去寻一条死路。恨只恨狠毒继母,为着一纸笺书,左手抓住头发,右手拿了家法,若还向前分剖几句,他就滴溜溜打将下来,那听儿分诉①? 思量我丈夫,他晓诗书知法度,岂肯停妻再娶,撇下奴的荆钗妇? 孤苦②,巧语花言断送奴;孤苦,撇下爹爹半子无,连撇下婆婆依靠无。

(白)一家人俱已拜过,只有继母不曾拜得。且住,虽不是他所生,还须拜他一拜。阿呀,今日寻死也为了他,去拜他则甚。咳,娘,娘,非是女儿不孝,皆因你不仁了。(唱)

【佚名】我只得轻声背母悄出兰房,一天星斗碧琉璃,河汉光辉星斗稀。举头只见天边月,不见天边月下人。又只见月朗星稀,月朗星稀,无语低头痛断肠。奴好③悲伤,恨只恨奴命乖张。阿呀,十朋夫! 实只望同偕到老,又谁知两下里分张。

【前腔】我心中悲苦自觉思量,都只为书里的缘由,继母听信谗言语,逼奴去改嫁郎。奴好凄惶,奴细思量,本欲待归家,怎禁得打骂难挡。(白)走,阿呀! (唱)娘吓! 从今后再不受你打了,再不受你骂了,钱玉莲怎做重婚妇,情愿去投江。撇下了年老爹爹、没主婆婆,相伴荆钗赴大江。

【佚名】到长江,水渺茫。王昭君身死为刘王,浣纱女抱石投江死,千载姓名扬。爹爹年老,婆婆鬓霜;娘亲狠毒,逼奴嫁、嫁郎。捶胸顿足恨姑娘。(科)

【佚名】又只见滔滔江水,念奴在闺闱之中,那曾见浪滚悠悠? 阿呀! 河伯水官水母娘,我钱氏玉莲被继母逼勒不过,在此投江身死,望你保我尸骸休落在浅水滩头。有等晓得者,道奴贞节之妇;有等不晓得者,道这妇人小小年

---

① 分诉,辩解,诉说理由。该词更早的写法应该是"分疏",宋赵与时《宾退录》卷三:"世俗谓自辩解曰'分疏'。颜师古注《爰盎传》'不以亲为解'曰:'解者,若今言分疏。'""辨"通"辩"。

② 孤苦,杨杏占抄本作"姑姑",《绍兴高腔选萃》本作"姑娘你"。

③ "肠"和"奴好"三字,底本作"嫦娥",据复旦大学图书馆藏抄本改。

纪,暴露尸骸①,有甚不周。愿落在万丈深潭,浩浩长江尽处休②。

(白)这旷野之所,那里有更鼓之声? 想是我钱玉莲催命鼓到了。(唱)

【佚名】又听得五更时候,听金鸡报晓筹。(白)什么东西,将奴绊了一跌? 原来是块石头。咳,石头,石头,你就是我钱玉莲的对头了。(唱)**学不得引刀断鼻朱妙英,但学个浣纱女抱石在江边守③。远观江水流,照见④上苍星和斗。**(白)常言道"妇人下水,头发先散",有了。(唱)**荆钗牢扣,**(白)我死无人知道,也是枉然。有了。(唱)**我不免、脱下一双红绣鞋,将你移记在东瓯口。**(白)此鞋别人拾去,也是枉然。(唱)**则除非爹爹婆婆见此鞋,他怎肯甘休⑤,毕竟差人捞尸首。**夫吓! 可记得荆钗罚咒,钱玉莲不嫁孙汝权⑥,跳入长江去,三魂逐水流,七魄随浪走,恨只恨姑娘逼就。玉莲今日丧长江,万载名不朽⑦。

【尾】⑧**伤风败俗坏纲常,继母逼儿改嫁郎。若⑨把清名来玷污,罢! 不如抱石去投江。**(科)

(净、小旦上)⑩(净)家主婆,是男个呢,是女个吓? (小旦)是个妇人。(净)勿好者,两头吃之水哉。(正旦唱)

【佚名】**无奈祸临头,今朝死便休,如醉如痴顺漂流。**(白)你是什么样人,敢来救我? (小旦)我是稍人,来救你的。(正旦)你待怎讲? 吓,阿爹! (唱)**我恨杀稍水捞救,**(白)我钱玉莲,投江身死,只望流芳百世,今被稍人捞救。(唱)**倒做了遗臭遗万年,倒做了身出丑脸含羞,身出丑脸含羞。**(下)

---

① "暴露尸骸"四字底本原无,据复旦大学图书馆藏抄本补。
② 尽处休,底本作"滴水流",据复旦大学图书馆藏抄本改。
③ 守,底本作"走",据复旦大学图书馆藏抄本改。
④ 照见,底本作"壹处",据复旦大学图书馆藏抄本改。
⑤ 此句底本脱,据复旦大学图书馆藏抄本补。
⑥ 孙汝权,底本作"如扣",据复旦大学图书馆藏抄本改。
⑦ "跳入"句和"玉莲今日"二句原无,据复旦大学图书馆藏抄本补。
⑧ 此曲牌名底本缺题,曲内"继母"句底本脱,据《绍兴高腔选萃》本补。
⑨ 若,底本作"莫",据复旦大学图书馆藏抄本改。
⑩ 本出净、小旦部分底本原无,据《绍兴高腔选萃》本补。

官 亭

老旦(张氏)、丑(李成)

(内)阿呀,阿呀!(哭)(老旦上)媳妇儿!(丑同上)(老旦唱)

【佚名】叹当年贫苦未遇时,谁知道一旦分离。孩儿一去求科举,怎知道妻房溺水①。(丑白)亲母,小舅去到京中见了姐夫,把姐姐投江之事,说与姐夫知道。(老旦)成舅!(唱)**你到京中见了你家姐夫,宁可报喜,不可报忧,千万不可说起投江之事,又恐怕惊骇我的孩儿,切不可说与他知。**

【前腔】(丑唱)**亲母不必痛伤悲,容李成一言咨启。姐夫中状元签判在饶州地,他是个读书人知礼义,岂肯停妻再娶妻?劝亲母休忧虑免悲伤,且是匆匆到京畿。**

(老旦)一程行过又一程,(丑)仰望京都两泪淋。(老旦)偶遇途中风雪冷,(丑)看看来到亭官接。(老旦)成舅,这是接官亭。(丑)小舅这边看去是亭官接。(老旦)总是接官亭。(丑)好冷吓!(老旦)成舅,你看那边白茫茫,想是下雪了,撑起那雨盖来。(唱)

【佚名】官亭路上,官亭路上,风雪难禁。似这般凄凉,实伤我心②。(白)成舅请上,受老身一礼。(丑)大雪纷纷,下什么礼?(老旦)成舅!(唱)**老身受苦,理之当然,有劳成③舅受苦,你心何忍?我心何安?多多感承,多多感承。**(丑唱)**此乃是娘亲严命,况又至亲,理当相陪送,岂惮苦辛?**(白)我好愁吓!(老旦)愁什么来?(丑唱)**愁只愁亲母不惯出闺门,怎当得山又高来水又深?鞋弓袜小路难行,行不上崎岖路,好不惯经,好不惯经。**(老旦唱)**正是路逢险处难**

---

① "水"字底本脱,据《绍兴高腔选萃》本及单角本补。

② "似这般"至"我心",底本作"者是不起两日丧你心",据《绍兴高腔选萃》本及单角本改。

③ 有劳成,底本作"何老(劳)",据《绍兴高腔选萃》本及单角本改。

回避,事到头来不自由,常言道事急出了家门,我只得趱行、趱行路程①。望不见长安,愁杀老身。(丑唱)盼不见家乡,闷杀李成。

【前腔】(老旦唱)苍苍两鬓,苍苍两鬓,万里愁云②。(丑白)亲母,这条江水往温郡而来,姐姐投江而死,也是这条江水。亲母拿了雨盖,待小舅去捞他起来。(老旦)住了。你在家人人说你呆子,今日看起来,果是呆子么? 成舅! (唱)你看白茫茫江儿水③,白茫茫江儿水,总④有青冢向何处寻? 你与我打开雪径,深深拜江神。阿呀! 河伯水官水母娘娘,老身媳妇钱氏玉莲,被继母逼勒不过,在此投江身死,他的尸体不知落在那个鱼腹之中,他的灵魂不知落在那个万丈深潭,望你们有感有应,释放我媳妇灵魂。休恋长江,随着老身,去到任所,见了薄幸夫君,做些功课,做些功课⑤,超度灵魂。阿呀,媳妇儿! 往常为婆叫你一声,应我一声,今日叫之数声,应之无声了儿! 叫得我咽喉破,全无应声,哭得泪干,哭得泪干,无踪无影。我只得趱行、趱行路程,望不见长安,愁杀老身。(丑唱)盼不见家乡,闷杀李成。

【前腔】(老旦唱)关河雪冻,关河雪冻,四野云横。冻得我浑身冷,战战兢兢⑥。(丑唱)他那里战战兢兢,我这里记念我双亲,在家中冷冷清清。炭火无星,倚门悬望,不见我身,连叫几声李成吓,那见应声,那见应声⑦? (老旦白)十朋你这畜生,成舅是亲家义子,尚且记念;你是我亲生骨血,怎的不记念? 畜生! (唱)状元得中寄家音,妻子为你丧幽冥。你在皇都多快乐,娘在途中受苦辛。

---

① "趱行"底本未叠,据《绍兴高腔选萃》本及单角本改,下文"我只得趱行、趱行路程"同。

② "苍苍"至"愁云",底本同下文"关河"三句对调,据《绍兴高腔选萃》本及单角本改。"苍苍两鬓"底本未叠,据《绍兴高腔选萃》本及单角本改。又,愁云,《绍兴高腔选萃》本作"孤身"。

③ 白茫茫江儿水,底本作"白忙(茫)江水儿水",据《绍兴高腔选萃》本及单角本改。

④ 总,通"纵"。

⑤ 些,底本作"此",据《绍兴高腔选萃》本及单角本改并重句。

⑥ 此句下衍"盼不见家乡,闷杀李成",今删。

⑦ "那见应声"下底本未标唱腔符号,兹据《绍兴高腔选萃》本重句。

全无孝义忘恩本，做什么官来治什么民？你在红炉暖阁，觥饮提樽，怎知受苦娘亲，受苦娘亲，风雪里行？（白）成舅，你家姐姐短见，所为何来？（丑）所为何来？（老旦唱）都只为你娘亲受钱起亏心，逼勒你姐姐改嫁富豪门，因此上撇婆婆与兄弟，在途路上受尽了这般苦辛。我只得趱行、趱行路程，望不见长安，愁杀老身。（丑唱）盼不见家乡，闷杀李成①。

【尾】关河淌水路漫漫，怎奈衣衫不遮寒。（丑白）亲母，在家总是在家好。（老旦）成舅！（同唱）出路方知出路难，方知出路难。（下）

祭　江

正生（王十朋）、老旦（张氏）、丑（李成）、小生（礼生）

（正生上）（唱）

蝴蝶深寒春梦②，杜鹃月冷啼红。山重恩情沉③大海，清明时节恨无穷。咳！含泪吊东风。（白）结发夫妻望久长，谁知平地两分张。香魂渺渺归何处，梦里相思寸断肠。下官王十朋，只为荆妻守节而亡，今乃清明佳节，家家上坟挂帛。欲到江边祭奠一番，以尽夫妻之情。不免请出母亲。母亲有请。（老旦上）（引）细雨霏霏时候，柳眉烟锁长愁。（丑上）（引）昨夜东风暮吹透，报道桃花逐水流。（正生）母亲请上，孩儿拜揖。（老旦）罢了。请为娘上堂何事？（正生唱）新愁接旧愁，义海恩山，尽付水东流④。

（白）孩儿启告母亲。（老旦）起来讲。（正生）今乃清明佳节，家家上坟挂帛，

---

　　①　"状元得中"至"治什么民"和"我只得"至"闷杀李成"，底本原无；说白"成舅，你家"至曲文"这般苦辛"，底本原在"无踪无影"下，且脱"富豪门"的"门"字；"怎知"至"风雪里行"，底本作"怎知受苦娘亲百般辛"，均据《绍兴高腔选萃》本校补。

　　②　深寒春梦，《绍兴高腔选萃》本作"春寒去梦"。按，《摘锦奇音》卷四下层《十朋南北祭江》《十朋母子祭江》、《大明天下春》卷八下层《十朋祭玉莲》【何满子】作"春寒深梦"。

　　③　沉，底本作"深"，据《绍兴高腔选萃》本改。

　　④　此下底本有一"千"字，据《绍兴高腔选萃》本及单角本删。又，"新愁"至"东流"，《绍兴高腔选萃》本为丑角引子后的合唱。

孩儿意欲去到江边,祭奠你媳妇一番,未知母亲可容否?(老旦)好。如此为娘也要同去。(正生)下堂媳妇,有劳老母亲远行。(老旦)贤孝媳妇,去去何妨?(丑)姐夫,你我还是轿,还是马?(正生)成舅,此去江边不远,你我步行便了。(丑)小舅走惯的。(正生)挽轿①。痛忆玉莲钱氏妻,伤情苦楚意徘徊。当初指望偕白发,谁知中道两分离。(唱)

【新水令】②一从科第凤鸾飞,恨奸谋有书空寄。幸萱堂无祸危,叹兰房受岑寂③。(白)成舅,你家姐姐寻死短见,所为何来?(丑)所为何来?(正生)嗟!(唱)**他也是挨不过凌逼,受不过禁持,受不过禁持,全其母命,丧其自身,不得已而为此了么?妻吓!你便将身、跳入在浪涛里。**

【步步娇】(老旦唱④)**把昨⑤事今朝重提起,只落得肝肠裂碎⑥。**(内白)阿呀,我个天吓!(正生)问来,那旁何事喧嚷?(手下)你们何事喧嚷?(内)清明扫墓的。(手下)清明扫墓的。(正生)不要惊动他们。(唱)**正所谓清明时节年年在,要你家姐姐相见难。**曾记得清明和他拜扫时,(丑唱)**卸却愁烦,且辞泪淋⑦。**(正生白)成舅!(唱)**你姐夫曾读圣贤书,有道是吾不与祭如不祭⑧,吾不祭时却叫谁来祭?**

(小生上)礼生。(正生)免。祭文可做?(小生)做哉,请太公祖观看。(正生)好大才。(小生)非才。(丑)姐夫,这是何人?(正生)这是礼生。(丑)原来是宗

---

① 此为十朋母上轿。

② 本出底本未标曲牌名,《绍兴高腔选萃》本标有尾声,兹根据调腔曲牌连缀套式,参照刊本增补。

③ 岑寂,底本作"存际",《绍兴高腔选萃》本作"岑共寂",据校改。

④ 老旦唱,底本作"白唱",据《绍兴高腔选萃》本改。

⑤ 昨,底本作"烛",今改正。

⑥ 裂,底本作"立",裂、立方言音同,据改。按:此二句《绍兴高腔选萃》本作"你把往事今朝重提起,越恼得我肝肠碎",而影钞本"你把"作"将",其余两者相同。

⑦ "卸却"至"泪淋",《绍兴高腔选萃》本作"你当省却愁烦,且自酬礼",与影钞本、《六十种曲》本作"省却愁烦,且自酬礼"较合。

⑧ 吾不与祭如不祭,底本作"吾不祭来汝不祭",据《绍兴高腔选萃》本改。《论语·八佾》:"祭如在,祭神如神在。子曰:'吾不与祭,如不祭。'"

兄。(小生)何为宗兄之处？(丑)你也姓李，我也姓李，岂不是宗兄？(小生)舅爷姓李之李，晚生赞礼之礼。(丑)再施一礼。(小生)这是多礼。(丑)冒认子孙，算我无礼。(小生)岂有此理。(丑)吓竟赞礼，我竟勿礼。(小生)把看祭礼。(丑)各寻道理。(老旦)渺渺茫茫浪泼天，可怜媳妇丧青年。白头老母江边祭，叫声媳妇哭声天。(小生)婆不拜媳。(老旦)贤孝媳妇，拜拜何妨？(正生)母亲，媳妇消受不起。(老旦)如此，我儿代拜。(正生)做了泼水玉莲。(小生唱)主祭者进位，整冠；陪祭者亦进位，整冠。肃带，鞠躬，作揖，跪，叩首，再叩首①，三叩首，拜，兴。香案前跪，上香。(科)初上香，亚上香，三上香，兴。初献就位。(正生)咳，妻吓！(唱)

【折桂令】爇②沉檀香喷金猊，哀告灵魂，听剖因伊。自那③日宴罢瑶池，上马时只见宫花斜坠④，我只道为官有什么样差池，不想到应在你家姐姐身上，宠宫袍不从相府招勒入赘。都只为撇不下糟糠旧妻，苦推辞桃李新室。妻吓！你为我受凌逼，没存济，我为你改调潮阳恶蛮地，因此上耽误佳期，误了家妻。

(老旦)咳！(唱)

【江儿水】听说罢衷肠事，却原来只为着你。你丈夫不从⑤招赘生毒计，懊恨你娘亲忒薄意，逼得你没存济。母子虔诚遥祭，望鉴微忱⑥，早使⑦灵魂来至。(小生白)拜到东方。(正生唱)拜请东方神祇，(小生白)再拜到西方。(正生唱)再拜到西方佛舍菩提。阿呀！河伯水官水母娘娘，信官王十朋在此俯地而拜，

---

① "再叩首"三字底本脱，今补。

② 爇，底本字上爲下香，据《绍兴高腔选萃》本改。

③ 自那，底本作"是"，据《绍兴高腔选萃》本改。

④ 斜，底本作"谢"，斜、谢方言仅声调有别，据改。又，《绍兴高腔选萃》本"斜坠"作"坠地"。

⑤ 从，底本作"曾"，据《绍兴高腔选萃》本改。

⑥ 微忱，底本作"未存"，据《绍兴高腔选萃》本改。

⑦ 使，《绍兴高腔选萃》本作"赐"，与影钞本、《六十种曲》本合。

不为着别的而来,只为亡妻钱氏玉莲,被继母逼勒不过,前来①投江而死。他的尸骸不知落在那个鱼腹之中,他的灵魂不知落在那个万丈深潭,望你们相②护持,释放玉莲妻。玉莲妻脱离了波心浪里,早早向江边听祭③。(科)

(白④)虔诚祭礼到江边,追荐亡妻钱玉莲。人生有酒须当醉,一滴何曾到九泉。(唱)

【雁儿落】吾捧着泪盈盈一酒卮。(白)夫人饮一杯,下官在此陪你。妻吓!请饮一杯⑤,丈夫在此陪你⑥。(科)来,将祭礼收过了。(丑)且慢。姐夫,姐姐又不吃,你为何将祭礼收过?(正生)成舅!(唱)你看筵前美肴般般有,那见你家姐姐亲口尝?空摆着香馥馥八珍美味。又道是生前画死何存,慕遗容何处追?(白)我曾记在家攻书,你家姐姐只手提灯,只手捧茶,他说道:"夫吓,要用心攻书,自古满朝朱紫贵,尽是读书人。"(唱)你丈夫今日名为朱紫贵,缘何不见捧茶妻?我这里诉衷曲,叫了你千万声的娇莲,阿呀,妻吓!为甚的无回对?再拜自追思⑦,重会面是何日?要相逢知何时?揾不住双垂泪,舒不开两道眉。先室!恨只恨套书的贼使了谋计,使了谋计。阿呀,妻吓!贤也么妻,俺若是昧诚心天鉴之,昧诚心天鉴之。

【侥侥令】(老旦唱)这话儿分明诉与你,你在黄泉知不知?恨你娘亲太无礼,把你一对好夫妻,拆散在中途路里。

---

① "前来"二字底本原无,据《绍兴高腔选萃》本及单角本补。

② 相,底本作"保",据《绍兴高腔选萃》本及单角本改。

③ "听"字底本脱,据《绍兴高腔选萃》本及单角本补。此处《绍兴高腔选萃》本及单角本有重文符号。

④ 正生念白前,《绍兴高腔选萃》本尚有"(小生白)主祭官就位,陪祭者亦就位。鞠躬,拜,兴,拜。初献爵,亚献爵,三献爵,叠(酹)酒"的内容。

⑤ "请饮一杯"前底本有"唱"字,据《绍兴高腔选萃》本及单角本删。

⑥ "你"字底本脱,据单角本补。

⑦ "思"字底本脱,据《绍兴高腔选萃》本及单角本补。

【收江南】(正生唱)呀！早知①道这般样拆散呵，谁②待要赴春闱？母亲，孩儿幼年丧父、中年丧妻，此乃是大不幸也。这样苦命官要他做怎的，要他做怎的，便做到腰金衣紫待何如？(老旦唱)你这般高声大嚷，不知紧要，倘被外官闻知，道你重妻情轻慢君命了么儿！你说来话儿有恐外官知，有恐外官知，端的是为不义③，只落得无语低头暗伤悲，无语低头暗伤悲。

【园林好】(正生唱)忆昔当年遣④嫁时，同携手入罗帏。荆钗为聘，对天盟誓；不负山盟，休忘海誓。千言嘱咐吾当记，早晚须当看古书。我今蓝袍身挂体，及第早回归。吾今身荣归故里，缘何不见捧茶妻？连叫几声玉莲妻吓妻，你今在那里，今在那里？

(科)(小生)案前跪，细帛读祝文：维大宋熙宁七年岁次丁亥三月甲子朔，赐进士及第、任潮州⑤府事信官王，(正生)十朋。(小生)谨以刚鬣、柔毛、庶馐⑥之奠，致祭于前妻钱氏，(正生)玉莲。(小生)夫人前，而言曰：呜呼，节妇之生，守质香闺；节妇之死，仪直秉彝；节妇全备，古今所希⑦。日月同其照耀，草木为之生辉。昔受聘于荆钗，同甘苦于茅庐。春闱一起，鸾凤分飞；诈书一到，骨肉分离。姑娘设夺婚姻之策，继母行逼改嫁之威。挨不过连朝催促，受不过昼夜禁持。拜辞了睡深深之老姑，哭出了冷清清之绣帏。江心渡口，月朗星稀；波声滚滚，夜色凄凄；抱石而死，逐浪横尸。叫一声，(正生)玉莲！(小生)云愁雨哀天地怨；哭一声，(正生)阿呀，妻吓！(小生)雁

---

①　"知"字底本脱，据《绍兴高腔选萃》本及单角本补。

②　谁，底本作"欲"，据《绍兴高腔选萃》本改。

③　此句《绍兴高腔选萃》本作"端的不如布衣"。

④　遣，底本作"遗"，据《绍兴高腔选萃》本改。

⑤　潮州，底本作"饶州"，据《绍兴高腔选萃》本及单角本改。剧中王十朋初授饶州，因不从相府招赘，被改调潮州。

⑥　刚鬣(liè)、柔毛、庶馐，《绍兴高腔选萃》本及单角本作"清酌素馐"。刚鬣、柔毛，分别指祭祀所用之猪、羊。庶馐，同"庶羞"，指众多祭品。

⑦　"节妇之死""节妇全备"，底本分别在"秉彝""所希"下，据《绍兴高腔选萃》本及单角本改。

鸿迟飞①,猿鹤悲啼。哀情诉②与河伯水官,悲情荐于③佛舍菩提。料今生不能相会,愿来世再结佳期。灵魂不昧,上祇鉴之④。呜呼哀哉,伏惟尚飨。化帛。(下)(正生)阿呀,妻吓!(唱)

【沽美酒】纸钱灰蝴蝶飞,血泪染成杜鹃啼,睹物伤心越惨凄。魂灵儿你自知,俺若是负心的,随着灯儿灭。花谢有重开之日,月缺有团圆之夜。俺呵!早知道想伊念伊,早思晚提。呀!要相逢南柯梦里再成姻契。

【尾】昏昏默默归何处,哽哽咽咽常念你。妻吓!但愿你早赴嫦娥只在月殿里⑤。(下)(完)

附录:空想(净本)

本出据晚清《单刀会》等净本(案卷号 195-1-11)校录。按,曲文中朱吉被称为"安童",则朱吉为丑角(钱玉莲姑妈当为付角),如此本出系以净角唱做和净、丑插科打诨为主的净丑折子戏,曲文多出净口,因而相对完整。次曲疑为【驻马听】,结尾"死也甘心"无韵,其下当接有朱吉的唱段。该出尾曲内容则基本同于影钞本第七出(《六十种曲》本第七出《遐契》)净角上场曲【秋夜月】,唯缺中间两四字句。

(上)(唱)

【驻云飞】索债归家,忙叫安童勒住马。喜颜儿眉梢上挂,造化天来大。喋!功名事儿不图他,怎奈我年纪高大。未娶浑家,若要金榜题名,只除非洞房

---

① 迟,底本作"慈",据文义改。此句《绍兴高腔选萃》本作"哀鸿过处",同于《摘锦奇音》《大明天下春》本。

② 哀情诉,底本作"此情所",据《绍兴高腔选萃》本改。

③ 荐于,底本作"千",据《绍兴高腔选萃》本改。

④ 上祇鉴之,底本作"慈唯鉴前",费解,据单角本改。

⑤ 但愿,底本作"待愿",据《绍兴高腔选萃》本及单角本改。又,此句《绍兴高腔选萃》本作"但愿你早赴嫦娥宫殿里,早赴嫦娥只在宫殿里"。

花烛夜，未审姻亲在那家？/（白）朱吉，里面娇娇滴滴声音，是罗个①？/朱吉，那亨②骗里出来，与我员外一看？重重有赏。/手中要东西。/嘴里为当出来哉。/朱吉，去拿之铺盖来哉，在此等他出来。/带马回去。/（唱）**听墙内声声叫道采花忙，扬鞭勒马回头望，望不见那娇娘**。/朱吉可听见？/玉莲小姐说："梅香，与我掩上纱窗。"/梅香说："没得工夫。"/小姐说："待我自掩。"伸出一只手来。/唉，狗才！（唱）**轻言细听唤梅香，纤纤玉手掩纱窗**。（白）玉莲小姐可有一比。（唱）**可比做巫山女窈窕娘，/闪得我无心坐马懒还乡**。/你看马去。/方才见玉莲小姐，白个肉，黑个发，柳叶眉，樱桃口，糯米牙。比他一比，有了！（唱）**可比做一貌如花**。

（白）人无千日好，花无百日红。比过，有了！（唱）

可比做西池王母，有了！**可比做出塞昭君少面琵琶**。（白）这遭比着了。朱吉来报："启员外，钱贡元送亲上门。"我到门首一看，果然花轿到哉。"玉莲小姐，请吃交杯盏。""奴家不吃酒的。""啥，玉莲小姐勿吃酒个？学生代吃。""小姐，夜已深哉，请困③之罢。""奴家要坐到天明。"把玉莲小姐一把抱住之。（唱）**我把手儿抱住他，他把脚儿勾住咱。咱与他在象牙床④上，销金帐内，唧唧哝哝，说了几句知心话。不由人遍体酥麻**，（白）我道是妻子，原来是椅子。（唱）**若得同枕共衾，死也甘心**。

/正要吃茶。/茶冷勾。/几时到勾。/朱吉，吓多少年纪哉？/在我屋里有几年哉？/只得廿岁，那有六十岁哉？/原来三代宗亲。/请上坐。

/朱吉，吓可晓得我员外心事？/我员外受用个东西。/房里受用个。/有点意思。/床上的。/帐内的。/被内的。/席上的。/枕上的。/

---

① 罗个，"罗"亦作"啰"，方言，哪个。

② 那亨，"亨"亦作"哼"，方言，怎么，怎样。

③ 困，亦作"睏"，方言，睡。

④ "床"字单角本脱，今补。

头对头。／脚对脚。／嘴对嘴。／钻心的。／一生一世受用勾①。／那时请妈妈？／销得来。／备了花红,同我一走。(唱)

家富豪,少什么钱和宝。只因命犯孤星照,算来时只少一个老瓢②。(下)

———————————

① 按,调腔目连戏《回家》《空思想》写纨绔子弟段命扫墓归来,路遇曹府小姐曹赛英,回房后念念不忘。其中有一段答话,正与此处相似,兹据吕顺铨抄本信集(195-2-5)校录如下:"(手)公子请茶。(丑)哺吓,你几时来的?(手)我来的好几日哉。(丑)你可知我大爷心事?(手)公子心事,我怕勿晓得。(丑)你若晓得我心事,重重有赏。(手)吓。公子想做官?(丑)勿是。(手)要买田?(丑)勿是。(手)吓,要造屋?(丑)勿是。(手)格末直(掷)骰子、到簰九?(丑)哑,绣房里面末猜着哉。(手)吓,来乱哉。房里头眠床?(丑)眠床里面勾。(手)眠(棉)被?(丑)棉被底下勾。(手)席?(丑)头对头。(手)枕头?(丑)脚对脚。(手)踏脚?(丑)我死也吓欢喜勾。(手)吓,来乱哉。金漆条方棺材?(丑)狗入的。(手)我猜死猜活猜勿着哉。"又,《南陵目连戏剧目集成》卷二第十出《思春》也有类似的内容,最末的几句对答如下:"(净)头对头。(小生)脑箍。(净)脚对脚。(小生)脚镣。(净)嘴对嘴。(小生)尿鳖。(净)疏皮的。(小生)石灰水。(净)来往,一生享福的。(小生)一口大棺材。"

② 瓢,单角本作"嫖",今改正。老瓢,指老婆。明郑之珍《新编目连救母劝善戏文》卷下《见女托媒》【水底鱼儿】:"伐柯伐柯,匪斧奈之何。要求老瓢,先来拜媒婆。"

七　白兔记

本剧系四大南戏剧目之一。新昌县档案馆藏调腔抄本有《出猎》《回猎》两出,复旦大学图书馆藏抄本《倭袍》不分卷附《绍兴高腔三种》亦收有该两出。又,调腔《双贵图·磨房》尚有《白兔记》"花园夺棍"曲文一支:

> (丑)妈妈当做李三娘,是我当做刘智远,花园夺棍做一只。(老旦)小畜生,不怕天雷打死的。(丑)妈妈串戏,是不妨得的。阿呀,三娘妻吓!(唱)你若有夫妻情,花园送杯茶。没有夫妻情,但凭你心下。莫说花园有瓜精,就是天雷我愿当。

由此可知调腔更早时或有此出,但现存调腔抄本已不可见。班友书、王兆乾编校《青阳腔剧目汇编》上册(安徽省艺术研究所、安庆市黄梅戏研究所等编,1991)和崔安西、汪同元主编《中国岳西高腔剧目集成》(安徽文艺出版社,2014)所收安徽岳西高腔《白兔记·扭棍》有该曲,可参。

民国二、三年(1913、1914)之交,绍兴的调腔班"大统元"赴上海商办镜花戏园演出,曾以《射白兔》为名演出本剧。民国二十五年(1936)绍兴的调腔班"老大舞台"赴上海老闸大戏院演出,曾搬演《白兔记》的《出猎》《回猎》。桂森《越集》云:"偶得老闸戏院日戏单一纸,是念五年六月十四日夜戏,戏目:……筱华仙、周长胜、应增福、陈连禧《白兔记》(原注:《出猎》《回猎》)。"[①]

调腔《白兔记》剧叙刘知远邠州投军,其妻李三娘在家被兄嫂相逼,受尽折磨。三娘磨房产下一子,因无剪刀,用嘴咬断脐带,故取名"咬脐郎",并托窦公送往邠州抚养。十六年后,咬脐郎出外打猎,因追赶白兔,同在井边汲水的亲娘相遇。咬脐郎携三娘回书急报父亲,得知情由后,咬脐郎随即前往营救母亲。

新昌县档案馆藏《铁冠图》等总纲本(案卷号 195-1-135)所收《白兔记》

---

① 桂森:《越集》,上海《越剧画报》1941 年 5 月 18 日改革扩充号第 15 期。

将《出猎》分为《出猎》和《汲水》,校订时以之为底本,分作《出猎》《汲水》《回猎》三出。该总纲本部分纸张略有残损,校订时少数残缺文字径参照各本补足。剧中王三的角色,《铁冠图》等总纲本(案卷号 195-1-135)、民国九年(1920)"方玄妙斋"《白兔记》吊头本[案卷号 195-2-8(1)]和《绍兴高腔三种》本标作丑角,而光绪三十年(1904)"潘保金读"付本(案卷号 195-1-41)作付角,前揭"老大舞台"赴沪演出,饰演者周长胜亦为付角。曲牌名抄本题有【点绛唇】【金钱花】和【尾】("你与我千嘱咐万叮咛""朝廷敕赐锦衣归")等,其余参照《调腔曲牌集》重订。

出　猎

小生(咬脐)、丑(王三)

(小生上)唉!(唱)

【驻云飞】武艺高强,手执宝雕弓一张。黄鸟枝头上,箭去如风响。喋!爹尊命我去游山,去游山打狼獐。打得狼獐,即便还乡,慢说是外人钦仰,就是俺堂上爹尊,他也来添升赏。刘府之中年少郎,方显男儿当自强。

(丑)晓出。(小生)晓出凤城东。(丑)分围。(小生)分围浅草①中。(丑)红旗。(小生)红旗遮白日。(丑)匹马。(小生)匹马走西东。(丑)左手。(小生)左手抽枝箭②。(丑)翻身。(小生)翻身扣角弓③。(丑)好吓!(小生)众军齐喝彩。(丑)一箭。(小生)一箭射双鸿④。(丑)射双鸿,射双鸿,射得一只凤。(众)什么凤?(丑)草荐底下台板缝。请问小将军,带领多少人马?(小生)俺奉太老爷之命,不带多。(唱)

---

①　浅草,底本作"箭",《绍兴高腔三种》本及单角本作"箭草",今校"箭"作"浅",并补"草"字。

②　抽枝箭,单角本作"抽金箭",《绍兴高腔三种》本作"抽根箭"。

③　此句底本作"扣急弓",据《绍兴高腔三种》本及单角本改。

④　此句底本作"射场空",据《绍兴高腔三种》本及单角本改。

【点绛唇】①只带得帐下三军,听我号令。(丑白)小将军好英雄。(小生唱)俺英雄猛如虎,(丑白)好披挂。(小生唱)披挂儿赛天神,扑咚咚催军鼓响,急筝筝趱将军令②,豁喇喇炮响震天庭。左右!你与我人人挽着弓一张,一个个带着狼牙箭儿根,必须要紧着眼用着心,你与我见兔放鹰。白马儿闪烁烁头戴红缨,黄犬儿吠汪汪走如飞云,霎时间行过几乡村。獐麂兔鹿皆不见,只见那乌鸦鸟雀尽藏身。

【前腔】又只见天边鸿雁闪③如云,王三!你与我急急的解绒绳放海青④。那海青飞入在天鹅阵,那天鹅见了猛惊,他慌忙逃性命。海青随后跟,霎时间抓住了天鹅一双眼睛,抓得他头上碎纷纷血淋淋,毛羽乱飘零,翻天覆地倒入在地埃尘。

(众)好吓!(小生唱)

【前腔】众军们休得要喝彩声频,俺这里人劳马倦暂歇在邮亭。(众唱)腹中饥饿,禀上将军。(小生唱)快与俺寻觅坊村,沽美酒消愁闷。(白)王三。(丑)有。(小生)这里可有酒饭买,你去问来。(丑)呔,前面老朋友请了⑤。(杂⑥)请了。(丑)借问一声,这里可有酒饭买?(杂)这里莫有。(丑)那里有?(杂)前面杏花村。(丑)有多少路程?(杂)五里、五里又五里,三五十五里。(丑)有劳哩。借

---

① 此曲牌名底本缺题,据单角本补。由此至结尾,《调腔曲牌集》以"你与我人人挽着弓一张"至"又只见天边鸿雁闪如云"为【混江龙】,"你与我急急的解绒绳放海青"至"沽美酒消愁闷"为【油葫芦】,"休得要掳害良民"至"军令施行"为【燕儿落】,末两句作尾声,不知何据。富春堂本《白兔记》第三十四折及《八能奏锦》卷六下层《咬脐游山打猎》、《歌林拾翠》二集《白兔记·咬脐出猎》等明清选本皆作三支【点绛唇】(按,此【点绛唇】为"俚歌北曲",同杂剧北曲已有很大区别),今从之。

② 趱,底本作"斩",据单角本改。趱将军令,富春堂本作"趱上金玲(铃)"。

③ 闪,底本作"烱","烱"同"闪";单角本作"去",《绍兴高腔三种》本作"急"。按,《八能奏锦》本作"线"。

④ 海青,即"海东青""海东青鹘",一种雕类猛禽,产于黑龙江下游及附近海岛。此下单角本有"吓,放海青哉"的宾白。

⑤ 此处《绍兴高腔三种》本作"(丑)得令。呔,前面老牯牛请了。(众)老朋友"。

⑥ 杂,《绍兴高腔三种》本作"内"。

问酒家何处有,牧童遥指杏花村。小将军,我去问来了,这里莫有。(小生)那里有?(丑)前面杏花村有。(小生)有多少路程?(丑)五里、五里又五里,三五十八里。(众)三五十五里。(丑)小狗囝,要酒吃,多走个三里勿妨得①。(小生)可赶得上?(丑)日当中午,赶不上了。(小生)如此每人与你三分银子,各人去买。(丑)晓得。呔,列位伙计,大家走将拢来②。(众)做什么?(丑)有道麻袋里面,取出料绞袋,一代不如一代。(众)此话怎讲?(丑)当初太老爷出门打镴。(众)打猎③。(丑)与我们多则一钱,少则八分。如今出了这个将军,与我三分银子,吃了莫得用,用了莫得弄,我倒有个主见在此。(众)什么主见?(丑)我们将这三分头藏过了,仗了小将军的威风,到前面大户人家去抢。(众)怎生抢法?(丑)嗒!(念)抢得酒来酒几埕④,抢得肉来肉几斤,你一埕,吾一埕,我爷一埕⑤。大家吃得醉醺醺,上前去掳掠良民,掳掠良民。(小生)呃!(唱)**休得要掳害**⑥**良民,你若是依咱令,一个个有功有赏,你若是违咱令,禀过堂上太老爷军令施行,军令施行**。(丑白)将军有病。(众)将军有令。(丑)他说道依咱令,一个个有肉有鲞。(众)有功有赏。(丑)你若是违咱令,禀过堂上太老牛,袜洞里抽出小刀来,小狗囝拿手来割断脚筋,割断脚筋。(众)军令施行。(小生)王三带马。(丑)吓。(小生唱)**路上有花并有酒,一路分作两程行**。(下)

---

① "小狗囝"至"勿妨得",底本原无,据单角本补。

② 拢,底本作"弄",今改正,下同。此处单角本作"列位鸟车抱龙(拢)来",《绍兴高腔三种》本作"(丑)嗳,列位鸟龟。(众)伙计。(丑)爬将弄(拢)来。(众)走将弄(拢)来"。

③ 镴,锡铅合金,又称白镴、焊锡。底本众答话"猎"作"镴",今改正。此处《绍兴高腔三种》本作"(丑)当初太老牛出腊的时节。(众)太老爷"。

④ "念"和"来酒"底本脱,据单角本补。

⑤ "你一埕"至"我爷一埕",《绍兴高腔三种》本作"你一斤来我一埕",单角本作"儿一埕,侄一埕,王三伯伯也一埕"。埕,酒瓮。

⑥ 掳害,其他抄本作"掳掠",检《八能奏锦》本作"扰害",则"害"字亦有所本。

汲　水

正旦(李三娘)、小生(咬脐)、丑(王三)

(正旦上)苦吓!(唱)

【驻云飞】兄嫂无情,逼勒奴家改嫁人。自叹奴薄命,爹娘双不幸。喋! 瓜园两离分,两离分杳无音。自从爹娘亡过,哥嫂听些谗言,逼奴改嫁不从,日间汲水,晚来挨磨。奴家受苦不过,本待要寻一个自尽,心中自思自想,待等薄幸丈夫①回来,诉说个衷情;咬脐儿子回来,相见一面。今冬若来,相会有期;今冬不来,相会无期。相会见,无期了,刘郎夫,咬脐儿,你把受苦娘亲,受苦的娘亲,须索罢休,昔为绣阁香闺女,今做了跣足蓬头成不得人,成不得人。

(众、小生上)(同念)

【金钱花】②将军出猎郊西,郊西,人人都要心齐,心齐。弓箭手两边走,白兔儿去如飞,白兔儿去如飞。

(小生)马来。王三! (丑)有。(小生)你们寻兔的寻兔,寻箭的寻箭,前去寻来。(丑)晓得。众伙计,走将拢来。(众)做什么? (丑)小将军有令,大家寻兔的寻兔,寻箭的寻箭。(众)我们大家去寻来。(丑)唅,小将军好眼力,一箭射过墙去了,我们进去寻来。唛,小将军果然好卵力,一箭射在妇人的水桶内,待我拔将出来。噫,方才箭竿上,未有字的,如今有几行细字在这里,不免拿去小将军,蛇眼刮刮。(众)龙眼观看。(丑)启小将军,方才箭竿

---

①　"丈夫"下底本有"儿子"二字,据各本删。
②　此曲底本未抄,曲牌名和曲文分别据单角本和演出本补。《绍兴高腔三种》本此曲作【红绣鞋】将军出猎郊西,郊西,人人俱要心齐,心齐。不日里选归期(又)"。按,曲牌名以【金钱花】为是,【金钱花】与【红绣鞋】词式相似,常致误题。

上，未有字的，如今有几行细字在这里①。（小生）拿我来看。箭是雕翎箭，（丑）箭箭。（众）勿要打混。（丑）打混泥鳅。（小生）兔是月中王。（丑）王王。（众）勿要开口。（丑）开口黄鲇。（小生）咬脐来打猎，（丑）猎猎。（众）勿要多嘴。（丑）多嘴九头鸟。（小生）井边遇亲……（丑）娘。（众）莫有娘字的。（丑）莫有娘字的，不合韵哩。（众）倒运些②。（小生）王三。（丑）有。（小生）问这妇人讨还白兔。（丑）吓③。呔，我小将军紧赶紧走，不赶不走。（众）不赶是不走。（丑）吃吃力力，打得一只白涕。（众）白兔。（丑）你吃了我的肉，还了我的皮；吃了我的皮，还了我的四只大大蹄。怎么，被你连肉、连皮、连蹄吃将下来？我把你这肮肮脏脏的妇人④！（正旦）长官！（丑）吓——（众）呔，老狗亻禽，做什么？（丑）妇人说道，要白兔还叫我们相欢。（众）他称你是长官。（正旦）长官！（唱）

【佚名】你与我多多拜上小将军，传言上复众军们⑤。此乃是大路旁，又非是小路口，来的来往的往，来来往往人有万千，那曾见小将军白兔儿走将过来？念奴家受苦之人，落难之妇，你那里得问便得问，不得问⑥休来问我女裙钗，休来问我苦情怀⑦。

---

① "带马"至"在这里"，《绍兴高腔三种》本作"（丑）你们拿了婆。（众）拿了弓。（丑）有弓必有婆，有秤必有锤。寻兔的寻兔，寻箭的寻箭。嗳，小将军好狗段。（众）好手段。（丑）一箭射在妇人水空里。（众）水桶里。（丑）待我拔将出来。（众）取将出来。（丑）取拔一样的。阿哟，方才箭根上没齐，如今有几个齐来里。（众）有几个字。（丑）拿去小将军蛇眼观看。（众）龙眼观看。（丑）龙总是蛇变的。小将军请看箭"。

② "不合韵哩"四字底本原无，据《绍兴高腔三种》本补。《绍兴高腔三种》本无"倒运些"三字，疑此当作"（丑）莫有娘字的，不合韵哩。有娘字倒运些。（众）押韵些"。

③ 《绍兴高腔三种》本此处作"（丑）嘎。呔，我把你这个布裙吓布裙！（众）妇人。（丑）妇人总要记（系）布裙个"。

④ 此种"把"字句，近代汉语中常见，一般用于骂人，如元刘唐卿《降桑椹蔡顺奉母》杂剧第一折："老蔡，我把你个老猢狲。"调腔《凤头钗》第二十一号："我把你狗头，杀死人命不够，还要买毒药到监中害他。"但这类句子，抄本亦作"骂你这……"或"我骂你这……"。

⑤ 拜，底本作"扳"；上复，底本作"丈夫"，下同，据《绍兴高腔三种》本及单角本改。

⑥ "不得问"三字底本脱，据《绍兴高腔三种》本及单角本补。

⑦ 底本曲文止于"女裙钗"并标注重句，据各本改。

（丑）喔。启小将军，可怜这妇人说得好东惶。（众）好凄惶。（丑）东西相对。他说道列位车宽，那！你与我多多拜上小将军，传言上复众军们，此乃是大路旁，又非是小路口，来的来往的往，来来往往人有万千，那曾见小将军的白兔儿走将过来？念奴家受苦之人，落难之妇，你那里得问便得问，不得问，休来问我苦苦苦。（众）呔，老狗贪，为啥苦勿出头？（丑）生你骨样妮子①，叫我那介②苦得出头？（小生）王三，这妇人有什么冤情，叫他到亭子上来诉苦。（丑）晓得。呔，你这妇人有苦无苦，小将军叫你亭子上去脱裤。（众）诉苦。（正旦）晓得。将军万福。（小生）呀！（唱）

【不是路】举目相看，（众白）老狗贪，什么意儿？（丑）勿听见小将军说，王三你老实人，去摸摸妇人脚看。（众）举目相看。（丑）鬼介眼睛，有啥好看？（众）个个是故事。（丑）顾阿三赖弟顾阿四来亨磨豆腐③，我同你吃豆腐去。（众、丑下）④（小生）呀！（唱）**看他不是人家奴婢颜⑤。风雪天，为甚的冒雪冲寒、冒雪冲寒汲着井泉？湿衣单，这其间令人疑惑还惊叹。**妇人吓！**我问你是谁家女，那家眷？谁家妇女那家宅眷？莫不是父母上损伤，手足上伤残？有什么冤情，有什么冤枉，**妇人吓！**一桩桩一件件向亭子上⑥来讲，有其冤来诉其冤，有其情来诉其情，快说其情，诉说其冤⑦。**

---

① 骨样，亦作"个样""介样"，方言，这样。妮子，调腔抄本"妮"亦作"倪"，方言，儿子。

② 那介，如何，怎样。清茹敦和《越言释》卷上"介"条："越人以如此为'是介'，如何为'那介'。""介"亦作"格"。

③ 赖，可视为方言意为他们的"伊赖"之省，而表领有时，有时复数人称代词实际上表示的是单数。来亨，"亨"亦作"哼"，方言，在，在那儿。"亨（哼）"的用法详见《西厢记·游寺》"梦里来带成亲"注。

④ "举目相看"以下科诨，底本作间隔符号而未予抄录，据单角本和《绍兴高腔三种》本补。

⑤ 颜，底本作"也"，据《绍兴高腔三种》本及单角本改。

⑥ "上"字底本脱，据各本补。

⑦ 快说其情，诉说其冤，底本作"诉说其冤，诉说其情（又）"，单角本作"诉说其情，快说其冤"，据195-2-8（1）吊头本改。

【风入松】(正旦唱)恭承明问自羞惭，这苦楚启齿难言。薄幸夫婿相抛闪①，致②此身受苦千般。只因骨肉家门变，将军垂听诉奴冤，将军垂听诉奴冤。

　　(小生)可有丈夫？(正旦唱)

【前腔】幼蒙父母最矜怜，雀屏开为选良缘。(小生白)嫁与何人？(正旦唱)嫁与亏心短幸刘知远。(众、丑上)(丑)勿好哉。出一拳，打得吓三日勿吃碗。(众)勿吃饭。(丑)小狗肏，饭要碗盛。这妇人会做剪绺③贼的，僻处堂上太老爷的名字盗将起来，任其"雄猪卵，雄猪卵"。(众)刘知远。天下有同名同姓。(丑)铜皮包秤。(众)同名同姓。(丑)砻糠搓绳。(众)同名同姓。(丑)瞎子看灯。(众)同名同姓。(丑)来带哉，乃娘做和尚成亲④，吃喜酒去。(众、丑下)⑤(小生)不该言夫之过，道夫之短。(正旦)将军！(唱)非是奴家言夫之过道夫之短，自从瓜园别后，一十六载，杳莫个音信回来，兀的不是亏心短幸刘知远。不久间亲丧黄泉，哥嫂骤起萧墙变，一朝心忿离家园。

　　(小生)你丈夫到那里去了？(正旦唱)

【前腔】邠州妄想去求官，致令我手足伤残。忍心害理相逼遣⑥，把奴家脱绣鞋剪断云鬟。日间汲水愁无限⑦，晚来挨磨不容眠，晚来挨磨不容眠。

　　(小生)可有儿子？(正旦唱)

【前腔】婴儿产下磨房间，(小生白)到那里去了？(正旦唱)送往邠州去天边⑧。(小生白)几年了？(正旦唱)一十六载时光换，(小生白)可有音信回来？(正旦唱)

---

① 夫婿相抛闪，底本作"夫妻抛闪"，据《绍兴高腔三种》本改。

② 致，底本作"者"，今改正。

③ 剪绺，剪破别人的衣衫进行偷窃。

④ 乃，抄本作"那"，王福堂《绍兴方言研究》记作"侬"，调腔抄本亦作"乃"，今改作"乃"，绍兴方言读作[na]，阳上调。"乃"或"侬"义同"吓赖"，方言，你们。做，方言，和，跟。《越谚》卷下《发语语助》："做，作'与'字解。"

⑤ "嫁与亏心短幸刘知远"以下科诨，底本未抄录，据单角本和《绍兴高腔三种》本补。

⑥ "一朝心忿"至"相逼遣"，底本未抄录，据《绍兴高腔三种》本及单角本校补。

⑦ 限，底本作"难"，《绍兴高腔三种》本作"夜"，今改正。

⑧ 边，底本作"涯"，据单角本改。

杳莫个、杳莫个音信回还①。(小生白)儿子叫什么名字? (正旦唱)**磨房之中,产将下来,莫有剪子,将口咬下脐来,取名咬脐儿子终身**②**怨。三朝血块,送往邠州,今日纵有青天开眼,母子对面,不得能够相认了,这桩冤情诉来难**③**,这桩冤情诉来难。**

(小生)呀! (唱)

【前腔】**听他说罢好伤怀,不由人珠泪盈腮。只道他丈夫儿子今何在,却原来都在我邠州军寨。**(白)妇人,你可识字否? (正旦)略晓一二。(小生)好也。(唱)**方才一见,只道是村庄民妇;既晓翰墨,此乃是女中的丈夫。你既晓字儿**④**,妇人吓! 何不写下一封书来?**(正旦插白)无人带去,也是枉然。(小生唱)**非也! 既叫你写书,那有个不带之理? 带书之人可比做甚的而来,好一似因风吹火用力不多,用力儿不多了,妇人吓! 我便与你将书带,带往邠州去,查夫问子来。管叫你夫妻相会母子团圆,那时节撇下了水不汲磨不挨**⑤**,免得今朝受尽苦哀哉。劝你休忧虑免伤悲,枯木逢春花再开。**

(白)王三。(众、丑上)⑥(小生)借文房四宝,与妇人写书。(丑)晓得。呔,前面老牯牛请了,你的文房四宝借我一用。(内)柜头上拿。(丑)吓,伙计,那里去泽泽⑦? (众)井栏杆上。(丑)莫有水。(众)墙上的雪。(丑)阿唷,好冷吓! 伙计,为妇人不会起由头,我与他起了个由头。妇人写书一封,寄去

---

① 莫,《绍兴高腔三种》本写作"没",同。还,底本作"来",据单角本改。

② 终身,底本作"终须",据《绍兴高腔三种》本改。

③ 诉来难,底本作"诉与谁",据单角本改。

④ 底本"女中的丈夫"下标"又"字,而无"你既晓字儿"一句,据各本改。

⑤ 挨,底本作"冤",据单角本改。

⑥ 此处人物上场底本未标,今补。

⑦ 泽,底本作"择",今改正。泽,润泽。按,"晓得"至此,《绍兴高腔三种》本作"(丑)嗄,列位伙计,小将军要黄布棉袄。(众)文房四宝。(丑)嗐个东西,叫做文房四宝? (众)笔墨纸砚。(丑)那里去得? (众)前面店中去借。(丑)前面店干请了。(众)店管。(丑)货卖完哉,店干哉呢。文房四宝,借我一借。(内)柜头上拿。(丑)勿难,勿难。(众)什么意儿? (丑)叫我跪得去拿。(众)柜头上拿。(丑)做得冒入(失)鬼哉。(内)拿去就拿来。(丑)晓得哩。伙计吓,文房四宝在此,放在那里"。

邠州老公。（众）相公。（丑）老公也是公，相公也是公，只要公字勿脱空。你的呆葛戎，实在勿通，自从去后，日夜勿空。（众）为啥日夜勿空？（丑）勿是东边大伯，西边叔公。（众）老狗𤞓，东边大伯、西边叔公做啥？（丑）日里水挑勿动哉，东边大伯把我水挑两担；夜里磨挨勿动哉，西边叔公把我磨挨两转，要勿要吓？自从后米桶吃空。（众）为啥米桶吃空？（丑）一十六年哉，要勿要吃空？生下儿子怎么样？怎么样？（众）老狗入，有这许多"怎么样"。（小生）王三，那妇人自己写书。（正旦）晓得。（唱）

【佚名】三娘写①**书一封，寄与邠州刘相公。自从瓜园分别后，哥嫂逼勒再重婚，奴不从来夫怎知，剪发除衣为奴婢。写家书报夫知，早早回来莫待迟，早早回来莫待迟。**

（白）早来三日重相见，迟来三日鬼门关上做夫妻。刘相公亲手开拆。将军请上，受奴一礼。（唱）

【风入松】②**将军怜悯苦哀哉。**（丑白）不要拜，不是精，定是怪，小将军紫金冠冰冷哉。（正旦）列位长官，小将军年幼，有恐忘怀，望列位将军呵！（唱）**你与我千嘱咐万叮咛，千嘱咐万叮咛。**（正旦下）

（小生）王三送水。（丑）嗳，列位伙计，小将军命我送水，往那里去？（众）随妇人脚影而去。（丑）他的脚小，我的脚大。（众）当当影儿的。（丑）阿哟，这个妇人有得苦哩。（众）怎见得？（丑）斗鸡脚走的。（众）来往去步。（丑）这脚去的，这脚来的，长弄堂里射将进去。呔，我们送水来的。（内）那里来的？（丑）邠州来的兵。（内）打断你的肋。（丑）邠州来的将。（内）打断你个肠。打吓！（丑）启将军，不好了，长弄堂里赶出三个异人，长长一个矮子，有头

---

① 写，底本作"绣（修）"，各本及下文《回猎》均作"写"，据改。

② 本曲"你与我"至"万叮咛"，195-2-8(1)吊头本题作【尾】，《绍兴高腔三种》本曲文作"你与我去邠州，千功果万修斋（又）"。按，《摘锦奇音》卷二下层《白兔记·三娘汲水遇子》有"将军怜念苦哀哉"至"胜造千功果万修斋"一段，曲牌名作【风入松】，调腔本较之只是删减了中间数句，现据以补题曲牌名。

发一个癞子,光下巴一个胡子,打得小人勿见帽子。(众)手中拿的什么?(丑)小子见之,老子戴之。(众)系之裤子。(小生)这里什么地方,前去问来。(丑)呔,这里什么地方?(内)沙陀村。(丑)什么井?(内)八角井。(丑)打我的?(内)李洪信。(丑)骂我的?(内)张丑奴。(丑)挑水的妇人?(内)李氏三娘。(丑)嗳,启将军,问来哩,叫做叉袋①村。(众)沙陀村。(丑)叫得拍脚井。(众)八角井。(丑)打我的兴哄兴。(众)李洪信。(丑)骂我的揩桌布。(众)张丑奴。(丑)挑水的妇人猁狮个娘。(众)李氏三娘。(丑)启将军,剿灭他去。(小生)这里不是太老爷该管之所。(众)老狗俞,白打哉。(丑)白打哉②。(小生)王三带马。(唱)

【驻云飞】③**叹论人生,性禀阴阳天地灵。受胞胎方得成人,必须要正三纲全五伦**。(丑白)将军,何谓三纲?(小生)君为臣纲,父为子纲,夫为妻纲,此乃三纲④。(丑)何谓五伦?(小生)君臣有义,父子有亲,夫妇有别,长幼有序,朋友有信,此乃五伦。(唱)**岂不闻上有君来下有亲,君亲一体为子的须当慎。似这般兄仇其妹嫂妒其姑,是为人的可比做甚的而来,好一似犬马区区禽兽生。**

【前腔】**慢自评论,怎**⑤**不念千朵桃花共树生。忍叫他汲尽三角井,磨房中清冷谁瞅问。嗦!**(白)吓,咬脐,咬脐,你这小畜生!(唱)**料你长大也成人,成人当报恩。娘睡湿床席,抱儿眠干稳**⑥。十月怀胎,三年乳哺,为娘的吃尽了多

---

①　叉袋,又称"叉口",一般为麻制,袋口有两个叉角可以系结,可用来装粮食。

②　"(丑)嗳,列位伙计"至"白打哉",底本未抄录,据《绍兴高腔三种》本补。

③　此曲单角本题"驻尾",《调腔曲牌集》题作【驻马听】。参照《歌林拾翠》二集《白兔记·义井传书》,此及以下三曲皆当为【驻云飞】,唯调腔本一、三两曲脱去定格字"嗦"。《调腔曲牌集》自"阿吓是了么左右"至"要与节妇伸冤恨"订作【斗黑麻】,末句作尾腔,分析有误。"阿吓是了么左右"至"免得丧幽冥"实系加滚。

④　《绍兴高腔三种》本此下尚有以下内容:"(丑)我屋里有四纲。(众)那里来的四纲?(丑)一只酒缸,一只水缸,一只菜缸。(众)还有呢?(丑)唔,勿老实,勿话吡听。(众)我难介老实哉。(丑)开开后门,一只粪缸。(众)老狗俞。"其后"此乃五伦"下尚有以下内容:"(丑)伦到少得伦。(众)为啥呢?(丑)生得儿子要骂爹。(众)老狗俞。(丑)喏,以骂哉。"

⑤　怎,底本作"意(竟)",据195-2-8(1)吊头本及单角本改。

⑥　"娘睡"二句底本原无,据195-2-8(1)吊头本及单角本补。

劳顿,便是铁石人闻也泪淋。

【前腔】蓦地思忖,怎不叫人、叫人珠泪淋。(白)王三,那妇人分明是太夫人了。(丑)堂前挂草荐。(小生)此话怎讲?(丑)勿是话哉①。(小生)咳!(唱)**既然不是我娘亲,缘何一家大小同名姓**②?(丑白)启小将军,方才妇人说得好苦。(小生)他怎讲?(丑)他道早来三日重相见,迟来三日鬼门关上做夫妻。(小生)既有此话,何不早讲? 快快带马!(唱)**飞身跃马转家庭。**(众白)小将军马儿去得快,众军们赶不上了。(小生唱)**阿吓是了么左右,非是我将军马儿去得快,不顾你众军们**③,**方才妇人手拿一管笔,眼观一张纸,欲写不写,两泪汪汪,所为何来了么左右? 恨不得胁生双翅,身驾祥云,飞到邠州,飞到邠州**④,**禀告爹尊。飞身跃马转家庭,急急归营寨,传报我爹尊,救取红颜妇,免得丧**⑤**幽冥。军中若有姓刘人,是军是民**⑥,**叫他早早还乡井。**(众插白)若不是太夫人?(小生唱)**要与节妇伸冤恨,**(众白)若还是太夫人?(小生)这还了得!(唱)**我做一个赵氏孤儿杀佞臣,赵氏孤儿杀佞臣。**(下)

回 猎

正生(刘知远)、丑(王三)、小生(咬脐)、小旦(岳秀英)

(正生上)(引⑦)孩儿打猎未回归,使我心下忧虑。(白)事不关心,关心者乱。下官刘暠⑧,我儿出外打猎,这时候不见回来,好不挂念。(丑上)报,小将军

---

① 勿是话哉,"勿是画哉"的谐音。

② "怎不叫人、叫人珠泪淋"之后至此,底本未抄录,据单角本和《绍兴高腔三种》本补。

③ "非是"二句底本原无,据 195-2-8(1)吊头本及单角本补。

④ 各本此处不重。另,所重曲文有可能还是"胁生双翅,身驾祥云,飞到邠州"或"身驾祥云,飞到邠州"。

⑤ 丧,底本作"死",据单角本改。

⑥ "是军是民"四字底本脱,据《绍兴高腔三种》本及《调腔曲牌集》补。

⑦ 此"引"字底本未标,据单角本补。

⑧ 暠(hào),底本字形形似"皋"字,单角本作"乐",据载籍改。

回。太老爷在上,王三叩头。(正生)王三,小将军打得多少飞禽走兽,说与老爷知道。(丑)多多多,三担竹鸡,四担画眉,五个老虎,六个狐狸,话末是介话,来亨天里飞。(正生)呸,胡说! 请小将军换了戎衣相见。(丑)吓,小将军有请。(小生上)(引)柳荫树下一佳人,父子缘何同姓名。好似和针吞却线,刺人肠肚系人心。(白)爹爹拜揖。(正生)罢了,坐下。(小生)孩儿晓得。(正生)打得多少飞禽走兽,说与为父知道。(小生)孩儿晓得。(唱)

【驻马听】上告爹尊,因打兔儿莫处寻。见一个苍须皓首,驾雾腾云,行到庄村。见一佳人呵! 井边汲水泪盈盈,蓬头跣足容颜损。(正生白)你可问他?(小生唱)儿问原因,儿问原因,李家员外是他的爹名姓。

　(正生)可有丈夫?(小生唱)

【前腔】匹配夫君,嫁与爹爹共姓名。夫妻成婚才两月,分别瓜园,前去投军。哥嫂逼勒再重婚,身怀有孕难从命。因此上受苦艰辛,受苦艰辛,怎敢违却夫君命?

【前腔】怀孕将期,赶逐荷花池畔居。幸喜得刘家有后,产下婴儿,名唤咬脐。哥嫂日夜使谋计,将儿撇在鱼池内,(正生白)可不淹①死了?(小生唱)感得窦老提携②,窦老提携,将儿送往邠州地。

　(正生)呀!(唱)

【前腔】此话跷蹊,他是何人爹是谁? 天下有同名③同姓,万事三思,然后施为。(小生唱)心中辗④转暗猜疑,其中难辨详和细。其实伤悲,其实伤悲,孩儿捎带一封家书至,望爹爹百万军中,查问他丈夫儿子真消息,免使孩儿心下疑。

　(正生)可曾见过母亲?(小生)还未。(正生)进去见了母亲,待为父看书,便

---

①　淹,底本作"换",据文义改。
②　提携,底本作"地圮",据各本改。
③　"同名"二字底本脱,据各本补。
④　"辗"字底本脱,据 195-2-8(1)吊头本补。

知明白。(小生)孩儿晓得。且住,爹爹见了此书,为何两泪交流,其中必有缘故,待我躲在屏风背后,但听爹爹讲些什么。要知心腹事,但听口中言。(小生下①)(正生)三娘有书到来,谢天谢地。"刘相公亲手开拆",好一个贤惠的三娘,未知丈夫做官未做官,就写着"刘相公亲手开拆"。待我拆开一看。(唱)

【佚名】三娘写书一封,寄与邠州刘相公。自从瓜园分别后,哥嫂逼勒再重婚,奴不从来夫怎知,剪发除衣为奴婢。写家书报夫知,早早回来莫待迟,及早回来莫待迟。

(白)"早来三日重相见,迟来三日鬼门关上做夫妻。"(哭)呷吓,我那妻吓!(唱)

【一江风】一见鸾笺,写不出心中怨,叫我流泪情难断。在穷边,阻隔关山,音信难传,要见无由见②。非干去不还③,刘知远今朝误作亏心汉,今朝误作亏心汉④。

(小生暗上)(唱)

【前腔】爹爹见此书⑤,缘何两泪淋?其中有甚事,细说与儿听。(正生白)我那儿吓!(唱)愁人莫对愁人说,说起愁来愁杀人。井边汲水是你亲生母,邠州堂上晚娘亲。(合唱)好伤悲,痛伤情,父哭儿啼,父哭儿啼裂碎心。

(小生)呷吓,我那亲娘吓!儿听爹尊把话提,亲娘冷落受苦凄⑥。忘恩负义

---

① 此"小生下"及下文"小生暗上",底本未标,据195-2-8(1)吊头本补。

② 无由见,抄本作"无有见",《绍兴高腔三种》本赵景深先生校作"无由见",今从之。后面的《出塞》【山坡羊】"道昭君要见无由见"以及《凤头钗》第四号【皂罗袍】第一支"堂上椿萱无由见"、《双玉锁》第二十号"亲生骨肉无由见"等的"无由见",抄本作"无有见",今并改之。

③ 此句底本原无,据单角本校补。按,《绍兴高腔三种》本该句作"飞赶去不仁",有脱误,富春堂本《白兔记》第三十七折相应曲文作"非干去不还,岂因心忍",可参。干,关涉,发生联系。

④ 此句底本未重,据《绍兴高腔三种》本改。

⑤ "书"字底本脱,据195-2-8(1)吊头本及单角本补。又,《绍兴高腔三种》本此句作"严父见书信"。

⑥ 苦凄,底本作"若(苦)西",今改正;单角本作"孤栖"。

爹爹做,不念糟糠李氏妻。那晚……(正生)唔。(小生)晚娘在堂多快乐,亲娘日夜受禁持。空养孩儿十六岁,罢! 倒不如一命丧沟渠。我那亲娘吓! (正生)夫人快来! (小旦上)自不整衣毛,何须夜夜号? 我儿起来,亲娘在此。(小生)怎么,亲娘来了? 咳,你不是我亲娘吓! (小旦)呸,你不是我所生,也须念我所养。畜生,你忘恩太早! (正生)夫人,听下官一言分剖。这畜生出外打猎,打到八角琉璃井边,遇见亲娘,故说此言。咳,畜生,畜生,若不是夫人教养,怎长得一十六岁? 还不起来,把衷肠之事,说与母亲知道。

(小生)孩儿晓得。(唱)

【佚名】听说罢衷肠事,不由人扑簌簌两泪交流。(白)呀吓! 呀吓! 我那亲娘吓!(唱)那日在井边相会说因依,早知道是我亲娘来至,是孩儿一①见了如醉如痴,如醉如痴。(白)爹爹,孩儿要茶吃。(正生)夫人取杯茶来。(小旦)待我取来。(小旦下②)(正生)我儿为何这般焦? (小生)咳,爹爹!(唱)非是孩儿要茶吃,我那娘亲不像一个人了么爹! 身穿着破碎碎③蓝缕衣,(正生白)头上戴的? (小生)呀吓,是了么爹!(唱)身上既无穿的,焉有头上戴的了么爹! 头挽着乱蓬松剪发齐眉,剪发齐眉,呀吓,爹吓! 你在此享荣华受富贵,那贪……(正生白)唔。贪什么来? (小生唱)贪恋着富豪妻,全不想李家庄上与爹谐连理、谐连理做夫妻。(白)爹爹,母舅叫什么名字? (正生)叫李洪信。(小生)咳!(唱)恨只恨李洪信天杀的,(正生白)外甥不该骂娘舅。(小生唱)非是孩儿骂娘舅,有道他不仁来儿不义,他家少什么驱奴使婢④,忍将嫡亲妹子滴溜溜打下为奴婢,为奴婢受禁持。(白)爹爹,孩儿说起断头话来。(正生)儿吓,不可如此。(小生)咳,爹!(唱)你若接我亲娘到此地,孩儿万事总休提。你若不接我

---

① "一"字底本原无,据《绍兴高腔三种》本和195-2-8(1)吊头本补。

② 此"小旦下"及下文"小旦上"之"上"字,底本未标,据单角本补。

③ 破碎碎,底本作"坡拨",今改正,并据195-2-8(1)吊头本及单角本再重一"碎"字;《绍兴高腔三种》本作"破簌簌"。

④ "他家"下底本有一蚓号,据195-2-8(1)吊头本,上句唱甩头("甩头"详见"前言"注释),"他家"二字由后场接唱。

亲娘到此地，拜别了爹爹辞别了母亲，同娘死在、死在沟渠内，沟渠内待何如。（正生白）旁人不道儿不肖？（小生唱）**旁人不道儿不肖，道爹爹忘恩负义抛妻别离。**

（正生）我儿！（唱）

【前腔】**非是我忘恩负义抛妻别离，都只为官差限期，因此上耽误归期，误了佳期。**（小旦上）相公！（唱）**相公休忧虑，孩儿免伤悲。家中既有李氏妻，停妻再娶非仁义。**我儿！只要你一心一意，接你亲娘到此地，**他为姐姐我为妹，凤冠霞帔与你亲娘带起。**（正生白）我儿快快过来，拜谢娘亲。（小生）孩儿晓得。（唱）**我谢、谢娘亲大发慈悲，呷吓！救我娘脱离了虎口之地。**（小旦唱）**他那里生的，我这里养的；他那里亲的，我这里晚的。**（小生白）呷，母亲！（唱）**说什么生的养的亲的晚的，为子的一般服侍。**（正生白）好！（唱）**待为父不日里选归期。**（小生唱）**呷吓！好狠心的爹，我那娘亲命在旦夕之下，还要选什么归期？选什么佳期？早登程莫待迟，早登程莫待迟。**（白）左右！（唱）**你与我安排戈戟莫羁迟，**(三跌头)**要把李家庄上团团围住，拿住了李洪信歹贼，洪信歹贼再休想饶伊恕伊轻轻饶恕了你。**

【尾】**朝廷敕赐锦衣归，**(正生唱)**劝儿不必多忧虑**①。（白）我儿报冤仇在几时？（小生）咳，爹爹！（正生）我儿！（小生）母亲！（小旦）亲儿！（小生）咳！（唱）**儿报冤仇只在旬日里，冤仇旬日里**②。

（正生）好，好一个"报冤仇只在旬日里"。（小生哭）咳，母亲，亲娘！呷吓！亲娘！（哭）（完）（下）

---

① 曲牌名【尾】及"朝廷"至"忧虑"，底本原无，据 195-2-8(1)吊头本及单角本补。
② 此处底本重文起讫未明，参照《绍兴高腔三种》本重句。

八　拜月记

　　本剧系四大南戏剧目之一。新昌县档案馆藏调腔抄本所见有《抢伞》《拜月》两出，剧叙金时北番南侵，士女播迁。王尚书奉命出征，夫人携女儿瑞兰仓皇逃难，途中被人群冲散。瑞兰旷野奇逢穷秀才蒋世隆，世隆欲迎还却，瑞兰扯伞求庇，两人遂权做夫妻，结伴同行。蒋世隆原同妹妹瑞莲逃难，途中失散，而瑞莲路遇王夫人，被王夫人收为义女。蒋世隆和王瑞兰在招商店成亲，不幸世隆病倒。恰逢王尚书平番得胜回朝，路过招商店，撇下害病的蒋世隆，强携女儿离开。瑞兰归家后对世隆思念不已，焚香拜月，瑞莲从中戏弄，方知瑞兰系其嫂嫂。瑞兰与瑞莲两下姑嫂相认，分别倾诉思夫念亲之苦。

　　民国二、三年（1913、1914）之交，绍兴的调腔班"大统元"赴上海商办镜花戏园演出，曾搬演《姑嫂拜月》（即《拜月》）。

　　校订时以民国年间赵培生旦本（案卷号 195-2-19）所收《拜月记》总纲为底本，并参照了《调腔曲牌集》及 1957 年油印演出本（案卷号 195-3-99）。其中，《抢伞》出曲文校以民国七年（1918）"方玄妙斋"《玉簪记》等吊头本（案卷号 195-1-4），且据以补入若干锣鼓标记。曲牌名抄本题有【红衲袄】和【尾】，其余参照《调腔曲牌集》补题。

抢　伞

小旦（王瑞兰）、小生（蒋世隆）

（大走板）（小旦上）（唱）

【金莲子】古今愁，古今愁，谁似我目下这样忧。听马骤①，听马骤，人乱语稠②。急向深林子避，只恐有人搜。（小旦下）

―――――――――

　　①　听马骤，195-1-4 吊头本作"军马愁（骤）"。按《古本戏曲丛刊》初集影印明金陵唐氏世德堂刊《新刊重订出相附释标注月亭记》（简称世德堂本）第十九折《隆遇瑞兰》以及明后期戏曲选本如《摘锦奇音》《词林一枝》等相应选出作"听马骤"，《六十种曲》本《幽闺记》第十七出《旷野奇逢》作"听军马骤"。

　　②　人乱语稠，底本作"人人乱语有"，195-1-4 吊头本作"人乱宇宙（语稠）"，据校改。

（小生上）（唱）

【前腔】百忙里，百忙里，失散了路头，寻妹子不见，叫我怎措手？（白）瑞莲。（小旦内应①）（小生）好也，是好也！（唱）**神天佑，神天佑，这答应端的是有。若见亲骨肉，寻路向前走。**

（白）瑞莲。（小旦）嗳！（内唱）

【菊花新】②**你是何人我是谁，**（小旦上）（小生唱）**应了还应见又非。**（小旦唱）**缘何将咱小名提，向前去问取端的③。**

（小生）妹子。（小旦）母亲。我道是母亲，原是一位君子。（小生）我道是妹子，原来一位小娘子。（小旦）心慌意急步难行，（小生）小娘子缘何不细听？不是卑人、卑人亲妹子，为何连应两三声？（小旦）君子听奴说因依，非是奴家惹是非，母亲儿不见。（唱）

【古轮台】**叫人心下自惊疑，相呼厮④唤两三回，瑞兰和先辈，我也是不曾相识。**（小生唱）**瑞莲名儿，本是卑人亲妹。**（插白）敢问小妹子因何到此？（小旦唱）**妾因兵火，离了乡故，母女随迁往南避，也只为中途路里差池。**（小生白）卑人不见了妹子，小娘子不见了令堂。（唱）**兄和妹也只为中途路里差池。**（同白）他不见了妹子，我不见了母亲。／他不见了母亲，我不见了妹子。（同唱）**正是愁人莫对愁人说，说起愁来愁杀人，两下里俱错听，两下里俱错听，一般⑤烦恼、一般烦恼倒有两相知。**

【前腔】（小生唱）**都只为名儿厮类，听错了自先回，听错了自先回，急急的便往登程，我岂容迟滞⑥。**（小旦白）君子，长路同去。（小生）小娘子，你不要扯破我的伞儿。（小旦）我的脚儿轻。（小生）你的身子重。（小旦）呀！（唱）**我事到如**

---

①　应，底本作"白"，今作改动。

②　此曲《调腔曲牌集》题作【不是路】，今作改题。

③　端的，底本作"端详"，195-1-4 吊头本作"短帝"，系"端的"之讹，据改。

④　厮，底本作"听"，195-1-4 吊头本作"色"，系"厮"之讹，据改。

⑤　"一般"下底本有一"样"字，据 195-1-4 吊头本删。

⑥　迟滞，底本作"去迟"，195-1-4 吊头本作"濡滞"，据《调腔曲牌集》改。

今，叫奴家怎生顾得羞耻①。**必须要怜孤恤寡，救奴家残喘，带奴家离此地免灾危，久以后不忘恩义，敢忘恩义**。（小旦科）（小生）小娘子倒也生得乖巧，我要去扯他一把，接了这一把，忘了那一把。且住，讲了半日，不知面貌生得如何？我自有道理。小娘子，方才不见那一个？（小旦）是母亲。（小生）小娘子，是令堂，那边有一位老婆子来了。（小旦）母亲在那里？（小生）小娘子，还在这边。（小旦）怎么，还在这边？母亲在那里？（小生）在这里。（小旦）君子，乱军之中哄人怎的？君子莫非喜瞧，待奴放下裙儿，君子请瞧。（小生）够了。（小旦）再请瞧。（小生）尽够了。（小旦）阿吓，苦吓！（小生）妙吓！（唱）**旷野里独自一个佳人，生得来千娇百媚**。（白）且住。他若是有丈夫的，我在此想他，也是枉然，待我问他一声。请问小娘子可曾吃茶？（小旦）乱军之中，那有茶吃？（小生）不是这样茶，聘茶之茶。（小旦）是这个……（科）（小生）阿吓，妙吓！（唱）**正是要知佳人心腹事，尽在摇头不语中，幸喜得他无夫世隆无室②。这样女子莫说与我做夫妻，就是那眼见、眼见得落便宜，小娘子！天昏暗暮云迷，天昏暗暮云迷。**

（小旦）君子，带我回去。（小生）小娘子放手。（小旦）放手多时了。（小生）果然歇手多时。小娘子，不是卑人不带你前去。（唱）

【扑灯蛾】③（起板）**亲妹子不见影，他人怎肯与我相周庇？**（小旦白）君子，你读书否？（小生）秀才家何书不读，那书不晓？（小旦）却又来。（唱）**你既然读诗书，恻隐心怎不与人相周庇？**（小生白）小娘子，你但识恻隐之心，那晓避嫌之礼？（唱）**我是个孤男，你是个寡女，同行厮赶着叫人猜疑。**（小旦唱）**乱军之中谁来问你？**（小生唱）**急问言语要支持。**

---

① 顾得羞耻，底本作"若你差池"，195-1-4吊头本作"故（顾）得差处"，《调腔曲牌集》作"惜得羞耻"，据校改。

② 无室，底本作"量宝"，195-1-4吊头本作"孤身"，据《调腔曲牌集》改。

③ 此曲《调腔曲牌集》作佚名，今作补题。

【前腔】(小旦唱)**途中不拦当,**(小生插白)倘有拦当时?(小旦唱)**可认①做兄妹。**(小生白)兄妹虽好,只是面貌不同,言语各别。(小旦)兄说你像爹爹,我像母亲。(小生)你说那里话来?(唱)**倘有人敢盘问,叫咱把何言抵对也?**(小旦唱)**既如此没有一个道。**(小生唱)**你那里既没得个道理,蒋世隆小胆的不来管你,我只得自先回。**(小旦唱)**君子转来,待奴家寻思一个道理。**(小生唱)**你那里既有一个道理,念卑人是心软的②,我陪着工夫再来等你③。**(小旦唱)**我怕问时、权说与你做……**(小生白)吓,行路不行,反说要坐么?(小旦)我说做夫。(小生)秀才不做,反说做夫么?(小旦)夫字底下还有一个字,请君子猜一猜。(小生)且住。他明明说出"夫妻"两字,怕含羞不说,我要他亲口说来。小娘子,敢是夫头么?(小旦)不是。(小生)底脚?(小旦)也不是。(小生)再"夫","夫"不下去了。(小旦)吓,天吓!明明晓得"夫妻"二字,要奴亲口说出来。吓,是了!(唱)**我怕问时、权说与你④做夫妻。**

    (小生)做夫妻,做夫妻。(小旦)轻轻说。(小生)妙吓!(唱)

【尾】**今朝将你⑤提拔起,免叫一身在污泥。久后相思只在旷野里。**

    (白)既然做夫妻,裙儿放下来。如此,娘子请。(小旦)君子请。(小生)有道"妻前夫后"。(小旦)奴家望影而行。(小生)娘子请。(唱)

---

① 认,底本作"愁",据195-1-4吊头本改。

② 念、是,底本作"会""见",据文义改。

③ 再,底本作"谁",暂校改如此。另,"念卑人"至"等你",195-1-4吊头本作"待卑人心愿的倍(陪)着功夫前来带你"。

④ 权说与你,底本作"奴与你",据195-1-4吊头本改。

⑤ 将你,底本作"旺我",据195-1-4吊头本改。

【佚名】①（起板）总②为喜，万事哀，嫡亲妹子今何在？（小旦白）家住那里？（小生唱）家住在离城五里牌，姓蒋名世隆，我本是黉门中一秀才。（白）小娘子家住？（小旦唱）家住在汴梁城、鼓楼街，爹爹朝廷③奉钦差。平白地天降灾，母女双双逃难来，只为干戈两拆开，为只为干戈两拆开。

【锁南枝】（小生唱）休忧虑，免伤怀，我把汗巾与你揾香腮④，你把那一路忧愁且放开。（走板）（小旦唱）真个是脚儿疼⑤痛步难挨，敢则是前生少了些路途债。（小生唱）说什么脚儿疼痛步难挨，你把那缠脚带儿且放开。头上金钗除下来，轻轻拆开一双红绣鞋。怕只怕关津渡口人盘问，只说道亲哥哥带领着小妹子来。（小旦唱）君子你好痴，秀才你好呆⑥，说什么缠脚儿且放开，头上金钗除下来，轻轻拆开一双红绣鞋。怕只怕关津渡口人盘问，我也是莫奈何，权说与你做夫妻。君子你且向前走，待奴家一步步趱上来，待奴家一步步趱上来。（下）

---

① 此及次曲195-3-99演出本曲牌名缺题，《调腔曲牌集》分为【绣带儿】（首至"为只为干戈两拆开"）和【锁南枝】（"休忧虑"至尾）两曲，后者湘剧高腔、岳西高腔本同题，前数句腔调亦同《三婿招》中的【锁南枝】相似，今参照补题。按，此及次曲略同于《摘锦奇音》卷二下层《幽闺记·世隆旷野奇逢》【孝顺哥（歌）带皂罗袍】。又，世德堂本有【皂罗袍】两支，而《词林一枝》卷一下层《奇逢记·蒋世隆旷野奇逢》、《尧天乐》卷二下层《拜月亭·旷野奇逢》【皂罗袍】两支曲文较世德堂本变化较多。循其演变轨迹，当以世德堂本较为原始，《词林一枝》和《尧天乐》在世德堂本的基础上通俗化，而《摘锦奇音》本则进一步俗化。

② 总，通"纵"。

③ 朝廷，底本作"日朝命"，据195-1-4吊头本改。

④ 此句底本脱，据195-1-4吊头本补。

⑤ 疼，底本作"多"，据195-1-4吊头本改。下文"疼痛"的"疼"同。

⑥ 痴、呆，底本均作"处"，据195-1-4吊头本校改。

拜 月

花旦(蒋瑞莲)、小旦(王瑞兰)

（花旦上）（唱）

【齐天乐】恹恹挨过残春也，又遭困人时节。闲庭静悄，琐窗潇洒，小池澄澈。（小旦上）（唱）**叠青钱，泛水圆小嫩荷叶。**

（花旦）姐姐请坐。（小旦）妹子请坐。（花旦）吓，姐姐，当此良辰美景，正好快乐。今日眉头不展，脸带忧虑，却是为何？（小旦）妹子吓！（唱）

【红衲袄】①**几时得烦恼绝？几时得把离恨彻？**（花旦白）姐姐既有心事，何不到花园游玩一番，净清闷怀？（小旦）妹子可同去？（花旦）小妹子奉陪。（小旦）妹子请。（花旦）姐姐请。（科）姐姐为何欲行又止？（小旦）咳，妹子吓！（唱）**本待要闲行散闷到台榭，伤心对景肠寸结。闷怀儿、待撇下怎忍撇，待割舍、好叫我难割舍。沉吟倚遍画栏杆，我有那万般愁肠，都付与长声叹嗟，都付与长声叹嗟。**

（花旦）姐姐吓！（唱）

【前腔】我看你绣裙儿宽褪褶，莫不是为伤春、憔瘦②些？近日③庞儿瘦得个成劳怯，莫不是伤夏月？（小旦白）妹子，你说伤春，如今你说伤夏，你心肝敢是邪了？（花旦唱）**姐妹们心肠休见别，斟量着非为别。莫不是将……**（小旦白）妹子为何不说？（花旦）姐姐，妹子话虽有一句，说出来有恐姐姐出恼。（小旦）为姐不出恼，你且说来。（花旦）妹子先下一礼。（小旦）此礼为何？（花旦）姐姐！

---

① 此曲底本题"红内绣"，即"红衲袄"。《六十种曲》本《幽闺记》第三十二出《幽闺拜月》题【青衲袄】，且本出【青衲袄】与【红衲袄】循环二次，吴梅《南北词简谱》谓均系【红衲袄】。但徐于室辑、钮少雅编订《九宫正始》引录元本《拜月亭》有作区分，是本有区别也。

② 伤春、憔瘦，底本作"双亲焦燥"，据单角本改。

③ 近日，底本作"殷勤"，据单角本改。

（唱）**我看你不茶不饭无聊无赖,莫不是把姐夫来寻思**①**,小妹子别无话说。**

（小旦）呸！（唱）

【前腔】你把那滥名儿将咱引惹,直恁的情性乖、心意劣。（花旦白）姐姐,方才不出,如今放下脸来,真真是个赖小人了。（小旦）你休来多讲也！（唱）**有道是女孩子家行不动裙笑不露唇**②**,才是妇道之家的规矩,女孩家多口共饶舌,老爹娘好快乐要你来做则甚迭**③**?**（花旦白）姐姐,我与你吃的穿的都是爹娘的,难道要你不成? 你好没来由④。（小旦）气死我也！（唱）**本待要宽打周折,我到父亲行**⑤**、先去说。**（花旦白）你到爹娘跟前,难道说"姐夫"二字,料你也说不出口。（小旦）我到爹娘跟前,难道没有得说了么?（花旦）说些什么?（小旦唱）**我到你爹娘跟前,把姐夫二字来丢开,只说你小鬼头儿蓦情思把春心动也。**

【前腔】（花旦唱）**蓦忽的错都赌别**⑥**,望姐姐饶过些。你晓得妹子不识事的,这一句话儿错怪了贤姐姐,瑞莲再如此我肝肠痛也**⑦。（白）妹子跪在此了。（小旦）那一个要你跪? 起来。（花旦）要姐姐笑一声,妹子才得起来。（小旦）我从来不会笑的。（花旦）做了一个人,难道不会笑? 妹子不敢起来了。（小旦笑）咳！（花旦）冷笑无情,妹子一发不敢起来了。（小旦）妹子起来,下次不可。（花旦）姐姐！（唱）**你在此闲耍歇**⑧**,小妹子先去也**。（小旦白）小妹子,你敢是怪着为姐？（花旦）非也。（唱）**方才姐姐叫得慌，妹子来得忙**①**，绣房中忘收了针线**②**帖。**

（小旦）妹子，你去来不来了？（花旦）不来了。（小旦）爹娘问起，说在那里？（花旦）说在花园。（小旦）不要说在花园。（花旦）说在那里？（小旦）在绣房。（花旦）妹子就此告别。暂时一别去，（小旦）少刻又相逢。（花旦）姐姐请。（小旦）妹子请。（下）（花旦）且住。这大鬼头，一场心事，胡猜乱猜，被我猜着者。他放下脸来，我就赔个小心。吓，是了，今夜拼着一夜不睡，必须要做一个跟脚，才好晓得我的手段。正是，热心闲管是非多，冷眼觑人烦恼少。（下）（小旦上）且住。方才一场心事，瞒得好好，被小鬼头儿胡猜乱猜，被他猜着。若不放下脸来，怎生了③得？我看妹子已去，半轮新月，斜挂柳梢，不免安摆香几，祷告天地一番便了。（科）忙把桌儿摆，轻揭香炉盖。一炷心香诉怨怀，且自对月深深拜。（唱）

【二郎神】拜新月，宝鼎中明香满爇④。（白）天地神明，日月三光。（花旦暗上，科）（小旦唱）**奴家王氏瑞兰，在此焚香祷告，非为着别的而来，都只为抛撇了下男儿……**（花旦科）（小旦）妹子，你被为姐看见了，你与为姐请出来。（科）妹子你走出来，你不走来，为姐就是一石块。（科）我道妹子，原来是自己的忙影。（唱）**正是疑心生暗鬼，**（花旦科）（小旦唱）**眼乱见虚慌，为只为抛撇了下男儿叫我怎忍撇，再得个同欢同悦**⑤。（抢科）（小旦）香炉。（花旦）姐姐，火烧衣了，火烧衣了。（小旦）放下。（抢）（花旦）在这里了。（唱）**手捧香炉对天说，**（白）姐姐，方才说小鬼头儿春心动也。（唱）**如今说你大鬼头儿把春心动也。那乔怯，看他无言无语满腮颊**⑥。

---

①　来得忙，底本作"叫得房（忙）"，据单角本改。
②　针线，底本作"针绣"，据单角本改。
③　"了"字底本脱，据文义补。
④　满爇，底本作"奉善"，据《调腔曲牌集》改。
⑤　同欢同悦，底本作"双同双悦"，联系下文说白改。
⑥　腮颊，底本作"腰怯"，据单角本改。

（白）姐姐，你在此做什么？（小旦）为姐在此烧香。（花旦）烧香保佑那一个？（小旦）保佑爹娘。（花旦）你说"男儿"二字。（小旦）爹娘岂不"男儿"二字？（花旦）你说同欢同悦。（小旦）一家之人，岂不同欢同悦？（花旦）好一个孝顺女儿。爹娘此刻睡在暖阁之中，那知你在此行孝？待妹子拿了香炉，到爹娘跟前要表表你的孝心来。（小旦）且慢。妹子，此刻爹娘睡在暖阁之中，你去惊动与他，反为不孝了。（花旦）姐姐，你往常是聪明的，看你怎样一个打发与我。（小旦）吓唷，这小鬼头儿方才下我一礼，如今要还他一礼。咳，妹子，为姐就还你一礼。（拜）（花旦）姐姐请起。嗥！阿吓，别人家放债图利，小妹子连本钱都放你失去了。姐姐，这一个礼，非是一个礼，就是十七八个礼，也还得起。（小旦）吓，妹子，我是大，你是小，难道为姐要跪你不成么？（花旦）你敢是三不跪？（小旦）我一不跪，二不跪，三不跪，不跪，不跪，当真不跪。（花旦）阿吓，爹娘吓！（小旦）妹子，为姐跪下了。（花旦）看他嘴喳喳，这双磕膝①下来了，为偷"姐夫"二字。姐姐请起。（小旦）咳！（花旦）姐姐请坐。（小旦）妹子请坐。（花旦）姐姐既有心事，何不对妹一说？（小旦）说便好对你说，可到爹娘跟前讲？（花旦）既利害事情，怎好对外人说知？（小旦）父亲皇命跨征鞍，中途路漫漫。母女随迁往南避，仓皇拆散再寻难②。（花旦）姐姐路上谁人陪伴？（小旦）觅路偶逢一君子③，朝朝暮暮为伴。（花旦）怎样行走？（小旦）他前我后。（花旦）怎样称呼？（小旦）兄妹称呼。（花旦）夜来那里安身？（小旦）寓店之中安身。（花旦）怎样睡法？（小旦）是有两房间。（花旦）倘若没有两间房子？（小旦）那里记得这许多？（花旦）不要怕含羞，你且说来。（小旦）他与店主公，我与店主母睡。（花旦）倘若没

---

① 磕膝，底本作"容膝"，据单角本改。按，"磕"同"𬂩"，《广韵·歌韵》苦何切："𬂩，膝骨。"

② "母女"至"再寻难"，底本作"父亲谁敢往南北，如今拆散在坤安"，据 195-3-99 演出本改。

③ 此句底本脱，据 195-3-99 演出本补。

有店公、店主母呢？（小旦）我睡他看书，他看书我做针指。（花旦）姐姐，他睡你做针指，此乃或者有之；你睡他还肯看书，就是连夜中了状元，只怕他饶也饶你不过去。（小旦）他人又不是强盗。（花旦）你倒还是贼。（小旦）怎说为姐是贼？（花旦）虽不是贼，一路上偷了姐夫回来，岂不是贼？（小旦）嚛！（花旦）姐姐吓！（唱）

【莺集御林春】恰才的都是些乱胡遮①，事到头来才漏泄。姐妹们心肠休见别，莫不是夫妻们有些周折？（小旦唱）好叫我也难推怎阻，一星星对伊仔细从头说。（花旦白）他姓什么？（小旦唱）他姓蒋。（花旦白）原来蒋姐夫，蒋姐夫。（小旦）妹子轻言些。（花旦）那生什么名字？（小旦）他没有名字。（花旦）做了一个人，难道没有名字？叫老蒋、老蒋不成？（小旦）妹子吓！（唱）他名世隆，中都路里是他家乡，莫不是我的男儿②受儒业。

【前腔】（花旦唱）听说罢姓名家乡，这情苦意切③。闷海愁山叫我心上叠，不由人泪珠流血。（小旦白）妹子吓！（唱）你今啼哭为何因，莫不是我的男儿旧妻妾④？

　（花旦）姐姐吓！（唱）

【前腔】蒋世隆瑞莲我的亲兄，为军马犯阙。拆散忙觅⑤叫我愁怎言？（同唱）那时节锣声未绝，喊声未灭，乱军之中，你名瑞莲，我名瑞兰，莲兰各别，瑞字相同，只差一个字儿相错别。比先前又亲，比先前又亲，从今后愈加疼热⑥。（小旦唱）莫漏泄我的跟脚，久后我的男儿叫我那枝叶。

――――――――――――

　①　胡遮，底本作"胡言"，据单角本校改。按，乱胡遮，世德堂本、《六十种曲》本作"乱掩胡遮"。

　②　"男儿"下底本衍"是你"二字，今删。

　③　情苦意切，底本作"情意穷切"，据单角本改。

　④　旧妻妾，底本作"是你旧功"，据《调腔曲牌集》改。

　⑤　忙觅，底本作"男儿"，单角本作"忙儿"，"儿"当系"觅"之误，今改正。

　⑥　愈加疼热，底本作"悦（越）叫病痛"，单角本作"悦家（越加）落热""馀加同食"，据校改。

（花旦）姐姐，什么叫做"枝叶"二字？妹子却也不晓。（小旦）这大年纪，"枝叶"二字不晓？为姐先下一礼。（花旦）姐姐此礼为何？（小旦）妹子吓！（唱）

【前腔】你今是我的妹妹，异日是我的姑姑。（花旦白）姐姐请上，受妹子一礼。（小旦）妹子此礼为何？（花旦）姐姐吓！（唱）**有道是长兄为父，长嫂当母，你今是我的姐姐，异日匹配我的家兄，就是我的嫂嫂。**（小旦白）妹子，想花园无人来往，我与你认一个亲儿。（花旦）姐姐，怎样认法？（小旦）妹子，我叫你应。（花旦）是。（小旦）妹子。（花旦）姐姐。（小旦）姑姑。（花旦）我那嫂嫂。（同白）嗺！（花旦）嫂嫂！（唱）**未知我兄因甚别，两分离是何时节？**（小旦白）妹子！（唱）**正遇着寒冬腊月，恨爹娘把奴拆散在招商店**①。**思量起痛哭辛酸，那时节染病担疾，他是我的男儿叫我怎割舍？**

【四犯黄莺儿】（花旦唱）**直恁太情切，十分忒蛇蝎，眼睁睁怎忍相抛撇？**（小旦唱②）**枉自怨嗟**③，**无可计设，枉自怨嗟，无可计设**④，（白）妹子，为姐去到爹娘跟前，恨只恨六儿⑤这狗贼！（同唱）**当不过忙来推去往前扯。意似虺蛇，心似蝎蜇，一言如何诉说。**

【前腔】流水马和车，顷刻间中途路赊，穷途路寓应难舍⑥。**囊儿又竭**⑦，**药饵又缺，闷恹恹挨过如年月。宝镜分破，玉簪断折，宝镜分破，玉簪断折，甚日得重圆再接？**

【尾】自从别后音书绝，这些时魂惊梦怯。（小旦白）妹子。（花旦）姐姐吓！（同唱）**莫不是烦恼忧愁，将人断送也？**（下）

————————

① 店，世德堂本、《六十种曲》本作"舍"。

② "小旦唱"底本原无，检花旦本无曲文"枉自怨嗟，无可计设"，故补。

③ 枉自怨嗟，底本作"往是冤情"，据《调腔曲牌集》改。

④ 此处参照《调腔曲牌集》重句，下文"宝镜分破，玉簪断折"重句方式同。

⑤ 六儿，底本作"男儿"，今改正。六儿系王瑞兰之弟。

⑥ "顷刻间"至"应难舍"，底本作"顷刻间在途路寓店，中途路寓应难舍"，单角本作"顷刻间中途路难舍（赊），穷途寓店应难舍"，据校改。赊，遥远。

⑦ 竭，底本作"缺"，单角本一作"即"，系"竭"之讹，据《调腔曲牌集》改。

九　黄金印

　　《黄金记》即《金印记》，明吕天成《曲品》卷下《旧传奇》妙品五"金印"条云："季子事，佳。写世态炎凉曲尽，真足令人感激，近俚处俱见古态。今有插入张仪而改名《纵横》者，稍失其旧矣。"①有《古本戏曲丛刊》初集影印明万历刊本《重校金印记》（简称重校本），又有明万历金陵陈氏继志斋刻本《重校苏季子金印记》、明崇祯刻本《金印合纵记》（题"西湖高一苇订证"）、明末刊本《三刻五种传奇》本之《李卓吾先生批评金印记》（简称李评本，与高一苇本属同一版本系统）等添入张仪事，为昆曲本所继承，而高腔剧种的《金印记》或《黄金印》一般只写苏秦而不及张仪事。又有明嘉靖三十二年癸丑（1553）重刊本《风月锦囊》之《摘汇奇妙戏式全家锦囊苏秦》（简称锦囊本），面貌亦较为古朴。

　　调腔《黄金印》总体上沿着《重校金印记》一类较近原本的系统发展而来，其与重校本相近的出目有《大别》《前不第》《书房》《阳关》《夺绢》《归家》《封赠》《团圆》，但出目和情节常常存在简省和改易。调腔本与锦囊本、合纵本系统有关联的出目有《高堂》《后不第》等。调腔《黄金印》的《卖钗》《阳关》《打上门》《团圆》存在着不同程度的加滚，或个别曲牌加滚较多；《大别》《小别》《夺绢》《负剑》《拜月》五出则有着大量加滚。这些出目受到了青阳腔影响或来源于青阳腔改本《金印记》。其中，"打上苏门"这一关目不见于重校本，但广泛存于同青阳腔相关的剧种当中，《打上门》当系青阳腔改本出目。

　　调腔《黄金印》剧叙苏秦（苏季子）以读书为业，哥哥苏仲子家财万贯，而苏秦清贫，故为其父所不待见，屡被母亲兄嫂耻笑。在三叔苏宥支持下，苏秦决意前往秦国求官。于是苏秦逼妻卖钗，凑足盘费，携唐二入秦赴试。不料秦国宰相商鞅嫉贤妒能，苏秦落榜，落魄而回，遭到全家耻笑。其间哥哥嫂嫂竞相羞辱，妻子周氏织机，亦不敢下机相叫。苏秦怒而投井，亏得三叔救起。三叔留苏秦在家攻书，苏秦悬梁刺股，奋发苦读。随后三叔再次赠金，苏秦前往魏国赴试。妻子周氏在家，受尽婆婆、苏嫂欺辱，愤而投河，幸

---

① 　［明］吕天成著，吴书荫校注：《曲品校注》，中华书局，1990，第 172 页。

被丫环救起,送回娘家。周母气恼不过,怒打上门,经过一番吵闹,苏、周两家和好如初。苏秦在魏国受到重用,击退秦兵,身挂六国相印。其后苏秦假装不第,潜归家中,再次遭受父兄严斥。当得知苏秦封相后,爹娘和兄嫂无地自容。最终苏秦认亲,一门皆获封赠,全家团圆。全剧对嫌贫爱富、世态炎凉作了辛辣的讽刺。宁波昆剧兼唱的调腔戏有此剧目。

民国二、三年(1913、1914)之交,绍兴的调腔班"大统元"赴上海商办镜花戏园演出,曾演《黄金印》之《腊梅纺花》和《大考》;民国二十四年(1935)9、10月间和次年5、6月间,绍兴的调腔班"老大舞台"分别赴上海远东越剧场和老闸大戏院演出,以陈连禧饰苏秦,各搬演《黄金印》一次,均从《大考》演至大团圆为止。

本次共校订《高堂》《卖钗》《大别》《小别》《打梅》《大考》《前不第》《投井》《书房》《纺花》《阳关》《夺绢》《归家》《打上门》《负剑》《小考》《拜月》《封赠》《遣差》《后不第》《团圆》,凡二十一出。《后不第》,抄本又题作《赏雪》。校订所据底本主要为《黄金印》总纲本(案卷号195-1-10),该本具体年代不详,抄有除《阳关》《遣差》外的所有出目,惜首尾残缺,赖《黄金印》吊头本[案卷号195-1-114(3)]和单角本可大致补入。光绪二十九年(1903)"张贤云记"外、净、末等本(案卷号195-1-12)抄有《阳关》出总纲,据以校订。《遣差》出则据单角本拼合而成。另,复旦大学图书馆藏抄本《戏曲选》收有《纺花》,傅斯年图书馆藏抄本收有《金印记·负剑》,取以参校。对于底本缺题但1958年方荣璋所记曲谱手稿(案卷号195-4-9)标有的曲牌名,一般径予补入,如有改订则出注说明。

高　堂①

小生(苏仲子)、贴旦(王氏)、外(苏父)、付(苏母)、末(三叔)、正生(苏秦)、

正旦(周氏)、净(张铁口)

(小生、贴旦上)(引)〔绿杨枝上子规啼,正是艳阳天气。(白)爹娘有请〕。(外上)(引)闻说孩儿摆佳宴,(付上)(引)〔同欢笑且追陪〕。(同白)请爹娘上堂何事?(小生、贴旦)〔今日天气甚好,请爹娘／公婆赏花饮酒〕。(付)〔真是孝顺儿子〕。(外)可请过三叔?(小生)〔已差人请过,想必就会到来。爹娘且请上坐〕。(外)门首侍候。(末上)(引)诗书理学旧名家,富贵从来不足夸。(白)哥嫂见礼。(外)嗄,怎么,三弟来了?(小生)〔拜见三叔〕。(末)今日什么酒?(外)吓,三弟,来得正好。你大侄儿新造一座花园,备得有酒,请你畅饮。(末)人为何还没有得齐?(外)齐了。(末)还有季子。(外)他在云梦山,攻书未回。(末)昨晚回来了。(外)怎么,回了?苏贵,请二相公、二孺人上堂。(内应)(正生、正旦上)窗前风竹多随意,一家和睦喜气生。(白)爹娘／公婆在上,孩儿拜揖／儿媳万福。(外)罢了。苏秦,你几时回的?(正生)〔孩儿昨晚回来了〕。(外)为何不来朝见爹娘?(正生)〔有道"晚不朝尊"〕。(外)好一个"晚不朝尊"。(外、末)你哥哥新造一座花园,备得有酒,一同畅饮。(正生)〔谢爹娘〕。(外)安席。(同唱)

【锦堂月】丽日融和,临风飘荡,郊园景物偏浓。万紫千红,晓来开遍芳丛。梨花绽白雪成堆,杏坞里红云朝拥。厮和捧,愿祝高堂,寿算无穷。

---

①　本出"虎落平阳被犬欺"的"欺"字前底本散佚,散佚部据正旦、外、末三种单角本拼合,并参照 1958 年油印演出本(案卷号 195-3-94。据题签,该演出本"根据本团现存剧本并参考金华婺剧演出本整理",所称"金华婺剧团演出本"即侯阳高腔本)略作添补,以六角括号"〔〕"标出。另,付角引子"同欢笑且追陪"和正生"孩儿借花献佛,孝敬爹娘一杯"的说白参照《三刻五种传奇》本之《李卓吾先生批评金印记》(简称李评本)第三出《玩赏园亭》补。

〔（正生）爹娘请上，孩儿借花献佛，孝敬爹娘一杯。（付）花花花，我有花儿来比着。（正生）怎样比法？（付）仲子好比牡丹花。（小生、贴旦）这是为何？（付）外有赚钱手，内有聚财篓，岂不是牡丹？（小生、贴旦）季子呢？（付）季子好比山茶花。（小生、贴旦）这是为何？（付）男的败家精，女的扫帚星，岂不是山茶花？（小生、贴旦笑）吃酒，吃酒。（外、付笑）（众唱）〕

【侥侥令】丽词歌白雪，舞袖漾春风。料想人生浑如梦，遇酒不开怀总是空。

【尾】夕阳不觉沉西陇，兴尽难留车马骢。且回归昼锦堂中。

〔（小生）来，撤了宴席。〕（末）龙游浅水遭虾戏，（正生）虎落平阳被犬欺。（众下）（末上）季子随我来，见婶娘。（正生上）晓得。婶娘，侄儿拜揖。（内白）侄儿罢了。（末）坐下来。（正生）侄儿告坐。请问叔爹，到秦邦有多少路程？（末）三千七百里程途。（正生）有多少盘费可以去得？（末）百两黄金可以去得。（正生）侄儿寒疏之家，那有这些黄金？（末）你若去，为叔赠你一半。你将田园产业、钗环首饰典当一半，共成一百，可以去得。（正生）未知侄儿命运如何？（末）我将你年庚八字，送洛阳桥张先生那边，想必就到。（净上）（白）富贵穷通皆有命，惟我先生通灵心。全凭三寸舌，弹动满天星①。自家非别，张铁口便是。昨日三员外有八字拿来推算，算明白前来回复他。来此已是，三员外可在家么？（末）是那一个？（净）是我。（末）原来是先生，请进。（净）请。（正生）先生拜揖。（净）此位是谁？（末）这是二舍侄。（净）二十文钱，掉下②两文。（末）此话怎讲？（净）久闻，久闻。（末）请坐③。先生，送来八字如何？（净）八字推明白，请看。（末）先生，这是什么命？（净）命好加一命④，名为六九命。（末）一九？（净）一九不好。（末）二九？（净）二九也

---

① 此句底本作"全靠却豆（脚头）近"，今从单角本。

② "掉下"二字底本脱，据单角本补。

③ "请坐"二字底本残缺，据单角本补。

④ 此句底本残缺，据单角本补。单角本此下作"珍珠帘内做铺陈"，其后答话依次是"早间是夫人，晚间是铺陈""不好""谦（欠）通""尤（犹）如风摆杨柳絮"，再是"四九三十六"云云。

不好。(末)三九？(净)三九就好了。(末)四九？(净)四九卅六，发财又发福。后园种芥菜，掘得大萝卜。(末)先生，芥菜那会生萝卜？(净)运气来了，剑剑答答生出来了。(末)此命如何？(净念)若此命妙哉，好个栋梁才。若问贵字运，岁岁踹金阶。(末念)万事不由人计较，一生俱是命安排。(净)如此告别。(末)先生相金。(净)又要费心。请问三员外，几时起程？(末)目下就要起程。(净)依小子看来，迟个七八年去。(末)选定日期了。(净)告别。此去秦邦要小心，(末)做到什么地位？(净)定做三公六九卿。(净下)(末)侄儿你且回去，明日待为叔面赠费金便了。(正生)侄儿晓得。(下)

卖　钗

正旦(周氏)、正生(苏秦)、丑(王婆)、小生(苏仲子)、贴旦(王氏)

(正旦上)(唱)

【驻云飞】暗想公婆①，故②把山茶比我夫。我夫有日登云路，衣锦光门户。喋！伯伯与儿夫，本是共乳同胞，一样孩儿二样看承，分什么贫和富？富者何亲③贫贱疏。

(正生上)(唱)

【前腔】天赋奇才，锦绣文章满胸怀。三叔恩如海，可比丘山戴。喋！(白)娘子开门。(正旦唱)忙步把门开，为甚的喜盈腮笑颜开？喜笑颜开，夫吓！你往那里来？(正生唱)我往三叔家中转回来，行到洛阳桥上，遇着推命先生，他把我五行八字命安排。他道我功名有分，位列三台。今日回来一心要把妻钗

---

① 婆，底本作重文符号，实系惯用词"公婆"或"公姑"的省写，单角本作"公婆"，据改。暗想公婆，《调腔目连戏咸丰庚申年抄本》礼集第十七出《开荤》引作"思忆公姑"，与明刊《重校金印记》(简称重校本)第八出《逼妻卖钗》合。

② 故，底本作"奴"，今改正。

③ 富者何亲，底本作"夫在何去"，单角本作"富在诃诉"，即"富者何亲"，据改。

卖,卖了钗儿不枉顶冠戴。枯木逢春花绽①开,否极终须福泰②来。

(正旦)一家轻贱笑寒儒,满腹文章不疗饥。(正生)闻说秦朝皇榜动,管叫平步上云梯。(正旦)云梯,云梯,只恐丢了爹娘撇了妻。你行色匆匆,要往那里而去?(正生)闻得秦邦招贤,意欲求取功名。(正旦)去到秦邦,有多少路程?(正生)有三千七百里程途。(正旦)要多少盘费可以去得?(正生)有百两黄金可以去得。(正旦)我乃寒疏之家,那有百两黄金?(正生)若去得成,三叔赠我一半。(正旦)还少一半③。(正生)将田园产业典当二十五两。(正旦)还少二十五两。(正生)这二十五两,出在娘子身上。(正旦)莫非将妻卖了不、不成?(正生)我苏秦乃是读书之人,岂肯卖妻之理?将你头上钗环首饰典当二十五两,共成一百,可以去得。(正旦)夫吓,典衣卖钗自有尽日,这功名不取倒也罢了。(正生)你行色匆匆,休来阻挡。(正旦)夫吓,且听妻子一言道来。(唱)

【江头金桂】④见几个英雄俊贤,书剑飘零久困淹⑤。富与贵人所欲,贫与贱人所恶,若论那富贵荣华,谁不钦羡?只怕你功名二字,倒做了一字天。紧系心猿,包藏舌剑。暗想爹娘遣嫁时⑥,罗衣钗环,件件俱全。实只望常戴⑦常穿,又谁知遇着不才夫婿,为功名典尽了田园,又卖奴家妆奁。展转⑧叫人

---

①　绽,底本作"作",据单角本改。

②　福泰,底本作"远在",据单角本改。

③　此句底本脱,据单角本补。

④　此曲牌名抄本缺题,据195-4-9曲谱补题,次曲该手稿题作【下山虎】,依曲谱当作前腔,今订正。《摘锦奇音》卷六下层《苏秦逼妻卖钗》、《词林一枝》卷四下层《苏季子逼妻卖钗》及川剧高腔本《黄金印·当钗》、湘剧高腔《金印记·当钗》均作两支【江头金桂】。

⑤　久困淹,底本作"人咮(困)",单角本作"久困应",《摘锦奇音》《词林一枝》本作"久困淹",据改。

⑥　遣嫁时,底本作"遣家才",据单角本改。

⑦　戴,底本作"带","戴"和"带"近代汉语多通用,今依习惯改,后文同。

⑧　展转,同"辗转",反复不定貌。按《说文·尸部》:"展,转也。"《诗经·周南·关雎》:"优哉游哉,辗转反侧。"《释文》:"本亦作'展'。吕忱从车、展。"据此则"辗"字出西晋吕忱《字林》。调腔抄本大多写作"展转"。

心痛酸,叫人怎不悲怨?自叹奴家命蹇,自古道由命不由人,时乖运未通,夫
吓!你去自思想,又道英雄反落在他人后,不羡雄才到百川。

【前腔】(正生唱)笑娘吓你好太不贤①,这钗儿值几分钱?自古道文章有用,苦
尽生甜,说什么洛阳有二顷田。我苏秦命运迍邅②,为着功名二字,长被爹娘
打骂,哥嫂憎嫌③。慢说爹娘兄共嫂,就是你结发妻子也来埋怨。万言书向
金门投献。(白)我今日卖你一股小钗,你七推八阻。异日得中回来,少不得
娶一房,叫你站在一旁,欲怒而不敢言了么蠢才!(唱)**你好太不贤,蛟龙岂**④
是池中物,得遇风云上九霄,男儿自有冲天志,莫道他年仰面瞻⑤。

(白)苏贵,收拾行李,到三员外家中起程。(正旦)且慢,妻当与你去。(唱)

【佚名】**我儿夫容奴解劝**⑥,**凡百事情想后思前**⑦,**为妻敢不听夫言,只怕你二
字功名成悲怨**。(正生唱)**男儿得志金印斗悬,凤冠霞帔任你戴穿,普天下谁不
钦羡?**(正生下)

【驻云飞】(正旦唱)除下金钗,怎不叫人泪满腮?此系⑧爹娘打与奴插戴,谁想
今日将来卖。嗏!钗去不知几时来,几时来好伤怀。欲待不卖,有恐伤夫妇
恩和爱。(白)小莲。(内白)嗳。(正旦唱)去唤王婆到此来,去唤王婆来卖钗。

(丑上)(念【前腔】)买卖生涯,走尽南街并北街。老身年高迈,两脚如梭快。
嗏!二孺人为何独坐泪盈腮,二相公是个读书大才。有日时来运来,头戴

---

① 娘吓,单角本一作"娘行";贤,单角本或作"通贤",《摘锦奇音》《词林一枝》本作
"通变"。

② 迍邅,同"屯邅",《周易·屯卦》:"六二,屯如邅如,乘马班如。"《集韵·仙韵》:
"邅,屯邅,难行不进兒。"后多指困顿、艰难。

③ 憎嫌,底本作"睁赚",单角本作"争嫌",即"憎嫌",据校改。

④ 岂,底本作"本",据单角本改。

⑤ 瞻,底本作"转",据单角本改。

⑥ "解劝"二字底本脱,据单角本补。

⑦ 凡百,底本作"万百",凡、万(文读)方言仅声调有别,据改,下同。凡百,所有,一
应。想后思前,底本作"想前思后",据单角本改。

⑧ 系,底本作"际",据文义改。

乌纱,身穿霞帔,腰系有黄金带。不必忧愁且放怀,听我王婆解劝来。(白)
二孺人在上,王婆万福。(正旦)罢了,坐下来。(丑)晓得,王婆告坐哉。叫
王婆到来何事?(正旦)二相公上京求功名,我有一股小钗,你前去典当。
(丑)有多少重?(正旦)三钱重。(丑)几换算?(正旦)七换算。(丑)王婆晓
得①。(正旦)再三不用亲嘱咐,(丑)王婆也是会中人②。(正旦下)(丑念【出队
子】③)沿街奔走,沿街奔走,走尽南街并北头。(白)张朝奉可在家么?(内)
在家。(丑)二孺人有股小钗前来典当,银子可有?(内白)没有银子,只有稻
子。(丑)稻子我家几箱在那里。(内白)几仓。(丑)嗳,几仓几仓。有没有?
(内)没有。(丑)没有,我到别家去了。(念)沿街奔走,沿街奔走,走尽南街并
北头。(白)王朝奉可在么?(内白)在家,何事?(丑)有股小钗前来典当,可有
银子?(内白)没有银子,只有绸缎。(丑)绸缎我家几仓在此。(内白)几箱。
(丑)嗳,几箱。好仓自得仓,好箱勿得箱④。有没有?(内)没有。(丑)没有,我
要笑哉。(内)你笑何来?(丑)喏!(念)我笑你洛阳财主冷飕飕,提起金银满
面羞。若要金银,苏家还有⑤。(白)官人、娘子有请。(小生、贴旦上)(唱)

【佚名】忽闻呼唤,款款金莲出门户。王婆到此因何故,白白明明有人情诉。

(丑)官人、娘子到乙。(小生、贴旦)万福。(丑)万福⑥。(小生、贴旦)王婆到来
何事?(丑)二相公上京求取功名,有股小钗前来典当。(小生、贴旦)多少重?
(丑)三钱重。(小生、贴旦)几换算?(丑)七换算。(贴旦)小莲,取银子二十一

---

①　正旦本此处尚有"且慢,千万不可拿到大房当"的说白。

②　会中人,领悟其中用意、奥秘的人。按,"再三"二句为俗语,明李开先《断发记》
第三十二出《裴矩逼嫁》:"不必再三亲嘱咐,想来都是会中人。"明朱鼎《玉镜台记》第四出
《议婚》:"再三不用亲嘱咐,料想也是会中人。"

③　此曲牌名抄本缺题,今从推断。

④　此处底本作"正要仓箱不得箱",据单角本校改。

⑤　"提起金银满面羞"一句和"还"字,底本脱,据单角本补。

⑥　"到乙"的"乙",底本作"下",调腔目连戏抄本"乙"或"笃"字常写作反"丁"形,此
"下"字当为其误。"(小生、贴旦)万福。(丑)万福"底本脱,据单角本补。按,《双玉配》第
十二号:"(丑)阿伯请上,女儿倒笃。(外)万福。(丑)万福。"

两出来。(内)有二十二两在此。(贴旦)惹下一两。(内)没有工夫。(贴旦)就是二十二两。王婆,本该叫①二十一两,如今有二十二在此,送与做双绣鞋子穿穿。(丑)多谢官人、娘子,如此告别。(小生、贴旦)且慢。(丑)还要吃饭?(小生、贴旦)还要口言。(丑)还要酒钱吓?(小生、贴旦唱)

【皂罗袍】②叫他不才妄存高大③,一心心要去走海角天下。功名富贵命安排,还须守分终须在④。枝枝叶叶,百般算着;颠颠倒倒,把家私消。我笑他空把儒冠戴。(丑念)官人、娘子听,凡百事各人心爱。二相公乃是洛阳大才,有一日时来运来,头戴乌纱,腰系有黄金带。不必忧,且放怀,听我王婆解劝来。(白)王婆昨日往猪圈门经过。(小生、贴旦)书院门。(丑)见班学子在那里咂妻。(小生、贴旦)读书。(丑)他说"满朝朱紫贵,尽是财主翁"。(小生、贴旦)尽是读书人。(丑)却有来。(唱)**劝君休笑读书才。**(下)

大　别

小生(苏仲子)、贴旦(王氏)、外(苏父)、付(苏母)、正生(苏秦)、正旦(周氏)、
末(三叔)、丑(周三宝)

(小生、贴旦)**双双请出堂⑤前拜。**(外、付上)(外)志大心高,(付)令人取笑。(外、付同)怕只怕自家烦恼。(小生)爹娘,孩儿拜揖。(贴旦)公婆万福。(外、付)罢了,请坐。请爹娘上堂何事?(小生)今日兄弟往秦邦求取功名,弟妇有股小钗拿来典当。(外、付)可当他去?(小生)当他去了。(外、付)好。家丑不出外扬,他若到来,大家阻挡。(正生上)(引)登金步玉男儿志,(正旦上)

---

①　叫,"只要"的合音。

②　此曲牌名底本缺题,根据词式并参照重校本第九出《王婆卖钗》补。

③　才妄,底本作"在房",才、在,妄、房方言仅声调有别,暂校改如此。按,此句重校本作"笑他心高忒煞"。

④　在,底本作"败",重校本此句作"平生老实终须在",据校改。

⑤　"堂"字底本脱,据195-4-9曲谱补。

（引）一心只要上青霄。（正生）爹娘，孩儿拜揖。（正旦）公婆万福。（外、付）罢了。苏秦，看你行色匆匆，往那里而去？（正生）要到秦邦求取功名而去。（外）到几时起程①？（正生）孩儿选定日期了。（外）蛤蟆开虎口，（付）泥鳅尽飞身。（小生）要攀天上柱，（贴旦）脚下不生云。（正旦）夫吓，一家俱有阻，何必去求名？（正生）你休听谗言语，打叠便登程。（外）你此去何物为游②？（正生）爹娘容禀。（唱）

【佚名】孩儿只为儿国冠诰。（付白）好。有糕拿来，为娘与你分。（正生）母亲，这是书。（付）讨饭胚，开口书闭口书，恨得两句书。（正生）母亲！（唱）**爹娘指望加冠诰，孩儿一心要上青霄，实只望一家荣耀。**（外、付唱）**书生辈，命薄你好陋巷箪瓢③。**（正旦唱）**伊家，一划狂图④，愿君此去把万丈龙门跃。**（正生唱）**须料，料苍天岂肯久困我的英豪。**

【佚名】（小生唱）**听道，六国兵交，说什么经文纬武许多才调。此取功名好似海底捞针人难料。**（贴旦唱）**堪笑。**（付白）贱人，你是什么样人，也来笑他？儿吓，功名不取倒也罢了。（正生）母亲，却是为何？（付）哪！（唱）**莫说外人笑你，就是你嫂也来堪笑。**（正生插白）他笑我何来？（付唱）**笑你求名行险道，名成利就国家宝，倘然是命不成来利不就，不如你哥哥在家中安分好。**（正生白）孩儿一心要去。（付）咳！（唱）**你好太心高心太高，紫袍挂体，福分低小⑤。**

（贴旦）这是姊姊之过。（付）我打死你这贱人。（正旦科）（打介）（正旦唱）

【佚名】且求饶，你孩儿自称文武才高。一朝时运至，谈笑觅封侯。阿吓，婆婆吓！你谈笑觅封侯。（正生唱）一定要高车驷马。（外、付唱）说什么高车驷

---

① 此处单角本作"秦邦轻文重武之地，不要去才是"。

② "此""何"二字底本脱，据单角本补。

③ 箪瓢，底本作"飘"，据单角本改。陋巷箪瓢，指生活清贫。《论语·雍也》："子曰：贤哉回也！一箪食，一瓢饮，在陋巷。人不堪其忧，回也不改其乐。贤哉回也！"

④ 一划狂图，底本作"一栽皇都"，划、栽，狂、皇方言音近，据改。一划，一味，总是。

⑤ 低小，底本作"底高"，重校本第十出《别亲赴试》【斗宝蟾】末句作"只怕你福分低小"，据改。

马,驷马高车,异日回来,苏门非小,怕只怕二亲年老。(贴旦唱)**你曹,**(白)叔叔请上,为嫂一礼。(正生)小叔也有一礼。(贴旦唱)**此去一举成名,抬举我兄共嫂。**(正旦白)夫吓,你在此拜那一个?(正生)我在此拜天吓。(同唱)**都焦**①,**一家人众口嚣嚣,絮絮叨叨,冷地里、冷地里将人来取笑**②,**画虎未成,大张牙爪。**(正旦下③)

(末上)(唱)

【不是路】日上林高,为季子特来登程道④。(正生白)叔爹吓!(唱)**一家人俱吵闹,这功名不取也好。**(末白)侄儿,功名不宜嗟叹,程途切莫悲哀。(唱)**你把虑愁放开怀,喜孜孜放开怀抱**⑤。(白)说我要见。(正生)爹娘,叔爹来了。(付、外)三叔／弟见礼。(末)哥嫂见礼。(外)三弟到来何事?(末)哥嫂!(唱)**特为儿曹,**(外白)敢为仲子?(末)非也。(唱)**为季子登程特来赠金宝。**(付白)多少?(末)也不多,也不少。(唱)**非轻飘,侄儿过来,我有五十两黄金休言少。**(正生唱)**叔爹赠金宝,使**⑥**侄儿衔环结草恩难报。**(付白)三叔无端空年老,引诱苏秦多颠倒。此去功名成就国家宝,名不成来利不就。(唱)**可不道被人轻谈笑?**(末白)嫂嫂!(唱)**此行难料,海水难将升斗量**⑦。(白)嫂嫂,为叔有个比方与你听。(付)有屁请放。(末)小小青松三尺高,(付)那个是蓬蒿。(末)愚人不识是蓬蒿。(付)你是渔人。(末)有朝一日身长大,定做擎天柱一条。(付)

---

① 焦,底本作"瞧",据单角本改。

② 冷地里,底本作"两地里",据单角本改。"将""来"二字底本脱,据单角本补。

③ 此"正旦下"底本未标,据单角本补。

④ 此句单角本一无"程"字,一作"为季子程特来赠金宝",一作"为季子特来赠金宝",后两者与下文"为季子登程特来赠金宝"相重或相近,形成清王正祥《新定十二律京腔谱·凡例》所谓"有滚白之下重唱滚前一句曲文者"的"合滚"形式。

⑤ 放开怀抱,底本作"闷忧怀抱"。单角本此二句一作"你把那喜孜孜放开愁闷也怀抱",一作"你把虑愁喜孜孜放开闷索(紧)怀抱",一作"你把那喜枝枝(孜孜)放开怀抱",据校改。

⑥ 使,底本作"赐",据单角本改。

⑦ 量,底本作"交",据单角本改。此下,重校本【不是路】尚有"休得要把他轻视貌"一句,而李评本第七出《辞亲求官》【入赚】该句作"休得将人来轻消"。

啥个一条二条,茅坑柱也做勿来。(末)嫂嫂,你有几个苏秦?(付)只得一个。(末)却有来。(唱)**他时来会把相鼎调**①**,论男儿鹏程万里须来到**。(白)嫂嫂,苏秦此去得中回来,慢说你好我好,就是苏氏门中,若大若小②。(笑)(唱)**一个个都来添荣耀**。(付白)三叔,我且问你,苏秦得中回来,旗竿聚在那一家?(末)聚在你家。(付)这个牌匾钉在那一家?(末)也是你家。(付)却有来。你要荣耀,自己儿子生个荣耀,荣耀别人家儿子,谁要你荣耀?与你什么相干?你好没来由,好不扯淡。(末)倒是不贤嫂嫂说得有理。要荣耀,自己儿子喜荣耀,荣耀别人家的儿子,与叔我何干?咳!(唱)**我好没来由,把五十两黄金空赠了,只落得自家烦恼**。(付白)员外,三叔说是自家烦恼,往常买片豆腐吃,都勿割舍③,他如今舍得出五十两黄金,不可二老膳田卖了。(外)你去问媳妇,我去问苏秦。口角相同,是不卖的;口角不同,想是卖去了。(付)我去问看。(外)苏秦过来,三叔这种银子,你把为父膳田卖去了?(正生)孩儿怎敢?三叔赠的。(付)媳妇怎讲?(内白)送的。(付)员外,苏秦怎说?(外)他说赠的。(付)不好了,卖去了。(外)怎样说?(付)媳妇说是送的。(外)送、赠总是一样的。(付)员外,他舍得出五十两黄金,我有二儿子,难道舍不得一个?中不中④,由他前去走一走。(外)什么说话!(付)要中,要中。(外)苏秦过来,把为父黑貂裘带了去,行囊打叠只趁早。(正生)多谢爹爹。娘子快来。(正旦上)官人,堂上双亲可允了?(正生)允了。把行囊打叠只趁早。(正旦)官人!(唱)**你妻子把行囊打起多时了,你去拜堂上爹娘兄哥嫂。公婆甘旨奴侍奉,途路风霜自去**⑤**保。你妻子鞋弓袜又小,恕妻子不能够远送了么夫吓! 你起**

---

① 相鼎调,底本作"相轻条",今改正。末本在"嫂嫂你有几个苏秦"前,尚有"商傅说"(讹作"双富月")、"请问嫂嫂,天下几个商傅说"和"是你商傅说"。检重校本此处曲文作"商傅说,时来会把相鼎调",则调腔本原亦有"商傅说"的曲文。

② 若大若小,二"若"字底本作"着",今改正。若大若小,大大小小。

③ 割,底本作"柳",据文义改。勿割舍,方言,不舍得。

④ 次"中"字底本原无,据文义补。

⑤ "去"字底本原无,据单角本补。

程须早。(正旦下)

(丑上)姐夫求名利,特来送盘费。虽无百两银,今略表殷勤意。自家周三宝①便是,奉爹娘之命,请姐夫吃饯行酒。待我进去。(科)噎!一家人俱在堂上,怎生行礼?吓,我自有道理。唅,亲家公、亲家母、三叔公、姐夫兄、大伯我的儿,请来见礼。(众)为何这等行礼?(丑)这叫渔翁扎网礼。(众)何为渔翁扎网礼?(丑)一网礼扎将去,不论鼋鱼龟鳖,都在其内。(众)好不老实。到来何事?(丑)闻得姐夫上京求取功名,奉爹爹、母亲之命,请姐夫吃饯行酒而去。(众)行程来不及了。(丑)吃酒大事,功名小事。(众)功名大事,吃酒小事。(丑)功名不中,下科有期。(众)唔,什么说话?(丑科)阿唷,方才进去,这个小舅,那个小舅,讲了这一句,可有一比,可比四月天公下了一蓬阵头雨,一个个眼睛都翻白。吓,是待我进去,勾将转来,又来了。(众)小舅为何去而复返?(丑)非是我去而复返,特来报喜。(众)报什么喜?(丑)我家爹爹三更时分,得其一梦。(众)有何贵梦?(丑)梦见姐夫拿梯上树,手攀树枝一条,站立不稳,跌将下来,有一鸟窠也掉将下来,押在姐夫身上。姐夫一爬,爬将起来,撒了一包尿,放了一个屁。(众)可有人详解?(丑)清早起来,爹爹与母亲解梦了。贤婿乃是读书之人,拿梯上树,此乃是云梯步月;手攀②树枝一条,此乃是蟾宫折桂;站立不稳,跌将下来,有一鸟窠也跌将下来,跌在姐夫身上来,此乃是连科及第。后来这两句,解不出来了。(众)可有人解出?(丑)我家有一烧火梅香,一扭二扭扭将出来,"员外、安人解不出,我梅香晓得"。(众)梅香晓得什么?(丑)我爹爹、母亲说"呸"。(众)亲家母?(丑)"当当意儿的,你这臭丫头,晓得什么?"梅香说:"姑爹乃是读书之人,来了一包尿,乃是'禹门三汲浪';放了一个屁,'平地一声雷'。"(众)好吓!(丑)好呢我也晓得好,只怕春梦不准。(众)咳,什么

---

① 三宝,底本作"宝三",从《归家》出改。
② 攀,底本作"板(扳)","扳"同"攀",上文作"攀",今统一作"攀"。下文"但愿姐夫攀仙桂"及《大考》"指日手攀一枝丹桂"的"攀",底本亦作"扳",今同改。

说话?（丑）要准,要准。姐夫,到我家吃酒去。（正生）起程时节不去。（丑）
姐夫当真不去?我要出魂了。（正生）出手了。（丑）姐夫!（唱）

【催拍】①**你把饯行酒切勿辞推,千万的万千的莫误负我爹尊来意。**（白）姐夫
早上可曾吃酒?（正生）还未。（丑）好气色也!（唱）**今见姐夫红光满面,瑞气千
条,此去功名中之有正,中之而有准了。但愿姐夫攀仙桂,有道是人善近天
相佑,人善近天相佑,姐夫兄你必然是喜,必然是喜。**（白）请问姐夫兄,上京
求取功名,亲家公赠你多少盘费?（正生）黑貂裘。（丑）铁捣臼,铁捣臼那介拿
得动?（正生）这是传家之宝。（丑）三叔公呢?（正生）五十两黄金。（丑）还是伊
大出手。独头②呢?（正生）他没有。（丑）歇哉!他是洛阳大财主,都无有五十
两头?（正生）没有。（丑）手足之情二十两?（正生）没有。（丑）再少十两?（正
生）他分文没有。（丑）没有。待我说他几句。（正生）你是人客,不要如此。
（丑）我是人客,正好去说。（正生）不要去。（丑）勿要吭管。唅,大伯兄,请来见
礼。（小生）方才见过礼了。（丑）礼多不怪人。我家姐夫上京求取功名,赠他
多少盘费?（小生）没有。（丑）你是洛阳大财主,少是拿不出,五十两是有的。
（小生）没有。（丑）敢是二十两?（小生）也没有。（丑）再少十两头?（小生）分文
没有。（丑）倒也清脱,清脱。动问大伯有几个令郎?（小生）没有。（丑）有几位
令爱?（小生）寒荆过门,过门并无所生。（丑）我怕勿晓得怪道,怪道你,吭个
独头勿会做人吓!（唱）**阿吓是了么姐夫!他今没有盘费赠你,分明亏薄与
你。鸡生双翅,怎比做鸟飞?蜈蚣有足,怎做蛇蝎?他本是奴胎辈,怎与你**

---

① 此曲牌名底本缺题,据195-4-9曲谱及《调腔乐府》补。《调腔乐府》以“阿吓是
了么姐夫!他今没有盘费赠你”及以下为前腔。按,重校本此处作四支【催拍】,调腔本曲
文与之全异。

② 独头,亦作“踱头”“铎头”,方言,呆傻、不明事理的人。按,清人翟灏认为前一字
的本字作“嚁”,清翟灏《通俗编》卷一七《言笑》:“嚁,《广韵》:‘嚁,徒落切,口嚁嚁无度。’
按,世俗有所云嚁头者,正谓出言无度人也。”清毛奇龄《越语肯綮录》:“缓步曰踱,信口出
语曰嚁,皆音铎。今姚江人称‘踱索’,萧山东乡称‘信口嚁出’,皆此字。”《越谚》卷中《疾
病》:“嚁头,谓不懂世事者。”

骅骝骥①?（白）小舅一路而来,拾得一张纸条,姐夫请看。（正生）三场文共策,一举姓名扬。阿也,好彩头也!（丑唱）**但愿姐夫进科场,文如水笔如刀,脱却蓝衫换紫袍。天子殿前三舞蹈,黄金榜上姓名标。得中回来慢说是乡里人钦敬早,草木也至香,草木也至香,就是那高贵②官员,也来钦敬着你,小舅告辞去也。**（正生白）小舅吃了点心去。（正旦）苦吓!（丑）姐夫!（唱）**阿吓,是了么姐夫! 你看一家人喧喧嚷嚷坐在中堂,我家姐姐两泪汪汪闷坐在绣房,叫小舅有什么心情吃你家点心? 但愿姐夫中魁名,待小舅,唤叫童,使梅香③,牵着羊担着酒再来贺喜,牵羊担酒再来贺喜。**

【尾】（众唱）**匆匆拜别离乡井,万里须当驰骋。点阁回来,免使人笑轻④。**

小　别

小旦（唐二妻）、丑（唐二）

（小旦上）（唱）

【一江风】我儿夫,一心要往秦邦路,此去秦邦无限程途。走不尽路儿叫你走,挑不动担儿叫你去挑,你妻子不愁你别的而来,愁只愁途路上风霜苦。怎支乎?（白）我乃唐二⑤之妻。我想二官虽则挑担,倒有一妻二妻。前者往

---

① 奴胎,詈词,犹云奴才。按,"奴胎"同"奴儓"。唐释慧琳《一切经音义》卷九四《续高僧传》卷二七音义:"奴儓:下岱来反。《左传》云:儓,仆臣名。士自皂隶至儓仆,凡十品也。《方言》云:'儓、敿,匹也。'又:'南楚骂庸贱谓之儓。'郭璞注云:'儓,驽钝也。'《古今正字》:从人,台声。"今本《左传》"儓"作"臺(台)"。骅骝骥,周穆王八骏名。《荀子·性恶》:"骅骝、骐骥、纤离、绿耳,此皆古之良马也。"杨倞注:"皆周穆王八骏名。"

② 贵,底本作"县",据《调腔乐府》改。

③ 唤,底本作"暖",据文义改。"唤叫童,使梅香",《调腔乐府》作"唤孩童,叫梅香"。

④ "点阁"至"笑轻",单角本一作"衣锦回来人笑喜",一作"衣锦回来,免得人笑耻"。按,重校本作"莫教点额归来人笑晒",当从。点额,指跳龙门的鲤鱼触碰石壁而掉落,不得化为龙,详见北魏郦道元《水经注·河水四》。

⑤ "唐二""唐儿"及"二官""儿官",底本互见,今分别统一作"唐二"和"二官"。颇疑"二"即"儿"的音变,犹"二郎"之于"儿郎"。

京中挑担，娶得回来，名唤京姐；后来往江西挑担，娶得回来，名唤江姐。京姐、江姐坐在两旁，奴家朝夕奉陪。(唱)**叫一声京姐江姐和着大姐，叫一声唐二心肝我那贤德夫**。(白)我说二官，挑担不要去挑，情愿妻子做些针指，也好度日。他说："蠢才蠢才，不将辛苦艺，难求世间财。"(唱)**奴说道命里有来终须有，命里无来莫强求，他那里去时终须去，我这里留是实难留，迢迢走尽了天涯路**①。

(丑上)(唱)

【前腔】**老唐夫，惯走的京城路，怎敢辞劳苦。到京都，为大的传下令来，为小的怎敢去相违**②**误？欲待不去呵，撇不下细丝松纹**③**；欲待去了呵，撇不下家中娇娇滴滴、松松脆脆、齐齐整整、雪白滚壮三个的好老婆**④。**叫我辞又辞不脱，退也退不掉，怎生回得妻儿话？**

(白)一踱二踱，踱到自家门首哉。娘子开开门，开门！(小旦上)(唱)

【前腔】**自开门**，(白)阿吓，且住。我乃妇道之家，不出闺门，才是个道理。(丑)关哉。(小旦唱)**不问个来历怎好去开门，我问你门外的叫开门的是何人？**(丑插白)你嫡嫡丈夫。(小旦唱)**却原来二官降临，奴家停着针和线，忙步出相迎。二官请进。请进了绣房中，待奴家唤京姐和江姐，忙把一杯香茶奉**。(白)二官挑担之事，可辞脱了么？(丑)千辞万辞，辞勿脱哉。(小旦)咳！(唱)**兀的不愁杀人也么哥，撇得奴星前月下茶前饭后，叫奴如何挨得过？**

(丑)行色匆匆，休来阻挡。(小旦)妻子猜着你了。(丑)猜着卑人何事？(小

---

① 此句底本作"如何割舍过离路"，今从光绪十八年(1892)《雌雄鞭》等总纲本(195-1-42)所抄《黄金印·小别》总纲本。

② 违，底本作"超"，195-1-42 总纲本作"会"，即"违"之讹，据改。

③ 细丝松纹，底本及 195-1-42 总纲本作"细系送文"，今改正。细丝、松纹，均指纹银。明朱鼎《玉镜台记》第六出《请婚》："(末)我家不要金银，只要诗文。(净)杜诗李诗，不如细丝；韩文柳文，不如松文。""松文"同"松纹"。

④ 脆脆，底本作"彩彩"，彩、脆方言仅声调有别，据改。又，"齐齐整整"四字底本原无，据 195-1-42 总纲本补。松松脆脆，形容声音清脆。齐齐整整，指人长得周整漂亮。调腔《琵琶记·弥陀寺》："忽见几个俏妇人，生得来齐整，打扮得素净。"

旦)二官！(唱)

【佚名】你是个为利人一心心要去挑担,愁只愁登山涉水,有道是出外不比在家时,早晚间收拾起书箱,打叠起行囊,千万的万千的不忘了这一条扁担。我和你恩爱夫妻,嫁鸡随鸡,妻在房中夫游怎远①?

【佚名】②(丑唱)我也曾哭哀哀推辞有万千,他那里闹吵吵、将咱来埋怨。(小旦白)埋怨二官何来?(丑)埋怨卑人犹可,埋怨娘子身上来哉。(小旦)埋怨奴家什么来呢?(丑)嗒!(唱)他道我恋新婚,逆亲③言,贪妻爱,道唐二不肯去挑担。

【佚名】(小旦唱)三老倌见得你好心偏,别人家有三兄四弟好去挑担,我想公婆单生二官一人,你今去了,却叫谁来照管我的家筵④?(小旦白)三老倌在那里?(丑)在十里长亭。(小旦)妻子一同前去辞别。(丑)娘子请。(小旦)二官请。(丑)娘子为何欲行又止?(小旦)二官跟前,可应允而来?(丑)我满口应允得来哉。(小旦)咳!(唱)阿吓,冤家吓!你今应允而来,反叫妻子前去哀求,不知紧要,若还见得到底,留你在家照管家筵;若还见不到底,莫道他见偏,反道是奴不贤。这其间、教人怎不悲怨?呀!他为京姐泪涟,江姐泪涟,何曾为着夫妻常挂牵?

(丑)娘子闲话少说⑤,冷饭炒口答答,扁担捏捏,草鞋搭搭,我要起程哉。(小旦)二官,奴家还有一桩大事。(丑)有啥格大事体?(小旦)奴家有三月怀孕在身。(丑)我为啥勿得知吓?(小旦)休得取笑。生下是男是女,必须要取个名字叫唤叫唤。(丑)我名叫唐二,生下儿子取名唐三。(小旦)不好,有

---

① 游、远,底本作"也""怨",据单角本改。

② 《调腔曲牌集》将"我也曾哭哀哀推辞有万千"至"却叫谁来照管我的家筵"和"阿吓,冤家吓"至"何曾为着夫妻常挂牵"订作两支【红衲袄】,盖参照川剧高腔本题写。按,本曲和次曲实改编自《琵琶记·大别》第二支【忒忒令】和第一支【沉醉东风】,其后佚名三曲曲文多化用自《琵琶记·小别》第二至四支【尾犯序】及其加滚。

③ 逆亲,底本作"送妻",据《琵琶记·大别》改。

④ 家筵,犹家缘,意为家产、家业。元戏文《刘盼盼》【蛮牌嵌宝蟾】:"家缘虽足备,不幸落平康。"明沈璟《增定南九宫曲谱》卷一五注:"家缘,或作'家筵'。"

⑤ "说"字底本脱,据 195-1-42 总纲本补。

人晓得是你儿子,不晓得是你兄弟的了。(丑)啥介①大人家,两样称头?外当人家,只叫唐二、唐三、唐四,唐唐乐起好哉!(小旦)不好,要取过的。(丑)大些,大门灯笼。(小旦)不好。(丑)麦田老鼠。(小旦)也不好。(丑)长命棺材朵住②。(小旦)一发不好了。(丑)娘子肚皮朝起一看。(科)噎,娘子肚皮圆丢丢,生下儿子取名唐馒头。(小旦)唐馒头有什么好处?(丑)娘子肚皮可比是蒸笼,儿子可比一段面粉,放在蒸笼里面。我唐二一蓬毛柴叉进,轰轰大起来哉。(小旦)倒是唐馒头好。(丑)大家请得祖先堂,唐家屋里十七八代蜡烛灯。(小旦)祖先大人。(丑)祖先大人,我唐二出门挑担,生出儿子取名唐馒头,日长千斤,夜长万两。(小旦)啐,比做猪狗了!(丑)猪狗大大快些。(小旦)二官,妻子不忍分离,还要短送一程。(丑)歇哉,儿子勿生,断送我爹哉!(小旦)二官,有道长短之短,送别之送。(丑)格格还好。娘子请。(小旦)二官请。(丑)有道"妻前夫后"。(小旦)奴家有占了。(丑)介话,介话。(小旦)送夫送到小河边,(丑)边,边,边。(小旦)夫妻拆散泪涟涟。(丑)涟,涟,涟。(小旦)当初只望同欢悦,(丑)悦,悦,悦。(小旦)谁知一旦成抛撇。(丑)撇,撇,撇。(小旦)二官,此去秦邦有多少路程?(丑)此去秦邦,只有三千七百里程途路,乃须须小事,何劳娘子动问?(小旦)二官。(丑)娘子。(小旦唱)

【佚名】此去秦邦有三千七百里程途,慢说二官行了,就是妻子在家,一望无穷,一望儿无穷了。阳关阻隔三千里,昼夜思夫十二时,谁承望一旦分离。(丑唱)**今朝一别好伤心,撇却娇妻两泪淋。夫妻只望同欢乐,何曾想着担儿挑。此乃是幼而学壮而行,三老倌严命,二相公托付我去求名。欲尽妻情,好教我难违主命。**(白)娘子请站,受卑人一礼。(小旦)男儿膝下有黄金,岂可低头拜妇人?(丑)礼下于人,必有所托。(小旦)所托何来?(丑)喏!(唱)**蒙妻送我**

---

① "啥介"二字底本脱,据195-1-42总纲本补。
② 朵住,即"朵拄",方言,支撑扁担用的木棍。

到河边,嘱咐言语有万千,上托京姐和江姐,尽在深深此拜中。妻吓！为只为家中贫贱,望贤妻早晚间,须索与我好看承。(小旦唱)家中之事,何劳毕竟?(丑唱)"毕竟"二字,卑人岂不晓得?毕竟是朝云暮雨,谁替你冬温夏清?

(小旦)二官请站,受奴一礼。(丑)此礼为何?(小旦)二官！(唱)

【佚名】路上闲花休要采,家中还有一枝春。料二官岂不是那等之人,为妻无非说个叮咛。不念着芙蓉帐冷,必须要早早回程。(内叫)(丑)来哉！(下)(小旦唱)你看男子汉心肠铁打,妻子不忍分离,送他到小河边,他与三老馆讲话去了。在家尚且如此,何况去到京城?慢说京姐江姐言语,就是奴家亲嘱咐,亲嘱咐知他记否?奴这里言之谆谆,他那里听之藐藐①,空自语惺惺。

(丑上)(唱)

【佚名】阿吓,妻吓！你且宽心须待等,我与三老馆,有话在长亭,娘行何必苦沉吟?虽然别后相思苦,暂时揾泪②且宽心。你愁他怎的?虑他怎的?焦躁怎的?烦恼怎的?烦恼怎的?焦躁怎的?虑他怎的?愁他怎的③?妻吓！你且宽心须待等。(同)万里关山,音信难凭④。洗耳听⑤,洗耳听,没奈何分情剖爱,剖爱分情,急得奴两泪淋淋。离别思量好伤心,如何割舍眼睁睁。

【尾】正是花开遭雨打,一轮明月被云遮。今朝夫妻分离去,未知何日转回家?(丑下)

【前腔】(小旦唱)去也去也真去也,两下情难舍。打开并头莲,拆散鸳鸯也⑥,又未知何年再回⑦,何年再回?(下)

---

① 藐藐,底本作"脉脉",单角本作"默默",据《琵琶记·小别》改,详见《琵琶记·小别》"我这里言之谆谆,他那里听之藐藐"注。

② 揾泪,底本作"回来",据《琵琶记·小别》改。

③ 底本仅在前一"烦恼怎的"下标一"又"字,兹据《调腔曲牌集》重文。

④ 难凭,底本作"回占",单角本一作"难定",一作"难行",据《琵琶记·小别》改。

⑤ 洗耳听,底本作"须而听",单角本一作"须耳听",此从《调腔曲牌集》。按,《琵琶记·小别》作"须听"。

⑥ "打开"至"鸳鸯也",底本原无,据单角本补。

⑦ 回,底本作"拜",据单角本改。

打　梅

正生(苏秦)，丑(唐二)，净(乐得喜)，老旦、正旦(家丁?)，末(员外?)

(正生上)(白)功名早回程，急走他乡去①。唐二快来!(丑上)来哉，来哉!
(科)唐二出门跌一跤，二相公功名求两遭。(正生)唔，什么说话!(丑)跌倒
尚书，爬起阁老。(正生)检点行李。(丑)勿好哉。忘记木官屐靴套，让我转
去拿来。(正生)不要打回头。(丑)打回头要勿中勾。(正生)唔，什么说话!
(丑)要中要中。勿好哉，衣裳湿哉。(正生)前面凉亭在此，晾晾衣去。(科)
(净上)(念)乐得喜，乐得喜，乐得喜，喜得头巾纸做的。蓝衫穿破，皂靴没了
底。(白)自家非别，乐得喜便是。秦邦招贤②，前去应试去的。你看那旁一
位朋友，不免前去相叫一声。唅，朋友请了。(丑)请了，请了。(净)你敢是
上京应试去的?(丑)正是。上面还有一位朋友在此。(净)什么，还有一位
朋友?(丑)正是。(净)吓，朋友，你敢是上京应试去的?(正生)正是。(净)此
位是谁?(正生)这是小介。前面还有一位朋友，我去望望他来。请了!
(下)(净)唻! 好吓，我把吤狗里之介狗骨头，头里打出四两油，打得你答答
利介流。吤里③小介，与我斯文相公施起礼来，人来写帖，送官送到六衙里
去，打之十竹杠。(丑)哑，哑! 吤里吃得田青，花着格月白屁。吤来施得我
个礼，我倒回之吤格礼，要将我送官，若还勿回得吤格礼，要做我拿去磋磨，
拿去杀哉。(净)话起来，我勿是带哉。唅，朋友，请来见礼。(丑)勿敢。(净)
勿方道④。常言道"四海之内，皆为兄弟"。(丑)如此斗胆。(净)请坐。请
问高姓?(丑)姓唐。(净)大号。(丑)我父亲叫腾云，我叫驾雾。(净)如此说
来，是唐家父哉。(丑)请问相公高姓?(净)姓乐。(丑)大号。(净)年幼。

---

①　此处单角本作"怀珠并温(韫)玉，只望宫花帽插"。
②　招贤，底本作"招乚六∶"，暂校改如此。
③　吤里，这里相当于"吤罗"，方言，你。
④　勿方道，亦作"勿反淘"，方言，没有关系。

（丑）名字。（净）我幼小听见父亲说："老邻相公，这是那一个？"我父亲说："这是我小儿。"名叫小儿。（丑）原来乐小儿相公。（净）岂敢。唐家父吓，我们空闲在此，有什么谜儿作介一个猜猜，笑话弄个讲讲。（丑）什么，讲笑话？（净）正是。（丑）我昨晚只见圆圆儿的、扁扁的、青背脊、白肚皮、四只蹄、一个头、一只尾，把我家父不便之所咬了一口。（净）唐家父，我们出外之人，抢破了他。（丑）如此我起头，你凑我下韵？（净）待我凑凑看。（丑念）谁做明星谁做月？（净）你做明星我做月。（丑）谁打绣针谁打铁？（净）你打绣针我打铁。（丑）谁做荷花谁做叶？（净）你做荷花我做叶。（丑）谁打麻绳①谁解结？（净）你打麻绳我解结。（丑）谁做乌龟谁做鳖？（净）你做乌龟我做鳖。（科）（丑）不好，我们抢个流星赶月。（净）格末来。（丑）谁做明星谁做月？（净）你做明星我做月。（丑）谁打绣针谁打铁？（净）你打绣针我打铁。（丑）谁做荷花谁做叶？（净）你做荷花我做叶。（丑）谁打麻绳谁解结？（净）你打麻绳我解结。（丑）谁做乌龟谁做鳖？（净）我做乌龟你做鳖。（丑）咬了一口，就是小儿相公。（净）这个……唐家父，抢得个口喝，如何是好？（丑）这遭如何？唅，好大梅子！小儿相公，你可会上树②？（净）唐家父，小儿会爬。（丑）怎么，你会爬？爬上去拘③几个下来。（净）若还有人来呢？（丑）喘嗽为号。（净科，爬上，丑咳嗽）（净）春秋露黄叶飞不上。（科）吓说道人来哉。（丑）那里有人？（净）为啥咳嗽？（丑）我是伤风。（净）就是痨病熬伊④牢。（丑）不好，有人来，墩脚为号，墩脚为号。（净⑤）我在挣抖，好大梅子也！（内大叫）有人偷梅子！（老旦、正旦、末上）吠，何人偷梅子⑥？（丑）这是我的小介。（末）吓！（丑）得罪，得罪。（净科）（正生上）（丑）做破了。若没有唐家父，打死乐

---

① 打麻绳，底本作"解麻绳"，次作"打麻绳"，之后文两处又作"解麻绳"，据文义改。
② 此下底本尚有"（净）唐家父，你可会爬树的"，疑衍，今删。
③ 拘，同"勾"，钩取、探取。
④ 伊，底本作"以"，第二、第三人称代词，今改作"伊"。下文"骗伊"的"伊"同。
⑤ 净，底本作"丑"，今改正。
⑥ "末"字及"何人"二字底本脱，据单角本补。

小儿。(正生)唐二,前面是什么地方?(丑)前面秦岭了。(正生)我们仗剑而行。(打念【缕缕金】)朝臣待漏五更寒,铁甲将军夜渡关。山寺日高僧未起,算来名利不如闲。(正生下,净下)(丑)他会走,我要骗伊转来还。我拾得一个银包,银包。(净上)唅,银包我个。(丑)什么颜色?(净)黄勿黄,白勿白。(丑)别人家勿肯还,既是小儿相公我奉还。(净)前途吃我东道。(丑)在袖口内。(净科)没有。(丑)来带格只袖里。(净科)也没有。(丑)那介①,也没有?呒可有得跌落?(净)我是没有得失落。(丑)你也没有得失落,我也没有得传②着。呒会得走,我骗骗呒落后。(下)(净)取笑,取笑。(下)

大　考

老旦、贴旦、旦、末(手下),净(商鞅),小生(把门官),正生(苏秦),付(胡说),

丑(唐二),老旦(王婆)

(【大开门】)(老旦、贴旦、旦、末四手下,净上)(引)文才独立振朝纲,论奇才七国无双。秦邦独掌权衡重,谁敢来犯吾边疆?(白)早向③金门待漏时,天香惹得满袍归。彤闱独坐无他虑,只为苍生费所思④。(白)老夫复姓公孙,名贤,字载,号为商鞅⑤。蒙秦之法,咫尺立书,命俺考选天下六国奇才。把门官传令。(小生)唷。(净)头场答对,二场吟诗,三场讲《春秋》。答对如流,取为魁首。不许夹带旧日文字,如若夹带者,黑墨涂脸,赶出贡院。(正

---

① 那介,方言,相当于"怎么",表示反问。"介"亦作"格"。

② 传,方言,意为捡拾。字亦作"篆",调腔《琵琶记·弥陀寺》:"罗里晓得台下人挤紧,夹落乌大菱,跌落小烧饼。呕又呕勿到,篆又篆勿成。"

③ 早向,底本作"早降",据单角本改。

④ "天香"至"费所思",底本作"天下社稷金袍贵。名为作事无他要,识问苍生惟所庶",单角本作"文章擅得锦袍归。平为作事他无虑,感望苍穹惟光时",参照《俗文学丛刊》第一辑第 37 册所收北京高腔本《商鞅考试》改。

⑤ 为,底本作"掉",据文义改。按,"字载,号为商鞅",单角本作"字赞子,官居相位,时人不识,号为商鞅"。

生上)报上。(小生)所报何事？(正生)齐国洛阳太平庄人氏,姓苏名秦,字季子。先献万言书。(小生)有令在先。(正生)不在考内。(小生)取。吓,报,把门官。(原白)(净)"开国家之疆土,立万代之规模。文能天下①,武镇诸邦。"阿吓,季子,慢说是外才,就是壳面上几句,被他褒贬尽了②,且看内才如何。展开。(小生)吓。(净)"第一策尊周室,第二策攘夷狄,第三策固城池,第四策取贤士,第五策平六国。"阿吓,老夫要平六国,这学子也要平六国,只合我意,不免献上秦皇。打道,去了前导。(正生、老旦下)(净)且住。我想秦皇乃是贤德之君,有了他,没了咱,且看六策如何:"第六策削权贵。"咳吓,权贵!老夫无非当朝一宰,这举子未曾进步,就要削权贵。来不来,由他;取不取,由咱。把门官传令,众举子发到五经官那边去考,吾相爷单考外国苏秦。不论本国外国,有能通五经者,选一名举子进来,与苏秦对考。万言书发出,连人带交。(小生)吓,众举子听者,相爷有令,众举子发到五经官老爷那边去考,相爷单考外国苏秦。不论本国外国,有能通五经者,选一名与苏秦对考。万言书发出,连人带交。(正生、付上)(付)通五经无得,只有能通九经来里。(小生)只有五经,那有九经?(付)介末有《色奇三官经》《弥陀经》《观音经》《药师经》《牛吃草荐拽执狗经》。(付、正生)个没③/阿吓,举子。(众)进。(正生、付)生员参。(净)举子为何不下跪?(正生、付)宰相不出位,生员不下跪。(净)朝日重参。(付)来来拜生。(正生)参拜公侯彩色新,(付)年年相见。(正生)提挈一句便成名④。(付)岁岁相逢。(正生)若得衣锦归故里,(付)家门告庆。(正生)乌纱顶盖⑤不忘恩。(付)人口平安。(小生)又不拜年。(付)我是拜惯勾。(净)窗前不把诗书读,

---

① 能,单角本作"安"。调腔《曹仙传》第四号有"文能天下,武震各邦"之语。

② 褒贬尽,底本作"贬边寻"。此句单角本作"把天下事褒贬尽了",据校改。

③ 个没,同上文"介末",方言,那么。

④ 此句底本作"昭起一举便成文",据单角本校改。

⑤ 乌纱顶盖,底本作"黑沙盖脸",据单角本改。按,北京高腔本《商鞅考试》作"黄沙罩脸"。

休想乌纱盖顶门①。（付）未去朝天子，先来拜丈人。（小生）大人。（付）堂叔。（小生）为何堂叔之称？（付）我里堂叔也是竹根头胡子。（净）那个举子本国？那个外国？（付）生员本国。（正生）生员外国。（净）本国举子下去，外国举子上来。（正生）生员在。（净）家住那里？姓甚名谁？（正生）生员乃是齐国洛阳太平庄，姓苏名秦，字季子。（净）手捧何物？（正生）这是万言书。（净）要他何用？（正生）能治国平天下之总要。（净）老夫也曾阅过，无非迂阔之书。这里不用，拿去归库。下，本国举子上来。（付）生员在。（净）家住那里？姓甚名谁？（付）生员家住杆边县杆边，姓胡名说，号为堂叔。（净）怎么堂叔？（付）为②，大阿侄。（小生）大人。（付）大人。（净）此乃赴试院③。（付）大人道我文字好，选我做知县。（净）秀才休夸口，文章就要有。（付）三年知县满，选我做太守。（净）朽木之才，（付）不可雕也。（净）粪土墙，（付）不可污也。（净）诗书惯熟，（付）可知礼也。（净）好。（付）拿纱帽来带。（净）还早。（付）还吃草？（小生）迟早之早。（净）手捧何物？（付）这是匹脚金。（小生）千家锦④。（净）这千家锦要他何用？（付）对他的万言书。（净）这万言书能治国平天下之总要，这千家锦有什么用处？（付）大人，这千家锦里面有多少匹牌名？（小生）敢是曲牌名？（付）曲牌名。（小生）有多少？（付）嗟！一江风，二郎神，三学士，四朝元，五供养，六幺令，七娘子，八声甘州歌，九菊

---

① 顶门，底本作"金门"，据单角本改。

② 为，同"唅"，叹词，用于打招呼。

③ 此句单角本作"家住杆边县，也来赴试院"。

④ 锦，抄本作"经"，参照北京高腔本《商鞅考试》改。"千家锦"为明清时流行的戏曲选本名称，如《明清孤本戏曲选本丛刊》第一辑（陈志勇编，国家图书馆出版社，2017）收有《新镌乐府时曲千家锦》，《善本戏曲丛刊》第四辑（王秋桂主编，台湾学生书局，1987）收有《千家合锦》，故下文说千家锦里有曲牌名和小曲。

花,十断枝觔①。(小生)敢是十段锦②?(付)对做对唱,唱起来蛮蛮好听。
(净)怎样好听?(付)来这。一更里个南也灯,灯也么灯,家家户户放锦
灯③。一心思想做人家,那有饶钱买鱼蟹?蟹也么哈④。(净)拿去焚化过
了。(小生)吓。(付)一进科出脱,三分细喜银。(小生)细丝银。(净)外国举
子上来。(正生)生员在。(净)头场答对。(正生)愿闻。(净)饿鸟书生,终朝
挨着三顿黄齑。(正生)化龙进士,指日⑤手攀一枝丹桂。(净)丹桂在那里?
(正生)在月宫。(净)月在那里?(正生)月在天上。(净)那有这样长手?(正
生)读书之人自有云梯步月,括物而比法。(净)谁与你括物而比法?胡说!
(付)走开走开,生员在。(净)不曾叫你。(付)生员做胡说,大人一呼,生员
接旨。(净)好来得用心。(付)科场不用心,天猪吃菱。(小生)天知地明。
(付)五化乒烈,六爻勿吉。(净)头场答对。(付)愿闻。(净)饿鸟书生,终朝
挨着三顿黄齑。(付)五须宰相,一餐能吃五升黑豆。(净)怎么比老夫是马?
(付)良马比君子,耕牛比将才,宰相肚皮好撑板。(小生)撑舟。(付)板也可
撑,船也可撑得。五升黑豆吃带落去,岂不纳乎?(小生)不亦乐乎。(付)不
亦乐乎。(净)下去。(付)好,头场答出。(净)外国举子上来。(正生)生员在。
(净)二场吟诗。(正生)何物为题?(净)就将天上明月为题,要长字头归字

---

　　①　觔,俗"筋"或"斤"字。"筋"俗作"觔",进一步省作"觔"。《字汇·角部》:"觔,此
字无所考,今俗多作'斤'字。"
　　②　十段锦,底本作"十劝经"。按,清翟灏《通俗编》卷三八《识余》"市语"条述优伶
所用以曲牌名首字之后的字代替数字一至十的隐语,与调腔此处所报曲牌名略同,其中
最后一条作"十段锦",据改。
　　③　锦灯,底本作"绵",据文义改。
　　④　"一更里"至"蟹也么哈",有讹脱。按,明清时俗曲【银纽丝】:"一更里难挨灯落也
花,乔才恋酒在谁家。自嗟呀,教人提起泪如麻。非干是你乖,多因是我差,枕边错听了当
初话。思量别寻个俏冤家,又恐怕温存不似也他。我的天,撇下难,难撇下。"(中国国家图
书馆藏明刊《词珍雅调》之《风月词珍首集·新兴闹五更》)北京高腔本《商鞅考试》即唱此
曲,文字稍异,其中结尾二句作"哎,进了贡院衙,丢了二十嘎,撇下了难,叫我难撇下(重)"。
　　⑤　日,底本作"手",据单角本改。

尾。(正生)嫦娥当月缺①,(付)缺缺。(小生)不要多嘴。(付)多嘴狗头鸟。(正生)剪就绿罗衣。(付)衣衣衣。(小生)不要开口。(付)开口王喧。(正生)总作锦裁绣②,(付)绣绣绣。(小生)不要打诨。(付)打浑泥鳅。(正生)诗成夺袍归。(净)好!好一轮明月,何缺了半边?(正生)初三初四蛾眉月。(净)十五十六月圆圆。(正生)十七十八依旧缺。(付)二十亨亨,月上二更。(净)好好一匹绢子,为何将他剪碎?(正生)不剪不成衣。(净)成衣莫下剪。(正生)下剪便成衣。(净)"总作锦裁绣"这一句略可取。(正生)只是一句便成文。(净)我且问你,你用那一个"夺"?(正生)生员用提夺。(净)何不用抢夺之夺?(付)科场中话夺之夺。(正生)岂不闻"龙舟移棹晚③,兽锦夺袍新④"?(净)却有来。只有"夺袍新",那有"夺袍归"? 胡说!(付)走开走开,我哉!(正生)怎么,又是你了?(付)生员在。(净)怎么,又是你了?(付)生员哉。(净)二场吟诗。(付)何物为题?(净)秦王赐老夫紫罗,就将紫罗袍为题,要长字头归字尾。(付)常穿花袖袄,(小生)紫罗袍。(付)嘴上挂蓑衣⑤。(小生)挂髭须。(付)大人当堂坐,缩头缩脑好像活龟。(净)为何比老夫是龟?(付)大人非别,王母殿前,千峰顶上,叫做六毫龟,倒有还有三年延寿之福。(净)怎么,还有延寿之福?(笑)(付)大人慢点慢点,龟只会叫不会笑。(小生)怎样叫?(付)嗟! 大乌龟在山顶,铎,铎,铎;中乌龟在山底下,的,的,的;小乌龟在田坑,哇,哇,哇。有一日狂风大雨起来,三个乌龟一齐叫将起来,蛮蛮好听。(小生)怎样好听?(付)嗟,铎的哇!(净)胡说!(付)二场已答出。(净)外国举子上来。(正生)生员在。(净)三场讲《春秋》。

---

① 当月缺,底本作"对月屈",据单角本改。

② 总,通"纵"。锦,底本作"衣",据单角本改。

③ 闻、舟移棹晚,底本作"用""般须早望",据杜甫诗《寄李十二白十二韵》改正。

④ 新,底本作"心",据单角本及杜甫诗《寄李十二白十二韵》改正。按,"夺袍"即"诗成夺袍"之典,武后游幸洛阳龙门,命群官赋诗,先成者赏锦袍。左史东方虬诗成受袍,及至宋之问诗出,武后称之,乃夺袍与之。见唐刘餗《隋唐嘉话》卷下。

⑤ 嘴、蓑,底本作"壁""沙",据北京高腔本《商鞅考试》改。

（正生）那一篇？（净）涧溪沼沚之毛①，蘋蘩蕴藻之菜②。（正生）山溪曰涧，曰涧山溪③。（净）那里讲得这许多，但说"之毛"二字。（正生）毛为香菜。（净）出在那里？（正生）普天下所有。（净）要他何用？（正生）祭孔圣所用。（净）祭孔圣怕没有错昧，反要吃你这野菜④？（正生）君子谋道不谋食。（净）谁许你半今不古？（正生）无古不成文。（净）下去。且住，外国举子要诗就诗，要对就对，本国举子一派胡言。把门官传令，少刻本国学子讲《春秋》，讲得便罢；讲不来，不论本国外国，一齐推出。（小生）吓。（净）本国学子上来。（付）生员在。（净）三场讲《春秋》。（付）那一篇？（净）箕子谏纣⑤。（付）鸡子剪就窗下文章。咳，祖宗大人要饭吃，立起来哉。大人，鸡子者，乃是鸡蛋也。混混沌沌，在娘胎撒力，哄哄生下来，用滚水儿煮之，冷水而激之。依依婿婿，内去其衣；乞乞壳壳，外去其壳。老大人看文字，辛苦了，退了堂，与奶奶对头坐将下来，一碗老酒二个鸡蛋，二碗老酒四个鸡蛋，大人吃带落去，不亦乐海！（小生）不亦乐乎。（付）湖海相连。（小生）相对。（净）我讲的是书⑥。（付）鸡子能补虚⑦。（净）箕子谏纣。（付）鸡子勿够，鸭蛋来凑。（净）一齐推出。（正生、付下⑧）（内白）五经官老爷送文卷到。（净）吩咐二廊肃静。（小生）相爷传外国苏秦。（正生上）谢天酬地。（净）且住。外国举子要对就对，要诗就诗，好奇才也！（正生）望大人作养⑨。（净）谁叫苏秦？（众）把门

---

① 此句抄本脱，据下文答对当有，今补。

② "涧溪"至"之菜"，见《左传·隐公三年》。溪，《左传》作"𧮂"。"溪"是"𧮂"的后起字。

③ "山溪曰涧，曰涧山溪"，底本作"三溪月见，月见三溪"，单角本"见"作"涧"，今改正。按，重校本作"山涧曰涧，山溪曰溪"。《左传·隐公三年》"涧𧮂沼沚之毛"林尧叟注："山𧮂为涧，通川为𧮂。"

④ 野菜，底本作"化野芹"，据单角本改。

⑤ 箕子谏纣，底本作"鸡子剪就"，据北京高腔本《商鞅考试》改，次同。

⑥ "讲"和"是"二字底本脱，据单角本补。

⑦ 补虚，底本作"许"，据北京高腔本《商鞅考试》改。

⑧ "正生、付下"及下文"正生上"的"上"字，底本未标，据剧情补。

⑨ 作养，栽培，培植。《六十种曲》本《冯商三元记》第二十七出："（丑）真奇才也。既折桂枝，定扬名姓，第一名解元已定。（小生）多谢老大人作养。"

官。(净)把门官听之不明,打。(正生)且慢,有道科场不是刑场①。(净)苏秦不曾进步②,前来讲文么?(正生)周公之礼不疑,律上也有这一疑。(净)把门官拿去寄监。(众)吓。(小生下)(净)苏秦乡场③告考,为何理也?(正生)乡场告考乃是生员旧规。(净)你可知秦国法度?(正生)法度可以治民,礼义可以待士。(净)你不知礼义,怎知法度?(正生)法度可知。大人道生员文字好,不中生员,此乃是不忠④;大人道生员文字不好,不中主员,此乃不智⑤。不忠不智,枉为秦国中的宰相乎!(净)我道你文字讨官做,却原来舌尖徒。

(唱)

【混江龙】⑥却原来舌尖儿游遍了九垓⑦,那里有⑧实学奇才?怎道是万言书行行锦绣⑨,句句奇才,全不想灯窗下集凑将来。你本是蛙居井底,怎知俺天道无涯?你本是山荒野草,怎做得秦国中调鼎盐梅⑩?

(白)一木焉能成大厦⑪?(正生)弹丸虽小⑫塞函关。(净)函关乃是老夫去路,谁人敢塞?(正生)大人不中生员,生员往别国考,一定要塞住函关。

————————————

① 此句底本作"科场不形状",据单角本改。

② 进步,底本作"进场",据单角本改。

③ 乡场,科举乡试考场;单角本作"闯场"。

④ 不忠,底本作"知",据单角本改。

⑤ 不智,底本作"不中",据单角本改。

⑥ 此曲牌名抄本缺题,据195-4-9曲谱补题。按,川剧高腔本《拗考》相应内容曲牌名作【驻马听】,北京高腔本《商鞅考试》此曲及次曲合为【端正好带倘秀才】。重校本第十三出《秦邦不第》有【混江龙】一支,但曲文与调腔本全然不同。

⑦ 垓,底本作"盖",单角本作"该","垓"的别字。九垓,犹九州。

⑧ "有"字底本脱,据单角本补。

⑨ "言"和"行行"三字底本脱,据单角本补。

⑩ "你本是"至"盐梅",底本作"你本是山荒野草,你本是虾蜒井底,一一任你家鼎,怎做得秦国中调鼎言味",据单角本改。调鼎,亦说"调和鼎鼐",烹调五味,喻指宰相治理国家。盐梅,盐和梅子,系烹饪的调料,喻指治理国家的贤才,亦特指宰相。

⑪ 一木焉能成大厦,底本作"一本木也能救大厦",据单角本改。

⑫ 弹丸虽小,底本作"墙埙器小",据单角本改。

（净）柳絮行风，料应难飞天外去①。（正生）葵花向日，断然不向月中开②。（净）老夫在此讲话，谁许你答对？（正生）科场答对，何妨？（净）怎么，你喜对？（正生）喜对。（净）与老夫对。（正生）愿。（净）半斤生铁，怎当得轻拷细打？（正生）一块黄金，任你猛火锻炼。（净）金逢火失色，（正生）铁冶炼生辉。（净）好。（正生）由大人作养。（净）苏秦，若说你文字不好，只道秦国中宰相无眼力，只怪你一件。（正生）生员那一件？（拜）（净）性子太狂③。（正生）狂者进取，尚且圣人不弃，何况大人乎？（净）今日中了你，异日参拜老夫，性子可改？（正生）吓，这是江山可改，秉性难移。（净）吓，怎么，秉性难移？我且问你，这双磕膝④，何人所生？（正生）是父母所生。（净）你何不跪在父母跟前讨官做，要跪在老夫跟前讨官做？（正生）上跪与秦王。（净）秦王在那里？（正生）在紫罗袍。（净）袍挂吾⑤体。（正生）我不跪，待何如？（净）咳！（唱）

【前腔】你颏颏喇喇成什么秀才辈⑥，劝你回去且徘徊。你本是箪瓢陋巷，读些者也乎哉⑦。（正生白）我讲《春秋》。（净唱）**谁与你讲《春秋》？**（正生白）说《礼记⑧》。（净唱）**谁与你说《礼记》？**（正生白）吟诗答对。（净唱）**谁与你吟诗答对？**（正生白）大人既不中生员，还了生员万言书。（净）过来，还他的万言书。（内）万言书已归落库。（净）苏秦，万言书已归落库，下科来取。（正生）下科只

---

① "柳絮"至"天外去"，底本作"柳絮行风，料你飘飞到天外去"，单角本作"柳絮莺风，料应难飞不出天外去"，据校改。

② 底本误将"一块黄金，任你猛火锻炼"置于此处，而无"葵花向日，断然不向月中开"，下文又无"半斤生铁，怎当得轻拷细打"，均据单角本校补。

③ 句前底本有"老夫"二字，据单角本删。或者"老夫"下当补"怪你"二字。

④ 磕膝，底本作"腜膝"，据单角本改。按，"磕"同"䯒"，《广韵·歌韵》苦何切："䯒，膝骨。"

⑤ "吾"字底本脱，据单角本补。

⑥ 你颏颏喇喇，底本作"是嘞嘞"，据单角本改。"颏颏"疑同"嗑嗑"，多言貌。"喇喇"亦多言貌。颏颏喇喇，犹云絮絮叨叨。辈，单角本作"规"。按，北京高腔本《商鞅考试》此句作"颠颠倒倒称什么秀才乖"。

⑦ 箪、者也乎哉，底本作"茂"和"这掩胡才"，单角本此二句作"守着些单（箪）瓢陋巷，温读些者也子乎哉"，据校改。

⑧ 礼记，底本作"礼义"，次同，下文净本作"礼记"，据改。

怕不是老大人主试①了。(净唱)**我把这万言书,是老夫封在九重库内**②。(正生白)大人不论本国外国,选几个举子进来,与苏秦对考。若是考他不过,情愿纳了头巾、蓝衫,归家务农。(净)怎么,你还喜一对?听老夫一对。(正生)愿。(净)天上月,水底月,两月为朋。(正生)山间虎,岭间虎,二虎成麒。(净)老夫是虎,连你是虎么?(正生)生员不待是虎,还是未出毛羽的豹。(净)白面书生,腹内无文乞丐相。(正生)乌须宰相,腰悬宝带蛇蝎心。(净)我怎么蛇蝎心③?(正生)我怎么乞丐相?(净)胡说。(正生)正理。(净)篇篇胡说。(正生)篇篇正理。(净)我把官势来押你。(正生)我把文字来对伊。(净)咳!(正生)来吓!(净唱)**三年一度选场开,少什么奇才?**(净下④)

(丑上,正生摇手)(丑)五经魁首。(正生)为何谢起天地来?(丑)相公说五经魁首。(正生)下第了。(老旦上)还欠读吓!(正生)要诗就诗,要对就对,怎说还欠读耶?王婆来算账。(老旦)算不算,二两半。(丑)相公,算不算,二两半。(正生)取银子交他。(丑)百两黄金用完了,那里还有银子?(正生)怎么,银子用完了?头巾、蓝衫当在此,下科来取。(丑)王婆,我家相公百两黄金用完了,将头巾、蓝衫当在此,下科来取。(老旦)唐二官,我们开店之人,早间种树晚间乘凉,当头不要的,要现银子的。(丑)勿要就歇。我家相公今科下第,下科得中时节,我末是头大人叔,我眼睛一丢,我要你长末长,我要你短末短,我同二相公二个人来里吃哉。(老旦)那里饭拨你吃?(丑)没有饭吃,舂你家谷;没有柴烧,拆你的屋;没有被拿来盖,同吭奶两宿。拿饭吃。(老旦)且住。我想二相公今科不中,下科得中,看待老身一二,有了。吓,是了,唐二、官人,与你商量,我的房饭钱俱不要,早上卖了一只小猪,

---

① 主试,底本作"死老",据单角本改。
② "夫"字底本脱,据单角本补。重,底本作"泉",据单角本改。
③ "蛇蝎心"三字底本与下文"乞丐相"互调,据单角本改。
④ 净下,底本作"四手下"。按,前面"去了前导",老旦已提前下场(以便改扮王婆),而付、小生已先行下场,故此处下场,当为净、贴旦、旦、末四人。

有几两碎银子在此,送了二相公做了盘费,意下如何?(丑)让我报话话看,要看你造化。(老旦)急仗。(丑)二相公,王婆说这些房饭钱俱不要了,他说早上卖了一只小猪,有几两碎银子,送与二相公做了盘费,意下如何?(正生)怎好受此。(丑)哣勿收,前途只好此道。(正生)没奈何。(丑)王婆拿来,我替二相公代收。(正生)告别。床头黄金尽①,壮士无颜色。(老旦)劝君绝早归,免做他乡客。(下)(正生)唐二,我们回去。咳!(唱)

【驻云飞】**独自伤怀,千里迢迢到此来。指望乌纱戴,谁想谋成败**②。喍!(白)唐二,三条道路,那一条往魏邦去?(丑)往魏邦去的。(正生)如此拿雨盖来。(唱)**倒不如浪荡走天涯。**(丑白)二相公,回家去哉!(正生唱)**唐二你这大狗才**③,**急急逼我归家去,怎当得堂上爹娘无情哥嫂骂,素手空回怎布摆?**

【前腔】(丑唱)**劝相爷公不必伤怀,且听唐二解劝来。中不中有何妨,秀才二字依然还在。喍!有一日时来运来,头戴乌纱,腰系有黄金带,不必忧愁且放怀。**(白)此处不中,可有别国?(正生)还有齐楚燕韩赵魏。(丑)却有来。(唱)**此处无花向别处采,听我唐二解劝来。**(科,下)

前不第

正旦(周氏)、付(苏母)、贴旦(王氏)、丑(唐二)、外(苏父)、小生(苏仲子)、

正生(苏秦)

(正旦上)(唱)

---

① 床头,底本作"满头",据重校本第十四出《落第去秦》下场诗改。唐张籍《行路难》:"君不见床头黄金尽,壮士无颜色。"

② 谋成,底本作"茂盛",据北京高腔本《商鞅考试》改。成败,这里偏指失败。又,此句单角本作"奸相当权害"。

③ "这"前底本有"及"字,"大"字原无,据单角本校改。

【解三醒】绣帏里整顿机麻，从别后掷数年华。奈路途胜似缲车①，指望他鱼龙变化身荣贵显。(付②、贴旦上)(唱)空思念，倒不如断机教子，休得落后。

(丑上)(念)唐二奔波，京城来往多。草鞋穿破，肚饥饿，没奈何。(白)到哉，让我骗碗饭吃吃去。报，报！(付)唐二，你回来了。二相公可得中了么？(丑)中哉，中哉！(付)中了第几名？(丑)中了第吃名。(付)敢是第七名？(丑)第七名，第七名。(付)可有署授？(丑)有署授。(付)在那里为官？(丑)在灶前府县。(付)没有这个地方。(丑)这是朝廷新建。息今不愿做官，做客官③。(付)官倒不愿做，在里做客。在那里做客？做什么客？(丑)在此贩卖。(付)可有利息？(丑)有利息，一番二番④，番了一个聚宝盆。(付)个是讨饭碗。(丑)啥个讨饭碗，个聚宝盆。(付)为何聚宝盆？(丑)无物要啥些求得出来。个共⑤还有名字勾，姓末姓求，名叫二，叫求二，有哉。(付)唐二，我太太求两。(科)佛头佛脚可有？(丑)那个没有呢。(付)个是啥些？(丑)个是量天尺。(付)个是讨饭棒。(丑)出来，蒙得住眼睛，嘴里叫求两。(科)(付)啥事没有。(丑)还要响。(付)求二。(科)(丑)看来儿子勿中，娘来带讨饭哉。(付)吓噫，讨饭哉！大媳妇，叫这贱人前去接官。(贴旦)婶婶不用织机了，叔叔做官回来了，叫你前去接官。(正旦唱)

【绣带儿】闻说音信回来，且停梭机试问根由。(付白)叫这贱人前去接官⑥。(贴旦唱)方才唐二前来报，叫你安排远接休得落后。(付白)叫贱人去接官。(正旦)婆婆为何不去接官？(付)娘不接子。(正旦)姆娘，你何不去接官？(贴

---

① 缲车，底本作"朝耻"，今改正；单角本此句作"好叫人心中如麻乱"。按，重校本第十六出《家耻笑》此句作"奈程途胜似缲车紧"，下接"怎得似轴儿转"，调腔本该句脱。

② 付，底本作"丑"，下文"娘不接子"前的"付"同，今改正。

③ 丑白"息今"即"现今"。不愿做官做客官，底本作"不愿做官客ミミ"("ミ"为重文符号)，据文义校录。

④ 番，通作"翻"。

⑤ 个共，方言，如如今。

⑥ "闻说"至"接官"，底本原窜在下文"婆婆为何不去接官"前，据单角本改。

旦)嫂不接叔。(正旦)此论来是奴家了。(唱)**安排远迎休得落后**。(付唱)**且织机,只落得我怒冲心气**。(正旦唱)**特兀的**①**将人耻笑,这场打骂呕气叫我怎生禁受?**

(付)员外快来。(外、小生上)(外白)自不整衣毛,(小生)何须夜夜号。(外)妈妈何事?(付)苏秦下第了。(外)看这畜生,怎生回来见我!(正生上)(唱)

【不是路】**忍耻含羞,自恨当初不即留**②。**到家庭,等前进步忙退后**③。(付、外白)看这畜生,怎生回来见我!(正生)阿吓!(正旦)住指。(正生)先见妻子一面。一家人俱是在堂上,有道"丑媳妇不得不见公婆面"。(唱)**我便低头,爷娘跟前忙顿首,哥哥嫂嫂间别久**④。(外、付合)**黑貂裘,衣衫蓝缕,好似丧家狗**。

(正生)容儿分剖。(付)吽去时节分糕,居来分藕。(正生)容儿分剖。(唱)

【前腔】**孩儿只望功名就,谁知到京**⑤**作事不应口**。(外、付白)万言书?(正生唱)**万言书,被奸相挡住不奏。空逗留,百两黄金都用尽,素手回来只落得一双空手**⑥。

【皂角儿】⑦(外、付唱)**去时节不由人阻留**⑧,**到如今、反成祸由**。(小生唱)**时乖**

---

① 特兀的,底本作"自古道",单角本作"情兀的","情"当为"特"之讹,据校改。

② 即留,"即"亦作"唧""鲫","留"或作"溜"。宋宋祁《宋景文公笔记》卷上《释俗》:"孙炎作反切,语本出于俚俗常言,尚数百种。故谓'就'为'鲫溜',凡人不慧者,即曰'不鲫溜'。"明田汝成《西湖游览志余》卷二五《委巷丛谈》:"杭人有以二字反切一字以成声者,如以'秀'为'鲫溜'。"明陈士元《俚言解》卷一"鲫溜"条:"称敏快曰'鲫溜'。"

③ 家庭,底本作"街亭",今改正。"忙"字底本脱,据单角本补。

④ 间别久,底本作"见利后",据重校本改。

⑤ 到京,底本作"到今",据单角本改。

⑥ 素手,底本作"疏手",今改正。另,此句单角本作"只落得一双空所(素)手"。

⑦ 此曲牌名底本缺题,据民国元年(1912)"求章云记"外、末、正生本(195-1-98)所抄《黄金印》外本补题。按,重校本相应内容作三支【浆水令】。

⑧ 去时,底本作"土将",据单角本改。不由人阻留,底本作"蒙君送别",系涉《投井》出而误,据单角本改。

运蹇多颠倒，莫烦恼自寻烦恼。（正生唱）非是所见不获，劝爹娘兄共嫂休来笑我①，休来笑我。（正旦唱）骂得我无言可对，打得我、神魂离壳②。（白）不免下机相叫一声。（付）贱人，还来强口！（正旦）呀！（唱）本待要下机相叫，怎禁得婆婆恁般摧挫，我只得停机闷坐，停机闷坐。（正生唱）阿吓，妻吓！休得停机闷坐。（正旦、正生合唱）只落得夫在东妻在西，两眼睁睁，泪珠偷堕，泪珠偷堕。【尾】功名富贵皆分手，何必痴心去紧求。三檐伞儿富贵羞③。

（付）富贵羞，富贵羞，倒是唔个讨饭头。腰边别得芋艿头，荡来荡，荡得光油油。你今去到秦邦三年，回来爹娘跟前未叫一声，你总是还欠读，总是还欠读。（正生）是吓，我去到秦邦三年，回来爹娘跟前未叫一声。吓，有了，爹娘，孩儿秦邦去了三年，爹爹在家可好否？（外）托你为官人洪福。（正生）太老爷稳稳有分。（外）赶出去。（正生）母亲，儿去往秦邦三载，母亲在家可安？（付）有屁吃得，有饭撒得。（贴旦）婆婆倒话这。（付）倒好，倒好。（正生）太夫人稳稳有分了呢。（付）太夫人无分，讨饭早早做过哉。（正生）我苏秦不第回来，一家俱不瞅不睬，待寻个自尽了罢。（付）畜生，秦邦去了三年，身上这般蓝缕，如何见得外客？问你哥哥有旧衣借来穿穿，好见见外客，你总还欠读，总还欠读。（正生）是吓，倒是太夫人说得不差。我去秦邦三年回来，衣这般蓝缕，如何见得外客？不免问哥哥旧衣借件穿穿，好见见外客。哥哥请来见礼。（小生）方才见过礼了。（正生）有道"礼多不怪人"。（小生）为官之人，礼数忒多。（正生）哥哥，你有旧衣，借件穿穿。（小

---

① 底本上文"自寻"前标出"生"字，"劝爹娘"前又标"生唱"，今删前者，而将后者移至"非是"前。

② 神魂离壳，底本作"辰昏刀懷"，单角本作"神昏力怯"，检重校本作"神魂离壳"，据改。后文《夺绢》【剔银灯】第二支"打得我、神魂离壳"的"神魂离壳"，抄本作"神昏力怯"，今同改。

③ 三檐伞儿，旧时仪仗行列所用的伞盖，伞边有二层、三层之分，三层品级地位较尊。按，此句重校本、《歌林拾翠》二集《金印记·不第空回》作"山掩诸公富贵羞"，语出南宋刘过《登多景楼》。

生)旧衣虽有，不是为官人所穿。(正生)权穿穿，倒也不妨。(小生)那边佛前灯向向火罢了。(正生)我暖了，我暖了。(付)这样暖快。你寒热病发作了，暖得这等快。身上寒冷犹之可，腹中饥饿正难当。问嫂嫂有剩饭，借碗充充饥，畜生！(正生)身上寒冷犹可，腹中饥饿实难当。嫂嫂请来见礼。(贴旦)方才见过礼了。(正生)有道"礼多不怪人"。(贴旦)为官之人，礼数忒多。(正生)嫂嫂，你家可有剩饭，借碗充充饥？(贴旦)早膳用过，午饭还未。(正生)我苏秦还不贫，还有半升米在此，烦劳嫂嫂与我烧煮烧煮。(贴旦)我到苏家门，从来不会烧煮的。(正生)你家难道吃生米的么？(贴旦)我家有小莲烧煮的。(正生)是吓，大户人家，有小莲烧煮的。既如此，有剩饭借碗充充饥。(贴旦)待我问个厨下人。厨下人，可有剩饭？(内)没有剩饭，只有猫儿饭。(贴旦)没有剩饭，只有猫儿饭。(正生)我饱了，我饱了。(付)咳，鼓胀病发哉，饱得格样快。猫儿饭，猫儿饭，记在心头，不可赖为娘。难道没有妻子讨与你？既有半升米，拿去妻子烧煮烧煮，大家吃些。自己无运志，反被别人欺。(正生)阿吓，是吓！自己无运志，反被别人欺。不免叫妻子炊煮炊煮。妻吓，下机相叫一声。(正旦)工夫各自忙。(正生)我老牢记着他的"工夫各自忙"。我且问你，你在此做什么？(正旦)在此织机。(正生)织得好，好配圆领。(正旦)偏偏没有你分。(正生)那边断了一个头。(付)员外，为里要穿哉，两公婆作乐哉。(正生)寻什么东西？(正旦)寻梭子。(正生)妻吓，我有半升在此，拿去炊煮。(正旦)夫吓，你几天不吃饭了？(正生)喏，一个人，好几天不吃饭。早膳用过，要用午饭了。(正旦)你早膳吃过，就要用午饭。妻子昨日吃得一餐，今日水米没得沾身。(下)(正生)妻吓，苦杀你了！(科)阿唷，一个人对他讲话，他全然不睬，他进去了。我去往秦邦，百两黄金都已用尽，还要这匹纱子何用？(付)伊格两公婆来东作乐这①，待我去看看来。／(正生)待我打坏他。(科)(付)阿唷！(正生)母亲吓！

---

①　"乐"字底本脱，据上文"两公婆作乐哉"补。"这"同"者"，句末语气词。

/（付）我道你去往秦邦求取功名，原来去到少林寺，学得两伞拳头打娘哉！
（打）（正生）阿吓，母亲吓！（科）不免哀求爹爹。爹爹，大孩儿也是爹爹所生，
小孩儿也是爹爹所生，何不照看些小孩吓？（外）赶出去！（正生）不免哀求
母亲。母亲，手掌是肉，手背也是肉，缘何不照看些小孩儿吓？（付）我个肉
吓！（外）还不走出去！（正生）呵吓，且住。我今日不第回来，一家人何等看
待于我，还要在此何用，不免出门去罢。就将此花为题：仰面告天天不应，
归家绿柳间红桃。此花若有重开日，我身必定着红袍。（外）着红袍，着红
袍，我一杖，拆断你的腰。为父门前又不是菜园门，进，也由你；出，也由
你。还不走出去！妈妈，到底自己骨肉，叫他进来穿衣吃饭。快些走出
去！（下）（付）老老走进去，我个肉吓，进去吃饭去。（正生）那个要你饭吃！
（付）进去穿衣服去。（正生）那个要你衣服穿！（付）吓方才见爹，好像犬子一
般，见我又这等强口，我难道打你不得？跪下来！（正生）太夫人要跪就跪。
（付）你去秦邦有数秋，只望谈笑觅封侯。（唱）

【红衲袄】①（起板）**你不要气冲冲观牛斗，谁似你嘴喳喳吃出头？你难道是洛
阳才子算魁首，去到秦邦有数秋。爹不睬娘不睬，今日回来只落得冷飕飕，
只落得冷飕飕，**（正生唱）**留与哥嫂话不相投**②。（白）你瞅，你瞅。（付唱）**呵吓，
是了么儿！怎吃尽湘江水，难洗今日满面羞。**（外内）赶出去！（付下）（正旦上）
夫吓，你往那里而去？（正生）妻吓，今乃魏国招贤，意欲上京求取功名而去。
（正旦）夫吓，倘若秦邦不第回来？（正生）呵吓，妻吓！倘若秦邦不第回来呵！

---

① 此曲牌名抄本缺题，重校本作【红衲袄】，检本曲曲谱与《调腔乐府》卷三【红衲
袄】曲谱相当，今补。

② 留，底本作"流"，暂校改如此。此句正生本无，195-4-9曲谱作"无情哥嫂话不相
投"，且置于"爹不睬娘不睬"句下。

(唱)**从今打散鸳鸯也,再不与你两情投,再不与你两情投**①。(科,下)

投 井

净(粮官),末(三叔),正生(苏秦),老旦、小生(鬼神?)

(净上)(念【水底鱼】)到县里考童生,到府里催钱粮。济济抢抢②闹闹嚷嚷,赶到他家闹一场③。(白)三员外开门。(末上)来了。是那一个?(净)是我。(末)到来何事?(净)完粮的。(末)我的粮完过了。(净)生员户的。(末)吓,是我二舍侄,是我代完。到我家吃了茶去。(净)吃你的尿。(末)吃了饭去。(净)吃你的粪。(末)吃了酒去。(净)酒倒要喝两碗去④。(下)(正生上)(唱)

【佚名】去时节蒙君送别,到如今、反成跛鳖⑤。(白)呵吓,叔爹吓!(唱)**欲待要登门谢,怎奈我无言可说**⑥。(白)你看此地有口井在此,不免投井而死便

---

① 情投,底本作"相逢",据单角本改。按,《书房》出有"从今打散鸳鸯也,再不与你两相逢"两句,单角本题作【尾】,195-4-9曲谱大概参照彼处,将此处也题作【尾】,而重校本该支【红衲袄】末两句作"凭(任)你掬尽湘江水,难洗今朝一面羞",似乎也能提供佐证。但根据记谱,"从今打散鸳鸯也,再不与你两情投"当为"你不要气冲冲观牛斗"一曲的结束之处。同时,【红衲袄】曲牌倒数第二句例带"也"字,末句需重句,也可证本出"从今打散鸳鸯也,再不与你两情投"不应该独立出来。不仅如此,《书房》出的"从今打散鸳鸯也,再不与你两相逢",曲谱基本上同于本出,应该就是从这里借用出去的。

② 济济抢抢,同"济济跄跄",本用以形容士大夫有威仪的样子,指举止动静合宜、从容端庄,这里用来描写差役行路之貌。

③ "到县里"至"闹一场",单角本作"吏(里)长难当,终日差使日夜忙。府里考童生,县里庇(逼)钱粮。弄来弄去不停走,到他家闹一场"。

④ 此句底本作"有酒就方要吃酒去",据晚清《单刀会》等净本(195-1-11)所抄《黄金印》净本改。

⑤ 跛鳖,底本前一字从辵从完或兒(疑为"帛"之误),后一字作"逦",重校本第十七出《投井遇叔》【皂罗袍】第一支有"昔为龙马,今为跛鳖"二句,据改。又,单角本此句作"须知道造化有错别(蹉跌)",重校本"昔为龙马"前曲文有"岂知造物有差跌,无端愁恨难消泄"。

⑥ 可说,底本作"语",失韵,据单角本改。

了。(唱)**激得俺怒气胸填,倒不如死在黄泉去也**①。

(末、净上)(净)多谢多谢。(末)慢去慢去。(老旦、小生上,吊净②,下)(末)阿吓,

侄儿！你去秦邦有数秋,指望谈笑觅封侯,为叔若还少迟一刻呵！(唱)

【前腔】并险做出没来由,(正生唱)没来由无言可说③。吓！曾到家妻不下机

嫂不炊煮④,激得俺怒气胸填,倒不如早赴黄泉去也。

【佚名】(末唱)你且慢伤悲哽咽,慢伤悲哽咽,莫怨身遭困危,否极有泰来

时节⑤。

(正生)我去也。(末)你到那里去? (正生)我到家中去。(末)为叔家中不去,

反到家中去。(正生)叔爹吓,叫我如何见得婶娘面来? (末)你婶娘,你去的

时长思念与你。你且随我来。安人,侄儿进来了。(内白)侄儿,换衣吃饭。

(末、正生下)

书　房

贴旦(小莲)、正旦(周氏)、正生(苏秦)、末(三叔)、花旦(腊梅)、老旦(婶母)

(贴旦上)有事忙来报,无事不敢言。二孺人快来。(正旦上)闷似湘江水,一

点不断流。犹如秋夜雨,一点一声愁。(贴旦)二孺人,不好了,二相公投井

---

① "激得俺"至"黄泉去也",底本作"从今拆散鸳鸯也,再不与你两相逢",当涉上文

而误抄,据单角本校改。

② 此处195-1-11净本有"有人投井""自己庞影""是你个""正好完粮去"四句,疑

此处为粮官酒醉后,踉跄而行,正要下场,被鬼神二人牵引至井边,叫喊起来,三叔闻而救

下苏秦。粮官的"是你个""正好完粮去",是对苏秦说的,说完后粮官才醉醺醺地下场。

吊,勾吊,牵引。

③ 说,底本作"儿",据195-4-9曲谱改。又,此句单角本作"没来由、没来由蒙君赠别"。

④ 此句底本作"曾到家是不烦(炊)煮好不烦僦",单角本作"一家人不秋(瞅)不彩

(睬)",据195-4-9曲谱改。

⑤ "你且"至"时节",底本作"你且慢伤悲,令衣丕(否)极有来时节",检单角本本曲作

"伤心更硬(哽咽),伤心更硬(哽咽),莫怨身遭困危,否极有泰来时的(节)",据校改。按,此

四句对应于李评本第十三出《一家耻辱》【香柳娘】合头部分,其中李评本"危"作"厄"。

而死了！（正旦）不好了！（科）（贴旦）三员外相救在那里。（正旦）如此拿灯
亮①，同我前去一走。（唱）

【清江引】妇人夜行须用火，忙把门儿锁。移步出厅户，小脚儿轻软，那只为
夫妇，也是没奈何。忽闻犬吠声，有恐人瞧破。小莲，高声犬叫不知紧要，倘
被伯母闻知，传与公婆知道，这场打骂非同小可。小莲，抬着灯亮前面走，待
奴家一步、一步趱着随火②，趱着随火。（下）

（正生上）（唱）

【驻云飞】朝暮勤劬，挑起银灯看此书。自恨命不利，何日得成器？嗟！（白）
今日为何这等要睡。是了！（唱）**提起小簪儿，小簪儿看古书。阿唷！刺得我
鲜血淋淋，也只为读诗书。一举成名天下知。**

（正旦上）（唱）

【前腔】月影西斜，鼓打三更定不差。月上荼蘼架，湿透凌波袜。嗟！来到叔
公家，悄地来听他。（正生读书）（正旦）呀！（唱）**听他书声琅琅，免使心牵。夫妇
团圆锦上花。**

（贴旦拷）（正生）呀！（唱）

【佚名】莫不是风敲竹径，莫不是砧敲秋韵③？却原来叩门户之声。（白）有道
"莺宿池边柳，僧敲月下门"。（唱）**敢只是僧敲月下门**④？（白）有道是"世败奴
欺主，时丧鬼弄人"。哾！（唱）**莫不是鬼魅侵**？（正旦白）是浑家到此。（正生唱）
说什么浑家到此，我不道男儿⑤，**何苦相存**⑥**问**？（正旦白）夫吓，有道"一夜夫

---

① 灯亮，油灯。

② 随火，底本作"来"，据单角本改。

③ 此句底本作"莫不是吹秋月"，单角本作"敢只事（则是）风吹铁响"，195-4-9曲谱
作"敢则是砧敲秋韵"，据校改。按，此句重校本第十八出《刺股读书》【古梁州】第一支作
"莫不是砧敲秋韵"，李评本第十五出《苏秦自叹》【古梁州】第一支作"莫不是砧声秋韵"。

④ 僧敲月下门，底本作"吹下门"，根据前文并参照重校本改。

⑤ "道"字底本脱，据单角本补。按，此句重校本作"这不是道男儿"，《群音类选》诸
腔类卷一《金印记·月夜寻夫》作"我不是你男儿"。

⑥ 存，底本作"随"，单角本作"成"，系"存"之讹，据改。

妻百夜恩"。(正生)你不说这句,倒也罢了;说这一句,待我加上一闩。(唱)**任你门外等,我只是不开门**。(贴旦白)到三员外家中去。(正旦唱)**忙忙转过窗台影**。

(贴旦)三员外开门。(末上)(唱)

【下山虎】更阑人①**静,方才着枕。门外何人啰喨,何不道姓通名?**(白)外面是那一个?(贴旦)二孺人到此。(末)可有灯亮?(贴旦)有灯。(末)侄儿门户可知道?(贴旦)还未。(末)好。妇人家有灯则行,无灯则止,你可且回。(正旦、贴旦下)(末)侄儿开门。(正生)来了。叔爹,侄儿拜揖。(末)罢了,坐下来。你在此做什么?(正生)侄儿在此看书。(末)外面有人叩,可知道?(正生)侄儿不知。(末)好!(唱)**书要勤读剑要磨,十年窗下莫蹉跎。两耳不闻窗外事,一心只读案前书**②。**叩门的解元妻小,他黑夜里莫叫他门外等**。(正生白)叔爹有所未知,侄不第回来,叫他下机,相叫一声,他说"工夫各自忙",故如此侄儿不去开门。(末)妇人家叫他站到天明不成?(正生)侄儿不去开门。(末)呸,还是这样心思,怪不得商鞅不中与你。(唱)**待为叔启柴扉**。

(白)且住。我是堂上叔公,他是厨下侄媳,如何使得?吓,有了。吓,春香。(内科)(末)夏莲,秋菊。(科)这些婆娘们都睡熟了,不免叫腊梅。腊梅!(花旦内应)(末)还是他惊醒。起来开门。(花旦上)(念)朦胧睡觉好打眠,忽听门外叫声喧。开门来一看,咳,原来是三老倌。老心肝,进房来,我和你罗里连里罗连。(末)咳,什么话?为何将我衣服盖在头上?(花旦)你话个冷落,把我盖盖个。(末)除下来。(花旦)叫我出来做啥?(末)二孺人到此,出去迎接。(花旦)哂为啥勿去?(末)我头不顶巾。③(花旦)我一脚勿穿裤。(末)臭丫头,我是堂上叔公。(花旦)我是厨下叔婆哉。(末)嗳,什么说话?还是你

---

① "人"字底本脱,据单角本补。

② "只"下原有"要"字,据单角本删。案前,底本作"安尽",单角本作"安前",当即"案前",据改。

③ 此句底本脱,据单角本补。

去。(花旦)吪去困得。(末下)(花旦)外面是那一个?(正旦、贴旦上)(贴旦)狗猾,我要骗里一骗。我是大莲。(花旦)吓呀,苏家门里只有小莲,那里有大莲?吪敢是小莲亲家母么?(贴旦)猜着哉。里面是那一个?(花旦)伊骗我,我也要骗伊骗。我是勋梅。(贴旦)三员外屋只有腊梅,那里有勋梅?里面敢是腊梅亲家母么?(花旦)被吪咬着哉。(贴旦)猜着哉。(花旦)二亲家母请来见礼。(科)亲家母,我赖个两头新造个①,吪帮衬帮衬,我难②一推。(贴旦)晓得哉。吟吟吟。亲家母,吪格肚为啥个样大?(花旦)吪个嘴勿好,勿做吪话③。(贴旦)难好哉。(花旦)吪几时好起来?(贴旦)我到苏家门就好哉。(花旦念)亲家母,是那日灶前烧火,三员外挨来同坐。我道他添柴撇火,他把我奶头上摸了几摸。我说道不可不可,他说道与你打头面、做衣服,为此与他这个,有了那个。(贴旦笑)(花旦)劝亲母休来笑我。(贴旦)二孺人到此。(花旦)吪为啥勿早话?唅,二孺人手里拿灯笼,敢是寻老公?(贴旦)寻相公。(花旦)跟之我来。唅,二相公开门。(正生)是那个?(花旦)是腊梅。(正生)到来何事?(花旦)送点心来的。(正生)不用。(花旦)手炮落哉④。(正生)角门开在那里。(花旦)二孺人跟之我来。唅,二相公,有盘热汤包来里,欢喜那一碗⑤,请拣得碗。(正生)呧!(花旦)唅,要骂么?我吃得⑥三员外格饭,把哩⑦骂,吪想骂请骂。亲家妈,我同吪去困得。(贴旦)到那里去困?(花旦)同我去困。(贴旦)三员外要来个。(花旦)三员外来,有我抵箭牌来带。(下)(正旦)夫吓,下来相叫一声。(正生)工夫各自忙。(正旦)吓,夫吓!(唱)

---

① 我赖,方言,我们。又,此句单角本作"格门新造"。

② 难,方言,意为现在,当下。下文"难好哉"的"难"同。

③ 勿做吪话,方言,不跟你说。做,方言,和,跟。

④ 手炮落哉,方言,单角本作"手里烫起这(者)",义同。

⑤ "那一碗"三字底本脱,据单角本补。

⑥ 吃得,底本作"明",据单角本改。

⑦ 把,方言,表示被动,相当于"被"。哩,亦作"里",方言第三人称代词。

【前腔】劝君家息怒停嗔，且是归家奉双亲。（正生白）书里有黄金。（正旦唱）你道是书①里有黄金，缘何败落家筵尽？（正生唱）三寸舌口内犹存，便穷冻我苏秦有何恨②，秀才家总有日发达成名。（正旦唱）说什么成名不成名，且是归家奉双亲。

（正生）我劝你放手。（正旦）不放手便怎么？（正生）不放手我就打。（正旦）吓，夫吓！家中婆婆要打，今日你又要打，倒不如打死妻子罢。（正生）妻吓，非是丈夫不肯回去，今闻得魏王招贤，功名成就，还有相会之日。若还秦邦不第回来，我和你不能够相会的了。（唱）

【尾】③从今打散鸳鸯也，再不与你两相逢。（下）

（花旦扯老旦上）（花旦扯老旦）走得雄个，扯得雌个。（老旦）贱人，什么意儿？（花旦）二孺人到此。（老旦）原来是二侄媳。（正旦）叔婆，侄媳万福。（老旦）二孺人为何连夜到此？（正旦）叔婆容禀。（唱）

【锁南枝】④黑夜里寻夫婿⑤，到此地，他恶狠狠不顾爷娘丢了妻。家中贫又贫，奴家孤又孤，怎当得愁又愁来苦又苦？

【前腔】（老旦唱）秦邦为不第回，他道妻不下机杼，嫂嫂不为炊煮。急得他怒气出门，别⑥旧朋将身跳在井中去。若不是叔公来救取，险些儿万言书，裹垢躯。

【前腔】（正旦唱）谢叔公，救丈夫，非敢侄媳不贤妇。只因破荡家筵，免不得一身孤苦。（老旦唱）他是个英雄汉，大丈夫。

---

　　① 书，底本作"那"，据单角本改。

　　② 恨，底本作"闻"，单角本作"害"，李评本【古梁州】第四支此句作"更穷杀我每无恨"，据改。

　　③ 此曲牌名底本缺题，据《分宫楼》等正生本(195-1-99)所抄《黄金印》正生本补题。

　　④ 此曲牌名抄本缺题，195-4-9曲谱题作【孝南枝】，但依词式和曲谱当作【锁南枝】，今改题。按，重校本相应曲目作【孝南枝】，中国国家图书馆编纂《中国国家图书馆藏清宫升平署档案集成》(中华书局，2011)第53册所收《寻夫刺股》总本则题作【锁南枝】。

　　⑤ "夫婿"二字底本脱，据单角本补。

　　⑥ "别"字底本脱，据文义补。

（花旦）我来，匹马单刀出了许昌来，喇喇节节节①。（老旦）贱人，什么意儿？

（花旦）做关老爷，好打么？咳！（唱）

【前腔】恼得我气彭彭，大丈夫，（老旦唱）**时乖运蹇遭困苦。我几番劝他归家，怎肯归家去？倒不如在我家权住，气消停再作一个道理。**

（正旦）侄媳去了。

（老旦）**移步归庭院，**（正旦）**惟有我孤栖。**

（老旦）腊梅送。（正旦）腊梅，你去劝二相公说，叫他：

恨小非君子，无毒不丈夫。

（花旦）晓得。（正旦、贴旦下）

纺　花

花旦（腊梅）、老旦（婶母）

（花旦白）安人吓，二孺人一到我屋里，就管事哉。（老旦）他怎讲？（花旦）他说恨小非君子，腊梅夺丈夫。（老旦）无毒不丈夫。腊梅，为何把我新衣服穿起来？（花旦）前者舅舅来，吓话腊梅为啥不去穿好衣服。今朝二孺人到此，故此穿得新衣服，替吓相相体面。（老旦）舅舅是人客，二孺人自家人。（花旦）东廊走到西廊也是客？（老旦）贱人，脱下来。（花旦）勿脱。（老旦打）（花旦）我就还得吓。我去嫁老公，也有得穿。（老旦）那个要你这臭货？（花旦）我十两银子首饰，买十两银子衣服。一走走到十字街头，一卖就卖去哉。（老旦）要卖多少银子？（花旦）勿卖多，只卖三个铜大光边。（老旦）可不折本了？（花旦）有送脱裤叫贱买去哉②。（老旦）你愿打愿罚？（花旦）罚我做啥？（老旦）罚纺花。（花旦）纺花？半夜三更纺花我不纺。（老旦打，打介）（花旦）我

①　这是锣鼓经，民国年间赵培生旦本（195-2-19）所抄《黄金印》花旦本作"即冷冷笙（又），冷笙（又）以冷笙"。

②　裤，底本作"阵"，单角本此句作"脱裤求财"，据改。

纺,要纺多少?(老旦)纺四两。(花旦)安人吓,四两不会纺。(老旦)多少?(花旦)纺半斤。(老旦)就是半斤纺来,纺来。(老旦下)(花旦)看看有我个呆婆娘,四两勿纺纺半斤,把里打昏哉。看吃里饭,纺来。(科)咳!(唱)

【锁南枝】提将起,泪珠涟,三周四岁没了爷娘。卖在人家为奴婢,灶前灶后苦奔忙。人没以个①矮,灶上以夹高,踮以踮勿着,脚骨踮得酸绷绷。阿吓②,苦也么天吓!

(老旦内)腊梅纺花。(花旦)来带纺。(科)嗳!(唱)

【前腔】思量起,越惨伤,三员外与三安人,吃的是珍馐百味好羹汤。惟有我腊梅,吃的是鱼头鱼脑鱼肚肠。呷呷③都是卤,嗒嗒以个苦,若还餐餐④坏,饭以没得下⑤。阿吓,苦吓天吓!

(老旦)腊梅纺花。(花旦)我来带纺。(科)嗳!(唱)

【前腔】再思量,越惨伤,三员外与三安人,穿的是绫罗缎匹好衣裳。惟有我腊梅,穿的破衣破袄破布衫。手没以个长,袖没以个短,缩以缩勿进,掖以掖勿出⑥,手指头冻得红生姜。阿吓,苦吓天吓!

(老旦)腊梅纺花。(花旦)来带纺。个老花娘,还勿死呢。(科)嗳!(唱)

【前腔】越思量,越惨伤,只因那日没了主张,弄得肚大没商量。肚皮以夹大,裤带以夹短,打以打勿落,生以勿肯生,尿没以夹急,撒以撒勿出⑦,屁股冻得冰冰冷。阿吓,苦也么天!

(内科)(白)老花娘困去哉,我也困哉。(科)(老旦上)腊梅纺花,待我看来。

① 没,同"末""么",助词。以个,与下文"以夹"同,亦作"以介",方言,又,又这样。

② "人没"至"酸绷绷"及本曲和第四曲的"阿吓"二字,底本原无,据《戏曲选》本补。

③ 呷呷,底本作"凹凹",单角本作"喝喝",此从《戏曲选》本。

④ 餐餐,底本字为"叁"之下半部,疑为"参"字,在此系"餐"之讹,今改正。

⑤ "若还"至"没得下",《戏曲选》本作"欲待勿吃馔,饭也咽得过",单角本作"一到到还得,饭也无得过"。

⑥ 以个长,底本作"已经长";"缩以"至"勿出",底本作"缩勿进",均据《戏曲选》本校补。

⑦ "肚皮"至"勿出",底本作"生勿肯生,打以勿落",据《戏曲选》本补。

（科）（打）贱人，贱人！（花旦）哈，罗里打人响？（科）（老旦）贱人，你这肚子为何这样大了？（花旦）我冷粥吃大起来哉。（老旦打介）贱人，贱人！（花旦）哈，罗勿要打，让我话来。安人勿要打，吓要我到后园去披菜，有勿有个？（老旦）有的。（花旦）我去披菜，曲蟮一叮来，我裤里有一个洞，问吓讨块布补补勿肯，我颠倒起，黄鳝个狗命梗大个。（老旦）好大黄鳝。吓，贱人！（花旦）呵吓，安人吓！（唱）

【驻云飞】容妾分诉，非是腊梅占丈夫。那日在明堂烧火①，三员外把我姿容破。喋！你与他恩爱②夫妻，我与他露水夫妇。苦苦吃什么酸黄醋，打死腊梅决不做忘恩负义徒。

（老旦）起来。我想三员外年过半百，并无子嗣，倘然腊梅生下一子，不绝后裔。待我问他一声。腊梅，果是三员外生的么？（花旦）别人家，我也勿肯勾。（老旦）从今以后，与你姐妹相称。（花旦）多谢安人。（老旦）厨下人，从今以后不要叫他腊梅。（内）叫什么？（老旦）要叫腊姨娘。（花旦）安人，"腊"字去，配得勿好听。（老旦）厨下人，竟叫他姨娘。

　　（老旦）我竟收你在房中，（花旦）**多谢娘行喜气浓。**

　　（老旦）今朝将你提拔起，（花旦）**一脚放在污泥中。**

（老旦）无意中③。随我进来。（下）（花旦科）一打二打打出好哉，可说道三员外生，就勿打哉。列位吓，我若生出来是个倪子④，请列位吃喜酒吓；若不是，我若生格囡⑤，我要拣个女婿，把吓癞子做老婆。（下）

---

①　明堂烧火，单角本作"厨房烧火"，《戏曲选》本作"明堂晒稻谷"。据《书房》出，以烧火为确。

②　恩爱，底本作"思"，据《戏曲选》本及单角本改。

③　花旦之"一脚放在污泥中"及老旦之"无意中"，《戏曲选》本作"一脚跨东污泥中"和"凤池中"。

④　倪，底本作"尼"，今改作调腔抄本较为常见的"倪"。倪子，方言，儿子。《夺绢》出"要生倪勿得能够生"的"倪"原亦作尼。

⑤　"请列位"至"囡"，底本作"请列位吃吓我若生一喜酒若不是格囡"，有错乱，今改正。

阳 关

正生(苏秦)、末(三叔)、丑(安童)、小旦(婢女)

(正生上)(引)多感三叔三赠,何日得报此恩?(白)卑人姓苏名秦,字季子。前者不第回来,多蒙三叔收留在家。今日闻得魏国招贤,意欲上京求取功名,不免请出叔爹,拜别而行。叔爹有请。(末上)(引)自不整衣毛,何须夜夜号。(正生)侄儿拜揖。(末)罢了。请叔爹上堂何事?(正生)今闻魏国招贤,意欲上京,求取功名。(末)既有此意,何不早讲?待劣叔整顿一桌酒,与你饯行。小儿那里?(丑上)吓,饭以勿要吃,添饭等勿来。睡也睡勿熟,一觉闲到大天明。叫我做啥?(末)今日二相公上京求取功名,叫安人整顿一桌酒,与二相公饯行。(丑)晓得哉。唅,安人,员外说,二相公要上京求取功名,有酒整顿一桌起来。(内白)只有淡酒。(丑)吓,员外,安人说只有淡酒。(末)淡酒不像个样。(丑)二相公吃得做丞相。(末)好。(丑)老阿侄那景光?(末)唔,什么话说?取酒过来。(丑)吓。(末)天地神明,日月三光,苏秦要往魏邦,求取功名,但愿步去马回。(丑)走开让我来。(末)你晓得什么!(丑)我怕勿晓得。天地神明,日月三光,二相公此去十七八品也想,做介一两品,居来杀杀气。(末)好。(丑)站开,让我再来话两句。(末)够了。阿吓,侄儿!(正生哭)阿吓,叔爹吓!(末)你去秦邦有数秋,指望谈笑觅封侯。妻不下机,休恨嫂不炊煮。侄儿,为叔只有一杯淡酒。(正生唱)

【佚名】谢叔爹一杯淡酒,略表殷勤。(末白)侄儿吃了这杯酒。(正生白)侄儿咽喉紧紧,吃不下去。(末)侄儿吓!(唱)**你此去五里之外,十里之遥,慢说是酒,就是茶也难**①**买了,儿! 西出阳关无故人**。(正生唱)**造物相怜悯,怜悯苏秦,老树枯枝再遇春,老树枯枝再遇春**。

【前腔】苏秦吃尽打,自亲非亲。谢叔爹相看顾,胜如嫡亲。(白)我好愁吓!

---

① "难"字底本脱,据文义补。

（末）愁什么来？（正生唱）愁只愁程途远，（末唱）休愁程途远，我有黄金赠你身。（正生唱）前者往秦邦，多蒙叔爹赠金；如今番往魏，又蒙叔爹赠银。使侄儿粉身碎骨，报之不尽。料则除非待来生，做个犬马区区报答你恩深。（末、正生同唱）造物相怜悯，怜悯苏秦，老树枯枝再遇春，老树枯枝再遇春。

　　（小旦上）（唱）

【前腔】文王幽禁，直人非人①。月有阴晴圆缺②，人有富贵和③贫。解元得意早归程，努力取功名。（合头）万里前程去，云山杳冥④。我只得插翅了去⑤。

【尾】劝君饮尽杯中酒，西出阳关无故人。流泪眼观流泪眼，断肠人送断肠人。

【佚名】（正生唱）猛回头我只得含羞，忍取泪泪淋泪涟。（末白）侄儿不要打回头。（丑）二相公勿要打回头。（末）侄儿去了，缘何打回头？（正生唱）叔爹非是侄儿去了转回程，愁只愁爹娘甘旨缺奉承，只愁我周氏妻子在家庭。他冷冷清清，少米无柴怎支撑？挡不过爹娘打骂哥嫂嫌憎，他是妇人家热性人，不去悬梁定跳井，他毕竟要去寻个自尽。

【前腔】（末唱）解元且宽心，努力取功名。你爹娘自有富豪哥嫂看承。你妻子在家庭，他冷冷清清，待劣叔叫姊娘唤腊梅一二看承，不必挂心，不必挂心。

【前腔】（丑唱）二相公且放心，家中自有员外安人，劈柴担水自有小人。小人还有三分、三分细丝银，拿得去买斤肉动动荤，买片鲞腊腊心。一举成名，带着小人做一个狼牙参将，定海总兵。

【尾】（末唱）劝君饮尽杯中酒，西出阳关无故人。（正生唱）流泪眼观流泪眼，断肠人送断肠人。

---

① "文王"至"非人"，重校本第二十出《再往魏邦》【下山虎】第三支作"文王羑里，孔子遭陈"，可从。
② 阴晴圆缺，底本作"缘何人屈"，今改正。
③ 和，底本作"豪"，今改正。
④ 杳冥，底本作"飘明"，据重校本改。
⑤ 此句当有脱误，重校本作"怎舍得分离一片心，怎舍得分离叔侄情"。

（末）阿吓，前者往秦邦有万言书，如今何物为题？（正生）阿吓，叔爹吓！侄儿吓三寸舌为安邦剑。（末）五言。（正生）叔爹，侄儿五言四句上云梯。（末）青云。（正生）青云有路终须到。（末）阿吓，侄儿吓！金榜二字要紧。（正生）叔爹，侄儿说句断头话来，若不金榜题名，誓言不归。（末）阿吓，侄儿吓！待劣叔与你改过了，金榜题名及早归。（科）（正生下）

　　（末）**苏秦此去气昂昂，**（丑）**二相公不必往秦邦。**

　　（末）**但愿皇天来开眼，**（丑）**乒乒，乒乒乒乓金牌坊。**

（末）好会讲。（丑）老阿侄那光景？（末）唦，狗才，什么说话？（丑）吪只管做我取笑，做我取笑。当真哉，勿取笑就歇。（下）

夺　绢

付（苏母）、贴旦（王氏）、正旦（周氏）、贴旦（秋香）

（付上）（引）一宅①分开两院，一贫一富堪怜。（贴旦上）（引）同胞亲兄弟，造化两样生。（白）婆婆万福。（付）罢了。大媳妇。（贴旦）婆婆。（付）今日那一家供膳？（贴旦）婶婶家中。（付）他在那里？（贴旦）他在机房织机。（付）他到来，报与我知道。（贴旦）晓得。（正旦上）（引）上山擒虎易，开口叫人难。（付）且是红焰焰，汤水勿见面。（正旦）来得不凑巧，婆婆坐在堂上，这便怎处？吓，有了，小莲，我有匹绢子放在此。吓，婆婆，小媳妇万福。（付）罢了。（正旦）姆娘见礼。（贴旦）婶婶见礼。（付）大媳妇，今日我二老那家供膳？（贴旦）是婶婶家中。（正旦）姆娘家中。（贴旦）三日一转。（正旦）五日一轮。（付）大又推小，小又推大，把我二老喝西风不成？（正旦）小媳妇启告婆婆，今日原是我供膳，我丈夫不在家中，厨下缺柴少米，望姆娘代供几日，等丈夫回来，加利奉还。（付）大媳妇做你不着，代供几日？（贴旦）既要代供，何不早

---

①　宅，底本作"族"，据重校本第二十一出《当绢被留》改。

讲？（正旦）媳妇忘打点了。（付）我且问你，你丈夫到那里去了？（正旦）媳妇不知。（付）你敢说三不知？（正旦）不知，委实不知。（付）贱人！（正旦）阿唷。（付）一个老公管不过，为婆后生的时节，要管十七八个吓。（贴旦）那个是长工。（付）长工也是工，短工也是工①。（贴旦）音同字不同。（付）为婆只要勿说空。人家公鸡报晓，理之当然。（唱）

【剔银灯】谁须你雌鸡叫，此乃是不祥之兆。缠头万贯终须有，海水茫茫要远流。是我两个老人家，朝一巴来暮一巴，巴巴急急做人家。生了这不肖子，娶了你这不贤妇。不肖子来败，不贤妇来卖。败的败来卖的卖，把我一份好家财，从头败完了。（白）大媳妇，昨日为婆在龙华会去念佛，他说道恭喜苏老安人，贺喜苏老安人。（贴旦）婆婆，我家无喜可贺。（付）为婆也是这等讲。他说一个儿子富，一个儿子贵。我想富是你丈夫，贵从何来？（贴旦）婆婆被他耻笑去。（付）怎么，被他耻笑去？（付打介）贱人吓！（正旦）阿唷吓！（付唱）思之，令人取笑，打只打裙钗女流②，骂只骂泼贱丫头。

【前腔】（正旦唱）骂得我无言可说，打得我、神魂离壳。（白）就打死，向前说个明白。（付）贱人，还敢来强口？（正旦）呀！（唱）本待要向前分剖几句，婆婆说小贱人还来强口。（白）婆婆为何只管打媳妇？（付）你引诱儿夫，爱戴凤冠霞帔，可是有的？（正旦）若是此事，待媳妇对天盟下誓来。（唱）天地神明日月三光，奴家周氏若还爱戴凤冠喜穿霞帔，上有青天可鉴。（贴旦白）婶婶咒骂婆婆。（付打介）（正旦）阿呀，婆婆！（唱）阿吓，婆婆吓！错听了听错了，我说道普天下也有大来也有小，慢说普天下，就是苏氏门中也有大来也有小。我周氏命不好，被婆婆百般吊拷。（付唱）打只打裙钗女流，骂只骂泼贱丫头。

（白）拿饭来吃，若没有饭吃，从头打起。（正旦）且住，婆婆出恼了。小莲。（内）嗳。（正旦）这匹绢子，我拿去了。（科）姆娘过来。（贴旦）何事？（正旦）我

---

① 此下底本把"那个是长工"至"也是工"重抄一遍，今删。

② 次"打"字，底本作"他"，"女流"二字底本脱，据前腔合头部分改。

有匹绢子,当些钱米可有?(贴旦)只有米,没有钱。(正旦)就是米。(贴旦)你可带得叉口①?(正旦)不曾带得。(贴旦)你取了叉口来。(正旦)晓得。(科)吓,姆娘请转。(贴旦)何事?(正旦)这匹绢子,万千不可被婆婆瞧见。(贴旦)晓得。(正旦下)(贴旦)这贱人买干鱼放生,死活不知。前者叔叔上京求功名,借去三钱银子,做官回来,当做羊酒钱;若不做官,加利奉还。后来不第回来,前去取讨,没有银子倒也罢了,反与我争恼一场。今日有了这匹绢子,我要讨他一个前账。(付)大媳妇,这匹绢子是那里来的?(贴旦)例是婶婶做的。(付)造化是你好,手段是他高。(贴旦)大媳妇也会做。(付)活了天,旧年与你半斤花,纺得四两纱,织得三尺布,只好后花园戴冬瓜。(贴旦)是小莲做的。(付)做的不好,是小莲做的。拿来何事?(贴旦)当些钱米,供膳婆婆的。(付)好孝敬的媳妇,或钱或米,多些他去。(贴旦)大媳妇有话,启告婆婆。(付)起来讲。(贴旦)叔叔上京求取功名,借去三钱银子。他说叔叔做官回来,当做羊酒钱;若不做官回来,加利奉还。大媳妇前去取讨,没有银子倒也罢了,反与他争恼一场。如今有了这匹绢子,要婆婆做主,勒扣他的前账。(付)这种银子,敢是为婆作中?(贴旦)不是。(付)敢是担保②?(贴旦)也不是。(付)却有来,他辛辛苦苦织得这匹绢子,当些钱米,供膳二老,你要扣他前账,怪道踹屁股个婆娘,要生倪勿得能够生。(贴旦)且住。人人说道婆婆有两样心肠,今日看起来一样的。是了,婆婆,喜奉承的婆婆。(付)骂得你两句,来挑事非哉?(贴旦)他说婆婆风吹墙头草,两边倒。这边有的吃,这边好;那边有的吃,那边好。骂婆婆烂心肝、烂肚腓。(付)咳,骂别样我勿信,骂我烂心肝、烂肚腓,我道格两日饭勿要吃,撒出来屁翁臭哉,心肝勿可来里烂。(贴旦)还说婆婆有两样心肠。(付)他还说两样心肠?叫他出来,我就做两样心肠与他看。(贴旦)婶婶快来!(正旦

---

① 叉口,即叉袋,一般为麻制,袋口有两个叉角可以系结,可用来装粮食。
② 担保,底本作"他袍",据文义改。

上)姆娘,又口在此了。(贴旦)又口不用了。(正旦)为何?(贴旦)绢子被婆婆瞧见。(正旦)吓,这是冤家了。(贴旦)不妨,有我担代。(正旦)婆婆万福。(付)罢了。小媳妇,这匹绢子,可是你做的么?(正旦)是媳妇做的。(付)做得好,为婆要买,你要卖多少银子?(正旦)但凭婆婆。(付)十两银子?(贴旦)他多了。(付)一个铜钱?(贴旦)他少了。(付)咳,多,多勿好;少,少勿好。吓洛阳财主婆,绫罗缎匹穿得多,你拿去估值估值,勿可吃趣、勿可吃趣阿婆。(贴旦)婆婆,别人家买一两二钱,婆婆自家人只可一两银子。(付)大媳妇,一两银子,可肯卖?(正旦)就是一两。(付)大媳妇,把我三年前养老银拿出来。(贴旦)被婶婶借去了。(正旦)是姆娘的。(贴旦)是婆婆养老银。(付)几块生?(贴旦)三块生。(付)三块生。(正旦)是什么银来?(贴旦)是纹银。(付)是纹银。(正旦)婆婆怕不会讲?(贴旦)婆婆年老,有恐忘怀,叫我代记代记。(付)三钱银子三年哉,三三见九,还有一钱银子,多与他一斗米一担柴去罢。(正旦)婆婆吓,你将绢子扣前账,可不绝了小媳妇的风火?(付)贱人,一份家财对半分开,他的还在,你的到那里去了?(正旦)吓!阿吓,婆婆吓!(唱)

【玉交枝】家私虽有一份,又不是小媳妇好吃吃了好穿穿了。都是你不孝孩儿,今日往秦邦,明日往魏,因此上把家筵消败。还我绢子到别家去卖,还望婆婆与奴相劝解,望姆娘与奴权担代。我和你嫡亲妯娌,如同姊妹,说什么担代不起。好一是利刀割水①两难开,做床锦被相遮盖。

【前腔】(付唱)你这腌臜乞丐,腌臜乞丐,欠债不还要图赖。来生做猪做狗还他债。打叫你珠泪盈腮,打叫你珠泪盈腮。

(正旦夺绢科)(贴旦)吓,婆婆吓!(付)吓像老鹰拖小鸡,做啥哉?(贴旦)这匹绢子被他夺去了。(付)放在那里的?(贴旦)放在肋胳②之下的。(付)吓要捉的紧点个吓,宽货拔出去会勾,是个走进去。(贴旦下)(付)好吓,你为做媳

---

①　水,底本作"嘴",据 195-1-114(3)吊头本改。

②　肋胳,底本作"力个",今改正。肋胳,方言,即腋窝。

妇的,说道小媳妇织得这匹绢子,粗又粗黄又黄,不合婆婆之意,送与婆婆,做件汗衫穿穿,为婆婆怕白来要你不成么? 如今罚你跪送。(正旦照前)高哉。(科)低哉。(付)阿唷吓! 你无心用心,把为婆必认一个,你还愿打愿罚?(正旦)愿打怎讲? 愿罚怎说?(付)打没打一个可数。(正旦)罚呢?(付)罚这匹绢子。(正旦)小媳妇罚不起,愿打。(付)小冥王,阿根要钱勿要命,情愿打,跪下来我打。咳,咳,咳!(正旦)阿唷!(付)贱人,勿许叫。(科)邻厢家听见苏老安人以①在那里打小媳妇哉,吓要出我臭名呢,沙②吓要熬格熬。(科)(正旦)不望婆婆相爱怜,(付)今朝休想把绢还。(正旦)自古道杀人要偿命,(付)须知欠债要还钱,要还钱。(科)阿唷,阿唷,闪得腰带哉③! 我打也勿会打哉,我咬也咬吓一口。(内)苏老安人,做龙华会哉。(付)我来哉,南无阿弥陀佛。(科,下)(正旦)婆婆吓!(唱)

【四朝元】我只得含羞忍耻,吞声④忍气。自古道钱财易得,人面高低。又道是宁可伤财⑤,切不绝仁义。贫富慢相欺,自古道贫有富时,富有贫时,早难道做媳妇的常如此⑥。亏你下得恶面皮,把我绢子来夺去,夺去绢子犹且可⑦,反骂奴家如粪泥。受尽了满怀怨气,满怀怨气⑧,思量起越惨凄,这样苦命人要他做怎的? 倒不如锁上门把罗裙紧系,去到江边一命早归泉世。

---

① 以,方言,相当于"又"。

② 沙,方言,骂的意思。绍兴方言读作[so?],阳入调。按,《集韵·铎韵》疾各切:"鹐,詈也。"王福堂《绍兴方言研究》以为即此字。

③ 闪,底本作"门",据文义改。闪得腰,即闪腰,扭伤腰肌。带,方言助词。

④ 声,底本作"何",据 195-1-114(3)吊头本校改。

⑤ 宁,底本作"能",能、宁方言音近,据改。财,底本字为左歹右色,195-1-114(3)吊头本及单角本作"残",据重校本第二十二出《周氏投河》【四朝元】第一支改。

⑥ "贫富"至"如此",底本原无,据 195-1-114(3)吊头本及单角本补。

⑦ 且,底本作"事",据 195-1-114(3)吊头本及单角本改。按,本句"绢子"前原有"吹"字,疑为【四朝元】(此曲牌名据 195-4-9 曲谱题写,该曲即集曲【风云会四朝元】)曲牌定格字"嗦"字。检重校本"你下得恶面皮"前有"嗦"字,或可据以移改。

⑧ "满怀怨气"底本未叠,据 195-1-114(3)吊头本及单角本改。

（贴旦上）（科①）我道是那一个,原来是二孺人。三担黄连都吃尽,一斗甘草未曾尝。（唱）

【驻云飞】且将泪收,且将泪收,婆打媳妇天下有。放开眉儿皱,奈却心儿愁。你好嗟②！二相公有日占鳌头觅封侯,金章紫绶。把一个诰命夫人,诰命夫人白白的丢开手。不必伤悲珠泪流,送往娘家过几秋。（下）

归　家

末（苏秦岳父）、老旦（苏秦岳母）、正旦（周氏）、贴旦（秋香）

（末上）（唱）

【红绣鞋】③孤村半掩柴扉④,柴扉；听得慈鸟声啼,声啼。我有一女嫁苏门,女婿又往京都去,何日里是归期,何日里是归期？

（老旦上）（唱）

【前腔】昨宵一梦跷蹊,跷蹊；梦见我儿回归,回归。（末白）妈妈！（老旦唱）员外唤出庭厨,向前去问端的。

（正旦上）（走出）（唱）

【前腔】行来不觉如飞,如飞；叫人珠泪双⑤垂,双垂。来此已是我门庭,愁生喜喜生悲,心⑥切切泪双垂,心切切泪双垂。

（科）（白）阿吓,爹娘吓！（末、老旦同唱）

【前腔】当初一貌如花,如花；今日缘何两鬓披麻,披麻？为何两眼泪如麻？因何事说与咱,拚老命做冤家。

---

① "科"字底本未标,据 195-1-114(3)吊头本补。此系三叔的丫环秋香搭救投水的周氏。

② "你好"与曲牌定格字"嗟"连读,"嗟"借作"差","你好嗟"即"你好差"。

③ 此曲牌名重校本作【金钱花】,是。【红绣鞋】与【金钱花】词式相似,常致误题。

④ 孤、半,底本作"右"和"尺",据单角本改。

⑤ "双"字底本脱,据 195-1-114(3)吊头本补。

⑥ "心"字底本脱,据 195-1-114(3)吊头本补。

（正旦哭）吓，爹爹！（末）我儿。（正旦）母亲。（老旦）我儿。（正旦）阿吓，爹娘
吓！（末、老旦）儿吓，到底为着何事，说与为父知道。（正旦）阿吓，爹娘吓！
（老旦）阿吓，儿吓！（正旦唱）

【江头金桂】都只为不才夫婿，书本儿手不离。今日东来明日西，只为功名不
为妻。儿在家耽饥受饿，受饿耽饥，年老爹年老娘，年老爹娘①怎得知？（白）
这几日公婆理该女儿供膳，只因厨下缺柴水少米，奴家织得一匹绢子，拿到
姆娘家中当些钱米，也好供膳公婆。不想婆婆与姆娘串通一路，把绢子勒扣
前账。（末）你该哀求才是。（正旦）女儿怎的不哀求？（唱）**儿也曾哀求苦告，他
不肯意转心回。将女儿百般样打，百般样骂，百般打骂身狼狈。受尽了满怀
怨气，满怀怨气②。因此上三魂渺渺归阴府，七魄茫茫逐浪端③。**

【前腔】（老旦唱）**听我儿说知就里，不由人不痛悲。**（白）吓，卜氏，卜氏，我骂你
这老贱人！（唱）**你本一般儿媳，缘何两样看承，爱富嫌贫为何因？**（白）吓，王
氏，王氏，我骂你这小贱人！（唱）**他与你**④**嫡亲妯娌，如同姊妹，为何把我女儿
当做陌路人看承？呀！见我儿貌颜憔瘦，貌颜憔瘦，衣衫蓝缕。我细思之，
当初爱你掌中珠，到如今贫贱欺凌脚下泥。**

【前腔】（末唱）**论为人媳妇，合当要全道理。婆是个大你是小，他那里打来必
须要受了，他那里骂来必须要忍了，打骂忍受方才是。**（白）你一进门来，开口
就说不才夫婿，分明埋怨为父，难道将你错配人家不成？若说洛阳城内城外
富，要算着你家大伯；若论才学，那个及得你夫来？（唱）**有一日扬眉吐气，高
云步梯。贫者因书富，富者因书贵，夫贵**⑤**妻荣，我的儿吓你总有期。**（白）今

---

①　年老爹娘，底本作"忧"，据 195-1-114(3) 吊头本改。

②　"满怀怨气"底本未叠，据 195-1-114(3) 吊头本及单角本改，下文"貌颜憔瘦""痴
儿失志""非儿失志"同。

③　端，重校本第二十三出《周氏回家》【江头金桂】第一支作"随"。又，此句及次曲
末句 195-1-114(3) 吊头本重句。

④　"你"字底本脱，据 195-1-114(3) 吊头本补。

⑤　"夫贵"二字底本脱，据 195-1-114(3) 吊头本补。

日细细小事,你前去寻死短见,亏得秋香相救,不然一命身亡。你爹娘闻知,不过痛哭一场,你丈夫难道罢了不成? 必须要另娶一房,怎时做官回来,为父前去恭贺与他,只见那人头戴凤冠,身穿的霞帔,到为父跟前拜上几拜。为父将他一看,心中我儿一想,叫我如何过得了了么? 儿吓!(科)(唱)**笑痴儿失志**①,**痴儿失志,你全没见识。倘差池,有道恩爱夫妻心如醉,年老爹娘依靠谁,年老爹娘依靠谁?**

【前腔】(正旦唱)**非儿失志,非儿失志,出乎不得已。都只为孤身无主,家贫无依,甘向黄泉做冤鬼。**(老旦唱)**听我儿诉说因依,不由人怒气**②。(白)吓,三宝打轿上来。(末)妈妈打轿到那里去?(老旦)员外!(唱)**我去到他宅里,告诉上下邻里知,问取谁是谁不是。拚着我老命残躯,做个冤家,老命残躯,做个冤家,切不放伊。**(末白)你去做什么?(老旦)我要替女儿出气。(末)咳!(唱)**你道替女儿出气,我道替女儿加罪,劝着你来劝着你。大风吹倒**③**梧桐树,自有旁人说是非**④。

(贴旦上)二主人,回去了罢。(老旦)吓,你是那里来的?(贴旦)我是苏家来的。(老旦)怎么,你是苏家来的? 贱人!(贴旦)阿唷!(正旦)母亲,女儿投水是他救的。(老旦)怎么,我儿投水是他救的? 吓呀,婆错打你了,里面吃点心去。(贴旦)那一个烂嘴,要你点心吃?(末)你这老贱,不分皂白,将人乱打。儿吓,你回去了罢。(正旦)女儿是不回去了。(末)怎么,你不回去了? 为父就打。(正旦)阿吓,爹爹吓! 女儿在家,婆婆要打;回到娘家,爹

---

① 失志,底本作"说痴",据 195-1-114(3)吊头本及单角本改。
② 此句底本作"不由人不告怒忍",据 195-1-114(3)吊头本改。
③ "倒"字底本脱,据 195-1-114(3)吊头本补。
④ "大风"至"是非",重校本作"大鹏飞上梧桐树,自有傍人说是非"。按,此俗语初作"大家飞上梧桐树,自有旁人语短长",见于南宋洪迈《夷坚支志》己卷、叶绍翁《四朝闻见录》、元杨瑀《山居新话》等,说参清沈涛《瑟榭丛谈》(清光绪中刘世珩辑《聚学轩丛书》本)卷下。此本系坊间戏谑之语,梧桐古以为凤凰所栖止,又用以形容贤人的居所,因而此语用来讥讽才德不足的人僭用更高的名誉,或品评选择的标准过滥,庸人僭居高位。后来字句变异,含义也有了变化。

爹要打,倒不如把苦命女儿一顿打死了罢。(合哭科)(末)儿吓,为父怎生来打你?你公婆在家,还望你回去做一房孝媳妇。今日回去,明日为父叫三宝兄弟前来望你便了。(正旦)女儿晓得。(唱)

【忆多娇】①**告严父,别慈母,**(科)(白)爹爹!(末)我儿!(正旦)母亲!(老旦)我儿!(科)(正旦)咳!(唱)**欲转此际**②**难移步**。(末白)我儿为何去而复返?(正旦)阿吓,爹娘吓!女儿回去,不打骂倒也罢了。(末)倘若打骂?(正旦)爹娘吓,女儿解下裙子一条,见之裙子,如见女儿一般。(合哭)(正旦唱)**有恐高堂生嗔怒,情分哀剖**③**,情分哀剖,两眼汪汪珠泪流**④。

(末)秋香!(唱)

【斗黑麻】**你与我多多上复,多多上复三员外贤良之夫妇**⑤**。我女多蒙周全,又蒙看顾。大丘山,铭肺腑**⑥。(合)**一朝别去,一朝别去,两眼相思,一般痛苦,一般痛苦**⑦。(正旦、老旦哭,正旦下)

(老旦)我儿慢走。员外,我儿回去,这老贱人又要打骂的。你在此看守门户,我到苏家去走走来。(末)你不要去。(老旦)我不要你管。我儿慢走,为娘赶赶上来吓。(科,下)(末)妈妈不要去。吓,三宝,在此看守门户,为父去到苏家走走来。吓,妈妈,你慢走,我赶赶上来了。(科,下)

----

① 195-1-114(3)吊头本在上文"大风吹倒梧桐树"前题【尾】,下文"欲转此际难移步"前题【多黑马(斗黑麻)】,今参照重校本改订。

② 际,底本作"事",今改正。又,单角本"欲转此际"作"心慌意急"。

③ 情分哀剖,底本作"尽分爱到",单角本作"尽数(情诉)哀剖"且重句,据校改。

④ "两""珠"二字底本脱,据 195-1-114(3)吊头本及单角本补。

⑤ 夫妇,底本作"父母",据单角本改。

⑥ 铭肺腑,底本作"明不床","床"为"腑"之残,今改正。

⑦ "一朝别去"和"一般痛苦"之下,底本未标唱腔符号,据 195-1-114(3)吊头本及单角本重句。

打上门

付(苏母)、外(苏父)、正旦(周氏)、老旦(苏秦岳母)、末(苏秦岳父)

(付上)(念【出队子】)思之恼恨，思之恼恨，可恨周氏小贱人。私自逃归娘家去，怎不叫人切齿恨心？(外上)(念【前腔】)终朝不幸①，终朝不幸，终日吵闹到黄昏。倘若媳妇丧幽冥，一家大小怎安宁？(白)老乞婆，你今日打小媳妇，明日打小媳妇，如今逃往娘家去了。周家也不是好惹的②。(付)天大官司，磨大银子。(外)我总也不来管你。(念)只恐风波、风波平地生③。(下)(正旦上)(念【前腔】)身遭不幸，身遭不幸，谁料今朝死复生。来此已是家门，怎不让人心又惊？(付白)婆打媳妇家家有，惟有我家活出丑。我曾打得两三记，当夜就逃走。(正旦)看婆婆坐在中堂，有道"丑媳妇免不得见公婆"。(念)拼死向前一命倾。(付)好吓，唔是周氏，为婆未曾打得两三记，唔当夜就走。巨④下来。(老旦上)(念)走吓！【前腔】愁愁闷闷，愁愁闷闷，只为我那女挂在心。倘然去我儿丧幽冥，拼死前来问音信。(付白)唔去到娘家去，乃娘来除我命。(老旦)老贱人！(科，打介，下)(末上，科)亲家。(外上，科)亲家。见礼。(末)见礼。(外)请坐。(末)有坐。(付、老旦打上，打科⑤)(付)阿唷，阿唷！(老旦唱)

【驻马听】姑媳恩情，把我女儿当做陌路人。不记当初遣嫁，满头珠翠，遍体罗衣。都是你不肖孩儿今日往秦明日⑥往魏，因此上把家筵消败。苦苦打我女儿做怎的？骂我女儿做怎的？老贱人！都是不肖孩儿痴心妄想求取功

---

①　"终朝不幸"底本未叠，据单角本改。

②　惹的，底本作"人"，据单角本改。

③　此句底本作"只恐、只恐平地风生"，有脱误，据单角本改。

④　巨，"跪"的方言白读音。

⑤　"末上，科"至此，底本作"付末上科付正旦上科"，据195-1-114(3)吊头本及单角本改。

⑥　"往秦明日"四字底本脱，据195-1-114(3)吊头本补。

名，反把我儿孤穷命。你好毒如蜂针，毒如蜂针，拚着我老命残躯①**，决不饶你，狼心狗肺。**（打介）

【**前腔**】（付唱）**苏氏门风，**（老旦白）你家有什么门风？（付）看来哉，偌大一份人家，门风都没有哉？（老旦）好体面吓！（付）咳！（唱）**那里有私自逃归到母**②**门？实只望晨昏定省**③**，早膳已过，挨到黄昏。**（白）小贱人既要回去，我家难道莫有轿么？（唱）**似这般抛头露脸，出乖露丑，成什么规矩？是何样道理？是何样道理小贱人，那有私逃往到母门？一心要戴凤冠衣，把我家私件件来消尽。**（科）（白）老婆娘。（老旦）老淫妇。（付）看来，看来。把我头打开，还是一句勿肯卯个。咳！（唱）**全不思忖，全不思忖，不道女儿不是，反道的婆不正。**（打介）

【**前腔**】（外④唱）**老贱无知**⑤**，絮絮叨叨耳怎闻？自从孩儿**⑥**出去，一日三餐，那个支撑？倘若媳妇丧幽冥，一家大小难安静。劝你及早收心，及早收心，终日吵闹，旁人谈论。**

【**前腔**】（末唱）**世故常情，女儿生来是外人。休得要出言不逊，冒犯公姑，罪及儿身。**（白）亲母。（付科）（白）喏喏喏，我道以打来哉。（末）寒荆不是，末亲赔礼。（付）要赔妻子个礼⑦。一进门来，把我抱住，挖勿开哉。（老旦）廉耻不要的。（付）呒也把我老老抱过哉。（末）亲母吓！（唱）**望亲母看待我女儿是亲生，衔环结草恩难尽，望亲母转意回心。**（白）我儿过来。（正旦）爹爹。（末）你手捧

---

① 毒如蜂针，底本作“独寸(?)丰盛”，195-1-114(3)吊头本作“独自风顺”，据 195-4-9 曲谱改。我老，底本仅有“我”字，195-1-114(3)吊头本仅有“老”字，今合而为之。

② 到母，底本作“报我如”，据 195-1-114(3)吊头本改。

③ 晨昏定省，义同“昏定晨省”，子女朝夕服侍慰问双亲。《礼记·曲礼上》：“凡为人子之礼，冬温而夏凊，昏定而晨省。”郑玄注：“定，安其床衽也。省，问其安否何如。”

④ 外，底本作“末”，下文六个“末”底本作“外”，据 195-1-114(3)吊头本及单角本改。

⑤ 老贱无知，单角本作“乱语胡行”。

⑥ “孩儿”下底本衍“是”字，据 195-1-114(3)吊头本删。

⑦ 妻子，底本作“膝子”，今改正。末本此处尚有“怎说我不是”“么(没)有此事的”二句。

家法,过去跪在婆婆跟前,任凭婆婆痛责几下,以消昔日之恨。(正旦)女儿晓得。(唱)**任婆婆打任婆骂,任婆打骂,消此怨恨**。(科)

【前腔】**禀告娘亲,休得女儿挂在心。总是女儿**①**不孝,累及娘亲。**(白)媳妇手捧家法,跪在此,任凭婆婆痛打几下,以消婆婆的气。(付)活狗猲,好刁吓!呒爹娘来东,我勿敢打呢,伊沙我没偏要打②。(科)(老旦)你打,你打。(付)呒前门赶进来,我后门走出哉。(正旦)婆婆,往日常打小媳妇不疼痛,今日打小媳妇,愈加疼痛③,有福有寿的太太夫人,稳稳有分。(唱)**愿婆婆福寿延增,你孩儿必定身荣幸,婆婆是个太太夫人。任婆打任婆骂,任婆打骂,消此怨恨。**

(付)婆婆往常打你不疼痛,今日打你愈加疼痛。为婆有寿,太太夫人稳稳有分的了。(正旦)是。(付)阿吓,我个肉吓!(唱)

【佚名】**听说罢,珠泪抛,是我做事多颠倒。只为我儿不肖,把你青春耽误了。贤媳妇真个少,并无怨恨萦怀抱**④。

(白)呒去对娘说,阿婆赔礼。(老旦)那个?(正旦)母亲,婆婆来说,过来赔礼。(老旦)那个要他赔礼?(正旦)母亲,忍耐些罢了。婆婆,母亲说怎好有劳婆婆。(付)只怕没有个话。(正旦)是有的。(付)总是我勿是,赔赔礼,大家走散是哉。唅,亲母吓!(老旦)咳,我好气吓。(付)看看看,我道气过哉,伊还来带气是哉。我勿是,是笋壳脸剥层有层⑤。唅,亲家母,周外婆,三宝老,格娘猫。(老旦)亲家母。(笑)(付唱)

【前腔】**劝亲母,不要恼,是我做事多颠倒。只为我孩儿不肖,把你令爱青春**

---

① "儿"字底本脱,据 195-1-114(3)吊头本补。

② 伊、偏,底本作"以""片",下文"伊还来带气是哉"之"伊"底本亦作"以",今改"以"作"伊",校"片"为"偏"。沙,方言,骂的意思,详见《夺绢》"沙呒要熬格熬"注。没,同"末",助词。

③ "今日"至"疼痛"底本脱,据单角本补。

④ "并无怨恨"及下文两处"正大光明"之下,195-1-114(3)吊头本都标有重文符号"又",而 195-4-9 曲谱仅第一处"正大光明"重句。

⑤ 壳、剥,底本作"确""卜",复旦大学图书馆藏调腔清光绪六年(1880)杨文元抄本《三元记·教子》:"笋壳面皮,剥层有(又)一层。"据改。笋壳脸剥层有层,形容脸皮厚。

耽误了。贤媳妇真个少,从今后当做如珍宝。老身忙赔礼望相饶,正大光明前言撇掉。

【前腔】(老旦唱)只为我儿不肖,累公婆担烦受恼。看我孤穷面,饶恕小儿曹。这恩德衔环结草,来生当报。老身忙赔礼望相饶①,正大光明前言撇掉。

(外、付、末、老旦合)

【前腔】前言消掉②,前言消掉,周与苏两家和好。前言都③撇掉,休记在心苗④。

【尾】贫穷富贵何足道,今日两家多欢笑。忠孝两全无价宝。

(末)告别。(外)过了午去?(末)又要打搅。(下)(老旦)告别。(付)亲母,我格里⑤吃得饭去。(正旦下)(付)亲家母一进门来,勿该把我头苦⑥开。(老旦)这是老身失礼了。(付)后来防郎⑦咬个一口,好生个。明朝我到龙华会里去,个性⑧老太太问起来,我要⑨勿话是吓亲家母咬个。(老旦)你便怎说?(付)我只话饲⑩猪嗒狗咬一口。(科,下)

---

① "这恩德"至"望相饶",底本原无,据 195-1-114(3)吊头本补。

② 消掉,195-1-114(3)吊头本及单角本作"相好"。

③ "都"字底本原无,据单角本补。

④ 苗,底本及 195-1-114(3)吊头本作"妙",据单角本改。

⑤ 格里,方言,这里。"格"亦作"介",指示代词,这,那。

⑥ 苦,方言,意为敲、拷。按,方音当读如"壳",清胡文英《吴下方言考》卷一〇:"确,音壳。《世说》:'客问乐广(令)旨不至者,乐亦不复剖析文句,直以麈尾柄确几口:"至否?"'案,确,小击也。今吴谚谓击曰'确'。"徐复校议:"字借为搉。《说文·手部》:'搉,敲击也。苦角切。'"

⑦ 防郎,象声词。

⑧ 个性,亦作"个星",方言,那些。

⑨ "我要"下底本尚有"□敢"二字,前一字经涂改,难于辨识。

⑩ 只话饲,底本作"债(渍)话时",今改正。

负 剑

正生（苏秦）

（正生上）（唱）

【佚名】负剑西游，万里关山，不堪回首。举目望南洲，又只见青山隐隐，绿水沉沉。一片白云青山内，一片白云青山外，青山内外有白云。那白云儿飞出在家山岫。（白）曾记叔父之言，功名不宜嗟叹，登程切莫悲哀。（唱）**我只得揾了泪止了哀，揾泪止哀**①**，趱步到江头。高叫一声小舟人，那舟人**②**只闻其声，不见其形，又不知在前在后。**（白）船上大哥请了。（内）请了。（正生）我要借问一声。（内）敢问何事？（正生）我要魏邦求功名，烦劳渡一渡。（内）我这里是渔船，不是渡船③。前面柳荫下一程独木小桥，过去就是魏邦大路了。（正生）有劳了。（内）好说。（正生唱）**正是我苏秦在家有家出路有路，一心要往前途走。错认渔船**④**作渡船，却原来隔岸渔翁，他指引我前村上有**⑤**，果见一程小桥柳**⑥。**你看滔滔江水，怎般险然，我这里欲过时，又难措手。**（白）你看果然有独木小桥，怎生行得过去？吓，有了，不免扳柳而过便了。（唱）**我心惊，挽住在桥边柳，惊起水中鸥。**（内鸟叫）（白）我道什么鸟，原来喜鹊鸳鸯。（唱）**号为文禽之鸟，日则并翅而飞，晚来交颈而睡。双来双去，何等快乐。我苏秦为着功名二字，堂上爹娘不得能够侍奉**⑦**，夫妻不得能够措手**⑧。**这等看将起**

---

① "揾泪止哀"四字底本原无，据民国七年（1918）"方玄妙斋"《玉簪记》等吊头本（195-1-4）所抄《黄金印·背剑》补。

② "那舟人"三字底本脱，据195-1-4吊头本补。

③ "我这里"至"渡船"，底本仅一"渡"字，据195-1-4吊头本夹抄的小字补。

④ 渔船，底本作"渔翁"，据195-1-114（3）吊头本改。

⑤ "引"和"有"二字底本脱，据195-1-114（3）、195-1-4吊头本补。

⑥ 此句《风月锦囊》卷一下层【新增北武陵花】、《摘锦奇音》卷六下层《苏秦负剑西游》等俱作"果然见涧水小桥流"。

⑦ "侍奉"前底本衍一"宿"字，据195-1-114（3）吊头本删。

⑧ 措手，底本作"相挽（？）"，据195-1-114（3）吊头本改。

来，人儿不如鸟乎？他双双①飞过在白蘋芳草，又落②在杨柳枝头。黄鸟两迁乔③，缊蛮④巧舌如笙奏。我还⑤愁，转过小荒丘，却原来野蔓荆棘⑥，他把我衣衫牵扭，辛苦⑦难禁受。若要我闷怀笑，只除非金銮殿上赐我三杯御酒。桑榆景渐收，正是朝臣待漏五更寒，铁甲将军夜渡关。山寺日高僧未起，算来名利不如闲。倒不如那牧童，牧童归去横⑧牛背，短笛无腔心口吹，短笛悠悠，笛短悠悠，野水连天一色秋⑨。听鸿雁在天边叫，叫得我闷上心头，愁锁在眉头。此去魏邦把功收，我把三尺龙泉提在手，杀却商鞅老贼头。洗却前羞，除却冤仇，俺的英雄岂肯落在他人后？说便这等说，还须要望老天怜念相保佑。保佑苏季子功名就，免使空戴儒冠学楚囚⑩。

【驻马听】⑪万里奔波，只为功名奈若何。涉水登山渡，披星带月似如何，管叫六国尽皆和。他那里将勇兵戈，俺这里摇动山河。抖起干戈，抖起干戈，一心要把强秦破。

【尾】那时节得胜回来唱凯歌，得胜回来唱凯歌⑫。（下）

---

① 次"双"字底本脱，据 195-1-114(3)、195-1-4 吊头本补。

② "落"字底本脱，据 195-1-114(3)、195-1-4 吊头本补。

③ 两迁乔，底本作"又(当作"双"，即两)相桥"，《风月锦囊》《摘锦奇音》等俱作"两迁乔"，据改。195-1-114(3)、195-1-4 吊头本及单角本通俗化作"两相投"。迁乔，语出《诗经·小雅·乔木》："出于幽谷，迁于乔木。"

④ 缊蛮，《礼记·大学》引《诗》云："缊蛮黄鸟，止于丘隅。"《毛诗》"缊蛮"作"緜蛮"，毛传云："小鸟貌。"

⑤ "还"字底本脱，据 195-1-114(3) 吊头本补。

⑥ 野蔓荆棘，底本作"忧棘"，据 195-1-4 吊头本改。

⑦ 辛苦，底本作"共"，据 195-1-4 吊头本及单角本改。

⑧ 横，底本作"黄"，据单角本改。

⑨ 此句底本及 195-1-4 吊头本作"夜色连天一色愁"，195-1-114(3)吊头本作"海水连天一色愁"，单角本作"海水连天一色秋"，今参照《风月锦囊》《摘锦奇音》等改正。

⑩ 学楚囚，底本作"学苏楚袖"，"苏"字衍，"袖"字音近而讹，今改正。

⑪ 此曲牌名抄本缺题，今从推断。

⑫ 曲牌名【尾】底本缺题，据 195-1-114(3)吊头本及单角本补题。又，底本未重句，据各本改。

小 考

小生(段干木)、正生(苏秦)、净(商鞅)

(四手下上)(小生上)虎斗龙争,干戈宁静。(白)老夫段干木,今乃魏国招贤,命俺考选天下奇才。左右,扯招军旗号。(众)吓。(正生上)(引)仇恨悠悠,英雄杀气留①。(白)来此已是,揭榜而进。姓苏名秦,字季子,乃是齐国洛阳人氏。(小生)敢是三年前不中苏先生?(正生)正是。(小生)请起。将军,何计可破之?(正生)大人,秦强楚暴,待苏秦游说六国,共破秦强便了。(小生)好说。封先生为定约之长②,得胜回来,论功封爵,赏青龙剑、上国兵马。(正生)白虎当头好扎营。(小生)送先生校场配服。(正生)多谢大人。(下,杀上)(吹【点绛唇】)(正生上)(白)众将③!(众上)众将已齐,候爷起马。(吹【泣颜回】)(净上,冲阵,杀,科)(净白)苏秦,你三年前跪在老夫跟前讨官做,犹如犬子一般。今日挡住老夫去路,是何道理?(正生)你这老贼,将万言书献出,饶你性命。如若不然,必为蕭粉。(净)不必多言,何人出马?(正生)先行出马。(战科,净败下)(内白)献出万言书,年年进贡,岁岁来朝。(众传白)(正生)此仗左右。众将,将生铜生铁塞函关,再取黄金一千,酬谢王婆,就此班师回。(下)

拜 月

正旦(周氏)

(正旦上)(唱)

---

① 此引子单角本作"剑气冲牛斗,开口告人难"。

② 定约之长,底本作"定乡之战",今改正。定约之长,这里指通过缔结合纵之约而结盟的六国之长,即《史记·苏秦列传》"苏秦为从约长,并相六国"的"从(纵)约长"。

③ "众将"二字底本未抄,据单角本补。

一别薄情人,悄不觉秋水平分。三五婵娟影,今宵独胜①,叫奴万感伤情。

(念)君身似皓月,愿得皓月光。妾身似灯火,焉能久照郎②?(白)奴家周氏,自从丈夫去后,家中多感叔公周济③,不致冻饿。今乃中秋佳节,不免推窗玩月则个。(科)海岛冰清月一轮,光辉照耀普乾坤,山河大地浑如昼。(科)(唱)

【二犯朝天子】万里长空收暮云,海岛冰清家有碧天④。正是人居两地⑤月共一轮,遥忆故人千里外⑥,今宵同玩月华明,故人千里共婵娟。君在湘江头,妾在湘江尾,相思不相见,所为着何来?都只为阻隔关山。初三初四蛾眉月,十五十六月团圆。月缺有团圆之日,人岂无相会之期?怎奈我皓月团圆,皓月团圆人还未圆⑦,广寒宫⑧里无人伴,辜负⑨嫦娥独自眠。叹嫦娥,怨嫦娥,嫦娥吓!你在那月里孤眠⑩。(白)我想嫦娥在清虚之府,何等快乐⑪。(唱)奴在此萧条庭院,寂寞与香闺,怎比他了么月⑫!落红万点愁如海,家计

---

① 此句底本及195-1-114(3)吊头本作"人肖独称",单角本"人"作"今",据195-4-9曲谱改。

② "久照郎",底本作"影",据单角本改。

③ "奴家"至"多感",底本脱,据单角本补。

④ 家有,单角本同,195-1-114(3)吊头本作"家意",《调腔乐府》作"驾居"。此句重校本作"海岛冰轮驾,辗碧天",《群音类选》诸腔类卷一《金印记·中秋苦叹》"辗"作"碾"。

⑤ "地"字底本脱,据195-1-114(3)吊头本及单角本补。

⑥ 遥忆,底本作"摇影","外"前衍"共"字,今作删改。

⑦ 人还未圆,底本作"人未过醒",195-1-114(3)吊头本及单角本作"人还未醒",据195-4-9曲谱、《调腔乐府》改。

⑧ "宫"字底本脱,据195-1-114(3)吊头本补。

⑨ "辜负"下底本衍"白"字,据195-1-114(3)吊头本删。

⑩ "里孤眠"三字底本误抄在下文"在此萧条庭院"之前,据195-1-114(3)吊头本及单角本改。

⑪ "我想嫦娥"四字据单角本增。底本"清"下衍"山"字,脱"乐"字,且将此处用大字抄写,据195-1-114(3)吊头本及单角本改。

⑫ 怎比,底本作"怎么",195-1-114(3)吊头本作"怎的",《摘锦奇音》卷六下层《金印记·周氏对月忆夫》作"怎么比得他来",《歌林拾翠》二集《金印记·拜月思夫》作"怎比得他来",据校改。

虚空时时忧,我这里受凄凉苦万千。(吹【过场】①)(白)我道那里吹打得好,原来伯伯、姆娘在后楼玩月。(唱)**正是歌管楼台声细细②,今宵玩月夜沉沉,你那里摆家筵,咱独自守深庭院。谁与奴家话谈,谁与奴家消遣,话谈消遣终日里闷恹恹。埋怨当初不下机,想后想前悔自迟,夫吓! 你是个男子汉大丈夫,怎比得妻子妇人家见识浅? 一霎时说出来,悔又悔不及,追又追不转,只落得自嗟自叹自埋怨。**(白)昨日差小莲前去问卜,他说初三初四有音信,十五十六有归期③。(唱)**正是六爻无定准,八卦有差池,叫奴卜尽金钱苏郎未回④,卜尽金钱苏郎未回。**

(又吹【细过场】)(正旦)好把青香对月烧,钗梳卖尽苦难熬,但愿儿夫金榜挂。

(科)我道什么东西响,原来金井梧桐叶落了。(唱)

【前腔】却原来金井梧桐叶飘,一别苏郎后,悄不觉度了九秋。(白)忙把桌儿抬,轻揭香炉盖。一炷心香诉怨怀,周氏对月深深拜。(唱)**宝炉内好把夜香⑤烧,声声拜祷⑥月儿高。**(白)头炷香,保佑圣朝有道,国泰民安;第二炷香,保佑堂上公婆万金康宁。第三炷香不愿别的而来,(唱)**但愿季子儿夫,早戴金貂,荣登九州。**(白)且住。奴家此言无心所出,倘被伯伯、姆娘听见,又是一场取笑了。(唱)**公婆听见骂声高,伯姆闻知将言笑。奴有一片心,谁人共奴说? 愿风吹散云,说与天边月⑦,敬将此事说与天知道,只恐怕和天瘦了,辜负奴家好良宵。**阿吓,季子的夫! 你是个男子汉大丈夫,任你走尽天涯海角,也要来寻你了么夫! 怎当得山又高水又深,鞋又弓来袜又小。山高

---

① "过场"二字底本未标,据 195-1-114(3)吊头本增补。底本次有"细过场",再其次的"过场"亦据吊头本补。

② 歌管,底本作"加官",据 195-4-9 曲谱改。声细细,底本作"声声细",据 195-1-114(3)吊头本及单角本改。

③ 此处夹白底本原无,据单角本补。

④ 未回,底本作"来",据 195-1-114(3)吊头本及单角本改。

⑤ "香"字底本脱,据 195-1-114(3)吊头本及单角本补。

⑥ "拜祷"下底本有"从"字,据 195-1-114(3)吊头本删。

⑦ "愿风"至"天边月",底本原无,据 195-1-114(3)吊头本补。

路远①,鞋弓袜小,慢说是行了,就是攀、攀不到山遥路遥②,望不见云山飘渺。

(吹【过场】)(白)吓!吓,苦吓!(唱)

【驻马听】③屡病恹恹,终日思君两泪涟。你那里阻隔关山远,我这里雁杳鱼沉音信断。愿你平步上青天,莫学当年不中回旋,一家人冷冷清清,当做陌路人看管。本待要死向黄泉,吓!苦吓,天吓!怎奈奴家未戴金冠霞帔穿,未戴金冠霞帔穿,就死幽冥,死在幽冥④,奴也⑤不闭眼。

【前腔】象牙床空半边,鸳鸯枕、夫不与奴同眠。你在那里羊羔美酒来消遣,销金帐你也是枉然。你在他邦求功名,一家人冷冷清清,当做陌路人看管。本待要死向黄泉,吓!苦吓,天吓!怎奈奴家未戴金冠霞帔穿,未戴金冠霞帔穿,就死幽冥,死在幽冥,奴也不闭眼。

【尾】未知何日与郎重相见,但愿你名扬四海传。那时节惭愧杀公婆伯姆你好不重贤。(哭下)

封　赠

小生(黄门官)、正生(苏秦)

(小生上)(【点绛唇】)凤烛光浮,龙涎烟透,停银⑥漏。文武鸣驺,玉佩声驰骤。(白)出入丹墀领奏章,金袍长惹御炉香。自家非别⑦,内臣是也。今有

---

①　"鞋又"至"路远",底本脱,据 195-1-114(3)吊头本及单角本补。

②　"攀"字底本不重,据 195-1-114(3)吊头本及单角本改。"山"下原衍一"君"字,今删。

③　此曲牌名抄本缺题,《歌林拾翠》本作【驻马听】,据词式符合调腔【驻马听】的特点,今补。又,底本未叠用前腔,据 195-1-114(3)吊头本及单角本补。

④　"冥"字底本脱,据单角本补。

⑤　"也"字底本脱,据单角本补。

⑥　银,底本作"会",据《缀白裘》初集《金印记·封赠》改。

⑦　自家非别,底本作"若非",今改正。

苏秦伐秦有功,定有奏事,在此侍候。(正生上)【前腔】龙争虎斗,干戈后。六国为仇①。(小生)来此何官,有事者奏。(正生)苏秦冒昧,一本起奏。(小生)奏来。(正生)万岁!(唱)

【村里迓鼓】感吾王宠加、宠加微陋②,赐微臣诚敬诚惶诚恐稽首③。光闪闪金银似斗,紫罗兰御香盈袖。平六国戈干,皆闻是臣的三寸舌尖头④。望吾王再容、再容臣奏,家有白发满华秋。有兄仲子有嫂王氏,还有典卖钗梳妻姓周⑤。望吾王再容、再容臣奏,有叔苏宥二次赠金无报酬,望吾王敕赐微臣归田亩⑥。

(小生)旨下,今有苏某诛伐有功,封为六国都丞相。敕赐尚方宝剑一口,虎头金银一颗。劳叔苏宥二次赠金之恩,封为养老太师之职,赐金一车,银一辆,以报二次赠金之恩。有苏丕封为镇国公,母随职;有仲子封为镇国侯,嫂随职。有妻周氏卖钗相赠,封为一品夫人,敕赐金珠凤冠一等、蟒袍一袭、绣罗裙一条、龙凤绣鞋一双。合家俱有封赠。钦哉,谢恩!(正生)万岁。(拷【缕缕金】)(小生)朝班退。正是,朝臣待漏五更寒,铁甲将军夜渡关。(下)

---

① 此曲底本"龙争虎斗"作"虎抖龙虎",无"六国为仇"四字,据单角本校补。仇(qiú),相匹,同伴。

② 宠加、宠加微陋,底本及195-1-114(3)吊头本作"宠幸、宠幸惟勤",据单角本改。

③ 此句195-1-114(3)吊头本作"赐微臣计(稽)首登(顿)首",单角本作"敕臣朝等(顿)稽首"。按,《缀白裘》本此句作"敕微臣诚恐顿首"。

④ 此下,重校本第三十四出《苏秦拜相》和《缀白裘》本相应部分别为一曲,题作【北梧桐儿】。

⑤ 姓周,底本作"周氏",据195-1-114(3)吊头本及单角本改。

⑥ 田亩,底本作"粮谋",195-1-114(3)吊头本作"田谋",据单角本改。

遣 差①

正生(苏秦)、净(百户)

(正生)过来,转过相府。待我写起书来。(吹)(白)过来,传百户。(净上)堂上一呼,阶下百应。报,百户。相爷在上,百户叩头。(正生)罢了。(净)有何差遣?(正生)我有万金家书一封,凤冠霞帔一袭,送洛阳三太师府中去,不得有误。(净)安排人马扫厅堂,(正生)我今命你到洛阳。(净)若问相爷何官职,(正生)全仗商鞅平六国邦。(正生下)(净)左右。(众)有。(净)我老爷有美差。(众)什么美差?(净)相爷差我到太平庄三太师府中投递,带马来!(众)没有。(净)就是轿。(众)一发没有。(净)难道叫我老爷步行?(众)只有跛驴。(净)就是跛驴儿也带来。(唱)

【佚名】黄花绽,遍地开。油煎豆腐,扑鼻香来。官人骑马,娘子轿抬。大脚梅香,奔波起来。一程行过又一程,看看来到洛阳城,洛阳城内下公文。(下)

后不第

小生(苏仲子)、贴旦(王氏)、外(苏父)、付(苏母)、末(三叔)、正生(苏秦)、
正旦(周氏)、净(百户)

(小生上)(引)江南三尺地,(贴旦上)人道十年丰。(小生)娘子。(贴旦)官人。(小生)天公降此大雪,整顿酒筵,与爹娘一同赏雪,不免请出爹娘。爹娘有请。(贴旦)公婆有请。(外上)瑞雪满山岗,(付上)加上红炉炭②。(付、外)仲子,请爹娘上堂何事?(小生)天公降此雪,孩儿整顿酒筵,与爹娘庆赏。

---

① 本出紧接《封赠》后,底本仅剩"过来传百"四字,其后似散佚一面,据正生、净本补足,其中杂角说白据文义稍作添补。

② 炭,底本作"暖",据调腔《彩楼记·赏雪》改。

（外、付）生受你了。（小生、贴旦）孩儿把盏。（末上）（白）南风吹到北地，随北风转南雨。哥嫂！（付）喝稀的又来了。（外）三弟请坐，何事而来？（末）哥嫂，苏秦封六国都丞相，有万金家书呈上。（付）拿来我看。那里来万金？（外）"家书抵万金。"仲子念来。（小生）"忙顿首，叔父请……"（外、付）可有爹娘？（小生）没有爹娘。（付）拿来做做鞋样。（末）咳，可惜自己爹娘，若是别人，头颅下地了。（末）好意前来报音信，（付）分明前来拿嘴唇。（末）霸王自有重瞳目，（付）讲眼何曾出好人①？（末）是你讲眼。（付）是你讲眼。（末下）（正生上）（白）苏秦原是旧苏秦，改换衣衫不换人。乔妆打扮到洛阳，特地前来探双亲。来此已是，不免进去。（付）时样官儿来了。苏秦，你在那里安身？（正生）爹娘容禀。（唱）

【风入松】孩儿在乾坤内可安顿，望爹娘怜悯苏秦②。（外白）与我赶出去。（正生）且住。我想商鞅交战，并不曾出惊③，正所谓天伦父母，（唱）**一声吼喝如雷震，唬得我、唬得我战战兢兢**。（正旦上）（正生）哥哥，小弟不愿做官，情愿归家务农④。（唱）**我和你棠棣花、连枝共本，呀！直恁的太欺人，直恁的太欺人**。（科）（正旦）闻得丈夫做官回来了。吓，缘何这般光景？（正生）呀！（唱）

【前腔】我妻你缘何长叹⑤声，泪珠儿湿透衣襟。（白）妻吓，你今日苦出头了！（正旦）你这般光景，怎说苦出头了？（正生）喏！（唱）**那知我乔妆打扮特地来探双亲？**（正旦白）我却不信。（正生唱）**我有灿灿六国黄金印**。（正旦白）果有黄金印，待奴报与公婆知道。婆婆，你孩儿做官了，有黄金印在，在此。（付）拿来我看。员外，勿好哉。苏秦会做贼了，把道士三宝印偷来了。（外）这是黄金印。（付）黄金印，黄金印，撇在地埃尘。（正生）可惜爹娘，如若别人头顾地。

---

① 《六十种曲》本《杀狗记》第二十九出："霸王空有重瞳目，有眼何曾识好人？"

② "（正生）爹娘容禀"至"苏秦"，底本脱，据195-1-114(3)吊头本及单角本补。

③ 出惊，底本"惊"作"兢"，单角本作"惊唬与人"。出惊，犹吃惊。

④ 此处正生说白底本原无，而底本将下文"（正旦）闻得"至"光景"窜于此，据单角本校改。此下底本脱佚苏仲子斥骂苏秦的说白。

⑤ 叹，底本作"呼"，据195-1-114(3)吊头本及单角本改。

(唱)**黄金印黄金印撇在地埃尘,那知我六国相人**①**?**(下)

(净上)送凤冠霞帔到。(付)让我戴戴看。六国夫人顶带。(贴旦)为何?(付)我替唱喝喝头过②。(正旦)送凤冠霞帔的,我这里没得赏,相爷那边去赏。(净下)(贴旦)停。(付)走吓,勿可冻杀哉。吓,是哉,敢是要六国夫人发放?(正旦)婆婆,媳妇雌鸡③报晓。(付)吜难是凤凰声。(正旦)前,停。停吓!(科,下)(付)那光景?难是凤凰声哉,一话去哉。(正旦上)小莲,打轿上来。(付)打轿到那里去?(正旦)到娘家去。(付)前者丈夫不做官,到娘家去;今做了官,又要到娘家去,话错哉。(正旦)婆婆不说错,媳妇不敢讲。婆婆若说错,媳妇略道几句。(付)有话只管话。(正旦唱)

【佚名】一家人俱见错,一样孩儿倒做了两样看承。婆婆道我爱戴凤冠霞帔④**真奇怪,倒说儿夫破荡家。若要丞相归膝下,寂寞躬身前去接**⑤**他。**

(贴旦)接官去。(付)他丈夫做了官去,吜个丈夫做官,华圈官、马相官、讨饭官。接官去。(贴旦)小莲,打轿上来。(付)打轿到那里去?(贴旦)娘家去。(付)大媳妇,当里丈夫不做,打是打得,骂是骂得,如今奉承个。(正旦)婆婆。(付)勿好哉,我屋里有三个婆。(正旦、贴旦)那三个婆?(付)吜个夫人婆,吜个财主婆。(正旦、贴旦)婆婆。(付)阿妈个是花面婆。个末财主婆请。(贴旦)婆婆请。(付)夫人婆请。勿要请,勿要请。我是羊角车,车得那进去。(下)

---

① 相人,195-1-114(3)吊头本作"相中人",单角本作"丞相为(会)中人"。

② 二"喝"字,底本作"候",暂校改如此。这里是说百户忘了报出"六国夫人顶带"的名称,我替他补过。

③ 雌鸡,底本作"鸿鸡",据单角本改。

④ 爱戴凤冠霞帔,195-1-114(3)吊头本作"雌鸡报晓"。

⑤ 接,底本作"桥",据195-1-114(3)吊头本及单角本改。

团　圆

末（三叔）、外（苏父）、付（苏母）、小生（苏仲子）、贴旦（王氏）、正旦（周氏）、

正生（苏秦）、老旦（搀扶官）

（末上）（引）平生仗义疏财，喜得官诰荣归①。（白）老夫苏宥，今有苏秦做了
六国都丞相，他爹娘兄嫂必然到来。苏贵。（内）有。（末）把大门闭上，角门
半掩。（内）吓。（外、付、小生、贴旦、正旦上②）（外、付）大家踏雪前村去，（小生、
贴旦）未知梅花开不开？（外）仲子看来。（小生）大门闭上，角门半掩。（众）我
们挨身而进。（末）那个犬子挨门？（外、付）三弟／三叔见礼。（末）腰痛回不
得礼。苏贵这狗才，画也不挂，地也不扫，成不得人家了。（正旦）三叔公，
侄媳万福。（末）多谢六国夫人官诰。（正旦）多谢叔公二次赠金③之恩。
（末）后堂有宴。（正旦）多谢叔公。（正旦下）（付）太夫人奉陪。（末）不打得你
张④。（付）我也勿想。（外）看你怎的转来。（付）四月天种田，到宿到宿⑤。
（末）请问哥嫂到来何事？（外）乞借丞相观。（末）丞相是你借的？（付）全吙
生勾。（外）恩养的。（末）看嫂嫂嘴喳喳，不用相见。看年老哥哥分上，搀扶
官，搀扶丞相上堂。（老旦、四手下、正生上）（引）今朝侥幸为丞相，改换当年黑
貂裘。（白）叔爹，侄儿拜揖。（末）丞相，你爹娘兄嫂俱在堂上，过去一礼，不
可相认。（正生）侄儿晓得⑥。（付）我欢喜来里坐坐⑦个。（末）丞相，当初道
劣叔引诱与你，今日你爹娘兄嫂俱在此，何不当面一拜，以消昔日之志？（正

---

①　喜，底本作"支"，"归"字底本脱，据单角本改。
②　此处人物上场及下文"正旦下"，底本未标，据 195-1-114（3）吊头本及单角本补。
③　二次赠金，底本作"三次赠传"，据单角本改。
④　此句颇费解，盖为不给你看的意思。张，吴方言，看。
⑤　到宿，疑谐音"踱索"。清毛奇龄《越语肯綮录》："缓步曰踱，今姚江人称'踱索'。"
⑥　侄儿晓得，底本作"这是占子"，据单角本改。外本有"这是占子"（一本作"这是
简刺"）一句，则此处有脱误。
⑦　喜，底本作"为"，"喜"的草书与"为"形近，今改正。坐坐，底本作"说说"，据义文改。

生)侄儿久有此心,叔爹,没有坐位。(末)我自有道理。闲人站开,丞相要拜家堂了。(付)到我家去。(末)我家难道不姓苏?(付)吥是野柴苏,勿算苏。(外)总是一样的。(正生)搵扶官,搵扶三太师。(末)搵扶丞相。(正生唱)

【风入松】谢叔爹①**恩德丘山,把侄儿嫡亲看待。谢得你恩深似海,使侄儿丘山感戴**②。(白)过来,看礼单。(末)收过,劣叔受了官诰也够了,还要些金银何用?(正生)叔爹吓!(唱)**侄儿前者往秦,多蒙叔爹赠金;后来往魏,多蒙叔爹赠银。慢说是金银和着官诰,就是侄儿粉身碎骨,报之不尽,报之而不尽了**③**,叔爹吓!这些金银切勿辞推,再受我苏秦一拜。**

(白)侄儿奏魏王,封叔爹为养老太师,赐金一车,银一辆,以报二次赠金之恩。(末)过来。(老旦躬)(末)把这些金银,送到祠庙中去。(正生)却是为何?(末)日后儿孙攻书,可做灯油之费。(正生)太远虑了。(末)人不远虑,必有近忧。丞相,爹娘兄嫂在堂,向前说他几句。(正生)有道"子不谈父"。(末)可见丞相读书之人。你去说起头,劣叔与你讲明。(正生)侄儿晓得的。爹娘在上,孩儿拜谢养育之恩。(唱)

【前腔】念孩儿怎敢忘了父娘恩④?(下)(外)苏秦不认,此乃不孝之子。(付)是狗生的⑤。(末唱)**你道是不孝子不认爹娘椿萱,当初道苏门非小,怕只怕二亲年老,到如今高车驷马也来堪笑。**(白)请问哥嫂,苏秦可是螟蛉子?(外)唔,什么话!(末)庶生儿?(外)年老哥嫂一胞胎,生下弟兄们二人。(末)却又来。(唱)**念苏秦亦非是螟蛉子庶生儿,皆因是一胞胎生下兄弟们二人,何重富你好太欺贫,你好太欺贫。**

---

① "谢叔爹"前底本衍"谢叔爹恩深似海赐侄",据195-1-114(3)吊头本及单角本删。

② 使、感戴,底本作"赐""恩带",《歌林拾翠》二集《金印记·封赠团圆》作"使侄儿中心感戴",据校改。

③ 报之而不尽了,底本作"报尽了",据单角本改。

④ 父娘恩,底本作"母娘恩",据《歌林拾翠》本改。

⑤ 195-1-10总纲本至此为止,以下部分据195-1-114(3)吊头本及单角本缀补而成,唯有小生、贴旦三处说白系据上下文义,并参照《歌林拾翠》本增补。

（走板）（正生上）（唱）

【前腔】生身父母登乾坤，豺狼尚且知报本。为人子敢不思亲，向阶前戳起我的旧恨，止不住泪盈盈，止不住泪盈盈。

（白）爹娘，孩儿拜揖。（外、付）苏秦罢了。（正生）孩儿奏过魏王，封爹爹以为镇国公，母随职，请爹娘受了官诰。（外、付）生受了。（正生唱）

【前腔】天伦父母怎敢怪，怪只怪手足之情。（小生白）为兄的待你可好？（正生）好是好，佛前灯也曾向过了。（小生）正是家欲兴，弟强兄。（正生）哥哥吓！（唱）你道是家财有金珠斗，良田二顷昔日里太欺人。说什么家豪富，还是弟强兄。

（白）哥哥，弟奏过魏王，封哥哥为镇国侯，嫂随职，请哥哥受了官诰。（唱）

【前腔】手足之情犹且可，怪只怪外人来。（贴旦白）为嫂的待你可好？（正生）好是好的，猫儿饭也曾吃过了。呀！（唱）常言道叔嫂不通问，那些个恤寡怜贫？（白）且住。我当初起程时节，他赐我半礼，打破我彩头，如今还他半礼，叫他自惭愧。嫂嫂请上，待小叔一礼。（唱）有道是投之以木桃，报之以琼瑶，念寒儒怎敢乏①琼瑶报，我是书生辈怎敢忘恩？（末白）侄儿，为何不礼其嫂？（正生）非是侄儿不礼其嫂。前者不第回来，侄儿有半升米叫他炊煮炊煮，他说到苏门户，从来不会炊煮。（末）炊煮乃是妇人家的所为。（正生）叔爹吓！（唱）那里是不为炊来不为煮，分明要饿死咱们。我苏秦若非是铁汉子，怎挨得到如今？（正旦上）多谢丞相官诰。（正生）呀！（唱）令人一见怒气嗔，谁许你摇头牙根？

（正旦）有道"一夜夫妻百日恩"。（正生）住了！（唱）

【前腔】（起板）你看堂上一家人，喧喧嚷嚷坐在中堂。无情哥嫂站在两旁，还亏你羞羞答答说什么有恩情。当初道我破荡家筵尽，今日休想做夫人，休想做夫人！

————————

① 乏，抄本作"把"，据重校本第四十二出《封赠团圆》改。

（正旦）有丞相必有夫人，有苏秦必有周氏，这凤冠霞帔我不顶戴，谁人敢戴？（正生）这凤冠霞帔，何人送来的？（老旦）是百户送来的。（正生）将百户拿去砍了！（正旦）刀下留人。（末）敢是不下机之事也？（正旦）叔爹听我说因依，非是侄媳不下机。厨下缺少柴和米，公婆骂我饭来迟。丞相，你在他邦犹且可，那知妻子日夜受禁持？且喜一旦身荣归。（唱）

【前腔】（起板）**不记当初贫贱受人欺，万苦千辛、千辛万苦只为着你。**（白）丞相，当初卖钗时节，你说道："蠢才，蠢才，今日卖你这股小钗，你要七推八阻，异日得中回来，认不认由我。"妻子喜得天、天怜念，卖与你去，如若不卖与你去，今日有何颜面前来见你了，丞相吓！（唱）**当初卖钗只望凤冠戴，有谁知一旦成虚败。**（白）后来不第回来，不见来报。婆婆与姆娘串通一路，哄我下机接官，将我痛打是实。那时痛未止，血泪未干，只得闷坐机房。你走向前来，你说道："妻吓，起来相叫一声。"我回你一声："工夫各自忙。"原是我不是。后来伯伯叫你向佛前灯，姆娘叫你吃猫儿饭，你就怒轰轰走出，可怜妻子，只得闷坐机房。小莲来报，说道："二孺人不好了，二相公投井而死了。"妻子一闻此言，霎时晕倒在地。小莲又说一声："三员外捞救去在那里。"我命小莲手提灯亮，来到叔公家中，叫你开门。不开犹可，反将加上一闩。后来多感三叔公叫腊梅开门，与我相见。我说道："夫吓，起来相叫一声。"你就回我一声："工夫各自忙。"我的不是，牢记在心；你的不是，一旦付与东流了么？丞相！（唱）**有道是有理官司依律问，莫将屈棒打良民。你是个百里奚忘了糜廖妻，你是个男子汉太心亏，男子汉太心亏！**

（白）婆婆，你当初道我引诱儿夫，爱戴凤冠，喜穿霞帔。今日三人俱已在此，丞相也在，婆婆也在，不死周氏也在，有道"三人对面，六眼无私"，今日看起来，还是引诱不引？丞相你为何不讲？婆婆你为何不说？苦只苦小媳妇了！（唱）

【山坡羊】**婆婆道我爱戴凤冠喜穿霞帔，又道引诱那二夫婿。**（白）叔公请上，侄媳一拜。（科）（唱）**你的深恩你的恩情，今生今世报之不尽。只除非待来生，**

待来生做一个犬马区区报答，报答你恩和义。（白）叔公，你对叔婆说一声，说侄媳妇不来作别了。公婆请上，受媳妇一拜。（唱）**恕媳妇不能够相侍奉，**（白）婆婆，你如今好了，一个儿子富，一个儿子贵，苦只苦小媳妇了！（哭科）（唱）**你媳妇倒做了含冤鬼。**（白）姆娘请转，受奴一礼。（唱）**我有年老姑嫜，还望你甘旨相奉。**（白）姆娘，前者有一匹绢子，拿到你家，当些钱米，供膳婆婆。你串通一路，将我这匹绢子，克扣前账。你心太狠，丞相差小莲来取，你自还他的。（外、末）你忍耐些罢。（正旦）丞相吓，你妻子辛辛苦苦，织得一匹绢子，你取来做件汗衫穿穿，妻子死了，难道罢了不成？必须要另娶一房，那人娶贤惠不必说得，若不贤，只一拜。（唱）**谢得你做官来，与奴家争口气。**（白）丞相，慢说你苦命妻子跪在你跟前，就是府中上下侍女丫环，跪在你的跟前讨赏，你有没有，理该发放他一声"起来"。丞相，苏秦，季子，吓！啐！（唱）**骂你几句赛王魁，赛王魁就是你。一家封赠高堂上，反把奴家受尽亏。思之，前世冤家今生撞着你；伤悲，触死阶前做冤鬼。**（科）

（末）且慢。吓，苏秦不认周氏妻，劣叔官诰还了你。（正生）叔爹，非是侄儿不认周氏妻，前番苦楚谁人知。我妻请上，你丈夫一拜。（科）（唱）

【风入松】（起板）**我妻贤德实堪悲，谢得你奉侍姑嫜菽水辛勤。钗梳卖尽全无恨，凤冠霞帔报答你深恩。方显得读书人言而有信，未可量也，未可量也读书人。**

【尾】（合唱）**哥哥洛阳田二顷，灿灿六国黄金印。万古流传作话文。**（团圆）（完）（下）

一〇 彩楼记

《彩楼记》演吕蒙正发迹故事,为明人据宋元南戏《破窑记》改编而来。《传奇汇考标目》"破窑"条下注云:"实甫原本只北曲四折,后人演为全本;其后又加改削。更名《彩楼》。"①宋元旧本已佚,明刊本有富春堂本《新刻出像音注吕蒙正破窑记》、明刊本《刻李九我先生批评破窑记》两种,较为接近原貌。又有中国国家图书馆藏旧抄本《彩楼记》,系删节改编之本。

新昌县档案馆藏调腔抄本所见有《赐球》《抛球》《逐婿》《赏雪》《祭灶》《挪斋》《遇僧》《考试》《捷报》《荣会》《谢窑》,凡十一出。其中,《荣会》《谢窑》二出仅见于《凤凰山》等总纲本(案卷号195-1-96),出目名系整理时补题。复旦大学图书馆藏逍遥主人藏、高敬南记"烟字号下"抄本收有《祭灶》《投斋》《遇师》三出,其中《投斋》即《挪斋》,《遇师》即《遇僧》。《俗文学丛刊》第一辑影印收入的傅斯年图书馆藏抄本《彩楼记》有《赏雪》《祭灶》《挪斋》《遇师》《宫花》五出,其中《宫花》即《捷报》。据20世纪50年代调查,绍兴的调腔班该剧有《赐球》《抛球》《逐婿》《祭灶》《挪斋》《遇师》《思妻》《宫花捷报》共八出②。另,蒋星煜《绍兴的高腔》收有《遇师》【步步娇】"孤舟冻住在银河"至"口儿里叫不住连声苦"的曲谱和锣鼓③。

调腔本《抛球》出,光绪二十九年(1903)"张贤云记"外、净、末等本(案卷号195-1-12)所收《彩楼记》总纲和民国十二年(1923)"方松山抄"《彩楼记》吊头本(案卷号195-1-8)皆题"四号",则不计例行的"开台",在《赐球》出之前,调腔本原本当有《赠衣》一出,写吕蒙正拜访好友陈君瑞,得其赠衣,以备

---

①　[清]无名氏:《传奇汇考标目》,《中国古典戏曲论著集成》(七),中国戏剧出版社,1959,第194页。按,"实甫原本"指元代王实甫《吕蒙正风雪破窑记》杂剧,有脉望馆钞校本存世。

②　参见华东戏曲研究院编审室资料研究组:《从"余姚腔"到"调腔"》,华东戏曲研究院编:《华东戏曲剧种介绍》第五集,新文艺出版社,1955,第52页,后收入蒋星煜:《中国戏曲史钩沉》,中州书画社,1982,第67页。

③　蒋星煜:《绍兴的高腔》,华东文化部艺术事业管理处编:《华东地方戏曲介绍》,新文艺出版社,1952,第23—24页。

参加刘府彩楼招婿之事。

调腔《彩楼记》剧叙首相刘茂高结彩楼，命女刘千金抛球择婿。刘千金夜梦乌龙蟠井，适见穷书生吕蒙正坐于彩楼之下的枯井上，遂不听梅香劝阻，取彩球付之。刘茂见蒙正寒酸穷苦，经过一番较量，将蒙正与千金双双赶出。一日天降瑞雪，赏雪之际，夫人犒赏老院公酒肉馒头，老院公设法打动夫人，告知蒙正夫妇饥寒交迫的境地，夫人遣送银米。寒冬腊月，蒙正夫妻祭送灶神，取书耐寒，挨背取暖，因柴米俱无，蒙正出外寻柴赶斋。蒙正登山访寺，却遭寺僧戏弄，于是愤而题诗，誓要扬名显姓。下山时，吕蒙正路遇化缘回山的住持老和尚，老和尚邀蒙正回转佛寺，蒙正誓不回还；老和尚馈米，蒙正只取一粒，以明其志。蒙正考试一举得中，梅香前来报知吕蒙正高中消息，众人奉命前来迎接。刘千金斥退梅香，与众人同往京城。蒙正夫妇喜得团圆，荣归谢窑。

本次整理，《赐球》《抛球》《逐婿》三出根据光绪二十九年（1903）"张贤云记"外、净、末等本（案卷号 195-1-12）所收《彩楼记》总纲校订。该总纲本后两出分别题作"四号抛球""五号择婿"，今略去场号，后者依绍兴的调腔班题名题作《逐婿》。《赐球》《抛球》二出校以光绪后期张廷华《彩楼记》总纲本（案卷号 195-1-46），其余校以民国十二年（1923）"方松山抄"《彩楼记》吊头本（案卷号 195-1-8）及单角本。《赏雪》《祭灶》《挪斋》《遇僧》《捷报》五出曲文以民国十二年（1923）"方松山抄"《彩楼记》吊头本（案卷号 195-1-8）为基础进行校录，念白则拼合正生、正旦、末、付、丑、外单角本，其中《赏雪》出老旦、贴旦部分以及《捷报》出小旦部分根据傅斯年图书馆藏抄本增补。《荣会》《谢窑》据《凤凰山》等总纲本（案卷号 195-1-96）所收《彩楼记》总纲校订。《考试》出因本子不全，故附于末。

赐 球

外（刘茂），末（院子），老旦（夫人），正旦（刘千金），贴旦（梅香），生、净（手下）

（外上）（引）当今天子股肱臣，名誉押①朝廷。民安物阜，皆赖一人有庆。（白）两朵金花檠日月，一双袍袖定乾坤。天下虽是吾皇管，半由天子半由臣。老夫刘茂，官居首相，位列朝班。夫人齐眉，年迈半百，并无子嗣，单生一女，名曰千金。年已及笄，尚未适人。意欲待女儿自选才郎，未知天缘若何。也曾吩咐院子，在十字街口，高结彩楼，未知完备否。（末）完备多时。（外）请夫人，小姐上堂。（末）夫人、小姐有请。（老旦上）（引）良辰美景多欢庆，潭府②内四时新。（正旦③上）（引）娇养富豪门，玉貌赛倾城。忽听双亲唤，未审有何因。（老旦）相公，呼唤母女上堂何事？（外）夫人，女儿已长成，尚未择婿。老夫在十字街头，高结彩楼，待女儿自选佳期，未知夫人、女儿意下如何？（正旦）谢爹娘。女儿有话启告爹爹。（外）有话起来讲。（正旦）念④女儿身居潭府，幼长深闺，世事未谙，理当奉侍双亲，身难供于箕帚⑤。爹娘见怜，迟以数年，实是万幸。（外）儿吓，为父主意定了。（正旦）爹娘吓！（唱）

【佚名】告爹娘听拜⑥启，两叶⑦眉颦。多蒙爹娘高结彩楼，我想婚姻之事，岂

---

① 押，同"压"。按，该字《古本戏曲丛刊》初集影印明刊本《刻李九我先生批评破窑记》（简称李评本）第三出《计议招婿》、《古本戏曲丛刊》二集影印北京图书馆（今中国国家图书馆）藏旧抄本《彩楼记》（简称旧抄本）第三出《命女求婿》【猴山月】作"谒"。

② 潭府，指显宦富室的府第，亦用于尊称他人的居宅。

③ 正旦，底本作"旦"，据 195-1-46 总纲本、195-1-8 吊头本补全。

④ "念"字底本原在前文"女儿有话启告爹爹"之前，句前角色标记原脱，据 195-1-46 总纲本改。

⑤ 供于箕帚，谓为人妻室。箕帚，畚箕和扫帚，因洒扫为妇职，借指妻室或妻妾。

⑥ 拜，底本作"所"，据 195-1-46 总纲本及单角本改。

⑦ 两叶，底本作"良辰"，195-1-8 吊头本作"两华"，"华"当系"葉（叶）"之讹，据校改。

是女孩儿自选之道理？向人前羞启樱唇①。似②奇花初开秀英，向东风未许③那游蜂近，未许那游蜂近。(外唱)上层楼趁此良辰，(白)院子，取彩球过来。我儿，庶民之家，三媒六证；我是宦室之家，彩球为证。(唱)将彩球作为媒证④。留心，择婿俊英，双双向兰房宴饮。

(吹⑤)(贴旦、生、净手下上)(吹)(外)与小姐换衣。(老旦、外合)

【尾】姻缘万事皆前定，愿得才郎早称心。但愿他美貌夫妻百年春。(下)

抛　球

贴旦(梅香)，末(院子)，正旦(刘千金)，付、小生、丑(众相公)，正生(吕蒙正)

(贴旦、末，正旦上)(引)玉貌羞花，玎珰辐辏珠玑。(白)彩楼高结真堪羡，胜似蓬莱阆苑边。(贴旦)千古奇逢好良缘，百岁偕老皆缱绻⑥。(正旦)且住。我昨夜得其一梦，梦见乌龙蟠井，未知是何吉兆。梅香看来，彩楼之下，有什么东西？(贴旦)小姐，彩楼之下，有一口枯井。(正旦)有人坐在枯井石上，说与我知道。(贴旦)晓得。(付、小生、丑上)(唱⑦)风流俊英多华丽，正遇着青春年纪。彩楼高结等多时⑧，待咱来做一个风流佳婿。(小生白)列位仁兄请了。(付、丑)请哉，请哉。(小生)仁兄敢是为姻缘而来？(付)正是。(同白)好吓，好天气也！(唱)

---

① 樱唇，底本作"应允"，据李评本、旧抄本【雁过沙】改。

② 似，底本作"赐"，似、赐方言音近，据改。

③ 许，底本作"遂"，据李评本、旧抄本改。

④ 此句底本脱，据 195-1-46 总纲本补。

⑤ "吹"字底本未标，据 195-1-8 吊头本补，次同。

⑥ 缱绻，底本"贵春"，李评本第四出《彩楼选婿》此句作"百岁鸾凤谐缱绻"，据改。

⑦ 唱，195-1-46 总纲本、195-1-8 吊头本作"念"。此下系干念的引子，旧抄本第四出《抛球择婿》题作南吕引子【步蟾宫】。另据《闹鹿台》等付、丑本[195-1-70(1)]所抄《彩楼记》付、丑本，付念"正遇着"句，丑念"彩楼"句，合念"待咱来"句，则小生念"风流"句。

⑧ "结"和"时"二字底本脱，据 195-1-46 总纲本及单角本补。

【驻马听】①天气晴晖,日映层楼彩色奇②。好一似九天神女,适降瑶池,下临凡世。英才济济满街衢,谁人不望乘龙婿。只为佳期,只为佳期,果然天意非人意。

【前腔】(付唱)端坐无为③,好似嫦娥在月广里。生得有百般娇美,赛过西施,世上无比。(贴旦白)抛彩球哉!(付)着在这里,着在这里。(丑)兄,是什么东西?(付)是彩球。(丑)吓,怎么,是彩球抛着与你?既如此,拿出来大家看看。(付)咳,你不可抢。(丑)不来抢你。(付)一个大热屁。(丑)兄敢是眼花了?(付)咳!(唱)非是我眼花撩乱梦魂飞,叫人遍体酥④麻醉。(同唱)你莫猜疑,你莫猜疑,这段姻缘还是我的。

【前腔】(丑唱)一梦跷蹊,有个神明报我知。他道我姻缘有分,月老曾将赤绳系⑤。若得夫唱妇随落便宜,双双顶礼天和地。(同唱)你莫猜疑,你莫猜疑,这段姻缘还是我的⑥。

(同白)丈人在上,女婿拜揖。(付科)(末)列位相公,敢是慕姻缘而来?(众)正是。(末)我家相爷,有首诗在此,请列位相公观看。(小生)列位仁兄请看。(付)兄请看。(小生)一树琦花倚上林,往来蜂蝶不能侵。(写)珠树快睹争先去,只恐吾行不遇春⑦。(付、丑)兄,正遇春才是。(小生)待我改过。(丑)下笔不改。(付)欲待伸手摘一朵,小姐楼上笑哈哈。(丑)笑呵呵才是。(付)待我改过。(丑)下笔不改。蜜蜂采来当糖吃,蝴蝶飞来作点心。(末)梅香姐,

---

① 此曲牌名底本缺题,195-1-8吊头本作【驻云飞】,非。当作【驻马听】,抄本中【驻云飞】【驻马听】标写或致相混。下文"邋遢梅香"起,195-1-46总纲本及单角本方标为【驻云飞】。

② 奇,底本作"新",出韵,据195-1-46总纲本、195-1-8吊头本改。

③ 无为,底本及195-1-8吊头本作"无回",回、为方言音近,据改。端坐无为,指安坐不动。《玉台新咏》卷一徐干《室思》:"端坐而无为,髣髴君容光。"《宋书·张畅传》:"今端坐无为,有博具可见借。"

④ "酥"字底本脱,据195-1-46总纲本、195-1-8吊头本补。

⑤ 此句195-1-46总纲本作"月老冰人,赤绳足系"。

⑥ 此合头部分底本未抄录,据195-1-46总纲本补。

⑦ "珠树"至"遇春",195-1-46总纲本作"问(闻)说洛阳花似景(锦),偏我来事(时)不遇春"。

列位相公有诗联在此,送与小姐观看。(贴旦)小姐,有诗联在此,小姐请看。(正旦)待我看来。头首诗虽好,少些志气;后面两首,满口胡才①,回复他们去罢。(贴旦)老院公,小姐说,头首诗虽好,少些志气;后面两首,满口胡才,回复他们去罢。(末原白)(小生)吾勿帽儿光,不得做新郎②。(下)(丑)打扮风流样,勾阑做一场。(付)且慢。兄,这段姻缘,依小弟看起来,小姐倒是肯的,都是旁边这个梅香,七搭八搭,所以不妥。(丑)兄,怎生忌得其过③?(付)骂他一顿而去。(丑)仁兄,吭会骂,小弟来凑下韵。(付)来来来。(同唱)

【驻云飞】邋遢梅香,眼大眉粗脚又长。两奶胸前荡,好似葫芦样。喏! 一副牙齿是金相,口臭难当。八幅罗裙,好似宫灯样。(付白)像极,像极! 仁兄,你只晓得他的外相,小弟还晓得他的内才。(丑)内才怎么样④?(付)益臭。(唱)**他两腿生毛⑤,有一屁股都是疮。**(科,下)

(正生上)(唱)

【前腔】命运乖张,空有珠玑腹内藏。默默心悒怏,自觉添惆怅。喏! 相府选东床,选东床自参详,岂无个豪俊才郎? 这段姻缘,这段姻缘,吕蒙正空思想。试看豪门择选郎,未知何日作栋梁。

(末)吓,吕相公,敢是慕姻缘而来的?(正生)正是。(末)相爷有诗联在此,相公请看。(正生)一树琦花倚上林,往来蜂蝶不能侵。(笑)此花不许凡人折,留与攀⑥龙舞凤人。(末)梅香姐,有诗联在此,小姐观看。(贴旦原白)(正旦)这首诗好,送去相爷观看,留下这位相公在此。(末)吕相公,小姐说,这首诗好,叫老奴送去相爷观看,请相公在此等等。(正生)吓。(末下)(正生)阿

---

① 胡才,即"胡柴"。明天池道人《南词叙录》:"胡柴,乱说也。"

② 帽儿光,形容新郎打扮得簇新光鲜。按,《俗文学丛刊》第一辑第 76 册所收北京高腔本(原误置于昆曲名下)人才、家才、文才三位相公的下场诗前两句作"辜负帽儿光,打扮作新郎"。

③ 忌得其过,单角本作"气得他个(过)"。

④ "怎么样"三字底本原无,据 195-1-46 总纲本补。

⑤ 毛,底本作"皮",据 195-1-46 总纲本及 195-1-8 吊头本改。

⑥ 攀,底本作"扳",同,今改从通行用字,下同。

呀,且住。你看院子已去,那里坐坐才好?且喜有枯井在此,不免在井栏石上坐坐,等他便了。(贴旦)小姐,有一秀才坐在①井石上。(正旦)且住。昨夜得其一梦,梦见乌龙蟠井。我的姻缘,莫非应在此人身上?梅香,取彩球过来。(贴旦)小姐,百岁姻缘须仔细,看他不像风流婿。(正旦)你有眼何曾识好人,异日必遂②风云志。(正生)且住。方才听得小姐之言,分明要将彩球抛掷与我。旁边这梅香说:"百岁姻缘须仔细,看看③不像风流婿。"咳,这段姻缘,看来没分的了,不免回去了罢。(贴旦)秀才行路把头低,身上好似雨打鸡。(正生)一发可恶,不免就贻诗一首:雨打鸡毛湿,朱冠未染尘。五更能报晓,惊动了世间人。(正旦)好!梅香,请相公近前来。(贴旦)唅,吼走拢来。(正生)吓,来了。(正旦)呀!(唱)

【佚名】瞥见多才,早留心,待把与奴佳期。(贴旦唱)常言道覆水难收,我看他不像一个风流佳婿。(正旦唱)英豪俊美,这是我百年姻契。

(付球)(正生)且住。小姐将绣球抛掷与我,不免向前说过明白,免得日后埋怨于我。咳,小姐,小姐吓!(唱)

【驻云飞】听说因依,容恕卑人说就里。蒙正寒儒辈,焉敢豪门配。噤!相府选门楣④,望详推。恐怪寒儒,那时节进退浑⑤无计。送还彩球别计会⑥。

【前腔】(正旦唱)不必推辞,此事奴家有计会。彩球交付伊,焉敢将悔弃。噤!父命选佳期,佳期莫推辞。一言既出驷马难追,我也是落花有意随流水。同向高堂不可回。

(吹)(众上)(下)

---

① "坐在"二字底本脱,据195-1-46总纲本补。

② 遂,底本作"做",据195-1-46总纲本改。

③ 看看,上文作"看他",底本原如此,类似的情况不强求统一。

④ 此句195-1-8吊头本作"万事要三思(又)"。

⑤ "退浑"二字底本脱,据195-1-8吊头本补。

⑥ 计会,底本作"主为",195-1-8吊头本作"主会",今改正,次同。后面《逐婿》"皆因爹娘没计会""反说为父没计会"的"计会",底本作"主为",今同改。计会,计议,又用作名词,计策,安排。

逐 婿

外(刘茂)、老旦(夫人)、正旦(刘千金)、正生(吕蒙正)、末(院子)、

贴旦(梅香)、丑(相府丫环)

(外上)(引)画堂朱履三千①,猛持觞醉玳筵。(老旦上)(引)百岁奇逢好良缘,跨青鸾凤进洞房。(吹【过场】②)(众上会)(正生引)多想前生姻契,双双共效于飞③。(正旦引)移身转拜高堂,双双齐入洞房。(白)请爹娘观看。(外)一见寒儒好凄惶,山鸡焉敢配凤凰?(老旦)衣衫蓝缕不风光,归来玷辱我门墙。(正生)非是卑人敢妄想,皆因错爱是娇娘。(正旦)观他容貌非凡相,异日时来做栋梁。(老旦)相公暂息雷霆怒,问取院子细端详。(末)院子十字街头站,彩楼之上有梅香。(外)梅香怎讲?(贴旦)梅香非不谏阻娘,皆因小姐自主张。(外)夫人,此事非当寒儒之故。(唱)

【甘州歌】④皆因我女不忖量,怎做我家栋梁?(正旦白)爹娘,女儿在彩楼之上,见他诗成绝句,韵凑成联。(唱)**见他题诗句凑成联,才学广志量高,多应是满腹文章。**(外白)文章在那里?(正生唱)**文章赛孔孟,才学押诸邦。异日里登金榜,怎敢负襄王?襄王焉敢多劳攘**⑤,(三己锣)(外白)赶出去!(正生)阿!唅,呀!丞相发怒,料来这段姻缘是没分的了,我不免回去了罢。且住,我若还回去,辜负

---

① 履,底本作"仗",据李评本第五出《相门逐婿》、旧抄本第五出《潭府逐婿》【三台令】改。此"朱履"同"珠履",缀珠的鞋子,"朱履三千"形容门客众多。《史记·春申君列传》:"春申君客三千余人,其上客皆蹑珠履以见赵使。"

② 此"吹【过场】"及下文"三己锣",底本未标,据195-1-8吊头本补。

③ 效于飞,《诗经·周南·葛覃》:"黄鸟于飞,集于灌木,其鸣喈喈。"郑笺:"飞集丛木,兴女有嫁于君子之道。"《左传·庄公二十二年》:"初,懿氏卜妻敬仲,其妻占之,曰:'吉。是谓凤皇于飞,和鸣锵锵'。'"后世因此称得佳偶、夫妻恩爱为"于飞""效于飞"。

④ 此曲按词式当为【八声甘州歌】。

⑤ 劳攘,底本作"唠嚷",今改作通行写法,下同。劳攘,同"扰攘",纷扰,纷乱。又忙碌,劳苦。调腔《铁冠图·观图》【归朝欢】:"宵旰日夜徒劳攘,妖孽将兴必丧亡。"又烦躁不安,劳心,牵挂。调腔《四元庄》第七号【尾】:"愁默默心怏怏,使人恁般劳攘。"

小姐雅爱之心。(唱)**可不道辜负巫山窈窕娘？**(外唱)**端详，这姻缘非比寻常。**

(白)院子怎讲？(末唱)

【前腔】**相府荣贵，**(白)启相爷，我想吕相公满腹文章。(唱)**吕相公经纶满腹，有朝发达未可量也，量也决不来玷辱门墙。**(外白)梅香怎说？(贴旦唱)**梅香非不谏阻娘。**(白)相爷，梅香说"百岁姻缘须仔细，看他不像风流婿"，小姐说"有眼何曾识好人，异日必遂凌云志"。(唱)**我这里言之谆谆，他那里听之默默，梅香非不谏阻娘，奈何不皆听，好叫我虚度劳攘**①。(正旦唱)**读书人自有富贵乡，**(老旦唱)**错认陶潜作阮郎。**(外唱)**惭惶，却不道辜负高堂。**

(丑上，拿灯②)(唱)

【佚名】③**罗绮生香，花烛辉煌照洞房。我来看取**④，**不知那个是才郎？**(白)哈，这样一个黄胖汉，直直好看。(外唱)**好端详，堪笑我女不忖量，你这段姻缘休妄想。**(正生唱)**好凄惶，这场恩爱**⑤**叫人空悒怏，可不恼恨苏州刺史肠**⑥。(丑白)你好不度己，好不忖量。(唱)**我看他恁般模样**⑦，(正旦白)咥，贱人！相爷发怒，理之当然。你乃甚等之人，也来狐假虎威。(唱)**可比做雀在山坡笑凤凰。**(丑白)小姐，梅香看其勿得。(正旦)咥，贱人！(唱)**休言讲，从来海水难把升斗量。**(丑唱)**我看他这般模样，**(正旦唱)**又何须劈面将人抢，**(白)哈，吾道梅香怠慢其呐。(唱)**向前去扯破衣衫，扯破衣衫。**(扯衣)

(正生)吓，把我衣衫扯破了。这件衣服，还是借来的。(末)怎么，还是借来

---

① 虚度，李评本、旧抄本作"虚负"。按，此句李评本作"奈他心不肯虚负劳攘"，旧抄本"心"作"行"，余同李评本，则其"虚负劳攘"的主语为刘千金，与调腔本不同。

② "拿灯"二字底本未标，据单角本补。

③ 此曲旧抄本无，李评本作【不是路】。《九宫正始》仙吕近词引录"元传奇"《吕蒙正》【惜花赚】(即仙吕【赚】，习称【不是路】)以"罗绮生香"至"恁般模样"为前曲，其下为前腔换头。调腔本该曲的文辞及其次序与《九宫正始》引录本和李评本稍有出入。

④ 取，底本作"喜"，据单角本改。

⑤ 恩爱，底本作"是受"，据195-1-8吊头本改。

⑥ 苏州，底本作"苏娘"，195-1-8吊头本作"燕洲"，即"苏州"之讹。唐刘禹锡《赠李司空妓》："司空见惯浑闲事，断尽苏州刺史肠。"

⑦ 此句底本脱，据195-1-8吊头本及单角本补。

的？(正旦哭)(唱)

【驻云飞】①告爹娘怎生阻挡,望新人②、且休悒怏。(正生唱)从来好事多魔障③,(外唱)出言语你好甚猖狂。(正生唱)我看他威风凛凛谁敢当,休得要劈破云鬓锦凤凰。(丑唱)空思想,空思想,论姻亲门户两相当。

【前腔】(外唱)笑穷儒你好不忖量④,我恼、恼得我怒发冲冠烈火洋洋,(正生唱)我唬、唬得我战战小鹿儿心头撞。(正旦白)秀才!(唱)枉了你胸藏锦绣与文章,壮士无言⑤,何须这般恼人肠。向前去说个几句又何妨,我这里劝君不必恁⑥惊慌。(正生唱)姻缘到此,叫我难主张⑦。(正旦唱)姻缘到此,我自有一个主张。(正生唱)你那里既有个主张,休得把堂上双亲和气伤。(丑唱)空思想,空思想,论姻缘要门户两相当。

【佚名】⑧(正旦唱)奴家还须告爹娘,直恁的狠心肠。

(外)吓,反说为父狠心肠。院子过来,取白银十两,问寒儒赎还彩球,叫他另选佳偶去罢。(末照原白)(正生)老人家,我吕相公非慕金帛而来,只要你家小姐亲自收还彩球,即当告退。(末原白)(外白)怎么,有此话?梅香过来,对小姐说,弃了寒儒,另选才郎。如若不然,剥去花冠礼衣,双双赶出。

(丑)赶进。(贴旦)赶出赶进,闹热闹热。(正旦)梅香,请相公近前来。(丑)晓

---

①　此曲按词式当为【解三酲】。

②　新人,底本作"相人",195-1-8 吊头本作"相容",李评本、旧抄本【解三酲】作"新人",据校改。

③　魔障,抄本作"磨障"。调腔抄本该词多作"磨障",间或写作"魔障",今统一作"魔障"。魔障,本为佛教术语,恶魔之障碍,引申为磨难,困扰,摧挫。

④　"(正生唱)我看他"至"不忖量",底本原无,据 195-1-8 吊头本校补。

⑤　壮士无言,底本"壮"作"牡","言"作"颜",195-1-8 吊头本作"肚士无言",参照《俗文学丛刊》第一辑第 76 册所收北京高腔《入府逐婿》改。

⑥　恁,底本作"甚",195-1-8 吊头本作"忍",当作"恁",今改正。恁,这般,这样。

⑦　"主"字底本脱,195-1-8 吊头本此句作"谁是有一个主张",据校补。

⑧　按,曲文"奴家还须告爹娘"至下文"潭潭相府没福享",李评本相应内容为两支【光光乍】,但调腔本曲文顺序与之颇异。其后"这样忒荒唐"至"只落得两下里愁断肠",李评本相应曲文为尾声。

得。黄胖,小姐叫吠走拢来。(正生)来了。小姐何事?(正旦)秀才,我爹要剥去花冠礼衣,你家可有?(正生)小姐,今日去了花冠礼衣,异日自有凤冠霞帔。(丑)怪道,怪道,满身都是窿。(贴旦)什么窿?(丑)大滴窿。(正生)是你扯破的。(丑)补丁也是我扯破的?(正旦)梅香,你对相爷说。(唱)

【佚名】冢宰坐朝堂,须要正纲常。婚姻命里定,弃是弃不成,一意要成双。(丑白)相爷,小姐说。(唱)冢宰坐朝堂,须要正纲常。婚姻命里定,弃是弃不成,一夜困到大天①亮。(贴旦唱)一意要成双。(外唱)一意要成双,赶出离厅堂,潭潭相府没福②享。这样式荒唐,饥寒宿债未曾偿。(正生白)咳!(唱)只落得两下里愁断肠。

(老旦)相公,有老身一礼。(外)夫人,此礼为何?(老旦)相公,我和你年过半百,单生一女,何不留此秀才在潭府攻书,看老身分上。(外)夫人,有此佳婿,我岂肯不留着?这卑陋寒儒呵!(唱)

【佚名】他形骸多愚卤,衣衫③尽蓝缕。我女怎认他为丈夫,如何做得守花主。论昭穆④,焉敢嫁豪富,玷辱潭潭相府,潭潭相府。

(老旦)相公!(唱)

【前腔】择婿选贤良,才貌两相当。我儿怎生谐凤凰,归来玷辱我门墙。(白)梅香,彩楼拆还未拆?(丑)还未拆。(贴旦)拆哉。(丑)未拆。(贴旦)好搭配来个。(老旦)儿吓!(唱)何不再向层楼上,另选风流少年郎?

【前腔】(正旦唱)爹娘望相容,儿甘心与陪奉⑤。(外白)可笑我女见识低,将鸡依凤太痴迷。临崖勒马收缰晚,船到江心补漏迟。你敢是痴迷了?(正旦)非是女儿见识痴,皆因爹娘没计会。(外)反说为父没计会?(正旦哭)(唱)彩球既

---

① "天"字底本脱,据 195-1-8 吊头本补。
② "福"字底本脱,据 195-1-8 吊头本补。
③ "衫"字底本脱,据 195-1-8 吊头本补。
④ 昭穆,底本作"朝慕(暮)",据旧抄本【雁过沙】改。
⑤ 儿甘心,底本作"儿奉甘旨",195-1-8 吊头本此句作"儿甘心多备(陪)奉",据校改。

掷,乃爹爹亲命所赐。彝伦已成,佳配难移。秀才头角未成,往为尘埃中之宰相。秀才不必久困穷,明珠落在污泥中。弃暗投明上九重,桃花浪暖鱼化龙。从来将相本无种,休得将人来断送。(白)秀才,你在彩楼之下,要诗就诗,要对就对,答对如流,你今日一言不发,却是为何?(正生)今日相爷发怒,有话不知从那里说起。(正旦)天吓!你看没时运的人,有话就不会讲了。你说老大人,你若不高结彩楼,与小姐自选佳偶,晚生往府前经过,不敢抬头仰视。(唱)有道素富贵行乎富贵,素贫贱行乎贫贱。又道瘦地开花晚,丐衣①发达迟;莫道蛇无足,成龙保有期。一朝发达,未可量也,未可量也。你说道老大人②,晚生时运未来久困穷。(老旦、贴旦下)

(末)吓,吕相公,亲事成与不成,向前说他几句何妨?(正生)且住,被一言顿开我胸中茅塞。亲事成与不成,何不向前说了几句何妨?岳丈大人,拜揖。(外)吓,谁是你岳丈?(丑)讨饭个是你岳丈。(外笑)(正生)大人你身居宰相,难道在太太腹内之中,就是个宰相不成?(笑)少不得也是从黄门中所出。小姐阆苑奇葩,晚生公门桃李,大人既择门楣,你何必高结彩楼?(外)卑陋寒儒,谁与你调唇弄舌?(正生)宽洪宰相,何必发怒生嗔!(外)大话无心,何愁弄舌奕世簪③。(正生)任你满地狂风,扫不尽凌云志气。(外)志气在那里?(丑)在城隍庙里。(正生)咳!(唱)

【前腔】我志气贯凌云,乃我忧道不忧贫。囊萤困守车胤,(白)小姐,小姐!(唱)**今生休想谐秦晋。**(末白)吕相公,你既为姻缘而来,何不好衣服穿几件才是?(正生)老人家,你家相爷乃是肉眼的,那知我吕相公人斑在内,虎斑在外?(唱)**我笑他只重衣衫不重文。**

---

① 丐衣,底本作"皆",195-1-8 吊头本作"皆衣",今依声校改。丐衣,乞丐之衣,借指贫穷的人。明范立本辑《明心宝鉴·训子》:"瘦地开花晚,贫穷发福迟。"可参。

② 此句底本原无,据 195-1-8 吊头本补。

③ 此句底本作"何愁奕弄舌书簪",今略作校改。奕世簪,即奕世簪缨,指累代为显宦之家。

（末原白①）（外）吓，怎么有此话？叫他转来，要考他文字。（末）吕相公请转来，吕相公请转来。（正生）没体面，叫不转来了。（末）不为亲事，要考你的文字。（正生）若还亲事，不转来了；要考我，倒要与他考考而去。（末白一句②）（外）秀才，听老夫一对。（正生）愿闻。（外）浪蝶狂蜂，休想奇葩游上苑。（正生）攀龙附凤，定折丹桂③步蟾宫。（外）嫩蕊蕊一枝丹桂，休想高攀。（正生）浪滚滚三尺龙门，我当独跳。（外）鸣凤在朝阳，凡鸟焉敢比翼？（正生）蛟龙得云雾，污池焉可栖身？望大人再赐一对。（丑）必出狗命。（外）唉！且住，看他答对如流，不知住在那里。我若还留这个寒儒在此攻书，享享潭府荣华，怎肯管束攻书，可不误了女儿终身？我如今将他双双赶出，待等成名之日，接他回来，做个锦衣荣归便了。我将何所难他？吓，有了，我将第三对他便了。秀才过来，你方才第三对怎讲？（正生）蛟龙得云雾，污池焉可栖身？（外）住口。你把自己比做蛟龙，把潭府比做污池。我这里污池，难养你这蛟龙！（正生）大人，晚生自明其志，怎敢比你潭府？（外）院子过来，出房出了告条，一切庵堂寺院，不许留蒙正夫妻，若还留蒙正夫妻，一体同罚④。（末）吓。（末下）（外科）从来覆水岂能收？（老旦、贴旦上）（正旦）爹爹何苦结冤仇。（老旦）儿孙自有儿孙福，（外）莫与儿孙作马牛。（外、老旦、丑下）（正旦哭）（唱）

---

① 单角本此处作"启相爷，吕相公不辞而行。／他说'只重衣衫不重文'"。

② 单角本此处作"好。吓，启相爷，城内吕蒙正府县长考案首"。

③ "丹桂"二字底本脱，据旧抄本补。

④ 此下195-1-12总纲本尚有"（科）从来海"四字，其后未抄录，兹据单角本补出"（末）吓。（末下）"，并参照《群音类选》诸腔类卷一《破窑记·相门逐婿》、北京高腔《入府逐婿》补出下场诗，至于其后曲文，则据195-1-8吊头本校录。另，丑本此处有"相爷，小姐勿肯，做梅香勿着，许之其歇哉。／你听我梅香勿肯，还想我小姐，吾想出狗油哉。／（下）／（上科，关门科）阿育（唷）吓。／呸，刚刚出门，就毛手毛脚。厨下人，拿菜刀来，切之其脚筋。／阿妹吓，齐齐整整小姐，嫁不（拨）里，你道可昔（惜）不可昔（惜）？／我做唔（呒）里头去罢哉。（下）"的内容，"你听我"云云系梅香对吕蒙正说的话，疑该处有刘千金把花冠礼衣脱下交给梅香的内容，而"上科"以下内容为丑与贴旦在吕蒙正、刘千金下场后重新上场的对话。

【佚名】恨爹娘不念两分离①，致使我母女东西。朱门一出重重闭，（白）秀才！（唱）我和你、我和你如何存济？

【前腔】（正生唱）卑人不说自羞耻，念我是久困荆棘。我也是无心误入桃源里，感小姐、感小姐留心有意。

【佚名】（正旦唱）我见你多才调多容貌，偶然间合奴心意。我只道阳台有梦，这还是梦儿有迷。（白）吓！梦梦梦吓！（唱）休误我百年佳期，我也是落花有意随流水，怎敢将你来抛弃？冷落了兰房绣阁，潭潭相府不知几时归？（下）

赏 雪

老旦（夫人）、贴旦（梅香）、末（院子）

（老旦上）（引）瑞雪满山冈，加上红炉炭。（白）梅香问来，今日何人值日？（贴旦）老院公值日。（老旦）怎么，老院公值日？梅香，唤他前来。（贴旦）是。老院公，老院公。（末上）堂上一呼，阶下百应。何事？（贴旦）夫人叫你过去。（末）来了。夫人在上，老奴叩头。（老旦）起来。（末）唤老奴进来，有何吩咐？（老旦）今天寒冷，赏你酒肉馒首，自饮自斟。（末）多谢夫人。（贴旦）老院公，酒肉馒首在此。（末）有劳梅香姐。吓，且住。夫人道天公寒冷，赏我酒肉馒首，怎的不思念小姐？吓，是了。待我酒肉吃过，馒首藏过，打动他便了。（吃）（科）梅香姐，吃过了，有劳你了。（贴旦）启夫人，老院公将馒首藏过。（老旦）院子。（末）夫人有何吩咐？（老旦）你为何将馒首藏过？酒肉吃了，却是为何？（末）吓，启夫人，老奴家下有七岁孙女，故而将馒首藏下，带回家去，与七岁孙女儿吃的。（老旦）阿呀，且住。我想院子尚且记得孙儿，未知我女儿落于何处。阿呀，儿吓！（末科）梅香姐。（贴旦）何事？（末）夫人为何掉下泪来？（贴旦）夫人思念小姐。（末）小姐下落，我倒晓得。（贴旦）怎

---

① 　不念两分离，195-1-8 吊头本作"不忍两进济"，据李评本、旧抄本【风入松】改。

么,小姐下落,你倒晓得?(末)你去禀过夫人。(贴旦)夫人,小姐下落,老院
公尽知。(老旦)怎么,老院公尽知?吓,院子。(末)来了,夫人还有何言?
(老旦)小姐落于何处,说与我知道。(末)小姐下落,老奴却也晓得,说出来
有恐夫人怪着老奴。(老旦)不怪你就是,还不快快说来。(末)吓,若说小姐
下落,在五里之外,十里之遥,小小蓬门一破窑。窑门外雪高三尺地,炉内
火无半些。只见牛羊放牧,绝不见车轮来往。秀才日日向朱门求乞,欲向
僧寺挪斋,吃了早膳没有夜膳,穿了夏衣没有冬衣。老奴听得外人纷纷谈
论。(老旦)谈论什么?(末)一个女儿恁甚贫,夫人不念小姐亲。夫人,老奴
家下那有孙女,怎奈夫人不思念小姐,故而将馒首藏下,打动夫人是实。
如今将馒首奉还夫人,还望夫人添上几枚,送与小姐,也好当得一餐。咳,
自家骨肉尚且如此,何况区区陌路人。(老旦)阿呀,儿吓!(唱)

【佚名】(起板)**听说罢衷肠事,珠泪垂。想当初是我不是,撇得你冷清清独自
在破窑里。你在潭府安享荣贵,怎忍得恶滋味?**(末唱)**望夫人发慈悲,赠些
银和米送到那里。**

【佚名】(老旦唱)**你言虽是,不知破窑住在那里?**(末唱)**说来有恐相爷知,有恐相
爷知,若还说出闲是闲非。**(老旦白)院子,取棉衣两套、棉被一条、白米五斗、白
银十两,院子、梅香,你二人送去,对小姐讲。(唱)**叫他举案齐眉相厮守,免得旁
人说是非。雪花缭乱梦魂飞,有道救人须救急,**(同唱)**踏雪前行莫待迟。**(下)

祭 灶

正生(吕蒙正)、正旦(刘千金)

(内哭)(大拷)(正生上)(唱)

【金蕉叶】①**时乖运否,破窑中暂自守己。**(正旦上)(唱)**忆昔繁华如梦里,好伤**

---

① 此曲牌名及下文【碧玉箫】,195-1-8 吊头本及单角本缺题,据复旦大学图书馆藏
抄本补。其中【碧玉箫】原题在"又只见旷野云低"前,今移至加滚之前。

悲珠泪垂。(哭)(正生)吓,妻吓!(唱)**你且慢伤悲,休泪垂。**

(正生)大雪纷纷舞朔风,可怜身在破窑中。(正旦)饥来一字不堪煮,谁念儿夫守困穷?(正生)妻吓,今乃除夕之夜①,家家祭送灶神,你去取清水一碗、柴头一个,以作祭礼便了。(正旦)晓得。夫吓,祭礼在此了。(正生)摆下来一同祷告。(同唱)

【驻云飞】②(起板)**祷告神天,**(正生白)灶神,灶神,家家俱有三牲祭礼,奈我蒙正夫妻家贫如洗,百无所有。(唱)**只有那一盏清泉**③**,一盏清泉一炷烟。奈我无供献,也只为略表你我殷勤愿,喋!祝赞你得上青天。**(正旦白)夫吓,灶神家家户户,为何祭奠与他?(正生)这大年纪,还不晓得?世间善恶,俱是灶神呈奏。(唱)**善者降之余祥,恶者降之余殃。念我蒙正夫妻,亦非是善者,亦非是恶者,你今上天,别的事情不奏也罢,奏言道我吕蒙正家道实是难艰。**(同唱)**阿呀,夫/妻吓!我和你最可怜。你若回天,烦借你的金言,一桩桩一件件,奏上龙霄汉。一盏清水一炷烟,我今送你上青天。玉皇若问凡间事,蒙正夫妻最可怜,蒙正文章不值钱。**

(正生)妻吓,一年之事完了,拿来散福。(正旦)夫吓,方才一碗水,结成冰了。(正生)窑内这般寒冷,不知窑外如何,不免同到窑门口一望。(科)(正旦)夫吓,往常天还高些,如今连天都低了。(正生)妻吓!(唱)

【碧玉箫】你看天连雪雪连天,一朝云雾起,天与地相连,又只见旷野云低。

(正旦白)夫吓,往常有牧童小厮行走,今日连鸟雀全无了。(正生)妻吓!(唱)**你看千山不见鸟飞绝,万径人踪灭。孤舟蓑笠翁,独独独独独钓寒江雪**④**,往**

---

① 除夕之夜,傅斯年图书馆藏抄本同,复旦大学图书馆藏抄本作"腊月二十三日"。小年祭灶,作"腊月二十三日"者较胜。

② 驻云飞,195-1-8 吊头本作【驻马听】,据复旦大学图书馆藏抄本改,并据以补出195-1-8 吊头本及单角本所没有的定格字"喋"。

③ 清泉,195-1-8 吊头本作"清水",据各本改。

④ "不见"二字复旦大学图书馆、傅斯年图书馆藏抄本无;五"独"字,其余各本仅作一"独"字。

来人影稀。**似这般凄凉,受尽了这样天气,瑞雪纷纷的**。(正旦白)阿呀,冷吓!(正生)你穿了两件,还说冷;你丈夫穿了一件,只是一个不冷、不冷。(正旦)你是长衣,我是短衣。(正生唱)**阿吓,是了么妻! 正是破衣百结难遮体,遮却东来又露西。严寒透玉肌**①**,那朔风、偏吹你的短衣。空自惨凄,顿觉愁无计。此情诉与谁?**(白)我不告人,只告与天知道便了。(正旦)有理。(同唱)**一心心告天、天怎知,待告与人人还羞耻。**

【佚名】呀! 我看娘子/官人容颜,在②彩楼之上,大不相同,可怜他、可怜他瘦减腰围。待告与天,天不来怜恤;待告与人,人不来周济。似这等孤村寂寞无衣食③,真个好苦了么妻/夫! 最苦我夫妻冻死在破窑中,并没人儿来周济。身上寒冷肚又饥,身上寒冷肚又饥,坐守饥寒闷无所依,闷无所依。(正生白)冷得紧,拿本书来耐耐寒。(正旦)晓得。(科)夫吓,书在此了。(正生)拿错了。(正旦)什么书?(正生)这是古文。(正旦)古文上怎道?(正生)古文上道得好也! (唱)贫者因书富,富者因书贵,书中自有黄金屋,蒙正住在破瓦窑;书中自有千钟粟,蒙正窑无隔宿粮。可怜我饥来一字不堪煮,空自有、空自有满腹诗书。(正旦白)夫吓! (唱)你今日贫穷,就将书弃了,有一日红轮气转,奋发飞腾,久以后、久以后④还靠诗书。(正生白)妻吓,我同你来挨背。(正旦)来挨背。(同唱)**怎挨得、怎挨得寒风凛冽,寒风凛冽?**(正生白)不济事了,拿柴来向火。(正旦)晓得。呀! (唱)**这几日窑炉内、燃尽枯枝**⑤**,燃尽枯枝。**(白)夫吓,柴也烧完了。(正生)怎么,这么一大笍⑥柴,烧不几日,就烧完了?

---

① 透玉肌,195-1-8 吊头本作"腹内饥",据复旦大学图书馆藏抄本改。

② 在,195-1-8 吊头本作"比不得",据复旦大学图书馆藏抄本及单角本改。

③ 孤村寂寞无衣食,195-1-8 吊头本作"无食无衣",据傅斯年图书馆藏抄本及正旦本改。

④ "久以后"195-1-8 吊头本未叠,据傅斯年图书馆藏抄本及单角本改。

⑤ 炉内、燃,195-1-8 吊头本作"鉴冷受",据复旦大学图书馆藏抄本改。

⑥ 笍,《玉篇》欺求切,《集韵》居求切,竹名。这里是方言词,《越谚》卷中《器用》"箍笍"条,注音为"枯邱",云:"越以篾束物谓'箍',其所箍之竹圈曰'笍'。""笍"用作数量单位,一束用竹篾捆绑的柴禾称为"一笍"。

咳,你好不惜家。(正旦)呀!(唱)**暗想爹娘富豪家**,阿呀老爹娘!**你在画堂锦帐饮羊羔**,画堂锦帐饮羊羔,怎知女儿在此受苦了么?埋怨,(正生白)妻吓!(唱)**你把埋怨二字总休提**。

【佚名】(正旦唱)**怎敢埋怨,埋怨雪儿在满空飞**。(正生白)住了。雪乃国家之祥瑞,大户人家要庆赏与他。(唱)**人道丰年瑞若何,长安有贫者,宜瑞不宜多,休埋怨、休埋怨雪儿在满空飞,豪门忒杀相欺**。(科)**破窑中厨灰冷,扑簌簌珠泪垂**①。**我只得谒豪门,挨过三时**②**,挨过三时**。(科)(出)

(白)好也是好也!(唱)

【佚名】(起板)**大雪纷纷满空飞,看家家尽把那柴门闭。看千山不见一只野鸟飞,不见一只野鸟飞,又听得木兰寺里钟声还未。一跂跌在雪地里**,(科)**冻得我寒威威冷飕飕,寒威威冷飕飕,又只得把银牙咬碎,银牙咬碎**。(白)有道"宁可一处死,不可两处抛",还须转去才是。(唱)**冻死寒儒何足虑,使人自羞耻。欲往街头,反复羁迟**。(科)(转窑内)(正旦)夫吓,为何转来了?(正生)妻吓!(唱)**论世情开口非容易,空使我肠中饥**③。(同唱)**满头风雪,素手空回,素手空回**。

【尾】(正生唱)**炎凉世态皆如此,且是安分守己**。(同唱)**异日里荣贵,休忘未遇时**。(正生白)说便这等说,还须要去走一遭来。(正旦)夫吓,米没有,柴也没有,肩些回来。(正生)这个晓得。粟薪似桂米如珠,(正旦)求人须求大丈夫。(正生)十字街头风雪冷,(正旦)朱门谁肯济寒儒?(正生)你话也不会讲,朱门还肯济寒儒。(正旦)夫吓,转来。(正生)我去得好好,又要打回头。(正旦)妻子在此愁你。(正生)妻吓,你愁我甚的而来④?(正旦)夫吓!(唱)**你妻子不愁别的而来,愁只愁身上寒冷肚又饥**。(正生白)阿吓,妻吓!(唱)**我愁窑内少米**

---

① "破窑"至"珠泪垂",复旦大学图书馆藏抄本作"地炉内空甑尘飞,尽(寻)思起珠泪垂"。

② 三时,195-1-8吊头本及单角本作"山寺",据傅斯年图书馆藏抄本改。

③ 此句195-1-8吊头本作"难肠中饥饿",调腔他本无此句,检旧抄本第十出《蒙正祭灶》【山麻秸】作"空使我肚中饥",据校改。

④ 此处说白单角本脱,据复旦大学图书馆藏抄本补。

无柴怎支持,(正旦白)夫吓!(唱)你冻倒街头妻怎知①?(下)

挪 斋

付、丑(小和尚),正生(吕蒙正)

(付上)(念)急急修来急急修,修得鱼儿水上游。前面下了青丝网,后面下了钓鱼钩。南无佛阿弥陀佛。(丑上)(念)急急修来急急修,修得一条大路通杭州。杭州有个昭庆寺②,寺里和尚滚绣球。绣球踢在肩膀上,一个和尚两个头。南无佛阿弥陀佛。(付)急急刮刮,(丑)腊月廿八。(付)做桌豆腐,(丑)好请菩萨。(付)师弟。(丑)师兄。(付)叵耐吕蒙正日日前来挪斋,好不惹厌得紧。我们禅规改了。(丑)怎样改法?(付)先吃饭,后鸣钟,蒙正来时一场空。(丑)要改禅规了。(同白)喏!(念)先吃饭,后鸣钟,蒙正来时一场空。南无佛阿弥陀佛。(正生上)长空飞柳絮,遍地散梨花。当初造寺之人,好没有分晓,造在那山顶之上。没奈何,只得走一遭也!(唱)

【佚名】(起板)**远观山,险峻崎岖在云汉里**③。免不得登山跋涉。(科)(白)大路在那边,一走走到这边来了。(唱)**正是云雾不知天早晚,雪深难辨路高低,却原来错步失了松堤。**(科)(五己锣)**似这等风狂雪又大,泥湿**④**路又滑,一行行到半山之中,四下里并没个遮拦之所,苦吓!天!怎禁得风又凛冽**⑤**,瑞雪**⑥**纷纷似这等扑面吹。**(付、丑白)鸣钟。(内钟声)(正生)好也,好也!(快)(唱)**又**

---

① 妻怎知,195-1-8吊头本作"风雪冷",据各本改。

② 杭州昭庆寺,始建于五代时期,故址在今杭州市凤起路和西湖之间。

③ 此句195-1-8吊头本作"高岭崎岖在云里","崎"字原从"变",据复旦大学图书馆、傅斯年图书馆藏抄本校补。傅斯年图书馆藏抄本"崎岖"(原误作"蹊跷")下有重文符号"又"。

④ 泥湿,195-1-8吊头本作"迷雪",据复旦大学图书馆、傅斯年图书馆藏抄本改。

⑤ 风又凛冽,195-1-8吊头本作"风雪冷冷",单角本作"寒风凛凛",据复旦大学图书馆藏抄本改。

⑥ 瑞雪,195-1-8吊头本作"大雪",据复旦大学图书馆藏抄本及单角本改。

听得钟声隐隐,透出云横,我只得脚儿踹脚踹步入①,脚踹步入。(白)伽蓝神圣,弟子吕蒙正又来打搅了。呀!(唱)**往常到此,香烟袅袅,人头挤挤,因甚的早香残,钟罢②人寂静?**(白)想寺内和尚,喜我者少,恶我者多。(唱)**莫不是阇黎,饭后把钟敲?饭后把钟敲,莫有此事则可,若有此事,分明要、分明要我素手空回③。**

(白)小师父请下来施礼。(付)原来是吕相公,见礼。(科)唅唅唅,我衣服穿得多,回不得礼。(丑)斋饭吃得饱,回不得礼,曲不到腰,回不得礼。(正生)怎么,斋饭吃过了?(丑)斋饭吃过了。(正生)小师父,如今年近了,你们有对联拿出来,我吕相公替你们写。(付、丑)不劳,不劳,寺中和尚俱会写的,不劳。(正生)你看这"大雄宝殿"这四字,是我吕相公写的呢。(付、丑)怪道,怪道,这等缩头缩脑,寺中和尚要发迹勿发迹了。(正生)这等可恶。(科)大家来向火。和尚火烧衣,全然总不知。(丑)唅,师兄你可焦?(付)你不烧,我不焦,待我扯他下来。(科)穷鬼自有穷鬼胶④。(丑)使不得,师父回来,要打骂的。我有计较在此。吕相公,贫僧有个对联在此,对得来斋也有饭也有。(正生)若对不来?(丑)对不来,腌菜缸里个石块。(正生)怎讲?(丑)掇出。(正生)请教。(丑)两打儒巾软吓吓,犹如榨酒的绸袋。(正生)雪飘僧顶硬捆捆⑤,好似捣粉的擂槌。(丑)像极。(付)怎讲?(丑)那日师父下山抄

---

① 踹,195-1-8吊头本作"踏",复旦大学图书馆藏抄本此句作"我只得足踹步实(入)(又)",单角本作"我的脚踹步实(入)(又)",据改。

② "早香残,钟罢",195-1-8吊头本作"把早香烧竟把",据复旦大学图书馆藏抄本校改。

③ 此句各本作"分明要使我空回",其中复旦大学图书馆藏抄本及单角本句末有重文符号。

④ 此处复旦大学图书馆藏抄本作"(付、丑)你不烧,我不焦,喏,穷人到有穷计较。(丑)待我去扯他下来"。计较,主意,办法。

⑤ 硬捆捆,复旦大学图书馆藏抄本作"硬绷绷",则"捆"音"绷";旧抄本第十一出《木兰逻斋》作"硬梆梆"。

化，也是大雪①，骑了一头鳖驴②，罗③见跌将下来，头也白的，雪也白的，岂不是捣粉的擂槌？（付）师父个头比做粉擂槌，被他耻笑去了。你不济，待我去。吕相公，贫僧也有一对。（正生）请教。（付）一女行来，横直两张巨口。（正生）二僧并立拢来。（付、丑）做把戏者。（正生）二僧并立，上下四个光头。（付）哈，一个和尚，那有两个头？（丑）哈，好刻毒，两个和尚，那里来四个头？（付、丑科）上光头，下光头。（丑科）好刻毒。（付）哈，好刻毒，待我去。贫僧还有一对。（正生）请教。（付）秀才吃醋，口吃秀才④。（正生）和尚撒尿，手拿和尚。（丑）吕相公，贫僧有个长对联在此。（正生）一发请教。（丑）秀才穷穷极极，极极穷穷，越穷越极，越极越穷，穷极极穷。（正生）和尚光光秃秃，秃秃光光，越光越秃，越秃越光，光秃秃光。（丑）贫僧要拆。（正生）就拆。（丑）秀才穷穷极。（正生）和尚光光秃。（丑）极极穷。（正生）秃秃光。（丑）越穷越极。（正生）越光越秃。（丑）越极越穷。（正生）越秃越光。（丑）穷极。（正生）光秃。（丑）和尚。（正生）秃光。（丑）贼秃。（付）贼秃。（丑）师兄，他是陀螺秀才，难他不来的，拿了冷水去。（丑下）（正生）和尚，拿斋饭吃。（丑上）吕相公，有姜汤在此，请吃姜汤。（付、丑念）笑你情急无羞耻，及早离门去。山门冷落，自觉孤栖。薄粥数碗，不够充饥。斋和供，都是檀越的。笑伊行好不度己，好不度己。（关门）（丑）再来赶出。（付、丑下）（正生科）和尚开门！吓！阿呀，不好了！（唱）

【佚名】（起板）**山僧恁所为，欺我寒儒辈。你那里既有剩饭残羹，何不与我相周济？**（白）且喜有笔砚在此，待我题诗一首而去。（唱）**留题这诗句，略表我今朝苦。**（白）十度挪斋九度空，叵耐阇黎饭后钟。（唱）**怎奈我砚冻笔干，下句下句难**

---

① "也是大雪"四字单角本脱，据傅斯年图书馆藏抄本补。
② 鳖驴，单角本作"边"，据复旦大学图书馆藏抄本改。鳖驴，劣等的驴。
③ 罗，亦作"啰"，方言疑问代词，哪，谁。
④ 自唐以来谑称读书人为"醋大"，亦作"措大"，后来"醋大"一般指穷困潦倒的书生，故这里把"吃醋"戏称为"吃秀才"。

成韵。(白)待我成名之日,凑成下韵便了。咳,伽蓝神圣,伽蓝神圣,有德行的和尚,留几个光辉山门,这唐突和尚,留他则甚!(唱)**他尚且欺仁弃义欺天地,全无恻隐之心,不发慈悲意。我吕蒙正有日驷马高车,放火烧了山寺,烧了山寺。问你伽蓝神圣,神圣在那里? 今日羞杀命穷人,何苦困杀英雄辈。**

(一己锣)(科)(白)阿呀! 还好,幸喜走得快,不然押在篱笆底下了。娘子说米没有,柴也拿些回去,不免拿些回去。(内)何人拆篱笆①?(正生)我吕相公替你们扶扶起来的。(内)吕相公要,捡些回去罢。(正生)多谢了。(内)好羞吓。(正生唱)

【佚名】(起板)**顾不得羞上羞,心中烦又烦。回首盼家乡,雪花缭乱。口中又无食,身上衣又单,怎禁得刮体风寒,刮体风寒。**(下)

遇　僧②

外(老和尚),小生、净(道人),正生(吕蒙正)

(内)老道趱路。(内)阿弥陀佛。(净、小生、外上)(外唱)

【步步娇】(起板)**大雪纷纷迷樵坞,路滑难行步③。**(内白)吓吓吓!(外)老道,前面问来,何人喧嚷?(净)待我问来。你们何人喧嚷?(内)渔翁打冻不开,打个哈头儿回去。(净)启师父,渔翁打冻不开,打个哈头儿回去。(外)正所谓六月炉边

---

① 此及下文两处内白,新昌县档案馆藏抄本未见,据复旦大学图书馆藏抄本补。

② 本出目名,195-1-8 吊头本在《挪斋》出末题作"遇生",即"遇僧",生、僧方言音同。《调腔钞本叙录(新昌县档案馆藏晚清民国部分)》从复旦大学图书馆藏抄本题作"遇师"。本出 195-1-8 吊头本老和尚随从有小生、净二人,复旦大学图书馆藏抄本仅净角一人,傅斯年图书馆藏抄本则作"外持伞上唱,付扮道人背袋随上",随从亦仅付角一人。因新昌县档案馆藏抄本缺净本,净角宾白据复旦大学图书馆藏抄本补。又,道人,指僧人。"道人"六朝小说便多指佛门僧人(详见江蓝生《魏晋南北朝小说词语汇释》"道人　道士"条,清乾隆间钱德苍编《缀白裘》亦同,调腔时戏《双喜缘》中的"道人"悉指僧尼;亦指道教门徒,调腔的例子有《三闯》中的"黄胖道人"。

③ 此二句单角本或作"大雪纷纷迷瞧(樵)路,路滑难移步"。

铁匠，十二月江上渔翁。(净)师父，他们难道不知冷暖？(外)非是他们不知冷暖，正所谓生意落在其中。(唱)**孤舟冻住在银河，渔翁罢钓空回去。**(内哭)**苦吓！**(走板)(正生上，科)(外)呀！(唱)**远观一行人，口儿里叫不住的**①**连声苦。**

(白)老道，前面好似吕相公模样，叫他转来，说我老和尚在亭子上有话。

(净)前面可是吕相公？(正生)正是。(净)吕相公请转来，老和尚在此，请你叙话。(正生)怎么，老和尚叫我？来了。(外)吕相公见礼。(正生)老和尚见礼。(外)吕相公，这般大雪，往那里而来？(正生)不瞒老和尚说，我窑门外雪深三尺，窑内火没半些，唯有老和尚知己可告。(外)请道。(正生唱)

【驻云飞】(起板)**雪紧风飘，冒雪冲寒访故交。指望挪斋饱，令徒设计妆圈套。噤！饭后把钟敲，钟敲赚吾曹。因此上忍饿担饥，独自**②**寻归道。空向山门走这遭。**

【前腔】(外唱)**玉趾多劳，不弃荒山探老耄。雪拥崎岖道，未唤山童扫。噤！阇黎慢贤豪，贤豪莫心焦。请转荒山，一饭再重造。再转荒山走这遭。**

【前腔】(正生唱)**雅意多劳，**(白)老和尚！(唱)**你的恩情、恩情我吕蒙正足**③**见了。蒙师待我如珠宝，令徒欺我如蒿草。噤！有日上九霄，脱蓝衫换紫袍。驷马高车，得志还乡早。再不向山门听钟敲。**

【前腔】(外唱)**触慢**④**贤豪，提起阇黎恨怎消。小徒言语多颠倒，吕相公切莫萦怀抱。噤！归家痛打小儿曹，儿曹不相饶。待来朝扫榻相迎，恭候尊神到。**(白)吕相公，有道"僧来看佛面，慈悲结善缘"。(唱)**须念贫僧贫贱交，须念贫僧贫贱交。**

(科)(白)且慢。吕相公，须要转回去才是。(正生)老和尚请起，我誓不转去

---

① 叫不住的，195-1-8吊头本作"叫不得"，据单角本改。

② 独自，195-1-8吊头本作"特地"，据各本改。

③ 足，195-1-8吊头本作"错"，单角本作"咱"，据复旦大学图书馆、傅斯年图书馆藏抄本改。

④ 触慢，195-1-8吊头本作"独慢"，复旦大学图书馆藏抄本作"曲慢"，傅斯年图书馆藏抄本作"触怒"，据单角本改。

了。（外）怎么，誓不转去了？老道，将化来的月米，送到吕相公府上来。（净）晓得。（正生）将叉口打开。（净）不消看得，雪白白米。（正生）我只取一粒。（外）为何只取一粒？（正生）一粒须知记古人，（外）自古恩怨要分明。（正生）唯有感恩并情愿，（外）千年万载不生嗔。我回去，着着实实打这小畜生。（正生）老和尚，你回去千万不可难为令徒，这是我吕蒙正命该如此。（外）吕相公慢去。（科）吓，吕相公转来，吕相公转来。（正生）老和尚还有何言？（外）吕相公，看你雪中气出大恨，明春乃是大比之年，一定高中的了。

（正生）老和尚！（大拷）（唱）

【佚名】（起板）再不向山门听钟敲，脱蓝衫换紫袍。天子殿前三舞①蹈，黄金榜上把名标，鳌头独占御酒琼瑶。从今后不必絮叨叨，我今待漏上早朝②，（白）老和尚！（唱）**我今待漏上早朝。**（正生下）

（外）老道，收拾行李，回去了罢。（念）心头恨，小畜生，枉做僧家，成不得人③，斯文不敬敬谁人？只恐他年起祸根，忘了旧交情，忘了旧交情。（下）

捷　报④

正旦（刘千金）、小旦（潭府梅香）、末（京城院子）、付（京城梅香）、正生（吕蒙正）、外（刘茂）、老旦（夫人）

（正旦上）（唱）

【佚名】想重瞳，临轩此日殿试策英雄。天为皇家⑤开文运，銮阙⑥外彩云龙。

---

①　舞，195-1-8 吊头本作"走"，据复旦大学图书馆、傅斯年图书馆藏抄本改。

②　此句傅斯年图书馆藏抄本及单角本作"待漏金门随早朝"。

③　"枉做"至"得人"，单角本或作"枉做僧家成不人（诚不仁?）"，或作"枉做僧家，称（成）什么人"，或作"枉做僧家人不甚（认）"，复旦大学图书馆藏抄本作"枉做僧伽人人不认"。

④　本出梅香角色标作小旦，195-1-8 吊头本、傅斯年图书馆藏抄本如此。另，傅斯年图书馆藏抄本《赏雪》出梅香亦标作"小旦"。

⑤　皇家，195-1-8 吊头本作"王朝"，据傅斯年图书馆藏抄本改。

⑥　銮阙，195-1-8 吊头本作"高阙"，据傅斯年图书馆藏抄本改。

日高乔木喧灵鹊,雷动冲天起卧龙。你若是鳌头独占,鱼信可通,捷音已出凤城东。

(小旦上)(唱)

【佚名】忙步奔匆,娘行幸喜遇芳丛①。(白)小姐在上,梅香叩头。(正旦)到来何事?(小旦)小姐!(唱)相传捧,彩楼佳婿近乘龙②。(正旦唱)我只为乘龙人去凤台空。休胡哄,草茅焉敢望华封,又何劳媵颊③相讥讽。(小旦唱)人喧哄,人人说道吕相公鸿胪首唱皇都动,(白)小姐,梅香一闻此言呵!(唱)恨不得插翅前来羽翰翀。(正旦唱)心思忖,儿夫果然得中贤臣颂④,他⑤自有敕赐传宣下九重,又何劳你这般胡哄?(小旦白)昨日老相国陪宴回来,说与太夫人知道,因此梅香特地前来。(唱)此言非哄,此言非哄。

(正旦)儿夫果然得中,谢天谢地。(唱)

【佚名】(起板)想儿夫时来运通,喜今朝奋发峥嵘⑥。(白)梅香,可记得彩楼之上的言语?(小旦)小姐旧话休提。(正旦)贱人,你说道:"吕相公行路把头低,身上好似雨打鸡。"他回言说得好。(唱)雨打鸡毛湿,红冠不染尘。五更能报晓,惊动世间人。你道他冒雨寒鸡⑦,那⑧寒鸡今做了朝阳鸣凤。破窑中台

---

① 此句195-1-8吊头本作"娘幸喜气予(遇)放(芳)容",傅斯年图书馆藏抄本作"娘行喜得遇芳容",据校改。

② "相传至"乘龙",195-1-8吊头本脱,据傅斯年图书馆藏抄本补。其中"捧"原作"奉",据李评本第二十四出《宫花报捷》【不是路】改。

③ 媵颊,195-1-8吊头本作"恁觉",单角本一作"腾家",即"媵颊"之讹,据校改。

④ 臣颂,195-1-8吊头本作"人重",据傅斯年图书馆藏抄本校改。按,此句李评本作"果然得献贤臣颂"。

⑤ "他"字195-1-8吊头本脱,据傅斯年图书馆藏抄本及单角本补。

⑥ 峥嵘,傅斯年图书馆藏抄本作"登荣",单角本一作"登荣",一作"争荣"。按,李评本以及旧抄本第十七出《宫花报喜》【皂角儿】(李评本原题【掉角儿】,旧抄本原题【皂角儿序】,当作【掉角儿序】,俗作【皂角儿】)作"登庸"。

⑦ 鸡,195-1-8吊头本作"儒",据单角本改。

⑧ "那"字195-1-8吊头本原无,据单角本补。

鼎一陶镕①，从今后圣命尊重。（小旦白）恭喜小姐，贺喜小姐。（正旦唱）**漫劳你这般奖奉，喜上眉峰。这富贵陡然来，有如春梦，悄不觉滕王风送②。**

（二手下、末京城院子、付京城梅香捧宫花上③）走吓！（大拷）（唱）

【前腔】闹嚷嚷香车簇拥，喜孜孜金殿④传送。几时达到城南吕府中，那时节大家欢哄⑤。（末白）来此三岔路口，那问个信儿才好。有个小娘子在那边，问他一声。（付）唅，阿姐，借问一声，可晓得吕夫人么？（小旦）可认得夫人？（付）不认得的。（小旦）待我哄他一哄者，我就是。（付）梅香不知，多多有罪。（小旦）起来。告末⑥我和你一样的。（末）有天无日头，丫头跪丫头。（付）咳，出路不相当，梅香跪梅香。（末）倒是你个臭丫头，向前引路。（付）倒是吘个老鼻头⑦。（小旦）如此你们随我来。这位就是夫人。（末、付）夫人在上，京城院子／梅香叩头。（正旦）你们奉何人所差？（末、付）新科状元吕老爷所差。（正旦）可有书信？（末、付）没有书信，只有宫花呈上。（同唱）**琼林赴宴去匆匆，无暇修书返故容⑧。曾记彩楼恩义重，把宫花当做紫泥封。请夫人同临任所，共享恩荣。**（白）宫花呈上。（正旦唱）（三己锣）**宫花一见喜非常，是奴亲口许他效鸾**

---

① "一"字 195-1-8 吊头本脱，据单角本补。陶镕，195-1-8 吊头本作"桃容"，今改正。台鼎，古称三公为台鼎。陶镕，陶铸熔炼，比喻培育、造就。

② 滕王风送，即风送滕王阁。相传唐洪州都督阎公重修滕王阁，事成后宴集群贤。时王勃船泊马当，尚离洪州六七百里地。王勃得神灵助以清风，登舟张帆，天未晓即抵洪州，与会作成《滕王阁序》。事见宋曾慥《类说》卷三四《摭遗》"滕王阁记"条。后人用"风送滕王阁"借指人时来运转。

③ 傅斯年图书馆藏抄本作"外、末、付净、丑上"，据其后文知以丑为京城梅香，与单角本付扮京城梅香不同。

④ 金殿，195-1-8 吊头本作"金莲"，据傅斯年图书馆藏抄本及单角本改。

⑤ 欢哄，195-1-8 吊头本作"欢荣"，据傅斯年图书馆藏抄本及单角本改。

⑥ 告末，同"介末""格末""合没"，方言，那么。

⑦ 鼻头，奴仆。明冯梦龙《古今谭概·微词部》"张伯起"条注："吴下称奴为'鼻头'。"《越谚》卷中《人类》之《贱称》："鼻头，仆也。鼻，音弼。并见《燕北杂记》《余氏辨林》。又名'底下人'。"

⑧ 返故容，抄本"容"作"荣"，旧抄本作"寄玉容"，据校改。

凰。莫道妇人无眼力,尘埃选出状元红,不枉了彩球儿、将他来抛中①。(小旦白)恭喜小姐,贺喜小姐。(正旦唱)**漫劳你这般奖奉,喜上眉峰。这富贵陡然来,有如春梦,悄不觉滕王风送。**

【前腔】(众唱)**六街上香尘滚滚,满城中笑语浓浓。引多少白叟与黄童②,都来看小姐芳容。道夫人千载果奇逢,胜状元三年一中。前呼后拥,金殿传送,方显得读书人文章有用③。**

(白)请夫人上轿。(正旦上轿)(正旦唱)

【佚名】鸣鸡出谷中,(众喝道介)(正旦)梅香,为何喧嚷?(小旦)你们何事喧嚷?(末)羊肠路小,众人们挨挤不过,故而喧嚷。(正旦)与我传下去,羊肠路小,比不得京城大路,叫他们缓缓而行。(小旦)众人们听着,夫人吩咐,羊肠路小,比不得京城大路,叫你们缓缓而行。(众)吓。(正旦唱)**羊肠路小恁崎岖,野草闲花满路迷,众人不必多扰嚷④,从容稳步拥香车,你叫他慢把香车拥。**(白)吩咐住轿。(付)住轿何事?(正旦)往外辞窑。(付)来路远了。(正旦望空一拜。(付)吩咐住轿。(众喝道介)(正旦唱)**昔年困守破窑中,今朝拜别去匆匆。非是我蒙正夫妻情不久,怎奈我富贵催人上九重。物色出尘埃,坯块成何用⑤。怎舍⑥得淡淡烟笼,霭霭云封。往常间鹤唳猿啼蕙帐空⑦,抵多少车如流水马如龙,鸟道鹏程路可通⑧。**(众白)来此岔路。(小旦)来此三岔路口,还

---

① 抛,195-1-8 吊头本作"弃",据单角本改。傅斯年图书馆藏抄本"抛中"作"抛赠"。另,此下 195-1-8 吊头本原题"三句",傅斯年图书馆藏抄本重复上文"(小旦白)恭喜小姐"至"悄不觉滕王风送",据补。

② 引,抄本作"抵",据李评本、旧抄本改;白叟,195-1-8 吊头本作"白发",据单角本改。

③ "显"和"读书人"四字,195-1-8 吊头本脱,据傅斯年图书馆藏抄本及单角本补。

④ 扰嚷,同"劳攘",纷杂,喧嚷。

⑤ 坯块,195-1-8 吊头本作"体态",据傅斯年图书馆藏抄本及单角本校改。另,此下傅斯年图书馆藏抄本尚有"只见青山隐隐,绿水沉沉"二句,其后无"怎舍得"三字。

⑥ 舍,195-1-8 吊头本作"禁",据李评本、旧抄本【七贤过关】改。

⑦ 鹤唳猿啼蕙帐空,195-1-8 吊头本作"雁泪晓啼迈心帐空",据单角本校改。

⑧ 鸟道鹏程路可通,195-1-8 吊头本作"鹊鸟鹏程大路可通",据单角本校改。

是先到潭府,先到京城?(付)先到京城。(小旦)先到潭府。(付)先到京城。(正旦)先到京城。(付科)(正旦唱)**你与我多多拜上老相公,传言上达老夫人,你说道小姐也有夫人命,昨日今朝大不相同,寒门敢向朱门踵。他那里金屋,我这里茅檐,金屋茅檐一霎时隔着九重**。(末白)来了一乘小轿。(小旦)赏与潭府梅香。(付)赏与京城梅香。(小旦)潭府梅香。(付)京城梅香。(正旦)赏与京城梅香。(付科)那光景?打轿上来。(正旦唱)**梅香不必苦多言,谁想寒儒中状元。满朝文武皆钦敬,五百名中点他先。你不记得当初在彩楼,千言辱骂吕寒流**①。**早知今日身荣贵,何不**②**含惭自含羞。呢,臭丫头还不走!从来不听我夫人用,不听我夫人用。何须中道迎奉,逞着、逞着妾妇容?**(小旦下)(众唱)**又只见满城灯火,笙歌鸾凤。快活神仙洞,两道纱灯挂玉骢**③。

(正生上)(唱④)

【尾】今朝做出繁华梦,得意回来喜气浓。(同唱)**抵多少苦守寒窗,还是书有功。**(下)

(外、老旦吹上)(正生、正旦吹上)(末)朝廷送金榜到。(正生)悬顶中堂。(末)悬挂中堂。(吹【尾】)(下)

---

① 此句 195-1-8 吊头本作"千万辱骂吕蒙正寒儒",据傅斯年图书馆藏抄本改。

② 何不,195-1-8 吊头本作"你必",据单角本改。

③ "又只见"至"玉骢",195-1-8 吊头本和光绪二十二年(1896)"畲径堂杨"老旦、正旦本(195-1-17)所抄《彩楼记》正旦本并无,据傅斯年图书馆藏抄本及民国二十四年(1935)赵培生《黄金印》等正旦本(195-2-21)补。

④ "(正生上)(唱)",傅斯年图书馆藏抄本作"正旦唱",其下所唱尾声傅斯年图书馆藏抄本作"今朝添作繁华梦,管教门阃喜气浓。不枉困守寒窗书有功。(喝道下)"。按,195-1-8 吊头本《捷报》尾声之后有"(外、老旦吹上)(正生、正旦吹上)(白)(吹【尾】)(下)"字样,这当是只演《捷报》,而不再演《荣会》《谢窑》的演法,如果续演《荣会》《谢窑》,则当按傅斯年图书馆藏抄本处理。

荣 会

正生（吕蒙正）、小旦①（刘千金）

（正生上）（引）日月身到凤凰池，一举成名天下知。吾荣我贵均自成②，十年前是一书生。（白）下官，姓吕名蒙正。自打前月，着梅香去到洛城迎接夫人，这下时候，还未见到。（手下）启爷，夫人到。（正生）既如此，挂彩香珠。（小旦上）（引）闻道状元回，好个风流婿，此回无比。（白）相公万福。（正生）夫人见礼。（小旦）幸喜相公亚袍挂罗衣，万金难比③书。（正生）托赖夫人之洪福。（内④）报。（手下）所报何事？（内）圣旨挂起"金榜"二字。（手下）启爷，圣旨挂起"金榜"二字。（正生）院子，将"金榜"二字悬挂中堂，请夫人一同观看。（小旦）妾身只当奉陪。（正生）这是久旱逢甘霖，（小旦）他乡遇故知。（正生）洞房花烛夜，（小旦）金榜挂名时。（正生）好一个"金榜挂名时"。（小旦唱）

【泣颜回】⑤**金榜挂名时，岂知道荣科得第。云梯步蹑，这还是读书人须有凌云志。**（正生白）夫人请转，受下一礼。（小旦）相公，此礼为何？（正生）夫人！（唱）**当初在那彩楼之上，抛去彩球，有多少王孙公子来求婚⑥，多蒙夫人将彩球抛在下官，下官今乃得中状元，宫花报与夫人。感夫人旧有恩情，不辜负彩楼上佳期。**

【前腔换头】（小旦唱）**思之，爹妈弃奴时，道相公难登科第，怎知道今日里夫荣妻贵。那时斯会，想他们生有欢喜。欢喜得中归故里，画堂中连烛两下珠翠。感相公得中状元，与奴家争口气，白屋里生了光辉。**

---

① 本出刘千金角色名目 195-1-96 总纲本（本出及次出的底本）题"小旦"，下出题作"生"和"旦"，今亦标作"正生"和"小旦"。
② 均自成，底本作"君目成"，据文义改。按，岳西高腔《破窑记·大金榜》作"真堪羡"。
③ 难比，底本作"此"，据文义改。
④ 内，底本作"手下白"，下文"（正生）院子"之前的对答原无舞台提示，据文义校补。
⑤ 此曲牌名底本缺题，据李评本补题。
⑥ 来求婚，底本作"不多安"，岳西高腔本作"庶民百姓，前来求婚"，据校改。

【佚名】今朝喜气古今少,黄金榜上姓名标,皇封御酒加官诰。(正生唱)看世人寒窗之下,喜今朝①、富贵荣华,朝廷②(后缺)

谢　窑

正生(吕蒙正)、小旦(刘千金)

(正生、小旦上)(唱)

【佚名】策马扬鞭,策马扬鞭,春夏秋冬③二月天。远望故园,一色杏花红十里。状元归府马如飞,马蹄怎生嘶叫,怎生嘶叫。

(正生)夫人,读书之人,可有一比?(小旦)相公所比何来?(正生)夫人吓!(唱)

【佚名】可比做大鹏之鸟,三年不飞,飞在冲霄;三年不奋,奋在今朝。大鹏方出世,龙困在龙窑。困龙现有上天时,又只见乌纱在目前。到如今乌纱紫袍穿,状元本儿道来听,启奏君王,御笔褒表④,御笔褒表。

【佚名】(小旦唱)你看逢春长孜孜,流落在寒天。寒冰雪冻二十年,睹物伤心泪转旋⑤。(白)相公到此,为何掉下泪来?(正生)不消问了么夫人吓!(唱)曾记得当初未遇之时,此去挪斋回来,此处有独木小桥,险危忧⑥下水,携手双双回故园,双双回故园。

(小旦)相公,此处到龙窑,还有多少路途?(正生)夫人,此处到龙窑,路也不

---

① 喜今朝,底本作"起奸钓",据岳西高腔本改。

② 此下底本散佚不全。按,自上文"看世人寒窗之下"起,岳西高腔本相应的曲文为"十年寒窗之下,喜今朝富贵荣华。朝廷敕赐转回家,威凛凛谁不怕。三檐伞下,头戴乌纱;人人敬仰,个个争夸。读书果值千金价"。

③ 春夏秋冬,李评本第二十七出《游观破窑》【点绛唇】作"日暖风和",旧抄本第十八出《荣归谢窑》【粉蝶儿】作"和风日暖",可从。

④ 褒表,底本作"远肖",据文义改。

⑤ 此句底本作"故物双新愿采□",李评本【油葫芦】末句作"睹物伤心珠泪涟",可参。

⑥ 险危忧,底本作"见色有",今改正。

远了。(唱)

【佚名】此处到龙窑,转过小松桥。前面青苔满径,结草连环,就是龙窑了么夫人也,就是龙窑了么夫人也!

(白)过来。(手下)有。(正生)摆下祭礼。夫人,我与你拜谢龙窑。(唱)

【驻云飞】①拜谢龙窑,幸喜在今朝,身穿挂紫袍。头戴乌纱帽,手把龙门跳。此处本是困龙窑,倒做了养龙巢。喜成名,天下皆知道。方显男儿志气高,方显男儿志气高。(下)(完)

附录:考试

本出仅有《分宫楼》等正生本(案卷号 195-1-99)所收《彩楼记》正生本:"在。/愿闻。/南来孤雁,月中带影一双飞。"内容见于旧抄本《彩楼记》第十三出《春闱应试》。

---

① 此曲牌名底本缺题,据旧抄本补题。底本"喜成名"前题【尾】,不确。

一一

妆盒记

《妆盒记》，新昌县档案馆藏调腔抄本所见有《救主》、《盘盒》（抄本又题《搜盒》）、《上寿》三出，复旦大学图书馆藏抄本《绍兴高腔选萃》收有《救主》（题《妆盒》）、《盘盒》（题《搜盒》）两出。其中，光绪十八年（1892）《雌雄鞭》等总纲本（案卷号 195-1-42）所收《妆盒记》总纲完整保存了《救主》、《盘盒》（题《妆盒》）和《上寿》三出，而其他抄本仅有前两出。《调腔曲牌集》古戏之部一收有《救主》（题作《装盒》）和《盘盒》曲谱，总题《抱妆盒》。宁波昆剧兼唱的调腔戏有《陈琳救主》，即此剧《救主》。

明吕天成《曲品》卷中《旧传奇》能品八"金丸"条云："元有《抱妆盒》剧。此词出在成化年，曾感动宫闱。内有佳处可观。"①调腔《妆盒记》的《救主》和《盘盒》与元杂剧《抱妆盒》有着较为直接的渊源关系，但在分出和曲文上受到了明初南戏《金丸记》的影响，增入了不少源出《金丸记》的曲子，而《上寿》一出曲文又与杂剧本无关。是以调腔《妆盒记》当属调腔明代南戏剧目，故系之于南戏，而不归入杂剧。

调腔《妆盒记》剧叙宋真宗时，李娘娘产下太子，刘后心生嫉妒，命寇承御抱出太子，用裙刀杀死在金水桥下。适逢陈琳手捧妆盒，奉旨前往御果园采办果品，为南清宫八大王上寿。寇承御向陈琳表明缘由，二人商议，将太子藏入妆盒，让陈琳送往南清宫八大王府中。陈琳路遇刘后，侥幸躲过了刘后的盘查，顺利将太子送至南清宫。陈琳陈诉内情，八大王答应抚养太子。

校订时以光绪十八年（1892）《雌雄鞭》等总纲本（案卷号 195-1-42）所收《妆盒记》总纲为底本，前两出校以《铁冠图》等总纲本（案卷号 195-1-135）所收《妆盒记》总纲及小生、小旦单角本。至于曲牌名，光绪十八年（1892）《雌雄鞭》等总纲本（案卷号 195-1-42）所收《妆盒记》总纲曲牌名仅题有【北一枝花】【风入松】，但《调腔曲牌集》以【新水令】【步步娇】南北合套拟合《救主》出曲文，以【清江引】【十忧传】【不是路】【前腔】【齐天乐】【北江头金桂】【梁州

① ［明］吕天成著，吴书荫校注：《曲品校注》，中华书局，1990，第 185 页。

令】【雁过声】分析《盘盒》出曲文,均与新昌县档案馆藏抄本不合。经比对,调腔《救主》和《盘盒》曲文实同元杂剧《抱妆盒》与明南戏《金丸记》第二十出《盒隐》、第二十二出《搜盒》关系密切,曲目对应如下①:

出 目	调腔本曲目	对应曲目
救 主	【北一枝花】	《抱妆盒》杂剧【一枝花】
	"奉娘娘钦差"至"不由人珠泪盈腮"	《金丸记·盒隐》【园林好】
	"圣明主宝宫金阙"至"凤阁门开"	《抱妆盒》杂剧【梁州第七】
	"见柳、柳外何人走将过来"至"怀抱婴孩"	《金丸记·盒隐》【川拨棹】第一支
	"咱和你两下无人方可处裁"至"生和死一命该"	《金丸记·盒隐》【川拨棹】第二支
	"我心中转猜"至"自有安排"	《金丸记·盒隐》【五供养】
	"抱太子盒中放"至"自古成人、成人不自在"②	《抱妆盒》杂剧【牧羊关】"则索向盒中放"曲
	"手捧着妆盒子"至"揣揣将过来"	《抱妆盒》杂剧【牧羊关】"我抱定这妆盒子"曲
盘 盒	"却原来是正宫皇后"至"迈一迈、如上了摄魂台"	《元曲选》本《抱妆盒》杂剧【贺新郎】
	"这的是你无灾"至"大家都来齐喝彩"	《抱妆盒》杂剧【隔尾】"我若是无妨碍,你可也无妨碍"曲
	【风入松】	《金丸记·搜盒》【风入松】第一支

① 《抱妆盒》杂剧依据《词林摘艳》卷八《抱妆盒》【一枝花】套曲和《元曲选》本《金水桥陈琳抱妆盒》第二折,《金丸记》戏文依据《古本戏曲丛刊》初集影印清康熙抄本。

② 此段《调腔曲牌集》按照【新水令】【步步娇】南北合套的曲牌排序,题作【侥侥令】。按,《金丸记》第二十出《盒隐》相应唱段恰作两支【侥侥令】,而曲文已有很大的不同,如第一支曲文为"且把储君在你怀内揣,(白略)我把妆盒内且藏埋。太子吓,你若喋声须臾刻,方免得我和伊脱此灾"。北京高腔《妆盒记·救主》(见《俗文学丛刊》第一辑第49册)用曲为【端正好】【园林好】【滚绣球】【川拨棹】【侥侥令】【锁南枝】【尾】等,其中的【侥侥令】亦与调腔此段相当,均与杂剧本关系密切,但北京高腔本次曲【锁南枝】已与杂剧本无关。同时,北京高腔本变化较多,似夹带滚唱,与调腔全曲作普通演唱者不同。此外,调腔此段与其他调腔【侥侥令】曲谱相差较远,即《调腔曲牌集》的题写不一定正确。

出　目	调腔本曲目	对应曲目
	"石榴儿长在街"至"雨洒苍苔"	《词林摘艳》本《抱妆盒》杂剧【菩萨梁州】
	"心事般般猜"至"直等得吕后温习性儿有些歹"	《词林摘艳》本《抱妆盒》杂剧【隔尾】"休交人道娘娘所事般般煞"曲
	"俺待要学苏秦、张仪舌尖快"至"这事儿好叫我难布摆"	《抱妆盒》杂剧【骂玉郎】
	"见、见娘娘走向前来"至"好一似万岁青天把眼开"	《抱妆盒》杂剧【感皇恩】
	"一来免死与陈琳(一来鬼使神差),二来搭救小婴孩"等	《抱妆盒》杂剧【采茶歌】

　　本次校订根据抄本对曲文的曲牌名重作题写和划分。此外,值得一提的是,就《抱妆盒》杂剧而言,《元曲选》本与《词林摘艳》本存在不少差异,例如《词林摘艳》本【隔尾】"休交(同"教")人道娘娘所事般般煞"曲,调腔本有相应曲目,而《元曲选》本无此曲;《词林摘艳》本【菩萨梁州】末三句作"又不比五(武)陵客,片片残红落满阶,端的是雨洒苍苔",调腔本略同,而《元曲选》本作"娘娘也偏生你意儿歹,怎忍见片片残红点碧苔,陪伴他这古木崩崖"。《词林摘艳》为明嘉靖四年(1525)所刊散曲、戏曲选集,乃据正德间《盛世新声》增订而成(《盛世新声》亦收《抱妆盒》【一枝花】套曲),《元曲选》刊于明万历间,且编选者臧懋循颇事删改,则该剧本折曲文,《盛世新声》《词林摘艳》本实更近原貌。由于调腔本曲文同《盛世新声》《词林摘艳》本更为接近,则调腔本渊源甚早。

救 主

小生(陈琳)、小旦(寇承御)

(小生上)日上彤云对衮衣,合欢花下自沉吟。九棘三槐光影胜①,洪恩万代②岁华新。咱家穿宫内监,陈琳便是。奉主之命,到御果园中采办果品,来日与南清宫八大王爷上寿。正是君命召,不俟驾而行③。圣主千秋日,群臣拜贺时。须索走一遭也!(唱)

【北一枝花】虽不比百位紫绶臣,管领着三千客。听了些鞭敲文武齐,看了些帘卷帝王来。虽没有④将相之才,每日里随车驾有君王爱,掌管着各宫院的候差⑤。管领了喜孜孜八百艳娇,提调着娇滴滴三千粉黛,三千粉黛。(下)

(小旦上)(唱)

【佚名】奉娘娘钦差,出宫门早来到金水河涯。抱太子心中痛哉⑥,不由人珠泪盈腮。

(白)自家寇承御便是。只因冷宫中李娘娘产生太子,刘娘娘心生嫉妒,叫我到冷宫中,将太子抱出,又与我裙刀一把,将太子刺死在金水桥下。我想刺死太子,一来天理何存,二来宋朝绝后。不免待等忠义之人到来,一

---

① 此句底本作"枝棘三代光影胜",《绍兴高腔选萃》本作"紫棘三台光阴胜",今改正。九棘三槐,《周礼·秋官·朝士》载孤、卿、大夫和公、侯、伯、子、男的外朝之位分别种有九株棘树,三公则面向三株槐树而立,后遂以"九棘""三槐"分别用作九卿、三公的代称。

② 万代,底本作"万赖",单角本或作"万代",《绍兴高腔选萃》本初作"万赖",后涂改作"万代",今从改。

③ "君命召,不俟驾而行",谓听闻国君召唤的命令,不等车马驾好便先行走去,形容对待国君的命令慎重而不懈息。《孟子·万章下》:"孔子,君命召,不俟驾而行。"

④ "虽没有"三字底本脱,据单角本补。

⑤ 候差,底本作"后差",据 195-1-135 总纲本、《绍兴高腔选萃》本改。按,此句《词林摘艳》卷八《抱妆盒》【一枝花】套曲作"听各宫中妃后差",《元曲选》本《抱妆盒》杂剧作"听传宣妃后差",调腔本"各宫院的候差"或本当作"各宫院妃后差"。

⑥ 痛哉,底本作"痛者",今校"者"作"哉";单角本作"痛伤",《绍兴高腔选萃》本作"痛怀"。

同救出太子便了。（内"跑哩①"）你看那边来的，好似陈公公。不免闪在一旁，看他往那里去。（小生上）跑哩。（唱）

【佚名】圣明主宝宫金阙，煞强似蕊珠宫中阆苑蓬莱。惊醒了龙楼凤阁重修盖，都是些金钉朱户，玉砌瑶阶。但只见祥云瑞霭，紫气龙光云罩定，光辉辉帝阙又些②王宅，但到处眼也难开。这的是织锦绣翡翠帘栊③，璃球④亮阁，碧玉堂玉楼台⑤。咱、咱奉着圣命钦差，终朝不曾出门外，何曾离了凤楼台？身挂穿宫入院牌，但到处凤阁门开，凤阁门开。

【佚名】见柳、柳外何人走将过来，眼望模糊莫乱猜⑥。呀！却原来是一个女裙钗，只见他愁锁眉尖凝眸觑来，看他无语低头特兀儿妆呆⑦，特兀儿妆呆⑧。这其间好巧乖，怀抱婴孩，怀抱着小婴孩。

（白）寇妹见礼了。（小旦）陈公公见礼了。（小生）啥？你今日要，明日要，要出一个孩子来了？（小旦）陈公公休得取笑，这是当今太子。（小生）既是太子，抱出来做什么？（小旦）陈公公有所未知，只因冷宫中李娘娘产生太子，刘娘娘心生嫉妒，叫我到冷宫中，将太子抱出，又与我裙刀一把，将太子刺死在金水桥下。我想刺死太子，一来天理何存，二来宋朝绝后，故此等陈公公到来，一同救驾。（小生）啥？你是神仙不曾，知我到来一同救驾？（小旦）陈公公你往那里去？（小生）往御果园中，采办果品。（小旦）要他何用？

---

① 跑哩，底本作"抛里"，据单角本改，下同。

② "又些"二字底本系小字补入，195-1-135 总纲本、《绍兴高腔选萃》本无此二字。

③ 帘栊，底本作"冷龙"，他本多作"玲珑"，《黄金印》等花旦、小旦本（195-1-65）兼收的《妆盒记》小生本前一字作"帘"，今参照《词林摘艳》《元曲选》本《抱妆盒》杂剧改。

④ 璃球，底本作"琉球"，《绍兴高腔选萃》本作"梳珠"，据单角本改。

⑤ "这的是"至"玉楼台"，《词林摘艳》本《抱妆盒》杂剧作"尽都是织锦绣翡翠帘栊，尽都是硃红漆虬楼亮槅，尽都是碧琉璃碾玉楼台"。

⑥ 模糊、乱猜，底本作"模无""乱踹"，据各本改。

⑦ 妆呆，装傻，装糊涂。

⑧ 此处底本重文起讫未明，参照单角本重句，下文"怀抱婴孩"的重句"怀抱着小婴孩"同。另，《调腔曲牌集》这里则将"只见他"至"特兀儿妆呆"重复一遍。

(小生)来日与南清宫八大王爷上寿。正是你有你的事,我有我的差。咱去也!(小旦)阿呀,太子爷吓!指望等陈公公到来,一同救驾,谁想他执意不允。也罢,我和你双双赴水而罢。(小生)且慢。我的娘,你这等性急,我陈琳早又不来,迟也不来,偏偏遇着这个冤家,怎的处?吓,有了,不免哄他到无人幽僻之处,那时节跑他的娘就是了。吓,寇妹。(小旦)陈公公。(小生)这里不是讲话之所,随我到前面,八角琉璃井边,一同救出太子便了。(小旦)陈公公请。(小生)寇妹请。(唱)

【前腔】咱和你两下无人方可处裁①**,料苍天能覆载。说起来魂飞在天外,这桩事儿难摆**②**。阿呀呸!生和死一命该。**

【佚名】我心中转猜,恐怕他年,自惹祸害。原非身上事,我自有钦差。(小旦唱)**笑伊家忒歹,见人来伴推不管妆呆。目今**③**图自在,恐后惹非灾。若逢智者,自有安排。**

(去走)(白)你不肯救驾,我难道罢了不成?我且站在此间,等忠义之人到来,一同救出太子。太子日后登了龙位,将你今日不肯救驾之事,一一奏与太子爷知道,将你碎尸万段,那时节悔之晚矣。(小生)阿呀,了不得,了不得。舌头本是钩引线,从空钓出是非来。我陈琳聪明半世,懵懂④一时,未知太子是真是假,倒被他缠住在此。寇妹。(小旦)陈公公。(小生)既是太子,有何为记?(小旦)现有金丸为记。(小生)待咱看来。阿唷,果然是太子。捧正了。奴婢陈琳见驾,愿太子爷千岁。(小旦)寇承御代驾平身。(小生)千千岁。(小旦)陈公公,将太子快快抱去。(小生)且慢。你是妇人家,怀内可以怀得;咱是男子汉,怀到禁门之上,倘若把门的盘诘,这怎的处?(小

---

① 处裁,底本作"处哉",《绍兴高腔选萃》本作"取裁(裁)"。"处裁""取裁"义同。

② 摆,《绍兴高腔选萃》本作"摆划"。

③ 目今,底本作"莫今",据 195-1-135 总纲本、《绍兴高腔选萃》本改。目今,现在,眼下。

④ 懵懂,调腔抄本亦作"朦朣",同"懵懂",意为糊涂。

旦)陈公公,你手中拿的什么东西? (小生)这是妆盒。(小旦)妆盒里面可以藏得太子。(小生)又来了。盒无窍眼,可不将太子闭坏了? (小旦)陈公公,我有金簪在此,打通几个窍眼,就不闭坏了。(小生)好。正是有志妇人,赛一个读书君子。取金簪过来。(小旦)晓得。(小生)待我打通几个窍眼。寇妹,咱和你一同救出太子,倘日后事露,须要各不许攀扯。(小旦)待我对天盟下誓来。天地神明,日月三光,我寇承御与陈公公,一同救出太子,倘日后事露,须要各不许攀扯。(小生)若有攀扯者。(小旦)天不盖,地不载。(小生)好。改祸呈祥,(小旦)逢凶化吉。(小生)将太子抱过来。(小旦)晓得。(同唱)

【佚名】抱太子盒中放,抱太子盒中放,又不该怀内搵。太子爷,你乃是一国之主,今日在妆盒里面藏埋,所谓何来? 都只为刘娘娘与李娘娘,结下了海样深的冤仇,因此上俺陈琳与寇承御,担着了天样大的利害。你那里屈着身儿难回转,愁着眉儿怎舒开? 非是俺陈琳救主公无宽待①,自古成人、成人不自在。

(小生)且喜带得皇封宝号在此,待我封将起来,行到禁门之上,谁人敢开? 有是一说,寇妹,方才的言语,须要紧记。(小旦)须要牢记。(小生)须要一则一。(小旦)须要二则二。(小生)忠臣不怕死,(小旦)怕死岂忠臣? (小生)好,好一个"怕死岂忠臣"。(小旦)我双手分②开生死路,翻身跳出是非门。(下)(小生)寇妹,方才的言语,须要紧记,须要牢记。寇妹,寇妹吓! 吓,你把天样大的事情,摞在咱的身上,就跑去了。你会跑,我难道不会跑? 大家跑他的娘。(内叫)阿呀,有些去不通。我陈琳未行三五步,太子盒内连叫两三声。也罢,圣天子有神灵护佑,大将军有八面威风。我紧步行将

---

① "公"下底本有"中"字,据195-1-135总纲本、《绍兴高腔选萃》本删。按,此句《词林摘艳》本《抱妆盒》杂剧作"非是我救主公无宽大",《元曲选》本《抱妆盒》杂剧作"则我这救主的空生受"。

② "手"字底本脱,据195-1-135总纲本、《绍兴高腔选萃》本补。分,《绍兴高腔选萃》本作"劈"。

去,从天降福来。(唱)

【前腔】手捧着妆盒子,手捧着妆盒子,怀揣着愁布袋。(内叫)往那里跑哩?(小生)呔,狗杂的,我陈公公都不认得。(内)既是陈公公,去罢。(小生唱)**我未出宫门先忧头白,俺陈琳虽然不曾遭横祸,敕禁的妆盒里面藏非灾。寇宫人你那里喜孜孜回宫去也,把这祸头儿,揣揣将过来。**(下)

<h2 style="text-align:center">盘　盒</h2>

老旦(刘后)、小生(陈琳)、小旦(寇承御)

(老旦上)(白)事不关心,关心者乱。我乃刘后是也。只因冷宫中,李妃产生一子,我心中不忿。我命寇承御到冷宫中,将此子抱出,与他裙刀一把,叫他刺死在金水桥下。人去已久,怎的不见回复?(小生内①)跑哩。(老旦)你看,那边来的好似陈琳模样。我且坐在沉香亭畔,看他慌慌张张,往那里去。正是,要知心腹事,但听口中言。(小生上)跑哩。(唱)

寇宫人你那里喜孜孜回宫去也,把这祸头儿,揣揣将过来。

(老旦)陈琳。(小生)呀,不,不,不好了吓!(唱)

【佚名】**却原来是正宫皇后,正宫皇后,他便是闯将来。太子爷,你在七宝盒中权②忍耐,俺陈琳魂灵儿飞入在九霄云外。**(老旦白)陈琳。(小生)呀!(唱)**他逼得我身摇转,闪得我脚难抬③。好一似狗探汤不敢去向前迈,行一步如登了枉死城中,迈一迈、如上了摄魂台④。**

---

①　此"内"字及下文"小生上"的"上"字,底本未标,参照《绍兴高腔选萃》本及单角本补。

②　权,底本作"谁",据《绍兴高腔选萃》本及单角本改。

③　抬,底本作"退",据《绍兴高腔选萃》本及单角本改。

④　"向前迈"和"迈一迈"的"迈"字,底本及《绍兴高腔选萃》本作"埋",今改正。摄,底本作"失",摄、失方言音同,据《绍兴高腔选萃》本改。按,迈一迈、如上了摄魂台,《词林摘艳》本《抱妆盒》杂剧作"驀一驀如上吓魂台",《元曲选》本《抱妆盒》杂剧作"行一步如上摄魂台"。

（老旦）陈琳。（小生）我来，来了。奴婢陈琳见驾，愿娘娘千岁。（老旦）陈琳。

（小生）有。（老旦）你往那里来？（小生）往御果园中采办果品。（老旦）要他何

用？（小生）来日与南清宫八大王爷上寿。（老旦）这盒中什么东西？（小生）

俱是果品。（老旦）可有奸细？（小生）没有奸细。（老旦）可有夹带？（生）没有

夹带。（老旦）如此去罢。（小生）千岁。好也是好也！（唱）

【佚名】这的是你无灾，俺也无妨碍。如若是你命乖我命衰①**，留得我身遮得**

伊身在②**。今日得个尸首**③**完全，大家都来齐喝彩。**

（老旦）陈琳。（小生）呀！（唱）

【佚名】又听得叫陈琳，唬、唬得我魂不在。阿呀，太子爷吓！今日撞着催命

鬼的冤家，端的是你身亡，我也遭刑害。俺陈琳轻弃之辈，一死何足惜哉。

可怜你锦绣江山无后代④**，屈、屈死了小小一个婴孩。**

（老旦）陈琳。（小生）我来，来了。娘娘叫奴婢去了，为何又叫奴婢转来？（老

旦）陈琳。（小生）有。（老旦）你可知罪？（小生）奴婢不知。（老旦）我叫你去，

有似弩箭离弦；叫你转来，好似倒窜拔蛇⑤。去速来迟，其中必有夹带。

---

① 衰，底本作"丧"，据《绍兴高腔选萃》本改。

② "如若"至"伊身在"，底本经涂抹，今予恢复。按，此二句单角本或全或缺，如《妆

盒记》《后岳传》小生本（195-1-83）仅作"留得我身遮得伊身在"一句，光绪二十九年

（1903）"张贤云记"外、净、末等本（195-1-12）所抄《妆盒记》小生本作"（白）太子，你就撞

着催命鬼的冤家。（唱）你那里无妨害，留得我身横得意人然（遮得伊身在）"。相应内容，

《词林摘艳》本《抱妆盒》杂剧作"若是我无碍，你也无妨碍；若是你命衰，和咱也命衰。存

的我身在，遮的你身在"，《元曲选》本《抱妆盒》杂剧作"我若是无妨碍，你可也无妨碍；我

若是有患害，你可也有患害。只要得我命活，便留得你身在"，可知调腔本与《词林摘艳》

本关系密切。

③ "尸首"下底本尚有一"守"字，据各本删。

④ 此句底本作"可怜你顶江山盛后代"，"盛"或即"承"字；《绍兴高腔选萃》本作"可

怜他顶立江山无后代"；单角本一作"可怜你锦绣江山无人成（承）后代"，一作"可惜了锦

绣江山无人传后代"；《调腔曲牌集》作"可惜锦绣江山无后代"，据校改。

⑤ 倒窜拔蛇，底本"倒窜"作"刀屈"，《绍兴高腔选萃》本作"倒拔蛇"，据校改。倒窜

拔蛇，形容行步迟缓的样子。《元曲选》本《李逵负荆》杂剧第三折【集贤宾】："鲁智深似窜

里拔蛇，宋公明似毡上拖毛。"

（小生）奴婢恐违钦限，吃罪不起。（老旦）你把盒儿放下。（小生）容奴婢轻轻放下。（老旦）重些何妨？（小生）有恐损坏皇封。（老旦）容你轻轻放下。（小生）千岁。（老旦）你把盒中之事，一一奏来。（小生）千岁！（唱）

【风入松】这是六宫中的桃李斗争开，（老旦白）唔，谁问你六宫中事来？（小生）这是奴婢讲话的由头。（老旦）以后不许。（小生）千岁！（唱）**战巍巍脚根牢栽①。这的是东君有意降下甘来，因此上结果成胎。他在母腹之中摘得下来，天生颜色好红白。不近日晒怕见风筛②，因此上、妆盒里面藏埋。**

（老旦）石榴儿？（小生唱）

【佚名】石榴儿长在街，（老旦白）核桃儿？（小生唱）**核桃儿在门外。今宵果儿离了后宰，阿呀，是了么娘娘！君王李子苦尽甘来。当初移到帝王宅，开时不许游蜂采，只许君王爱。又不比武陵客，片片残红点点滴滴落在阶，因此上雨洒苍台，雨洒苍台。**

【佚名】心事般般猜，多因刘后怪。想当初娥皇③志常在，他名扬四海，声④传万载，名扬四海，声传万载，直等得吕后温习性儿有些歹⑤。

【佚名】俺待要学苏秦、张仪舌尖快，俺这里越分解，他那里越疑猜。脱空到

---

① 脚根牢栽，底本作"交格劳哉"，据《绍兴高腔选萃》本改。此句《词林摘艳》本《抱妆盒》杂剧作"另巍巍将根脚儿牢栽"，《元曲选》本"牢栽"作"培栽"。

② 筛，底本作"洒"，筛（筛茶）、洒方言音同，据改；195-1-135 总纲本及《绍兴高腔选萃》本作"吹"。

③ "娥皇"下底本有"帝"字，据 195-1-135 总纲本、《绍兴高腔选萃》本删。娥皇，尧女，舜妻。相传帝舜卒于苍梧之野，娥皇、女英二妃相思恸哭，死于江湘之间。

④ 声，底本作"圣"，据 195-1-135 总纲本改。

⑤ 温习，底本作"温在"。按，《词林摘艳》本《抱妆盒》杂剧【隔尾】："休交人道娘娘所事般般煞，休交多情似吕氏乖，则学那娥皇志常在。名传万载，声扬四海，更和那武氏温习的性儿歹。"据改。又，此句单本或作"直等到吕后温存心儿里有些怪"，《绍兴高腔选萃》本作"直等得李后温存，心儿里有些乖"。吕后，汉高祖刘邦的皇后。惠帝即位后，吕后虐杀刘邦宠姬戚夫人，毒死赵王如意。

底终须败①,这事儿好叫我难布摆②。(老旦白)快快打开来。(小生唱)娘娘要揭开,娘娘若要揭开妆盒盖,这便是奴婢祸到头来③,祸到头来。

(老旦)快快打开来。(小生唱)

【佚名】见、见娘娘走向前来,阿呀开是开不得的了么娘娘!娘娘若要揭开妆盒盖,则除非同到金銮万岁台。看过真假,问过明白,看过真假,问过明白,那时节方开盒盖,方开盒盖。

(老旦)快快打开来。(小生)娘娘动也动不得底。(小旦上)启娘娘,万岁驾临正宫。(老旦)平身。(小旦)千岁。(老旦)狗才!若不是万岁驾临我宫,我要盘你狗才一死。正是君命召,不俟驾而行。(下)(小旦)陈公公,娘娘去了,快些走吓。(小生)寇妹,太子还了你。(小旦)啐!(小生唱)

【佚名】见、见一人走向前来,好一似万岁青天把眼开。一来免死与陈琳④,二来搭救小婴孩。两步忙来一步踩⑤,无是无非出后宰,成就江山万万载。(下)

上　寿

老生(八大王)、小生(陈琳)

(老生上)(引)洪福与天高,皆赖皇恩宠耀。(白)理明过湖乐乐,四海清宁无

---

① 此句底本作"有恐到底战虚败",《绍兴高腔选萃》本作"恐怕祸到头来成虚败",195-1-135总纲本句前较彼多一"子(只)"字;单角本俗化作"祸到头来成虚化(话)／虚败",据《抱妆盒》杂剧改。"脱空到底终须败"系宋元俗语,意为弄虚作假的事情终会败露。脱空,说谎,欺诈。

② 布摆,单角本或作"摆为""摆怀""摆迴",即"摆划",《绍兴高腔选萃》本正作"摆划"。按,此句《词林摘艳》本《抱妆盒》杂剧作"可交我怎刮划","摆划"同"刮划",也作"擘画",意为筹划,计划。

③ "来"字底本脱,据《绍兴高腔选萃》本及单角本补。

④ 此句195-1-135总纲本、《绍兴高腔选萃》本及195-1-65本作"一来鬼使神差",与《抱妆盒》杂剧【采茶歌】"一来是鬼神差"较合。

⑤ 踩,底本作"扯",单角本或作"採",或作"踹"。按,"採"同"踩"。"踩踏"的"踩"字形体出现较晚,早期或作"跐""採""躧"等形。

何为。朝中迎情归衙咱①，正是摆宴祝寿齐。孤家南清宫，八大王是也。今日乃是孤家寿日，恐有文武百官到来庆贺。内侍。（太监）千岁。（老生）把守宫门，文武百官到来，即忙通报。（太监）领旨。（小生上）（引）钦差奉圣命，来到皇宫院。养育守全在，掌管山河台。（白）金殿当头紫阁重，仙人掌上玉芙蓉。太平太子朝元日，五色云车驾六龙②。咱宫穿宫内监，陈琳便是。奉主之命，到御果园中采办果品，今日与南清宫八大王爷上寿。来此已是王爷殿下，不免挨身而进。奴婢陈琳见驾，愿大王爷千岁。（老生）陈琳。（小生）有。（老生）你到来何事？（小生）奴婢领了我主之意，到御果园中采办果品，一来献新，二来上寿，与大王爷贺千秋。（老生）好，亏你圣上，年年记得。内侍。（太监）千岁。（老生）快摆香案，待孤家接旨。（太监）领旨。（老生）臣愿吾皇万岁，万万岁。吓，陈琳，这盒中什么果品，待孤家揭开一看。呀！（唱）

【佚名】却原来小小婴孩，这婴孩他是谁家子那家儿，因甚的却把妆盒盖，却把妆盒盖，你那里送将来？何不去献上亲王，兀的不是心头猜。（小生唱）陈琳特地奉钦差，特地奉钦差，命我到御果园中采办桃梨来③，与千岁庆寿隆恩爱，庆寿隆恩爱。

（老生）唔。（唱）

【佚名】这话儿不明白，这话儿不明白，好教我心头猜。（小生唱）陈琳领了我主之意，命我到御果园中采办果品，行到金水桥边遇着裙钗。他那里怀抱婴孩，喜孜孜、揣④将过来，好一个女裙钗，好一个女裙钗。（老生）吓，陈琳，那裙钗是谁家之女？（小生）千岁吓！（唱）那裙钗，亦非是卑下之人，就是宫中之

---

① "理明过湖乐乐"和"朝中迎情归衙咱"，底本如此，有脱误。

② 此定场诗系唐王建诗。仙、朝元、车、龙，底本作"选""召绿""中""弄"，据原诗改正。

③ 桃梨来，《俗文学丛刊》第一辑第 49 册所收北京高腔《妆盒记·收养》相应内容作"桃李奈"，可从。

④ 揣，底本作"扯"，据文义改。

女,名唤寇承御。只因、李娘娘产生太子,刘娘娘心生嫉妒,命宫人到冷宫之中,抱出太子,赐他裙刀一把,将太子刺死在御河。我想、圣天子有神灵护佑,大将军有八面威风,是陈琳受了千辛万苦,将太子送来千岁收留,抚养成人长大,日后太子掌管江山后代了么太子爷!因此上送将来。

(老生)阿唷,且住。我看陈琳语言不明,俺这里难以收留。吓,陈琳。(小生)有。(老生)你将太子送到大户人家收留,日后太子登了龙位,待孤家达上一本,封你大大的官儿便了。(小生)阿呀,千岁吓!(唱)

【佚名】是了么千岁爷!你是他皇亲伯父,尚且不肯收留,何况庶民百姓也敢收留了么太子爷!你那里不收留,李娘娘养育恩何在,万岁江山却教谁来主宰①?

(老生)吓,陈琳,你来调谎②孤家,何等之罪?(小生)呀阿,千岁吓!奴婢怎敢调谎千岁?千岁既不肯收留,也罢,俺与太子触阶而死。(老生)且慢。看陈琳公孙杵臼救主之心,倒有一点忠心。陈琳,既是太子,有何为记?(小生)现有金丸为记。(老生)待孤家看来。阿唷,果然是太子,待孤家收留在此,你将太子怀抱过来。(小生)领旨。(唱)

【佚名】好了么太子爷!千岁既肯收留与你,可比做甚的而来?好一似潜龙得水归苍海,潜龙得水归苍海,日后飞腾上九霄,多蒙千岁赐恩爱,陈琳才得放心怀。上出真龙,日后兴万载。(完)(下)

---

① 主宰,底本作"珠者",据《金丸记》第二十三出《留孤》【三学士】改。

② 调谎,底本作"调况",下文"调谎"底本作"调荒",谎、荒、况方言音近,今改正。

一二 三元记

明初南戏,即《商辂三元记》,《南词叙录》"本朝"类著录。新昌县档案馆藏调腔抄本所见有《观画》《教子》《捷报》三出,其中仅光绪十四年(1888)潘秀正旦本(案卷号195-1-50)抄有《观画》,惜底部残损甚多。复旦大学图书馆藏清光绪六年(1880)杨文元抄本有《观画》《教子》两出,《绍兴高腔选萃》收有《教子》出。

调腔《三元记》剧叙秦雪梅游览未婚夫商霖的书斋,历览墙上所挂春夏秋冬四景图画,分别予以品题。先时,商霖在秦府瞥见雪梅,思念成疾。因秦府拒不招白衣女婿,二老推养女爱玉入房,以疗商霖心病,但商霖仍不幸身亡。商霖殁后,雪梅过门抚养遗腹子商辂。一日,商辂与人吵嘴打架,贪玩晚归,雪梅督查功课,商辂触怒母亲,雪梅剪断机头。公公、婆婆上堂询问缘故,得知情由后,公公回溯往事,感伤之余,二老请求雪梅不放弃对商辂的教导。商辂悔过,雪梅应允继续加以教导。经过了十六年寒暑,商辂连中三元,捷报传来,雪梅大感慰藉。

本次整理,《观画》据杨文元抄本校订,校以单角本;《教子》据《绍兴高腔选萃》本校订,校以杨文元抄本和正旦、小旦、外单角本;《捷报》据单角本校订,其中院子部分根据文义并参照《善本戏曲丛刊》第二辑所收《歌林拾翠》本补出。《从"余姚腔"到"调腔"》一文所记绍兴的调腔《三元捷报》片段①,与新昌县档案馆藏抄本所见差异较大,今移录于后,以资考证。

在曲牌名题写上,《观画》出杨文元抄本和《观画》《教子》两出单角本均题有尾声。《调腔曲牌集》以《教子》出首两曲为【一江风】,以"才到街头"至"未曾究考"和"靠着你公婆"至"能说不能行"为两支【不是路】,以"为甚的空房独守"至"剪断机头断了机头"为【水月晶花】,以"回首觑高堂"至"商门有靠"为【不是路】。但绳之以词式和曲谱,《调腔曲牌集》的曲牌名题写和曲文划分不尽可信,现仅据以补题前一处【不是路】,其余在曲文起讫方面作了重订。

---

① 参见华东戏曲研究院编审室资料研究组:《从"余姚腔"到"调腔"》,华东戏曲研究院编:《华东戏曲剧种介绍》第五集,新文艺出版社,1955,第49页,后收入蒋星煜:《中国戏曲史钩沉》,中州书画社,1982,第63—64页。

观　画

正旦(秦雪梅)

(正旦上)(唱)

【佚名】春融门外池生草,夜来花落知多少。暂停针指向书窗,把四壁丹青究考。(白)忆昔蓝桥水,难断藕中丝。懒点樱桃口,浓描柳叶眉。奴家,秦氏雪梅,闻得商郎,题诗书馆,不免悄向书斋,闲步一回。正是款款金莲小,匆匆叠步忙。潜身离绣阁,不觉到书房。来此已是,不免而入。妙吓!果然好一所幽雅书斋,正是凡间增福地,世上小蓬莱。这是雪窗兰、韩干马、所翁龙、十八学士登仙路①,那边桂花图上,墨路鲜妍,想是题的诗句,待奴近前看来。

(唱)霜露凄凄冷落时,金葩玉粒吐威仪。来年八月秋风动,定折蟾宫第一枝。

(白)好一个"蟾宫第一枝"。看他题又题得高,写又写得好,果有王羲之笔法、曹子建才能。(唱)

【佚名】(起板)且看他题笔写丹青②,看来时不由人展转堪称。(白)诗句看完,本待回去了。奴家难得到此,且把四壁古画一观。这是春景了。(唱)兰亭修禊暮春时,笔蘸浓云漫赋诗。文集已成奎壁灿③,令人千载仰羲之。(白)此乃王羲之的故事。(唱)永和九年,岁在癸丑,茂林修竹,兰亭修禊,此处有崇山峻岭,正好修身隐寓,这春景画的是流觞曲水,群贤毕集兰亭。(白)那边西廊下,有幅小画,不知甚么,待奴看来。呀!(唱)但见他杏眼桃腮柳叶眉,轻盈

---

① 雪窗兰、龙,底本作"薛昌狼""结",据《歌林拾翠》二集《三元记·雪梅观画》改。

② 句前195-1-50本尚有"漫看他胸中锦绣"一句。题,195-1-50本作"随","随"当作"垂",二字方言音同,明富春堂《三元记》第九折和《歌林拾翠》本【泣颜回】第一支正作"垂"。

③ 奎壁灿,底本作"辉碧彩",195-1-50本作"魁笔惨",《歌林拾翠》本【泣颜回】第一支作"文学已成奎壁灿",据校改。奎壁,即二十八星宿之奎和壁,二宿主文运。

体态压西施。唐帝欢来浑不醒,海棠睡①醉扶归,杨妃酩酊②。我想贵妃容貌虽好,他的德行有亏,终日与唐王,在宫中排筵宴饮御酒,不理朝纲不治国政,吃得醉醺醺。笑他全不知天里命,贪恋酒色荒朝政③。(白)我想贵妃,乃无行之妇,悬挂此间,倘有太师转来,仁观之何雅? 不免收了他罢。且住,有道"父在子不得自专"。(唱)我今收了此画不知紧要,倘被爹爹朝罢回来,问起缘由,将何言答应? 我自有一个道理,移步转家庭,将此事禀告我那娘亲,传④达于爹尊,命安童收了伤风败俗的美人图,此画断不可留存。正是见贤思齐焉,见不贤而内自省。我猛抬头,忽见商郎的诗句,不由人留情。见了贵妃画图,好叫我惹恨牵情。

　　(白)春景看完,再看夏景如何。(唱)

【前腔】新荷泛绿涌波心,(起板)浑如解语与娉婷。凉亭暑间,绿景阴浓夏日长,倚栏闲⑤赏芰荷香。披襟玩⑥乐徘徊久,不觉林西又夕阳。(白)这是周茂叔观莲的故事。他日爱荷花,号为濂溪先生,曾有爱莲亭诗句。(唱)荷花初出水,愁杀荡舟人,周濂溪是曾向吟咏。(白)上面有两位老者下棋,有两位在旁观看,又不知什么。原来东园公⑦、夏黄公、绮里季、角里先生,四人称为"商山四皓",只因秦楚世乱,隐居山中。后来汉朝得了天下,屡召四人为官,四人至汉而曰:(唱)他道标名不如埋名好,出仕无如隐士高。终日无虑无忧,只得把围棋散闷。可人处,风从花里过来香,水向石边流出冷。观鸳鸯宿食飞鸣,可羡良工心地明,妙容画出巧丹青。宿的宿来食的食,飞的飞来鸣的鸣,觑鸳鸯宿食飞鸣。天下江山皆笔力,世间万物属毫端,毫端造化由人。

---

　　① 睡,《歌林拾翠》本作"娇艳"。

　　② "酊"字底本脱,195-1-50 本此句作"却原来是杨贵妃名盯(酩酊)",据补。

　　③ "吃得"至"朝政",底本原无,据 195-1-50 本补。

　　④ 传,底本作"新",据 195-1-50 本改。

　　⑤ "闲"字底本脱,据 195-1-50 本补。

　　⑥ 玩,底本作"快",据 195-1-50 本改。

　　⑦ 东园公,底本作"董王公",195-1-50 本作"东桓公",今改正。

（白）夏景看完，这是秋景了。（唱）

【佚名】一片白云青山内，一片白云青山外。青山内外有白云，白云飞去青山在。楚山云，云连山①水水连云。秋来景只见败叶梧桐，欲落而不落，欲凋而不凋，败叶梧桐②落无声，飞不着径。五斗徒劳懒折腰，门栽五柳自逍遥。凤凰不与鸡争食，莫怪先生懒折腰。归去也，陶潜解印③，童仆欢迎，稚子在候门立等。三径就荒，松菊犹存，兀的不是福地三山，福地三山，潇湘八景。有老叟呼童提琴投奔，杖藜扶过小桥东，伯牙善抚琴。（白）伯牙善弹琴，子期善听。伯牙弹一曲④，子期曰："高山之上，巍巍乎。"伯牙又弹一曲，志在流水兮，子期曰："流水之下⑤，洋洋乎。"后来子期亡过，伯牙断弦不抚。（唱）忆昔钟期不复生，如何画出巧丹青。高山流水⑥依然在，怎⑦奈林下无人洗耳听。自从故人亡过，闻者少知者稀，枉弹尽高山流水少知音。

（白）秋景看完，再看冬景如何。（唱）

【前腔】梅为兄竹为友，松号大夫名不朽。虽然松柏耐岁寒，惟有寒梅独占称⑧魁首。长青，松本坚心，竹能青挺，梅有清香，使奴家闻之不胜⑨。（白）当初爹娘，将奴取名雪梅，原来应物而取。（唱）我想百花俱有游蜂采，惟有寒梅斗雪开，奴比寒梅斗雪开，那游蜂怎敢采？思量起无可报答我那爹娘，就将松柏可比椿萱，亭亭松柏栋梁身，越是⑩千年寿算龄。能与乾坤争气概，苍苍

---

① "山"字底本脱，据 195-1-50 本补。

② "败叶梧桐"四字底本脱，据 195-1-50 本补。

③ 陶潜解印，底本作"昔潜皆隐"，195-1-50 本作"只见道见见因"，即"只见陶潜解印"，据改。

④ "子期"至"弹一曲"，底本脱，据 195-1-50 本校补。

⑤ 流水之下，底本作"流水中"，据 195-1-50 本改。

⑥ "流水"二字底本脱，据 195-1-50 本补。

⑦ "怎"字下底本小字插入"见得"二字，据 195-1-50 本删。

⑧ 称，底本作"春"，据 195-1-50 本改。

⑨ 闻之不胜，底本脱"不"字，195-1-50 本作"闻之不定"，据补。按，富春堂本、《歌林拾翠》本作"闻时不定"。

⑩ 越是，底本作"越算"，涉下而误，今改正。

松柏长精神,老爹娘有如松柏一般了,桑榆暮景。越老越精神,长昌盛,颜色不改、不改四时新。

【尾声】世间万物皆根本,惟有丹青笔画成。画龙画虎难画骨,惟有人心画不真。(下)

教　子

正旦(秦雪梅)、丑(蔡童)、小生(商辂)、外(公公)、丑(婆婆)、小旦(爱玉)

(正旦上)(唱)

【佚名】家筵尽有,亏先人费尽了多少机谋。儿孙能守,方知道创业难求。床头万贯终须有,海水茫茫要远流。勤守,为人的不可一日无谋,一日无谋。

(丑上)(白)忙忙走,走忙忙,可恨辂儿太猖狂。有母生来没父养,无父儿子称什么强,走到他家闹一场。到者,眼里水无者。吓,有哉!涎吐当得眼泪水。呵呀!辂儿打杀人,里头有娘,走个出来,贤惠贤惠。(正旦)你是那里来的?(丑)我是蔡家来个。(正旦)因何而打?(丑)今日先生不在,大家出了书院门。我话撒尿塑烂泥菩萨,那辂儿说道吟诗答对,我说没得先生,乃辂儿当得先生,毛葛卵当得学生,要我做盗生①。(正旦)学生。(丑)嗄,学生。那辂儿出了一个课头,说道"墙角梅开",毛葛卵说"园中李长",我说"乡下老人"。园中李长②勿打,做我乡下老人打者。(正旦)后来便怎么?(丑)后来让得我一个字。"三竿竹",毛葛卵说"一枝花",我说"孔一文"。一枝花是半边③,孔一文是圆个。半边勿打,做我圆个打者哩。(正旦)你不要哭,待我拿些果儿与你吃。(丑)是狗入④要果子吃。呕乃辂儿走出来,个

---

① 毛葛卵,方言,莽汉。盗生,私生子。
② 园中李长,谐音"县中里长"。
③ 俗语云"花开两朵,各表一枝",故说"一枝花是半边"。
④ 狗入,亦作"狗貪",明清文献中又写作"直"或"日",系秽词,交媾之意。

对个打,打勿过,一个铜钱勿值。喂,恁真有果子么?喏喏,一个橘子跌落者。我闻得辂儿二个娘、一个爹,我问伊一声,你还是辂儿亲娘呢,晚娘?(正旦)咳,我是他亲娘。(丑)难会亲娘,勿然错杀的晚娘。(正旦)畜生,还不走!(丑)小子本姓蔡,一向会作赖。骗些果儿吃,强①如做买卖。(丑下)(正旦)畜生吓,畜生,看你怎来见我!(唱)

【前腔】思之春与秋,悄不觉三五光阴去了休。为儿守节,方知道岁月难留。一心要学孟轲母,只恐怕画虎不成反类其狗②。枉守③,费尽了多少灯盏无油,灯盏无油。

(小生上)(唱)

【不是路】才到街头,兄弟相邀打戏球④。久淹留,高堂二母望疑眸,转过了娘的跟前忙顿首。(正旦唱)我儿曹⑤,今朝文学⑥攻多少,背与娘听解娘的烦恼。(小生唱)娘听告,先生人请饮香醪,因此上未曾究考,未曾究考。

(白)母亲,孩儿要饭吃。(正旦)背了书吃饭。(小生)吃了饭背书。(正旦)背了书吃饭。(小生)先生不在。(正旦)就把昨日之书背来。(小生)孩儿忘了起头。(正旦)为娘与你起头。(小生)多谢母亲。(正旦)"曾子曰"。(小生)"曾子曰"。(正旦)"吾日三省吾身"。(小生)"吾日三省吾身"。(正旦)"为人谋而不忠乎"。(小生)"为人谋而不忠乎"。(正旦)背下去。(小生)"背下去"。(正旦)呃,畜生,我道你在学堂攻书,原来与人折打。(小生)吓,母亲,那个来告诉你的?(正旦)方才蔡家学子,手拿石块,赶上门来,要打死你的畜生。(小生)母亲,蔡家学子吟诗,吟诗孩儿不过;答对,答对孩儿不过。

---

① 强,底本作"长",强、长方言音近,据改。

② 狗,底本作"犬",据富春堂本第二十六折、《歌林拾翠》二集《三元记·断机教子》【甘州歌】第二支改。

③ 枉守,底本作"尽(勤)守",据单角本改。

④ 此句底本作"兄弟相逢戏邀球",据杨文元抄本改。

⑤ 曹,底本作"在",据单角本改。

⑥ 学,底本作"语",据单角本改。

我不去打他,反要赶上门来打我。待孩儿手拿石块,赶上门去打还。(正旦)住了。你不去打别人,别人怎敢来打你?你不去骂别人,别人焉敢来骂你?别人家与人折打,或者父在前,子在后,兄在前,弟在后,你回头一望,前后两空。(唱)

【佚名】靠着你公婆,公婆年老;靠着你爹爹,不幸你爹爹亡早。靠着你两个娘亲,你娘亲乃是①女流之辈,能说不能够行了,我的儿!为甚的空房独守,守的个有前没后?莫道登天步月难,青灯黄卷要勤观。眼前举子轰轰烈,未必生成便做官。我的儿!实指望坐朝荣耀,你是个男子汉大丈夫,必须要学班超万里去觅封侯。(小生白)今日不读,自有来日;今年不学,自有来年。(正旦)住了!(唱)有道是一寸光阴一寸金,寸金难买寸光阴。失却寸金有寻处,失却光阴那里寻?畜生吓!为人须要惜光阴。(小生白)马来!(正旦)我对你讲,全然不听。(唱)今日里不即留②,异日焉能成就?(白)畜生看打!(小生)大娘打那个?(正旦)打死你的畜生。(小生)大娘自己生个儿子打,打别人家儿子,谁要你打?好不识羞吓!(正旦唱)呵吓,罢了天!秦氏雪梅在此关门养虎,虎大伤人,我在此枉守了。(白)且住。他小小年纪,那里晓得?毕竟有人教导他的,待我问个明白。辂儿过来。(小生)大娘要打的。(正旦)不来打你。方才这句言语,敢是公公教你的?(小生)不是。(正旦)敢是婆婆教你的?(小生)也不是。(正旦)敢是二娘?(小生)一发不是了。(正旦)小小年纪,那里晓得?(小生)早早晓得,只是不说。(正旦)你好生得乖。(小生)不乖不说出来了。(正旦)你好忘本太早!(唱)听说言辞尽惨然,抬头那得见青天?虽然不是你亲生母,也曾与你爹爹结下缘。娘亲从今后,有手不来打你,有口不来

---

① 你娘亲乃是,底本作"那",据杨文元抄本及单角本改。
② 即留,同"唧溜""鲫溜",聪明,敏快。详见《黄金印·前不第》【不是路】第一支"自恨当初不即留"注。

骂你,成龙成虎任①你游,我好没来由,一点良心付与水东流。良言相劝反为仇,我如今空自守。嗳,商郎夫! 你在鬼门关上相等候,你妻子不久相逢到九洲。罢休,到如今织什么机教什么子,倒不如剪断机头,断了机头。

(小生)公公快来! (外、丑上)(合唱)

【佚名】老公婆年纪衰老,叹媳妇青年节操。我孩儿学不得曾参行孝,倒做了颜回丧早。(丑白)辂儿,那个打你,在此啼哭? (小生)婆婆,大娘道我会读书,不会吃饭,在此打我。(丑)乱话,会读书不会吃饭要打,会吃饭不会读书,只将我杀者。(外)咳,妈妈! (唱)**敢只是倚大压小?** (丑白)你请坐了。待我过去,说他几句。媳妇小姐,你却不是了。当初为婆与你说过,说道寡妇寡妇,四十难过;过了四十,遂称寡妇。你今守节不过,把我的孙儿来出气么? 我孙儿可有一比,可比一轮月,我们一家人,可比一天星。一天星,单单靠着这轮月。(拖白)你有心教其子,何必苦禁持? (唱②)**商家惟有这根苗,为何打得他哭号嗨泪鲛绡③? 你不生不养不知痛痒,寡妇们心肠不好,心肠烂了。**

(白)世间惟有三般毒,油煎豆腐猪婆肉,惟有寡妇心肠毒,毒毒! (小旦上)

(唱)

【前腔】忽听机房闹吵,向前去问个分晓。(白)公婆万福。(丑)万福,万福,你的儿子,被别人打得啼啼哭哭。(小旦)吓! (唱)**公婆烦恼在中堂,贤姐姐闷坐在机房,辂儿在旁啼哭,晓得了,敢则辂儿不肖,为甚的机头断了? 莫不是公婆年纪老,语言有些颠倒? 为只为辂儿不肖,令得贤姊姊在此耽烦受恼,耽烦受恼。**

【前腔】(正旦唱)**贤妹妹且听告,非是我成功毁却,为只为辂儿不肖。他书不读来字不写,上长街与学子们去寻非争闹。**(小旦白)公公怎讲? (正旦唱)**公公道**

---

① 任,底本作"凭",杨文元抄本和单角本作"甚",即"恁"之讹,这里同"任"。晚清《三婚招》总纲本(195-1-102)"恁"书作"凭",是二字易混。

② 此"唱"字底本未标,据杨文元抄本补。

③ 号嗨、鲛绡,底本作"潮淘""绞绡",今改正。泪鲛绡,指泪水沾湿手帕。

奴家倚大压小,(小旦白)婆婆怎说?(正旦唱)**若说婆婆的言语,莫说是奴家,就是贤妹闻之,毕竟是惨然了么妹妹!** 他说道寡妇们心肠不好,心肠烂了。不以我为德,反将我为仇,从今后你的儿子自去教,我也不来苦相饶。我若再来教,又恐怕恩将仇报。

【前腔】(小旦唱)**却原来辂儿不肖,只令得大娘焦躁。**(白)畜生,你道大娘何等之人?(丑)皇后娘娘。(小旦)他是丞相之女,千金之体。(丑)一目了然。(小旦唱)**他不图陶朱富豪,甘守着共姜**①**节操。他也曾辟纑**②**伴读训儿曹,比孟母、比孟母古今稀少。**(白)有道是"过而能改,上等之人;过而不改,下流之辈"。(唱)**你今不听大娘三迁教,只怕你伶仃流落,流落伶仃,我的儿! 必做沟渠饿莩。**

【前腔】**贤姐姐容奴哀告,一来看公婆年老,二来看良人丧早,三来看贱妾薄面,仍旧把辂儿教导,教导他超群显耀。慢说公婆与奴家,商官人死在地府阴司九泉之下,感恩怀抱,你的名儿青史**③**名标。**

(白)为人莫道成人易,不打黄荆教不成。(丑)我啰哩④看得,好饲猪娘去者。(小旦下⑤)(外)谁是谁非,上堂来讲。(丑)可听见公公说,谁是谁非,上床来讲。(小生)婆婆,上堂。(丑)嘎,上堂,上堂。(正旦唱)

【前腔】**老公婆容媳妇奉告,**(外白)你敢学断机孟母?(正旦唱)**你媳妇怎学得断机孟母,为只为辂儿不肖。书不读来字不写,上长街与学子们去寻非争闹。**

(外白)他在书房,你在机房,那里知道?(正旦)方才蔡家学子,手拿石块,赶上

---

①　共姜,底本作"冰霜",据杨文元抄本及单角本校改。共姜,《诗经·鄘风·柏舟》毛序:"《柏舟》,共姜自誓也。卫世子共伯蚤死,其妻守义,父母欲夺而嫁之,誓而弗许,故作是诗以绝之。"后世将共姜引为守节典范。

②　辟纑,底本作"此儿",单角本作"闭门",杨文元抄本作"撇",据《歌林拾翠》本改。辟纑,治麻。

③　青史,底本作"钦赐",据单角本改。

④　啰哩,同"罗里",方言,哪里。啰(罗),方言疑问代词,哪,谁。

⑤　此处丑白和小旦下场,以及下文"小旦内白"的"内"字,底本未标,据杨文元抄本补。

门来,口口声声,要打这畜生,是媳妇赔得小心,才得回去。后来辂儿回来,意欲打他几下,禁他下次。(唱)**谁想他出言回拗。**(外白)他说什么来?(正旦唱)**道媳妇不是他亲生母,**(外白)他年纪小。(正旦唱)**呵吓! 老公婆道他年纪小,他人小心不小,说来话儿如山倒。不以我为德,反将我为仇,从今后断机为誓,永不教导**①**,把教子之心,尽皆撇掉。**

(丑)原告过者,被告来。(小生唱)

【前腔】**老公婆容孙儿一言哀告,**(外白)你为人心傲。(小生唱)**非是为人心傲,先生人请饮香醪,因此离了书斋,上长街与学子们撮球戏笑。**(白)蔡家学子,骂得孙儿不好。(外)他骂你什么来?(小生唱)**他骂我无父训教,又骂我水上浮藻**②。(外白)小小年纪,晓得什么水上浮藻!(小生)水上浮藻,有什么好处。(唱)**没根没底没下梢**③**,回来正要告诉娘知道,谁想他把圣贤究考。**(白)大娘好好问孙儿,孙儿还背得出。(丑)我个肉吓,吪拾落落里介④会得背个。(小生唱)**手儿里拿着一根荆条,唬得乱慌慌,一霎时寻思不到。只因一句话儿道错了,恼得大娘眼中流血,心内成焦,眼中流血,心内成焦**⑤**,怒轰轰把机头断了。吓呀,大娘吓! 有道是天能盖地,大能容小,此事总是儿不肖,望大娘轻恕来轻饶,饶过这遭。**

(丑)教不教?(小生)不教。(丑)杀开,请个余姚先生,告告辂儿罢者⑥。(外)这些事情,俱是你老乞婆之故。(丑)为啥是我之故?(外)一出门来,就说寡妇们心肠不好。(丑)你说道倚大压小。(外)我只有一句。(丑)瞎个狗娼⑦

---

① "教导"二字底本脱,据杨文元抄本及单角本补。

② 藻,底本作"荸",《游龙传》第五号"轻觑着水浪浮藻"之"藻"同。"荸"当作"藻","藻"为浮萍。《尔雅·释草》"萍,薸"郭璞注:"水中浮薸,江东谓之藻。"《释文》:"藻,音瓢。"

③ 没下梢,喻指没有好收场,没有好结局。梢,植物的末梢,引申为事物的末端。

④ 拾落落,同"实落落",确实,实在。"里"为后缀,"介"是助词。

⑤ 此处底本未叠,据杨文元抄本和《调腔曲牌集》改。

⑥ 告,"教"的方言白读音。辂儿,底本作"洛",今改正。

⑦ 狗娼,亦作"狗猖",詈词。

有两句话。（外）你到媳妇小姐跟前，赔个小心。（丑）他是小，我是大，我不去。（外）你不去，我就打。（丑）我去我去。老夫老妻，像啥个样？唅，媳妇小姐，二老不识事务，一抓抓将出来。（小生）婆婆，走将出来。（丑）走勿动，少勿得爬个日子来里。你若怪我两个老人家，只当怪猪怪狗。（外）唔。老乞婆，三两句言语不会讲，连猪狗比出来了。（丑）我是话勿话个。（外）站开。（丑）呕。（外）媳妇小姐，请来见礼。（丑）嘎，要是介个。（正旦）公婆万福。（外）请坐。容老汉一言相劝。当初寒门与府上指腹为婚，割巾为聘。后来亡儿到府上攻书，不知那里观见小姐容颜，染成一病而回。老汉央媒说亲，令尊大人说三代不招白衣女婿，若要我女洞房花烛夜，除非金榜题名时。亡儿一闻此言，病体愈加沉重，求神不灵，服药无效。老汉无计可施，只得将爱玉推入房中，叠被铺床，煎药煮粥。不想做了五月夫妻，倒有三月怀孕在身①。幸得天怜念，不绝商门之后。嗻嗻，生下这不肖畜生，多蒙媳妇小姐抚养成人。今日若不教导这畜生，这畜生可有一比，可比做没眼蛇、失足的蟹。假如一只船，撑到大江之中，失了桨舵，可不道两不着岸了！（唱）

【佚名】回首觑高堂，两鬓白如霜。**不为死的面，还须要看我两个老人家。贤媳妇请息怒，孙儿年纪小，还望你从容教导，从容教导**②。（正旦白）不可折打了媳妇，媳妇教导就是了。（外）好！（唱）**这还是商门有靠，商门有靠**③。

（白）媳妇小姐教导，谁许你起来？若不教导，跪到明日清早。（丑）孙儿来，

① 此下单角本尚有以下内容："后来亡儿去世，多蒙媳妇小姐过门吊孝。爱玉不知事理，在孝堂哭了一声'夫'，小姐回道道：'夫乃妇之天，谁人敢浪言？'我二老一闻此言，慌忙出来说明此事。多蒙媳妇小姐立志寒门守节。"

② "从容教导"底本不重，据杨文元抄本和单角本改。按，杨文元抄本此下有丑白"哈个断机会哉"和外白"媳妇教导，谁许起来"，下文"商门有靠"下有丑白"哈个，变得三脚香炉哉"，其后外白为"若不教导"云云。部分外本"从容教导"下有间隔符号，继之以宾白"媳妇小姐教导，我二老才得起来"。由此可知，"从容教导"唱完后，公公婆婆二人跪在秦雪梅之前。

③ "这还是商门有靠"底本作宾白，据各本改作曲文并重文，同时在"这还是"前补出"唱"字。

你把为婆的铺盖马子①搬了出来。(小生)婆婆为何用?(丑)你见公公说,若不教导,跪到头上出青草。(小生)婆婆,明日清早。(丑)介倒还好。媳妇小姐,做你不着,教导教导。(正旦)若要媳妇教导,辂儿手捧家法,打个百数。(丑)歇哉!葛打打杀,孤老院里吃黄早米饭去。(外)辂儿,拿了家法过去。(丑)打在那里?(小生)不曾打。(丑)为何啼哭起来?(小生)怕大娘这眼睛。(丑)为婆的龙眼蛇眼虎眼都见过,喂,莫说孙儿怕你这双眼睛,就是为婆也怕你这双眼睛。做你不着,收进去介二三寸。(小生)婆婆,二三分。(正旦)打多少?(小生)打一万一千。(外)媳妇为何不打?(正旦)媳妇正要打他,婆婆啼哭起来,叫媳妇怎生打得下去?(丑)你打,打自己的儿子;我哭,哭商霖②个肉吓肉。(正旦)不打了,讨保来。(小生)公公,大娘不打孙儿了,替孙儿一保。(外)打死你这畜生不来保。(小生)不要你保,要婆婆去保。保大娘不打孙儿了,替孙儿一保。(丑)我去,我去。(外)连保头一齐赶出。(丑)辂儿,你听公公说过了,连保头一齐赶出。只好江西人钉碗,自过自③,自过自。(小生)不要你保,二娘保一保便了。二娘,大娘不打孩儿了,替孩儿保一保。(小旦内白)打死畜生,不来保。(小生)不要你保,不免叫大娘保一保。(丑)他是个对头。(外)又不是打官司,对头不对头。(小生)暧吓,辂儿好生命苦吓!今日若还留得爹爹在此,也好替孩儿一保。大娘,若饶得过孩儿,饶;饶不过孩儿,任凭大娘一顿打死了罢。(正旦)为人莫道打黄荆,不打黄荆教不成。莫道黄荆无用处,黄荆头上出公卿。(唱)

【佚名】千嘱咐万嘱咐,嘱咐言辞紧记心。实只望你一举成名日,不枉你娘亲教子心。你娘亲恨不得你头顶上天庭④,岂不思忖,为人须要修身正心。指

---

① 马子,底本作"行李",据杨文元抄本改。马子,马桶。
② 商霖,底本作"商辂",杨文元抄本作"商阿林(霖)",据改。
③ 自过自,钉碗声,谐音"自顾自",《越谚》卷上《亹谜之谚》即作"自顾自"。
④ 头顶上天庭,底本作"将你头上顶",杨文元抄本作"你头上出公青(卿)",据单角本改。

望你手攀丹桂,足踏青云,不比痴聋喑哑成残疾。差失①良田须要耕,囊萤苦自持,眼前见明窗净儿,黄昏灯火五更鸡。少年不肯勤学早②,晚来反悔读书迟。程夫子道德一个高齐,宋状元③才高及第,苏学士文章盖世。勤④学的如珍如宝,不学的如粪如泥;勤学的光宗耀祖,不学的玷辱门楣;勤学的万人钦仰,不学的如醉如痴。为娘不打你别的而来,打只打白日滔滔闲游嬉。嗳!我秦氏雪梅,在此坚心教子,并无半点差池。若有半点差池,瞒不过堂上公婆⑤;瞒得堂上公婆,总然瞒不过头上湛湛青天,湛湛青天不可欺。我若是重打呵,怕公婆怨矣;我若轻打呵,他那里洋洋总不知,洋洋总不知。我这里说着训着,儿吓必须要牢牢记着,待等长大成人,与朋友讲论诗书,不可流落人之后头,那时节怨着自己。从今后学也由你,不学也由你,只恐怕白发蓬头,那时节悔之晚矣,悔之晚矣。

【佚名】(小生唱)娘放手,娘放手,孩儿牢记在心头⑥。娘责罚,娘责罚,小儿当受。从今后不敢去闲游,再若去闲游,任娘打任娘骂⑦,一顿打骂,打死甘休。(外、丑合唱)公来保,婆来保,饶过这遭。(正旦唱)若不是老公婆来保,怎说饶过这遭,一顿打骂,赶出街头。

【尾】千辛万苦为谁守,只望你光前耀后。不枉你娘亲起了一念头,起了一念头。(下)

---

① 差失,杨文元抄本作"差手",单角本作"车水"。
② 早,底本作"到",据单角本改。
③ 宋状元,指宋庠。宋庠字公序,北宋天圣二年(1024)状元及第,其连中三元,即解试、省试、殿试均居第一。宝元二年(1039)累擢参知政事,皇祐元年(1049)拜相。宋庠读书至老不倦,曾校刊《国语》并撰《国语补音》三卷。
④ 勤,底本作"成",据杨文元抄本及单角本改,下文二"勤"字同。
⑤ 此句底本脱,据杨文元抄本及单角本补。
⑥ 此句杨文元抄本作"儿不敢应口",与富春堂本同。
⑦ "再若"至"娘骂",底本脱,据杨文元抄本补。

捷　报

末(院子)、小旦(丫环春香)、正旦(秦雪梅)

(末上)受人之托,必当终人之事。领了我家小相公严命,着我递送家书,来此已是,门上有人么?(小旦上)是那一个?(末)原来是春香,见礼。(小旦)原来是老院公,见礼。(末)小相公得中了。(小旦)小相公到京,得中第几名?(末)小相公得中,连中三元,快请出太夫人。(小旦)待我请出太夫人。太夫人有请。(正旦上)(白)昨夜灯花结彩,今朝雀噪连天。(白)何事?(末)太夫人在上,老奴叩头。(正旦)起来。(末)谢太夫人。(正旦)小相公到京,得中第几名?(末、小旦)小相公得中,连中三元,万金家书呈上。(正旦)春香,与老院公西廊酒饭。(末、小旦下)(正旦)我儿连中三元,谢天谢地。自到商门二十载,为夫守节好心坚。闺门如水冰霜操,我儿连中三元。(唱)

【佚名】**守得个闺门似水,心兢如冰。**(白)昆山产美玉之所,价值连城。(唱)**可比做昆山美玉无瑕玷,磨而不磷**①。(白)商郎到我家来攻书,不知如何观见奴家容貌。回来染成一病,求神不灵,服药无效。老公婆无计可施,央媒到我家说亲。我爹娘说,三代不招白衣女婿。(唱)**若要我女洞房花烛夜,只除非金榜上挂名字。**(白)老公婆无计可施,只得将爱妹推入房中,叠被铺床,煎药熬粥,做了五月夫妻,倒有三月怀孕在身。(唱)**若不是老公婆爱妹推入行方便,到如今那得一麟儿?奴家意欲插花花不发,贤妹呵倒做了无心插出柳柳成林,老公婆出于无心。**(白)一十六岁夫亡守节,到如今卅六岁了。(唱)**正是光阴如箭去如梭,金乌玉兔转如轮**②。**长江后浪催前浪**③,**一替新人趱旧人。**(白)我如今将钥匙交付爱妹掌管。(唱)**我今不管了家筵事,早晚间念佛看经。**

---

①　磨而不磷,单角本作"我儿可虚",据《从"余姚腔"到"调腔"》所收调腔《三元捷报》改。

②　金乌、如轮,单角本作"今语""丝罗",据《歌林拾翠》本改。

③　此句单角本作"上江推下有前郎",据《歌林拾翠》本改。

（白）念佛看经，一保孩儿在朝荣耀，二保来世与商郎续配。（唱）**三保老公婆但愿你百岁春**。（下）

（又上）（团圆）状元乃是天子门生。一枝杏花，状元归家。（完）

附录：《从"余姚腔"到"调腔"》所收调腔《三元捷报》

（唱）**守得个闺门如水心里如冰**。（白）昆山产美玉之所，毫无瑕点，价值连城。（唱）**秦氏雪梅可比美玉无瑕点，磨而不磷**，（白）昔日有楚湘（襄）王之女名曰文姬，许配魏景宇为妻，一十六岁夫亡守节，继母逼他改嫁，烈志不从，将刀割下两耳为誓。又有燕子飞在女子头上，就将彩绒系在燕足。此燕飞去，下年又来，彩绒尚存，那女子情兴作诗一首。（唱）**昔年从此去，今春又独归。主人情义重，不忍燕孤飞**。（白）后来女子亡故，起造一座坟堂，又在坟堂三年，后来触死坟堂，朝廷闻知，封他为燕门节妇。（唱）**非是我孤**（沽）**名钓誉，洁**（激）**浊扬清**。

一三

赐

马

调腔《赐马》是源出明南戏的三国戏剧目,《赐马》以外,源出明南戏的调腔三国戏还有《三关》《三闯》《河梁》《放曹》。以上调腔三国戏属于古戏剧目,调腔其他三国戏如《连环计》《白门楼》《闹宛城》《濮阳城》等,从语言、分出、曲牌套式、昆腔使用等方面来看,属于典型的时戏,曲文与明代南戏无涉。

调腔《赐马》抄本又题《前三国》,与《三关》同出一源。《三闯》又题《三请》,"三请"当为全本戏的初名,"三闯"原系其中的出目。《河梁》新昌县档案馆藏抄本仅存刘备(正生)、周瑜(旦角)单角本,《放曹》仅存曹操(外)单角本。此外,民国年间,绍兴的调腔班"大统元"和"老大舞台"先后赴上海演出,曾搬演《芦花荡》和《三国志》(失街亭起,火烧魏延止),二者现存调腔抄本未见。

江西九江都昌、湖口高腔存晚清民国抄本《结桃园》《献连环》《青梅会》《古城会》《三请贤》《收四郡》六种,被认为出自连台本戏《三国传》①。戏曲研究专家流沙从江西傀儡班剧目中发现十二种连台本戏名目,结合江西各地高腔的剧目遗存,认为这十二种连台本戏为弋阳腔剧目②,而《三国传》即其一。调腔《赐马》《三关》《三闯》《河梁》《放曹》皆能从中找到相应的出目段落,如下表所示:

调腔戏		《三国传》本目	《三国传》出目段落
剧名	出目③		
赐马	求绍、赐马、斩颜良	第四本《古城会》	赠马谢宴、激斩颜良、挂印封金、挑袍饯别、五关斩将
三关	挂印、送嫂、挑袍、斩卞		

① 参见《中国戏曲志》编委会、《中国戏曲志·江西卷》编委会编:《中国戏曲志·江西卷》,中国 ISBN 中心,1998,第 177—178 页。
② 参见流沙:《明代南戏声腔源流考辨》,财团法人施合郑民俗文化基金会,1998,第 18—31 页。
③ 除《三关》出目新昌县档案馆藏抄本有《斩卞》,复旦大学图书馆藏抄本题《挂印》《送嫂》《饯行》《三关》外,其余均据《调腔曲牌集》或油印演出本分出和题写。

续　表

调腔戏		《三国传》本目	《三国传》出目段落
剧名	出目		
三闯	曹操升帐、闯辕、路会、火烧夏侯惇	第五本《三请贤》	曹操升堂、张飞观榜、三闯辕门、逃回范阳
河梁	—		周瑜升堂、下书过江、河梁赴会
放曹	—		华容挡曹

明代三国戏盛行于民间戏曲舞台，剧目主要有《桃园记》《古城记》《草庐记》《射鹿记》《荆州记》等。明祁彪佳《远山堂曲品·具品》"桃园"条云："《三国志》中曲，首《桃园》，《古城》次之，《草庐》又次之。虽出自俗吻，犹能窥音律一二。"①其中，调腔《赐马》和《三关》，相应内容见于明南戏《古城记》及明后期戏曲选本的相关散出。调腔《三闯》内容与江西九江高腔相应出目相当，其中《路会》一段与明后期以来的戏曲选本《大明天下春》所收"翼德逃归"、《时调青昆》所收"奔走范阳"等相近，溯其源则出自明人《气张飞》杂剧（全剧已佚，仅《群音类选》残存散折）。明万历间金陵富春堂刊本《草庐记》虽有张飞逃归的相应情节，但曲文不同。调腔《河梁》因缺净本，曲文无考，检明后期戏曲选《玉谷新簧》卷一下层收《三国志》之《周瑜差将下书（周瑜设计河梁会）》和《云长护河梁会（云长河梁救驾）》，调腔本当与之有关。

此外，调腔古戏中的三国戏尚有《单刀会》，含《训子》和《单刀》，出自元关汉卿杂剧《关大王独赴单刀会》第三、四折，详见杂剧类。调腔以外，江西九江都昌、湖口高腔也有源出《单刀会》杂剧的"关公训子""单刀赴会"，被编入《三国传》第六本《收四郡》之中。

调腔《赐马》剧叙三国时曹操攻取徐州，致刘备、关羽（字云长）、张飞三

---

① ［明］祁彪佳：《远山堂曲品》，《中国古典戏曲论著集成》（六），中国戏剧出版社，1959，第85页。

人失散。闻知二弟关云长身在曹营，刘备往投冀州袁绍，向袁绍借兵，以便迎回二弟，袁绍遂派颜良、文丑出战。曹操闻知袁绍兴兵前来迎接云长，遂与张辽（字文远）合计，馈赠云长以赤兔宝马，又采用激将法激云长迎战。云长斩颜良、诛文丑，其后接得刘备书信，方知是误杀。

民国二、三年（1913、1914）之交，绍兴的调腔班"大统元"赴上海商办镜花戏园演出，12 月 26 日日戏题名《赐马斩颜良》，1 月 14 日夜戏演《前三国》和全本《连环报》（《循环报》）。鉴于《连环报》需要较长的演出时间，之前的《前三国》大概仍旧指《赐马斩颜良》。民国二十四年（1935）9、10 月间，绍兴的调腔班"老大舞台"赴上海远东越剧场演出，9 月 14 日日戏题名《三国志》，注明从"刘备投袁绍起，关公斩颜良止"，即演本剧。

本剧原不分出，1962 年整理本（案卷号 195-3-79）和《调腔曲牌集》分为《求绍》《赐马》和《斩颜良》三个段落，今从之。整理时《求绍》出拼合正生、末单角本，《赐马》和《斩颜良》两出正生、末以外部分根据 1962 年整理本（案卷号 195-3-79）校录，并参照了《浙江戏曲传统剧目选编》第二辑本。

有关袁绍、张文远的角色，《调腔曲牌集》题作"老外"（即外，上海音乐学院民族音乐研究室编印《浙江新昌调腔选集》题作"老生"，调腔"外"亦称"老生"），而《游龙传》等外本（案卷号 195-1-43）单抄的【剔银灯】二支曲文则标作"末"，今据以改题。按，"老大舞台"演出以胡铭庆饰袁绍、陈连禧饰刘备、周长胜饰曹操、钱大牛饰关公、张百岁饰颜良、筱神童饰文丑，据他剧推知张百岁为外、筱神童为小生，可证外角应扮颜良而非袁绍。此外，剧中报子的角色系推断，马夫的角色则与复旦大学图书馆藏抄本《戏曲选》所抄《三关》同题。

求　绍

正生（刘备）、末（袁绍）、外（颜良）、小生（文丑）

（正生上）（引）不惮途路驱驰，匹马愿投知己。（白）我，刘备，前者兄弟三人①叠战万马丛中，立到徐州，不料被曹兵冲散，三弟并无下落。闻知二弟在曹操帐下，为此来到冀州，哀求袁绍借兵，迎接二弟到来，那时可寻觅三弟了。昨日前去下书，约在今日相见。还未升帐，只得在此侍候。（正生下）

（四手下、末上）（引）辕门鼓打三军令，掌号令谁不敬尊？（白）横令四闻三让圣②，鼓鸣三响号严命。辕门朱履三千客，坐镇貔貅百万兵。某，袁绍，乃是河北人也。多蒙众诸侯尊俺为盟主③，坐镇冀州一带地方。昨日刘备投书，约在今日大堂相会。过来，吩咐开门。（手下）皇叔请进。（正生上，科）盟主请上，受刘备一拜。（末）孤也有一拜。（正生）念困苦末愚，手足相抛，恳求门下，惭愧无地。（末）久闻英才，今日一见，实为万幸。请坐。（正生）告坐。（末）请问皇叔，到来有何见谕？（正生）盟主，念刘备呵！（唱）

【剔银灯】④恨奸曹提起冲冠怒，满怀愁郁冀匡扶。（白）那日同二弟往曹营经过，被他阻住强留。欲求盟主发兵，接取二弟，得全手足。（唱）**望盟主惟念刘备，报答你恩同天大**。（白）若得二弟到来，可寻访三弟了。（唱）**那时节赐兵救出，衔环结草恩难图，衔环结草恩难图**⑤。

---

①　兄弟三人，光绪后期张廷华《赐马》等正生、外本（195-1-46）和《分宫楼》等正生本（195-1-99）所抄《前三国》正生本作"与二弟"，此从民国元年（1912）"求章云记"外、末、正生本（195-1-98）所抄《前三国》正生本。另，本出正生曲白多据前两者校录。

②　横令，费解。三让，指陶谦向刘备三让徐州。

③　盟主，单角本作"明主"，盟、明曲音、方言音同，据改。下同。

④　剔银灯，《调腔曲牌集》根据音乐相似性题作【解三酲】。按，【解三酲】词式上有九句，此曲仅六句，今从195-1-98本题作【剔银灯】。

⑤　此曲195-1-98本作"恨奸曹提起冲冠怒，犯王章朝夕忧虑。望明公须念刘备，酬报答恩同天大。望明公赐兵来去，衔环结草恩难大（又）"，《游龙传》等外本（195-1-43）单抄的【剔银灯】第二句作"满怀中聚集温吾（愠忤）"，余同195-1-98本。

【前腔】(末唱)听言来使我心内火，劝皇叔、心下不必忧虑。(白)我明日差颜良、文丑前去便了。(唱)使曹操无计可使，要将他碎骨粉身①，那时节立功唱捷，要扶助汉室四百邦基，四百邦基。

(正生)就此告别。

(正生)**虎将提兵敌万夫**，(末)**须知斩草是锟铻**。

(正生)**帐中若得贤良助**，(末)**管叫曹瞒一扫无**。

(正生)盟主请。(众下)

(内)大小三军，起兵前往。(吹【点绛唇】)(四手下、外、小生上)(外)奉了冀州令，中原接公卿。(小生)盟主威名重，号令谁不听？(外)俺颜良。(小生)俺文丑。(外)将军请了。(小生)将军请了。(外)奉主公之命，去到曹操那边，接云长公回来。人马齐备，请将军发令。(小生)请将军发令。(外)你我一同发令。(同白)大小三军，起兵前往。(下)

赐　马

付(曹操)、末(张辽)、丑(报子)、净(关云长)、老旦(马夫)、正生(手下)

(大走板)(付上)(唱)

【出队子】②中原宰相，中原宰相，凛凛威风谁敢抵挡？挟令天子把名扬，各路诸侯尽伤亡。令出如山，谁敢抵挡，谁敢抵挡？

(末上)(唱)

---

① 碎骨粉身，疑当作"粉身骨碎"。按，本曲韵脚字"火"读如"燬"，与"基"同属机微韵，而"使"属支思韵，"虑"属居鱼韵，并与属灰回韵的"碎"字彼此可以通押。

② 此曲《调腔曲牌集》题作【驻云飞】，据《古城记》第十五出《赐马》改题。【出队子】可代引子用，如调腔《黄金印·打上门》叠用四支，即用如引子。华东戏曲研究院编《华东戏曲剧种介绍》第五集附录一(新文艺出版社，1955，第115—116页)有次曲"心中暗想"曲谱(杨炳麟唱，大风记)，题【北六幺令】。按，【六幺令】词式与【出队子】稍近，题名或致互误。

【前腔】心中暗想，心中暗想，堪叹①云长志气轩昂。丹心一片赛秋霜，念念桃园义不忘②。回复明公，另加旌奖，另加旌奖。

（白）主公。（付）文远少礼，一旁看座。（末）谢主公，告坐了。（付）文远，叫你送袍印过去，云长可收？（末）奉主公之命，送袍印过去，云长收袍不收印。（付）他为何收袍不收印？（末）那日兄弟三人，桃园结义，誓同生死，故而收袍不收印。（付）原来。明日差意中之人，再送过去便了。（末）理会。（内）报，报，报！（付）报子上来。（丑报子上）（付）你缓缓而讲。（丑）启相爷，河北冀州袁绍那边，来了二员上将，名唤颜良、文丑，头大如斗，眉如钢针，眼如铜铃，鼻如鹰钩，口如血盆，发如钢线，身长丈二，腰阔数围，手拿一百二十斤大砍刀，在阵前一冲一撞，一来一往，无官可挡，无将可敌。（付）夏侯惇？（丑）伤了左臂。（付）夏侯渊③？（丑）伤了右臂。（付）九子十三孙？（丑）望风而逃。闻得相爷收下一将，名唤关云长，一来比刀，二来比势。（付）那三？（丑）要接云长公回去的意思。（付）起来。文远，我与袁绍无仇，他为何兴兵而来？（末）这是刘备之计。（付）怎么见得是刘备之计？（末）接云长回去的意思。（付）云长乃是老夫心爱之人，如何舍得？（末）这有何难。少刻云长到来时节，报人连报几次，前面依他讲，后面只消改一句。（付）改了那一句？（末）一来比刀，二来比势，三斩云长首级回去。（付）文远说那里话来？倘然云长斩了颜良，倒也还好；颜良斩了云长，叫老夫如何舍得？（末）那时激起云长，若斩颜良，除了外患；那时颜良斩了云长，除了内患，此乃内外两全之计。（付）好！好一个内外两全之计。报子过来。（丑）有。（付）待等云长到来的时候，你连报几次，前面原来这等讲，后面改了一句。（丑）改那一

---

① 堪叹，单角本或无此二字，《调腔曲牌集》作"想起"。

② 此句单角本一作"桃园结义恩不忘"。按《古城记》第十五出《赐马》【出队子】第二支此句作"念念桃园志不忘"。

③ 夏侯渊，195-3-79整理本作"夏侯德"，《浙江戏曲传统剧目选编》本注云："夏侯德恐系夏侯渊之误。"今改，下同。

句？（付）一来比刀,二来比势,那三,斩云长首级回去。（丑）小人不敢讲。（付）有相爷担代,倒也不妨。你且回避。（丑下）（付）待等云长到来,即便通报。

（付、末下）（内）小校,催马往曹府前行。（老旦马夫、正生背大刀,同净上）（净唱）

【江头金桂】昨宵筵罢正回还,想起仁兄阻隔着万水千山。他那里有些焦躁,俺这里思刘想汉。自从在徐州失散,只隔着半载之光景,俺和他相会少见面难,相会少见面难,提起来有些心酸。想起泪涟,提起心酸,想起泪涟,提起心酸,不由人踌躇,懒下马雕鞍,懒下马雕鞍。（净下马,老旦、正生下）

（末上接）（付上）贤侯请进正堂。（净）恩相请进正堂。（付）贤侯,你乃是汉朝一将。（净）恩相乃是汉朝一相。（付）将相双全,（净）积禄布德。（吹【过场】）（坐）（净）呵呵呵。（付）贤侯,为何眼带泪痕?（净）非是某家眼带泪痕,昨夜三更得了一梦。（付）贤侯有何贵梦?（净）梦见我家仁兄,身落土坑。（付）原来如此。文远,身落土坑,你去说来。（末）理会。启主公,挑土旁边加一亢字,此乃是坑字。亢者,高也。高者见日,百日之内,自有令兄相会的了。（付）原来。恭喜贤侯,贺喜贤侯。（净）无喜可贺。（付）百日之内,与令兄相会,岂不是喜?（净）有劳恩相详解。（付）好说。昨日叫文远送袍印过来,你为何收袍不收印?（净）非是某家收袍不收印。兄弟三人,桃园结义,誓同生死,故而收袍不收印。（付）此袍为何不穿?（净）此袍穿在体内。（付）莫非爱惜此袍?（净）非是某家爱惜此袍。吾在恩相这里,穿了吾仁兄之袍,一见好似见仁兄一般;吾在仁兄那里,穿了恩相之袍,一见此袍,好像见恩相一般。故而穿在体内。（付）足见贤侯忠义双全。（净）好说。（付）我有束帖相请,你为何来迟?（净）非是某家来迟,这孽畜不能重载,故而来迟。（付）良将必有好马。（净）某家那有?闻得恩相这里许多,敢借一观。（付）孽畜虽有,不宜贤侯大观。（净）好说。（付）文远,叫马卒,开了马厩库,与贤侯观马。（末）马卒,开了马厩库。（内）有。（净、付、末）请。（净）紫龙骝?（付）老夫的。(净)金叱骏？(付)文远的。(净)银叱骏①？(付)仲康骑的。(净)这一连百骑？(付)下将百将。(马嘶叫)(净)恩相，柳荫之下，那一匹马，为何喧声大作？(付)马多，用他不着。(净)可有马卒？(付)马卒出差去了。(净)待某家唤马卒。马卒。(老旦上)马卒叩头。(净)马卒，那柳荫下一匹马，你前去缰来。(老旦)得令。(老旦牵马，马嘶叫)(老旦)启爷，这马要吞人。(净)唔，马要吞人，虎吃什么？附耳上来。此马单吃鱼虾，你今丢了鱼虾，与他食之几把，一把拎住领鬃毛，慢慢缰来。(老旦拿料喂马，牵马)(净)恩相可认得此马？(付)老夫识甚？(净)贤弟可认得此马？(末)弟也识甚？(净)此马乃当年吕布所骑，在虎牢关所失，故而落在恩相这里。(付)阿呀，是吓！此马原是吕布所骑，在虎牢关所得。(净)可有原鞍？(付)失了原鞍。(净)可惜失了原鞍。(付)老夫有紫金鞍配上。(净)马卒，到后堂取紫金鞍配上。(老旦牵马下)(净)那里可以出马？(付)沙坡。(净)一同转过沙坡。(内)马来。(老旦上)(净)妙吓！这马紫金鞍配上，愈加健壮了。恩相请上马。(付)老夫年迈。(净)贤弟请上马。(末)仁兄是客。(净)俺占长了。马卒，此马单吃鱼虾，未知他性情如何？待爷上马坐稳，宽行几步，然后加鞭。(净上马，老旦牵马下)(付)哈哈哈！这个云长，人又大，马又高，骑在马上好威风。(末)有道"出马容易回马难"，看他回马如何。(内)马来。(老旦牵马上)(净上)好马，是好马。(付)贤侯，你连赞几声好马，莫非爱着此马？(净)此马天下无人不爱。(付)老夫连紫金鞍相赠。(净)马卒，连紫金鞍带往侯府。(老旦)得令。(老旦牵马下)(净)有劳恩相赐马。(科)(付)阿唷，前者老夫三日小宴，五日大宴，上马赠金，下马赠银，官封汉寿亭侯，美女日夜陪伴，未见下施全礼，今日为了这小小孽畜，特下施全礼。唔，贤侯，你真正轻人重畜。(净)恩相，非是某

---

① 195-3-79 整理本和《浙江戏曲传统剧目选编》本"骏"字从勃，二"叱"字作"赤"和"色"，据《古城记》第十五出《赐马》校改。叱骏，亦作"叱拨"，良马名。五代后梁太祖致前蜀王建马匹，有"红耳叱骏马""紫叱骏马""乌紫叱骏马"等名目，详见《全唐文》卷一〇二梁太祖《与蜀王建书》。

家轻人重畜。此马名唤赤兔胭脂马，他日行千里，夜行八百。早上别了恩相，晚来可见仁兄；我在千里之外，早上别了仁兄，晚来可见恩相，故而下施全礼。（付）原来如此。（末）扯付衣角）（付）什么意儿？（末）主公，此马不该赠他的。（付）你为何早不讲？（末）我也忘怀了。（净）恩相莫非悔着此马？（付）老夫一言既出，（净）驷马难追。（末）这遭完了。（净）此事未曾谢得贤弟。（末）我在主公跟前，竭力撺掇的。（净）承情呀承情。（末）岂敢呀岂敢①。（内）报！（付、末）打下去！（内）报！（付、末）打下去！（内）报！（付、末）打下去！（净）恩相，这报子连报数报，何不叫他上来报？（付）贤侯在此观马，故而不理。（净）有道公事也要理，私事也要理，做一个公私两全。（付）好一个公私两全。文远，叫报子上来。（末）报子上来。（丑上）报，报，报！（付）你缓缓而讲。（丑）启相爷，河北冀州袁绍那边，来了二员上将，名唤颜良、文丑，头大如斗，眉如钢针，眼如铜铃，鼻如鹰钩，口如血盆，发如钢线，身长丈二，腰阔数围，手拿一百二十斤大砍刀，在阵前一冲一撞，一来一往，无官可挡，无将可敌。（付）夏侯惇？（丑）伤了左臂。（付）夏侯渊？（丑）伤了右臂。（付）九子十三孙？（丑）望风而逃。闻得相爷收下一将，名唤关云长，一来比刀，二来比势。（付）那三？（丑）小人不敢讲。（付）有相爷担代，大胆讲来。（丑）要立斩云长首级回去。（净）报子上来。此事恩相可去？（丑）相爷年迈。（净）张爷可去？（丑）只会用计。（净）附耳上来。某家可去？（丑）爷一发去不得。（净）唔。恩相，这报子是长报，还是短报？（付）此是老夫的爱报。（净）亏得是恩相爱报，不然拿去杀了。（付）且慢，有道"来凶报勇"。（净）好一个"来凶报勇"。阵图摆在那里？（付）摆在官渡。（净）那里可以观阵？（付）土畿山。（净）回避。（丑下）（净、付）一同转过土畿山。（净、付、末圆

---

① 此下 195-3-79 整理本别为"斩颜"，今将出目名下移至颜良、文丑摆阵之前。

场,登高台①)

斩颜良

外(颜良)、小生(文丑)、净(关云长)、付(曹操)、末(张辽)、老旦(马夫)、

正生(手下)

(内)大小三军,人马去到官渡,摆下一字长蛇阵,与曹兵观阵。(内)吥!(四手下、外、小生上)(外)大小三军,人马转到官渡,摆下一字长蛇阵,与曹兵观阵。(四手下)吥!吥!吥!(摆阵)(净)恩相可识此阵?(付)老夫识甚?(净)贤弟可识此阵?(末)仁兄,弟也识甚?(净)此阵名唤长蛇阵。(付)此阵摆得好,摆得全。(净)摆得不好,摆得不全。(付)怎见得不好不全?(净)若摆得全,头上少金丝灯二盏,名唤蛇眼;中间少金锣一面,名唤蛇胆;后面少金枪一杆,名唤蛇尾。有道"蛇无头而不行"。(付)鸟?(净)"鸟无翅而不飞"。(付)头来破?(净)尾来攻。(付)尾来破?(净)头来攻。(付)中间破?(净)头尾相攻。(付)听贤侯说来,此阵破不来了?(净)那有破不来之理?可惜俺三弟不在。(付)三将军若在?(净)三弟若在,手拿丈八蛇矛枪,打蛇,往七寸而进,要取上将首级,可比探囊取物。(付)嚯唷唷。(净)我看皂月旗下一员上将,他耀武扬威,可惜某家无仇。(付)若有仇?(净)若有仇,要立取上将首级。(付)嚯唷唷。(末)军中无戏言。(净)贤弟,你好用心。(末)弟无心所出。(净)好一个无心所出。看他收阵如何。(付)是吓,且看他收阵如何。(外)大小三军,天色已晚,有恐损兵折将,收兵回营。(外、小生下,四手下随下)(付)摆倒摆得不全,收倒收得清脱。(净)收乱了。(付)怎么,收乱了?

---

① 此处 195-3-79 整理本作"三人下",下文没有写三人上场,《浙江戏曲传统剧目选编》本于下文"摆阵"后补作"曹操、关羽、张远(辽)上,登高台"。按,末本没有先下场后上场的标记,此处应该是三人圆场,以示空间转换,然后三人登上一桌二椅,站立后作观望状。《古城记》第十五出《赐马》该处作"众行,转身,上椅,立,望科",舞台调度正同。

（净）此阵乃是无用之阵。回转相府。（半圆场）（付）过来，开了盔甲库，老夫亲自出马。（净）且慢。某家投入以来，没有一线之功，此去何不差末将前往？（付）有劳贤侯。（净）恩相！（唱）

【乌夜啼】①且从容少待免心焦，从容少待免心焦，有劳恩相费心劳。三朝五日醉酕醄，赐俺上马金下马银，美女十人锦征袍。又封俺汉寿亭侯爵禄官高，这恩德何日当图报？（白）恩相！（唱）忽听得颜良统兵前来到，颜良统兵前来到，不由人喜孜孜直上眉梢。待俺披挂锦征袍，跨上胭脂马，手执偃月刀，威风儿透九霄。斩颜良报恩相，衔环结草，衔环结草。（净下）

（付）文远，云长斩了颜良，他依旧回去，如何是好？（末）主公，这有何难。待等云长，斩颜良的时节，命夏家八将，带领一支人马，混入云长营中，抢他首级，夺他功劳，管叫他不能仍归旧主。（付）过来。（内）有。（付）夏家八将，带领一支人马，混入云长营中，待等云长，斩颜良的时节，抢他首级，夺他功劳，管叫他不能仍归旧主。（内）马来。（内）有。（净上，下马）（净）恩相，某家披挂如何？（付）配得好，配得全。（净）配得不好，配得不全。（付）怎见得不好不全？（净）有恐恩相等久，只得配起半副偃月甲，若配得全，坐在马上也算一员……（付）上将。（净）末将。（付）此番出阵如何？（净）保护恩相。（付）那二？（净）打听兄长下落。（付）那三？（净）那三呵！（唱）

【斗黑麻】②一心要扶社稷功，保汉乾坤大，一片心明如月朗。又不比跋扈强梁黑肚肠，立忠节汗简传芳，雄赳赳威风儿胆气刚。怎肯效困尘埃，老死干城将。

（付）且慢，吃了上马酒而去。（净）俺前兆到了。（付）怎见得前兆到了？（净）前者，斩华雄，多蒙恩相赐酒。如今斩颜良，又蒙恩相赐酒。你今将酒摆在桌

---

① 乌夜啼，195-3-79整理本和《调腔曲牌集》作"野啼莺"，检抄本曲牌名"乌夜啼"常写作"夜啼乌"，作"野啼莺"者疑出擅改，今正之。按《古城记》第十五出《赐马》相应曲文题作【北得胜令】。

② 《古城记》第十五出《赐马》相应曲文题作【滚绣球】。

上,我立斩颜良首级回来,酒还未寒。(付)贤侯,你太狂了。(净)阿!(唱)

【前腔】非是俺自夸强胆气浩,俺今日立功劳,以报曹丞相。轰轰烈烈关云长,轰轰烈烈关云长,钢刀如晓日,宝剑赛秋霜。俺也曾夺小沛、擒吕布,怕什么官渡有颜良。(净骑马下)

(付)云长人又大,马又高,骑在马上好威风。(末)主公,营中良将千千万。(付)要比云长半个无。(末)还有。(付)是那一个?(末)小将。(付)怎么,是你?你那里学得他来!(末)是。(付下)(末)吓,怎说我学他不来?岂有此理!(末下)(四手下、外上)凛凛威风将,堂堂众儿郎。俺,颜良,奉主公之命,到曹操那边迎接云长回去。昨夜三更得了一梦,只见一个红脸汉子,在俺跟前呵呵大笑,谅必是云长公。众将,云长到来,即便通报。青龙背上屯兵马,白虎头顶好扎营。(四手下、外下)(净、老旦上)(净)心慌擒赤兔,匹马斩颜良。颜良是人是虎?(老旦)他是一个人。(净)若是虎,俺也要斩他的首级。谁人叫你出来?(老旦)俺自己出来的。(净)你饭可吃饱?(老旦)饭吃饱。(净)腰可扎紧?(老旦)扎紧。(净)好。你也不必太惊慌,大胆前去逞凶强。(老旦)你贤侯非是千员将。(净)爷虽算不得千员将呵!(唱)

【急板令】①料颜良也不是万夫敌,凭着俺偃月刀非同儿戏。烟腾腾似火烧,光闪闪列红旗。斩白马,破阵威,向阵前独自立②。

(内)报上。(净)何人喧嚷,前去问来。(老旦)得令。何人喧嚷?(内)夏家八将,带领一支人马,前来助阵。(老旦)夏家八将,带领一支人马,前来助阵。(净)见曹兵逢人皆斩。(老旦)见曹兵逢人皆斩。(内)斩了几个,闹热闹热。(老旦)斩了几个,闹热闹热。(净)哇嘚儿!(唱)

【前腔】③有道是将在谋而不在勇,兵在精而不在多,说什么后拥前呼,凭着俺

---

① 《古城记》第十六出《斩将》相应曲文题作【新水令】。

② 立,195-3-79整理本作"豪",据《古城记》第十六出《斩将》改。

③ 本曲"说什么后拥前呼"至"荡做了平川地",《古城记》第十六出《斩将》相应曲文题作【驻马听】,其后至"掩须藏刀向前对敌",《古城记》第十六出《斩将》相应曲文题作【侥侥令】。

一人一骑,身披锁子黄金甲,头戴凤翅匣巾盔,颜良贼你就是铁桶山,荡做了平川地。咚咚打战鼓,赫赫磨旌旗,咚咚打战鼓,赫赫磨旌旗。任你颜良千军勇,怎挡得咱大将军八面威①? 不须害怕,不须惊惧,掩须藏刀向前对敌,大胆闯入颜良队里,颜良队里。

(四手下、外上)下面敢是云长公?(净)上面站着敢是颜良将?(外)然也。

(净)看刀!(净杀外,小生上,接战,净杀小生,四手下扶尸下②)(四手下上③)(正生)有书呈上。(净拆书,看)(净)哇嘚大哥!(唱)

【驻云飞】一见悲伤,枉为英雄志轩昂。屈斩颜良将,文丑刀下丧。(白)那一个从冀州来的?(正生)小人从冀州来的。(净唱)阿! 你与我多多拜上冀州王,叫他好生看待我兄长。倘有差池,决不轻饶放。(正生白)颜良首级,待小人带了回去。(净)颜良首级,带了回去。丞相跟前,立不得大功,我赐你令旗一面,命你向前高叫。(唱)你说俺爷不知情,误斩了二位将军,你与我超度灵魂归故乡,你与我超度灵魂归故乡。

(白)哇嘚大哥!(下)

---

① 此下原有"风"字,据《古城记》第十六出《斩将》删。

② 前面"四手下、外上"的"四手下"及"四手下扶尸下",系整理时添补。

③ 四手下上,195-3-79 整理本初作"二手下上",后朱笔改"二"作"四"。正生本有"上科提书"字样,今据以将下文答话之人标作正生。

一四三 关

明南戏,详参《赐马》解题。新昌县档案馆藏调腔抄本所见有《挂印》《送嫂》《挑袍》《斩卞》四出,单角本总名题作《三关》;复旦大学图书馆藏抄本《戏曲选》亦收有该四出,未题写总名,各出分别题作《挂印》《送嫂》《饯行》《三关》。民国二、三年(1913、1914)之交,绍兴的调腔班"大统元"赴上海商办镜花戏园演出本剧,剧名一题《过三关》,一题《过关斩将》。

调腔《三关》剧叙关云长闻知刘备身在河北,乃辞曹寻兄。曹操挡驾,云长封金挂印,留书一封,护送二位嫂嫂前往河北寻兄。曹操部下张辽(字文远)、许褚(字仲康)于是设下毒酒、红袍之计。曹操与张、许二人赶至灞桥饯别,关云长剖明昔日被安排叔嫂同屋,欲陷己于不义之事,识破张辽的毒酒之计,刀挑许褚的红袍而去。云长过关斩将,来至三关,三关守将卞喜在净国寺摆酒设伏。普净和尚因与云长同乡,将此事告知云长,云长怒而斩杀卞喜。在一马双鞍,带普净出关后,云长护送嫂嫂,绝尘而去。

校订时拼合旦、净、丑、外单角本,其余角色从复旦大学图书馆藏抄本《戏曲选》录出。在角色上,《戏曲选》本与新昌县档案馆藏抄本有出入,其中《戏曲选》本的曹操为付扮,而新昌县档案馆藏抄本为外扮①;许褚在第一、三两出的角色分别为小生和末,而新昌县档案馆藏抄本以许褚为丑角,今从新昌县档案馆藏抄本。又,《戏曲选》本当中张辽的角色为正生,《调腔曲牌集》为小生,今从《调腔曲牌集》。唯《调腔曲牌集》将糜夫人标为"五旦",《戏曲选》本则标作小旦(又写作"贴"),今从《戏曲选》本。

曲牌名各抄本均告阙如。《调腔曲牌集》所考订的曲牌名有不少见于《玉蜻蜓》的《二搜》《办礼》两出,但词式上不能匹配,且《斩卞》出曲文分合不当。因此,除《挑袍》出依从外,其余在曲文起讫方面皆作重订。现将《调腔曲牌集》其余三出的曲牌分析录出:

---

① 按,明后期戏曲选本《乐府万象新》前集卷三上层《青梅记·曹操青梅煮酒》当中的曹操同为外扮,则外扮曹操的做法古已有之。

出 目	曲文起讫	《调腔曲牌集》曲牌名
挂印	"昨日云长"至"有书达上"	【醉花阴】
	"他也曾"至"微功达上"	【前腔】
	"可比做"至"长安道上"	【上马娇】
送嫂	"凉时节"至"两岸"	【一江风】
	"本待要下雕鞍"至"回头觑着"	【游四门】
	"(内白)伐阳关,送故交"至"快作商量"	【后庭花】
	"劝尊嫂"至"圈套"	【耍孩儿】
斩卞	"行程万里"至"绛红袍"	【北曲过曲】
	"此乃是马壮人豪"至"扬声大笑"	【醉酒花阴】
	"我想前关二关"至"问故交"	【村里迓鼓】
	"说那里话来老禅师"至"故乡人好"	【学士解三酲】
	"你道他胡言乱道"至"南柯一梦杳"	【惜双妓】
	"累遭强暴"至"自有天保"	【锦衣香】
	"今往他乡奔逃"至"逍遥过了"	【快活林】

　　《调腔曲牌集》曲文与抄本已有出入,而《浙江戏曲传统剧目选编》第二辑收入该剧时又作了不少改动,校录时不一一列其异同。

挂　印

外（曹操）、小生（张辽）、丑（许褚）

（外、小生、丑上）（外唱）

【佚名】昨日云长来辞俺,两三番不容相见。行过了书窗,转过了雕栏,又只见冷清清把纸条封上。（白）打进去。（科）（外、小生）把门官都杀了。（外唱）**为甚的把门官**①**杀伤? 黄金封库,印悬高梁,黄金封库,印悬高梁,又只见桌案**

---

① 把门官,单角本作"把门儿",据《戏曲选》本改。

上有书达上。(小生、丑白)有书呈上。(外科)"可笑曹公痴又呆,未时先挂酉时牌。三番两次不容见,匹马单刀再不来。"(小生、丑)云长无功而去。(外)他也有功过了。(小生、丑)他有什么功劳?(外)喏!(唱)**他也曾匹马单刀刺文丑,官渡斩颜良,他也有微功**①**达上。**(白)云长此去,可有一比。(小生、丑)可比什么?(外唱)**可比做龙入长江,虎奔山岗,龙入长江,虎奔山岗,有一日兄弟相逢,只恐怕祸起萧墙。若要他息却了干戈,罢却了战场**②**,息却了干戈,罢却了战场,只除非饯行酒在长安道上。**

(白)文远,明日命你送绿酒、红袍,往灞陵桥饯别。(小生、丑)晓得。(外)我今待他恩义重,异日相逢是故交。(外下)(小生)主公好没分晓,反叫我二人送绿酒、红袍,往灞陵桥饯别③。弟倒有一计在此。(丑)仁兄有何妙计?(小生)连夜传一名银匠进来,打起鸳鸯壶一把,一边藏了好酒,主公是饮;一边藏了药酒,药死云长,岂不是美!(丑)此计虽好,小弟也有一计在此。(小生)有何妙计?(丑)云长有上马千斤之力,小弟却有立地千斤之力。哄他下马穿袍,将袍架住他的刀锋,擒他转来,岂不是美!(小生)好妙计。计就月中擒玉兔,(丑)谋成日里捉金乌。依计而行。请。(小生)请。(下)

送 嫂

正旦(甘夫人)、小旦(糜夫人)、净(关云长)、老旦(马夫)、

外(曹操)、小生(张辽)、丑(许褚)

(正旦、小旦上)(同唱)

---

① 微功,单角本作"惟公",《戏曲选》本作"未功",据《调腔曲牌集》改。

② 息却、罢却,单角本作"把着""羡着",《调腔曲牌集》作"排绝""退出",据《戏曲选》本改。另,《戏曲选》本此下重句作"息干戈,罢战场"。

③ 此处《戏曲选》本作"(小生白)兄,想主公十分恩代(待)与他,兄可有妙计?(正生白)弟倒有一计在此。连夜传一名银匠"云云,今从新昌县档案馆藏"叶以妥记"《五羊山》等丑、旦本[195-1-155(1)]所抄《三关》丑本和《浙江戏曲传统剧目选编》本。

【佚名】**凉时节秋风败叶**,(净内白)小校。(老旦)有。(净)二位皇夫人车轮可曾出城?(老旦)出城多时。(净)与爷加鞭。(老旦)有。(净上)(唱)**向郊外车轮慢碾**①。**远观山,遥望着晓云遮。风凛冽,到秋来不觉的寒畏畏,极目天涯一望赊**②。(老旦白)启二爷,出得城来,迷失路途。(净)可有界牌?(老旦)原有界牌。(净)待某看来:东至河南,西至河北。某家往河北寻兄,小校,带转爷的马头。(正旦、小旦唱)**又只见青隐隐摆柳垂两岸**③。

(净)小校,下了马。(正旦、小旦)且慢。二叔,有道"孤将不可离鞍",况离曹未远,又恐曹兵追赶。(净)呀!(唱)

【佚名】**本待要下雕鞍,又恐怕曹兵追赶。俺只得稳辔而行,踟蹰意懒。远观山,数十间茅屋枕河湾**④。**将车轮权歇住,勒马且停骖,向店房收拾了几间,切不可松宽爷的马鞍。自那日斩颜良刺文丑,人不能卸甲,马不能离鞍,人和马何曾得闲,何曾得闲?**(老旦白)启二爷,日当中午。(净)前去问来,可有大米饭买。(老旦)哒,你们可有大米饭买的?(内)没有大米饭,只有面食馍馍。(老旦)启二爷,只有面食馍馍。(净)二位皇夫人车轮上,取银钱一吊,与他平买平买。(老旦)有银钱一吊在此,平买平买。(内)拿去。(老旦)启二爷,干粮在。(净)送上二位皇夫人。(老旦)二位皇夫人,请用干粮。(正旦、小旦唱)**我把余粮自咽**⑤。(白)小校,送去二爷。(老旦)转送二爷。(净)散与众人们,大家吃些。(老旦)大家来吃。(下)(内白"有得赏了",老旦上)(净)嫂嫂!(唱)**此乃**

---

① 慢碾,《调腔曲牌集》作"慢拽",可从。

② 极目,抄本作"举目",据《调腔曲牌集》改。赊,单角本作"川"或"转",《戏曲选》本作"舍",即"赊"之讹,今改正。赊,句末助词,参见张相《诗词曲语辞汇释》卷五"赊"条。

③ 摆柳垂,单角本作"把流水"。《玉谷新簧》卷一下层《三国记·曹操霸桥钱别》此句作"青隐隐柳垂两岸",则"流水"为"柳垂"之讹,据以改正。

④ 此句民国初年"方吉庆堂"《双玉锁》等净本(195-1-121)所抄《三关》净本作"数十间茅屋镇何马",光绪三十三年(1907)"蔡方前读"《三关》净本(195-1-40)作"又只见茅雪去河番",据《戏曲选》本改。

⑤ 自咽,单角本作"自饮",《戏曲选》本作"时见"。检《古城记》第二十出《受锦》【天下乐】作"自拣",《玉谷新簧》本作"自减",可参。

是途路间，饮食不能周全。有一日会仁兄，把美味更加餐，美味更加餐。

（正旦、小旦）二叔！（唱）

【佚名】光闪闪天涯海角①，碧沉沉寒风飘渺。干柴刺腹，荷被霜凋②，青湛湛边野连天草，响叮当断鸿哀告，急嚷嚷风吹落叶飘渺。

（内叫）（净）呀！（唱）

【佚名】忽听得一声高叫，勒住红鬃马回头觑着。（内白）饯阳关，送故交。（净）呀！（唱）他道是饯阳关送故交，他来意俺知道，莫不是狭路相逢，冤家来到。（正旦、小旦白）二叔！（唱）唬得我慌又慌忙又忙，料想此事不相当，望二叔快作商量，快作商量。

（净）嫂嫂！（唱）

【佚名】劝尊嫂休得要哭号啕泪鲛绡，凭着俺这口青龙偃月刀，那怕他狼心许褚百计张辽。他若是追来时，我就杀、杀得他魂飞透九霄。（白）小校！（唱）你把车轮辇过灞陵桥，车轮辇过灞陵桥，看他来有什么样圈套，有什么样圈套。（下）

挑　袍

小生（张辽）、丑（许褚）、老旦（马夫）、净（关云长）、

外（曹操）、正旦（甘夫人）、小旦（糜夫人）

（小生、丑上）（念）打道前去，四方人站开。行的忙走去，坐的把身抬③。（白）桥上那一位在？（老旦上）做什么？（小生、丑）曹相爷到来饯行。（老旦）请少

---

① 天涯海角，《调腔曲牌集》作"晴霞辉照"，与《古城记》第二十出《受锦》【滚】相合。

② "干柴"至"霜凋"，单角本作"凋残紫（叶？）去，河北霜刀"，《戏曲选》本作"干柴刺火，河魄朵凋"。明朱有燉《义勇辞金》杂剧【二转】作"干此刺枯，荷被霜凋"，《古城记》第二十出《受锦》【滚】作"干柴刺股，荷被霜凋"，《玉谷新簧》本作"干柴枝枯，苦被霜凋"。今从《调腔曲牌集》。

③ 此干念曲子单角本未抄录，今据《戏曲选》本录出。1962年整理本（195-3-79）作"心猿意马，心猿意马，兔走鸟飞去赶他。可羡云长见识佳，颜良斩、文丑杀。灞陵桥上，桥上见识咱"，"见识咱"朱笔改为"去会他"，内容与《古城记》第二十出《受锦》【出队子】相当。

待。启爷,曹相爷到来饯行。(净内)提刀带马。(众)吺!(净上)贤弟请了。
(小生、丑)仁兄请了。(净)到来何事?(小生、丑)曹相爷到来饯行。(净)还是
车来的,还是马来的?(小生、丑)车来的。(净)将车轮辇上。(小生、丑)车夫,
将车轮辇上。(外上)贤侯请了。(净)恩相请了。(外)贤侯为何不下马?(净)
恩相不出车,某家不下马。(外)倒也两便而行。(科)贤侯为何不辞而行?
(净)非是某家不辞而行,前者连辞三次不能见,也有小帖留在桌案上,恩相
可曾见过?(外)也曾见过。(净)来得清,去得明,请了。(小生)且慢。主公
有礼单呈上。(老旦)启爷,有礼单呈上。(净)展开。(唱)

**【端正好】饯行酒,何劳礼厚,上写着饯阳关绛红袍、皂朝靴老丞相殷勤赐
来**①**,俺关某合当要领受。**(白)某家当初下许昌之时,什么时候?(外)暮春。
(净)如今?(外)秋末了。(净)原来半载之光景。(唱)**时逢霜降正暮秋,到秋来
不觉的寒畏畏冷飕飕。**

(丑)寒畏畏、冷飕飕,请仁兄下马穿袍而去。(净)恩相大恩未报,待某家寻
归旧主,拜恩相上苍之北斗。(唱)

【滚绣球】②**俺关某早晚间,撮土为香祷告上苍,仰面拜北斗。**(外白)贤侯为何
马上抢刀?(净)非是某家马上抢刀,后面追兵来了。(小生)这是帐下百将。
(净)为何全身披挂?(小生)解粮而归,未曾卸甲。(净)恕某家抢刀之罪。(小
生)好说。(净)小校。(老旦)有。(净)二位皇夫人车轮上,取一个小帖过来。
(老旦)前车去远了。(净)怎么,前车去远?(老旦下)(净)贤弟。(小生)弟在。
(净)某家本欲取帖相谢,只因前车去远,借贤弟口传我言。(小生)弟当得。(净
唱)**你与我多多拜上列位众将军,叫他们免送台候**③。(小生白)列位将军免送。

---

① 饯阳关,单角本一作"饯冲冠",疑当作"元戎冠"。皂朝靴,《戏曲选》本讹作"曹
垓书",单角本作"曹盖许""曹甘做",今改正。

② 滚绣球,《调腔曲牌集》《调腔乐府》题作"让绣珠",《浙江戏曲传统剧目选编》改
作"让绣球"。"衮"旁误作"襄",而"襄"旁可俗写作"上",水旁与言旁书写易混,故"让"当
为"滚"之讹。

③ 台候,敬辞,指对方的寒暖、起居之类。

（净唱）**俺本是春秋大夫，并没个分外之交。绒冠美酒费心劳，有劳恩相赐俺的绛红袍**。（白）吓，且住。有道"三人对面，六眼无私"，前者下许昌之事，待某家剖明而去。恩相。（外）贤侯。（净）前者多蒙恩相赐我一间房子，一床铺盖，一支银烛，要等烛尽之时，要拿俺叔嫂通奸，恩相可知？（外）老夫不知。（净）贤弟可知？（小生）弟亦不知。（净）仲康可知？（丑）小弟一发不知。（净）用计之人，那有不知之理？远，远在千里。（外、小生、丑）近？（净）近在目前。（外、小生、丑）何不打下门楼？（净）本要打下门楼，道某家没有容人之量。（唱）**俺本是宽洪量，能容少疑，若不是老丞相广机谋，广机谋方为大臣，呀！看他眉来眼去、眼去眉来，相谈相笑、相劝相交**①，**文远弟既有美酒连斟上五六瓯**。（内白）小校，传话二爷，叫二爷行兵莫饮酒，饮酒莫行兵，离曹未远，有恐曹兵追赶，中他奸计。（净）小校。（老旦上）有。（净）后面何人讲话？（老旦）二位皇夫人。（净）你说前车去远。（老旦）又转来的。（净）怎讲？（老旦）二位皇夫人说，行兵莫饮酒，饮酒莫行兵，离曹未远，有恐曹兵追赶，中他奸计。（净）小校，你看车前马后，俱是曹相人马，叔嫂传言，不当雅相。附耳上来。（唱）**你与我多多拜上二位皇嫂嫂，叫他们休忧，休忧免心焦。俺关某自有随机应变，志广谋高，虎略龙韬，偃月钢刀。随机应变，志广谋高，虎略龙韬，偃月钢刀**②，**管叫他谋不成计不就，只落得一场好笑，一场好笑**。（白）贤弟，主公跟前，为何不带杯盘？（小生）方才起程忙促，只带一副。（净）若带二副呵！（唱）**俺关某与老丞相开怀来慢慢的饮香醪**。

（小生、丑）仁兄为何停杯不饮？（净）这酒气忒重。（小生、丑）主公家酿酒。（净）可曾敬天？（小生、丑）还未敬天。（净）待某家敬过天。（小生、丑）且慢。头一杯仁兄饮了，第二杯敬天也未迟。（净）那有人情大如天之理？（小生、丑）主公恩

---

① "看他"至"相交"，195-1-121 本作"看他相坎（看）相交、相交欢肖（笑）"，195-1-40 本作"看他相谈相要（邀）、相劝相套"，此从《戏曲选》本。

② 此据《戏曲选》本和《调腔曲牌集》重文，而 195-1-40 本不重文，195-1-121 本仅在"志广谋高"下有重文符号。

情大如天。(净)贤弟能会①讲话。苍天在上,某家往河北寻兄,多蒙恩相赐
酒,酒中倘有不测,刀上见分明。一敬天,二敬地,三敬钢刀。呀!(唱)

**【脱布衫】焰腾腾似火烧,杀叫他败国亡家祸根苗②。俺本是南山豹北海鳌,鳌
鱼脱却金钩钓,向长江摆摆摇摇,摆摆摇摇。**(小生、丑白)老丞相恩高义好。(净)
若不是老丞相恩高呵!(唱)**俺关某怎肯把相饶?**(丑白)仁兄,只有药酒,没有药
袍,请仁兄下马穿袍而去。(净)且住。一计未就,二计又来。我想某家有马上
千斤,仲康有立地千斤,哄俺下马穿袍,袍袖裹住俺刀锋,明明要擒俺转去也。
未可见得,待我唬他一唬。仲康,向前答话。(丑)有。(净)哒,你不许动手!(丑)
若还动手?(净)若还动手,俺就是一刀,从上至下。(丑)不敢。(净)张辽、许褚计
不高,药酒、红袍害吾曹。来过几次?(丑)三次。(净)三请云长不下马,(丑)有
袍。(净)站开。将刀挑起绛红袍。(唱)**俺关某多多谢了拜别去了。**(下)

(外)文远,营中何人用计?(小生、丑)用计之人甚多。(外)营中查出用计之
人,查明捆打二十。(小生、丑)送到主公跟前领罪。(外)好生送文凭路引,送
他过五关。(小生、丑)主公请回。

(外)**张辽、许褚心忒凶,药酒、红袍一旦空。**(下)

(小生)**我今不把文凭送,**(丑)**叫他难出五关中。**

(白)一计不成。(小生)岂有此理。(下)

斩 卞

付(卞喜)、丑(普净)、正旦(甘夫人)、小旦(糜夫人)、净(关云长)、老旦(马夫)

(付上)(念)朝臣待漏五更寒,铁甲将军夜渡关。山寺日高僧未起,算来名利

---

① 会,单角本一作"为"。"能会"即会,明沈鲸《双珠记》第十出《助恶为奸》:"我不会
相面,能会相心。"朱鼎《玉镜台记》第二十六出《王敦反》:"禀爷,郭先生法大,能会飞天缩
地,怎么拿得他来?"调腔《八美图》第十号:"(外)此珠光华虽有,只是颜色不洁。(正生)此
珠能为(会)吃墨。"《双狮图》第二号:"摆起香案,双狮能为(会)下地。"

② 《调腔曲牌集》无此句;《戏曲选》本亦无此句,而"焰腾腾"句重句,今从单角本。

不如闲。(白)小将三关下喜。我想云长,过了前关、二关,斩了三员上将,今日要往我关经过。我心中之恨,设下一计,将酒摆在净国寺中,哄他下马饮宴。饮到半席之中,暗藏铁锤,将他一锤击死,方消我恨。我想普净,是他同乡人,恐他走漏消息,不免叫他出来,吩咐一番。普净那里?(丑上)(念)湛湛青天不可欺,十只螃蟹九只移。那只为何死勿去,肚皮底下一个大团脐。南无佛,南无法,南无阿弥陀佛。(白)老爷,贫僧叩头。(付)罢了。(丑)叫贫僧出来,有何吩咐?(付)叫你出来,非为别事。我想云长,过了前关、二关,斩了三员上将,今日要往我关经过。设下一计,将酒摆在你寺中,哄他下马饮宴。饮到半席之中,俺袖内暗藏铁锤,将他一锤击死,方消我恨。我想你和他是同乡人,恐你走漏消息,若走漏消息,连你也是一锤。(丑)贫僧不敢。(付)再三不用亲嘱咐,(丑)贫僧也是会中人。(付)须要小心。(付下)(丑)卞喜,卞喜,我骂你这个恶贼狗骨头。关爷同你前世无冤,今世无仇,为何将他当头一锤,要结果他性命?关爷,关爷,认得贫僧同乡人还好,若还不认贫僧同乡人,将你当头一锤,难熬,难熬,阿弥陀佛。(丑下)(正旦、小旦上)(同唱)

【佚名】行程万里阵云高,展旌旗云外飘渺。剑戟凝霜,凯耀绛红袍①。(净内白)小校。(老旦)有。(净)加鞭!(众)吙!(净上)(正旦、小旦)二叔,为何来迟?(净)过关斩将,故而来迟。(正旦、小旦)过关斩将,好不威武也。(净)嫂嫂!(正旦、小旦)二叔!(净唱)**此乃是马壮人豪,马壮人豪,盼冀州何日得到**②。**客**③**路迢遥,客路迢遥,忽听得城楼上鸣画角,想必是有贼兵来到**④。**俺关某心焦**

---

① "剑戟"至"绛红袍",单角本作"见几度浓丧刀,改许绛红袍",《戏曲选》本作"榆凝节桑捣,开绛红袍",《调腔曲牌集》作"剑戟凝霜,途程上辛劳泼酒挑袍凯歌嚎",《古城记》第二十四出《救羽》【新水令】作"剑戟凝霜,绛袍凯耀红光",据校改。
② 此句单角本作"这几日祸事来到",今从《戏曲选》本。
③ 客,单角本作"侠",《戏曲选》本作"狭","客""狭"曲音相近,据改。
④ 此句《戏曲选》本作"尘起处恐是追兵来到",《古城记》第二十四出《救羽》【新水令】作"尘起处想是贼兵到"。

躁,准备着唱凯歌金镫敲。

(付上)关爷请了!(净)呀!(唱)

【佚名】见马前躬身立着,俺这里勒马且回头①,(付作笑)哈哈哈!(净唱)他那里扬声大笑。(白)请问将军,高姓大名?(付)小将三关卞喜。(净)原来卞将军,失敬了。(付)不敢。(净)某家往河北寻兄,往你宝关经过,将军周全一二。(付)小将有酒,摆在净国寺中,请关爷下马饮酒,明日督兵相送。(净)好说。请了!(付)请了!(净科)嘈!(唱)我想前关二关,都要俺文凭路引,不想来到此关,不要俺文凭路引,反将宴筵相待,我晓得了,敢则是有什么圈套?(正旦、小旦唱)早不觉山门近了,早不觉山门近了。

(丑上)关爷请了!(净)呀!(唱)

【前腔】见禅师合掌相邀,俺这里②甚殷勤,来③问故交。(白)见禅师口气,不是这里人氏,好像我邦人也。(丑)你难道忘怀了? 关爷蒲东,贫僧蒲西,蒲东蒲西只隔一条小溪,旧年同学过的。(净)就是普净禅师。(丑)然也。(净)请起。(丑)不敢。(净)小校,下了马。(唱)说那里话来老禅师,有道是亲不亲同乡人,美不美乡中水,昔年同一会,今日相逢了,怎不念故乡人好,怎不念故乡人好。(白)久旱逢甘雨,他乡遇故知。(丑)谨防人不测,莫待祸临头。(付)嘈,谁许你胡言乱道!(丑)关爷问我的路,我说道横横直直,直直横横。(净)嘈!(唱)你道他胡言乱道,他是我同乡人,难容撇掉。(付、丑下)(圆场)(正旦、小旦唱)早不觉山门近了,早不觉山门近了。(正旦、小旦下)

(丑上)关爷吃茶。(净)呀,知道了。(丑)知道了,还好,还好。(丑下)(净)吓,且住,和尚手中,写着"谨防"二字,必有埋伏,这便怎处? 有了。小校,请出卞将军。(老旦)卞将军有请。(付上)关爷请了。(净)嘈!(唱)

---

① 且回头,《戏曲选》本作"站停"。

② 俺这里,《戏曲选》本作"他那里"。

③ "来"字单角本原无,据《戏曲选》本补。

【佚名】为甚的宴筵摆着，袖中内①暗藏计较？（白）四下搜来！（唱）四下里摆着枪刀，恼得俺怒气冲霄。举起钢刀，先斩你的手，后斩你的头，把你化作南柯一梦杳。（杀付）

（丑上）关爷，你把卞喜杀了，贫僧此地活不来了。（净）带你出关。（丑）关爷马快，贫僧乃是步行，那里赶得上？（净）一马双鞍。小校。（老旦）有。（净）带马。（净上马，老旦扶丑上马）（正旦、小旦上）（同唱）

【佚名】累遭强暴，累遭强暴，费尽了计会多少。才进山门遭强暴②，幸喜得叔叔无危妾身有靠，料想吉人自有天保。

（众圆场）（老旦扶丑下马）（净）禅师，今日一别，几时相会？（丑）关爷随口出了一个字。（净）日当中午，就是午字便了。（丑）午字，午见午，二十年后，在玉泉山好相会。（净）禅师请。（唱）

【佚名】今往他乡奔逃，有一日会仁兄，要把你和尚加官进爵，加官进爵。有缘幸遇禅师教，皇天不绝咱宗庙。害他的刀头丧了，逃难的四下奔逃。车儿去得紧，马儿加鞭早，车儿去得紧，马儿加鞭早。幸喜得云长无危，嫂嫂有靠，云长无危，嫂嫂有靠，吓！这几关逍遥过了，逍遥过了。（下）

（丑）关爷去了，贫僧来也！（科）方才关爷说得好！（唱）

【前腔】今往他乡奔逃，有一日会仁兄，要把我和尚加官进爵，加官进爵。有缘幸遇禅师教，皇天不绝咱宗庙。害他的刀头丧了，逃难的四下奔逃。车儿去得紧，马儿加鞭早，车儿去得紧，马儿加鞭早。幸喜得关爷无危，和尚有靠③，关爷无危，和尚有靠，吓吓吓！这几关逍遥过了，逍遥过了。（下）

---

① 《戏曲选》无"袖中内"三字。

② 此句《戏曲选》本作"乱分分（纷纷）各走奔逃"，《古城记》第二十四出《救羽》【滚调】作"马到处乱纷纷各往逃"。

③ "关爷"至"有靠"，单角本作"和尚无碍，云长有靠"，据《戏曲选》本改。

一
五
三

闯

明南戏。新昌县档案馆藏调腔抄本剧名题作《三闯》(案卷号 195-1-128 付本)和《三请》[案卷号 195-1-105 小生本、195-1-139(2)小旦本],出目名据 1959 年油印演出本(案卷号 195-3-100)题写。按,《三请》当为全本戏的初名,《三闯》原系其中的出目,江西九江都昌、湖口高腔连台本戏《三国传》第五本为《三请贤》,从徐庶荐诸葛亮演至关羽华容道释曹后回营交令,当中便有与调腔《三闯》相当的"曹操升堂""张飞观榜""三闯辕门""逃回范阳"等段落①可为佐证。调腔该剧《路会》源出明人《气张飞》杂剧,曲文与《时调青昆》卷一上层《古城记·奔走范阳》相近,详参《赐马》解题。

调腔《三闯》剧叙张飞傲慢不逊,诸葛亮升帐点将,飞不至,亮欲斩飞,众人求情,始罢。张飞愤而离营,刘、关二人闻讯追赶,诸葛亮亦授计赵云追之。

演出本《三闯辕门》的《闯辕》出前有曹操升帐,派遣夏侯惇出征的段落,《路会》后又有《火烧夏侯惇》一出,当系彼时念腔的宁海调腔艺人竺财兴补入,但曲文粗浅失真。整理时以 1959 年油印演出本(案卷号 195-3-100)为基础,拼合小生、小旦、贴旦、付单角本,不收夏侯惇受命出征和火烧夏侯惇两段。未列入整理的内容可看《浙江戏曲传统剧目选编》第二辑《三闯辕门》。

由于流传日久,该剧 1959 年油印演出本(案卷号 195-3-100)曲文存在较多的错乱脱讹,以致《浙江戏曲传统剧目选编》第二辑收入时颇作改动。单角本尽管远胜演出本,但也有一些费解之处。限于资料匮乏,剧中人物如龚姑、廖化、糜竺、糜芳的角色名目皆从推断。又,新昌县档案馆藏抄本涉及诸葛亮的三个单角本中,案卷号 195-1-54 本是光绪后期张廷华的外、末本,而其他两个是旦本(一本接抄于《琵琶记·小别》正旦本后,一本为其他旦

---

① 江西九江都昌、湖口高腔的《三国传》详情参见《中国戏曲志·江西卷》,中国 ISBN 中心,1998,第 177—178 页。其中,《三请贤》见收于 1959 年江西省文化局剧目工作室编印的《江西戏曲传统剧目汇编》(青阳腔)第三集和 1960 年江西人民出版社出版的《江西十年剧本选》(整理集)。

本),档案整理者标作老旦,今定为贴旦。

闯　辕

小生(赵云)、小旦(刘封)、正生(刘备)、贴旦(诸葛亮)、付(张飞)、外(龚姑)、

末(廖化)、净(关云长)、正旦(糜竺)、花旦(糜芳)

(小生上,起霸)(白)帅府铜锣力量拷,辕门内外称英豪。将军蛮力如狼虎,忽听军师付令号。俺,赵云,大哥、二哥请得诸葛军师下山,拜为助国名师。今日登台点将,命我高搭九顶莲花宝帐,不免在辕门侍候。(小生下)(小旦上,起霸)(白)手捧七星剑,身配铁爪龙。摆开四大法,踢破锦屏峰。俺,刘封,今日师爷登台点将,恐有差遣,在此侍候。(小生暗上)(小旦)四叔,侄儿拜揖。(小生)侄儿罢了。在辕门侍候。(小旦)请。(正生上)送徐庶屈指一年,请诸葛名亮下山。桃园结义三兄弟,誓同生死保炎汉。(白)俺,涿郡刘备。(小生)大哥在上,四弟打躬。(小旦)父王,臣儿拜揖。(正生)四弟,命你辕门搭起九顶莲花宝帐,可有齐备?(小生)早已齐备。(正生)先生可曾升帐?(小生)还未升帐。(正生)先生升帐,报与我知。(小生)晓得。(同下)

(贴旦上)(引)能晓天文,暗通地理。观觑孙曹,施我谋计。(诗)当年修行在卧龙,天文地理件件通。主公三顾恩义重,方显男儿大英雄。(白)贫道复姓诸葛,名亮字孔明,道号卧龙,乃琅邪郡阳都人氏。今有刘关张兄弟三人,请我下山,拜为助国名师。天下鼎足三分,我想曹操把守中原,八十一处,八加一乃是九数;孙权把守东吴,七十二处,七加二也是九数;我主玄德公,得了西蜀,五十四处,五加四也是九数。此乃九九天地人和之数也。(小生上)唡,辕门肃静。(贴旦)辕门外一员虎将,头戴白盔,身穿白甲,报上花名。(小生科)报,赵云! 报,赵云! 师爷在上,赵云打躬。(贴旦)好。你名赵云,我名卧龙,龙从云而必旺,以后不可离我左右。(小生)吓。(贴旦)主公可曾升帐?(小生)升帐已久。(贴旦)请相见。(小生)吓,大哥有请。(正

生)四弟何来？（小生）师爷升帐。（正生）站立一旁。先生请来见礼。（贴旦）主公请了。贫道何德何能，有劳主公费心。（正生）汉室江山，全托师爷身上，理当重用。（贴旦）主公奇主。（正生）军师奇师。（贴旦）有印方可行事。（正生）立即请印。（拜印）（众将上）师爷在上，众将打躬。（贴旦）列位将军，站立两旁。（众）有。（贴旦）妙算神机腹内藏，兴兵神鬼难酌量。乾坤定下三分计，观觑孙曹拱手降。贫道，用的是黄公三略法，吕望六韬书。（众）何为三略？（贴旦）一天略，二地略，三神略。（众）何为六韬？（贴旦）一文韬，二武韬，三龙韬，四虎韬，五豹韬，六犬韬。违禁乃七禁令①。（众）何为七禁令？（贴旦）一轻，二慢，三盗，四欺，五背②，六乱，七误。此乃七禁令，先天之数③也。众将退下，赵云向前听令。（众将下）（小生）在。（贴旦）命你手执宝剑一口，将阵前槐树砍倒，如有一将不到，照树施行。（小生）得令。（科）喺，辕门内外众将听着，师爷有令，如有一将不到，照树施行。（贴旦）赵云听令。（小生）在。（贴旦）将五十四斩，张贴辕门。（小生）得令。（科）喺，辕门内外众将听着，师爷有令，五十四斩，张贴辕门。（贴旦）赵云听令。（小生）在。（贴旦）命你手执会齐旗一支，吩咐旗鼓司，擂鼓三通：一通鼓绝，埋锅造饭；二通鼓绝，全身披挂；三通鼓绝，众将官上台听点。（小生）吓。喺，辕门内外众将听着，师爷有令，命旗鼓司擂鼓三通：一通鼓止，埋锅造饭；二通鼓止，全身披挂；三通鼓止，众将官上台听点。（贴旦）吩咐起鼓。（小生）起鼓。（科）一鼓止。（贴旦）二鼓催。（小生）吓。（科）二鼓止。（贴旦）三鼓稍停一刻。（小生）吓。喺，三鼓稍停一刻。（小生下）

---

① 违禁乃，单角本作"此乃""回今□"，暂校改如此。七禁令，单角本作"七金定"，盖"令""定"写法相近而混。

② 五背，单角本作"五奔"，《太平御览》卷二九六兵部二十七引诸葛亮《武侯兵法》云："军有七禁：一曰轻，二曰慢，三曰盗，四曰欺，五曰背，六曰乱，七曰误，此治军之禁也。"据改。

③ 先天之数，单角本一作"天地之数"。

(内)走吓!(付上)(引)身配铁甲头顶巾,一心扶助汉刘君。三请诸葛咱不服,杀死村夫方称心。(白)俺,姓张名飞,字翼德。可笑大哥、二哥请诸葛名亮下山,拜为助国名师。今日初登将台,不免向前,瞧他一瞧,观他一观,前去一走。(科)(走板)吓,吓,变了是变了!这黄胖道人站在草庐之中,黄黄胖胖,黄水吃汤,不像一个人物。如今吃了汉朝的清水白米饭,坐在九顶莲花宝帐,倒有些威风,倒有些杀气。咳,想古城地界,是俺三爷爷今日一刀,明日一枪,打就基业,怎容这黄胖道人坐将起来? 也罢,不免扯他下来。(科)使不得,使不得,他不来惹咱,咱何故惹他。不要管闲事,出辕门喝酒去罢。(科)噫,看辕门上,花花斑斑一大片,不知什么东西,待我看来:"大汉王左丞相诸葛名亮,只为兴刘灭曹。"吓!(科)俺三爷爷晓得兴刘灭曹,这黄胖道人也晓得什么兴刘灭曹,正合我之意。待我看来:"呼前不前者斩,呼后不后者斩,盔甲不整者斩,队伍不齐者斩。"斩斩斩,那一斩都是旧套头,不要管他。待我中间看来:(科)"私自饮酒者斩。"放你娘的屁!那个大将不饮几斗酒? 上阵打仗,有多少威风,有多少杀气,就要拿去斩了? 唔,俺三爷与你改过。"吃酒误事者斩",且慢,这一斩权斩得,权斩。"强强强,强奸妇女者斩",嘈嘈嘈,这一斩斩得不差。那家妇女叫你强,那家妇女叫你奸? 俺三爷有偿即偿。在后,"擅擅,擅闯辕门者斩",咳,想古城地界,谁人敢闯,莫非是三爷爷敢闯? 待俺上前闯他一闯,看他斩也不斩?(科)哈也,哈也,使不得,使不得。我想此事,大哥、二哥作兴与他,俺若扯他下,岂不灭了大哥、二哥的兴头? 不要管闲事,出了辕门,喝酒去罢。(科)我想此事,非是黄胖道人之故,此乃是大哥、二哥之故也!(唱)

可笑那大哥痴不痴,二哥呆不呆,痴不痴呆不呆,平白地搭起一座台来。这壁厢四字高牙①吹风摇摆,那壁厢播鼓三通传令下来。本待要赶上帐台,扯

---

① 高牙,单角本作"挍牙",挍、高音近相混。高牙,牙旗,大旗。"四字高牙"为写有四个字(或为"兴刘灭曹")的大旗。

他下来，赶上帐台，扯他下来，杀死村夫，方称心怀，方称心怀。(付下)

(贴旦)三鼓速催。(小生上)吓。三鼓速催。(科)三鼓止。(贴旦)众将一齐上台听点。(小生)吓。呔，众将一齐上台听点。(众将上)师爷在上，众将打躬。(贴旦)少礼。立在两旁，听点。(众)吓。(贴旦)首将赵云。(小生)在。(贴旦)大将刘封。(小旦)在。(贴旦)站立。(小旦)有。(贴旦)大将龚姑。(外)在。(贴旦)站立。(外)有。(贴旦)大将廖化。(末)在。(贴旦)站立。(末)有。(贴旦)大将寿亭侯关。(小生)二哥有请。(净上)关某在。(贴旦)贫道有何德，有劳二主公贵步前来。二主公请回。(净下)(贴旦)以后二主公进帐，不消报名。(众)有。(贴旦)大将周仓。(众)周仓出差去了。(贴旦)为何差我人马？(众)差中点候。(贴旦)挂上号簿。大将糜竺。(正旦)在。(贴旦)站立。(正旦)有。(贴旦)糜芳。(花旦)在。(贴旦)站立。(花旦)有。(贴旦)虎贲长枪手张飞。(小生)张飞无差不到。(贴旦)吓吓吓！张飞不到，误我将令，赵云听令。(小生)在。(贴旦)手执宝剑一口，砍他人头下来。(小生)得令。(科)(正生、净上)且慢，刀下留情。(贴旦)今日贫道出台点将，误我将令，律法难容。赵云，急斩报来。(正生、净)师爷有礼。(贴旦)贫道赔礼。(正生、净)众军屈膝相跪。(贴旦)贫道陪跪。(正生、净)兄弟三人，有誓在前，一在三在，一亡三亡。三弟误了师爷军令，万望师爷饶恕饶恕。(贴旦)饶了张飞，有恐众心不服。(众)众心皆服。(贴旦)主定了？(正生、净)主定了。(贴旦)二位主公请起，众将退下。(众将下，正生、净、小生、小旦留场上)(小生)赵云纳剑。(贴旦)赵云听令：叫张飞叉手躬身，三步一拜，拜上莲台，连叫几声好军师，方可饶恕与他。(小生)得令。(科)三哥，三哥！张飞，张飞！(付上)七巧、八马、十大全。好老酒！唅，辕门上那一个叫张三哥？胡喊乱叫，让我看来。唅，我道是谁，原来是老龙四弟。来，与三哥到辕门外喝酒去罢。(小生)吓唷，酒酒酒，你祸事到手。(付)老张眉毛不跳，头上乌鸦不叫，怎说祸事到了？(小生)怎见得"乌鸦又不叫，眉毛又不跳"？(付)常言道："头上乌鸦吱吱叫，眉毛别别跳，真正是祸事。"(小生)如今师爷点将，点你一将不到，命俺前来,斩你的头颅下来。(付)招打。那一个求饶?(小生)大哥、二哥求饶。(付)唅,阿呀,四弟,这个黄胖道人怎讲?(小生)军师说要你叉手躬身,三步一拜,拜上莲台,连叫几声好军师,方可饶恕与你。(付)如若不然?(小生)二罪并罚。(付)四弟,做你不着。借你之口,传我之言,叫黄胖道士叉手躬身,三步一拜,拜下台来,跪在三爷的靴头之上,磕了一百二十四个响头,方可饶恕与他。(小生)他怎肯屈膝与你。(付)我怎肯屈膝与他!(小生)看桃园分上。(付)咳,动不动就是"桃园"二字。向前带路。阿呀!(贴旦)下面站的,敢是张飞?(付)上面坐着,该是诸葛亮?(贴旦)为何称咱的姓?(付)为何扯俺的名?(贴旦)张飞,张飞,黑脸张飞!(付)诸葛亮,我骂你猪娘娘!你是我三爷的亲亲的小儿!(贴旦)张飞不必怒气冲,须念孙曹掌握中。调兵遣将有诸葛,谈笑扶助有卧龙。(付)说什么有卧龙、有卧龙,非是我三爷不留情卧龙。若不是大哥、二哥金面重,我将你一拳打死,打死你这小毛虫。(贴旦)呃,辕门外百万雄兵,都是有名上将,怎容你这无名小将在此喧哗来?来,将他扯出辕门。(付)嗄,你不退下,我一拳打得你鼻歪嘴豁。退下!(手下)不退。(付)不退?你也不退?(手下)不退。(付)三爷一脚,踢你前胸痛,后背肿,下去。嘈!大胆妖道,古城地界,三爷爷不说,料你也不晓得。(贴旦)容你讲。(付)你且听着。想古城地界,是俺三爷爷今日一刀,明日一枪,打就基业。俺三爷爷喜的时节,要趱,趱上几步;俺三爷爷不喜的时节,要败,败到古城一带,也勿败到你娘的肚皮之上。(众)扯出辕门。(付)嗳!(唱)

可笑那泼村夫,只会兴兵不会慌,我好恼、恼得我气昂昂。本待要闯入在中军帐上,若不看大哥哥刘皇兄,二哥哥汉云长,左手扯住衣服,右手拿住了袍套,俺若不杀死村夫,俺也不姓了张。

(正生)三弟,师爷初登点将,点你一人不到。你不服军师将令,为兄看你有些没趣。(付科)是。(正生下)(净)三弟,师爷初登点将,点你一人不到。你不服军师将令,为兄看你有些没趣。(付)是。(净下)(小生)吓,三哥,军师又不与你争战,又不与你厮杀,你好没趣。(付)是。(小生下)(小旦)三叔爹,师爷初登点将,点你一人不到。你不服军师将令,小侄看你有些没趣,是没趣。(小旦下)(付)唉唉! 嘈! 辕门上这班狗贼儿,我也理论不得许多。大哥、二哥说我没趣,看在桃园结义的分上;老龙四弟说我没趣,难为手足之情。这个刘封,是我的侄儿,他控将鼻子起来:"三叔爹,师爷初登点将,点你一人不到,你不服军师将令,侄儿看来,你有些没趣是没趣。"哇,俺三爷爷高高兴兴在辕门,这个一"耻",那个一"耻",老张的眉峰被他们"吹"坏了!(内左边)三将军耻也!(内右边)三将军耻也!(付)哇,辕门上大小将军,都说俺没趣,是当真没趣了。老张不是这里人氏,乃是涿州范阳人氏,私奔范阳便了。(唱)

非是咱亲来非是咱故①**,非是咱亲来非是咱故,可笑这泼村夫好不忖量。他在那草庐之中谈天论地四海名扬,那晓古城摆兵,古城摆兵,依恁兴什么来?**(科)**他道咱回不得家乡,见不得爷娘,回不得家乡,见不得爷娘,好一似霸王自刎在乌江。**(科)**手提丈八蛇矛枪,恼得俺怒满胸膛,匹马单枪,奔走范阳,奔走范阳,罢罢罢! 倒不如衣锦归故乡,衣锦归故乡**。(付下)

(小生、小旦上)大哥/父王有请。(正生、净上)何事?(小生、小旦)三哥/三叔私奔范阳。(正生)不要报与先生知道。快快带马来。平空②月下追韩信,(净)胜过当年刘汉王。(正生、净下)(小生)启上军师,张飞私奔范阳。(贴旦)你未报,我先知。赵云听令。(小生)在。(贴旦)命你带领四十攒箭手,追赶张飞转来。(小生)如若不转?(贴旦)乱箭射死。(小生)得令。带马!(贴旦)且慢。(小生)先生还有何言?(贴旦)弓虽上弦,不可发出。(小生)得令。

敲鼓咚咚日转西,急忙赶上拿张飞。(小生下)

(贴旦)就此回。

---

①　故,单角本作"罢",据文义改。

②　平空,忽然。"平"在近代汉语里有平白、无端、骤然义,即"平空"是并列结构,与动宾结构"凭空"的产生途径不同。

学得黄公三略法，读得吕望六韬书。(下)

路　会

付(张飞)、正生(刘备)、净(关云长)、小生(赵云)

(三出场)(付上)大哥，小弟去了，何不前来追一追？二哥，小弟去了，何不前来赶一赶？咋，大哥不来追，二哥不来赶，也罢，倒不如私奔范阳便了。(唱)

【佚名】扬鞭跃马走如飞，想当初桃园结义。丹心扶社稷，奔走如飞。阿吓，我的哥吓！把桃园二字，撇在中途路里。

(白)俺，张翼德。只为大哥、二哥请诸葛亮下山，拜为助国名师，看咱不起，老张只得私奔范阳便了。(唱)

【佚名】倒做了昼夜奔程，昼夜奔程，(科)满空中遥望着白云飞。满群红雁，只落得噪凄凄①。(科)(白)我道什么叫，原来是黄莺啼。(科)(唱)阿吓，鸟吓！当初桃园结义已听你叫，今日老张私奔范阳又听你叫，你乃是无情之鸟，愁人之耳，忽听得流莺枝上啼，流莺枝上啼。(大拷)(科)又听得、闹垓垓②锣鼓喧天地，俺只得勒马回头相瞻觑。你看那后面，人头济济马尾相连，想是大哥、二哥追来怎紧，本待要将马加上几鞭，想起桃园二字，罢罢罢！俺只得勒马回头相瞻觑，勒马回头相瞻觑。

(正生、净上)那边三弟请了！(付)二位朋友请了！(正生、净)噯，二位兄长到来，怎说朋友相称？(付)前者没有黄胖道人，是兄弟相称的；如今有了黄胖道人，因此朋友相称。(正生、净)转不转去随你，下马相见何妨？(付)倒是二位朋友说得有理，老张来也，二位朋友请了！(正生、净)噯，为何顿忘了白马

---

① 噪，单角本作"操"，其下之字残剩笔画若干，据文义校补。按，《群音类选》北腔类《气张飞杂剧·张飞走范阳》【驻马听】相应的曲文为"连天曙色草萋萋，满堤烟雾柳依依"。

② 闹垓垓，嘈杂、喧嚷的样子。明富春堂刊本《和戎记》第二十折"闹垓垓摆动旌旗"旁注："音咳。"

乌牛？（付）嗳！（唱）

【佚名】你道俺顿忘了白马乌牛，俺也曾对天盟咒。都只为朋友，俺也无虚谬，俺可也无了无休。可笑这泼村夫，在人前夸此大口①**，要与俺老张话不相投。一时相逢话不投，两道眉峰飘荡舟。**（科）（白）大哥！（唱）**你叫俺拜他为参谋，俺可也无了罢休。虚虚的、**（科）**受不过村夫气，实实的难消受，好叫俺有脚难留，有脚难留。**（科）

【佚名】说什么分金义，倒做了刖足仇②**。他本是井底蛙蟆，俺本是内外至谋。昔日里盘桓不休**③**，大哥、二哥俺老张一心要去也难留。**

（正生）咳，三弟吓！（哭）（付）大哥，你乃是做皇帝之人，不要哭，你要哭，俺老张一发要哭哭、哭了么我的哥吓！（净）咳，三弟吓！（哭）（付）我的二哥，你乃是春秋大夫，也不要哭，你是要哭，俺老张一发是介要哭哭、哭了我的哥吓！大哥、二哥，小弟当真要去。（唱）

【佚名】大哥、二哥俺老张将马加上几鞭，你往那里来追？二哥你往那里赶？俺老张去不去所为何来？（正生、净白）且是为何？（付）喏！（唱）**都只为、俺老张不能服侍二位兄弟到头了么我的哥吓！我劝你死不休来也不休，我今回还归涿州，俺要去斩猪卖酒度过春秋。家中还有田二顷、挂角牛，只落得千是忧来万是忧，千是忧来万是忧。**（付下）

（打【水底鱼】）（四手下、小生上）（正生、净）四弟带兵何往？（小生）奉军师将令，带领四十攒箭手，追赶三哥转去。（正生）如若不转？（小生）乱箭射死。（正生）咳，讲么这等讲，箭头不可发出。（小生）先生也是这等讲。（正生、净）三弟转

---

① 人、此，单角本作"阵""只"，据下文改。

② 分金义、刖足仇，单角本作"刿忠义""夜宿船"，后文有"说什么分金义，有什么话无差"之语，而《气张飞杂剧》【搅筝琶】此二句作"你道分金义，做了刖足仇"，据改。分金，即"管鲍分金"，指朋友相知甚笃。春秋时管仲与鲍叔牙为友，两人曾做买卖，分财利时管仲多占一些，鲍叔牙不认为管仲贪婪，而认为管仲只是出于贫困。事见《史记·管晏列传》。

③ 盘桓不休，单角本作"伴摇不久"，《气张飞杂剧》及《时调青昆》卷一上层《古城记·奔走范阳》此句作"朝夕里盘桓不休"，据改。

来。(付上)(正生、净)三弟,你的祸事到了。(付)老张祸事多得紧,不要睬他。(正生)四弟带来了人马,要追赶你转去。(付)咳,别人到来,与他见个高下。我老龙四弟到来,三爷来也,迎上。四弟,你带兵何往?(小生)奉军师将令,带领四十攒箭手,追赶三哥转去。(付)如若不转?(小生)乱箭射死。(付)咳!阿呀,四弟,你晓得三哥是个直性之人,袒开胸襟,你来射罢。(小生)众将官,与我开箭。(正生)咳!(付)娘的毶,你将我三爷爷射死,有皇帝老子在此,你等难道不怕全家诛戮之罪么?(手下)三将军,小人们是没有箭头的。(付)待我看来。咳,被他威吓去了。(正生、净、小生)三弟/三哥,你为何不服军师?(付)小弟学不得两个古人。(正生)那两个古人?(付)嗟!(唱)

【佚名】学不得姜太公助周俺便兴着周,学不得严子陵无了、无了无休①。可笑这泼村夫,在人前夸此大口,要与俺老张话不相投。难道俺破黄巾解了青州②,俺要去杀了盗贼得了徐州。俺也曾虎牢关擒吕布,众英雄何不对手③。他也是参商、参商卯酉④,吃了他的茶饭,何苦与他结仇,絮叨叨无了、无了无休。说什么分金义,有什么话无差,文官把笔安天下,武将提刀定太平,俺本是英雄汉,岂落尔曹后,岂落尔曹后,俺老张拔山吼地列我戈矛⑤。

(白)我若是不转去。(唱)

【佚名】撇不下兄弟情,(白)老张若是转去吓!(唱)笑破了辕门多人口。(内白)夏侯惇讨战!(付唱)夏侯惇讨战,诸葛亮何不去对手?(正生、净白)三弟吓!(付唱)大哥休忧虑,二哥免忧愁,把桃园二字一笔勾,兄弟无心做对头。(下)

---

① 此句《时调青昆》本作"学不得严子陵扶刘可便顺着刘"。

② 青州,单角本作"千愁",据《气张飞杂剧》及《时调青昆》本改。

③ 此句《气张飞杂剧》及《时调青昆》本作"众英雄谁不拱手"。

④ 参商卯酉,单角本讹作"深山邪酉",今改正。"参商卯酉"详见《西厢记·拷红》【络丝娘】"不争和张解元参辰卯酉"注。

⑤ 拔山吼地列我戈矛,单角本作"括山列学日我戈茂",《时调青昆》本相应位置有"他本是犁田耙地泼村夫,到来管着我拔山吼地金精兽",则"括山"当作"拔山"。绍兴方言"学"音[ɦoʔ],则"学"可校作"吼"。

一六　蓝关记·蓝关

新昌县档案馆藏民国前期"方嵩山抄"《玉蜻蜓》等吊头本(案卷号 195-2-11)题作《蓝关记》,1959 年油印演出本(案卷号 195-3-100)和《浙江戏曲传统剧目选编》第二辑收录时题作《升仙记》,今从抄本。《蓝关记》为旧本戏文和词话旧名,如明高儒《百川书志》卷六史志三外史著录《韩文公雪拥蓝关记》二卷,清张彝宣《寒山堂曲谱·谱选古今传奇散曲集总目》"元传奇"著录《韩文公风雪阻蓝关记》《韩湘子三度韩文公记》,后者注云:"与前合抄一册。"①明李诩《戒庵老人漫笔》卷五"禅玄二人唱"条:"道家所唱有道情,僧家所唱有抛颂,词说如《西游记》《蓝关记》,实匹休耳。"②调腔《蓝关记》存《蓝关》一出。宁波昆剧兼唱的调腔戏有此剧目。

明祁彪佳《远山堂曲品·杂调》著录《升仙记》二种,一题锦窝老人作,一未题撰人。现存明万历间金陵富春堂刊《韩湘子九度文公升仙记》、明后期戏曲选本《玉谷新簧》《摘锦奇音》等收有"雪拥蓝关"的相关选出,但戏曲选本的曲文异于富春堂本,而与各高腔剧种相关出目关系较为密切。徐宏图《南戏遗存考论》谓调腔本"与《摘锦奇音》本《升仙记》当出自同一祖本"③,其实,调腔本"行到蓝田"至"未知何日得回还"、"都只为将相双全"至"死而无怨"等不见于明代选本,而与《缀白裘》六集梆子腔杂剧《问路》相应曲文异少同多。

调腔《蓝关》剧叙唐宪宗时,韩愈(韩文公)因上《谏迎佛骨表》,触怒宪宗,遭贬潮阳。先时,韩愈之侄韩湘子成仙之后,欲度韩愈出家,韩愈不听。韩湘子奏请玉帝,在韩愈所途经的蓝关、秦岭降下大雪,又命山神、土地化作渔樵二人点化韩愈,并摄走韩愈仆从张千、李万二人。韩愈牵马前行,进入路旁茅庵之内避雪休憩。他虽见桌上有酒饭,但恪守不吃嗟来之食的古训,只将食物喂马。入夜后韩愈悔恨交加,并盼望侄儿湘子前来解救自己。天明后韩愈发现马死金

① [清]张彝宣辑:《寒山堂新定九宫十三摄南曲谱》,《续修四库全书》第 1750 册影印中国艺术研究院音乐研究所藏抄本,第 646 页上栏。
② [明]李诩:《戒庵老人漫笔》,中华书局,1982,第 173 页。
③ 徐宏图:《南戏遗存考论》,光明日报出版社,2009,第 248—249 页。

尽,哀号之际,韩湘子现身,韩愈疾呼湘子之名,答应修行,二人相伴而去。

整理时曲文以民国前期"方嵩山抄"《玉蜻蜓》等吊头本(案卷号 195-2-11)为基础进行校录,念白拼合贴旦、外、末、小生单角本,张千、李万的说白则从 1959 年油印演出本(案卷号 195-3-100)录出。根据吊头本"未知何日得回还"下有"净念科"的字样,渔樵二人有一人为净扮,但单角本分别为末和小生。张千、李万的角色则从推断。民国前期"方嵩山抄"《玉蜻蜓》等吊头本(案卷号 195-2-11)题有曲牌名【山坡羊】,其余曲牌划分及题名参照 1959 年油印演出本(案卷号 195-3-100)。

贴旦(韩湘子)、外(韩文公)、付(张千)、丑(李万)、末(渔翁)、小生(樵夫)

(贴旦上)(唱)

【傍妆台】弃家筵,蓬莱山上度流年①。三月三日蟠桃会,蟠桃会上聚神仙。天恩大,敢迟延②,玉皇敕旨度神仙。

(白)小仙韩湘子,只为叔父贪念高官,不肯修行。唐王迎佛骨,叔父表奏朝廷③,将叔父谪贬潮阳。我奏知玉帝,降一片大雪,度我叔父登仙。山神、土地听我吩咐:(念)渔翁手持钓竿,樵夫斧插腰边,二人相伴到溪边。惊起一天寒炎,说不尽古今兴废,难免二字饥寒。他归湖内你归山,把闲是闲非都休管。(贴旦下)(内)张千、李万,趱上!(外上,付、丑随上)(外唱)

【驻马听】④行到蓝田,想起从前湘子言。曾记得金莲诗句,壁上留题,件件般般。都只为一封朝奏九重天,他叫我闲是闲非都休管。感叹心酸,感叹心

---

① 此句 195-2-11 吊头本作"蓬莱仙子度神仙",据单角本改。

② 敢迟延,195-2-11 吊头本作"感治言",单角本作"敢迟闲",据校改。

③ "修行"和"奏朝廷"之间,单角本残缺七八字,今略作增补。

④ 驻马听,195-3-100 演出本作【驻云飞】。《缀白裘》六集梆子腔杂剧《问路》"行到蓝关"至"韩愈只索把程途盼"和"忽见长碑"至"不知甚日转回还"两曲,与调腔本"行到蓝田"至"未知何日得回还"曲文异少同多,曲调作【吹调驻云飞】。但此处依词式当为【驻马听】,调腔【驻云飞】和【驻马听】有相混者。

酸,韩愈须索把程途盼。

(付)老爷,出得门来,迷失路途。(外)这里可有界牌?(付)没有界牌,只有雪墩。(外)打开雪墩。(付)待我打开雪墩。(外)带住了马。待我看来:"蓝关东,秦岭西。"阿吓!(付、丑)老爷为何失了一惊?(外)你们那里晓得?那日公子回衙时节,火内金莲叶上,上面有"蓝关东"三字,后来不与老爷看完。(付)看完后面?(外)看到后面,就是我老爷终寿之所了。(唱)

【佚名】我今来到此间,莫不是我命该绝也?猛然见了此碑,不由人把肝肠碎。上写着蓝关东秦岭西,(科)似这等狂风大雪难存济,莫不是天赐韩愈死在这里?

(付、丑)老爷死在这里,也无人知道。(外)取笔砚过来。待我题诗一首,以免今日之苦。一封朝奏九重天,夕贬潮阳路八千。欲为圣明除弊事,肯将衰朽惜残年①。云横秦岭家何在,雪拥蓝关马不前。知汝远来应有意,好收吾骨瘴江边。吏部韩愈题。取过了。那里问过信儿才好?(付)渔哥请了,蓝关往那里去?(丑)樵哥请了,潮阳往那里去?(末、小生上,末聋,小生哑)(付)他是聋的。(丑)他是哑的。(同白)报与老爷知道。老爷,渔樵二人,一聋一哑在此。(外)敢是你们轻慢与他?(付、丑)小人怎敢。(外)站开,待我老爷自去。(付、丑)唔!吓!(外)这是什么意儿?(付、丑)牙爪虎威。(外)到如今还有什么牙爪虎威,一概免了。果然渔樵二人在此。渔哥请了。(末)官长请了。(外)呵吓,他不聋的。(付)小人问他是聋的。(外)怎么,方才问他是聋的?(外)请问渔哥,这般大雪,在此钓什么鱼?(末)千年不上钩的寒鱼②。(外)呵吓!(付)老爷为何失了一惊?(外)这是我老爷的名字。(付)你要银子,上任去有。(外)名字,这等讲。(付)名字这等讲。(外)樵哥请了。(小生)官长请了。(外)呵吓,他是不哑的。(丑)小人问他时,他是哑的。

———

① 欲为、肯将,单角本作"本为""感得",据韩愈原诗改。
② 寒鱼,谐音韩愈。韩愈字退之,下文"寒颓枝"为韩退之的谐音。

(外)想是妆聋做哑。请问樵哥，这般大雪，在此砍什么柴？(小生)千年砍不倒的寒颓枝。(外)呵吓！(丑)老爷为何失了一惊？(外)这是我老爷的表字。(丑)要婊子，勾阑院里有。(外)名表之表。(丑)名表之表。(外)二位老叟，容下官一言奉告。(唱)

【佚名】渔哥听我言，樵哥听我言，为佛骨尽忠言，直上一本怒了龙颜。将咱谪贬，潮阳路远，把家园抛撇在长安县。好艰难，迢迢路远，未知何日得回还？

(末、小生念)老子不要忙，听咱细吩咐。过了皇都铺，就是县前路。脚穿破底鞋，手攀藤和树。手要攀得牢，脚要踩①得住。若还失了足，断送残生命。再过一条岭，就是虎狼地。大虫为知县，小虫为士卒。黑虫做买卖，打开人肉铺。千年老猴精，喜吼前来扯衣服。(外)我问你相识？(小生)你问我相识，哪，哪，他晓蓝关路。(小生下)(外)我问你相识？(末)你问我相识，哪，哪，他晓潮阳路。(末下)(付、丑)渔哥请转/樵哥请转。老爷，他二人霎时不见了。(外)怎么，渔樵二人，霎时不见？想是落在妖怪之所，快些带马。(唱)

【驻云飞】战战兢兢，勒马扬鞭莫留停。虎豹连声近，唬得我无投奔。嗏！你我两三人，三人紧随身。又听得虎豹豺狼，四下里忙前进。若要老爷回朝转，只除非两世人。(同下)

(贴旦上)(唱)

【前腔】驾起云端，来到蓝关秦岭山。叔父为官宦，出入在金銮殿。嗏！谪贬到蓝关，到蓝关好艰难。大雪迷漫，把他容颜都改换。方信官高必有险②。(贴旦下)

(内)张千、李万，趱上！(外上，付、丑随上)(外)咳！(付、丑)老爷不走，倒也罢

---

① 踩，单角本一作"趾"，一作"尺"。调腔抄本"踩"字或作"扯"，或作"採"，"趾"为"扯"的形符更旁字。详见《妆盒记·盘盒》"两步忙来一步踩"注。

② 方信，195-2-11吊头本作"放须"，单角本残缺，《缀白裘》六集梆子腔杂剧《雪拥》【梆子驻云飞】第一支作"方信道"，据校改。195-3-100演出本初作"伤身"，后又补"财广"两字，《摘锦奇音》卷四下层《升仙记·韩公马死金尽》(卷内作《文公马死金尽》)作"财广伤身"。

了。（外）你们那知我老爷心事来？（唱）

【佚名】都只为将相双全，将相双全，出入在金銮殿。君圣臣贤，实只望把朝纲检点，又谁知谏诤忠言，一家儿尽遭刑险①。云横了秦岭西，潮阳官道远。都只为一封朝奏九重天，今日里将咱谪贬。岂不闻子胥严平②罪当刑罚，死而无怨？想我在朝中也曾做高官，也曾蹑金阶，也曾步玉墀，也曾把珍馐百味餐③。这也是前缘，那也是前缘，又谁知、半路里遭刑险，到如今果然谪贬。雪拥蓝关马不前，又只见大雪迷漫，又只见大雪迷漫。

（付、丑）老爷，前面有高岭在此。（外）想是秦岭了。张千，把行囊去环了，文凭路引藏在怀内。李万，你将雨盖收了。（付、丑）吓。（外）张千，你把前面扯；李万，你把后面推。上前一步，就是一步了。（科）（唱）

【佚名】呵呀不好了么儿！正是路逢险处难回避，事到头来不自由。常言道④你命在我，我命在你，受冷担饥⑤，受冷担饥马不前，又只见鹅毛雪、鹅毛雪泼头满面⑥，好冷天。（跌倒）（贴旦上，科，付、丑闪下，贴旦下）（外）吓，张千！李万！呵吓！张千！李万！想是被虎所伤。我的马呢？好马还在，不免趱行前去。（走板）（唱）我往前看，并没有招商旅店；我往后瞧，不见了李万、张千。似这等左难右难，我告、告苍天可怜，几时得把半空中云收雾卷，只除非二十四岁韩神仙出现。我冻、冻得我骸骨儿打颤，狂风阵阵透心寒。想起从前不听神

---

① 刑险，《缀白裘》六集梆子腔杂剧《雪拥》【吹调】同。下文"半路里遭刑险"之"刑险"，《玉谷新簧》卷一上层《升天记·雪拥蓝关》及《摘锦奇音》【雁儿落】作"坑陷"，《缀白裘》本作"磨难"。

② 子胥严平，195-2-11吊头本作"仔细慊贫"，单角本作"仔细言凭"，据《缀白裘》本改。

③ 此句195-2-11吊头本作"也曾把珠围珍鲜而（百）味采"，单角本作"也曾把真（珍）馐飡百味餚"，据校改。

④ "常言道"三字195-2-11吊头本原无，据单角本补。

⑤ 受冷担饥，195-2-11吊头本作"受饥寒"且不重，据单角本改。

⑥ 泼头满面，单角本作"拨（扑）头垢面"，《玉谷新簧》《摘锦奇音》本【雁儿落】及《缀白裘》本【吹调】作"扑头扑面"。

仙,到如今果然谪贬,雪拥蓝关马不前。恁看①锦乾坤,改做粉江山。又只见这鸟飞那鸟噪,白茫茫半边山,黑漆漆乌云罩。孟浩然懒去游②,谁人敢向蓝关道,大雪里把韩文公冻倒。猛然间、想起我娇儿模样,不由人心中惨然。我妻在家守空房,是非反被旁人讲。家财万贯空门③华堂,家财万贯空门华堂,可怜谪贬韩丞相。(外下)

(贴旦提花篮上)(唱)

【驻云飞】欲赴瑶池,一对仙鹤慢慢飞。百鸟成双对,蓝采和闲游嬉。喋!王母献瑶池,瑶池果喜气④。八洞神仙,齐赴蟠桃会。湘子花篮手内提。(贴旦下)

(内)好大雪也!(外上)这遭是好了。(唱)

【山坡羊】(起板)猛抬头、又只见茅庵一座,(白)里面有人么?我是问路的。呀!(唱)并没个人儿答应。(白)有道"下马问前程",待我下了马。(科)里面可有人么?我是行路的,我是行路的。呀!(唱)又只见桌案上花篮里有些酒饭,(白)这里乃是荒郊之所,那里来的酒饭?是了!(唱)莫不是天赐韩愈吃的饱餐?(白)腹中饥饿,不免拿来充饥了罢。咳,不可,不可,古人云:"君子不饮盗泉水,贤者不吃嗟来食。"(唱)曾记得古圣先贤,饿死不吃嗟来之餐⑤。我情愿饿死在茅庵下,断然不吃嗟来之饭。伤残,张千、李万被虎伤;惨伤,要到长安难上难,要到长安难上难⑥。

(白)天色已晚,就在茅庵内,安宿一宵,明日趱行便了。将马带进。(科)且

---

① 恁看,195-2-11吊头本作"又只见",此从单角本。

② 孟浩然,195-2-11吊头本作"猛然见(间)",据单角本校改。按,宋元以来流传孟浩然雪中骑驴吟诗的典故,苏轼《赠写真何充秀才》:"又不见雪中骑驴孟浩然,皱眉吟诗肩耸山。"明朱有燉有《孟浩然踏雪寻梅》杂剧。

③ 空门,单角本作"恐满",195-3-100演出本校作"空满"。按,《玉谷新簧》《摘锦奇音》本作"空闲"。

④ 喜气,195-2-11吊头本作"喜奇",195-3-100演出本作"稀奇",今校作"喜气"。按,此二句《缀白裘》六集梆子腔杂剧《问路》【吹调驻云飞】第一支作"王母庆生辰,会宴瑶池"。

⑤ "之餐"以及下文"之饭",195-2-11吊头本均作"之食",据单角本改。

⑥ "惨伤"至"难上难",单角本作"堪怜,遥望长安路艰难,遥望长安难上难"。

住,人没有饭吃,倒也罢了,马没有粮草,如何是好?吓,是了,就将馒首赏与他吃了。马吓,马!有几个馒首,赏你吃了,明日是要趱路的。(起更)

(科)呀!(唱)

【柳摇金】一更相盼,想起从前湘子言,他来度我两三番,到如今进退皆两难。果然遭难,果然遭难,我也是没奈何,我只得把宪宗来埋怨。仰面告苍天,老天呵!怎不把韩愈方便?

(二更)(走板)(贴旦上)(唱)

【佚名】①二更里,珠泪抛,雪拥蓝关道。早知今日苦,不走蓝关路,到如今有家书谁来带捎,谁来带捎?(贴旦下)

(三更)(外唱)

【柳摇金】三更半夜,想起从前湘子言,他透出金莲现,我只道戏耍言。难熬今夜,难熬今夜,我也是没奈何,冻得我脚儿打转,悔当初不依他说,悔当初不依他说。

(四更)(贴旦上)(唱)

【佚名】四更里,细思量,我把马儿轻轻丧。(五己)长安回头不到蓝关下②,悔当初不听侄儿言,当初不听侄儿言。(贴旦下)

(五更)(外唱)

【柳摇金】五更天亮,半空中渔鼓简板响③。(内吹箫)(白)吓,这里旷野之处,那里来的渔鼓简板之声?想是侄儿来度我了。(唱)**我起慌忙,欲待要问所言。**(箫声)(白)吓,侄儿!湘子!阿呀,侄儿吓!(唱)**叫一声韩神仙在那里,大罗仙在那厢?**(白)阿吓,侄儿吓!你若来,劣叔怎肯饶你。(唱)**我双手扯住他的衣**

———————

①　此曲及下文"四更里"曲,词式和曲谱异于前后三曲,195-3-100演出本视作【柳摇金】,疑非是,今改题。另,《玉谷新簧》《摘锦奇音》本"叹五更"均为韩愈所唱,而调腔本将其中两支改由韩湘子来唱,以致文义有些不协。

②　此句单角本作"早知今日苦,不受这磨难"。《缀白裘》六集梆子腔杂剧《点化》【耍孩儿】作"长安昔日若回头,今朝怎到得多魔障",可参。

③　"五更"至"简板响",195-2-11吊头本作"五更天明,又听渔鼓简板响",据单角本改。

裳,(白)阿吓,他是神仙,我是凡人,怎生扯得他住。(唱)**必定是化清风将身直**
上,化清风将身直上。

(播鼓)(内)天明了,砍樵去罢。(外)呵吓,天明了。受了这些磨难,不免趱
路。吓,马为何睡起来了? 吓,马,起来趱路,起来趱路。阿吓,不好了,马
死了! 吓!(唱)

【一枝花】今朝马死黄金尽,眼前谁是我亲人,叫一声韩神仙来度我。

(贴旦上)(唱)

【寄生草】韩神仙,空中过,是何人①**思念我,原来叔父遭殃祸**②**。南山猛虎挨**
身过③**,那一个孽畜敢伤人? 吼一声摇头摆尾轻轻过。**

【前腔】(外唱)**韩文公,高声叫,叫一声侄儿可怜,一家老幼撇在长安,被君王**
谪贬在潮阳县。你来度我过蓝关,还须看你婶娘面。虽然叔婶没恩情,还须
看你爹娘面。

【前腔】(贴旦唱)**韩神仙,呵呵笑,笑叔父你好痴,你在长安大国夸能会**④**,动不**
动说什么为官贵⑤**。到如今福退祸来灾,蓝关受苦谁来替**⑥**?**

【佚名】(外唱)**阿呀,侄儿吓! 有道万般差错,知过而必改,似这等冲风冒雪委**
实难挨⑦**,望侄儿与我权担代。情愿与你挑水担柴,学一个长生不老千年万**
载。今日在蓝关下⑧**,我只得把侄儿拜。阿吓,好苦吓! 早知道生死难挨,生**

---

① 是何人,195-2-11 吊头本作“又谁来”,此从单角本。

② 此句 195-2-11 吊头本作“原我遭这祸”,据单角本改。

③ 此句 195-2-11 吊头本作“蓝关受苦在身遍”,据单角本改。按,《玉谷新簧》本作
“豺狼虎豹岩前过”,《缀白裘》六集梆子腔杂剧《点化》【吹调】作“豺狼虎豹在阶前坐”,可参。

④ 夸能会,195-2-11 吊头本作“不能快会”,据单角本校改。

⑤ 为官贵,195-2-11 吊头本作“为官宦”,据单角本改。

⑥ 替,抄本作“听”,失韵,据《玉谷新簧》《摘锦奇音》本【寄生草】及《缀白裘》本【吹
调】改。

⑦ 此句 195-2-11 吊头本作“是这等冲风大雪儿(饥)寒挨”,单角本作“是这等狂风
大雪畏(委)实难挨”,检《玉谷新簧》本【满庭芳】作“似这等冲风冒雪委实难挨”,据校改。

⑧ 此句 195-2-11 吊头本作“情愿死在蓝关下”,据单角本改。

死难挨，大雪迷漫不受这场灾，不受这场灾①。

（三己）（贴旦唱）

【佚名】你那里哭哀哀，我这里权宁耐②。出家人一片铭心言，我来度你登仙界③。

（白）阿呀，叔父请起。（外）呵呀，侄儿，你何不早来度我一度？（贴旦）叔父，还是为官好，修行好？（外）自然修行。自今以后，随侄儿修行便了。（贴旦）同侄儿回山，师父那边修行便了。叔父请。（走板）（外）呀！（同唱）

【皂罗袍】猛然间抬头观看，韩湘子手执花篮。渔鼓简板闹长街，青松翠竹常为伴。竹篱茅舍，柴门半掩；黄斋淡饭，随时消遣。功成齐赴蟠桃宴，功成齐赴蟠桃宴。（下）

---

① 此处 195-2-11 吊头本不重，据单角本改。
② 权宁耐，195-2-11 吊头本作"忍而（耐）"，据单角本改。
③ "出家人"至"登仙界"，195-2-11 吊头本作"出家人一片名心言，开叔登仙介（界）"，单角本作"出家人□……恳（肯）修身（行），我来度你等（登）仙□（界）"，据校改。

一七 千金记

明初南戏,明吕天成《曲品》卷中《旧传奇》著录,题"沈练川作",云:"韩信事,佳,写得豪畅。内插用北剧。"①练川,沈采字。沈采,嘉定人,约明成化、正德时人。《千金记》有明刻本多种,其中明万历间富春堂刊《新刻出像音注花栏韩信千金记》为原作,明末汲古阁《六十种曲》本据富春堂本翻刻,而明万历间世德堂本、继志斋本则有改编②。

新昌县档案馆藏晚清《单刀会》等净本(案卷号195-1-11)收有《别姬》净本,晚清《水浒记》等吊头本[案卷号195-1-145(3-2)]所收《千金记》总纲(部分段落又近乎吊头本)有《追信》《拜帅》《埋伏》三出(出目抄本缺题,参照民国时期演出广告题名)。其中,《追信》出对应于富春堂本第二十二折《追韩信》、《六十种曲》本第二十二出《北追》,而《千金记》原作该出大致袭用了元金仁杰杂剧《萧何月夜追韩信》第二折,《曲品》所谓"内插用北剧",此其一;《拜帅》出对应于富春堂本第二十六折、《六十种曲》本第二十六出《登拜》;《埋伏》出并非出自《千金记》原作,实据《盛世新声》《雍熙乐府》等所载北曲套数改编而来,见于继志斋本和明末《醉怡情》《词林逸响》等选本。

调腔《千金记》之《别姬》,"霸王亦以净饰,穿黑靠而不插背旗,勾黑白相间之脸,两颊间勾以长寿字,戴金鞑鞨帽,腰佩长剑;虞姬戴凤冠,穿女蟒,在楚帐饮酒,虞姬起舞,载舞载歌,频将所衣之蟒,向后翻转,另变式样。据云:此技习实不易,旦角视为畏途。舞已自刎,霸王挥泪以哭唱'力拔山兮气盖世'之歌。歌已,以手托虞姬之尸,葬埋帐前。是戏之结构,与平剧所演,大同小异,而细腻处,越剧实过之"③。民国二年(1913)12月,绍兴的调腔班"大

① [明]吕天成著,吴书荫校注:《曲品校注》,中华书局,1990,第183页。《曲品校注》以杭州杨文莹丰华堂藏乾隆辛亥(1791)迦蝉杨志鸿抄本为底本,校记云"沈练川作"四字参校各本无,而《远山堂曲品》《曲海总目提要》等均未题撰人。
② 参见吴新雷:《〈千金记〉明刻本探考》,《中国古代小说戏剧研究》第12辑,甘肃人民出版社,2016,第111—116页。
③ 洲山樵子:《越绝外书:绍兴项里禁演霸王别虞姬——三十年前越地高腔班有此剧本;穿女翻蟒旦角认为难习之畏途》,《社会日报》1935年9月19日第3版。

统元”赴上海商办镜花戏园演出，12 月 13 日夜戏搬演《千金记》之《韩信登台拜帅》，12 月 30 日日戏演其中的《萧何追信》。民国二十四年（1935）9、10 月间，绍兴的调腔班“老大舞台”赴上海远东越剧场演出，9 月 18 日日戏题名《楚汉交锋》，演时自“追韩信起，埋伏止”，10 月 10 日夜戏又演《拜帅》和《别姬》。

调腔《千金记》剧叙韩信弃楚投汉，受连廒典客之职，署理仓廪，不料到任三日便被楚军烧了仓廪。幸得滕公救免，韩信方免一死，因担心再有过失，韩信决定弃职逃归。丞相萧何素知韩信堪称将才，于是月下赶马，追回韩信，并荐韩信为帅。汉王刘邦听从萧何的建议，命人督造将台，拜韩信为元帅。后韩信在九里山前，摆下十面埋伏阵图，击败了项羽。

本剧根据晚清《水浒记》等吊头本［案卷号 195-1-145（3-2）］所收《千金记》总纲校订，但该总纲本残损较多，校录时据上下文或《六十种曲》本《千金记》及明清戏曲选本补出，补出者用六角括号“〔〕”标出。

追　信

正生（韩信）、外（萧何）

〔（正生上）万般皆是命，半点不由人。俺韩信，自从投楚以来，只为官卑〔职小，不〕称吾心，因此弃楚归汉。又着俺做连廒典客，才管得三〔朝职〕事，被楚军烧了仓廪，同事一十三人，都问成其罪。俺韩信〔若非〕滕公救免，不然一命难逃。又蒙萧丞相保举，得脱此难。仔〔细想起来〕，正是瓦罐不离井上破，将军难免阵中亡。倘或再有〔过犯，决不〕饶俺。不如弃官职逃归家下，见过老妻子一面，再作〔打算。正是〕，命运不该朱紫贵，终须林下作闲①人。趁此月明风清②，〔正好行〕路也。（唱）

---

① “闲”字底本脱，今补。
② 月明风清，底本作“目清风风”，今改正。

【新水令】恨天涯流落客孤寒，叹英雄谁似俺①半生虚〔幻〕。坐下马空踏遍山色雄，背上剑光射的斗牛寒。恨塞满天〔地之〕间，云遮断玉砌雕栏，揾不住浩然气冲霄汉。

【驻马听】〔回首青〕山，〔回首青〕山，派派的离愁满战鞍。举头新雁，只听得呀呀的〔哀怨半天寒〕。实指望龙投大海驾天关，谁承望君骑勒马〔连云栈〕。觑英雄如等闲，堪恨无端四海加苍生泪眼。（正生下）

〔（外上）（唱）〕

〔【双胜子】急追〕去，〔急追〕去，不顾程远。诸将容易得，韩信难追赶。可做大将〔军，镇国〕奇宝，世上无双全，人心欢畅。（外下）

（正生上）俺韩信，投楚，楚不就；归〔汉，汉〕无功。（唱）

【川拨棹】干功名千难也那万难，求进身皆两次三番。想〔前日离〕了项羽，今日个又别炎汉，不觉的皓首苍颜。对着这〔月朗〕这是把剑弹，百忙里揾不住英雄的这泪眼。

（外上）先生，〔是我老夫〕在。（正生）丞相！（唱）

【雁儿落】怎便将咱不住的赶，俺韩信须〔索把程〕途盼。为甚的恰相逢便噤声，非是俺不言语相轻慢。〔呀！我〕恐怕叉手告人难，因此上懒下宝雕鞍。休提起汉〔天子犹〕心困，量着那楚重瞳怎挂在眼前。骏马雕鞍，向落〔日斜阳〕岸。伴蓑笠纶竿，俺待要钓西风渭水寒。

（白）丞相！（唱）

【挂玉钩】俺〔怎肯一事〕无成做两鬓斑，既然不用俺英雄汉。因此上铁甲〔将军夜渡〕关。（白）丞相此来，卑人知道了。（外）知道老夫什么来？（正生）丞相！（唱）〔你莫是为〕马来将人赶？既不为马来，有什么别公干？你要俺扶〔助江山〕，保奏俺挂印登坛。

【七弟兄】半夜里恰回还，抵多少夕阳归〔去晚。涧水〕潺潺，环佩珊珊，又只

---

① “俺”字底本脱，今补。

见烛斗阑珊,行路艰难。冷清清夜静〔水寒,这〕的是渔翁江上晚,渔翁站立在江上晚。

【佚名】①脚、脚踹着跳〔板,手、手执着〕竹竿,不住的把船湾。见沙鸥惊起在芦花岸,忒〔楞楞飞过了〕蓼花滩,似禹门浪汲在桃花泛。

【佚名】呀!虽然是暮景〔残,恰〕夜静更阑。对着这绿水青山,正天淡云闲。滴溜溜银蟾〔出海山〕,光灿烂玉兔儿照天关。呀!撑开船,挂起帆,撑开船,挂起帆。(白)丞相,卑人未〔知渔翁〕可有一比。(外)渔翁怎比先生?(正生)丞相!(唱)俺在那红尘中受涂〔炭,恁绿〕波中觅衣饭。俺乘骏马去登山,恁枉守定水潺潺。俺〔不能够紫〕罗襕,恁空执定钓鱼竿,俺却不到这其间。呀!这是〔烟波名〕利大家难,抵多少五更朝外马嘶寒,对着这〔一天星〕斗跨征鞍。非是我倦谈,非是我倦谈,这的是算来名利不〔如闲〕。想男儿受苦遭磨难,恰便似蛟龙未遇逢干旱。〔尘蒙了〕战策兵书,消磨了杖剑瑶环。畅道是惆怅秦营功太〔晚②,似这〕等涉水登山。休休休笑我空长叹,我谢、谢丞相执手〔相看。(白)俺〕韩信若不登台点将,辟土开疆。(唱)我笑恁那能举〔荐的萧相〕公,恁便再休想将咱赶。(下)

---

① 此曲牌名底本缺题,富春堂本、《六十种曲》本作【收江南】,《醉怡情》本作【清江引】。按,此曲当为【七弟兄】,上文"半夜里恰回还"曲当为【川拨棹】;次曲曲牌名原缺,富春堂本、《六十种曲》本、《醉怡情》本作【梅花酒】。又按,根据《元刊杂剧三十种》金仁杰《萧何月夜追韩信》、《词林摘艳》卷五《追韩信》杂剧【新水令】套、《雍熙乐府》卷一一《追韩信》【新水令】套,"呀!这是〔烟波名〕利大家难"至"算来名利不〔如闲〕"为【收江南】,其后为尾声【鸳鸯煞】。

② 此句《元刊杂剧三十种》本作"唱道惆怅功名,因何太山(晚)",富春堂本、《六十种曲》本作"畅道周帐秦营功太晚"。

拜 帅

丑(周昌)、付(程不识)、正生(韩信)、外(萧何)、小生(圣旨官)

(丑上)力拔奔牛敌万人,拳〔捶猛虎〕奔山林。开读已得分茅土①,专主旛旗守卫人。〔自家内侍〕周昌是也。昨日蒙圣上命俺督造将台,俱已完备。等舍〔人到来,一〕同观看。在此侍候侍候。(付上)昨日蒙圣旨待宣,待宣;管差军士〔筑坛,筑坛〕。敕封官诰锦蓝衫,黄金印系腰悬,人人要做高官。〔(白)将台〕可曾完备?(丑)俱已完备,等韩都尉知道。(正生上)盖世奇才运未逢,随行偏在伍营中②。〔也知未入非〕熊兆③,暂向湘潭作卧龙。二位请。(付、丑)请了。都尉,〔将台已〕备,请都尉转过将台。(正生)踏破铁鞋无觅处,(付、丑)得来〔全不〕费工夫。请看将台。(正生)妙吓,好一座将台也!(付、丑)赞他几句。(正生)花凑砖堪挂白玉,将台万土进金沙。凤凰旭日抵神夸,〔不教那神仙〕戏马。(付)官差是我做,(丑)工夫日夜忙。(正生)禹门三汲浪,(众)〔平地一声雷〕。(小生内白)圣旨下。(众)一同接旨。(外上)(小生上)(白)圣旨下,跪,听读。诏曰:今有〔狂秦暴虐〕,生灵涂炭。今相国卿萧何,荐待尔韩信为帅。(付、丑、〔正生〕)万岁,万岁,万万〕岁。(小生)播鼓交印,播鼓交印。(正生唱)

【园林好】悲歌声人都道亡,我意〔欲还归故〕乡。感丞相追褒奖,为大将恐难当。

(众)众将叩头。(正生)众〔将,新营〕建在何处?(众)十里之外。(正生)首将是谁?(众)曹参。(正生)众〔将听〕着,你与俺。(唱)

---

① 开读已得,《六十种曲》本作"功成未得"。另,此下底本尚有"全伏兵"三字,今删。

② "道"至"随行",底本脱,今补。

③ 非熊兆,指被起用的预兆。《史记·齐太公世家》:"西伯将出猎,卜之,曰'所获非龙非彲,非虎非罴,所获霸王之辅'。于是周西伯猎,果遇太公于渭之阳。"《宋书·符瑞志上》:"(文王)将畋,史遍卜之,曰:'将大获,非熊非罴,天遗汝师以佐昌。'"

【佚名】①摆鸾旗簇拥道。(小生白)圣上有旨,命相国〔卿萧何代朕〕捧毂推轮。(外)领旨。(正生)众将,营中选一员良将,代替萧〔相国〕。(外)谢元帅。(众唱)鼍鼓轰敲,马队纷纭②,步卒喧〔噪,骠骑〕军营四绕。送出辕门,争看紫泥,又见五花官诰。齐〔喝彩拦〕街欢笑,似万丈龙门高跳。声名好,爵位高,看破敌〔功成,羽书〕飞报。

【佚名】③筑台拜将从来少,跨海征东报效。赤胆忠心〔助汉朝〕。

【神仗儿】兵机将权,必须看练,有谁能擅专。都尉堪〔充武选,为向〕辕门,奏臣推荐。奉圣旨就封官,奉圣旨就封官。(下)

埋　伏

正生(韩信)、净(项羽)

〔(正生上)(唱)

【点绛唇】天淡〕云孤,愁云怨雾,施英武。威镇征夫,取胜加神助。

(白)〔玄妙兵机神〕鬼欺,胸藏妙计人少知。不使万丈深潭计,怎得〔骊龙项下〕珠?本帅韩信,昨蒙圣上拜俺为帅,今日在九里山〔前,摆下〕十面埋伏阵图,擒拿项羽便了。(唱)

【混江龙】全按着周天之〔术,九宫〕八卦列锟铻。俺怎肯差池了旗号,错配了军卒,安〔排下走虎飞〕龙扶社稷,准备着钓鳌网锁困江湖。

(白)众将官!(唱)

【倘秀才】〔第一阵乾为〕天,天门引战;第二阵坎为水,水居同谋;第三阵〔艮为山,深〕伏隘口;第四阵震为雷,实若幻虚;第五阵巽为〔风,烟尘〕浩荡;第

---

① 此曲牌名底本缺题,富春堂本、《六十种曲》本等题作【大环着】。《南词新谱》作【驮环着】,引此作例曲,并谓"驮,今作'大',非也"。

② "纭"字底本脱,今补。

③ 此曲牌名底本缺题,富春堂本、《六十种曲》本作尾声。

六阵离为火,火浩乘虚;第七阵坤为地,移〔花接果;第〕八阵兑为泽,潜在那踪迹;第九阵安营下寨,〔第十阵恶党自〕凶徒。

(白)项羽来也。(唱)

【滚绣球】上按着周天之纷纷杀气,下震着〔九泉一似〕荒芜,(白)什么有万人之勇。(唱)直杀个力尽筋虚,鸟藏在深林〔怪树,兽避〕在野岭无居。隔山闻军军相应,只听得画角喧呼,〔闹嚷嚷鸣金走〕阵,齐臻臻列甲军需。(白)任你有除天可害①,(唱)难逃俺十面〔埋伏〕,天之理天之数,(白)张良用黄公三略法,(唱)俺韩信用的吕望〔六韬书〕。

(白)〔项羽〕来也。(净上,战)(正生)九里山河,好一阵厮杀也!(唱)

【油葫芦】只听得呐喊摇旗〔齐噪鼓〕,纵征骢亲去取,只今番要一阵定了输赢。为君的要开〔基创业〕齐天福,为臣的要安邦定国上功劳簿。平地上〔起一座战场,高阜〕处列②着帅府,更有那张司徒、萧丞相和那刘高〔祖,韩元〕帅山顶上运着机谋。

【天下乐】只听得动一派萧韶也那品〔奏曲,霸王呵〕高也么呼,骂韩信一懦夫,俺只待立刘邦觑塞如〔粪土③。山顶上〕活捉拿,纵征骢亲去取,他们不提防列千枝脚踹〔弩。

【哪吒令】俺〕这里望上射,似飞蝗骤雨。望下砍,大刀和那〔巨斧。密〕匝匝队伍,要擒那项羽。见樊哙旗在手,磨在垓〔心处,正点〕起百万军卒。

【鹊踏枝】一个个挺着胸脯,一个个纵着虎〔躯。却便是斩〕瓠截瓜,刈菁芟蒲④。口吐狼烟似气毒⑤,他们不提防先〔有了埋伏〕。

【村里迓鼓】都只为始皇无道,上苍的、上苍的发怒。天差〔下项羽占〕了世

---

① 除天可害,《醉怡情》本作"除可天害",《词林逸响》本作"出山过海"。

② "列"字底本脱,今补。

③ 此句《醉怡情》本无"塞"字,《盛世新声》本作"你则待立刘邦觑吾如粪土"。

④ 刈、芟,底本作"立""芋","蒲"字底本脱,今改正。芟,割草。

⑤ 似气毒,底本作"四征扶",据《醉怡情》本改。

界,龙蟠虎踞。这壁厢列着旗号,施着戈矛,〔筛锣擂〕鼓。便又那八千子弟,三杰人物,争天下竞帝都,他们〔先立起英雄〕得这霸主。

【元和令】汉高皇有分福,俺韩信施〔扶助〕。九里山〕前施展六韬书,大会垓心亲摆布。全赖〔着圣明〕天子百灵扶,子房公高阜处,悲歌声能散楚。

〔【上马娇】更〕有那响铁夫,百万余,呀! 一个个流泪湿征服。楚歌〔声尽〕军营,觑,一个个无不觉的散了军卒。

【游四门】中军〔帐里梦回初〕,原来是霸王欲登途。那虞姬亲把离债诉,〔腰下接锟锘〕,血溅了美人图。

【佚名】①正撞着九江王、九江王英布,难逃〔俺十面埋伏〕。乌江不是无船渡,错走了阴陵路,耻向东吴。

　　(白)拿去砍了②。就此回。(唱)

【寄生草】将霸主围住在垓〔心内,九里〕山一字儿摆着阵图。更有那张司徒吹起伤情〔曲,众儿郎流〕泪思乡故,吹散③了八千子弟归何处。将军有何面〔目向东吴〕,这的是乌江不④是无船渡。(下)

---

　　①　此曲牌名底本缺题,《醉怡情》本作【耍孩儿】,《盛世新声》《词林逸响》本作【柳叶儿】。
　　②　底本对正生之外的念白有删略,《醉怡情》本此处作"(生)何将放走了项羽? (众)魏豹。(生)拿去砍了"云云。
　　③　"吹散"二字底本脱,今补。
　　④　"江不"二字底本空缺未抄录,据《醉怡情》本补。